HEYNE BÜCHER



SCIENCE FICTION

Herausgegeben
von Wolfgang Jeschke

Von Greg Bear erschien in der Reihe
HEYNE SCIENCE FICTION & FANTASY:

Das Lied der Macht · 06/4382

GREG BEAR

# ÄON

*Science Fiction Roman*

Deutsche Erstausgabe

WILHELM HEYNE VERLAG
MÜNCHEN

HEYNE SCIENCE FICTION & FANTASY
06/4433

Titel der amerikanischen Originalausgabe
EON
Deutsche Übersetzung von Reinhard Heinz
Das Umschlagbild schuf Jim Burns

6. Auflage
Redaktion: Wolfgang Jeschke

Printed in Germany 1996
Umschlaggestaltung: Atelier Ingrid Schütz, München
Satz: Schaber, Wels
Druck und Bindung: Elsnerdruck, Berlin

ISBN 3-453-00450-7

*In Wertschätzung*
*und Liebe*
*für Poul und Karen*

# Prolog
# VIER ANFÄNGE

---

## EINS
## Heiliger Abend 2000
## New York City

»Es geht in eine weite, elliptische Erdumlaufbahn«, sagte Judith Hoffman. »Größte Erdnähe zirka zehntausend Kilometer, größte Erdferne zirka fünfhunderttausend. Es wird bei jeder dritten Umkreisung eine Kurve um den Mond machen.« Sie beugte sich zurück und gab den Blick auf den Video-Bildschirm für Garry Lanier frei. Vorerst glich der Stein einer gebackenen Kartoffel mit wenig sinnvollen Details.

Außerhalb der Bürotür erinnerte der gedämpfte Partylärm an die vernachlässigten sozialen Verpflichtungen.

»Ein unwahrscheinlicher Zufallstreffer.«

»Das ist kein Zufallstreffer«, sagte Hoffman. Sie hatte ihn vor wenigen Minuten in ihr Büro geholt. Lanier saß auf der Kante ihres Schreibtisches. Er war groß und hatte kurzes, dichtes, schwarzes Haar, womit er wie ein hellhäutiger amerikanisch-indianischer Mischling wirkte, obwohl in ihm kein Indianerblut floß. Hoffman empfand seine Augen als besonders beruhigend; er hatte den Späherblick eines Mannes, der es gewohnt ist, in die Ferne zu schauen. Allerdings faßte sie nicht aufgrund des Aussehens zu Leuten Vertrauen.

Sie hatte sich an Lanier gewandt, weil sie von ihm etwas gelernt hatte. Manche bezeichneten ihn als herzlos, aber Hoffman wußte es besser. Der Mann war einfach kompetent, gelassen und aufmerksam.

Für die Schwächen in anderen war er gewissermaßen blind, was ihn zu einem besonders tüchtigen Manager machte. Belanglose Beleidigungen, Gemeinheiten oder Verleumdungen schien er kaum wahrzunehmen. Er betrachtete Menschen nur dahingehend, ob sie effektiv waren oder nicht, was zumindest seine öffentlichen Reaktionen zeigten. Er durchdrang die Schlacke an der Oberfläche und fand, was an echtem Gold darunter verborgen lag. Hoffman hatte einiges Interessante über verschiedene Leute gelernt, indem sie deren Reaktion auf Lanier beobachtete. Und sie hatte am eigenen Stil gearbeitet, indem sie von seiner Finesse dazulernte.

Lanier war bisher noch nie in Hoffmans privatem Arbeitsbereich gewesen. Im kalten Licht des Videos betrachtete er nun die Regale mit den Memoblöcken, den breiten, leeren Schreibtisch mit dem Sekretärinnenstuhl, den kompakten Wortprozessor unter dem Video.

Wie die meisten Partygäste hatte Lanier ein wenig Respekt vor Hoffman. Auf dem Kapitolshügel hieß sie Beraterin. In offiziellen und inoffiziellen Funktionen war sie als Wissenschaftsexperte für drei Präsidenten tätig gewesen. Ihre Videoprogramme, die das Interesse an und die Beschäftigung mit der Wissenschaft wiederbelebten, waren populär in den späten 1990er Jahren – in einer Welt, die sich gerade vom Schock des Kleinen Tods erholte. Sie saß im Vorstand des Jet Propulsion Laboratory und nun im Vorstand des International Space Cooperation Committee ISCCOM, des Komitees für internationale Zusammenarbeit im Weltraum. An ihrem Geschmack für Kleidung war nichts auszusetzen, obwohl sie ihren robusten Körperbau nicht verbergen konnte. Ihre Aufmachung hielt sich bewußt in Grenzen; ihre Fingernägel waren kurz und unlackiert, gepflegt und unauffällig; mit Make-up ging sie sparsam um. Das brünette Haar durfte sich ohne große Manipulation legen, wie es wollte, und bildete einen Nimbus feiner Locken ums Haupt.

Lanier war bei seiner Tätigkeit als PR-Manager von AT&T Orbicom Services zu ihrem Kreis gestoßen. Vor seiner Stelle bei Orbicom war er sechs Jahre bei der Marine gewesen – zuerst als Kampfpilot, dann als Pilot hochfliegender Tankflugzeuge. Er hatte beim kleinen Tod die berühmte Charlie Baker Delta Route über Florida, Kuba und Bermuda geflogen und die Maschinen der Atlantikwache betankt, deren Achtsamkeit eine so entscheidende Rolle in der Begrenzung des Krieges spielte.

Nach dem Waffenstillstand erhielt er von der Marine die Erlaubnis, sein Können in der Luft- und Raumfahrt in den Dienst von Orbicom zu stellen, das seinem zivilen Mononet weltweit auf die Beine helfen wollte.

Zunächst wurde er einige Male in die Orbicom-Zentrale im kalifornischen Menlo Park gerufen, dann sollte er bei der Erstellung von Positionspapieren helfen, dann wurde er plötzlich und unerwartet ins Orbicom-Haus nach Washington versetzt, was – wie er später erfuhr – von Hoffman veranlaßt worden war. Von einer Romanze – wie oft hatte er *dieses* Gerücht schon zerstreut? – konnte keine Rede sein. Aber ihre Fähigkeit zur Zusammenarbeit war erstaunlich in dieser Washingtoner Atmosphäre ständiger Partisanengeplänkel und finanzieller Zwistigkeiten.

»Du bist bestimmt auf dem Drachen«, sagte Lanier.

»Ja, aber das hier ist ein DST-Bild*. Der Drache ist noch auf Perseus eingestellt.«

»Und die schwenken nicht auf den Stein?«

Sie schüttelte den Kopf und grinste füchsisch. »Die alten Schlauköpfe haben einen straffen Stundenplan – wollen nicht mal einen kurzen Schwenk auf das wichtigste Ereignis des einundzwanzigsten Jahrhunderts machen.«

Lanier runzelte die Stirn. Der Stein war seines Wis-

* DST (Deep Space Tracking) = Verfahren zur Beobachtung im Weltraum. – *Anm. d. Übers.*

sens nur ein Asteroid. Das längliche Objekt würde nicht gegen die Erde prallen, sondern sie im Orbit umkreisen, was eine ideale Position zur wissenschaftlichen Erforschung wäre. Interessante Aussichten, die aber kaum so viel Begeisterung rechtfertigten.

»Das Einundzwanzigste dauert noch diesen Monat«, gab er zu bedenken.

»Und dann kriegen wir alle Hände voll zu tun.« Sie wandte sich ihm zu und verschränkte die Arme. »Garry, wir arbeiten schon 'ne Weile zusammen. Ich vertraue dir.«

Er spürte, daß sich in seinem Kreuz etwas zusammenzog. Hoffman wirkte den ganzen Abend schon verkrampft. Er hatte die nervöse Zappelei abgetan – nicht seine Sache. Jetzt machte sie seine Sache daraus.

»Was weißt du über den Stein?« fragte sie.

Er überlegte kurz vor der Antwort. »DST lokalisierte ihn vor acht Monaten. Er ist ungefähr dreihundert Kilometer lang und hat in der Mitte hundert Kilometer Durchmesser. Mittlere Albedo*, vermutlich Silikatkörper mit Nickeleisenkern. Hatte bei der Entdeckung eine Art von Halo, der sich allerdings auflöste. Daraus folgerten einige Wissenschaftler, daß es sich um einen außerordentlich großen, alten Kometenkern handle. Einige widersprüchliche Meldungen über die geringe Dichte belebten die alte Schklovskijsche Marsmond-Spekulation wieder.«

»Wo hast du die Meldungen über die Dichte gehört?«

»Hab' ich vergessen.«

»Das beruhigt mich etwas. Wenn du nicht recht viel mehr erfahren hast, dann hat wohl keiner mehr erfahren. Bei DST gab's ein Leck, aber das haben wir inzwischen abgedichtet.«

»Warum die Geheimnistuerei?«

---

* Albedo = Verhältnis der zurückgeworfenen zur Gesamtlichtmenge bei nichtspiegelnden Oberflächen, bes. bei Planeten. – *Anm. d. Übers.*

»DST ist beauftragt, alle Daten zu beschönigen, die der Allgemeinheit gegeben werden.« Womit sie die Wissenschaft meinte.

»Aber warum nur? Das Verhältnis zwischen Regierung und Wissenschaft ist seit ein paar Jahren gespannt. Dadurch wird's nun bestimmt nicht besser.«

»Richtig, aber diesmal stimme ich zu.«

Wieder schauderte er. Hoffman war der Wissenschaft sehr ergeben.

»Wie weißt *du* es, wenn alles verschleiert wird?«

»Verbindungen durch ISCCOM. Mir wurde vom Präsidenten die Aufsicht übertragen.«

»Du meine Güte!«

»Während unsre Freunde draußen also feiern, muß ich von dir wissen, ob ich mich auf dich verlassen kann.«

»Judith, ich bin nur ein zweitrangiger PR-Typ.«

»Unsinn! Orbicom hält dich für den besten Personal-Manager, den es gibt. Ich mußte drei Monate mit Parker um deine Versetzung nach Washington kämpfen. Weißt du, daß dir eine Beförderung bevorstand?«

Offengestanden hatte er gehofft, um eine neue Beförderung herumzukommen. Er hatte das Gefühl, sich immer mehr von der richtigen Arbeit zu entfernen, je höher er in der Pyramide der Macht aufstieg. »Und du hast es geschafft, daß ich statt dessen versetzt worden bin?«

»Ich hab' genügend Fäden gezogen, um mir den Anschein des Drahtziehers zu geben, der ich bin. Ich brauche dich vielleicht. Du weißt, ich such' mir einen Kandidaten nur aus, wenn ich sicher bin, daß er irgendwann später meinen Arsch aus dem Feuer zieht.«

Lanier nickte. Wenn man zu Hoffmans Kreis gehörte, war man zwangsläufig wichtig. Bis jetzt hatte er versucht, über diese Binsenwahrheit hinwegzusehen.

»Erinnerst du dich an die Supernova, die in etwa zur gleichen Zeit wie der Stein gesichtet wurde?«

Er nickte; es hatte einige Wogen in der Presse geschlagen. Freilich war er damals zu beschäftigt gewesen, um sich über das spärliche Echo in den Medien zu wundern.

»War keine Supernova. War zwar hell genug, aber es wurde keine der Voraussetzungen erfüllt. Zunächst wurde es von DST als infrarotes Objekt an der Grenze unseres Sonnensystems registriert. Binnen zweier Tage wurde der Feuerschein sichtbar, und DST entdeckte Strahlen mit Frequenzen im atomaren Bereich. Die Brenntemperatur begann bei einer Million Kelvin und erreichte etwas über eine Milliarde. Inzwischen verzeichneten satellitengestützte Detektoren für Nuklearexplosionen – die neuen GPS Super-Vela – thermisch erregte Gammastrahlen nuklearer Transitionen. Es war am Nachthimmel deutlich sichtbar, so daß DST eine Titelgeschichte aufmachen mußte, und das war die Entdeckung einer Supernova durch Anlagen der Weltraumverteidigung. Aber sie wußten nicht, mit was sie's wirklich zu tun hatten.«

»Und?«

»Das Licht ging aus, alles wurde still. Und dann war etwas Neues zu sehen an der gleichen Stelle des Himmels. Es war der Stein. Mittlerweile wußte jeder, daß es mehr war als ein simpler Asteroid.« Die Videobilder flackerten über den Monitor, und ein Signal ertönte.

»Tja, da haben wir's nun. Joint Space Command hat sich den Drachen geschnappt und ihn geschwenkt.«

Der ›Drache‹ war das stärkste optische Teleskop in Erdumlaufbahn. Obwohl gerade größere Anlagen auf der erdabgewandten Mondseite gebaut wurden, konnte kein in Betrieb befindliches System dem Drachen das Wasser reichen. Er unterstand nicht dem Verteidigungsministerium. Joint Space Command war nicht zuständig – außer in Zeiten einer nationalen Sicherheitskrise.

Der Stein erschien, umringt von Zahlen und wissenschaftlichen Graphen, stark vergrößert auf dem Monitor. Viel mehr Einzelheiten waren erkennbar – ein großer Krater an einem Ende des länglichen Gebildes und viele kleinere überall und als latitudinales Band.

»Sieht nach wie vor wie ein Asteroid aus«, kommentierte Lanier, dessen Stimme nicht überzeugend klang.

»Tja«, meinte Hoffman. »Wir kennen den Typ. Ein sehr großer Mesosiderit. Wir kennen die Zusammensetzung. Aber es fehlen ungefähr vierzig Prozent seiner Masse. DST hat's heute morgen bestätigt. Der Querschnitt des Brockens erinnert an einen Geoden*. Geoden kommen aber im All nicht vor, Garry. Der Präsident hat meinen Vorschlag zur Vorbereitung einer Untersuchung angenommen. Das war vor der Wahl, aber ich glaube, wir können das bei der neuen Regierung durchsetzen – ob Pulverfaßmentalität oder nicht. Vorbeugend sind sechs Orbitaltransferflüge bis Ende Februar geplant. Und ich decke frühzeitig die Karten auf. Ich glaube, wir brauchen ein Team von Wissenschaftlern, und das sollst du auf die Beine stellen. Ich bin sicher, wir können da mit Orbicom was arrangieren.«

»Aber warum die Geheimnistuerei?«

»Warum, fragst du, Garry?« Sie lächelte herzlich. »Wenn die Aliens kommen, dann setzt die Regierung *immer* auf Geheimhaltung.«

* Geode = Mandel eines Ergußgesteins. – *Anm. d. Übers.*

## ZWEI
## August 2001
## Podlipki-Flugplatz bei Moskau

»Major Mirski, Sie konzentrieren sich auf Ihre Aufgabe.«

»Mein Anzug leckt, Oberst Majakowski.«

»Das ist irrelevant. Sie können noch fünfzehn bis zwanzig Minuten im Tank aushalten.«

»Jawohl, Oberst.«

»Nun passen Sie auf! Sie müssen dieses Manöver vollständig beenden.«

Mirski zwinkerte, weil der Schweiß in den Augen brannte, und blickte angestrengt zur Landeluke amerikanischer Bauart. Das Wasser in seinem Druckanzug stand schon bis zu den Knien; er spürte, wie es durch den Saum an der Hüfte einströmte. Es war unbeschreiblich unangenehm, das rieselnde Wasser; hoffentlich wußte Majakowski das.

Mirski hatte den Auftrag, einen gebogenen Metallriegel in die beiden Sensorschlitze zu drücken. Um die nötige Kraft zu haben, verkeilte er sich mit den Knöcheln und der rechten Hand am Rand des runden Lukendekkels, wobei er die L-förmigen Haken an Stiefel und Handschuh zur Hilfe nahm. Und mit der linken Hand

... (wie hatten sie auf ihn eingeredet in der Schule in Kiew, die nicht mehr war, alle seine Lehrer mit ihren Vorstellungen aus dem neunzehnten Jahrhundert; wie hatten sie versucht, ihm einzubleuen, ausschließlich die rechte Hand zu verwenden, bis kurz vor seinem zwanzigsten Lebensjahr ein offizieller Erlaß herauskam, der *Linkshänder* duldete) ...

Mirski rammte den Riegel hinein. Er hakte Hand und Füße aus und wich zurück.

Das Wasser stand ihm bis zur Hüfte.

»Oberst ...«

»Die Luke braucht bis zum Öffnen drei Minuten.«

Mirski biß sich auf die Lippe. Er drehte den Hals im Helm, um zu sehen, wie es seinen Teamkameraden erging. Die fünf Luken in einer Reihe waren besetzt – zwei Männer und Jefremowa. Wo war Orlov?

Da. Als Mirski den Helm zurückschob, sah er Orlov, der an die Oberfläche des Tanks geschafft wurde von drei Tauchern mit Atemgeräten, die ihn aus dem Blickfeld ins Düstere, Schemenhafte zerrten. An die Luft, die süße Luft an der Oberfläche, wo kein Wasser einschießt. Davon spürte er nichts mehr, denn das Wasser stand höher als bis zur Hüfte.

Der Lukendeckel setzte sich in Bewegung. Er hörte den Mechanismus surren. Dann blieb die Luke, nur zu einem Drittel offen, stehen.

»Klemmt«, sagte er verdutzt. Er war sich ziemlich sicher, daß die Übung damit beendet wäre, daß er die Luke passiere. Die Luke galt als narrensicher: sie öffne sich immer, wenn korrekt ge*jimmied** –amerikanisches Wort, amerikanische Technik, verläßlich, nein?

»Lockern! Offenbar haben Sie den Riegel nicht korrekt eingelegt.«

»Doch!« betonte Mirski.

»Major ...«

»Jawohl!« Er klopfte mit der Kante seines gepanzerten Handschuhs noch einmal auf den Riegel. Da er die Füße und die rechte Hand nicht eingehakt hatte, wurde er von der Luke weggeschleudert; es kostete ihn wertvolle Sekunden, sich wieder zur Luke zu ziehen. Verkeilen. Klopfen. Aushaken. Es tat sich nichts.

Wasser an der Brust. Kalt, naß floß es durch die Halsdichtung in seinen Helm, als er eine Schräglage einnahm. Er schluckte es versehentlich und würgte. *Jetzt. Der Oberst wird denken, daß ich ertrinke, und sich erbarmen.*

---

* von amer. *jimmy* = Brecheisen. – *Anm. d. Übers.*

»Rütteln Sie dran!« schlug der Oberst vor.

Seine Handschuhe waren so dick, sie paßten fast nicht in den Schlitz, in dem der Riegel steckte und durch die teilweise geöffnete Tür eingeklemmt war. Er drückte. Seine Ärmel liefen mit kaltem Wasser voll, und die Finger wurden taub. Er drückte noch einmal.

Sein Anzug war nicht mehr auftriebsneutral. Mirski fing zu sinken an. Der Tankboden lag dreißig Meter tiefer, und alle drei Taucher hatten Orlov begleitet. Es stand also keiner mehr zwischen ihm und dem Ertrinken, falls er es nicht aus eigener Kraft in die simulierte sowjetische Luke schaffen sollte. Und wenn er jetzt nicht rausginge ...

Aber das wagte er nicht. Seit er erwachsen war, versuchte er, nach den Sternen zu greifen, und die wären ein für allemal außerhalb seiner Reichweite, falls er in Panik geriete. Er brüllte in seinem Helm und rammte die Handschuhspitze in den Schlitz, daß ein scharfer Schmerz durch seinen Arm zuckte und die Finger sich ins Innenfutter bohrten.

Der Lukendeckel setzte sich wieder in Bewegung.

»Klemmt nur ein bißchen«, sagte der Oberst.

»Ich saufe ab, verdammt noch mal!« schrie Mirski. Er hakte die Hände in den Deckelrand und hustete Wasser. Die Anzugluft wurde unmittelbar über dem Halsring des Helms eingespeist und abgezogen, und schon hörte er, wie es gluckste und gurgelte.

Rings um den Tank ging Flutlicht an. Das Wasser bei den Luken wurde taghell. Mirski spürte Hände unter den Achseln und an den Beinen und sah die drei übrigen Kosmonautenanwärter nur mehr verschwommen durchs beschlagene Helmvisier. Sie stießen sich von den Luken ab und zogen ihn höher, immer höher in den alten, gastfreundlichen Himmel seiner Großmutter.

Sie saßen an ihrem besonderen Tisch abseits von den übrigen zweihundert Rekruten und bekamen zu ihrer

Kascha gute, pralle Würste. Das Bier war kühl und köstlich, wenn auch etwas bitter und dünn, und es gab auch Kohlherzen und Karotten und Orangen. Und zur Nachspeise wurde ihnen von einem lächelnden Messeoffizier in einer großen Edelstahlschüssel frischgemachtes, feines Vanilleeis vorgesetzt, das sie in der Ausbildung seit Monaten nicht mehr bekommen hatten.

Nach dem Essen spazierten Jefremowa und Mirski über das Gelände der Kosmonautenschule mit seinem tückischen schwarzen Stahlwassertank, der halb in den Erdboden eingelassen war.

Jefremowa stammte aus Moskau und hatte einen leicht östlichen, vornehmen Einschlag mit angedeuteten Schlitzaugen. Mirski aus Kiew hätte auch Deutscher sein können. Freilich hatte es seine Vorteile, aus Kiew zu stammen. Ein Mann ohne Heimat: das erregte Mitleid, Wehmut, Sympathie bei den Russen.

Sie redeten sehr wenig. Sie glaubten, ineinander verliebt zu sein, aber das war irrelevant. Jefremowa war eine von vierzehn Frauen im Kosmonautenprogramm. Als Frau war sie sogar mehr gefordert als die Männer. Sie hatte eine Ausbildung als Pilot der Luftwaffe hinter sich und Tu 22M Trainingsbomber und alte Sukhoi-Kampfflugzeuge geflogen. Mirski war nach dem Abschluß einer Ingenieurakademie für Luft- und Raumfahrttechnik zum Militär gekommen. Seine Zurückstellung vom Wehrdienst war ein Glücksfall gewesen; anstatt mit achtzehn eingezogen zu werden, qualifizierte er sich für ein Stipendium der Neuen Reindustrialisierung.

Auf der Ingenieurakademie erwarb er eine ausgezeichnete Beurteilung in Politischen Wissenschaften und Management. Er wurde sofort für eine heikle Position in einem kämpfenden Verband in Ostdeutschland vorgesehen, aber dann in die Weltraumverteidigung versetzt, die als eigener Bereich erst seit vier Jahren existierte. Er hatte vor seiner Versetzung nie davon gehört

... Aber was für ein Glück! Er hatte schon immer Kosmonaut werden wollen.

Jefremowas Vater war ein hochgestellter Bürokrat in Moskau. Er hatte sie lieber in eine für seine Begriffe sichere Militärausbildung gesteckt, als zu riskieren, daß sie mit den berüchtigten Jungen Wilden von Moskau auf die Straße ginge. Sie hatte sich als hochbegabt erwiesen; ihre Zukunft war vielversprechend, wenn auch nicht ganz im Sinne des alten Herrn.

Sie stammten also aus ganz unterschiedlichen Verhältnissen und hätten kaum eine Chance gehabt, sich kennen- oder gar lieben zu lernen oder gar zu heiraten.

»Guck!« sagte Jefremowa. »Heut' abend sieht man ihn klar.«

»Ja?« Er wußte sofort, was sie meinte.

»Da.« Sie steckten die Köpfe zusammen, und Jefremowa deutete in den langen, blauen Sommerabend, zu einem winzigen Lichtpunkt beim Mond.

»Sie werden vor uns dort sein«, sagte Jefremowa traurig. »Wie jetzt immer.«

»So pessimistisch?« meinte Mirski.

»Wie sie ihn wohl nennen werden?« überlegte sie. »Wie sie ihn wohl taufen, wenn sie landen?«

»Sicher nicht Kartoffel!« Mirski schmunzelte.

»Kaum«, stimmte sie zu.

»Eines Tages«, bemerkte Mirski und kniff die Augen zusammen, um den Lichtpunkt besser zu sehen.

»Eines Tages – was?«

»Vielleicht wird der Tag kommen, wo wir ihn ihnen wegnehmen.«

»Du Träumer«, sagte Jefremowa.

In der Woche darauf implodierte eine Zwei-Mann-Vakuumkammer am Rande des Flugfelds. Jefremowa testete gerade einen neuen Typ von Raumanzug in einer Hälfte der Kammer. Sie war auf der Stelle tot. Es herrschte große Sorge wegen der politischen Folgen, die der Unfall haben könnte, aber ihr Vater zeigte sich einsichtig. Besser einen Märtyrer in der Familie als einen Rowdy.

Mirski nahm einen Tag Sonderurlaub und schnappte sich eine Flasche geschmuggelten Schnaps aus Jugoslawien. Er schlief den ganzen Tag allein in einem Moskauer Park; die Flasche öffnete er nicht mal.

Nach einem Jahr beendete er die Ausbildung und wurde befördert. Er verließ Podlipki und verbrachte zwei Wochen in der Stadt der Sterne, wo er Juri Gagarins Zimmer besuchte, das zu einer Art Mekka für Raumfahrer geworden war. Von dort aus wurde er in eine geheime Stellung in der Mongolei geflogen und dann ... auf den Mond.

Und stets behielt er die Kartoffel im Auge. Eines Tages, so wußte er, würde er sie betreten, und zwar nicht als russischer ISCCOM-Austauschgast.

Die Geduld einer Nation ist begrenzt.

## DREI
## Heiliger Abend 2004
## Santa Barbara, Kalifornien

Patricia Luisa Vasquez öffnete die Wagentür, um den Sitzgurt zu lösen. Sie konnte es kaum erwarten, ins Haus zu kommen und mit dem Feiern zu beginnen. Die psychologische Untersuchung der letzten Tage in Vandenberg war anstrengend gewesen.

»Warte!« sagte Paul Lopez. Er legte die Hand auf ihren Arm und blickte aufs Armaturenbrett. Vivaldis *Vier Jahreszeiten* erklangen aus den Stereoboxen. »Deine Leute werden nicht darauf erpicht sein ...«

»Keine Sorge«, sagte sie und strich sich eine dunkle, fast schwarze Haarsträhne aus dem Gesicht. In die untere Hälfte ihres ovalen Gesichts schien das gelbe Licht einer Straßenlampe; die etwas fahle Haut schimmerte rosig im orangefarbenen Schein. Sie musterte Paul besorgt und knotete das in der Mitte geteilte Haar zu zwei Zöpfen. Ihre länglichen, scharfen Augen erinnerten ihn an den Blick einer Katze unmittelbar vor dem Sprung.

»Sie werden sich wahnsinnig freuen«, sagte sie, legte die Hand auf seine Schulter und streichelte ihm die Wange. »Du bist der erste Nichtanglo, den ich ihnen als Freund vorstelle.«

»Ich meine, daß wir zusammenziehen.«

»Was man nicht weiß, macht einen nicht heiß.«

»Irgendwie komm' ich mir blöd vor. Du redest in einem fort davon, wie altmodisch deine Eltern sind.«

»Ich will nur, daß du sie kennenlernst und mein Zuhause siehst.«

»Das will ich auch.«

»Hör mal, bei der Nachricht, die ich heute bringe, wird sich keiner um meine Jungfernschaft scheren. Wenn Mom fragt, wie ernst es mit uns ist, laß ich dich antworten.«

Paul schnitt ein Gesicht. »Na prima.«

Patricia zog seine Hand an sich und drückte mit den Lippen einen schmatzenden Kuß darauf. Dann öffnete sie die Tür.

»Moment!«

»Was denn?«

»Ich ... ich meine, du weißt, ich liebe dich.«

»Paul ...«

»Es ist nur ...«

»Komm rein und lern meine Familie kennen! Die Nervosität wird sich legen. *Keine Sorge.*«

Sie schlossen die Wagentür, öffneten den Kofferraum und holten die Einkäufe hervor. Patricia schleppte einen Karton die Vordertreppe hinauf. Ihr Atem dampfte in der kalten Abendluft. Sie streifte an der Türmatte den Schmutz von den Schuhen, schob die Tür auf, hielt sie mit dem Ellbogen offen und rief: »Mama! Ich bin's. Und ich hab' Paul mitgebracht.«

Rita Vasquez nahm ihrer Tochter den Karton ab und stellte ihn auf den Küchentisch. Mit ihren fünfundvierzig Jahren war Rita nur eine Spur pummelig, aber die Kleidung, die sie trug, entsprach nicht einmal den Erwartungen des Modemuffels Patricia.

»Was ist das? Eine Nahrungsmittelspende?« fragte Rita und schloß Patricia in die offenen Arme.

»Mama, wo hast du den Polyester-Anzug her? So einen hab' ich schon seit Jahren nicht mehr gesehen.«

»Fand ich weggepackt in der Garage. Den kaufte mir dein Vater, da warst du noch gar nicht auf der Welt. Wo ist Paul denn?«

»Er bringt noch zwei Kartons.« Sie zog den Mantel aus und schnupperte. Es roch nach Tamales in Maishülsen, brutzelndem Schinken und Kartoffelbrei. »Duftet wie zu Hause«, sagte sie, und Rita strahlte.

Im Wohnzimmer stand der noch kahle Alubaum – es war eine Tradition der Familie, den Baum am Heiligen Abend zu schmücken –, und das Gasfeuer brannte im offenen Kamin. Patricia machte sich von neuem vertraut mit dem alten Stuckrelief aus Weinreben unter dem Kaminsims und den schweren Holzbalken an der Dekke. Sie lächelte. Sie war in diesem Haus zur Welt gekommen. Wohin sie auch ginge, und wär's noch so fern, hier war sie daheim. »Wo sind Julia und Robert?«

»Robert ist in Omaha stationiert«, antwortete Rita aus der Küche. »Sie können diesmal nicht kommen. Geht vielleicht bis März.«

»Oh«, meinte Patricia enttäuscht. Sie kehrte in die Küche zurück. »Wo ist Papa?«

»Der sieht fern.«

Paul erschien schwerbeladen in der Küchentür. Patricia nahm ihm einen Karton ab und stellte ihn neben dem Kühlschrank zum Auspacken auf den Boden. »Wir haben eine ganze Kompanie erwartet, also haben wir 'ne ganze Menge mitgebracht«, erklärte sie.

Rita kramte kopfschüttelnd in den gestapelten Nahrungsmitteln. »Tja, es wird schon gegessen. Mr. und Mrs. Ortiz von nebenan kommen und Cousin Enrique mit seiner neuen Frau. Das also ist Paul?«

»Jo.«

Rita umarmte ihn, wobei sie ihn kaum berührte. Dann trat sie, seine Hände haltend, einen Schritt zurück und betrachtete ihn. Er lächelte. Der große, schlanke Paul mit dem braunen Haar und der hellen Haut, der mehr wie ein Angloamerikaner aussah als die meisten der Seinen. Trotzdem lächelte Rita, als sie mit ihm plauderte. Paul konnte allein die Stellung behaupten.

Patricia ging durch die Diele in die gemütliche Stube, wo ihr Vater vor dem Fernseher flacken würde. Sie waren nicht reich, und der Fernseher hatte schon fünfundzwanzig Jahre auf dem Buckel und warf bei dreidimensionalen Ausstrahlungen bunte Schatten.

»Papa?« fragte Patricia leise und schlich im Halbdunkel heran.

»Patty!« Ramon Vasquez schielte um die Lehne. Ein

breites Lächeln sträubte seinen pfeffergrauen Schnauzbart. Er war seit drei Jahren nach einem Schlaganfall teilweise gelähmt, woran trotz Operationen nichts mehr zu ändern war. Patricia setzte sich neben ihn aufs Sofa.

»Ich habe Paul mitgebracht«, sagte sie. »Schade, daß Julia diesmal nicht hier sein kann.«

»Find' ich auch. Aber so ist das mit der Air Force.« Ramon war zwanzig Jahre bei der Air Force gewesen bis zu seiner Pensionierung im Jahre 1996. Abgesehen von Patricia war die ganze Familie in die Luftwaffe eingebettet. Julia hatte Robert vor sechs Jahren bei einer Party in der March Air Force Base kennengelernt.

»Ich hab' Neuigkeiten für alle, Papa.«

»So? Was denn?« Hatte sich seine Sprache verbessert seit ihrem letzten Gespräch unter vier Augen? Offenbar. Sie hoffte es.

Rita rief aus der Küche: »Tochter! Komm, hilf mir und Paul, die Sachen wegzuräumen!«

»Was siehst du?« fragte Patricia, die nur ungern ging.

»Nachrichten.«

Ein Kommentator – und sein kaum weniger beeindruckender Schatten – leiteten über zu einer Meldung, die den Stein betraf. Obwohl die Mutter ein zweites Mal rief, blieb Patricia noch.

»Während immer mehr Personal auf den Stein geschickt wird, fordern Bürger und Wissenschaftler eine offene Diskussion. Heute, im vierten Jahr der gemeinsamen Erforschung durch die Nato und Eurospace, ist der Mantel des Schweigens, in den der Stein gehüllt ist, dichter denn je, und ...«

Nachrichten, aber keine Neuigkeiten.

»... insbesondere russische Teilnehmer sind besonders unglücklich über die gebotene Geheimhaltung. Mittlerweile haben sich Mitglieder der Planetary Society, der L-5 Society, der Freunde Interstellarer Beziehungen und andrer Gruppierungen vor dem Weißen Haus und dem sogenannten Blauen Würfel im kalifornischen

Sunnyvale versammelt, um gegen die Teilnahme der Militärs und für eine Aufdeckung der wichtigsten Erkenntnisse des Steininnern zu demonstrieren.«

Ein ernster, konservativ gekleideter junger Mann mit Kurzhaarschnitt erschien im Bild. Er stand vor dem Weißen Haus und sprach mit übertriebenen Gesten. »Wir wissen, er ist ein fremdartiges Artefakt, und wir wissen, daß er sieben Hohlräume enthält – riesige Kavernen, die nicht von Menschenhand geschaffen sind. In jeder Kaverne liegt eine Stadt – verlassen, bis auf die siebente. Da steckt irgend etwas Unglaubliches dahinter, etwas Unvorstellbares.«

»Was denn, Ihrer Meinung nach?« wollte der Interviewer wissen.

Der Demonstrant warf die Hände hoch. »Wir glauben, alle sollten es wissen. Was immer da sein mag, wir als Steuerzahler haben das Recht, es zu erfahren!«

Der Kommentator merkte an, daß Sprecher der amerikanischen Weltraumbehörde NASA und des Gemeinsamen Weltraumkommandos, des Joint Space Command, sich nicht äußern wollten.

Patricia seufzte, legte die Hände auf die Schultern des Vaters und massierte ihm automatisch die Muskeln.

Beim Dinner beobachtete Paul sie in einem fort, denn er wartete darauf, daß sie eine passende Gelegenheit fände, die sich aber nicht einstellte. Patricia war etwas befangen angesichts der Freunde und Nachbarn am Tisch. Was sie zu sagen hatte, das ginge nur ihre Familie etwas an, und nicht einmal der konnte sie alles sagen, was sie gewollt hätte.

Rita und Ramon hatten offenbar nichts gegen Paul. Das war ein Plus. Irgendwann müßten sie erfahren, daß die beiden zusammenlebten – wenn sie nicht von selber darauf kämen, daß Patricia und Paul nicht nur zusammen Händchen hielten, sondern die räumliche Trennung aufgehoben hatten wie in einem gemischten Studentenheim.

Diese Geheimnistuerei! Vielleicht wären die Eltern schockiert, wie Patricia es erwartete – und wünschte? Es war etwas eigenartig, sich vorzustellen, daß ihre Eltern sie als erwachsenes Sexualwesen betrachteten. Sie war in diesem Punkt längst nicht so offen wie die meisten ihrer Freunde und Bekannten.

Irgendwann würden sie heiraten, das stand für Patricia fest. Aber sie waren beide noch jung, und Paul würde erst um ihre Hand anhalten, wenn er wüßte, er könne für sie beide sorgen. Oder sie könnte ihn überzeugen, daß *sie* genug verdiene, was trotz Doktor noch einige Jahre dauern würde.

Dabei unberücksichtigt bliebe natürlich das Geld, das sie bei Judith Hoffmans Gruppe verdiente. Dieses Geld ginge bis zur Rückkehr auf ein eigenes Sperrkonto.

Nachdem das Geschirr abgeräumt war und sich alle um den Baum versammelt hatten, der nun gemeinsam von Familie und Freunden geschmückt wurde, bedeutete Patricia ihrer Mutter, daß sie in der Küche zu reden hätten. »Und bring Papa mit!« Rita half Ramon auf seinen Alukrücken in die Küche, wo sie sich um den abgenutzten Holztisch setzten, der schon mindestens sechzig Jahre in der Familie Dienst tat.

»Ich muß euch etwas sagen«, begann Patricia.

*»Madre de Dios«*, begann Rita, schlug die Hände zusammen und lächelte verzückt.

»Nein, Mama, es geht nicht um Paul und mich«, erklärte sie. Die Züge der Mutter erstarrten; dann wurde ihre Miene wieder gelöst.

»Um was dann?«

»Letzte Woche bekam ich einen Anruf«, erklärte Patricia. »Ich kann euch nicht viel dazu sagen, aber ich werde für ein paar Monate oder auch länger verschwunden sein. Paul weiß Bescheid, aber ich kann ihm auch nicht mehr sagen, als ich euch gesagt habe.« Durch die Flügeltüren kam jetzt Paul in die Küche.

»Von wem wurdest du angerufen?« fragte Ramon.

»Judith Hoffman.«

»Wer ist das?« fragte Rita.

»Die Frau im Fernsehen?« fragte Ramon.

Patricia nickte. »Sie ist eine Beraterin des Präsidenten. Ich soll bei einem besonderen Projekt mitarbeiten, und das ist schon alles, was ich euch verraten kann.«

»Warum wollen sie denn ausgerechnet dich?« fragte Rita.

»Ich glaube, sie soll ihnen eine Zeitmaschine bauen«, bemerkte Paul. Immer wenn er das sagte, wurde Patricia sauer, aber dieses Mal tat sie es einfach mit einem Achselzucken ab.

Sie konnte nicht verlangen, daß Paul ihre Arbeit begriff. Nur sehr wenige begriffen ihre Arbeit – aber ganz bestimmt nicht die Eltern und Freunde. »Paul hat noch mehr solche verrückte Theorien parat«, sagte sie. »Aber ich muß dazu schweigen.«

»Wie ein Grab«, meinte Paul. »Es war nicht einfach mit ihr in den letzten Tagen.«

»Wenn du nicht ständig versuchen würdest, mich zum Reden zu bringen!« Sie seufzte dramatisch – das tat sie neuerdings oft – und blickte zur cremefarbenen Küchendecke. Dann wandte sie sich an ihren Vater. »Es wird sehr interessant sein. Ich werde nicht direkt erreichbar sein. Ihr könnt mir unter dieser Adresse schreiben.« Sie schob den Telefonblock über den Tisch und notierte eine Militärpost-Adresse.

»Ist es wichtig für dich?« fragte Rita.

»Natürlich«, antwortete Ramon.

Aber das wußte Patricia selber nicht. Es klang verrückt, selbst jetzt noch.

Nachdem die Gäste gegangen waren, machte sie mit Paul einen Abendspaziergang durch die Nachbarschaft. Eine halbe Stunde gingen sie schweigend von Straßenlaterne zu Straßenlaterne. »Ich komme ja zurück«, sagte sie schließlich.

»Ich weiß.«

»Ich wollte dir mein Zuhause zeigen, weil es sehr wichtig für mich ist. Rita. Ramon. Das Haus.«

»Ja«, sagte Paul.

»Ich glaube, ohne es wäre ich verloren. Ich verbringe so viel Zeit in meinem Kopf, und was ich da tue, ist so anders ... so bizarr für die meisten Leute. Wenn ich kein Zentrum hätte, keinen Ort, zu dem ich heimkehren könnte, dann würde ich mich hoffnungslos verirren.«

»Das versteh' ich«, meinte Paul. »Es ist ein schönes Zuhause. Ich mag deine Leute.«

Sie hielt ihn an, und so standen sie Hand in Hand in Armeslänge voneinander und sahen sich an. »Ich bin froh«, sagte sie.

»Ich möchte auch ein Zuhause mit dir schaffen«, sagte er. »Ein Zentrum für uns, in das wir gern heimkehren.«

Ihr Ausdruck war so gespannt, als wollte sie ihn gleich anspringen. »Katzenaugen«, bemerkte Paul lächelnd.

Sie machten kehrt und küßten sich auf der Veranda, bevor sie ins Haus gingen und sich zu Kaffee und Zimtkakao zu ihren Eltern setzten.

»Einen kleinen Rundgang noch«, sagte sie, als sie zum Aufbruch nach Caltech rüsteten.

Sie ging durch die Diele zum Bad, vorbei an den Abschlußfotos und dem gerahmten Inhaltsverzeichnis aus dem *American Journal of Physics,* in dem ihre erste Arbeit erschienen war. Davor blieb sie stehen und betrachtete es aufmerksam. Plötzlich schien ihr Herz einen Schlag auszusetzen, was eine eigentümliche Leere in ihrer Brust zurückließ, ein flüchtiges, fast angenehmes Gefühl, zu fallen, zu vergehen und wieder in die Normalität zurückzukehren.

Das hatte sie schon einmal gespürt. Es war nichts Ernstes, nur ein eisiger Luftzug mitten durch die Brust – immer dann, wenn sie wirklich akzeptierte, wohin sie gehen sollte.

## VIER
### 1174, Reisejahr 5 Nader
### Axis City

Der Präsidierende Minister der Axis City, Ilyin Taur Ingle, stand in der breiten Beobachtungskuppel und blickte über den *Weg* hinaus durch den blauen Dunst der Stadt auf hellerleuchtete Straßen mit unablässig fließendem Verkehr zwischen den Toren. Hinter ihm standen zwei zugeteilte Geister und in corpora ein Repräsentant des Hexamon Nexus.

»Kennen Sie Olmy gut, Ser Franco?« symbolisierte der Präsidierende Minister mittels Graphiksprache.

»Nein, Ser Ingle«, erwiderte der physische Vertreter, »obwohl er berühmt ist im Nexus.«

»Drei Inkarnationen, eine mehr, als das Gesetz erlaubt, aufgrund außergewöhnlicher Verdienste. Olmy ist einer unserer ältesten noch leibverbundenen Bürger«, sagte der Minister. »Eine undurchschaubare Persönlichkeit. Er hätte längst seine Mehrheitsrechte verwirkt und sich ins Stadtgedächtnis zurückgezogen, wäre da nicht sein Nutzen für den Nexus.« Der P.M. befahl einem Sprüher, seine Spezialmischung von Talsit freizusetzen. Der Nebel erfüllte einen würfelförmigen Raum, den ein leicht schimmerndes rotes Traktionsfeld umschloß. Ingle betrat das Feld und tat einen tiefen Atemzug.

Die Geister hatten sich nicht bewegt; sie verharrten regungslos, bis sie angerufen wurden. Sichtbar waren sie nur deshalb, um zu verdeutlichen, daß ihre im Stadtgedächtnis gespeicherte Persönlichkeit auf die Kammer ausgerichtet war und mit Aug und Ohr achtgab.

»Er ist selbst von naderischer Herkunft, glaube ich«, sagte der leibliche Assistent.

»Ja«, sagte der Minister nickend. »Aber er dient dem

Hexamon, ganz gleich wer an der Macht ist, und ich habe keinen Zweifel, wo seine Loyalität liegt. Ein höchst ungewöhnlicher Mann. Zäh im alten Sinne, ein Mann, der große Veränderungen, viel Leid mitgemacht hat. Ich ließ ihn zurückrufen aus eins Punkt drei x neun. Er überwachte unsere Vorbereitungen für die Jart-Offensive. Aber hier kann er uns noch nützlicher sein. Er ist's, den wir schicken müssen. Axis Nader kann ihn nicht ablehnen oder uns Vetternwirtschaft vorwerfen; seine Berichte an sie sind stets detailliert und akkurat. Sagen Sie dem Präsidenten, daß wir die Aufgabe übernehmen und Olmy schicken werden.«

»Ja, Ser Ingle.«

»Ich glaube, die Geister haben ihre Fragen nun beantwortet?«

»Wir hören«, sagte der Geist. Der andere regte sich nicht.

»Schön. Jetzt rede ich mit Ser Olmy.«

Die Geister verschwanden, und Corprep Franco ging, wobei er seinen Halsring befingerte und einen offiziellen Flaggenschwenk über die linke Schulter piktographierte.

Der P. M. schaltete das Traktionsfeld ab, und die Kammer füllte sich mit mehr Talsitrauch. Der Geruch war unangenehm, scharf wie alter Wein, als Olmy eintrat.

Er näherte sich dem Minister leise, um ihn nicht aus seiner Versenkung zu reißen.

»Vorwärts, Ser Olmy!« sagte der Minister. Er wandte sich um, während Olmy die Stufen zur Aussichtsplattform bestieg. »Sie sehen fit aus heute.«

»Und Sie erst, Ser.«

»Mm. Meine Frau hat mir letztes Mal ein wunderbares Vergessen bereitet. Hat mir viel Unangenehmes von meinem zwanzigsten Jahr genommen. Das war kein gutes Jahr, und der Verlust war eine Erleichterung.«

»Wunderbar, Ser.«

»Wann heiraten Sie, Olmy?«

»Sobald ich die Frau finde, die mein einundzwanzigstes Jahr der ersten Inkarnation läutern kann.«

Der Minister lachte herzlich. »Wie ich höre, pflegen sie eine feine, fürsprechende Gesellschaft in Axis Nader ... Wie heißt sie?«

»Suli Ram Kikura.«

»Ja, natürlich ... Sie hat sich dafür eingesetzt, die Wogen zwischen dem Nexus und den korzenowskischen Hitzköpfen zu glätten, nicht wahr?«

»Ja. Darüber sprechen wir wenig.«

Der Minister holte tief Luft, machte ein betroffenes Gesicht und begann, die Treppe hinabzusteigen. »Soso. Tja, nun habe ich eine schwierige Mission für Sie.«

»Es ist mir eine Freude, dem Hexamon zu dienen.«

»Nicht dieses Mal vielleicht. Keine bloße Untersuchung illegaler Geschäfte am Tor. Alle paar Jahrzehnte schicken wir jemand zurück zur Thistledown, um die Stabilität zu überprüfen. Aber diesmal haben wir doppelten Grund. Die Thistledown ist wieder besetzt.«

»Es hat jemand die Verbotenen Territorien überquert?«

»Nein. Noch rätselhafter. Nichts hat unsre Wächter an der ersten Grenze gestört. Offenbar haben die Besetzer die Thistledown von außen betreten. Noch verblüffender – es sind vielleicht Menschen. Nicht in großer Zahl, aber organisiert. Es hat keinen Sinn, sich zu überlegen, woher sie kommen: die Information ist zu zweideutig. Sie verfügen natürlich über die Vollmacht und die nötigen Transportmittel. Ser Algoli wird Sie über die anderen Erfordernisse in Kenntnis setzen. Verstanden?«

Olmy nickte. »Ser.«

»Gut.« Der Minister lehnte sich übers Geländer und blickte auf die Oberfläche zwanzig Kilometer darunter. Ein Mahlstrom von Lichtern wälzte sich über bestimmte Straßen. »Offenbar ist dieses Tor verstopft. Ach, eine sorgenvolle Zeit, der Monat des Gerechten.« Er wandte sich an Olmy. »Viel Glück. Oder, wie die Alten sagen: Stern, Schicksal und Pneuma seien Ihnen hold.«

»Danke, Ser.«

Er trat zurück von der Plattform und verließ die Kammer, indem er den Lift durch den langen, schlanken Pylon zur Central City nahm, wo er alles für eine längere Abwesenheit vorbereitete.

Die Aufgabe war ein Privileg. Rückkehr zur Thistledown war nur dann erlaubt, wenn es unerläßlich war für den Nexus. Olmy war gut vierhundert Jahre nicht mehr dort gewesen.

Andererseits konnte die Mission natürlich gefährlich werden – besonders angesichts solch zweideutiger Informationen. Er könnte dazu beitragen, den Erfolg der Mission zu gewährleisten, indem er einen Frant mitnähme.

*Falls in der Thistledown Menschen wären – Menschen, keine Abtrünnigen aus der Stadt, was die wahrscheinlichere Erklärung wäre –, woher kamen die dann?*

Viel zu beschränkt und zweideutig für seinen Geschmack.

## 1. Kapitel
## April 2005

Bei der ersten Etappe ihrer Reise in der Passagierkabine der bauchigen Raumfähre hatte Patricia Vasquez die wolkenverhangene Erdscheibe auf einem Videomonitor gesehen. Vor ihrem Übersetzen hatten ihr Kameras, die im Ladeschacht des Shuttle montiert waren, vorgeführt, wie die langen Greifer die gewaltigen Lasten aus dem Schacht in die wartenden Arme des OTV* hievten, als würden zwei Spinnen eine kokonverpackte Fliege weiterreichen. Der zeitlupenhafte, faszinierende Ladevorgang, der eine Stunde dauerte, hatte sie davon abgelenkt, über ihre gegenwärtige Lage nachzugrübeln.

Als sie an die Reihe kam und die Passagierhülle überzog, um sich über das Zehn-Meter-Stück zur OTV-Schleuse führen zu lassen, strengte sie sich mächtig an, um ruhig zu erscheinen. Die Hülle bestand aus transparentem Plastik, damit sie keine Klaustrophobie bekäme, obwohl eher das Gegenteil der Fall war. Sie spürte die schwarze Unermeßlichkeit hinter dem OTV, obwohl sie keine Sterne sah. Diese wurden überdeckt vom Lichtschein der Erde und von den hellerleuchteten Flächen des OTV, eines Zugs aus verschachtelten Tanks, Kugeln und Prismen in einem Aluschienenkorsett.

Die OTV-Besatzung aus drei Männern und zwei Frauen begrüßte herzlich die »schlüpfende« Patricia im schmalen Tunnel und führte sie dann zu ihrem Sitz unmittelbar hinter den eigenen. Von dieser Warte aus hatte sie gute, direkte Sicht, und nun konnte sie das Raster der Sterne sehen.

Ohne die behagliche Trennung durch ein Video-System erschien das direkt betrachtete Weltall wie Fluch-

---

* Orbital Transfer Vehicle = Fahrzeug zum Transfer zwischen Erdumlaufbahnen. – *Anm. d. Übers.*

ten endloser, sternenübersäter Korridore. Patricia hatte das Gefühl, sie könne durch irgendeinen dieser Korridore spazieren und sich in der gewandelten Perspektive verirren.

Sie trug noch den schwarzen Overall, der ihr erst vor sechs Stunden in Florida ausgehändigt worden war. Sie fühlte sich schmutzig. Lästige Strähnen fielen ihr ins Gesicht, obwohl ihr Haar zu einem Knoten gebunden war. Sie konnte ihre Nervosität förmlich riechen.

Die Besatzung schwebte um sie herum, nahm letzte Checks vor und fütterte Daten in die Eingabeschlitze der Prozessoren. Patricia betrachtete ihre bunten Anzüge – die Frauen in Rot und Blau, die Männer in Grün, Schwarz und Grau – und fragte sich vergeblich, welchen Dienstgrad ein jeder hätte und wer das Kommando führte. Es ging alles gelassen über die Bühne, ohne Abweichung in Stimme oder Verhalten, als wären es Zivilisten. Aber das waren sie nicht.

Das OTV war ein unbewaffnetes Militärfahrzeug und unterlag den Beschränkungen, die nach dem Kleinen Tod festgelegt worden waren. Es war eines von Dutzenden neuer Fahrzeuge, die seit dem Auftauchen des Steins in Erdumlaufbahn gebaut worden waren, und unterschied sich beträchtlich von den Fahrzeugen, die die ODPs* der Joint Space Force versorgt hatten. Es war größer und konnte viel weitere Distanzen überwinden; vertragsgemäß durfte es keine ODP-Ladungen mitführen.

»Wir starten in drei Minuten«, sagte der Kopilot, eine Blondine, deren Namen Patricia wieder vergessen hatte. Sie tippte Patricia auf die Schulter und lächelte. »Die erste halbe Stunde oder so wird's hektisch zugehen. Wenn Sie also was trinken oder zur Toilette möchten, so ist jetzt noch Zeit dafür.«

---

* Orbital Defense Platforms = Verteidigungsplattformen in Erdumlaufbahn. – *Anm. d. Übers.*

Patricia schüttelte den Kopf und erwiderte das Lächeln. »Alles okay.«

»Gut. Jungfrau?«

Patricia machte große Augen.

»Ob erster Flug, meint sie«, stellte die andere Frau klar. Ihren Namen wußte Patricia noch; sie hieß Rita wie ihre Mutter.

»Natürlich«, antwortete Patricia. »Würde ich mich sonst aufführen wie eine Kuh im Schlachthaus?«

Die Blondine lachte. Der Pilot – ein James oder Jack mit schönen grünen Augen – blickte über die Schulter zu Patricia; seinen Kopf umrahmten Gurt und Schwert von Orion. »Nur keine Panik, Patricia«, sagte er. So ruhig. Sie war beinahe eingeschüchtert von der berufsbedingten Zuversicht. Es waren Raumfahrer, die ursprünglich den erdnahen Orbitplattformen zugeteilt waren und nun zwischen Erde, Mond und Stein pendelten. Patricia hingegen war ein Mädchen, das frisch von der Uni kam und mit der Reise nach Florida zum Shuttle-Flug vom Kennedy Space Center erstmals über die Grenzen Kaliforniens hinausgekommen war.

Sie überlegte, was Vater und Mutter daheim in Santa Barbara wohl gerade täten. Wo mochten sie sich ihre Tochter jetzt vorstellen? Erst vor einer Woche hatte sie sich verabschiedet. Noch immer bekam sie ein flaues Gefühl im Magen, wenn sie an ihre letzten Minuten mit Paul dachte. Immerhin würde sie seine Briefe erhalten; dafür garantierte die Militärpost-Adresse. Aber was könnte sie ihm in ihren Antworten sagen? Nichts vermutlich. Und ihr Aufenthalt im Weltraum wurde auf mindestens zwei Monate veranschlagt.

Sie lauschte dem Brummen und Surren der OTV-Maschinen. Da hörte sie Treibstoffpumpen, geheimnisvolle Laute, Gluckergeräusche wie von großen Wasserblasen, die hinter der Passagierkabine zerplatzten, und das helle Klingeln der Lagekontrolldüsen, die das Fahrzeug von der Fähre wegbewegten.

Sie begannen zu rotieren; ihre Achse lag so ziemlich in der Mitte der Kokonladung, die festgemacht war, wo ansonsten ein zusätzlicher sechseckiger Treibstofftank untergebracht war. Das OTV setzte sich mit einem Ruck in Bewegung, als der erste Hauptmotor zündete. Die Blondine, die noch nicht saß, landete mit den Füßen am hinteren Schott, fing den Aufprall mit federnden Knien ab und beendete ihre Eingabe am Prozessor.

Dann legten alle die Gurte an.

Die Zündung des zweiten Motors erfolgte nach fünfzehn Minuten. Patricia schloß die Augen, schmiegte sich in den Sitz und beschäftigte sich wieder mit einem Problem, das sie vor mehr als zwei Wochen auf die Seite gelegt hatte. Im Anfangsstadium ihrer Arbeit benötigte sie nie Papier. Nun, es marschierte Fraktur vor ihr auf, abgetrennt von eigenen Symbolen, die sie mit zehn erfunden hatte. Obwohl da keine Musik war – normalerweise hörte sie bei der Arbeit Vivaldi oder Mozart – tauchte sie ein in ein Meer der Abstraktion. Sie griff mit der Hand zum Stapel von Musikmünzen und dem Stereozusatz in ihrer Handgepäcktasche.

Einige Minuten später schlug sie die Augen auf. Alles saß auf den Plätzen und behielt die Armaturen im Auge. Patricia versuchte zu schlafen. Bevor sie eindöste, war sie kurz ihrer großen Frage nachgegangen:

Warum war sie, ausgerechnet *sie* ausgesucht worden von einer Liste von Mathematikern, die meterlang gewesen sein mußte? Daß sie einen Wettbewerb gewonnen hatte, das schien keine hinreichende Begründung zu sein; es gab andere Mathematiker mit viel mehr Erfahrung und Format ...

Hoffman hatte an sich keine Erklärung geliefert. Sie hatte lediglich gesagt: »Sie gehen auf den Stein. Alles, was Sie wissen müssen, finden Sie dort oben. Es unterliegt der Geheimhaltung, also darf ich Ihnen keine Unterlagen aushändigen, solange Sie hier auf der Erde sind. Sie haben verdammt viel zu studieren. Aber ich wette, für einen Denker wie Sie wird das ein Höllenspaß sein.«

Soweit Patricia wußte, gab es für ihr Können keinerlei praktische Anwendung, und das war ihr lieber so.

Sie zweifelte nicht an ihren Talenten. Aber daß ausgerechnet *sie* herangezogen wurde, das machte sie nervös.

Vor sechs Jahren hatte ein Matheprofessor der Stanford University zu ihr gesagt, daß ein Gott oder Außerirdischer sein müsse, wer ihre Arbeit voll zu schätzen wisse.

Während Patricia im Dunkeln schläfrig aus dem lauten OTV entschwand und ihr Magen ständig nach oben drückte, dachte sie an den Stein. Die betroffenen Regierungen mißbilligten Spekulationen nicht, stellten aber keinen Stoff zur Verfügung, um das Feuer zu schüren. Die Russen, die erst im letzten Jahr auf den Stein vorgelassen worden waren, ließen vage anklingen, was ihre Forscher gesehen hatten.

Hobbyastronomen – und ein paar zivile Himmelskundler, die nicht von Regierungsagenten aufgesucht worden waren – hatten auf die drei gleichmäßigen Latitudinalbänder und die eigenartigen Dellen an den Polen hingewiesen, als wäre der Stein auf der Drehbank entstanden.

Die Folge davon war, daß jeder wußte, der Stein war ein heißes Thema, vielleicht *das* Thema aller Zeiten.

Und so war es nicht verwunderlich, daß Paul, der zwei und zwei zusammenzählte, zu Patricia gesagt hatte, daß sie seiner Meinung nach auf den Stein gehe. »Ein Kopf, ungewöhnlich wie du – da kann's nur der Stein sein«, hatte er gefolgert.

Götter oder Außerirdische. Trotzdem fand sie Schlaf.

Als sie aufwachte, sah sie kurz den Stein, während das OTV zum Landemanöver beidrehte. Er hatte viel Ähnlichkeit mit den unzähligen Bildern, die sie in Zeitungen und Magazinen gesehen hatte: bohnenförmig, in der Mitte ungefähr ein Drittel so dick wie lang, übersät mit Kratern zwischen den sauber ausgehöhlten, künstlichen Rillen. Der größte Durchmesser betrug einundneunzig Kilometer, die Länge zweihundertzweiundneunzig. Gestein und Nickel und Eisen, aber längst nicht nur das.

»Wir nähern uns dem Südpol«, erklärte die Blondine, die sich herumdrehte und über den Sitz hinter zu Vasquez blickte. »Eine kleine Einweisung, falls man sie nicht schon aufgeklärt hat. Tja, Blinde unter Blinden.« Sie blickte vielsagend auf ihre Teamkameraden. »Zuerst einige Fakten und Zahlen, die bloß für die Navigation wichtig sind. Beachten Sie, daß der Stein um seine Längsachse rotiert. Das ist keine Überraschung – das weiß jeder. Aber die Rotationszeit beträgt etwa sieben Minuten ...«

»Sechs-Komma-acht-zwei-vier Minuten«, korrigierte James oder Jack.

»Das heißt«, fuhr die Blondine unbeeindruckt fort, »daß alles Lose an der Außenfläche mit einem Mordszahn davonfliegt, so daß wir dort nicht landen können. Wir müssen durch den Pol gehn.«

»Ist da was drin im Stein?« fragte Patricia.

»Eine ganze Menge, wenn sie alles an Menschen und Material zusammenrechnen, das wir in den letzten Jahren raufgeschippert haben«, sagte James oder Jack.

»Die Albedo des Steins entspricht kieselerdehaltigen Asteroiden. Das ist der Stein offenbar mal gewesen. So, da ist der Südpol«, sagte Rita.

In der Mitte des großen Polkraters befand sich eine Ausbuchtung – ziemlich klein, im Verhältnis zum Stein selbst schätzungsweise nicht mehr als einen Kilometer tief und drei bis vier breit.

Die Rotation des Steins war ohne weiteres erkennbar. Als das OTV seinen Kurs mit dem Stein in Übereinstimmung brachte und sich dann in Richtung Achse näherte, wurde der Krater größer, und weitere Details wurden erkennbar. Beinahe wie selbstverständlich nahm Patricia davon Kenntnis, daß der Boden wie eine Bienenwabe hexagonal strukturiert war.

In der Mitte der Ausbuchtung befand sich ein kreisrunder Punkt von etwa hundert Metern Durchmesser. Ein Loch. Ein Eingang. Das Loch gähnte, wurde immer größer, blieb aber pechschwarz.

Das OTV glitt ins Loch.

»Wir müssen zirka fünf Minuten unsere Position halten, bis sie die rotierende Landeschleuse hochbeschleunigt haben«, sagte James oder Jack.

»Haben wir das alles gemacht?« fragte Patricia unsicher. »In den fünf Jahren?«

»Nein, meine Gute«, sagte die Blondine. »Es war schon da. Sie werden gehört haben, daß der Stein innen hohl ist und sieben Kammern hat. Wir haben Tausende Tonnen von Ausrüstung da drin und eine ganze Menge Personal. Weiß Gott, was die da tun. Jedenfalls entdekken die Zeug, für das wir ein Auge hergeben würden. Mehr wissen wir allerdings nicht, und wir dürfen keine Gerüchte weiterverbreiten. Aber die werden Sie ja nicht brauchen.«

»Wir senden seit sieben Minuten ein Landesignal«, sagte James oder Jack. »Kriegen jeden Moment Sprechkontakt.«

Der Funk schnarrte. »OTV drei-sieben«, sagte ein ruhiger, männlicher Tenor. »Die Landedockrotation ist okay. Mit Null-Komma-eins Meter pro Sekunde anfliegen.«

Rita drückte einen Schalter, und die Scheinwerfer des OTV gingen an und erleuchteten das Innere eines grauen Zylinders, der das Schiff winzig wirken ließ. Vier Lichterreihen tauchten vor ihnen auf, die etwas wackelten, während das rotierende Landedock seine Geschwindigkeit anpaßte. »Los geht's!« Das OTV näherte sich langsam.

Patricia nickte und vergrub die Hände im Schoß. Der Ruck war kaum wahrnehmbar, als die OTV-Lagekontrolldüsen ringsum klingelten und das Schiff im Tunnel zum Stillstand brachten. Eine Luke vor dem Schiff öffnete sich, und heraus kamen drei Männer im Raumanzug, die Taue trugen. Mit Hilfe der Anzugtriebwerke flogen sie um das Schiff herum und machten es fest.

»Festgemacht, OTV drei-sieben«, sagte die Stimme über Funk wenige Minuten später. »Willkommen auf dem Stein!«

»Danke«, erwiderte James oder Jack. »Wir haben schwere Lasten im Bauch und eine wertvolle Ladung vorndran. Gehen Sie vorsichtig damit um!«

»Inland oder Ausland?«

»Inland. Beste kalifornische Lage.«

Patricia wußte nicht, ob sie von einer Ladung Wein oder von ihr sprachen, und zum Fragen war sie viel zu aufgeregt.

»Alles klar.«

»Noch mehr Geheimnisse für uns, Lotse?« fragte die Blondine.

»Wir wollen die Ladung in fünf Minuten gelöscht haben.«

»Zeit läuft.«

»Noch mehr Geheimnisse? Mal sehn. Was hat ein Rabe mit einem Schreibtisch gemeinsam?«

»Ich denke scharf nach«, sagte James oder Jack. Er schaltete das Mikro ab und schwenkte von seinem Platz auf, um Patricia aus den Gurten zu helfen. »Wortkarge Bande«, sagte er, während er sie zum Schleusenzugang führte. »Ich liefere Sie ihnen auf Gedeih und Verderb aus. Und erzählen Sie uns davon ...« – er klopfte ihr väterlich auf die Schulter –, »eines Tages, wenn das alles vorbei ist und wir in einer Bar in Sausoslito sitzen und in Erinnerung schwelgen ...« Er grinste, so lächerlich war sein Bild. »Sagen Sie uns, was sich, zum Teufel, hier oben abgespielt hat – Schritt für Schritt. Wir werden's bewahren bis zum Ende unsrer Tage.«

»Warum glauben Sie, daß man es mir sagt?« fragte Patricia.

»Tja, wissen Sie nicht?« Rita war zur Schleuse gekommen. »Sie sind erste Kategorie. Sie sollen ihre kollektive Haut retten.«

Patricia stieg in die Transferblase, und sie schlossen die Schleuse hinter ihr. Durch das Fenster konnte sie den eigenartigen Hunger in ihren Gesichtern sehen. Dann ging die Luke auf, und zwei Männer im Raumanzug griffen herein und zogen die Blase aus dem OTV. Von Hand zu Hand wurde sie durch eine kreisrunde Öffnung im grauen Landedock gereicht.

## 2. Kapitel

Fünfundzwanzig Kilometer unterhalb der Achse brachte die Rotation des Steins eine Kraft von sechs Zehntel g zustande. Garry Lanier nutzte das täglich dazu, Turnübungen zu absolvieren, die er auf der Erde nur mühsam oder gar nicht geschafft hätte. Er schwang hin und her, indem er die Atemluft prustend ausstieß, und wirbelte mit gestreckten Beinen hoch über den Barren und die Grube mit feinem weißen Sand. Es war leicht, sich mit einem Ruck in die Ausgangsposition zu begeben. Fast ebenso leicht war es, die Beine in die Luft zu schwingen und sich rückwärts zu überschlagen.

Durch die Übung bekam er einen klaren Kopf – zumindest für einige Minuten – und fühlte er sich zurückversetzt in die Turnstunden seiner College-Zeit.

Die erste Kammer des Steins glich im Querschnitt einem gedrungenen Zylinder, der im Durchmesser fünfzig Kilometer und am Boden dreißig Kilometer maß. Da jede der ersten sechs Kammern des Steins im Durchmesser größer als lang war, glichen sie tiefen Tälern, und als solche wurden sie manchmal auch bezeichnet.

Lanier hielt mit einwärtsgekehrten Zehenspitzen einen Moment still und blickte zur Plasmaröhre hinauf. Lichtringe glitten durchs ionisierte Gas, das nur geringfügig dichter war als das Beinahe-Vakuum ringsum, und schossen entlang der Achse vom Bohrloch zur gegenüberliegenden Kammerwand mit solcher Geschwindigkeit, daß das Auge die Bewegung als hohlen Schaft, als fortlaufende Röhre deutete. Die Plasmaröhre, die sich in die andern Kammern fortsetzte, erzeugte alles Licht im Steininnern – und das schon seit zwölf Jahrhunderten.

Lanier landete im Sand und rieb sich die Hände am Sweatshirt ab. Er turnte eine Stunde, nicht länger, wenn es sein Zeitplan erlaubte, was nicht oft vorkam. Seine Muskeln bekamen die fehlende Erdschwerkraft zu spüren. Wenigstens hatte er sich an die dünne Luft akklimatisiert.

Er strich sich durchs kurze schwarze Haar und schüttelte mit ausdruckslosem Gesicht langsam die Beine aus.

Bald ginge es wieder ins kleine Büro im Verwaltungsbungalow, ans Unterzeichnen von Tafeln zur Materialzuteilung für die verschiedenen Experimente, ans Überwachen der Schichtwechsel des wissenschaftlichen Personals in den überfüllten Labors, ans Einteilen der Gerät- und Zentralrechnerbenutzungszeiten, an die Memoblöcke und die Informationen aus den Kammern zwei und drei ...

Und ans Durchsetzen von Sicherheitsfragen, ans Anhören der ständigen Beschwerden der Russen wegen eingeschränkter Bewegungsfreiheit.

Er schloß die Augen. Mit all dem wurde er fertig. Hoffman hatte ihn einmal den geborenen Verwalter genannt, und das stellte er nicht in Abrede. Menschenführung – besonders fähiger Persönlichkeiten – war sein Lebensinhalt.

Aber es ginge auch zur kleinen Statuette in der obersten Schublade seines Schreibtisches. Für ihn symbolisierte die Statuette alle Eigenheiten des Steins.

Es war die lebensechte, räumliche Darstellung eines Mannes, in einen Kristallblock eingegossen. Am Fuß des Blocks von knapp zwölf Zentimetern Höhe stand in fließender Schönschrift ein Name eingraviert: KONRAD KORZENOWSKI.

Korzenowski war der Hauptkonstrukteur des Steins vor sechshundert Jahren gewesen.

Und da fing es an – er dachte ans Bibliotheksungetüm, das ihn zu verschlingen drohte – das Wissen, das tagtäglich ein Stück seiner Menschlichkeit geraubt und mürbe gemacht und ihn damit in eine Art Persönlichkeitskrise gestoßen hatte. Er sah keine – noch keine – Möglichkeit, klarzukommen mit dem, was er wußte – was er und nur zehn weitere Menschen wußten. Bald käme ein elfter an.

Und der tat ihm leid.

Die Gymnastikgrube lag einen halben Kilometer vom Lager des wissenschaftlichen Teams entfernt, auf halber Strecke zwischen dem Lager und dem Stacheldrahtzaun, der die Grenze bildete, die niemand ohne grünes Abzeichen uneskortiert überschreiten durfte.

Den Talboden bildete eine weiche, sandige Erdschicht, die trocken, aber nicht staubig war. Da und dort wuchsen struppige Grasbüschel aus dem Boden, aber größtenteils war die erste Kammer unfruchtbar.

Das Lager selbst – eins von zweien in der ersten Kammer – glich einem alten Römerkastell mit einem Erdwall und versiegten Wassergraben rund um die Anlage. Der Wall war versehen mit elektronischen Sensoren, die alle fünf Meter auf Pfählen montiert waren. All diese Vorsichtsmaßnahmen stammten noch aus der Zeit, als es Grund zur Annahme gab, es befänden sich noch Steinbewohner in den Kammern, die eine Bedrohung darstellen könnten. Durch die Macht der Gewohnheit – und weil diese Möglichkeit nach wie vor nicht auszuschließen war – wurden die Maßnahmen beibehalten.

Lanier überquerte die robuste Holzbrücke, die sich über den Graben spannte, und bestieg die Treppe am Wall, wobei er mit seiner Karte vor einem Lesegerät auf einem Pfahl fuchtelte.

Er passierte die Unterkünfte für Männer und Frauen und betrat den Verwaltungsbungalow, wo er kurz auf den Schreibtisch von Ann Blakely klopfte und winkend weiterging. Ann war schon seit über einem Jahr seine Sekretärin. Sie drehte sich auf ihrem Stuhl herum und griff nach der Memo-Tafel.

»Garry ...«

Er schüttelte den Kopf, ohne sie anzusehen, und ging auf der Treppe weiter. »Noch fünf Minuten«, sagte er.

Im Obergeschoß steckte er seine Karte in das Sicherheitsschloß an seiner Bürotür, drückte die Daumen auf das Plättchen und trat ein. Automatisch ging die Tür hinter ihm zu. Er zog seinen Jogginganzug aus und schlüpfte in den blauen Overall des wissenschaftlichen Teams.

Das Büro war aufgeräumt, wirkte aber dennoch überfüllt. Den kleinen Schreibtisch aus OTV-Tankwänden flankierten Chromkübel mit Papierrollen. Ein schmales Regal mit echten Büchern hing neben den gestapelten Speicherblöcken hinter den zähen, alarmgesicherten Plastikscheiben. Karten und Pläne klebten an den Wänden.

Ein großes Fenster gewährte Blick über die Gebäude des Lagers. Im Norden jenseits des öden Talbodens ragte düster die massige, graue Kappe der nächsten Kammer auf.

Lanier setzte sich auf den superleichten Direktorenstuhl und legte die Füße aufs Fensterbrett. Seine dunklen, von Krähenfüßen betonten Augen waren auf den fernen Punkt gerichtet, wo die Plasmaröhre an die Kappe stieß. Durch das diffuse Licht der Röhre war es schwierig, das hundert Meter weite Bohrloch auszumachen, das durch den Deckel in die nächste Kammer führte. Das Bohrloch lag fünf Kilometer über der Atmosphäre in der Kammer.

In zwei Minuten wäre seine Freizeit beendet. Er ordnete seine Tafeln und Prozessoren, warf einen Blick auf den Terminplan des Tages und stimmte sich auf seine Arbeit als Triebfeder ein.

Unter einem Fingernagel war Schmutz. Mit einem Fingernagel der anderen Hand entfernte er ihn.

Wenn er nur die einfachen Dinge erklären könnte – die Statuette, den Stacheldraht, mit dem der Zaun gezogen war, das Lattenholz, mit dem die Brücke über den Graben gebaut war –, dann würde sich das Puzzle zusammenfügen.

Der Stein würde sich selber erklären.

Die einzigen Erklärungen, die er jetzt parat hatte, waren nicht nur unwahrscheinlich, sondern irrsinnig.

Sein Sprechgerät summte.

»Ja, Ann.«

»Jetzt im Dienst, Garry.«

»Ja.«

»Übertragung aus dem Loch. OTV-Landeanflug.«

»Unser Retter?«

»Vermutlich.«

Hoffman hatte gesagt, diese junge Frau sei wichtig, und das Wort der Präsidentenberaterin war eins der wenigen Dinge, auf die sich Lanier, wie er glaubte, verlassen konnte. In den vier Jahren seit jenem Partyabend hatte er eine Menge über Politik, wie sie innerhalb und außerhalb der Welthauptstädte praktiziert wurde, und über das Verhalten von Ländern in Krisen gelernt. Er hatte erkannt, daß Hoffman ein ungewöhnlicher Mensch war. Fähig und mit unfehlbarer Intuition.

Allerdings hatte sie sich bei jener Party in einem Punkt völlig geirrt. Das Auftauchen des Steins läutete streng genommen nicht die Ankunft von Aliens ein.

Er nahm zwei Tafeln und einen Prozessor in die Hand. »Sonst noch was?« fragte er, neben Blakelys Tisch stehend.

»Das ging rein und raus«, sagte sie und reichte ihm einen Würfel mit Mitteilungen.

Es wehte immer ein leichter, kühler Wind vom fast senkrechten Abhang der Kappe herunter. Manchmal fiel Schnee und schichtete sich in Wächten an der Nikkeleisenwand auf. Der Aufzugeingang, ein vollkommen halbkreisförmiger Bogen, war wie alle Tunnels, Wartungsschächte und Bohrlöcher aus dem Asteroidenmaterial herausgeschmolzen worden. Die Seiten des kurzen Gangs waren glattpoliert und mit eingeätzten, wunderbar dreieckigen Widmanstätten-Mustern versehen.

Der Aufzug war zylindrisch, hatte einen Durchmesser von zehn Metern und war fünf Meter hoch; der diente sowohl für Personen als auch für Lasten. An den Seiten waren ringsum Handgriffe angebracht und in den Boden Ösen zum Anbinden eingelassen. Wenn der Aufzug sich nach oben bewegte, nahm die Winkelgeschwindigkeit mit dem Schwächerwerden der Zentrifugalkraft des rotierenden Steins ab. Hatte er sich erst dem Bohrloch genähert, brachte die Drehung nur noch ein Zehntel Prozent g zustande.

Die Fahrt dauerte zehn Minuten. Der Aufzug wurde langsamer und kam sachte zum Stillstand, als die gegenüberliegende Tür in gleicher Höhe wie der unter Druck stehende Tunnel lag, der zu den Landebereichen führte.

In einer elektrischen Lore – einer von den zwei Dutzenden oder so, die von der Erde heraufgebracht worden waren – legte Lanier den größten Teil des restlichen Weges entlang einer Magnetschiene zurück.

Die Lore kam quietschend zum Stillstand, und Lanier überwand das letzte Stück Weges, indem er sich an Führungsseilen vorwärtszog.

Die ersten Landungen im Bohrloch waren schwierig gewesen. Damals waren die rotierenden Anlegestellen ohne Energieversorgung und nur spärlich beleuchtet gewesen. Mal um Mal hatten die OTV-Piloten ihr Geschick unter Beweis stellen müssen. Die ersten Pioniere im Raumanzug hatten großen Mut gezeigt und ihr Fahrzeug verlassen, um sich den Wänden des Bohrlochs zu nähern, die mit zirka einem Dreiviertel Meter pro Sekunde rotierten. Nachdem das technische Gerät von Landedock und Aufbauten überholt und wieder in Gang gesetzt war, gestaltete sich der Transfer viel einfacher.

Die drei Anlegestellen, einfache, gediegene Vorrichtungen, funktionierten. Die Anlage bestand jeweils aus einem Zylinder im Loch, der rotierte, um die Drehbewegung des Steins auszugleichen, und wie der Rotor in einem riesigen Elektromotor beschleunigt wurde. Ein Techniker in einer Kabine unter der ersten Anlegestelle steuerte alle Landedocks, öffnete und schloß Luken und koordinierte das Entladen von Lasten und Passagieren.

Die Landebereiche waren von den technischen Teams gründlich umgestaltet und mit Werkstätten versehen worden, die auf die so gut wie fehlende Schwerkraft eingerichtet waren. Hier wurden die massigen Lasten gelöscht, umgepackt und entweder über die Aufzüge zum Talboden geschafft oder entlang der Achse weiter zu einem der nächsten Löcher oder in die anderen Kammern geflogen.

Der Leiter des technischen Teams, Lawrence Heineman, unterhielt sich gerade im ersten Landebereich mit einer schlanken, dunkelhaarigen jungen Dame, als Lanier hinzukam. Sie standen, die Hände an Führungsseilen, in einem breiten Lichtoval und verfolgten, wie sich große Vakuumtüren aufschoben und den Blick freigaben auf die kokonverpackte Ladung im OTV, die auf Trägern ruhte. Die Ladung ließ sie zwergenhaft erscheinen.

Heineman, ein kleiner, kurzhaariger, muskulöser

Luft- und Raumfahrttechniker aus Florida, lächelte breit und erklärte der jungen Dame etwas mit fuchtelnden Händen. Als Lanier hinzukam, wandte sich Heineman um, streckte ihm die Hand entgegen und nickte in seine Richtung. »Patricia, das ist Garry Lanier, unser durchaus ziviler Boß. Garry, Miss Patricia Luisa Vasquez.« Er schüttelte den Kopf und stieß prustend ein begeistertes »Wau!« aus.

Lanier gab Vasquez die Hand. Sie war klein, zart und hübsch. Ovales Gesicht, seidiges dunkelbraunes Haar, schlanke Arme und Beine, etwas breite Hüften für ihre Größe: eine durch und durch unpraktisch wirkende Frau, sagte er sich. Hinter weiten, länglichen Augen, dunkel wie die seinen, und einer kurzen, spitzen Nase und dem verkniffenen Mund war Angst zu erkennen.

»Erfreut«, sagte Lanier. »Larry, was hast du ihr bis jetzt gesagt?«

Heineman parierte die Frage mit einem Seitenblick. »Patricia, ich hab's nur zu Blau gebracht – und du sollst, wie ich höre, grün bekommen. Garry ist besorgt, ich könnte dir ausplaudern, was sich ein ignoranter Achsler denkt. Ich habe nur von dieser Operationsebene gesprochen, ich schwör's!« Er hob die Rechte und hielt die Linke ans Herz. »Garry, ich hab' einige Aufsätze von ihr in einem halben Dutzend Mathe- und Physikblätter gelesen. Sie ist phantastisch.«

Allerdings stand eine Frage in seinem Gesicht, die Lanier keineswegs entging. *Was, zum Teufel, tut sie hier?*

»Hab' ich gehört.« Er deutete auf den Kokon. »Was ist das?«

»Meine Fahrkarte für ein grünes Abzeichen«, sagte Heineman. »Laut Frachtzettel der Röhrengleiter. Und das V/STOL kommt mit dem nächsten OTV in einigen Stunden.«

»Dann packen wir mal aus und sehen uns an, was wir ändern müssen.«

»Richtig. War mir ein Vergnügen, dich kennengelernt

zu haben, Patricia.« Heineman setzte sich in Bewegung, hielt dann inne und wandte sich mit verwundertem Ausdruck noch einmal um. »Was du da schreibst – es ist mehr ein Hobby für mich –, übersteigt meinen Horizont.« Er zog erwartungsvoll die Brauen hoch. »Vielleicht können wir mal drüber sprechen, wenn ich mein grünes Abzeichen habe?«

Patricia nickte lächelnd. Trupps aus Männern und Frauen in grauem Overall scharten sich bereits um den Kokon wie Ameisen um die Königin. Befehle ausgebend, stieß Heineman zu ihnen.

»Miss Vasquez ...«, begann Lanier.

»Nur nicht so förmlich. Patricia ist okay.«

»Ganz meine Meinung. Ich bin Koordinator des wissenschaftlichen Teams.«

»Das sagte Mr. Heineman bereits. Ich habe so viele Fragen, Mr. Lanier ... Garry. Ist das wirklich ein Raumschiff, ein Schiff von einem andern Stern, das hier?« Sie schwenkte den Arm in weitem Bogen und hob dabei momentan mit den Zehen vom Boden ab.

»Ja«, erklärte er mit eigenartig tiefer Freude. Obwohl ihn der Stein in den letzten Jahren beinahe um den Verstand gebracht hatte mit seinen ewigen Überraschungen, war er nach wie vor in ihn verliebt.

»Wo kommer er her?«

Lanier hob abwehrend die Hand und schüttelte den Kopf. Mit einemmal fiel Vasquez auf, wie erschöpft er wirkte, was ihre Erwartungshaltung etwas dämpfte.

»Jetzt wollen wir uns sicher erst mal ausruhen und frisch machen. Die Unterkünfte im Tal – dem Boden der Kammer – sind recht nett. Dann schlage ich einen Besuch in der Cafeteria vor, um einige Wissenschaftler aus dem Team kennenzulernen. Und von da an geht's dann weiter, Schritt für Schritt.«

Vasquez musterte ihn. Ihre Augen wirkten dabei nicht gerade mitfühlend, eher aggressiv. »Stimmt was nicht?«

Lanier runzelte augenrollend die Stirn. »Wir haben so'nen Ausdruck für das, was dir hier passiert. Wir sagen, der Stein macht dich zu. Ich bin ein bißchen zu, das ist alles.«

Sie sah sich im Landebereich um und experimentierte mit der Zentrifugalkraft, indem sie sich mit den Zehen leicht abstieß und einige Zentimeter in die Höhe bewegte. »Kommt mir alles bekannt vor«, stellte sie fest. »Ich dachte, so ein Alien-Gerät wäre was Rätselhaftes, aber ich kann fast alles erkennen, als wäre das hier von uns auf der Erde gebaut worden.«

»Nun«, sagte Lanier, »Heineman und seine Leute waren fleißig. Aber nur keine vorschnellen Schlüsse. Wir fahren jetzt – bitte, mir zu folgen – zum Boden der ersten Kammer hinunter. Die Seile benutzen. Und wenn's Larry noch nicht gesagt hat, dann darf ich dich hiermit willkommen heißen auf dem Stein.«

## 3. Kapitel

Patricia lag auf der Luftmatratze und hielt ganz still, um mit der Synthetics-Decke nicht auf dem Vinyl zu quietschen. Es war dunkel, und ihr war angenehm warm. Sie fühlte sich sauber und war satt – das Essen in der Cafeteria hatte wirklich geschmeckt – und längst nicht so atemlos wie beim Gehen. Müde war sie, konnte aber nicht schlafen. Immer wieder tauchten Eindrücke des Tages vor ihr auf.

Der dreißig Kilometer breite Kammerboden, ein grau-braun-gesprenkelter Talgrund, zu beiden Seiten deckelartig verschlossen von nacktem Fels und natürlichen Metallwänden und durchzogen von der leuchtenden Plasmaröhre.

Die eigenartige Perspektive, die sich ihr geboten hatte, als sie vor dem ebenerdigen Eingang zum Aufzug stand, angesichts der Unermeßlichkeit der Landschaft, die sich kilometerweit flach und ganz normal dahinzog wie eine Wüste an einem leicht bedeckten Tag. Dann jedoch wurde beidseitig – in Drehrichtung und entgegengesetzt – die Krümmung ausgeprägter. Patricia hatte den Eindruck, unter einem riesigen Brückenbogen zu stehen, über dem als heller Strom die Plasmaröhre floß. Direkt im Norden stieg das Gelände an und fügte sich nahtlos an die runde Kappe an. Wenn man nach oben blickte, wurde alles verzerrt wie durch ein Weitwinkelobjektiv; der Deckel neigte sich dem entgegengesetzten zu und vollendete so über der Plasmaröhre den Kreis.

Der Stein war nach wie vor aktiv, obwohl diese Kammern vor Jahrhunderten verlassen worden waren.

Lanier hatte nicht viele Fragen beantwortet, sondern festgestellt, daß sie in einem »Prozeß« den Stein Stück für Stück kennenlernen und erleben müsse. »Andernfalls«, hatte er erklärt, »hättest du keinen Grund, uns zu glauben.« Das klang vernünftig, aber dennoch war Patricia frustriert. Was war daran so rätselhaft? Der Stein war herrlich und faszinierend, aber keine Herausforderung für sie, soweit sie das beurteilen konnte. Höhere Physik, ganz einfach.

Es war wirklich einfach. Man nehme einen großen Asteroiden mit Nickeleisenkern – den üblichen Milliarden Jahre alten Brocken planetarischer Urmaterie – und setze ihn auf eine Umlaufbahn. Man höhle sieben Kammern aus, die durch ein Bohrloch in der Achse miteinander in Verbindung stehen, dann treibe man Tunnels, Gänge, Lagerräume und Aufzugschächte in die Wände. Schaffe ergänzend kohlenstoff- und eisehaltiges Asteroidenmaterial heran und verfrachte es in die Kammern. Schicke ihn auf eine Reise ins tiefe All und siehe da!

Der Stein.

Patricia hatte mittlerweile einige wesentliche Fakten in Erfahrung gebracht. Jeder Kammerboden war durch ein Tunnelsystem im gemeinsamen Asteroidenmaterial verbunden. Viele dieser Tunnels gehörten zu einem weitläufigen Schienenstransportnetz. Gleise gab es nicht in der ersten Kammer, denn diese hatte als Reserve- und Lagerraum gedient und war selten betreten worden, als der Stein noch bewohnt war. Die siebte Kammer hatte offenbar dem gleichen Zweck gedient, was durchaus logisch war: die äußersten Kammern fungierten zugleich als Puffer gegen Beschädigungen der vergleichsweise dünnen Asteroidenpole. Die Wand zwischen dem ersten Kammerdeckel und dem All war stellenweise nur wenige Kilometer dick.

Allerdings war an der siebten Kammer etwas eigenartig. Patricia hatte das aus Laniers Tonfall herausgehört und aus den Gesichtern derjenigen herausgelesen, die sie in der Cafeteria getroffen hatte. Und da waren die Gerüchte, die auf der Erde kursierten ...

Irgendwie war die siebte Kammer anders, von entscheidender Bedeutung.

Bisher war sie drei Wissenschaftlern des Teams begegnet: Robert Smith, dem großen, dürren, rothaarigen Experten für Asteroidenbildung mit den niedergeschlagenen Augen, der immer traurig aussah; Hua Ling, dem schmächtigen, eifrigen Leiter des chinesischen Teams und Plasmaphysiker, der sich meist am Bohrloch des Südpols aufhielt; Lenore Carrolson, einer fünfzigjährigen Dame mit vollem Gesicht, graumeliertem blonden Haar und einer stets freundlichen Miene und Lachfältchen um die Augen.

Carrolson hatte Patricia mit mütterlicher Fürsorge begrüßt. Es hatte einige Minuten gedauert, bis Patricia klar wurde, daß es *die* Leonore Carrolson war, die Astrophysikerin und Nobelpreisträgerin, die vor acht Jahren die Gemsterne entdeckt und teilweise erklärt hatte.

Carrolson hatte auf Laniers Andeutung hin die Aufgabe übernommen, Patricia die Frauenquartiere zu zeigen, die untergebracht waren in einer länglichen Glasfiberbaracke am Nordende des Gevierts. Die Zimmer waren klein und karg, aber auf ihre Art gemütlich und praktisch mit durchdachten, superleichten, kompakten Möbeln ausgestattet. Im Aufenthaltsraum dieses Blocks hatte Carrolson Patricia zwei weiteren Astronomen vorgestellt: Janice Polk und Beryl Wallace von Abell Array in Nevada. Sie flackten auf Sofas, die aussahen, als wären sie im Werkunterricht einer High School aus Abfallmaterialen entstanden. Polk hatte für Patricias Begriffe mehr Ähnlichkeit mit einem Mannequin als mit einem Astronomen. Sogar im Overall wirkte ihre dunkle Schönheit vornehm distanzierend, wobei ihr Ausdruck gar nicht ablehnend, eher skeptisch war. Wallace war auch nicht die Häßlichste, brachte aber zwanzig Pfund Übergewicht auf die Waage. Sie wirkte irgendwie beunruhigt.

Carrolson hatte das Dienstverzeichnis beim Haupteingang erläutert. »Es sind dreißig Frauen hier im wissenschaftlichen Team und sechzig Männer. Zwei Ehepaare, vier Verlobte ...«

»Fünf«, hatte Patricia verbessert.

»Und sechs Verheiratete, die aber ohne Gatten hier sind. Das bedeutet wenig Auswahl für die Junggesellen. Ob verlobt oder nicht, du bist Freiwild, wenn du deinen Namen auf die Liste setzt.« Carrolson blickte zu Polk und Wallace. »Stimmt's, Mädchen?«

»Ein Paradies hier« sagte Polk, die von ihrer Tafel aufsah und dabei große Augen machte. »Besser als an der Universität.«

»Gibt's Probleme«, sagte Carrolson, »dann an mich wenden! Ich bin hier die Betreuerin – schon aus Altersgründen.«

»Ich komme schon zurecht«, hatte Patricia erwidert.

Sie war, was das Zwischenmenschliche anging, nie ein Schmetterling gewesen, sondern eher hart und direkt gelandet – und normalerweise ohne Erwiderung geblieben. Mit Paul war das nun freilich ihre geringste

Sorge hier. Obwohl – und sie lächelte im Dunkeln – Lanier ein hübscher Kerl war. Allerdings etwas bedrückt.

Patricia fragte sich, ob sie auch so bedrückt aussähe, sobald sie das ganze Bild hier kennen würde.

Ohne gewahr worden zu sein, daß sie geschlafen hatte, hörte sie das Wecksignal von ihrem Sprechgerät. Neben ihrem Bett schaltete sich bei diesem Signal angenehm gelbes Licht an. Sie betrachtete die kahlen, weißen Wände und wußte sofort wieder, wo sie war. Sie fühlte sich schon heimisch hier, war richtiggehend aufgeregt, voller Erwartung. Sie schwang die Beine aus dem Bett.

Patricia war kein Abenteurertyp. Zwar hatte sie schon Wanderungen unternommen oder gezeltet, aber an sich war sie nicht der sportliche Frischluftfan. Allerdings liebte sie das Radfahren. Alle sechs bis acht Monate wurde sie zum begeisterten Radfahrer und kurvte stundenlang um den Campus herum. Nach einigen Wochen legte sich dieser Drang wieder, und sitzende Gewohnheiten stellten sich wieder ein.

Sie hatte stets zu viel zu tun – im Kopf und auf dem Papier. Die Denkarbeit ließ sich fast überall bewerkstelligen, aber nicht wenn man gefährliche Pfade erklomm oder hundemüde war nach einem Gewaltmarsch.

Aber hier ...

Irgendwann in dieser Nacht hatte sie den Stein zu ihrem Fall gemacht. Sie kannte dieses Gefühl, denn mathematische Probleme war sie mit dem gleichen Elan angegangen. Sie war fasziniert. Ihr Herz schlug schneller, und sie lief rot an wie ein junges Ding.

Als Lanier klopfte, war sie angezogen und gekämmt. Sie öffnete erwartungsvoll die Tür.

Carrolson stand hinter ihm. »Frühstück?« fragte Lanier. Im üblichen blauen Overall des wissenschaftlichen Teams sah sie praktischer aus, dachte er.

Das klare, bläuliche Licht der Plasmaröhre blieb immer unverändert und warf nur einen ganz leichten

Schatten unter den Füßen, als sie sich auf den Weg machten. Die Cafeteria, die neben der ackerbaulichen Versuchsanstalt stand, gab gerade Frühstück aus für die $15^{00}$-$24^{00}$-Schicht. Die »Nacht hatte für Patricia um sechs Uhr »morgens« begonnen und bis »nachmittags« um zwei gedauert. Lanier sagte, er schlafe unregelmäßig; Carrolson beendete gerade ihre Schicht.

Ungefähr zwanzig Leute vom wissenschaftlichen Team standen um einen Videomonitor an einem Ende der Cafeteria. Lanier stellte sich kurz dazu und kam dann wieder, als Carrolson und Patricia sich gerade mit ihrem Dinner beziehungsweise Frühstück setzten. Ein Automat gab auf Tabletts das Essen aus, das jeweils die richtige Temperatur hatte und erstaunlich gut schmeckte. Ein Zapfhahn daneben war versehen mit dem Schild: »Echtes STEIN-Wasser – ein Erlebnis! $H_2O$ von den Sternen!« Das Wasser sprudelte nicht, hatte aber Geschmack.

Lanier deutete auf die Gruppe vor dem Bildschirm. »Fußball«, erklärte er. »Hunt und Thanh haben sich rangehängt an die Bohrloch-Mikrowelle und das Aufgebot draußen. Irgend so'n kommerzielles Ding überträgt ein kodiertes Match an seine Abonnementen, und wir sind zufällig in derselben Ecke des Himmels wie der Satellit. Sie haben das Signal entschlüsselt.«

»Ist das nicht verboten?« erkundigte sich Patricia, während sie das Frühstück auf ihrem Tablett sortierte.

»Der Himmel hat Privilegien«, bemerkte Carrolson. »Hier wird nicht angezeigt.«

Frischer Orangensaft war erhältlich. Unter dem Röhrenlicht gediehen Zitrusfrüchte. Der Ahornsirup auf ihren Pfannkuchen war ebenfalls echt, aber nicht aus hiesiger Erzeugung. Lanier bemerkte ihr erstauntes Gesicht.

»Was wir auf dem Stein nicht pflanzen können, das kommt in bester Qualität von Mutter Erde. Die Transportkosten sind so hoch, daß die Qualität nur einen

Bruchteil eines Prozents ausmacht. Also haben wir sie überzeugt, daß wir mindestens so gut wie die Leute auf Tauchstation oder die Mondsiedler versorgt werden sollten. Laß es dir schmecken – das ist ein 200-Dollar-Frühstück!«

Carrolson plauderte beim Essen und erzählte von der Arbeit ihres Mannes auf der Erde – er war Mathematiker im Dienste des U.S. Office of Science and Technology. Lanier sagte nicht viel. Auch Patricia war schweigsam und betrachtete insgeheim Lanier, wenn sie glaubte, nicht beobachtet zu werden. Seine indianischen Züge gefielen ihr, aber die dunklen Ringe unter den Augen erweckten den Eindruck, als hätte er seit Wochen nicht mehr geschlafen.

»... wirklich gut für dich«, sagte Carrolson gerade.

Patricia sah sie mit großen Augen an.

»Das Röhrenlicht, du weißt«, wiederholte Carrolson. »Hat alles, was wir brauchen, und keinerlei schädliche Wirkung. Man könnte sich tagelang drunterlegen, ohne sich einen Sonnenbrand zu holen, aber man würde seine Portion Vitamin D bekommen.«

»Oh«, sagte Patricia.

Carrolson seufzte. »Garry, du hast es wieder mal geschafft.«

Lanier schien nicht zu verstehen. »Was?«

»Sieh dir das Mädchen an!« Carrolson trommelte mit den Fingern auf den ultraleichten Metalltisch, der wie so viele Möbel im Lager aus OTV-Tankwänden zusammengezimmert war. »Paß gut auf, Patricia! Er ist ein Herzensbrecher.«

Patricia blickte mit aufgesperrtem Mund zwischen den beiden hin und her. »Was?«

»Ich bin fertig für heute und geh' jetzt«, sagte Carrolson und nahm ihr Tablett. »Denk dran, jede Frau im Team ist hinter Garry her. Aber er ist verantwortlich für jemand daheim – jemand sehr Wichtiges.« Sie lächelte geheimnisvoll und ging zum Abräumband.

Lanier trank von seinem Kaffee. »Ich bin mir nicht sicher, ob sie in deinem Fall richtig liegt.«

»Ganz bestimmt nicht!«

»Sie meint, ich bin der Präsidentenberaterin Judith Hoffman verantwortlich.«

»Ich habe sie kennengelernt«, erwiderte Patricia.

»Und ich stehe nicht auf der Namensliste, weil es hier für mich alle Hände voll zu tun gibt und die Zeit hinten und vorne nicht reicht. Außerdem hat das Paritätsgründe.« Er leerte seine Tasse und stellte sie ab.

»Die dürften erfüllt sein bei so vielen intelligenten Leuten ringsum, möchte ich meinen.« Patricia kam sich recht albern vor, sobald sie den Satz ausgesprochen hatte.

Lanier faltete die Hände, legte sie auf den Tisch und blickte ihr in die Augen, bis sie wegsah.

»Patricia, du bist jung, und das alles hier mag dir sehr romantisch erscheinen, aber es ist todernst. Wir arbeiten unter Abmachungen, die sich im Laufe der Jahre gefestigt haben – falls sie sich bereits gefestigt haben. Wir sind ein internationales Team von Wissenschaftlern, Ingenieuren und Sicherheitskräften, und nicht alles, und was wir hier entdecken, ist unbedingt für jedermann auf dem Erdball bestimmt, wenigstens vorerst noch nicht. Da du zu fast allem Zugang hast, mußt du besonders verantwortungsvoll sein – verantwortungsvoll wie ich. Bitte verschwende deine Zeit nicht mit ... Nun, ich schlage vor, du gehst nicht auf die Liste. Ein andermal und anderswo – gern. Aber keine Romanzen und Abenteuer auf dem Stein.«

Sie saß, die Hände im Schoß, steif da. »Ich habe nicht die Absicht, mich auf die Liste zu setzen«, erklärte sie. Sie war zwar nicht gerade zurechtgewiesen worden, fühlte sich aber dennoch gedemütigt.

»Gut. Nun beschaffen wir dir das grüne Abzeichen und fahren durchs Tal.« Sie stellten ihre Tabletts aufs Abräumband und verließen die Cafeteria. Lanier ging, den Blick auf den Boden gerichtet, einige Schritte voraus, als er sie zu einem kleinen Gebäude an der Nordseite des Walls führte. Eine untersetzte, breitschultrige Frau in schwarzem Overall mit grünem Gürtel und roten Sergeant-Streifen am Ärmel öffnete ihnen die Tür und setzte sich dann wieder hinter den aus Metallplatten gemachten Schreibtisch, um irgendwelchen Papierkram zu erledigen. Nachdem die Formulare ausgefüllt waren, öffnete sie eine abschließbare Kassette und entnahm ein grünes Abzeichen, das in der Ecke den stilisierten Stein in einem silbernen Kreis trug.

»Die Sicherheitsbestimmungen sind streng, Miss Vasquez«, erklärte sie. »Machen Sie sich unbedingt mit den Vorschriften vertraut. Ein grünes Abzeichen ist eine große Verantwortung.«

Patricia nahm den fälschungssicheren Tintenstift und versah das Abzeichen mit ihrer Unterschrift. Dann drückte sie die Finger auf eine elektronische Identifikationsplatte, um ihre Abdrücke im Computer des Sicherheitssystems zu speichern. Die Frau befestigte das Abzeichen an ihrer Brusttasche. »Angenehm, Sie bei uns zu haben. Ich bin Doreen Cunningham, Sicherheitsbeauftragter Erste Kammer Wissenschaftslager Eins. Falls Sie noch Fragen oder Probleme haben, dann kommen Sie ruhig zu mir!«

»Danke«, sagte Patricia. Lanier führte sie aus dem Wachhäuschen zur Treppe über den Wall.

»Wenn du trainieren möchtest, wir haben eine Laufbahn innerhalb des Walls rund ums Lager mit einer Verlängerung, die ins zweite Lager führt. Nicht weit von hier gibt's eine Gymnastikgrube. Ich empfehle hartes Training, so oft es geht. Die geringe Schwerkraft verwöhnt unsere Muskeln. Ich schlappe richtig ab, wenn ich nicht traniere. Und sportliche Betätigung hilft einem, sich bei dem Luftdruck schneller zu akklimatisieren.«

»Ich finde die geringe Schwerkraft angenehm«,

meinte Patricia auf dem Weg zu einem Schuppen aus Plastikplanen. »Man schwebt fast.«

Im Schuppen standen zwei Fahrzeuge, die an große Schneeraupen erinnerten und sechs Gummiräder mit Panzerketten statt Reifenprofil hatten. Patricia bückte sich und warf einen Blick unter eins der Gefährte. »Holprige Sache«, meinte sie beim Wiederaufrichten.

»Unsre Lastautos. Sind leicht zu fahren – lernst es rasch. Aber heute fährst du nur mit. Halt die Augen offen!«

Er schloß eine Tür auf und half ihr übers hohe Trittbrett in den Beifahrersitz. »Tut mir leid, daß ich vorhin so deutlich geworden bin. Ich bin sicher, du verstehst, wie wichtig du hier sein kannst.«

»Versteh' ich *nicht*«, erwiderte Patricia. »Ich habe nicht die leiseste Ahnung, zu was ich gut sein soll ...«

Lanier nickte lächelnd.

»Aber du hast natürlich recht«, fuhr sie fort. »Wenn ich so wichtig bin, dann sollte ich mich ordentlich ins Zeug legen.«

»Mir scheint, es wird dir nicht schwerfallen, dir die Arbeitsmoral des Steins anzueignen«, bemerkte Lanier. Er stieg auf der Fahrerseite ein, griff in seine Tasche und zog eine Tafel heraus, die er ihr reichte. »Hätte ich fast vergessen. Du wirst an der einen oder anderen Stelle Notizen machen wollen. Das ist so vorgesehen.«

Er schaltete den Elektromotor an und steuerte den Laster aus dem Schuppen. »Wir fahren jetzt in die zweite Kammer zur ersten Stadt. Da bleiben wir einige Stunden, und dann geht's weiter mit der 30. Jahrhundert Ltd.«

»Per Zug?«

Er nickte. »Wir lassen die dritte Kammer heute aus – das wäre zu viel auf ein Mal, und ich will dich nicht überfordern. Im Sicherheitslager der vierten Kammer legen wir eine Lunchpause ein und fahren dann direkt bis zur sechsten Kammer durch.«

Der Laster näherte sich einem Maschendrahtzaun, der sich kilometerlang in östliche und westliche Richtung erstreckte.

»Wäre es verfrüht, Fragen zu stellen?«

»Irgendwo müssen wir ja beginnen«, antwortete Lanier.

»Das ist richtige Erde da draußen. Es ließen sich Pflanzen ziehen.«

»Sie ist nicht sonderlich fruchtbar«, erwiderte Lanier. »Aber es laufen verschiedene Ackerbauprojekte, hauptsächlich in der vierten Kammer. Die Erde ist schlicht kohlenstoffhaltiges Asteroidenmaterial mit verschiedenen Einschlüssen.«

»Mm.« Patricia drehte den Kopf und betrachtete das Gras und die niedrige Staubwolke, die sie aufwirbelten. »Hat der Stein noch einen Antrieb – ich meine, kann er davonfliegen?«

»Er hat noch einen Antrieb«, erklärte Lanier. »Ob er wegfliegen kann, das wissen wir nicht.«

»Ich hab' nur überlegt ... ob wir hier wie in einer Falle sitzen, wenn er wegzufliegen gedenkt. Dann müßten wir Ackerbau betreiben, nicht wahr?«

»Das ist nicht der Grund für unseren Ackerbau hier«, sagte Lanier. Patricia wartete, daß er seine Antwort weiter ausführen würde, aber er blickte nur schweigend geradeaus. Da sie sich dem Tor im Maschendrahtzaun näherten, bremste er.

»Die Motoren sind sehr alt. Manche unserer Ingenieure sind davon überzeugt, daß sie abgenutzt sind«, sagte er, als hätte er ihr nur halb zugehört und wäre dabei eigenen Gedanken nachgegangen. Er zog einen elektronischen Schlüssel aus der Tasche, wählte eine Nummer und öffnete das Tor per Fernsteuerung. »Wir verstehen das Antriebssystem noch nicht. Die Motoren waren zum letzten Mal in Betrieb, als sie den Stein abbremsten für den Schwenk in die jetzige Umlaufbahn. Sie verwendeten Materialbrocken, die Roboter von der

Außenhülle des Steins – zumeist aus den tiefen Furchen – abbauten. Das Zeug wurde an eine Stelle auf dem nördlichen Krater geschafft. Dieses Ende ist abgedichtet – dafür wirst du bald einen zweiten Grund erfahren. Wie's mit dem Zeug an dieser Stelle weiterging, das wissen wir nicht; die Dokumentation gestaltet sich schwierig.«

»Kann ich mir vorstellen.«

Der Laster brummte durchs Tor und rollte auf eine Piste, die anhand von Fahrspuren und am fehlenden Gras erkennbar war.

»Der viele Maschendrahtzaun«, sagte Patricia. »Wenn man jeden, der hier raufkommt, im voraus überprüft und durchleuchtet, so sollte das ausreichende Sicherheit gewährleisten, möchte man meinen. Muß doch eine Unsumme gekostet haben, das Zeug heraufzuschaffen. Hättet ihr mal lieber Material für die Wissenschaft raufgeschafft.«

»Der Maschendrahtzaun wurde nicht heraufgeschafft. Den haben wir vorgefunden.«

»Maschendrahtzaun?«

»Und Statuetten«, sagte Lanier.

»Was soll das bedeuten?«

»Menschen haben den Stein gebaut, Patricia. Menschen von der Erde.«

Sie starrte ihn verdutzt an und versuchte dann zu lächeln.

»Vor zwölfhundert Jahren. Er ist mindestens zwölfhundert Jahre alt.«

»Oh«, sagte sie. »Du willst mich wohl vergackeiern.«

»Nee du, im Ernst!«

»Ich mag es nicht, wenn man mich auf den Arm nimmt«, betonte sie ruhig und setzte sich aufrecht hin.

»Ich nehm' dich nicht auf den Arm. Glaubst du, wir würden acht oder neun Kilometer Maschendrahtzaun herauftransportieren?«

»Das glaube ich aber eher als daran, daß Karl der

Große oder sonst wer den Stein in Auftrag gegeben hätte.«

»Ich sage nicht, er komme aus *unserer* Vergangenheit. Aber belassen wir es dabei, Patricia. Bitte, hab Geduld! Du wirst schon sehen.«

Sie nickte zwar, ärgerte sich aber innerlich ungemein. Das war eine Art Einweihungsritus. Nimm die junge Dame auf eine Geländetour mit, verängstige sie entsprechend, steck ihre Hand in einen der Ausgänge eines Schlangennests, bring sie wieder heim und lach dir eins ins Fäustchen. Jetzt ist sie ein echter Steinler. Prima!

Diese Art von Behandlung hatte sie noch nie ausstehen können, nicht mal als dreizehnjährige Range in der Schule.

»Guck, das Gras!« sagte Lanier. »Richtiges Gras. Das haben wir nicht mitgebracht.«

»Sieht aus wie Gras«, pflichtete sie ihm bei.

Die Fahrt durchs Tal dauerte eine halbe Stunde. Sie näherten sich der schiefergrauen Kappe. Ein silbriger Metallbogen stand vor dem Eingang zum Tunnel, der ungefähr zwanzig Meter breit war und zu dem vom Boden aus eine Rampe hinaufführte. Lanier jagte den Laster die Rampe hinauf.

»Wie wird die Luftversorgung bewerkstelligt?« erkundigte sich Patricia. Die Stille machte sie nervös. Lanier schaltete inzwischen die Autoscheinwerfer an.

»Die mittleren drei Kammern verfügen über große, unterirdische Seen. Die Seen sind seicht und voller Wasserlinsen, Wasserhyazinthen und Algen verschiedenster Art. Dazu kommen andere Pflanzen, die wir noch nicht kennen. Der größte See hat die Form eines Rings und umkreist die vierte Kammer. Es befinden sich Lüftungskanäle in den Kappen, bei ungefähr drei Kilometern – mit dem Fernglas zu erkennen oder mit bloßem Auge, wenn man gut sieht. Des weitern ist der Stein wabenartig von Kanälen und Gängen durchzogen.«

Patricia, die seine Blicke mied, nickte. *Bald ist sie zu ...*, dachte Lanier. Widerwille war das erste Anzeichen. Widerwille und Unglaube fielen einem leichter als das Akzeptieren der Tatsachen. Auch die behutsamste Einführung in den Stein konnte diese Entwicklung nicht verhindern. Hier war ein jeder neugierig. Hier wollte ein jeder zuerst mal alles gezeigt bekommen. Weitere Lern- und Klärungssprozesse setzten erst später ein.

Sechs Minuten nach Einfahrt in den Tunnel gelangten sie an einen hohen, hurrikansicheren Maschendrahtzaun, womit der ganze Tunnel verschlossen war. Wiederum öffnete Lanier mit seinem Schlüssel ein Tor, und sie fuhren in die zweite Kammer.

Die Rampe, die vom Tunnel hinunterführte, war beidseitig mit Stützmauern verstärkt. Zwischen den Mauern war wiederum ein Zaun gezogen, und neben dem nächsten Tor stand ein Wachhäuschen. Drei Marinesoldaten in schwarzem Overall salutierten vor dem Wachhaus, als der Laster auf sie zurollte und auf dem Pflaster der Rampe knirschend zu stehen kam. Lanier zog die Feststellbremse an, stellte den Motor ab und schwang sich aus dem Führerhaus. Patricia blieb sitzen und starrte auf das Bild, das sich ihren Augen bot.

Hinter der Rampe lag ein zwei Kilometer breiter Park mit Baumgruppen und zahlreichen breiten, flachen, hellen Betongebilden, die an dicke Fundamente erinnerten. Hinter dem Park schloß sich ein länglicher See oder Fluß von etwa einem Kilometer Breite an, der in Ost- und Westrichtung um die ganze Kammer verlief. Eine Hängebrücke mit schlanken, hohen Türmen spannte sich zwischen massiven Betonpfeilern über das Wasser.

Die Brücke zeigte zu einer Stadt.

Es hätte Los Angeles sein können an einem sehr klaren Tag oder eine x-beliebige moderne Stadt der Erde, wovon sie sich nur durch ihren übertrieben surrealistischen Charakter unterschied. Sie war größer, ehrgeiziger und geordneter, architektonisch *reifer*. Verteilt auf die gesamte Stadt ragten da die größten Bauwerke auf, die Patricia je zu Gesicht bekommen hatte. Leicht vier Kilometer hoch, glichen sie gewaltigen Kronleuchtern aus Beton, Glas und glänzendem Stahl. Jede Facette des nächststehenden Lüsterbauwerks war so groß wie ganze Gebäude dazwischen. Das Lüsterbild wirkte noch authentischer, als Patricia den Blick hob und sah, daß solche Gebilde auch von der Decke der Kammer hingen. Über die zwei Schichten Atmosphäre und fünfzig Kilometer wirkte die Stadt wunderbar unwirklich – wie ein Modell in staubigen Museumsvitrinen.

Augen und Kopf rollten hin und her, als verfolgte Patricia ein langsames Tennismatch.

»Guten Morgen, Mr. Lanier«, sagte der diensthabende Officer, der nähertrat, um einen Blick auf sein Abzeichen zu werfen. »Ist sie neu?«

Lanier nickte. »Patricia Vasquez. Mit unbeschränktem Zugang.«

»Ja, Sir. General Gerhardt kündigte gestern Ihren Besuch an.«

»Und tut sich hier was?« fragte Lanier.

»Mitchells Erkundungstrupp durchsucht gerade das K-Mega bei dreißig Grad und sechs ka-em.«

Lanier beugte sich ins Führerhaus. »Mega heißen die großen Gebäude«, erklärte er. Patricia schirmte mit der Hand die Augen vor dem Röhrenlicht ab, um besser zur andern Seite der Kammer sehen zu können. Sie bemerkte Grünflächen und Teiche und Straßenzüge – angelegt in konzentrischen Kreisen und in Rechtecken.

Von der gegenüberliegenden Wand war sie so weit entfernt wie Long Beach von Los Angeles. Trotz ihrer Größenordnung war die Stadt eindeutig Menschenwerk.

Lanier trat aufs Trittbrett und fragte, ob sie sich vor der Weiterfahrt die Beine vertreten möchte.

»Wie heißt sie?« fragte Patricia.

»Alexandria.«

»Habt ihr sie so getauft?«

Lanier schüttelte den Kopf. »Nein.«

»Fahren wir heute noch das ganze Stück bis zur siebten Kammer?« fragte sie.

»Wenn du durchältst.«

»Wie lange bleiben wir hier?«

»Höchstens ein paar Stunden. Du sollst einen Blick auf die Bibliothek werfen, bevor wir weiterfahren.«

»Die Bibliothek?«

»Ja«, erwiderte Lanier. »Einer der Höhepunkte.«

Patricia lehnte sich verblüfft zurück. »Ist das eine verlassene Stadt?«

»Die meisten von uns sind dieser Meinung. Es liegen vereinzelte Meldungen vor, aber das kommt wohl von den Nerven. Von Spuk redet das Sicherheitsteam. Von Gespenstern. Wir haben nie einen lebenden Steinler gefunden.«

»Und tote?«

»Viele. Es gibt Grabstätten in dieser Kammer und in der vierten. Der Zentralfriedhof von Alexandria liegt bei sechsundzwanzig Grad und zehn Kilometern. Verstehst du das Koordinatensystem?«

»Denke schon«, erwiderte Patricia. »Der Winkel von der Achse aus, dann Entfernung in Ka-em von der Kappe. Aber wo liegt Null und welche Kappe?«

»Null ist die Brücke und gemessen wird von der Südkappe.«

»Das ist also kein Einweihungsritus – du hast mir keinen Bären aufgebunden. Es haben Menschen den Stein gebaut.«

»Ja«, sagte Lanier.

»Ich weiß«, meinte Patricia mit einem Seufzer. »Du wirst schon sehen.« Sie kletterte aus dem Wagen, streckte sich und rieb sich die Augen. »Ich staune.«

»Als ich Alexandria zum ersten Mal sah, fühlte ich mich richtiggehend heimisch«, meinte Lanier. »Ich wuchs in New York auf, zog mit fünfzehn nach LA –

lebte praktisch ständig in der Großstadt. Trotzdem staunte ich nicht schlecht bei diesem Anblick. Wir könnten zwanzig Millionen Leute in nur diese Kammer übersiedeln, und sie wäre noch nicht überfüllt.«

»Ist der Stein deshalb so wichtig – als Immobilie?«

»Nein«, entgegnete Lanier. »Wir haben nicht vor, Wohneigentum zu verkaufen. Die fünfzehn Archäologen in unserm Team würden jeden umbringen, der sich zu so'nem Vorschlag erdreisten würde. Sie ziehen alle paar Tage Bilanz – ich wette, du wirst demnächst selber der einen oder anderen Konferenz beiwohnen. Sie arbeiten rund um die Uhr – und das schon seit drei Jahren, als wir sie heraufgeholt haben. Seitdem darf hier keiner mehr was anrühren, es sei denn ein Commander der Sicherheitskräfte oder ich selber greife ein. Und sogar dann brauchen wir verdammt gute Gründe.«

Patricia nickte den drei Wachleuten zu, die ihren Gruß freundlich erwiderten, wobei einer sogar salutierte. Ein Funkgerät im Wachhäuschen piepste und knarrte. Der diensthabende Officer antwortete. Patricia konnte seine kehligen Worte nicht verstehen, glaubte aber, russische Brocken zu hören.

»Ich hätte schwören können, das sind lauter astreine Amerikaner«, bemerkte sie.

»Sind sie auch. Bei Hua Ling im Bohrloch am südlichen Deckel arbeiten einige Russen mit.«

»Und die Marinesoldaten sprechen Russisch?«

»Dieser anscheinend schon. Und drei, vier weitere Fremdsprachen. Tja, Spitzenleute.«

»Sind hier auch normale?«

»Kein gemeines Volk, wenn du das meinst. Können wir uns nicht leisten. Jeder hier muß doppelt und dreifache Funktionen ausfüllen.« Er setzte sich wieder vors Steuer. »Wenn du so weit bist, fahren wir über die Brücke und weiter zur Bibliothek.«

»Jederzeit«, erwiderte Patricia und stieg ein.

Lanier setzte das Gefährt in Bewegung. Die Tore

gingen vor ihnen auf und fielen hinter ihnen wieder zu.

Knatternd überquerten sie die vierspurige Brücke. Patricia griff in die Tasche und zog die Tafel hervor. Mit Hilfe ihrer zehn Kurzschrifttasten notierte sie:

*Wetter (soweit welches feststellbar): Himmel recht klar. Perspektive echt verblüffend. Gelände erscheint nahebei flach, scheint sich dann unmittelbar über dem Horizont (Richtung Norden) zu krümmen, wobei die Krümmung an der Talseite immer krasser wird. Die Kammer birgt über einem viele Details, die man durch einen Dunstschleier sieht.*

Sie spielte ab, was sie getippt hatte, und achtete auf Fehler. An der High School hatte sie das Tafelschreiben gelernt, aber das lag viele Jahre zurück. Normalerweise schrieb sie lieber mit der Hand. Allerdings war Papier offenbar ein rares Gut auf dem Stein, mit dem man sparsam umzugehen hatte.

Als sie in einer breiten Durchgangsstraße fuhren, schrieb sie weiter. *Straße zirka fünfzig Meter breit, in der Mitte getrennt durch ehemaligen Grünstreifen mit Bäumen, wie's scheint. Zwei Fahrspuren beidseitig. Pflanzen sehen nicht gesund aus. Mangelhafte – oder fehlende? – Versorgung. Die Schaufenster in Straßenhöhe sind fast alle zerbrochen. Arkaden mit Geschäften, Agenturen – offen. In einem Fenster – humanoide Puppe. Langer Hals, in Pose, aber nackt.*

Sie bemerkte ein Schild über einem ehemaligen Juwelierladen. »Kesar's« las sie da. Lateinisches Alphabet – und auf der Rückseite des Schilds, wie sie beim Weiterfahren feststellte, kyrillische Schrift. Manche Geschäfte trugen orientalische Schriftzüge – in Chinesisch und Japanisch. Andere trugen laotische und modifiziert vietnamesisch-römische Aufschriften.

»Herrgott«, staunte sie. »Man könnte glatt meinen, man wär' in Los Angeles.«

Irgendwie hatten die Läden, die Schilder, selbst die wenigen Auslagen etwas Eigenartiges an sich. Patricia schaute genauer hin, um das Rätsel zu lösen. »Moment mal!« sagte sie, und Lanier fuhr langsamer. »Das soll altertümlich aussehen, nicht wahr? Ich meine, genau wie daheim, wo sie Einkaufsstraßen bauen, in denen man sich wie im guten alten England vorkommt. Alt soll's wirken.«

»Gut beobachtet«, meinte Lanier mit einem Achselzucken. »Eigentlich habe ich auf diese Gegend noch gar nicht geachtet.«

»Garry, ich bin total durcheinander. Wenn der Stein vor tausend Jahren gebaut worden ist, wie soll das alles zusammenpassen?«

Lanier folgte einer leichten Kurve und hielt dann mitten in der Straße an. Er deutete auf ein großes, umbrabraunes Gebäude am nördlichen Rand der Grünfläche. »Das ist eine der Bibliotheken – eine der beiden, die wir derzeit untersuchen. Die anderen sind zu.«

Patricia knabberte an ihrer Unterlippe. »Sollte ich jetzt aufgeregt sein?« fragte sie.

»Schon. Ich wär's.«

»Ich meine, es ist wie ...« Sie schüttelte den Kopf. »Was soll ich da drin? Ich bin Mathematiker, kein Ingenieur oder Historiker.«

»Glaub mir, keiner wird willkürlich in die Bibliothek geführt. Du hast Qualifikationen wie niemand sonst. Du hast gearbeitet auf einem Gebiet ohne praktische Anwendung – bis jetzt.«

»Ich geb's auf zu fragen«, erklärte Patricia mit einem Seufzer. »Ich weiß nicht mal, was ich fragen sollte.«

Das Gebäude war mit elektronischen Sensoren umgeben. Maschendrahtzaun mit brutalen Stacheldrahtschlingen obenauf verlieh der eher sanften Gewalt der Sensoren und Kameras Nachdruck. Vier Posten standen vor dem Eingang Wache, die strenge Mienen machten und bewaffnet waren mit Apples – Antipersonenlaser. Als Lanier und Vasquez heranfuhren, ertönte eine Lautsprecherstimme. »Mr. Lanier, anhalten, Kontrolle. Wer ist das in Ihrer Begleitung?«

»Patricia Vasquez«, antwortete er. »Registriert im wissenschaftlichen Team, angemeldet von General Gerhardt.«

»Korrekt. Nähertreten und ausweisen!«

Sie stiegen aus und gingen zum Tor. »Den Stacheldraht und die Sensoren brachten wir vor zwei Jahren von der Erde hoch«, sagte Lanier, »als uns klar wurde, was in dem Gebäude steckte.«

Sie zeigten ihre Ausweise und legten die Hände auf eine Platte, die eine Frau in Schwarz und Grau hinhielt. Nachdem sie überprüft waren, betraten sie den abgesperrten Bereich.

Auch hier waren die Fenster im Erdgeschoß geborsten. Es waren keine Pläne und Wegweiser zu entdekken, aber dennoch herrschte die typische Bibliotheksatmosphäre – allerdings wieder mit jener künstlichen Antik-Prägung. Im Innern war das Gebäude dunkel und menschenleer.

»Die Wachleute draußen können das Gebäude nicht betreten, nur spezielle Schutzkräfte – in schwarz-grauer Uniform. Es ist drinnen jemand rund um die Uhr vor einem Monitor auf Posten – das ist die Stimme, die wir hörten.«

»Sehr aufwendig«, kommentierte Patricia.

»Notwendig.«

Eine floureszierende Lichtleiste, die in angeschraubter Halterung von der Decke hing, leuchtete auf. Nacheinander schalteten sich weitere Leisten an und markierten so den Weg durchs Erdgeschoß zum zentralen Treppenhaus.

»Wir haben tragbare Generatoren an vier Stellen in Alexandria aufgestellt«, erklärte Lanier, als sie dem beleuchteten Weg folgten. Der Fußboden war glatt und staubig und wies verschiedene Fußspuren auf. »Die Stromversorgung der Stadt ist größtenteils unterbrochen. Wir haben die Stromquellen noch nicht entdeckt, die aber keine Überraschung darstellen dürften. Der

Stein selbst scheint einen konzentrierten Energievorrat in supragekühlten Batterien zu besitzen.«

Patricia runzelte die Stirn. »Batterien?«

»Wie die Hundert-Meter-Zellen in Arizona und im Greater African Conservatory.«

»Oh.« Praktische Physik war nicht ihre Stärke, aber davon sollte Lanier nichts mitbekommen.

»Ansonsten sind die elektrischen Systeme recht konventionell. Steuer- und Informationskanäle sind optisch, mehr als daheim auf der Erde. Die Häuser sind dunkel, weil die meisten Sicherungen – oder was immer diese Funktion erfüllt – rausgeflogen sind und wir sie nicht wieder einschalten, bis die Frage der Brandgefahr geklärt ist.«

»Warum sind die Scheiben zertrümmert?« fragte Patricia, als sie über die Treppe nach oben gingen.

»Glas wird mit der Zeit spröde und schrumpft. Atmosphärische Druckerhöhungen bringen die Scheiben zum Bersten.«

»Wetter?«

»Gewissermaßen. Es gibt Hoch- und Tiefdrucksysteme in den Kammern, Aufwinde und Coriolis, Abwinde an den Kappen. Sogar Gewitter; Schnee in einigen Kammern, aber selten. Die meisten Vorgänge scheinen kontrolliert abzulaufen, obwohl wir noch nicht wissen, ob die Kontrollen eingebaut oder konstant verankert oder nach wie vor irgendwo leistungsfähige Maschinen am Werke sind.«

In den düsteren Hallen unter den Lichtfeldern im zweiten Geschoß sah sie mannshohe Metallzylinder, die in Reih und Glied aufgestellt waren und im Dunkeln verschwanden.

»Seit einem Jahr zapfen wir diese Datenbanken an«, berichtete Lanier. »Da uns die Programmiersprachen unbekannt waren, können wir erst seit sechs Monaten lesbare Texte und sinnvolle Darstellungen herausholen. Wie sich gezeigt hat, ist die Bibliothek in der nächsten

Kammer noch größer, so daß wir uns derzeit auf sie konzentrieren. Aber mir ist diese hier nach wie vor lieber. Es gibt eine umfangreiche Präsenzsammlung im vierten Geschoß. Dort habe ich zunächst meine Forschungen aufgenommen, und dort wirst auch du zugange sein.«

»Ich komme mir vor wie auf der *Mary Celeste.*«

»Dieser Vergleich wurde schon öfter angestellt«, meinte Lanier. »Jedenfalls gilt hier wie überall die Regel: Alles lassen, wie's ist. Die Archäologen sind gerade erst damit fertig, erste Eindrücke zu sammeln, und es ist mit ihnen nicht gut Kirschen essen. Hin und wieder sind wir freilich gezwungen, mit diesem Grundsatz zu brechen, wenn wir wichtige Reparaturen vornehmen oder mit den Computern hantieren müssen. Aber auch dann ist Zurückhaltung geboten. Falls dieser Stein eine *Mary Celeste* ist, dann können wir's uns nicht leisten, die Gründe dafür nicht herauszufinden.«

Im vierten Geschoß betraten sie einen Saal mit Lesekabinen, die jeweils mit einem Sichtgerät und einem grauen, flachen, in den Tisch eingelassenen Bedienungsfeld ausgestattet waren. Einer der Tische war versehen mit einer jüngst importierten Tensorlampe, die am neuen Stromnetz hing. Lanier zog für Patricia einen Stuhl vor, und sie nahm Platz.

»Ich komm' gleich wieder«, sagte er, ging zur gegenüberliegenden Wand, verschwand hinter einer Tür und ließ sie allein. Sie betastete das Sichtgerät auf dem Tisch. Für Video oder Mikrofilm? Das wußte sie nicht. Der Monitor war flach und schwarz, keinen Zentimeter dick.

An dem Stuhl war etwas eigenartig. Eine kleine, harte Rolle war flach mitten entlang der Sitzfläche montiert und kam nun störend zwischen den Pobacken zu liegen. Entweder fehlte die Polsterung, die diese Rolle abdeckte, oder der Stuhl paßte sich selbsttätig an, wenn ans Netz angeschlossen.

Patricia blickte nervös durch die leeren Kabinenreihen und versuchte, sich die einstigen Benutzer des Lesesaals vorzustellen. Als Lanier zurückkam, war sie geradezu froh. Ihre Hände zitterten.

»Gespenstisch hier«, sagte sie mit einem zaghaften Lächeln.

Er hielt ihr ein kleines Buch mit trübem Plastikeinband entgegen. Sie blätterte darin. Das Papier war dünn und fest, die Sprache Englisch. Das Schriftbild war jedoch ungewohnt – zu viele Serifen. Sie schlug die Titelseite auf.

»Tom Sawyer«, las sie vor, »von Samuel Longhorne Clemens – Mark Twain.« Das Erscheinungsdatum war 2110. Sie schloß das Buch, legte es nieder und schluckte schwer.

»Und?« fragte Lanier behutsam.

Sie sah stirnrunzelnd zu ihm auf. Dann dämmerte es ihr. Sie öffnete den Mund, um etwas zu sagen, aber machte ihn wieder zu.

»Du hast dich gefragt, warum ich so müde aussehe«, sagte Lanier.

»Ja.«

»Verstehst du's jetzt?«

»Wegen dieser ... Bibliothek?«

»Zum Teil«, antwortete er.

»Er ist aus der Zukunft. Der Stein ist aus unsrer Zukunft.«

»Das steht noch nicht fest«, sagte er.

»Aber genau darum bin ich hier – um das klären zu helfen.«

»Da sind noch weitere Fragen, ebenso rätselhafte, die vielleicht alle miteinander zu tun haben.«

Sie schlug das Buch wieder auf. »Herausgeber Greater Georgia General in Zusammenarbeit mit Pacific Harpers.«

Er griff nach dem Buch und nahm es ihr aus der Hand. »Das reicht für heute. Gehen wir raus! Du kannst dich kurz ausruhen, oder wir machen ein paar Stunden im Stützpunkt der Sicherheitskräfte Pause.«

»Nein«, entgegnete sie. »Ich will weiter.« Sie schloß für einen Moment die Augen. Er brachte das Buch an seinen Regalplatz zurück, kam dann wieder und führte sie ins Erdgeschoß hinunter.

»Der Eingang zur U-Bahn ist nur zwei Blöcke entfernt von hier«, sagte er. »Wir können zu Fuß gehen. Bewegung macht 'nen klaren Kopf.«

So folgte sie ihm durch die Ecke des Parks. Was sie an Gebäuden und Schildern in allen Sprachen der Welt sah, das registrierte sie nicht, denn sie war längst nicht mehr aufnahmefähig.

Sie passierten ein halbmondförmiges Tor und gingen zum U-Bahnhof hinunter.

»Du sagst, der Stein ist nicht aus der Zukunft«, bemerkte Patricia.

»Nun, zumindest nicht aus *unserer* Zukunft«, korrigierte Lanier. »Vielleicht gar nicht aus unserem Universum.«

Ihr war heiß. Sie blinzelte rasch und wußte nicht, ob sie lachen oder heulen sollte. »Mist.«

»Ganz meine Meinung.«

Sie standen auf einem breiten Bahnsteig vor einer Wand, die mosaikartig mit großen, flachen, rosaroten Kristallgebilden geschmückt war. Orientierungstafeln hingen von der Decke, deren Beschriftung abblätterte. »Nexus Central, Line 5« oder »Alexandria« oder »San Juan Ortega, Line 6, 20 Min«. Neben den Tafeln hingen wiederum flache, tiefschwarze, leere Monitore.

Patricia wurde schwindelig. War sie wirklich, wo sie war, oder träumte sie nur?

»Du bist gleich zu«, sagte Lanier. »Paß auf!«

»Ich merk's. Gleich zu, ja.«

»Depression ist normalerweise die nächste Phase. Desorientierung, Phantasieren, Depression. So habe ich's durchgemacht.«

»Hm?« Sie blickte auf die weißen Kacheln unter ihren Füßen.

»Müßte ein Zug kommen in den nächsten fünf, zehn Minuten«, sagte Lanier. Er steckte die Hände in die Taschen und tat es ihr gleich, indem er den Boden betrachtete.

»Ich fühl' mich fein«, sagte Patricia. Das glaubte sie selber nicht, aber andererseits hatte sie sich vor Prüfungen schon viel schlimmer gefühlt als jetzt. Sie hatte durchgehalten. Sie mußte durchhalten. »Die Frage ist nur, ob es bessere Methoden gibt, Neuankömmlinge einzuweisen. Dieser Weg scheint recht willkürlich zu sein.«

»Wir haben andere Wege versucht.«

»Und es ging nicht?«

»Nicht besser, oft schlechter.«

Eine Luftwalze schob sich aus dem Tunnel heran. Patricia lugte über den Bahnsteig, um zu sehen, worauf der Zug fuhr. Da war nichts auf dem Tunnelboden: weder Gleis- noch Führungssysteme irgendeiner Art.

Aus dem Tunnel flitzte ein riesiger Tausendfüßler aus Alu mit blitzenden grünen Streifen an der fensterlosen Front. Er blieb ruckzuck stehen und brummte leise vor sich hin, während die Türen aufglitten. Ein Marinesoldat stand im Führerwagen. Die Pistole im Halfter und das Lasergewehr auf der Schulter waren nicht zu übersehen.

»Mr. Lanier«, grüßte er, flott salutierend.

»Charlie, das ist Patricia Vasquez. Grünes Abzeichen. Patricia, das ist Corporal Charles Wurtz. Ihr werdet euch schätzungsweise noch oft begegnen. Charles ist unser wichtigster Mann auf der Linie Null.«

»Paß auf, daß keine Gespenster schwarzfahren«, bemerkte Charlie grinsend und gab Patricia die Hand.

Lanier bedeutete ihr, als erste einzusteigen. Die Innenausstattung glich auf den ersten Blick einem üblichen modernen Schnellzugsystem. Die Kunststoffsitze und Metallbeschläge waren sauber und gepflegt. Die Wagen waren allerdings nicht auf Stehplätze eingerichtet – es fehlten Halteschlingen und Handläufe zum Festhalten – und räumlich großzügig ausgelegt mit reichlich Beinfreiheit. Und keine Reklame. Ja, im Wagen fehlten jegliche Zeichen und Symbole.

»Wie die alte BART in San Francisco«, sagte Patricia. Sie war schon jahrelang nicht mehr mit der BART oder Metro von LA gefahren.

Sie lehnten sich bequem zurück auf ihren Plätzen. Es fehlte das Gefühl von Bewegung, bis Patricia aus den großen Fenstern blickte, die unregelmäßig auf den Wagen verteilt waren. Der Bahnhof war ein verwischter Streifen. Dann wurde es dunkel, und hie und da blitzten vertikale weiße Linien auf.

»Es sieht einfach nicht recht nach Zukunft aus«, stellte sie fest. »Es ist alles wiederzuerkennen. Ich dachte immer, die Zukunft ist so anders, du erkennst nichts wieder. Aber hier gibt's Häuser, U-Bahn – ich meine, warum keine Materie-Transmitter?«

»Alexandria und dieses Zugsystem sind viel älter als andere Teile des Steins. Wenn du rumkommst und dir die Dinge genauer ansiehst, wirst du feststellen, daß ein großer Unterschied besteht zwischen dieser Technologie und der unseren. Außerdem ...« Er hielt inne. »Man muß die Geschichte einbeziehen. Verzögerungen. Handicaps. Stockungen.«

»Worüber ich bald mehr wissen werde.«

»Genau«, erwiderte Lanier. »Hast du eben eine Bewegung gespürt? Eine Beschleunigung?«

Sie runzelte die Stirn. »Nein. Aber vielleicht hat der Zug sehr langsam Fahrt aufgenommen ...«

»Der Zug beschleunigt mit drei g.«

»Moment!« Sie wandte sich einem Fenster zu, blickte auf die vorüberhuschenden weißen Streifen und runzelte die Stirn. »Alexandria ... ich meine, die Stadt ist nicht richtig angelegt.«

Lanier sah sie geduldig an. Man erwartete Intelligenz von ihr, dabei war sie in vielerlei Hinsicht noch so *jung*. Bemüht, ihr Gesicht zu wahren wie eine kleine Schülerin.

»Der Stein muß beschleunigen und abbremsen, stimmt's? Genau wie dieser Zug. Aber ich spüre keine Bewegung jetzt. Die Kammern müßten einen schräg angelegten Boden haben, um den Schub auszugleichen, den Schwung des Wassers in Seen und Teichen – erhöhte Einfassungen an einer Seite. Beschleunigungsschub. Schräge Fußwege zum Ausgleich.«

»Es sind hinsichtlich Beschleunigung keinerlei Vorkehrungen in den Kammern getroffen«, stellte Lanier fest.

»Also wurde langsam beschleunigt?«

Er schüttelte den Kopf.

»Sie hatten ein Ausgleichsverfahren?«

»Die sechste Kammer«, erklärte Lanier. »Aber das gehört wiederum zum gesamten Bild.«

»Du willst ständig, daß ich selber dahinterkomme.«

»Wenn möglich.«

»Um mich zu testen.«

»Nein«, widersprach Lanier nachdrücklich. »Die Präsidentenberaterin sagte, du kannst uns helfen. Daran zweifle ich nicht. Aber wenn das ein Test wäre, so würdest du gut abschneiden.« Obwohl er da seine Bedenken hatte.

Die Tunnelwände blieben zurück, und der Zug schoß ins Freie. Die Fahrt ging übers Wasser, wobei sie mindestens zwei- bis dreihundert Stundenkilometer machten. »In den erhöhten Streckenabschnitten verlaufen unter den Wagen drei Schienen. Magnetische Induktion«, erklärte Lanier.

»Oh.« Patricia betrachtete nun den See, eine gekräuselte blau-graue Fläche, die sich nördlich bis zu einer Nebelbank vor der Kappe erstreckte. Über der grauen Fläche war der Bogen der Kammer zu sehen, im Nordwesten und Nordosten zeigten sich die fernen Ränder einer Nebelbank und bei drei Uhr oben irgendein Küstenstrich.

Ungefähr sieben Kilometer vom Zug entfernt ragte aus dem weißen Nebel die sechseckige Spitze eines Turms auf, der an die fünfzig Meter hoch und halb so breit war. Ein weiterer Turm erschien knapp einen Kilometer entfernt, der ganz sichtbar war und auf einem runden Säulenfuß stand.

Der Nebel wallte ihnen entgegen, und plötzlich hatten sie festen Boden unter sich. Üppige Kiefernwälder huschten vorüber, die einen gesunden – wenn auch etwas bläulich-fahlen – Eindruck machten im Röhrenlicht.

»Die vierte Kammer war ein Erholungsgebiet, soweit wir das feststellen können«, sagte Lanier. »Und natürlich Reservoir und grüne Lunge. Es gibt hier vier markante Inseln mit unterschiedlicher Flora. Es gab auch Unterwasser-Biotope – Korallengärten, Süßwasserteiche, und Flußläufe. Die Erholungs- und Naturschutzgebiete, die Fischzuchten – all das ist sich selbst überlassen geblieben und verwildert, aber gedeiht noch.«

Der Zug bremste ab und glitt brummend auf den erhöhten Bahnsteig. Zwei Männer in schwarzen Overalls liefen neben dem Zug her, bis er vollends zum Stillstand kam. Als Lanier sich erhob, folgte Patricia ihm zur Tür, die wiederum lautlos aufglitt.

Wald, Wasser, Erdreich – alles in einem herrlichen Atemzug.

»Bis dann, Charlie«, sagte Lanier. Charlie salutierte flott und bezog in der Tür Stellung.

Ein Posten vom Bahnsteig kam heran und warf einen Blick auf Patricias Abzeichen. »Willkommen im Sommer-Camp, Miss Vasquez«, sagte er. Sie blickte übers Bahnsteiggeländer. Zum Boden waren es sechs Meter. Ringsum stand ein Lager, ähnlich dem in der ersten Kammer, mit Fiberglasbaracken und Erdwällen. Die Glashäuser des Landbau-Instituts waren allerdings viel weitläufiger.

Alle im Lager trugen Schwarz in Kombinationen von Schwarz und Khaki, Schwarz und Grün und einmal Schwarz und Grau. »Sicherheitskräfte?« fragte Patricia, und Lanier nickte, während sie über die Treppe den Bahnsteig verließen.

»Wir haben ein kleines Wissenschaftlerteam im Einsatz hier, und jedermann kann hier seine Freistunden oder seinen Urlaub verbringen, falls für so was Zeit bleibt, was nicht oft der Fall ist. Dieser Kammer kommt strategische Bedeutung zu. Sie trennt die relativ gemütlichen Teile des Steins von der praktischen Seite.«

»Dem Antrieb?«

»Dem und der siebten Kammer. Jedenfalls hast du nun Gelegenheit, die Beine auszustrecken und zu verdauen, was du bisher aufgenommen hast.«

»Da habe ich meine Zweifel«, meinte Patricia darauf.

Lanier führte sie zur Cafeteria des Lagers.

In vielerlei Hinsicht unterschied sich die Cafeteria nicht von der eigenen in der ersten Kammer. Sie saßen an einem Tisch mit britischen und deutschen Soldaten. Lanier stellte Patricia dem deutschen Kommandeur, Oberst Heinrich Berenson vor. »Er wird in einer Woche das Kommando über die Sicherheitskräfte in der siebten Kammer übernehmen. Ihr werdet viel miteinander zu tun haben.«

Berenson war Oberst in der westdeutschen Luft- und Raumwaffe, blond und sommersprossig, groß wie Lanier, aber deutlich muskulöser. Er wirkte mehr irisch als deutsch; mit seinem nichtdeutschen Namen und seinen gepflegten Umgangsformen erschien er Patricia wie der typische Weltbürger. Er war höflich, aber etwas distanziert.

Patricia bestellte Salat – frischen grünen Salat aus dem Versuchstreibhaus – und betrachtete die Gesichter der Männer und Frauen ringsum. Nicht alle davon trugen ein grünes Abzeichen.

»Wie funktioniert das Farbabzeichen-System?« fragte

sie Lanier. Berenson lächelte und schüttelte den Kopf, als hätte sie einen wunden Punkt getroffen.

»Rot ist beschränkt aufs Bohrloch in der ersten Kammer«, erklärte Lanier. »Hauptsächlich technisches Hilfspersonal. Blau darf überallhin bis auf die Kammern sechs und sieben, muß allerdings in allen Kammern außer der ersten eskortiert werden und einen speziellen dienstlichen Auftrag haben. Grün darf in alle Kammern, ist aber ständigen Sicherheitskontrollen unterworfen.«

»Ich bin schon seit über drei Jahren hier«, bemerkte Berenson, »und habe Grün erst vor 'nem Vierteljahr bekommen.« Er blickte auf Patricias Abzeichen und nickte hochachtungsvoll. »Zum Glück fand ich ein Schlupfloch. Ich habe mich quasi selber eskortiert.«

Lanier grinste. »Seien wir dankbar, daß bisher alles so glatt gelaufen ist.«

»Amen«, fügte Berenson hinzu. »Jedenfalls möchte ich kein Chaos hier erleben.«

»Fürs grüne Abzeichen gibt's drei Abstufungen. Stufe eins, die niedrigste – kein Zugang zu markierten Geheimbereichen. Stufe zwei hat beschränkten Zutritt zu solchen Bereichen in dienstlicher Funktion – die Spezialsicherheitskräfte haben Grün der zweiten Stufe. Stufe drei ist die Kategorie, die uns zugeteilt ist.«

»Ich werde Stufe zwei sein«, sagte Berenson.

Als sie wieder zum Bahnsteig gingen, fragte Patricia: »Heißt das, mit Stufe zwei weiß er nicht genau, was der Stein ist?«

»Wenn man in die siebte Kammer kann, dann muß man viel wissen.«

»Aber nicht, was in den Bibliotheken ist.«

»Nein«, antwortete Lanier.

Das beruhigte sie. Berenson war ein launischer Zeitgenosse, der über die Bibliotheken gar nichts wußte.

Die vier Soldaten im Raumanzug hopsten in langen, geschmeidigen Sätzen über die Mondoberfläche. Nur die

Sterne und ein Viertel des Erdballs leuchteten ihnen. Mirski, von dem bloß der weiße Helm zu sehen war, beobachtete sie von einem Felsen aus. In der Rechten hielt er eine elektrische Fackel, die auf seine Kameraden gerichtet war; diese kauerten in einer Rinne, die vor Jahrmillionen ein rollender Stein ausgefurcht hatte. Als die vier Soldaten an der richtigen Stelle waren, blinkte er dreimal mit dem Licht.

Das Ziel – Attrappe eines lunaren Siedlungsbunkers – lag hundert Meter hinter dem Felsen. Die vier Verteidiger waren nun an der Luftschleuse. Mirski hob sein AKV-297 – ein automatisches, vakuumtaugliches Kalaschnikow-Projektil-Gewehr – und richtete es auf den Luftschleusendeckel.

Der Deckel klappte auf, und Mirski hob das Gewehr geringfügig und zielte auf eine Kreuzmarkierung neben den Schleusensignallampen. Mit dem behandschuhten Finger betätigte er den seitlich angebrachten Abzug und spürte den dreifachen Rückstoß des Gewehrs. Aus dem Gewehrlauf flammte eine dünne Leuchtspur von brennendem Pulver in der Dunkelheit auf. An der Einschlagstelle flogen die Plastikfetzen, während die Tür aufging.

Mirski hörte, wie der Übungsleiter die Nummern der vier Verteidiger im Raumanzug nannte und sie zum Hinlegen aufforderte. »Eure Luftschleuse ist ebenfalls außer Gefecht gesetzt«, fügte der Übungsleiter herablassend hinzu. »Gute Arbeit, Oberstleutnant ... Weitermachen!«

Mirski und seine drei Kameraden näherten sich der Bunkerattrappe. Die Verteidiger lagen vor der offenen Schleuse auf dem Mondboden und rührten sich nicht; das einzige, was sich bewegte, waren die laufenden Zahlen auf ihrer Atemgerätanzeige am Rücken. Mirski bückte sich und zwinkerte einem davon durch sein Helmvisier zu. Der Verteidiger, der das gar nicht lustig fand, stierte ihn nur an.

»Schau über die Schulter – halbrechts, Genosse Oberstleutnant!« meinte einer seiner Männer. Mirski drehte sich um und folgte der Richtung, die der Obergefreite mit dick verpacktem Arm und Finger anzeigte.

Die Kartoffel, ein scharfer Lichtpunkt von deutlich erkennbarer, länglicher Form ging gerade über dem Mondhorizont auf.

Wie's schien, wurde er ständig darauf aufmerksam gemacht – von Jefremowa vor drei Jahren als einer der ersten.

»Ja, ich seh's«, bestätigte Mirski.

»Das ist der Grund fürs viele Training, nicht wahr, Genosse Oberstleutnant?«

Mirski gab keine Antwort. Der Übungsleiter griff ein und verlangte, daß mit dem Geschwätz aufgehört werde.

»Die Sterne haben Ohren, Obergefreiter«, erklärte Mirski dem Soldaten. »Nehmen wir unser Ziel. Und dann heim. Wir haben noch eine politische Unterweisung.« Der Obergefreite sah Mirski an, zog eine Grimasse, sagte aber weiter nichts mehr.

Vier Stunden später – nun im eigenen Bunker – schritt der Übungsleiter den Gang zwischen den Kojen der siegreichen Mannschaft ab und gratulierte ihnen mit einem herzlichen Händedruck, wobei er Heimatpost verteilte. Alle Männer bekamen Post, und wenn nur von der Parteizelle ihres abgelegenen Dorfes. Ganz zuletzt blieb der Übungsleiter vor Mirskis Koje stehen.

»Nur ein Brief für Sie, Genosse Oberst ...«, sagte er und reichte Mirski ein dickes, sorgfältig geschlossenes, mit Klebeband verstärktes Kuvert. Mirski nahm das Kuvert, warf einen Blick darauf und sah den Übungsleiter an.

»Öffnen Sie's!«

Er riß es sorgfältig an der Seite auf und zog fünf gefaltete Bögen heraus. »Eine Beförderung«, stellte er fest, wollte deshalb aber nicht sentimental werden.

»Und Ihre Befehle, Genosse«, sagte der Übungsleiter. »Meine Herren, interessiert es uns, wohin unser neuer Oberst Pavel Mirski geht?«

»Wohin?« fragten mehrere.

»Heim auf die Erde«, sagte Mirski.

»Heim auf die Erde!« wiederholte der Übungsleiter. »Das ist Ihr – wie vielter? – vierter Trainingsaufenthalt auf dem Mond in zwei Jahren? Und jetzt geht's wieder heim auf die Erde.«

Die Männer beobachteten ihn gespannt, grinsten.

»Zum Indischen Ozean«, sagte Mirski. »Zum letzten Training als Bataillonskommandeur.«

»Zum Indischen Ozean!« rief der Übungsleiter, deutete mit dem Zeigefinger auf den Boden – und damit symbolisch zur Erde – und streckte dann die Arme hoch, wobei er zur Decke blickte und nickte.

Die Männer brachen in Jubel und Applaus aus.

»Jetzt liegen die Sterne, nach denen Sie sich immer sehnten, zum Greifen nah, Oberst«, sagte der Übungsleiter und schüttelte ihm kräftig die Hand.

## 4. Kapitel

Der Rest der vierten Kammer flog als verschwommene Hügellandschaft mit kleinen Seen und granitartigen Felsen am Zugfenster vorüber.

»Endstation dieser Linie ist in der sechsten Kammer. Im Bahnhof erwarten uns Joseph Rimskaya und ein Teil des chinesischen Teams.«

»Rimskaya? Ich hatte einen Professor mit diesem Namen an der UCLA.«*

»Rimskaya ist der Grund für dein Hiersein. Er hat dich empfohlen.«

---

* Abk. University of California (Los Angeles). – *Anm. d. Übers.*

»Aber er hat von der Uni ans Mathematisch-Statistische Staatsinstitut gewechselt.«

»Und während seiner Arbeit in Washington die Präsidentenberaterin kennengelernt«, fügte Lanier hinzu.

Rimskaya hatte sie als Professor in einem Seminar über ein mathematisches Sondergebiet gehabt. Sie hatte ihn nicht besonders gemocht; er war ein hochgeschossener, schlaksiger Mann mit einem krausen, roten Vollbart, laut und dogmatisch, ein Politologie-Professor und Statistik- und Informatik-Experte. Als peinlich genauer Mathematiker, dem ihrer Meinung nach die nötige Einsicht fehlte für wirklich wertvolle Grundlagenforschung, verkörperte er in ihren Augen den Inbegriff des Akademikers: rigoros und fordernd als Lehrmeister, ließ er jedoch Phantasie vermissen.

»Wieso ist der hier?«

»Weil die Präsidentenberaterin ihn für nützlich erachtet.«

»Seine Spezialität ist statistisch wahrscheinliches Bevölkerungsverhalten. Er gehört in die Soziologie.«

»Stimmt«, sagte Lanier.

»Aber ...«

Lanier wirkte gereizt. »Überleg mal, Patricia! Wohin sind die Steinbewohner gegangen? Warum sind sie weg und wie sind sie hingekommen?«

»Weiß ich nicht«, antwortete sie kleinlaut.

»Wir wissen's auch nicht. Noch nicht. Rimskaya leitet die Soziologengruppe. Die können uns vielleicht darüber Auskunft geben.«

»Was ist das nur für eine perverse Art der Einführung«, beschwerte sie sich.

»Ich hab' Geduld, wenn du Geduld zeigst«, erwiderte Lanier.

Patricia schwieg für einen Moment. »Ich garantiere nichts«, sagte sie dann. »Hör mal, du brauchst nicht gleich eingeschnappt zu sein, bloß weil ich einfache, direkte Fragen stelle.«

Lanier zog die Brauen hoch und nickte. »Nimm's nicht persönlich.«

*Er steht also unter Druck,* dachte sie. *Tja, ich auch. Nur hatte er Zeit, sich daran zu gewöhnen. Falls man sich an so etwas wie die Bibliothek – oder den Stein – überhaupt gewöhnen kann. Andererseits gibt's sicher mehr ...*

Sie hatte plötzlich eine Vision von einem Labyrinth von Schreibtafeln, das sie in der siebten Kammer erwartete, angefüllt mit umherwandernden Mathematikern, die an einem großen Generalproblem arbeiteten. Über allen wachte geduldig auf einem riesigen Monitor die Präsidentenberaterin wie Gott. Lanier war ihr Avatar.*

»Rimskaya ist halb Russe«, fuhr Lanier fort. »Seine Großmutter ist als Witwe eingewandert, und ihr Name wurde in den amerikanischen Einwanderungsdokumenten auch auf den Sohn übertragen. Rimskaya spricht fließend Russisch. Manchmal springt er als Dolmetscher zwischen den Russen und uns ein.«

Das Brummen des Zugs wurde etwas lauter, als sie in die Nordkappe der vierten Kammer eintauchten.

Die fünfte Kammer war dunkler als die bisher besichtigten Teile des Steins. Eine bleigraue Wolkendecke überspannte die obere Atmosphäre des Zylinders und verschluckte damit das halbe Licht der Röhre. Unter den Wolken lag eine Wagner-Szenerie mit kahlen Bergen ausgebreitet, die an schartige Anthrazitbrocken mit dunkel schillernden Hematiteinschlüssen erinnerten. In die Berge schnitten sich schluchtartige Täler, eingesägt von Wasserfällen, die in muntere Wildbäche stürzten. In Richtung Mitte des Kammerbodens nahmen die Felsen entstellte Formen an; da waren Bögen, schartige Würfel, Pyramidenstümpfe und Dämme aus aufgeschichteten Plattenscherben.

»Was war das denn?« fragte Patricia verblüfft.

---

* Im Hinduismus Verkörperung göttl. Wesen beim Herabsteigen auf die Erde. – *Anm. d. Übers.*

»Eine Art Mine, glauben wir, im Tagbau. Unsere beiden Geologen – den einen, Robert Smith, hast du getroffen – sind der Ansicht, die fünfte Kammer blieb unvollendet, als die übrigen Kammern ausgehöhlt wurden. Man ließ sie wegen der Rohstoffe so, die abgebaut wurden. Und dies sind die davon übriggebliebenen Narben.«

»Hübsch für einen Liebhaber alter Gruselfilme«, bemerkte Patricia. »Gibt's hier auch ein Draculaschloß?«

Es fiel kein weiteres Wort mehr auf der kurzen Fahrt durch den nächsten Tunnel in die sechste Kammer. Als das Brummen schriller wurde und Licht in den Tunnel schimmerte, stand Lanier auf und sagte: »Endstation.«

Der unterirdische Bahnhof war höhlenförmig angelegt aus blanken, rötlichen Betonplatten und grauschwarz-marmoriertem Asteroidengestein. Der Bahnsteig war mit Linien versehen, als hätten hier einmal lange Warteschlangen angestanden.

»Ein ehemaliger Arbeiterbahnhof«, erklärte Lanier. »Als die sechste Kammer umgebaut wurde, stiegen die Arbeiter hier aus. Das war vor vielleicht sechshundert Jahren.«

»Seit wann ist der Stein unbewohnt?«

»Seit fünf Jahrhunderten.«

Über einen Aufgang kamen sie in ein Gebäude, das fast nur aus dicken, transparenten Scheiben bestand, so daß sich von hier aus ein ausgezeichneter Blick über die sechste Kammer bot.

Der Talboden war überhäuft mit geometrischen Körpern wie Zylindern und Würfeln und hochkant aufgeschichteten Rundscheiben, was insgesamt an ein überdimensionales Schaltbild erinnerte. Unmittelbar vor dem Bahnhofsgebäude begann eine Formation kugeliger Tanks, die in einer Linie zu einer fernen Wand marschierten. Die Wand war mindestens hundert Meter und die Tanks halb so hoch. Zwischen den Kugeltanks und einer Reihe gekippter Zylinder klaffte, unters Niveau des Bahnhofs reichend, eine gewaltige Rinne mit glänzendem Wasser. Den Kanal säumten Rohröffnungen und gigantische Pumpanlagen. Über allem zogen dichte dunkle Wolken, aus denen immer wieder Regenschauer oder Schneegestöber hervorbrachen. Irgendwo war ein ständiges Pulsieren, das man weniger hörte als fühlte – wie das Infraschall-Knarren vorüberziehender Berge oder das Knirschen des tiefen Meeresbodens.

Als Patricia den Blick durch Wolkenschichten schräg nach oben richtete, konnte sie verschwommen den gegenüberliegenden Boden der Kammer ausmachen, der mit einem Flickenteppich eigenartiger Maschinerie bedeckt war.

»Keine beweglichen Teile in der ganzen Kammer außer den großen Pumpen, deren Zahl sich in Grenzen hält«, erklärte Lanier. »Die Erbauer setzten auf einen integrierten Wetterzyklus. Es fällt Regen, der sich erwärmt und über Kanäle in flachen Teichen sammelt, dort verdunstet und Wärme mit nach oben trägt, wo er vom Regelsystem in der Atmosphäre, dessen Funktionsweise wir noch nicht verstehen, wieder abgeschieden wird.«

»Und was soll das?«

»In der ursprünglichen Planung des Steins war in der sechsten Kammer noch eine Stadt gedacht. Aber die Erbauer hatten festgelegt, daß der Stein nur mit drei Prozent g beschleunigt werden könne. Unmittelbar vor Ausstattung des Steins – und vor Abschluß der Aushöhlungsarbeiten – fanden sie eine Möglichkeit, den Stein bis zur Grenze seiner Leistungsfähigkeit zu beschleunigen. Die Methode dahinter war aufwendig und teuer, schenkte dem Stein allerdings eine Flexibilität, auf die man nicht verzichten wollte. Folglich wurde die sechste Kammer ausgestattet mit einer Maschinerie zur selektiven Dämpfung des Massenträgheitseffekts, die einen kleinen Teil dessen ausmacht, was wir hier sehen.« Er deutete mit einem Kopfnicken auf das Bild hinter den Scheiben. »Deshalb sind die Böden der Kammern nicht geneigt, sind die Teiche und Flüsse nicht gegen das Überschwappen geschützt. Ist ja auch nicht notwendig. Die sechste Kammer kann gezielt den Trägheitseffekt von jedem Ding im Stein puffern. Insgesamt hebt sie die Wirkung der Beschleunigungs- und Bremsvorgänge des gesamten Schiffs auf. In kleinem Rahmen dämpft sie den Trägheitseffekt in den Zügen. Sie reguliert sich selbsttätig, obwohl wir noch kein ›Gehirn‹ entdeckt haben.«

Regen prasselte aufs gläserne Dach. Lanier betrachtete die hüpfenden, perlenden Tropfen.

»Mittlerweile wurde die Maschinerie verfeinert und erweitert. Einst beanspruchte sie ungefähr drei Quadratkilometer, während der Rest der Kammer genutzt wurde von Industrie und Forschung, wofür's in den Städten keinen Platz gab. Nun versorgt sie auch die siebte Kammer.«

Vier Personen in gelbem Regenzeug näherten sich den Kanal entlang dem Bahnhof. Ihren Laster hatten sie ein paar Meter dahinter auf einer erhöhten Straße geparkt.

»Unser Empfangskomitee«, sagte Lanier. Sie gingen zum Treppenabsatz. Im Treppenhaus staute sich kalte Luft, und Patricia fröstelte, als ihr bei einem Windstoß draußen ein kühler Luftzug entgegenschlug. Der Regen prasselte aufs Dach. Zwischen den Rinnsalen auf dem Glas und durch ein Loch in den Wolken sah Patricia die gegenüberliegende Nordkappe. Alle anderen Kappen waren buchstäblich blank und leer. Diese aber wies eine Reihe von Rechtecken auf, die in gleichmäßigen Abständen wie eine steile Treppe verliefen. An der Vorderseite eines jeden Quaders haftete ein elliptisches Gebilde. Die Quader schätzte sie auf mindestens einen Kilometer Breite und die Ellipsen auf einen halben Kilometer Achslänge.

Derjenige, der als erster von den vier Personen oben

an der Treppe ankam, schob seine Regenkapuze zurück. Patricia blickte in das rötliche, bärtige Gesicht ihres ehemaligen Professors mit den kleinen, verkniffenen Augen, als hegte er einen alten Groll. Rimskaya war genauso, wie sie ihn in Erinnerung hatte. Er erwiderte mit gewisser Reserviertheit ihren Blick und nickte dann Lanier zu. Hinter ihm zogen eine große, blonde Frau mit ebenmäßigen Zügen und zwei Chinesen, ein Mann und eine Frau mit grünen Mützen, ihre Regenkleidung aus und schüttelten das Wasser ab.

Rimskaya trat vor Patricia; sein ganzes Gebaren verriet Geringschätzung, wenn nicht Ekel. »Miss Vasquez«, sagte er. »Ich hoffe, Sie sind dem hier gewachsen und blamieren mich nicht.«

Patricia öffnete und schloß den Mund wie ein Karpfen und fing dann übertrieben laut zu lachen an. »Das hoffe ich auch, Professor!«

»Nehmen Sie's ihm nicht übel«, sagte die blonde Frau, die eine wohlklingende, tiefe Stimme mit leicht britischem Akzent hatte. »Er hat in den letzten Monaten nur positiv von Ihnen gesprochen.« Sie klemmte ihre Mütze unter den Arm und begrüßte Patricia mit einem kräftigen Händedruck. »Ich bin Karen Farley, das ist Wu Gi Me und das Chang i Hsing.« Chang lächelte übers ganze Gesicht; ihr glattes schwarzes Haar hing bis zu den Augen in die Stirn, wie's derzeit Mode war in China. »Wir sind von der Technischen Universität Beijing.«

Rimskaya musterte Patricia aus seinen verkniffenen grauen Augen. »Sie sind gesund, nicht raumkrank, nicht überreizt?«

»Mir fehlt nichts, Professor«, antwortete sie.

»Gut. Dann kümmert euch mal um sie!« sagte er, an Farley, Wu und Chang gewandt. »Ich werde in die erste Kammer gehen, Pause machen. Vielleicht 'ne Woche oder länger.« Er drückte Lanier flüchtig die Hand. »Bin müde«, sagte Rimskaya. »Nicht zuletzt deshalb, weil ich mir nicht erklären kann, was das alles bedeutet. Ich war nie besonders phantasievoll, und dieser Stein ...« Er schüttelte den Kopf. »Vielleicht liegt er Ihnen mehr, Miss Vasquez.« Damit verbeugte er sich steif vor den Kollegen, nahm seine Regenkleidung und ging zum Bahnsteig hinunter.

Patricia sah ihm verdutzt nach.

»Ich beneide ihn ... ein bißchen«, sagte Wu in astreinem kalifornischen Englisch. Er war ungefähr gleich groß wie Patricia und leicht pummelig, hatte einen soldatischen Kurzhaarschnitt und kindliche Züge. »Ich habe in letzter Zeit einiges von Ihnen gelesen, Miss Vasquez.«

»Patricia, bitte.«

»Geht über meinen Horizont, fürchte ich. Chang und ich sind Elektroingenieure. Karen ist Physikerin.«

»Theoretische Physik«, sagte Farley. »Es ist mir eine übergewöhnlich große Freude ...«

»Außergewöhnlich«, verbesserte Lanier.

»Ja.« Farley lächelte über das erstaunte Gesicht, das Patricia machte. »Ich bin auch Chinesin. Meistens kann ich die Leute darüber hinwegtäuschen. Also bitte korrigieren, wenn ich mich verspreche.«

Patricia blickte skeptisch von Gesicht zu Gesicht. Neue Leute kennenlernen und Gesellschaft pflegen, das alles überforderte sie im Moment noch.

»Wir begleiten Patricia in die siebte Kammer«, sagte Lanier. »Aber vielleicht möchte sie sich vorher noch ein bißchen ausruhen hier.«

»Nein.« Patricia schüttelte energisch den Kopf. »Ich will's gleich wissen.«

»Das ist eine Frau«, sagte Farley. »Selbstmörderische Verbissenheit. Das bewundere ich. Chang hat's auch. Gi Me – wir nennen ihn Lucky – ist allerdings eher der bequeme Typ.«

»Sie und Professor Rimskaya sind die reinsten Sklaventreiber«, sagte Chang. Im Gegensatz zu Wu und Farley hatte sie einen deutlich fremdländischen Akzent.

Nun holte sie zwei verpackte Regenmäntel aus ihrer Tasche und reichte sie Patricia und Lanier. Rasch zogen sie sich an und verließen ihren Unterstand.

Die Luft war frisch und roch nach Regen, nach Ozon und Metall. Regenschauer und Schneegestöber hatten aufgehört; es nieselte nur noch. Wasser lief von den schrägen Metallwänden unter der erhöhten Straße, strömte in die Abwasserschächte und sammelte sich weiter unten in einem Becken. Patricia warf einen Blick in das Becken mit seinem trichterförmigen Abzug, der sich in dunkler Tiefe auflöste.

Der Laster auf der Fahrbahn war ein ähnliches Modell wie derjenige in der ersten Kammer. Von Farley wurde Patricia wiederum der Beifahrersitz zugewiesen, während die anderen hinten einstiegen, wobei sie die Kisten mit eingepacktem wissenschaftlichen Gerät zur Seite schoben. Farley startete den Wagen und gab Gas.

Die Straße wurde breiter und wand sich durch Tankanlagen und graue Gebilde, die der rasch aufziehende Nebel verschluckte. Wu beugte sich zwischen die Vordersitze. »Dieses Zeug sieht aus wie Asphalt, ist aber keiner. Es ist ein Asteroidgestein, dem die Metalle entzogen sind; dann wird's gemahlen und mit pflanzlichen Ölen angerührt. Wird sehr zäh, bricht und reißt nicht. Mal sehn, wer es patentieren läßt.«

Irgendwie wirkte die öde Umgebung belebend auf Patricia. Der Nebel hatte einen Stich ins Blaue, der ihr das Gefühl gab, in einem Saphir zu sitzen. Es fing wieder zu regnen an, und das Trommeln der Tropfen auf dem Autodach vermittelte zusammen mit dem sanften Strom der Heißluft aus der Heizung ein gewisses Gefühl der Geborgenheit und machte die Sache nicht aufregender, als würde man sich ein unterhaltsames Video anschauen.

Rasch schüttelte Patricia dieses Gefühl wieder ab. Lanier beobachtete sie. Sie schielte nach ihm und sah sofort wieder weg. Wie konnte man sie nur als so wichtig erachten? Was vermochte sie angesichts dieses ungeheuren Rätsels auszurichten?

Allein schon die bloße Größe lähmte das Denken. Der Blick durch Lücken in den Wolken hinauf zur gegenüberliegenden Seite glich dem Blick aus dem Shuttle-Fenster beim Wiedereintritt in die Atmosphäre.

Der Wagen folgte der leicht kurvigen Straße und durchquerte die sechste Kammer in zwanzig Minuten. Schon ragte vorne der übliche Bogen zum Tunneleingang auf. Farley schaltete die Scheinwerfer an, als der Tunnel sie aufnahm.

Nach der sechsten, der Schlechtwetterkammer, war das ungetrübte Licht der Plasmaröhre eine Wohltat.

»Man hört fast die Vögel zwitschern«, meinte Patricia.

»Schön wär's«, meinte Farley darauf. Sie fuhren gerade die Rampe hinunter. Vor ihnen lag eine kerzengerade Straße, die nur etwa halb so breit war wie die Straße in der sechsten Kammer und aus dem gleichen Material bestand. Zu beiden Seiten der Straße breitete sich mehrere Kilometer weit sandiges Hügelland aus mit derbem gelben Gras. Nicht weit entfernt standen niedrige, knorrige Baumgruppen. Im Westen zogen sich an der gekrümmten Seite der Kammer kleine Seen empor; aus einem der Kappentunnels schien ein Fluß zu strömen. Ein paar Schäfchenwolken standen vor der Kappe. Die Landschaft war bis zu den Grenzen des Röhrenlichts im Osten und Westen einheitlich homogen und freundlich. Die Plasmaröhre selbst trat in der Mitte der Kappe als strahlender Lichtschweif aus.

Patricia spürte, daß sich alle im Wagen gespannt zu ihr wandten. Sie warteten auf ihre Reaktion.

Reaktion worauf? Diese Kammer war bestenfalls ein klein wenig aufregender als die erste. Patricias Schultern verspannten sich. Was sollte sie nur sagen?

Lanier griff zwischen den Sitzlehnen hindurch und tippte sie auf den Arm. »Was siehst du?« fragte er.

»Sand, Gras, Seen, Bäume. Einen Fluß und Wolken.«

»Guck geradeaus!«

Sie guckte. Die Luft war klar. Die Sicht betrug mindestens dreißig Kilometer. Die Nordkappe schien verdeckt zu sein, zeigte sich jedenfalls längst nicht so deutlich wie die grauen Mauern in den andern Kammern. Patricia schaute hinauf und kniff die Augen zusammen, um das Ende der Plasmaröhre auszumachen.

Da war kein Ende. Die Röhre ging weiter, war bestimmt länger als dreißig Kilometer, wurde immer schwächer und dünner und schien schließlich fast mit dem Horizont zu verschmelzen.

Natürlich lag in einer nicht gekrümmten Fläche – wie es die Zylinder parallel zur Achse waren – der Horizont viel höher. Bei unbegrenzter Entfernung würde der Horizont in einem echten Fluchtpunkt der Perspektive beginnen ...

»Diese Kammer ist länger«, stellte sie fest.

»Ja«, pflichtete Wu ihr zaghaft bei. Chang nickte und grinste wie über einen Witz, wobei sie die Hände sittsam über dem Schoß gefaltet hielt.

»So, damit das klar ist. Wir sind ungefähr zweihundertundzwanzig Kilometer in den Stein vorgedrungen, der insgesamt zirka zweihundertundneunzig Kilometer lang ist. Diese Kammer könnte also etwa fünfzig Kilometer tief sein.« Ihre Hände zitterten. »Aber das ist nicht der Fall.«

»Sieh genauer hin!« sagte Lanier.

»Eine optische Täuschung. Ich kann die nördliche Kappe nicht sehen.«

»Nein«, sagte Farley viel zu verständnisvoll.

»Also?« Patricia blickte sich im Wagen um. Die anderen verzogen keine Miene, außer daß Chang verstohlen lächelte. »Was soll ich denn, verdammt noch mal, sehen?«

»Sag's du uns!« verlangte Lanier.

Patricia überlegte fieberhaft, blickte an der gegenüberliegenden Seite der Kammer empor und versuchte, die Entfernungen in der eigenartigen Perspektive der riesigen Zylinder einzuschätzen. »Anhalten!«

Farley brachte den Wagen zum Stehen; Patricia stieg aus und stellte sich auf die Fahrbahn. Dann kletterte sie über eine Leiter auf die Ladefläche am Wagendach und blickte an der kerzengeraden Straße entlang. Die Straße verlor sich im eigenen Fluchtpunkt – keine Kappe, keine Begrenzung. Mit der Landschaft verhielt es sich nicht recht viel anders.

»Sie ist größer«, stellte Patricia fest. Farley und Lanier standen neben dem Wagen und sahen zu ihr hinauf. Wu und Chang stiegen ebenfalls aus. »Sie ist größer als der Asteroid. Sie geht übers Ende hinaus. Wollt ihr mir das sagen?«

»Wir sagen gar nichts«, erklärte Lanier. »Wir zeigen's nur. Das ist die einzige Möglichkeit.«

»Ihr wollt sagen, daß sie nicht aufhört, daß sie weitergeht?« Die Panik, die schrille Faszination in ihrer eigenen Stimme entging ihr nicht.

Der Stanford-Professor hatte sich seinerzeit vor sechs Jahren geirrt. Nicht nur Götter und Außerirdische wußten ihre Arbeit zu schätzen. Jetzt wurde ihr klar, warum sie von Vandenberg per Shuttle und OTV auf den Stein heraufgeholt worden war.

Der Stein war innen länger als außen.

Die siebte Kammer ging endlos weiter.

## 5. Kapitel

Patricia hatte neun Stunden geschlafen, wie sie mit einem Blick auf die Armbanduhr feststellte. Sie lag auf der Pritsche und lauschte dem leisen Flattern der Zeltleinwand im Wind.

Es bestand zumindest in dieser Gegend der siebten Kammer keine Notwendigkeit für Massivbauten. Das

Klima war trocken und mild und die Lufttemperatur warm. Patricia blickte hinauf zur Plane, die zwischen den Alustangen aufgespannt war, und zur Plasmaröhre, die durch den Stoff schimmerte.

*Ich bin hier. Das ist Wirklichkeit.*

»Worauf du dich verlassen kannst«, flüsterte sie. Im Zelt, einem Labyrinth von Trennwänden und Böden aus Planen, das eine Fläche von ungefähr hundert Quadratmetern aufwies, plauderten mit gedämpfter Stimme Farley und Chang auf Chinesisch.

Als während der ersten Stunden in der siebten Kammer eine Kabine im Zelt für Patricia eingerichtet und das Essen arrangiert wurde, war sie übereifrig gewesen und hin- und hergeflitzt wie eine Tanzmaus und hatte Fragen gestellt, die zuweilen wenig Sinn machten. Lanier hatte sie eine Weile finster beobachtet; irgendwie ahnte sie, daß sie eine Enttäuschung für ihn war. Später allerdings hatte er sich den anderen angeschlossen und mit ihnen – mit ihr – gelacht und als Überraschung eine Flasche Sekt hervorgezogen. »Um dein neues Selbst zu taufen«, hatte er gesagt.

Im ersten Anlauf hatten sie versucht, einen passenden Namen für das zu finden, was bisher schlicht »siebte Kammer« oder »Korridor« genannt wurde.

»Spaghettiwelt«, hatte Farley vorgeschlagen. »Nein«, hatte Wu gekontert, »schon eher Makkaroniwelt, weil sie innen hohl ist.« Und »Hohlwelt« hatte Chang eingeworfen; Begriffe wie »Röhre« und »Tunnel« waren schon anderen Teilen des Steins zugeordnet.

Nach einigen Gläsern Sekt war Patricia unheimlich müde geworden und hatte sich, kaum war die Pritsche unterm Zeltdach aufgestellt, schlafen gelegt.

Nun streckte sie sich und stützte den Kopf auf die Ellbogen, wobei sie über Sand und Gras hinauf zur enormen Zylinderlandschaft schaute, die sich in dunstiger Ferne fortsetzte. Farley kam aus dem Zelt und setzte sich neben die Pritsche.

»Träumst du?«

»Nein«, sagte Patricia. »Ich überlege.«

»Als Garry vor anderthalb Jahren mit uns auf große Besichtigung des Steins ging, dachte ich, ich würde den Verstand verlieren. Was hältst du von dieser Einführungsmethode? Ich meine, es fängt ja erst an für dich, aber ...« Sie brach ab und sah Patricia aus strahlendblauen Augen an. Farley war vielleicht zehn Jahre älter als sie; die Fältchen um Augen und Mund waren Lachfalten. Durch ihre fordernde, direkte Art war sie in Patricias Augen das weibliche Gegenstück von Lanier.

»Sehen heißt längst nicht glauben«, erwiderte sie. »Und Hören allein schon gar nicht.«

»Nach 'ner Weile wird man eher gleichgültig«, sagte Farley, den Blick auf die graugrüne Straße gerichtet. »Das stimmt mich zuweilen nachdenklich. Wenn neue Leute kommen und sehen, was wir tagtäglich sehen, erkennt man entsetzt, wie seltsam es eigentlich ist. Manchmal komm' ich mir vor wie ein Käfer, der durch ein Atomkraftwerk krabbelt. Ich ahne und sehe allerhand, aber verstehe längst nicht alles.« Sie seufzte. »Ich weiß nicht, ob Garry das recht ist, aber ich glaube, man sollte dich warnen wegen der Phantasmen.«

»Er sprach davon. Was ist damit?«

»Manche von uns haben Phantasmen gesehen. Phantome. Ich selber nicht, und von unsrer Gruppe auch niemand. Man nimmt an, es hat psychologische Ursachen, ist eine Folge der Überlastung. Es gibt keine wirklich eindeutigen Erscheinungen, keine Fotos und dergleichen. Also gib acht, was du siehst. Und gib doppelt acht, denn es ist noch nicht erwiesen, daß Stein oder Korridor gänzlich ohne Bewohner sind. Wir sind einfach zu wenige, um alle Kammern gründlich zu durchsuchen und zu überwachen. Wenn du also irgend etwas siehst, so melde es, aber glaube es nicht.« Sie lächelte. »Ist das klar?«

»Nein«, erwiderte Patricia und schwang die Beine von

der Pritsche. »Bekomm' ich einen festen Arbeitsplatz und einen Überblick darüber, woran ich arbeiten soll?«

»Garry wird dir in 'ner halben Stunde oder so alles sagen. Er schläft gerade. Erschöpft. Ich meine, erledigt. Wir machen uns alle Sorgen seinetwegen.«

»Du und die anderen, ihr habt grüne Abzeichen, aber gehört ihr auch in die dritte Stufe?«

»Du meine Güte, nein.« Farley lachte und warf die langen blonden Haare über die Schultern zurück. »Wir sind Chinesen. Wir haben Glück, soweit gekommen zu sein. Wir sind auf Einladung hier, weil unsre Regierung in diesem Jahrzehnt zufällig friedlich ist. Trotzdem sind wir viel besser dran als die armen Russen. Die kommen gerade bis zu den Bohrlöchern und Plasmaröhren, recht viel weiter nicht. Die Plasmaphysik gilt allgemein als ihre Spezialität, also sitzen sie an der Achse. Die Amerikaner haben keine Ahnung, was für hervorragende Archäologen die haben. Was ihre Soziologen angeht ...« Sie schüttelte wehmütig den Kopf. »Ich bin als Marxist geboren und aufgewachsen, bezweifle aber, daß die Steinpopulation sich unter einer streng leninistisch orientierte Lehre einordnen ließe.«

»Garry hat mir nichts über die geltenden Abmachungen gesagt. Ich habe daheim darüber gelesen ... Aber ich weiß, daß man nicht alles erfahren hat.«

»Die Eurospace-Schiffe der NATO kamen als erste auf den Stein und begannen mit seiner Erforschung. Durch die ISCCOM-Übereinkünfte hat die NATO die Schürfrechte. Natürlich wird die NATO von den USA beherrscht. Die Russen haben eingewandt, dies sei ein Sonderfall, sind aber bisher nicht durchgekommen. Die Chinesen waren nie besonders interessiert am Weltraum und folglich einverstanden mit dem Wenigen, das ihnen eingeräumt wurde. Auf unsere stille, unterwürfige Art sind wir allerdings viel weiter gekommen als die Russen. Es sind keine Russen in der siebten Kammer, wie dir auffallen wird.«

»Man hört nicht, daß du Chinesin bist.«

Farley lachte. »Danke. Jeder lobt meine Aussprache. Manchmal hapert's mit den Wörtern ... Tja, was du eigentlich meinst, ist wohl, daß ich nicht wie eine Chinesin aussehe. Ich bin kaukasische Immigrantin in der zweiten Generation. Meine Eltern waren britische Ausgebürgerte aus der Tschechoslowakei. Sie waren Agrarspezialisten, so daß sie von China mit offenen Armen aufgenommen wurden, als sie 1978 einwanderten. Ich wurde dort geboren.«

»Ich kam nie über die Grenzen Kaliforniens hinaus«, gestand Patricia. »Im Gegensatz zu dir fühle ich mich behütet, geborgen. Abgeschnitten von der großen Welt.«

»Der Welt der Intrigen und internationalen Politik? Ich auch. Ich verbrachte die meiste Zeit auf einem landwirtschaftlichen Anwesen in Hopeh. Recht abgeschieden. Und jetzt ... sind wir beide hier!« Sie blickte kopfschüttelnd vor sich auf den Boden. »Aus verschiedenen Gründen sind da viele Dinge, über die wir nicht sprechen dürfen. Garry vertraut mir, und ich schätze sein Vertrauen. Wir haben uns Mühe gegeben, zuvorkommend und vertrauenswürdig zu sein. Deshalb sind wir so weit gekommen. Technische Angelegenheiten, die sich unmittelbar auf unsere Arbeit beziehen, das ist in Ordnung. Aber alles andere, das für Wu, Chang und mich tabu ist ... darüber wird nicht geredet. Kein Wort.«

»Okay«, sagte Patricia.

Farley blickte nach Norden, direkt in den Schlund des Korridors. »Die Steinmenschen haben das gemacht. Es waren Menschen wie du und ich. Ansonsten tappen wir im dunkeln. Eines Tages aber werden wir ihnen begegnen – ihnen oder noch fremdartigeren Wesen.« Sie lächelte kurz. »Ist das 'ne griffige Prognose?«

Patricia nickte. »Noch ein paar Details, und ich krieg' das große Flattern.«

Farley klopfte ihr auf die Schulter. »Muß zurück. Garry wird gleich bei dir sein.«

Sie verschwand im Zelt.

Patricia stand da und strich ihren Pullover glatt. Dann ging sie los und schlenderte einige Dutzend Meter über den Sand. Sie bückte sich und strich mit der Hand durch die Halme eines Grasbüschels.

Die Länge des Korridors war so verblüffend, so atemberaubend, daß ihr buchstäblich die Luft wegblieb. Er war rationell, wirtschaftlich, unglaublich schön. Die gleichmäßige Beleuchtung, die allmählich in der Ferne verschwindenden, aber nichtsdestoweniger klaren Details; der Sand, die Büsche, die Seen und Flüsse, die das Kondenswasser von der südlichen Kappe abführten ...

Trotz der Worte von Farley fühlte Patricia sich sicher, als sie noch einmal ein gutes Dutzend Meter westwärts ging. Und nachdem sie so weit gegangen war, wobei sie freilich nur ein paar Minuten vom Zelt entfernt war, schien es keine große Sache zu sein, noch einmal um das gleiche Stück weiterzugehen. In zehn Minuten erreichte sie den Zwergwald, wo sie sich umwandte, um sich am Zelt und an der Rampe vom Kappentunnel zu orientieren.

Die Bäume glichen kleinen Kiefern, waren keine zwei Meter hoch und bildeten mit ihrem knorrigen Astwerk ein undurchdringliches Dickicht. Derartige Bäume hatte Patricia auf der Erde noch nicht gesehen; ihre Nadeln glichen allerdings den Douglastannen, die daheim als Christbaum gedient hatten, bevor man sich mit einem Ersatz aus Aluminium begnügte.

Sie bückte sich und warf einen Blick unter die Zweige, entdeckte aber keine Spur von Leben.

Wie seltsam, daß die Steinbewohner alles Lebendige mitgenommen und den Stein dermaßen ausgeschlachtet hatten. Wohin sind sie nur alle?

Soviel stand inzwischen fest. Patricia spürte ihn jedesmal, den Drang, den Zwang wenn sie in den Korridor blickte. Sie strebten endlos nordwärts, falls der Korridor wirklich ohne Ende war.

»Patricia!« rief Lanier vom Zelt aus. Sie fuhr hoch und bekam ein schlechtes Gewissen, obwohl in seiner Stimme keinerlei Vorwurf oder Dringlichkeit lag.

»Ja?«

»Die Arbeit ruft.«

»Bin schon unterwegs.« Sie kehrte zum Zelt zurück.

Sie setzten sich an einen Klapptisch unter dem Zeltvordach. Lanier nahm eine Tafel, steckte einen Memoblock ein und legte das Gerät zwischen sie beide. »Du solltest inzwischen eine gewisse Ahnung haben, warum wir dich hier brauchen. Wir haben einige Rätsel zu lösen, wovon das ...« – er deutete in den Korridor – »... nicht einmal das größte sein dürfte.«

»Scheint mir schon so«, bemerkte sie.

»Ich habe einen ersten Zeitplan für dich entworfen. Man wird dir die Stadt in der dritten Kammer zeigen – bevorzugt die dortige Bibliothek. Diese Stadt hieß Thistledown, wie der Stein selbst. Sie ist ein paar Jahrhunderte jünger als Alexandria. Zudem stattest du auch der Bibliothek in der zweiten Kammer noch einige Besuche ab. Insgesamt wirst du ein, zwei Wochen beschäftigt sein, nur um dich einzuarbeiten.« Er deutete auf die Tafel und drückte auf RUN. Text lief auf dem Sichtgerät ab. »Hinweise zur U-Bahn-Benutzung mit Fahrplan und Vorsichtsmaßnahmen. Wie's aussieht, werde ich dich nicht ständig, nicht einmal oft begleiten können. Berge von Arbeit. Außerdem werde ich für kurze Zeit zur Erde fliegen. Währenddessen meldest du an Carrolson. Das meiste, was du in bezug auf Sicherheit wissen mußt, findest du in diesem Block. An wen du dich wenden kannst, an wen nicht, Protokoll, dergleichen. Farley, Wu und Chang sind nette Leute, aber sieh dich vor. Hüte dich vor jedem, der nicht die gleichen Vorrechte genießt wie du!«

»Mit wem außer dir kann ich noch reden?«

»Carrolson. Mit ihr kannst du alles besprechen – außer was du in den Bibliotheken erfährst. Ich bin dabei, ihr auch eine Zulassung dafür zu besorgen, aber das dauert noch. Du wirst in einigen Tagen mehr Leute kennenlernen. Der eine oder andere davon wird 'ne Bibliothekszulassung haben, so daß ihr gemeinsam das Material erarbeiten könnt. Klar? Die nächsten Wochen heißt's also studieren, studieren, studieren.«

»Wie weit kann ich mich vom Lager entfernen?«

»So weit du gehen kannst, aber nimm ein Funkgerät mit! Wir haben einen Sicherheitsstützpunkt ungefähr fünfzig Kilometer weit drin im Korridor und Sensoren, die alle Vorgänge in den nächsten paar hundert Kilometern kontrollieren. Wenn zum Rückzug aufgefordert wird, dann kehrst du so schnell wie möglich in den Tunnel zurück.

»Wie groß ist die Wahrscheinlichkeit dafür?«

»Gering«, antwortete Lanier mit einem Achselzukken. »Vielleicht nicht gegeben. Ist noch nicht passiert. Ich hoffe, es stört dich nicht, daß wir dich mit Glacéhandschuhen anfassen. Falls dir was zustoßen würde, dann würde die Präsidentenberaterin hier mit einem eisernem Besen auskehren.«

Patricia lächelte. »Und wer ist meine Anstandsdame?«

»Farley – bis Carrolson hier ist. Noch Fragen?«

»Laß mich erst mal anfangen, dann fallen mir schon Fragen ein.«

»Einverstanden.« Lanier ließ sie allein am Tisch sitzen. Sie schnappte sich die Tafel und nahm den ersten Memoblock in Angriff.

## 6. Kapitel

Lanier brach in der nächsten Schicht auf und sagte, er werde in zwei Tagen zurück sein, um den nächsten Schritt ihrer Unterweisung anzugehen. Carrolson kam einige Stunden später an und brachte einen Stapel Speicherblöcke und einen leistungsfähigeren Prozessor mit, der von der Erde heraufgeschafft worden war. »Wenigstens kann ich viel von meiner Arbeit überallhin mitnehmen«, sagte sie. Farley, Wu und Chang machten sich sofort daran, dem neuen Prozessor einen Teil ihrer Probleme zu unterbreiten.

Patricia studierte die Würfel, die Information über den Korridor lieferten. Die Länge des Korridors war unbekannt, aber vor vier Monaten aus dem Bohrloch abgeschickte Radarsignale waren noch nicht zurückgekehrt. Entweder, so wurde angenommen, habe der Korridor kein Ende, oder aber die Signale seien auf eine bisher unerklärliche Weise absorbiert worden.

Erkundungstrupps hatten verschiedene Vorstöße in den Korridor unternommen, waren bislang aber nicht weiter als fünfhundert Kilometer vorgedrungen. Bis dahin unterschied sich der Korridor nicht von der angrenzenden siebten Kammer: dicke Sandbodenschicht, Atmosphäre mit 650 Millibar Normaldruck des Steins, Röhrenlicht von normaler Intensität.

Der Korridor unterschied sich von der Kammer nur in einer Hinsicht: bei Kilometer 436 war er umgeben von einem Kreis aus künstlichen Gebilden, vier regungslosen Kuppeln nämlich, die frei über weiten Gruben im Boden schwebten. Jede der Kuppeln stand für sich in gleichmäßigem Abstand zur nächsten in der Peripherie. Woraus sie bestanden, das war unbekannt; allerdings wies die Materie bis auf die Dichte keinerlei stoffliche Eigenschaften auf. Bei Kilometer 872 befand sich ein zweiter solcher Kreis, und diesem Gebiet galt derzeit eine neue Expedition.

Patricia schloß den Kontakt der Tafel an ihrem Zahn an, griff in ihre Tasche mit ihren persönlichen Dingen und holte ihren Stereozusatz und eine Mozart-Münze heraus. Das Zusatzgerät paßte in den genormten Stekker und spielte die Zauberflöte, während Patricia ungestört las.

Nach eineinhalb Stunden stellte sie die Musik ab und machte Pause.

Trotz Carrolsons Einwand, sie sei nicht ihr Kindermädchen, paßte diese Beschreibung genau auf ihre Rolle, wie Patricia fand. Sie hatte keine unmittelbaren Aufgaben in der siebten Kammer, und ihre Fähigkeiten stellten keineswegs eine Ergänzung zu Patricias Können dar. Dennoch war es nicht unangenehm, die ältere Dame bei sich zu haben. Sie war gelassen, selbstbewußt und umgänglich. Ein guter Ansprechpartner, wenn man Fragen hatte, selbst wenn's nur darum ging, den Verstand in Schwung zu halten.

Protokoll und Organisation des Steins waren kompliziert. Eine Aufstellung im Memoblock, den Lanier zurückgelassen hatte, gab eine Übersicht. Die Erforschung des Steins, vollzogen unter ISCCOM-Aufsicht, lag in den Händen von NATO-Eurospace – also NASA und Europäischer Weltraumbehörde.

Das gemeinsame Weltraumkommando Joint Space Command hatte in bezug auf die Abwicklung der Erforschung viel zu sagen. Trotz des zivilen Rahmens war es eine hauptsächlich militärische Operation. Judith Hoffman, die nominell die militärischen und zivilen Stellen koordinierte, milderte diese Tatsache ein bißchen ab.

Das Sicherheitsteam auf dem Stein bestand zur einen Hälfte aus etwa 300 Amerikanern, zur anderen aus 150 Briten und 100 Deutschen; die restlichen 50 stammten aus Kanada, Australien und Japan. Frankreich, selbst kein Mitglied von NATO-Eurospace, hatte die Einladung abgelehnt und keine Nationalvertreter auf den Stein entsandt, unter anderem sicher aus Protest gegen den Druck der NATO zur verstärkten Wiederaufrüstung in den ersten beiden Jahren des einundzwanzigsten Jahrhunderts.

Das Sicherheitsteam des Stein unterstand dem Oberbefehl des U.S. Navy Captain Bertram D. Kirchner – zuständig für äußere Sicherheit – und Army Brigadier General Oliver Gerhardt, verantwortlich für innere Sicherheit.

Die 600-Mann-Truppe war auf den gesamten Stein verteilt, um die Zivilisten im Falle eines Angriffs zu verteidigen. Wer angreifen sollte, diese Frage blieb offen; anscheinend rechnete man mit Angriffen aus der siebten Kammer oder aus verborgenen Stellen in den Städten der zweiten und dritten Kammer.

Lanier fungierte als Sprachrohr von Hoffman auf dem Stein. Er koordinierte Wissenschaft, Technik und Kommunikation. Carrolson leitete das Wissenschaftsteam, Heinemann die Technik im zivilen Bereich und eine Frau namens Roberta Pickney die zivile Kommunikation.

Die Zusammensetzung des wissenschaftlichen Teams war aufschlußreich. Da waren Mathematiker, Archäologen, Physiker, Sozialwissenschaftler (darunter auch Historiker), Informatiker, Mediziner und Biologen. Und es waren darunter außerdem vier Rechtsanwälte.

Die Technik bestand aus der Versorgung – mit einem militärischen Vertreter besetzt – und dem Mechanikerteam. In der Kommunikation arbeitete ebenfalls ein militärischer Vertreter mit, der zuständig für kodierte Übertragungen war. Verantwortlich für interne Kommunikation auf dem Stein und die Erde-Weltraum-Mond-Netze waren Pickney und deren rechte Hand, Sylvia Link.

Patricia glaubte, daß sie sich nicht einmal die wichtigsten Namen merken könnte. Namen waren nicht ihre Stärke, während sie mit Gesichtern besser zurechtkam.

Neben dem Zivilpersonal von Amerika und Eurospace waren Vertreter aus Rußland, Indien, China, Brasilien, Japan und Mexiko zur Mitarbeit im wissenschaftlichen Team eingeladen. Einige Australier und jemand aus Laos sollten demnächst dazustoßen. Carrolson räumte freimütig ein, daß es Probleme mit den Russen gab. Sie waren erst seit einem Jahr auf dem Stein, nachdem sie sich endlich gewissen Beschränkungen unterworfen hatten. Trotz dieser Zustimmung verlangten sie nun (zu Recht, wie Patricia meinte) Zugang zu jeglichen Daten über den Stein, die Bibliotheken eingeschlossen. Auf den ausdrücklichen Befehl von Hoffman und des Präsidenten waren die Bibliotheken, wie Carrolson erklärte, ausnahmslos den Amerikanern vorbehalten.

»Sie würden uns eine ganze Menge Ärger ersparen, wenn sie überall freien Zutritt gewähren würden«, stellte Carrolson fest. »Ich verabscheue Geheimniskrämerei.« Dennoch sorgte sie für die Einhaltung ihrer Befehle.

»Und wer kümmert sich ums wissenschaftliche Team, während du hier bei mir bist?« erkundigte sich Patricia.

Carrolson lächelte. »Ich hab' Rimskaya damit betraut. Er ist ein alter Nörgler, aber kann sich durchsetzen. Und die Leute werden es sich bestimmt zweimal überlegen, bevor sie ihm mit Beschwerden kommen. Ich bin da harmlos. Ab und zu *brauche* ich so'nen Urlaub.«

Auf Laniers Memoblock war genauestens angegeben, mit wem Patricia über ihre Erkenntnisse sprechen durfte. Wenn's um die Bibliothek ging, so durfte sie sich nur mit Rimskaya, Lanier und Rupert Takahashi besprechen, einem weiteren Mitglied des wissenschaftlichen Teams, das sie noch nicht kennengelernt hatte. Takahashi nahm gerade an der jüngsten Expedition im Korridor teil.

Patricia nahm mit Carrolson und den drei chinesischen Kollegen das Lunch ein, hielt dann ein halbstündiges Nickerchen, trug ihre Tafel und einen Klappstuhl hinüber zum Zwergwald und setzte sich dort, um Notizen zu machen. Eine Stunde später gesellte sich Carrolson zu ihr, die eisgekühlten Tee in einer Thermoskanne und ein paar Bananen mitbrachte.

»Ich brauch' Handwerkszeug«, sagte Patricia. »Kompaß, Lineal, Bleistifte ... Ich habe mir überlegt, ob es möglich ist, daß einer der Elektroniker mir ein Gerät baut?«

»Was für eins denn?«

»Ich möchte feststellen, was für einen Wert *Pi* im Korridor hat.«

Carrolson spitzte den Mund. »Wozu?«

»Nun, soviel ich gelesen habe, besteht der Korridor ganz bestimmt nicht aus Materie, sondern aus was völlig anderem. Letzte Nacht – ich meine in der letzten Schlafzeit – sprach ich mit Farley, die mir erklärte, was sie weiß. Heute früh warf ich einen Blick in die Unterlagen, die Rimskaya und Takahashi vor meiner Ankunft zusammenstellten.«

»Wieder in den bescheidenen Anfängen der Superraum-Mathematik gelandet«, kommentierte Carrolson spöttisch. »Rimskaya, bleib bei deinen Leisten!«

»Allerdings sind ein paar seiner Vorschläge nicht uninteressant. Morgen bringt Karen mich zum Bohrloch.« Sie deutete zur Plasmaröhre und Achse an der südlichen Kappe hinauf. »Wenn ich bis dahin ein Pi-Meter hätte, könnte ich vielleicht mehr erfahren.«

»Geht in Ordnung«, sagte Carrolson. »Sonst noch was?«

»Ich weiß nicht, ob's überhaupt möglich ist, aber wenn wir schon *Pi* messen, dann möchte ich auch h quer* messen und die Gravitationskonstante ... und was denen sonst noch einfällt an Eigenschaften des Universums. Eine Art Multimeter.«

»Glaubst du, daß die Konstanten hier anders sind?«

---

* h quer = Zeichen für die häufige physik. Größe $h/2\pi = 1{,}05 \times 10^{-34}$ Js, wobei h die Plancksche Konstante ist. – *Anm. d. Übers.*

»Einige zumindest.«

»Das Wirkungsquantum h? Wir würden nicht einmal existieren.«

»Es könnte ein Unterschied im Verhältnis bestehen. Das würd' ich halt gern wissen.«

Carrolson stand auf, nahm die leere Thermoskanne und die Bananenschalen und kehrte zum Zelt zurück. Minuten später fuhr sie zusammen mit Wu im Laster zum Tunnel zur sechsten Kammer.

Patricia blickte in den Korridor und runzelte die Stirn. Sie hatte echte, wenn auch begrenzte Macht. Soeben hatte sie einer Nobelpreisträgerin Beine gemacht.

Die wichtigsten Momente in Patricias Leben hatten sich in ihrem Kopf abgespielt, wo sie sich einer Welt hingab, die den meisten Erdenbürgern schleierhaft wäre. Als sie nun beim Zwergwald saß und Mozarts Jupiter-Symphonie hörte und in den Korridor blickte, stellte sie zunächst nervös, dann ärgerlich fest, daß der Zustand sich nicht einstellen wollte.

Sie wußte, wo sie anzufangen hatte. Falls der Korridor nicht aus Materie bestand, dann gab es nur wenige Alternativen. Entweder war er ein Schlauch aus gebändigten Kräften, der durch irgendeinen Superraum-Kniff übers Ende des Asteroiden hinausreichte, oder nicht. Wenn nicht, dann bestand der Schlauch selber vielleicht aus einem Superraum-Hokuspokus. (Sie erwog und verwarf als – zunächst noch – philosophisch unnütz den Gedanken, daß der Korridor eine Illusion sei.)

Superraum-Hokuspokus war das weitaus kompliziertere Konzept. Falls die Steinler die Maschinerie in der sechsten Kammer zur Verzerrung der Raum-Zeit-Relation vewendet hatten, so wäre das nicht ohne Konsequenzen geblieben. Sobald Patricia ihr Multimeter in Händen hätte, könnte sie – falls es hielte, was sie verlangte – die Parameter festlegen. Gekrümmter Raum in der Größenordnung des Korridors würde sicherlich

Abweichungen im Pi-Wert hervorrufen, denn der Kreisdurchmesser in jedem gravierend verzerrten Vielfältigen würde im Verhältnis zu seinem Umfang variieren. Andere Konstanten würden in Abhängigkeit zu Verzerrungen in höherer Geometrie variieren.

Nach einer Weile gab sie es auf, den Zustand zu erzwingen. Die Fakten reichten nicht aus, um eine solche Anstrengung zu rechtfertigen.

Im Moment konnte sie nichts anderes tun, als sich bequem zurückzulehnen und zu lesen. Sie steckte einen anderen Memoblock in die Tafel.

»Wie lange hast du gebraucht, um dich ans Leben ohne Nacht zu gewöhnen?« fragte Patricia. Farley trommelte mit den Fingern ungeduldig gegen die Wand des Torbogens, während sie auf den Aufzug zur Achse warteten. Sie standen fünfzig Meter östlich der Tunnelrampe auf einem glattpolierten Nickeleisenquadrat.

»Ich weiß nicht recht, ob ich mich überhaupt daran gewöhnt habe«, erwiderte Farley. »Ich lebe damit, aber ich vermisse den nächtlichen Sternhimmel sehr.«

»Bei der vielen Technik möchte man meinen, die Steinler hätten irgendeine Möglichkeit zur zeitweisen Dunkelheit gefunden.«

»Das Abschalten der Plasmaröhre wäre eine gewaltige Energieverschwendung«, mutmaßte Farley. »Besonders in der siebten Kammer. Ich meine, wie's scheint, geht sie endlos weiter – und wie willst du so was abschalten?«

Patricia zog ihre Tafel hervor und tippte. *Plasmaröhre Kammer 7: Energieversorgung? Wartung? Wie in den anderen Kammern?*

Die Aufzugtür ging auf, und sie betraten die große, kreisrunde Kabine. Nachdem Farley einen Knopf gedrückt hatte, glitt die Tür wieder zu. Sie hielten sich an Griffen in der Wand fest. Zunächst erhöhte der beschleunigende Aufzug ihr Gesamtgewicht, aber dieser

Effekt ließ nach, je näher die Kabine der Achse kam. Nachdem der Aufzug ungefähr ein Drittel der Höhe überwunden hatte, erreichte er eine konstante Geschwindigkeit. Inzwischen hatte ihr Gewicht beachtlich abgenommen. Bald verlangsamte der Aufzug seine Fahrt und glitt übergangslos in die Beinahe-Schwerelosigkeit. Die Tür ging auf, und ein Wächter in Schwarz-Grün begrüßte sie.

Die Achsabteile in der siebten Kammer waren unter Druck gesetzt und beheizt, ansonsten unverändert, wie die Steinler sie vor Jahrhunderten zurückgelassen hatten. Neu verlegte Stromkabel zogen sich kreuz und quer übe die Gewölbe des Landebereichs.

»Zum Singularitätsmonitor«, sagte Farley. Der Soldat deutete auf eine Draisine. Sie zogen sich an den Handseilen entlang in den Wagen, wo sie Platz nahmen und sich angurteten.

»Ich habe das Gefühl, du willst mir schon wieder eine Sensation vorführen«, sagte Patricia vorwurfsvoll. »Dabei habe ich die andern noch gar nicht verdaut.«

»Sekundärphänomen«, sagte Farley geheimnisvoll. »Folge der andern Sensationen, wenn's nach der Theorie von Rimskaya und Takahashi geht. Aber an sich bist du hier Experte für Raum und Zeit.«

»Da bin ich mir nicht sicher«, sagte Patricia nachdenklich.

»Wenn der Korridor eine Matrix gewölbter Geodäsie ist, ein gekrümmter Raum, was wäre dann im Zentrum zu erwarten?«

»Das habe ich mir gestern nachmittag schon überlegt.« Das Fahrzeug erreichte das Ende des Landebereichs. »Es wird im Zentrum nicht klappen. Es wird eine Stelle geben, wo alle Regeln versagen.«

»Genau.«

»Eine Singularität?«

»Dahin gehn wir«, stellte Farley fest.

Der Posten bewegte die Draisine vor eine Luftschleuse, die in die Felswand eingebaut war. Farley hielt sich an einem Haltegriff fest und half Patricia aus dem Gurt. Der Posten salutierte und sagte, er werde auf sie warten.

Sie betraten die Luftschleuse. Farley machte Licht an und zog aus einem Regal zwei zerknitterte Druckanzüge in Einheitsgröße. »Die Ärmel und Beine kannst du mit den Bändern etwas straffen. Auf Beweglichkeit und Eleganz kommt's weniger an; wichtig sind der Druck, die Temperatur und die Atemluft. Das ist 'ne eher selten frequentierte Stelle des Steins hier.«

Die Rückseite der Schleuse war versehen mit einer Sprossenleiter, die zu einer Deckenluke, die per Drehrad zu öffnen war, führte. Ausrüstungsteile – zum Teil längst ausgemusterte – waren in den Ecken und hinter der Sprossenleiter befestigt.

»Paß auf, wohin du trittst. Und ganz langsam. Es kann nichts passieren, wenn du vorsichtig bist. Wenn was mit deinem Anzug nicht stimmen sollte, was sehr unwahrscheinlich ist, so können wir innerhalb von zwei Minuten zurück in der Schleuse sein.«

Farley überprüfte die Dichtungen von Patricias Anzug und drückte einen roten Knopf auf einer Schalttafel neben der Leiter. Leise wurde die Luft aus der Kabine gepumpt, bis Patricia nur noch das eigene Atmen hörte. Farley schaltete den Helmfunk an.

»Die Leiter hoch«, sagte sie.

»Ist das erste Mal im Raumanzug für mich«, bemerkte Patricia, die Farley auf den Sprossen folgte.

»Gemäß der OTV-Besatzung bist du nicht raumkrank geworden.«

»Schwerelosigkeit ist lustig.«

»Hm, ich hab' drei Tage gebraucht, um mich daran zu gewöhnen.«

Farley drehte das Rad an der Luke und stieß dagegen. Sie klappte langsam auf und blieb dann stehen, bis Farley eine Sprosse höherstieg und wieder drückte. Nun öffnete sich die Luke vollends. Batterien von Flutlichtlampen waren im Bohrloch installiert, obwohl die Öffnung zur siebten Kammer nur wenige Meter entfernt lag und das milchtrübe Licht der inneren Plasmaröhre leicht hindurchschimmerte.

Patricia blickte nach Süden. Die Wände des Bohrlochs – rauh und unregelmäßig gefurcht – verschwanden in der Dunkelheit. Am Ende dieser Schwärze lag ein Lichtkreis, klein wie die Mündung eines Luftgewehrs in Armeslänge. Patricia sah genauer hin und bemerkte großflächiges dunkles Intrusivgestein im Asteroidmetall.

»Die Plasmaröhre beginnt in jeder Kammer neu«, sagte Farley. »Sie liegt an den Kappen an und wird gehalten von einer recht schwachen Flasche, die zugleich die Atmosphäre abdichtet. Andernfalls wäre die ganze Luft durch die Bohrlöcher geronnen. Ausgelaufen, meine ich. Ausgeronnen?«

»Ausgelaufen ist fein«, sagte Patricia. »Würde die Luft nicht aufgrund der Rotation in den Kammern bleiben?«

»Die Höhenstaffelung spielt eine Rolle. Ohne die Flaschen wäre der atmosphärische Druck an den Bohrlöchern noch zirka hundertachtzig Millimeter Quecksilbersäule.

»Hm.«

»Wir glauben, es befinden sich im Röhrenumfang geladene Platten, die ins Material der Kappe eingelassen sind, aber das wurde noch nicht untersucht. Und die Korridorröhre unterscheidet sich beträchtlich von den andern Röhren. Wir haben noch weniger Ahnung, wie die funktioniert!«

Sie bewegten sich entlang der Bohrlochwand mittels der allgegenwärtigen Führungsseile und Sprossen. Beim Rand des Lochs stand ein etwa fünfzig Meter hohes Gerüst. Dieses Gerüst war von unten bis oben mit einer Leiter innerhalb eines langgezogenen, zylindrischen Käfigs versehen.

»Du zuerst«, sagte Farley. Patricia trat in den Käfig und zog sich mit den Händen Sprosse für Sprosse empor, wobei die Beine ungenutzt nachschlenkerten; so hatte sie es an Farley in der Luftschleuse beobachtet. »Wenn du über dem Käfig bist, dann hake die Sicherungsleine an deinem Anzugring ein. Falls du's fertigbringst und davonfliegst, dann fange ich dich mit einem Seil wieder ein.«

Oben auf dem Gerüst, das direkt an der Achse des Steins anlag, schnappte sich Patricia die Sicherungsleine und wich zur Seite, um Farley Platz zu machen. Ein zweiter zylindrischer Käfig reichte fünf, sechs Meter über den Rand hinaus. Farley gab ein Zeichen, und sie kletterten über die Steilhänge der Kappe hinaus.

»Das Plasma ist aus diesem Blickwinkel ziemlich klar, wie du sehen kannst«, stellte Farley fest. Sie hatten einen unbeschreiblichen Ausblick auf den Korridor. Ohne die offensichtlichen Anhaltspunkte für die verzerrte Perspektive stellte sich die Landschaft dar, als wäre sie auf eine große Schale aufgemalt. Die Details wirkten etwas trüb durch die Plasmaröhre, die sich im Zentrum der gegenüberliegenden Kappe zu einem hellen Lichtkreis konzentrierte.

»Die Russen dürfen nicht bis hierher. Allerdings sind sie in den andern Bohrlöchern zugange.«

Was Patricia am Ende des zweiten Käfigs sah, das gab ihr einen Stich. Farley bedeutete ihr, näherzutreten.

»Das ist's«, sagte sie. »Hier gerät alles durcheinander im Korridor.«

Es glich einem Rohr aus Quecksilber, war einen halben Meter dick, verlor sich im eigenen Fluchtpunkt, aber weder in einer Geraden noch in einer Kurve, bewegte sich nicht und stand nicht still. Falls man von einer Reflexion sprechen konnte, so verhielt es sich jedoch nicht wie ein Spiegel, sondern gab kaum erkennbare Bilder der Umgebung wider.

Patricia näherte sich der Singularität, wobei sie darauf

achtete, das Ding nicht direkt anzusehen. Hier waren die Gesetze des Korridors zu einem glatten, gestreckten Knoten verschlungen, zu einem räumlichen Nabel sozusagen.

Das Gebilde verzerrte ihr Gesicht zu einer grinsenden Fratze.

»Es sieht nicht gerade aus, ist aber gerade. Es ist natürlich fest«, stellte Farley fest und berührte mit dem Handschuh das stumpfe Ende. Die Hand glitt langsam seitlich ab. »Es scheint die Kraft zu erzeugen, die im Korridor wie Gravitation wirkt. Der Netzeffekt ist eine invers-quadratische Kraft, die innerhalb der Grenzen der siebten Kammer nicht zum Tragen kommt, aber unmittelbar an der Verbundstelle zum Korridor wirksam wird. Der Übergang ist reibungslos. Draußen im Korridor wird die Kraft um so größer, je weiter du von der Singularität entfernt bist, bis du die Korridorwände erreichst. Es entsteht der Eindruck, die Wände ziehen dich an. *Voilà!* Gewicht.«

»Ist da ein Unterschied, ob die Wände ziehen oder die Singularität drückt?«

Farley gab zunächst keine Antwort. »Was weiß ich! Die Singularität verläuft innerhalb der Röhre durch den Korridor. Man vermutet, sie diene zur Erhaltung des Plasmas, aber ... Ehrlich gesagt, wir haben keine Ahnung hier. Du hast also ein überaus weites Betätigungsfeld ...«

Patricia streckte die Hand vor. Die verzerrte Spiegelfläche reckte sich ihr mit einem unscharfen Auswuchs entgegen. Die Hand und der Auswuchs berührten sich. Sie spürte einen prickelnden Widerstand und drückte fester.

Ihre Hand wurde sachte in Längsrichtung abgedrängt, bis sie sie zurückzog. Patricia verstand das Prinzip – zur eigenen Überraschung – sofort.

»Natürlich«, sagte sie. »Es ist, als berührte man die Quadratwurzel von Raum-Zeit. Versuche, in die Singularität einzudringen, und du überträgst dich durch eine Distanz entlang einer Raumkoordinate.«

»Du gleitest entlang«, sagte Farley.

»Richtig.«

Patricia bugsierte sich vor den abgerundeten Anfang – oder war's das Ende? – der Singularität und schloß das Ding sozusagen in die Arme. Als sie die Finger auf die verdrehte Oberfläche drückte, wurde sie zunächst angezogen und dann weggestoßen.

»Berührt man es«, sagte Patricia, »entsteht eine parallel zur Achse gerichtete Gegenkraft.« Sie berührte es zweimal. Jedesmal hielt die Leine am Ring sie zurück. »Drück ich in diesem Winkel, dreht mich die Singularität nördlich. In dem Winkel – südlich. Kein Drehmoment – beliebige Richtung. Entweder es stößt mich nach draußen, oder es schiebt mich daran entlang.«

Farley lächelte neidisch durch das Helmvisier. »Du kapierst schnell.«

»Freut mich, deine gute Meinung von mir«, antwortete Patricia. Mit einem Seufzer wandte sie sich ab. »Okay. Kehren wir zurück! Ich muß mir das jetzt durch den Kopf gehen lassen.«

Farley packte sie an der Schulter und manövrierte sie durch den Käfig das Gerüst hinunter in die Schleuse. Patricia ging – mit glasigen Augen – ihren Gedanken nach.

Die Fahrt mit dem Aufzug registrierte sie kaum. Im Zeltlager setzte sie sich mit der Tafel und mit Carrolsons Prozessor hin. Farley ging rasch zum Essen. Bei ihrer Rückkehr flimmerte über das Tafel-Prozessor-Gespann die Aufforderung zur Eingabe des nächsten Schritts. Vasquez schien eingedöst zu sein. Farley überflog den Text auf dem Display der Tafel.

*Von der – Zukunft (?) – Singularität. Länger – geht durch die Asteroidenwand hinaus. Invers-quadratische Abstoßung zunehmend. Wohin sind die Steinler? Natürlich durch den Korridor.*

*Keine feste Krümmung beim Zerrspiegel. Brauche Multimeter zum Nachprüfen – scheint aber sehr wahrscheinlich. Betrachte das Gebilde als ein Stück Technik, das die Geometrie manipuliert, das sich des Raums und einer gewandelten Geodäsie bedient. Eine Singularität, vielleicht unendlich lang, die hier, unmittelbar vor der Grenze zwischen Kammer und Korridor beginnt.*

*Energie zum Betrieb der Plasmaröhre im Korridor. Könnte das eine Funktion des eigenen Universums sein, das der Korridor offenbar darstellt? Woher kam die Materie – der viele Sand und die Atmosphäre? Nicht vom Stein, nicht alles davon; das leuchtet ein.*

Die warme Luft, die aus dem Korridor wehte, zupfte am Zelt, strich durchs Gras beim Lager und vermischte sich – Staub aufwirbelnd – mit der Kaltluft, die von der Kappe niederging.

Chang und Wu spielten Schach unterm Vorzelt.

Nach einer Weile döste auch Farley ein.

## 7. Kapitel

Heineman murmelte prüfend vor sich hin. Er ging langsam übers Klettband im Montagebereich und überprüfte die angelieferte Ware anhand der Tafel. Die Ladung, die aus dem Kokon geschält und zusammenmontiert war, entsprach den Angaben, die das technische Team vor einem halben Jahr aufgestellt hatte. Eine verrückte Zeit damals: man sollte ein Gerät konstruieren, das lächerliche Eigenschaften aufwies, um zu bewältigen, was keiner der Techniker kapierte. Aber seinerzeit waren grüne Abzeichen eine Rarität gewesen.

Nun konnte ihm keiner mehr das grüne Abzeichen vorenthalten. Er war der einzige, der das Gerät testen und andere anlernen könnte.

Es war ein gediegenes Stück Handwerksarbeit: ein

hohler Zylinder von zwanzig Metern Länge und sechs Metern Durchmesser, der an eine riesige, vom Innenleben befreite Flugzeugdüse erinnerte. Heinemann warf einen Blick hinein auf die sichelförmigen Metallgreifer, die das geheimnisvolle Etwas, das der Zylinder aufnehmen würde, umklammern sollten. Die Klammern ruhten nun auf Plastikeinlagen, die entfernt würden, wenn der Zylinder in Position wäre.

Röhrengleiter hieß das Ding. Daneben stand – von einem späteren OTV in drei Kokons angeliefert – eine umgerüstete, propellergetriebene Boeing-Bell, ein Vertical/Short-Takeoff-and-Landing-Flugzeug, kurz V/STOL, des Typs NHV-24B*.

Es war das eigenartigste Flugzeug, das er je zu Gesicht bekommen hatte. Ursprünglich für die U.S. Air Force entwickelt und auf Such- und Bergungsmissionen ausgelegt, konnte es seine an den Flügelspitzen montierten Rotoren um 120° schwenken. Die jeweils fünf Blätter der beiden Propeller waren versenkbar. Und am Schwanz saß, über der Mittellinie ausgerichtet, ein Raketentriebwerk auf Kerosin-Sauerstoff-Basis, um zusätzlichen Schub zu bringen – nur wozu?

Die Flügel waren flott nach vorn gezogen und um drei Viertel nach hinten am Rumpf versetzt, so daß sie beinahe das V-Leitwerk berührten. Die Maschine konnte neben der zweiköpfigen Besatzung achtzehn Passagiere oder entsprechende Lasten tragen. Sie war Flugzeug und Hubschrauber und Rakete in einem.

Heineman war begeistert, wenn er nur die technischen Details las. Er hatte schon immer eine Schwäche für Rube-Goldberg-Apparätchen gehabt.

Das V/STOL konnte in drei Positionen am Röhrengleiter befestigt werden: wie ein Pfeil in einem Klotz, wobei Spitze und Tankstutzen in der Zylindermitte steckten; in der gleichen Haltung, nur diesmal im Arsch des

* V/STOL = ein Senkrechtstarter. – *Anm. d. Übers.*

Zylinders steckend, wie Heineman das bezeichnete, so daß die Rakete den Röhrengleiter durch die Plasmaröhren und Bohrlöcher zur siebten Kammer befördern könnte; und schließlich an den Bauch des Zylinders geklammert.

Er hatte nicht die leiseste Ahnung, was es bringen würde, sobald es in Position wäre. Aus Piloten- oder Astronautensicht war's der helle Wahnsinn. Wie wäre der Zylinder auf seiner Auflage – was immer das sein mochte – zu stabilisieren, während das V/STOL festmachte? Der Zylinder hatte keinerlei Antrieb und Steuerung. Der komische Apparat wäre gerade stabil genug, um mittels Raketenantrieb die Achse entlangzugleiten.

*Das soll nicht meine Sorge sein*, dachte er sich und setzte das letzte Okay auf die Tafel. Trotz seiner anfänglichen Begeisterung war ein Flugzeug in Heinemans Augen erst dann eine wirklich schöne Maschine, wenn man sie geflogen – und überlebt hatte.

Der Kokon hatte auch unter Einfuhrverbot stehende Ware enthalten. Nicht im Verzeichnis – im offiziellen Verzeichnis zumindest – standen zwei Metallkisten in Sarggröße. Heineman konnte sich ausmalen, was die Kisten enthielten: superschnelle, radargesteuerte Gatling-Geschütze.

Er konnte sich auch denken, wo und wozu sie montiert würden. Sie gehörten Joint Space Command, und der einzige, der von ihrer Ankunft zu wissen brauchte, das war Captain Kirchner. Sie verletzten eindeutige ISCCOM-Richtlinien für den Stein.

Heineman war es gewohnt, zwei Herren zu dienen. Er wußte, daß Kirchner und JSC ihre Gründe hatten, gegen die Regeln zu verstoßen. Er wußte, daß Lanier und Hoffman diese Gründe mit der Zeit schätzen lernen würden.

Heineman stellte sicher, daß die Kisten in den Landebereich des externen Sicherheitsteams transportiert wurden und strich sie dann einfach aus seinem Gedächtnis.

Er schwebte am Montagebereich vorbei und schaute auf seine Uhr. Garry hatte sich verspätet.

Lanier zog sich an den Seilen entlang zum dritten Landedock. Röhrengleiter und V/STOL vereinnahmten die Ladebühne wie Primadonnen bei der Kostümprobe ihren Garderobenspiegel.

Heineman erwartete ihn mit freudlosem Gesicht. »Siehst müde aus«, war sein Kommentar, als er ihm die Tafel zur Inspektion reichte. Lanier gab sie kommentarlos und ohne einen Blick darauf werfen zurück. »Du erschreckst einen glatt, wenn du so aus den Kammern kommst.«

»Kann ich nicht ändern«, erwiderte Lanier.

Heineman schüttelte skeptisch den Kopf und atmete schnaubend und pfeifend aus. »Was, zum Teufel, ist da unten überhaupt los?«

»Sind sie startklar?« fragte Lanier. Heineman nickte und zog die Box mit den Memowürfeln aus dem Beutel an seinem Gürtel.

»Vorerst schon. Ich schaff' sie nächste Woche die Röhre runter. Sobald ich mein Abzeichen krieg' ...«

Lanier griff in die Brustinnentasche und holte ein grünes Abzeichen hervor, mit dem er vor Heineman herumfuchtelte. »Gehört dir. Zweite Klasse. Geh und erkundige dich – eifrig wie du bist!«

»So bin ich nun mal«, meinte Heineman. Er heftete das Abzeichen an sein Revers. »Wie steht's mit der Kleinen? Ist sie 'ne Hilfe?«

»Weiß nicht«, sagte Lanier. »Sie ist unverwüstlich.« Er zog die Brauen hoch und holte Luft. »Die bringt nichts um.« Er schien darauf bedacht zu sein, das Thema zu wechseln. »Ich krieg' provisorisches Grün für dein Flugteam.«

»Ich werd's allein in Position fliegen«, erwiderte Heineman. Er wunderte sich, als Lanier nur dazu nickte; er hatte mit Widerspruch gerechnet. »Wer wird den ersten Einsatz mit mir fliegen?«

»Ich, falls ich Zeit habe«, sagte Lanier.

»Aber du hast schon jahrelang keine Maschine mehr geflogen.«

Lanier lachte. »So'ne Art des Fliegens hat noch keiner von uns praktiziert. Außerdem verlernt man so was wie Fliegen nicht, wie du wissen solltest.«

Ein Wachtposten schwebte an der Ladebühne vorbei zu ihnen. Lanier blickte zu ihr – es war ein weiblicher Posten – und streckte die Hand aus, um das verschlossene Kuvert entgegenzunehmen. Sie zog sich ohne ein Wort wieder zurück.

»Hast wohl darauf gewartet«, meinte Heineman.

»Ja.« Er öffnete das Kuvert, las den Inhalt und steckte es in die Tasche, wo Heinemans Abzeichen verstaut gewesen war. »Befehle für mich von Mutter Erde. Muß noch mal für ein paar Tage runter, komm' mit dem nächsten OTV zurück. Larry, bring den Röhrengleiter in Position, bereite einen Testflug vor, aber warte ansonsten, bis ich wieder hier bin!«

»Sollst du zur Präsidentenberaterin?«

Lanier klopfte auf die Tasche. »Hat Priorität. Aber ich muß sicherstellen, daß mit Vasquez alles klappt.« Er wandte sich zur Luke.

»Ich warte«, rief ihm Heineman nach. Dann betrachtete er Röhrengleiter und V/STOL mit leuchtenden Augen.

## 8. Kapitel

Lanier eskortierte Carrolson im Laster zur siebten Kammer. Im Tunnel knipste Carrolson die Innenbeleuchtung an und nahm einen Beutel aus der Box auf ihrem Schoß. »Bei den Elektronikern darfst du diese Woche mit Lob nicht sparen«, meinte sie. »Patricia bat um ein Gerät, das sie mir prompt binnen vierundzwanzig Stunden anfertigten.«

»Was ist es denn?«

»Willst du das wirklich wissen? Ärgert dich vielleicht.«

Er lächelte. »Ärgern ist mein Job.«

»Sie wollte ein Meßgerät haben zum Nachprüfen der hiesigen Werte von *Pi*, der Planckschen Konstanten – vielmehr h quer – und der Gravitationskonstanten. Die Elektroniker haben zusätzlich Lichtgeschwindigkeit, Verhältnis und Protonenmasse zur Elektronenmasse und Neutronenzerfallszeit eingebaut. Ich weiß nicht, ob sie das alles braucht, jedenfalls steht's ihr zur Verfügung.«

»Klingt ja mächtig technisch.«

»Ich erkundigte mich, wie sie es schafften, gewisse Instrumente in ein so winziges Gerät zu packen. Sie erklärten, daß sie seit Jahren CSOC-Verteidigungssatelliten bauen und im Vergleich dazu ihr ›Multimeter‹ ein Kinderspiel ist. Sie schlachteten dafür ausgemusterte Sicherheitsgeräte aus. Ich weiß nicht, wie's funktioniert, aber funktionieren tut's. Zumindest scheint's so. Schau!« Sie drückte eine Taste mit dem griechischen Buchstaben *Pi*. Daraufhin gab die Leuchtanzeige an: »3,141592645 stabil.«

»Das kann mein Taschenrechner auch.«

»Aber er sagt dir nicht, wenn *Pi* sich ändert.«

»Und wer soll das bezahlen?«

»Die Wissenschaft natürlich. Hast du denn keine Poesie im Herzen – dreht sich bei dir alles ums Geld?«

»Liegt mir im Blut. Jedenfalls streichst du mir das aus dem Wissenschaftsetat und verbuchst es als Sonderposten, als Sonderposten ›Vasquez‹. Alle diesbezüglichen Ausgaben sind geheimzuhalten.«

»Jawohl.« Carrolson steckte das Multimeter wieder in den Filzbeutel. Sie fuhren gerade die Rampe hinunter in die vom Röhrenlicht helle Kammer. »Wird sie teuer kommen?«

»Weiß ich nicht. Ich will die Wissenschaft in den ersten sechs Kammern strikt von dem trennen, was hier abläuft. In ein paar Tagen muß ich zur Erde runter und einen Teil meiner Zeit damit verbringen, mich mit Senatoren und Kongreßabgeordneten ums Geld zu streiten. Ein heikles Thema.«

»Interessiert mich weniger«, erwiderte Carrolson. »Glaubst du, daß sie's schafft?«

Lanier warf ihr einen skeptischen Blick zu. »Fang du nicht auch noch an. Gib ihr alles, was sie verlangt, behandle sie zuvorkommend und halte sie auf der richtigen Fährte. Sie wird zurechtkommen.«

»Weil die Präsidentenberaterin das sagt?«

Lanier hielt den Laster in der Nähe des Zelts an. »Sie scheint sich gut mit Farley zu verstehen. Was sagst du dazu, wenn wir ihr Farley als Anstandswauwau zuteilen, sobald du anderweitig verhindert bist? Auch wenn Farley eine Chinesin ist ...«

»Ich sehe da keine Probleme.«

»Ich auch nicht. Du begleitest Vasquez mit einer Eskorte zu den Bibliotheken, nicht Farley. Das ist meine einzige Bedingung.«

»Gut. Und nun zu einem wunden Punkt«, meinte Carrolson.

»Nämlich?«

»Die Russen munkeln, daß sie ihre Leute zurückziehen. Wenn die Russen abhauen, dann verschwinden wohl auch die Chinesen, wie ich aus verschiedenen Quellen erfahren habe. Eine Reflexreaktion. Die Chinesen beschweren sich auch schon 'ne Weile und wollen nicht den Eindruck entstehen lassen, sie seien duldsamer als die Russen.«

»Verdammt, Farley füttert sie schon seit Monaten mit Daten über die siebte Kammer. Hält sie das denn nicht bei Laune?«

»Nein. Die Russen sind auch im Bild.«

»Die können mich alle mal«, schimpfte Lanier. »Das ist echt der Gipfel.«

»Herrlich, nicht?« Carrolson grinste.

»Sorg um Gottes willen dafür, daß Patricia nicht mit Unbefugten spricht.«

»Klar.«

»Darunter fällst auch du selber.«

Carrolson biß sich auf die Unterlippe, bekreuzigte sich und schüttelte energisch den Kopf. »Lieber sterb' ich. Im Ernst, wird's nicht bald höchste Zeit für eine Aufwertung meiner Person?«

»Ich hoffe, ich kann dein Abzeichen gleich mitbringen. Ich werde mit Hoffman reden. Geduld.«

»Geduld ist ...«, sagte Carrolson.

Lanier sah sie streng an, musterte sie mit hin und her rollenden Augen. Dann setzte er ein breites Lächeln auf und klopfte ihr auf die Schulter. »Unsre Losung. Danke.«

»*De nada,* Boß.«

Wu kam zum Laster, als Carrolson und Lanier ausstiegen. »Die Expedition zum zweiten Zirkel ist zurück«, verkündete er. »Sind noch zirka sechzig Kilometer entfernt. Sind auf dem Schirm, und es besteht Funkkontakt.«

»Prima«, sagte Lanier. »Machen wir uns bereit zur Begrüßung.«

Die zweite Expedition bestand aus vier Lastern und sechsundzwanzig Personen. Patricia, die beim Zwergwald saß, verfolgte die Staubwolke der näherkommenden Kolonne. Sie nahm Tafel und Prozessor und kehrte zum Camp zurück.

Zwei weitere Laster kamen aus dem Tunnel der sechsten Kammer gefahren und polterten die Rampe herunter. Beim Zelt hielten sie an, und Berenson – Kommandeur der deutschen Sicherheitstruppe und nun verantwortlich für die Sicherheit in der siebten Kammer – kletterte aus einem der Fahrzeuge, während Rimskaya und Robert Smith vom andern ausstiegen. Rimskaya nickte Patricia beim Vorübergehen freundlich zu. *Er ist besser gelaunt,* dachte sie.

Lanier und Carrolson kamen vom schattigen Zeltvordach hinzu.

»Wie weit sind sie gekommen?« wollte Patricia von Lanier wissen.

»Neunhundertdreiundfünfzig Kilometer – halbe Batterie-Reichweite.« Er hielt ihr den Filzbeutel mit dem Instrument hin. »Dein Multimeter. Wir haben es ins Verzeichnis eingetragen, und jetzt gehört's dir. Behandle es mit Sorgfalt. Die Elektroniker werden es so schnell nicht nachbauen können.«

»Danke«, sagte Patricia, die das Instrument und die Anleitung auf einem gefalteten Blatt Papier hervorholte. Carrolson blickte Patricia über die Schulter.

»Die Reichweite beträgt etwa zehn Zentimeter«, bemerkte sie. »Also nur für lokale Messungen.«

Rimskaya trat von hinten an die Gruppe heran und räusperte sich. »Miss Vasquez.«

»Ja, Sir?« *Alte Gewohnheit.*

»Wie gefällt Ihnen die Problematik?«

»Außerordentlich«, erwiderte sie. »Wird 'ne Weile dauern, die Lösung – falls es überhaupt eine Lösung gibt.«

»Sicher«, meinte Rimskaya. »Ich nehme an, Sie haben sich mit unseren Hypothesen befaßt?«

»Ja, sind mir eine Hilfe gewesen.« Was auch stimmte. Allerdings wollte sie deren Nutzen nicht überbewerten.

»Schön. Waren sie an der Singularität?«

Sie nickte. »Hätte ich nur das Multimeter schon gehabt.« Sie reichte ihm das Gerät, das er sich kopfschüttelnd genauer betrachtete.

»Prima Idee. Sie kommen also gut voran. Viel besser als ich. So soll's sein. Zur Expedition gehört ein Gentleman, der Ihnen sicher besser wird helfen können. Er heißt Takahashi, ist zweiter Expeditionsleiter. Ein sehr erfahrener Theoretiker. Ich schätze, Sie haben einige unsrer gemeinsamen Arbeiten gelesen.«

»Ja. Sehr interessant.«

Rimskaya fixierte sie mit strengem Blick; nach fünf bis zehn für Patricia sehr unangenehmen Sekunden nickte er. »Ich muß jetzt mit Farley sprechen«, erklärte er und marschierte davon.

Die Expeditionsfahrzeuge hielten zwanzig Meter vor dem Zelt an. Lanier ging ihnen zur Begrüßung entgegen, während Carrolson bei Patricia blieb. »Das ist der bislang weiteste Vorstoß in den Korridor«, erklärte Carrolson. »Ihren Funksprüchen nach zu urteilen haben wir dennoch nicht viel entdeckt.«

Die Heimkehr war enttäuschend. Niemand verließ die Fahrzeuge, die auf Laniers Anweisung nacheinander am Camp vorbei zur Rampe rollten und in den Tunnel zur sechsten Kammer verschwanden.

Lanier kam mit drei Memoblöcken zurück. Einen gab er Carrolson und einen zweiten Patricia, während er den dritten in die eigene Tasche steckte. »Expeditionsbericht, ungekürzt«, erklärte er. »Nichts Spektakuläres laut Aussage von Takahashi außer ...«

Er blickte hinter sich zum Korridor.

»Ja?« wollte Carrolson wissen.

»Der zweite Zirkel besteht nicht nur aus schwebenden Kuppeln. Es befinden sich Öffnungen unter den Kuppeln. Sie scheinen so etwas wie Schächte zu sein. Sie fanden nicht heraus, wohin die Schächte führen, aber sie sind ohne Zweifel offen.«

»Dann hat der Korridor Löcher«, stellte Carrolson fest. »Also, Patricia, es wird Zeit, daß wir Pläne für einen Ausflug zum ersten Zirkel machen. Wann hättest du Zeit dafür?«

Patricia holte Luft. »Nun, jederzeit. Ich kann überall arbeiten.«

»Stellt euch auf übermorgen ein«, sagte Lanier. »Patricia und ich haben noch in der Bibliothek zu tun.« Er bedeutete Carrolson diskret, sie solle gehen. Also entschuldigte sie sich und verschwand mit einem letzten Blick auf die beiden im Zelt.

»Der zweite Einweisungsschritt beginnt in der nächsten Schicht«, erklärte er. »Der schwierigste Teil. Fühlst du dich dem gewappnet?«

»Ich weiß nicht.« Ihre Kehle schnürte sich zusammen. »Muß ich wohl. Bisher hab' ich's überlebt.«

»Gut. Wir treffen uns in zwölf Stunden an der Rampe.«

## 9. Kapitel

Die Achsstadt hatte sich seit ihrer Erbauung vor fünf Jahrhunderten eine Million Kilometer durch den Korridor bewegt. Olmy und der Frant, die ihr Fahrzeug in einer sauberen, gestreckten Spirale um die Plasmaröhre steuerten, hatten diese Distanz in weniger als einer Woche zurückgelegt.

In der Geschichte der Thistledown und des Weges war der Asteroid noch nie *von außen* betreten worden.

Olmy und der Frant hatten die neue Besatzung der Thistledown zwei Wochen beobachtet und viel in Erfahrung gebracht. Es handelte sich in der Tat um Menschen, und nicht einmal Korzenowski selbst hätte mit dem rechnen können, was Olmy jetzt wußte.

Die Thistledown hatte einen Kreis beschrieben. Geshel hatten vor einer räumlichen Verschiebung gewarnt, aber niemand hatte geahnt, was für eine Verschiebung mit welchen Folgen eintreten sollte.

Nachdem Olmy seine grundsätzliche Schuldigkeit gegenüber dem Nexus erfüllt hatte, stellte er seine Daten- und Auftragsaufzeichnungen ein und kehrte in sein altes Heim in der dritten Kammer zurück. Der zylindrische Apartmentblock, wo seine triadische Familie gelebt, wo er zwei Jahre seiner Kindheit verbracht hatte, stand am Rand der Stadt Thistledown, keinen Kilometer von der Nordkappe entfernt. Früher hatte das Gebäude zwanzigtausend Personen beherbergt, hauptsächlich Geshel, Techniker und Forscher vom Projekt Kammer Sechs. Es hatte anschließend Hunderten von orthodoxen Naderiten, die vom Nexus aus Alexandria verstoßen worden waren, als vorübergehende Bleibe gedient. Nun stand es natürlich leer; es sprachen keine Anzeichen dafür, daß es von der neuen Besatzung des Asteroiden betreten worden war.

Olmy ging durch die Eingangshalle und stellte sich an den Kreditschalter und kniff die Augen zusammen, als überlegte er. Er wandte sich zum breiten, glänzenden Fenster und bemerkte im Hof den Frant, der geduldig auf dem leeren Podest einer Lichtskulptur saß. Das Fenster erweckte den Anschein, als wäre der Frant in einem üppigen Erdengarten mit leuchtendem Abendrot. Dem Frant wäre das nur recht, dachte Olmy sich.

Er piktographierte dem Kreditschalter und erhielt eine vertrauliche Antwort: das Apartment sei blockiert wie alle Apartments im Gebäude. Es könne keins bezogen oder auch nur besichtigt werden, solange die gegenwärtige Sperre nicht widerrufen wäre.

Die Sperre wurde verhängt, nachdem die letzten Naderitenfamilien aus den Städten abgezogen worden waren. Nur öffentliche Gebäude waren zur Benutzung offengeblieben für die letzten Gelehrten, die gerade ihre Auswertung der Massenflucht abschlossen. Die Menschen der Erde hatten sich bereits eines Teils dieser Einrichtungen bedient – vor allem der Bibliothek der Stadt Thistledown.

Er piktographierte eine nexus-kodierte Ikone in den Kreditschalter und sagte laut: »Ich habe Vollmacht, das Verbot vorübergehend aufzuheben.«

»Vollmacht anerkannt«, erwiderte der Schalter.

»Einheit drei sieben neun sieben fünf öffnen und neu ausstatten.«

»Welche Ausstattung?«

»Die Ausstattung der triadischen Familie von Olmy-Secor-Lear.«

»Mitglied dieser Familie?« erkundigte sich der Schalter höflich.

»Ja.«

»Prüfe. Ausstattung komplett. Bitte weiter!«

Olmy nahm den Lift. Als er – eine Handbreit über dem Boden gehend – durch den runden, bleigrauen Gang schritt, spürte er einen völlig ungewohnten und unangenehmen gefühlsmäßigen Ruck – den längst vergangenen Schmerz längst vergessener oder aufgegebener Träume, jugendlicher Hoffnungen, die von politischen Zwängen zunichte gemacht worden waren.

Er hatte so lange gelebt, daß sein Gedächtnis die Gedanken und Empfindungen vieler verschiedener Persönlichkeiten zu enthalten schien. Aber dennoch durchdrang ein bestimmtes Emotionsmuster alle anderen und behielt ein bestimmtes Streben die Oberhand. Er hatte jahrhundertelang für die Sache der herrschenden Geshel an Naderiten gewirkt und war stets unparteiisch geblieben, so daß ihm diese Gelegenheit zu guter Letzt gewährt werden sollte.

Seine Apartmentnummer leuchtete rot am Fuß der kreisrunden Tür auf; es war die einzige leuchtende Nummer im Gang. Er trat ein und blieb in einem Anflug von Nostalgie in der Umgebung seiner Kindheit stehen. Möbel und Ausstattung waren komplett und entsprachen dem, worum sein natürlicher Vater bemüht gewesen war: der Wohnung in Alexandria, aus der sie vertrieben worden waren. Zwei Jahre lang hatten sie hier gelebt und auf die Entscheidung ihres Falles gewartet, bevor die triadische Familie in die neugebaute Achsstadt umziehen konnte.

Sie waren die letzte Familie gewesen, die in diesen

Gebäuden lebte, und Olmy hatte reichlich Gelegenheit gehabt, das Coop-Gedächtnis zu ergründen und mit Programmen zu experimentieren. Schon in seiner Kindheit hatte er – sehr zum Leidwesen seiner orthodoxen Naderiteneltern – einen Hang zum Technischen entwickelt. Und was er vor fünf Jahrhunderten im Gedächtnis des Gebäudes entdeckt hatte, das gab seinem Leben eine neue Richtung …

Er setzte sich in den himmelblauen Sessel seines Vaters vor der Datensäule. Solche Säulen waren in der Achsstadt heutzutage selten und dienten nur noch als rührige Antiquität; er allerdings hatte als Kind Hunderte von angenehmen Stunden vor diesem Gerät verbracht und sich damit vertraut gemacht. Nun aktivierte er mit eigenen kodierten Ikonen die Säule und tat sich einen Zugang zum Datengedächtnis des Gebäudes auf. Einst hatte das Gedächtnis den Bedürfnissen von Tausenden von Bewohnern gedient, ihre Aufzeichnungen geführt und Millionen mögliche Ausstattungsvariationen verwahrt. Nun war es buchstäblich leer; Olmy hatte den Eindruck, in unermeßlichen, dunklen Tiefen zu treiben.

Er piktographierte eine Magazin- und eine Registriernummer und wartete auf die codierten Fragen, die er, sobald sie vor ihm erschienen, nacheinander präzise und korrekt beantwortete.

In der Leere manifestierte sich eine Erscheinung – bruchstückhaft, unvollständig, aber dennoch eindeutig erkennbar und zwingend.

»Ser Ingenieur«, sagte Olmy laut.

*Mein Freund.* Die nichtvokale Kommunikation war gleichmäßig und kräftig, aber tonlos. Sogar geteilt war Konrad Korzenowskis Persönlichkeit und Anwesenheit beherrschend.

»Wir sind heimgekehrt.«

*Ja? Wann haben wir das letzte Mal gesprochen?*

»Vor fünfhundert Jahren.«

*Und ich bin noch tot ...*

»Ja«, sagte Olmy leise. »Hören Sie! Es gibt viel, das Sie wissen müssen. Wir sind wieder daheim, aber wir sind nicht allein. Die Thistledown ist wieder besetzt. Es ist jetzt Zeit, daß Sie mit mir kommen ...«

## 10. Kapitel

Patricia und Lanier passierten die Kontrollen und den Zaun, betraten die Bibliothek in der zweiten Kammer und folgten dem Lichtband durchs leere Erdgeschoß und die Treppe hinauf. Im vierten Geschoß betraten sie den Lesesaal mit den dunklen Kabinen. Lanier bat sie, in der hellen Kabine Platz zu nehmen, und ging ins Magazin. Patricia schauderte wieder, allein gelassen, und spürte jene unheimliche Stimmung, wie sie – trotz der vielen absonderlichen Szenen – nur in dieser Bibliothek zu empfinden war. Als er zurückkam, trug er vier dicke Bücher auf dem Arm.

»Das sind in etwa die letzten Bücher mit Massenauflage, die vor der Umstellung aller Informationsdienste aufs Kompaktsystem gedruckt worden sind. Nicht auf dem Stein, sondern auf der Erde. Ihrer Erde. Ich schätze, du hast längst erraten, was für eine Art von Bibliothek das ist.«

»Eine historische. Ein Museum«, erwiderte sie.

»Richtig. Eine altertümliche Bibliothek, für altertümliches Volk besser geeignet, gell? Wenn du in die Bibliothek der dritten Kammer kommst, wirst du den neuesten Stand der einschlägigen Technik auf dem Stein kennenlernen.«

Er hielt ihr das erste Buch hin. Es war in ähnlichem Stil gedruckt wie Mark Twain, hatte aber einen noch festeren Einband und dickeres, zäheres Plastikpapier. Patricia las auf dem Buchrücken: »*Kurze Geschichte des*

*Todes* von Abraham Damon Farmer.« Sie schlug das Impressum auf und las als Erscheinungsjahr 2135. »Nach unserem Kalender?« fragte sie.

»Ja.«

»Ist da vom Kleinen Tod die Rede?« fragte sie hoffnungsvoll.

»Nein.«

»Also was anderes«, murmelte sie. Sie las die choronologischen Angaben zu Beginn des ersten Kapitels. »Von Dezember 1993 bis Mai 2005.« Sie klappte das Buch über dem Daumen zu. »Bevor ich weiterlese, möchte ich dich etwas fragen.«

»Frag schon!« Er wartete, aber es dauerte eine Weile, bis sie die richtigen Worte fand.

»Das sind Geschichtsbücher über *eine* Zukunft, die nicht unbedingt die unsere ist, richtig?«

»Ja.«

»Aber wenn diese Zeitangaben ... zutreffen, stimmen ... wenn es sich um unsere Zukunft handeln könnte ... dann wird's in den nächsten vier Wochen eine Katastrophe geben.«

Er nickte.

»Die ich verhindern soll? Aber wie? Was kann ich, verdammt noch mal, tun?«

»Ich weiß nicht, was ein jeder von uns tun kann. Wir arbeiten längst in dieser Richtung. Falls es – und das ist sehr fraglich – überhaupt passiert. Jedenfalls sollte dir einleuchten, wenn du diese Bücher liest, daß die Welt des Steins zumindest in einem wichtigen Punkt nicht gleich der unsrigen ist.«

»Nämlich ...«

»In der Vergangenheit des Steins kehrte kein gigantisches Asteroid-Raumschiff in Erd-Mond-Nähe zurück.«

»Könnte das 'nen Unterschied ausmachen?«

»Meine ich schon, du nicht?«

Sie blätterte zur nächsten Seite. »Wie lange hab' ich Zeit?«

»Ich fliege morgen zur Erde. Übermorgen geht's bei dir zum ersten Zirkel.«

»Zwei Tage.«

Er nickte.

»Bleibe ich hier?«

»Wenn es dir nichts ausmacht. Hinterm Magazin gibt's ein Büro, das als Schlafraum eingerichtet ist. Es sind Lebensmittel und ein Kocher vorhanden. Und ein mobiles WC. Die Posten werden alle paar Stunden nach dir sehen. Du darfst keinem sagen, was du liest. Aber wenn du dich irgendwie unwohl fühlst, mußt du ihnen sofort Bescheid geben. Unwohlsein *jeder* Art. Und wenn's nur ein flauer Magen ist. Kapiert?«

»Ja.«

»Dieses erste Mal bleibe ich bei dir.« Er drückte ihr sachte die Schulter. »In ein paar Stunden machst du mit mir Pause, okay?«

»Klar.«

Sie verfolgte, wie er sich auf einen Stuhl setzte, eine Tafel aus seiner Tasche zog und leise zu tippen anfing.

Sie schlug das erste Kapitel auf und begann. Sie las nicht von vorne nach hinten, sondern arbeitete sich sprunghaft von der Mitte zum Anfang und schließlich zum Ende, wobei sie die Seiten suchte, wo die wichtigsten Ereignisse zusammengefaßt oder Schlußfolgerungen gezogen wurden.

*Seite 15* In den späten achtziger Jahren des zwanzigsten Jahrhunderts wurde es für die Sowjetunion und ihre Vasallenstaaten offensichtlich, daß die westliche Welt den Krieg der Technologie und damit Ideologie sowohl auf der Erde als auch im Weltraum gewann – oder bald gewinnen würde –, was für ihr Land und System unabschätzbare Folgen hätte. Sie zogen mehrere Möglichkeiten zur Abwehr dieser technischen Überlegenheit in Erwägung; ein gangbarer Weg war nicht in Sicht. Um 1990, als die Vereinigten Staaten ein weltraumgestütztes Verteidigungssystem aufbauten, verstärkte der Ostblock seine Bemühungen, durch Spionage und Einfuhr gesperrter Güter – Computer und anderen hochtechnischen Geräts – entsprechendes Knowhow zu beziehen, was allerdings, wie sich bald zeigte, nicht gelang. 1991 erwies sich das weltraumgestützte Verteidigungssystem, das die Sowjets entwickelten, als unterlegen und minderwertig, so daß sich bewahrheitete, was sich seit Jahren abgezeichnet hatte: die Sowjetunion konnte auf technischem Gebiet nicht mit der Freien Welt konkurrieren.

Sowjetische Computer waren meist zentral eingesetzt; Anlagen in Privatbesitz oder dezentralen Positionen waren verboten (bis auf wenige Ausnahmen – vgl. Agatha-Experimente), wobei auf strikte Einhaltung des Verbots geachtet wurde. Junge Sowjetbürger konnten sich, was das technische Verständnis anging, nicht mit den Altersgenossen der westlichen Welt messen. Die Sowjetunion wäre bald unter der Last der eigenen Bürokratie erstickt und in der Welt des einundzwanzigsten Jahrhunderts als antiquierter Staat des zwanzigsten (oder gar neunzehnten) Jahrhunderts zurückgeblieben. So blieb ihnen also keine andere Wahl, als einen »Endspurt«, um die Sportterminologie jenes Jahrhunderts zu bemühen, zu versuchen. Sie mußten den Mut und die Entschlossenheit der westlichen Nationen auf die Probe stellen. Falls die Sowjets versagt hätten, wären sie viel geschwächter als die Gegner ins nächste Jahrhundert gegangen. Der Kleine Tod wurde unvermeidbar.

Patricia holte tief Luft. Noch nie hatte sie Berichte über den Kleinen Tod aus einer so fernen Warte und historischen Perspektiven gelesen. Sie erinnerte sich an die Alpträume ihrer Kindheit, als man mit Furcht und Bangen ausgeharrt und die Folgen schließlich im Fernsehen gesehen hatte. Inzwischen hatte sie gelernt, damit zu leben, aber diese kalte Bewertung, diese gründliche Einschätzung – eingebettet in die angstgebietende Umgebung – jagten ihr wieder kalte Schauer über den Rücken.

*Seite 20* Der Kleine Tod von 1993 war ein vergleichsweise harmloser Schnitzer, eine sowohl peinliche als auch tragische Panne; sie führte international zu verlogenen Vorsätzen, die an kindlichen Trotz erinnerten. Aus Angst vor ihren Waffen übten bei diesem ersten Konflikt die westlichen Länder und der Ostblock ständig Zurückhaltung und bauten auf Taktiken und Technik vergangener Jahrzehnte. Als es zum nuklearen Schlagabtausch kam – womit alle Verantwortlichen von Anfang an gerechnet hatten –, bestanden die jungen, weltraumgestützten Verteidigungssysteme die Feuerprobe und erwiesen sich als erstaunlich effektiv. Sie konnten jedoch nicht die von U-Booten in Küstennähe abgefeuerten Geschosse abfangen, die Atlanta, Brighton und Teile der britischen Küste zerstörten. Die Russen konnten ihre Stadt Kiew nicht schützen. Der nukleare Schlagabtausch blieb begrenzt, und der Osten und Westen kapitulierten fast gleichzeitig. Aber nun hatte man sich eingeschossen; zudem hatten die Sowjets weniger Treffer als der Gegner abbekommen, was ihre eiserne Entschlossenheit festigte, unter keinen Umständen zu unterliegen oder von der Geschichte als überholtes System abgelöst zu werden.

Als der Tod zuschlug, geschah dies gründlich und rundum. Jede Waffe wurde zielgemäß ihrer Bestimmung zugeführt. Bedenken in bezug auf die Folgen schien es nicht zu geben.

*Seite 35* Im nachhinein erscheint es nur logisch, daß eine Waffe, wenn erst einmal gebaut, auch eingesetzt wird. Aber wir dürfen nicht vergessen, was für eine Verblendung im ausgehenden zwanzigsten und beginnenden einundzwanzigsten Jahrhundert herrschte, als die schlimmsten Waffen als Schutzwall betrachtet und das Grauen eines Armageddon als Abschreckung gesehen wurde, das keine normale Gesellschaft riskieren würde. Aber die Nationen waren nicht normal – rational, vernünftig, intelligent durchaus, aber nicht normal. In jeder Nation wurden die Arsenale gestützt von Mißtrauen und sogar Haß …

*Seite 3* Der Kleine Tod forderte 4 Millionen Tote, hauptsächlich in Westeuropa und England. Der Tod kostete schätzungsweise $2^{1}/_{2}$ Milliarden Menschenleben, wobei die genaue Zahl immer ungewiß bleiben wird, muß man doch davon ausgehen, daß bis zum »Abschluß« der Zählungen ebensoviele Leichen schon verrottet waren. Des weitern waren natürlich viele mehr komplett verdampft.

Patricia wischte sich die Augen. »Schrecklich«, flüsterte sie. »Du kannst Pause machen, wenn du willst«, schlug Lanier besorgt vor.

»Nein … Noch nicht.« Sie blätterte weiter, vor und zurück …

*Seite 345* Im großen und ganzen waren die Seegefechte eine tückische technische Spielerei. Während des Kleinen Tods wurden bis zur Kapitulation und auch noch danach U-Boote gejagt (und zuweilen versenkt), während die großen Flottenverbände sich nur kleine Scharmützel lieferten. Als nach den ersten Konflikten der Große Krieg ausbrach, stürzten sich binnen zweier Stunden die östlichen und westlichen Seestreitkräfte ins Gefecht. Im Persischen Golf, nordwestlichen Pazifik, Nordatlantik und Mittelmeer (Libyen hatte den Sowjets 1997 einen Mittelmeerstützpunkt eingeräumt) wurde kurzer Prozeß gemacht. Es gab nur wenige Sieger. Während des Todes dauerten Seegefechte durchschnittlich eine halbe Stunde, oft auch keine fünf Minuten. Am ersten Tag – noch bevor der Krieg eskalierte und solange die strategischen Absichten beobachtet wurden – vernichtete sich die östliche und westliche Marine gegenseitig. Es war die letzte große Marine, die seither auf den Meeren der Erde geduldet wurde, und noch heute, 130 Jahre danach, verseuchen ihre radioaktiven Trümmer die Ozeane.

*Seite 400* Ein eigenartiges Phänomen der zweiten Hälfte des zwanzigsten Jahrhunderts war die Zunahme der »Aussteiger«. Diese Leute zogen sich – oft in Gruppen bis zu fünfzig – in entlegene Gebiete zurück, da sie eine große Katastrophe erwarteten, die zur Vernichtung der Zivilisation und zur Anarchie führen würde. Mit ihren Nahrungsvorräten und Waffenlagern und ihrer strikten Überlebensstrategie – der Bereitschaft, sich sowohl moralisch als auch physisch zu isolieren – verkörperten sie die schlimmsten Aspekte dessen, was Orson

Hamill »konservative Krankheit des zwanzigsten Jahrhunderts« nannte. Es würde diesen Rahmen sprengen, die Ursachen dieser Krankheit zu analysieren, wo Stärke und Überleben des Einzelnen mehr zählten als moralische Überlegungen und wo die Fähigkeit zu zerstören höher gewichtet war als Geistesgröße, aber die Folgen – Ironie des Schicksals – sind vielfältig.

Die »Aussteiger« hatten recht und unrecht zugleich. Es kam tatsächlich zur Katastrophe, und ein Großteil der Welt wurde vernichtet, aber selbst im Langen Winter, der anbrach, verfiel die Zivilisation nicht in totale Anarchie. Vielmehr bildeten sich innerhalb eines Jahres Gruppen mit hoher sozialer Prägung aus. Das Leben eines jeden Einzelnen wurde ungemein wertvoll – und so wurden aus allen Überlebenden Gefährten. Nächstenliebe und Nachbarschaftshilfe wurden wesentlich, denn keine Gruppe hatte die Mittel noch die Kraft, auf eigene Faust zu überdauern. Die Enklaven der Aussteiger, die bis zu den Zähnen bewaffnet waren und keinerlei Skrupel hatten, wie sie sich zur Wehr setzten oder wen sie töteten, wurden bald Gegenstand des Hasses und der Furcht, da sie inmitten der neuen Brüderlichkeit Eigenbrötler blieben.

Fünf Jahre nach dem Ende des Todes waren die meisten Aussteigerenklaven aufgespürt und die tollen Bewohner umgebracht oder gefangengenommen. (Leider fielen diesem Sturm auch viele isolierte »Überlebenskommunen« zum Opfer. Diese beiden Strömungen mit ähnlichen Tendenzen wurden seinerzeit in einen Topf geworfen; zu unterscheiden lernte man sie erst im nachhinein.) Vielen

»Aussteigern« wurde der Prozeß gemacht wegen Verbrechen gegen die Menschlichkeit – insbesondere wegen der Weigerung, zum Wiederaufbau der Zivilisation beizutragen. Diese »Säuberung« erstreckte sich schließlich auf alle, die für das Recht auf Waffenbesitz eintraten – ja in manchen Gemeinschaften sogar auf jene, die hochentwickelte Technik befürworteten.

Militärpersonen, die überlebt hatten, wurden gezwungen, eine soziale Umerziehung über sich ergehen zu lassen.

Die großen Prozesse von 2015 – wo hochrangige Politiker und Militärs der westlichen und östlichen Blöcke des Verbrechens gegen die Menschlichkeit angeklagt wurden – waren der Höhepunkt dieser bitteren, aber verständlichen Reaktion auf die Schrecken des Todes.

Es war nicht zu glauben. Patricia klappte das Buch zu und schloß die Augen. Da saß sie und las in einem Buch von Ereignissen, die sich nicht – noch nicht – zugetragen hatten, die in einem andern Universum geschehen waren.

Sie schluckte den Kloß in ihrem Hals. Wenn es Wirklichkeit war und tatsächlich passieren würde, dann müßte man etwas tun. Sie blätterte durch den Anhang.

Auf Seite 567 fand sie, was sie suchte. Auf den nachfolgenden zweihundert Seiten waren alle bombardierten Städte der Welt mit den geschätzten Zahlen der Verletzten und Toten verzeichnet. Sie suchte Kalifornien und fand fünfundzwanzig Städte, in denen jeweils zwei bis dreiundzwanzig Sprengköpfe niedergegangen waren. Los Angeles: dreiundzwanzig auf zwei Wochen verteilt. (»Spasmus« – wie in einer Fußnote erläutert wurde.) Santa Barbara: zwei. San Francisco – einschließlich

Oakland, San Jose und Sunnyvale – zwanzig innerhalb von drei Tagen. San Diego: fünfzehn. Long Beach: zehn. Sacramento: einer. Fresno: einer. Vandenberg Space Operations Center: zwölf, gleichmäßig auf den Küstenstreifen verteilt.

Luftwaffenstützpunkte in oder bei Städten einschließlich ziviler Flugplätze, die militärisch genutzt werden konnten: dreiundfünfzig. Alle Weltraumfahrtszentren rund um den Globus, auch in kriegsneutralen Ländern waren zerstört worden (wieder die Fußnote »Spasmus«).

Patricia wurde schwindelig. Das Buch schien ihr zu entgleiten. Es stellte sich weder Starrblick noch Wahrnehmungsverlust ein, nur eine Art Isolationsgefühl. Sie war Patricia Luisa Vasquez, vierundzwanzig; und weil sie jung war, hätte sie noch lange zu leben. Ihre Eltern hätten, weil sie sie von Kindheit an kannte, noch lange zu leben, noch unvorstellbar lange. Und auch Paul wäre – da sie sich gerade erst kennengelernt hatten und weil er der erste Mann war, der überhaupt versuchte, zu erfassen, was es mit ihr auf sich hatte – sicher.

Alle lebten sie in einer Gegend, die sich *(vielleicht)* in Dampf auflösen würde.

Es war ganz einfach. Sie wollte das Buch mitnehmen, wenn sie diesen Ort verlassen würde, was vielleicht schon in einigen Tagen wäre, wollte es mitnehmen auf die Erde und den Leuten zeigen. (Vielleicht hatte das schon jemand gemacht inzwischen.)

Und wenn die Universen entsprechend ähnlich wären, so daß eine Übereinstimmung der nahen Zukunft in Frage käme, dann wären die Leute zum Handeln gezwungen. Angesichts des bevorstehenden Atomkriegs würden die Leute mit der Abrüstung beginnen und Reue zeigen. *Mein Gott, wir hätten es nie so weit kommen lassen dürfen. Betrachten wir das als eine Gnade und …*

»Herrgott!« Sie schlug das Buch zu und stand auf.

Lanier spazierte mit ihr durch den vernachlässigten

Park bei der Bibliothek. Patricia weinte fünf Minuten lang, dann riß sie sich zusammen. Es fiel ihr so schwer, die Fragen, die sie stellen wollte, in Worte zu kleiden. Und wenn sie die Antworten wüßte, würde sie vielleicht durchdrehen ...

»Hat schon jemand verglichen? Ich meine ihre und unsere Geschichte?« fragte sie.

»Ja«, erwiderte Lanier, »ich. Und Takahashi.«

»Er weiß so viel wie wir?«

Lanier nickte.

»Was habt ihr festgestellt? Ich meine, sind es ähnliche Welten?«

»Die Unterschiede in den geschichtlichen Quellen sind recht gering und lassen sich durchaus als quellenbedingte Abweichungen auffassen. Große Unterschiede gibt's also nicht. Bis auf den Stein.«

»Und die in den Büchern geschilderte Situation ... – tja, klingt ganz nach dem, was sich jetzt auf der Erde abspielt, nicht wahr?«

»Ja.«

»Es hat also niemand was aus dem Kleinen Tod gelernt?«

»Scheint so.«

Sie setzte sich unter einen toten Baum auf den Rand eines Pflanzbeckens aus Beton. »Wissen sie es drunten auf der Erde?«

»Elf Leute wissen's – hier und drunten.«

»Was unternehmen sie dagegen?«

»Was in ihrer Macht steht«, erklärte Lanier.

»Aber der Stein kann alles ändern. Er stellt die entscheidende Wende dar, nicht wahr?«

»Das hoffen wir. In den nächsten Wochen müssen wir so viele Antworten wie möglich bekommen – auf Fragen wie alternative Zeitströme, Alternativwelten und woher der Stein gekommen ist. Kannst du uns helfen?«

»Man muß wissen, warum der Stein hier ist und wie

ähnlich die Welten sind, um feststellen zu können, ob's auf der Erde zum Krieg kommt?«

Lanier nickte. »Das ist sehr wichtig.«

»Ich sehe keine Möglichkeit, darauf ausreichend detaillierte Antworten zu finden.«

»Hoffman glaubt, wenn's jemand kann, dann du.«

Patricia nickte und wandte den Blick ab. »Okay. Kann ich Bedingungen aufstellen?«

»Was für Bedingungen?«

»Ich will, daß meine Familie evakuiert wird. Ich will, daß einige Freunde von mir aufs Land gebracht und geschützt werden. Geschützt wie die Generäle und Politiker.«

»Nein.« Er ging langsam um den Baum herum. »Ich bin dir nicht böse, weil du darum bittest, aber ... nein. Keiner von uns hat so was erbeten. Daran gedacht, ja.«

»Hast du Familie?«

»Einen Bruder und eine Schwester. Meine Eltern sind gestorben.«

»Frau? Nein. Du bist Junggeselle. Eine Freundin, Verlobte?«

»Keine feste Bindung.«

»Dann kannst du leicht objektiver sein als ich«, sagte Patricia ärgerlich.

»Du weißt, das hat damit nichts zu tun.«

»Ich arbeite hier oben für euch und sehe zu, wie meine Eltern, mein Freund, meine Schwester und alle, die ich mag, umkommen in einer Katastrophe, von der ich weiß, daß sie passieren wird?«

Lanier blieb vor ihr stehen. »Überleg mal, Patricia!«

»Ich weiß, ich weiß. Es gibt Hunderte von Menschen an Bord des Steins. Wenn wir alle Bescheid wissen und Fragen stellen, dann bricht das große Chaos aus. Darum sind die Bibliotheken Sperrzone.«

»Das ist ein Grund«, sagte Lanier.

»Und damit die Russen nichts mitkriegen?«

»Das auch.«

»Wie schlau!« Ihr Tonfall war entgegen seiner Erwartung ruhig. Sie klang überlegt und wenn nicht gerade gelassen, so doch nicht sonderlich erregt. »Was ist, wenn ich Post von daheim bekomme?« fragte sie. »Was ist, wenn ich nicht antworte?«

»Spielt keine große Rolle, nicht wahr? Es sind nur mehr ein paar Wochen ...«

»Wie werde ich mich fühlen, wenn ich Briefe erhalte? Wie werde ich arbeiten können?«

»Du wirst arbeiten«, sagte Lanier, »denn du weißt, wir können vielleicht was unternehmen, falls wir rechtzeitig Antwort bekommen.«

Sie blickte vor sich auf den Boden mit dem dürren gelben Gras. »Es heißt, Shuttle-Landeplätze werden bombardiert. In dem Buch.«

»Ja.«

»Wenn das passiert, dann sitzen wir hier oben fest, nicht wahr?«

»Ja, die meisten von uns. Wir werden bald sowieso nicht mehr runterwollen.«

»Deshalb hat man begonnen, den Boden zu bestellen. Wir werden nichts mehr kriegen von der Erde für ... wie lange?«

»Wenn es einen Krieg gibt und der wie beschrieben ausfällt, dann für vielleicht dreißig Jahre.«

»Ich ... ich kann jetzt nicht in die Bibliothek zurück. Ist es erlaubt, wenn ich 'ne Weile hier draußen bleibe?«

»Klar. Fahren wir zum Dinner in die erste Kammer. Und merk dir – ich muß schon 'ne ganze Weile mit diesem Wissen leben. Es gibt also keinen Grund, warum du das nicht auch könntest.«

Ohne zu antworten stand Patricia auf. Es zitterten ihr weder die Knie noch die Hände. Angesichts der Umstände war sie in ungemein guter Verfassung. »Gehen wir!« sagte sie.

## 11. Kapitel

Die Reisenden, die sich zwei Stunden nach Beginn der Frühschicht beim Laster versammelten, erinnerten in erster Linie an eine Gruppe Rucksackwanderer vor dem Aufbruch. Der Laster war nach dem Beladen sehr voll.

Patricia setzte sich zwischen Takahashi und einen stämmigen Mohawk-Indianer namens Reynolds. Reynolds, ein Marinesoldat, war bewaffnet mit einem Apple und einer kompakten Maschinenpistole. Carrolson setzte sich neben den Fahrer, Lieutnant Jerry Lake der amerikanischen Navy, einen Naturburschen mit dunkelblondem Haar. Lake vergewisserte sich mit einem Blick zurück über die Schulter, daß alles in Ordnung war, nickte Takahashi zu und schenkte Patricia ein Lächeln. »Meine Männer haben den Befehl, Miss Vasquez zu beschützen, koste es, was es wolle. Also bitte nicht ohne Erlaubnis weglaufen!«

»Schon recht, Sir«, erwiderte Patricia leise. Takahashi – ein kleiner Halbjapaner mit sportlicher Statur, kurzem schwarzen Haar und großen, selbstsicheren grünen Augen – erwiderte Lakes Nicken. Takahashi war der einzige in Zivil; er trug ein Baumwollhemd, Anorak und Denimjeans. »Befreiung«, hatte er beim Zelt erklärt. »Ich reagiere allergisch auf die eingefärbten Overalls.«

Lake setzte den Laster in Bewegung. Carrolson hakte die Ausrüstung ab, die Farley von der Liste auf der Tafel vorlas.

Der Laster war besetzt mit acht Passagieren – vier Militärpersonen und vier »Köpfen«, wie Carrolson die Wissenschaftler und Patricia nannte.

Patricia blickte vor sich nieder. In ihrer Tasche steckte ein Brief von Paul, der ihr in der Schicht davor in der ersten Kammer ausgehändigt worden war.

*Liebe Patricia,*

*wo immer Du sein magst, ich hoffe, es geht Dir gut. Das*

*Leben hier ist langweilig – besonders wenn ich mir ausmale, wo Du jetzt sein magst, aber es geht schon. Ich halte Verbindung zu Deinen Leuten. Rita ist ein Schatz, und mit Ramon habe ich schon ein paar recht gute Gespräche geführt. Ich habe hinter deinem Rücken viel über Dich erfahren. Hoffe, das stört Dich nicht. Meine Bewerbungen bei Prestor und Minton (zwei Software-Herstellern) wurden bearbeitet, wie ich erfahren habe, aber vorerst ist alles gestoppt, bis der Verteidigungshaushalt durch ist. Es ist die Rede von irgendeiner Verschleppungstaktik; womöglich geht monatelang nichts mehr.*
*Doch genug davon. Ich vermisse Dich sehr! Rita hat mich gefragt, ob wir heiraten wollen, aber ich habe, wie es Dein Wunsch ist, nichts verraten. Ich möchte Dich heiraten! Das weißt Du. Es ist mir egal, auch wenn Du noch so seltsam bist. Du brauchst nur heimzukommen und zu nicken. Wir schaffen uns ein eigenes Heim. Sei nicht so stur diesmal. Genug davon! Du hast sicher Wichtigeres zu tun, und mein Zucken und Zappeln an der Leine – an der ich hänge wie ein Fisch am Haken – ist nur ein Ablenkungsmanöver. (Nun, Du weißt, ich finde keinen vernünftigen Schluß bei Briefen.) Ich liebe Dich. Es küßt Dich vielmals*
*Paul*

Sie hatte eine lange Antwort getippt, ohne Unerlaubtes auszuplaudern, Carrolson zur Genehmigung vorgelegt und zur Beförderung auf die Erde mit dem nächsten OTV abgegeben.

Erstaunlicherweise war ihr das Verfassen der Zeilen leichtgefallen. Sie sagte in ihrem Brief all das, was Paul ihrer Meinung nach gern hören würde, all das, was gesagt werden mußte für den Fall, daß Paul tatsächlich in wenigen Wochen tot wäre. Damit hatte sie sich freilich nicht abgefunden, denn in diesem Fall wäre sie längst nicht so ruhig wie im Moment gewesen.

Lanier war inzwischen unterwegs zur Erde. Patricia beneidete ihn. Sie wäre lieber auf der Erde, um dort den

Tod zu erwarten, als hier oben zu sitzen und dem entgegenzusehen, was sie wußte.

Nein, das stimmte an sich gar nicht. Sie schloß die Augen und verwünschte sich. Sie trug eine ungleich größere Verantwortung als je zuvor. Sie mußte die blöde Sorge und Verzagtheit und Angst abwerfen und anfangen, an der Abwendung des Unglücks zu arbeiten.

Und – fast haßte sie sich dafür – sie arbeitete schon daran. Endlich hatte sich der Zustand eingestellt. Lösungen machten ihre Aufwartung, präsentierten sich wie Freier, hübsch in Formeln verpackt, und wurden zurückgewiesen, sobald sich ihre Unzulänglichkeit herausstellte.

Takahashi schien ein intelligenter, gewissenhafter Bursche zu sein, aber da Patricia beim Zusammentreffen der Expedition nicht nach Plaudern zumute gewesen war, wußte sie wenig über ihn. Takahashi und Carrolson wären von jetzt an ihre nahezu ständigen Begleiter und Helfer, hatte Lanier gesagt.

Die Straße endete fünfzig Kilometer vom Basislager entfernt. Der Laster rollte in eine flache Senke, und die gummiprofilierten Panzerketten quietschten schrill auf dem Boden. Beim Weiterfahren änderte sich nichts an dem Eindruck, daß der Korridor weitergehe. Die Südkappe wich allmählich zurück und verlor langsam an Wucht. Patricia war allerdings nicht wohl dabei, sich um die beste Sicht zu reißen, so daß sie unterwegs nicht viel mitbekam. Carrolson, Farley und Takahashi spielten auf einer Tafel Schach; Patricia sah gedankenverloren zu.

»Halbe Strecke«, sagte Lake zwei Stunden später. Die Schachspieler zeichneten ihre Züge auf und räumten die Tafel ab, während der Laster sachte zum Stillstand kam. Die Türen glitten seitlich auf, und die Marinesoldaten kletterten mit einem Seufzer der Erleichterung aus dem Wagen. Patricia stieg als nächste aus und streckte sich gähnend auf dem trockenen Boden. Carrolson kam von der andern Seite um den Wagen herum und brachte kühles Wasser mit, das sie ihnen in Bechern einschenkte. »Es fehlt an nichts«, sagte sie.

»Bier?« erkundigte sich Reynolds.

»Darauf wurde zugunsten der Wissenschaft verzichtet. Hat jemand Hunger?«

Patricia nahm sich ein Sandwich aus dem Behälter und ging mit Takahashi ein paar Meter vom Laster weg. Im ersten Moment hatte sie sich nervös und unwohl gefühlt, aber das legte sich rasch. Was gäbe es schon zu befürchten in einem endlosen Wüstenstreifen, der nicht einmal Insekten beheimatete? Die leere, öde Landschaft war an sich beruhigend.

»Das Meer war ordentlich naß, der Sand ist ordentlich trocken«, bemerkte Patricia.

»So ist's«, meinte Takahashi. Sie hockte sich auf den Boden, während er sich in lockerer Lotuspose neben sie setzte. »Weißt du, warum ich mitfahre?«

Er nahm kein Blatt vor den Mund. »Um mich im Auge zu behalten, nehme ich an.«

»Richtig. Lanier sagte, man müsse dich genauestens beobachten. Wie kommst du zurecht?«

»Geht schon.«

»Die Bibliothek ...« Er senkte die Stimme und blickte zurück zur Kappe. »Ist nicht leicht.«

»Ich komme mir bald vor wie eine Prinzessin inmitten ihrer Getreuen.«

Takahashi kicherte. »So schlimm wird's nicht werden. Ich sorge dafür, daß Laniers Besorgnis im Rahmen bleibt. Aber ich habe eine einzige Frage, die sehr wichtig ist. Kannst du arbeiten?«

Patricia wußte genau, was er meinte. »Ich arbeite bereits – auch jetzt.«

»Prima.« Mehr brauchte zu diesem Thema nicht gesagt zu werden.

Patricia brach einen Zweig aus dem Gestrüpp und

vergewisserte sich, ob irgendein Unterschied zu den Gewächsen beim Camp feststellbar war. Aber es waren die gleichen kleinen, wächsernen Blätter. Sogar das dürre Gras war das gleiche. »Nicht gerade ein blühender Garten«, sagte sie. »Ich habe zumindest ein paar Zwergwälder erwartet.«

»Wird noch schlimmer«, sagte Takahashi.

»Hast du je überlegt, wieviel Sand und Dreck sie in den Korridor schaffen mußten?« fragte sie beim Aufstehen. Vom Sandwich hatte sie nur wenige Bissen gegessen. Seit zwei Tagen fehlte ihr der Appetit. »Wenn der Boden einen Viertel Kilometer tief ist ...«

»So schätzen wir anhand von Ultraschall«, erklärte Takahashi.

»Und angenommen eine Milliarde Kilometer lang ...«

»Warum gerade diese Zahl?«

»Nur ein willkürlicher Wert«, erklärte sie. »Das ergibt etwa vierzig Milliarden Kilometer Dreck.«

»Wenn wir die Erde – Kruste, Magma und Kern – zerkleinern und den Korridor damit pflastern würden, dann brächten wir ungefähr dreißig Milliarden Kilometer zusammen.« Takahashi wühlte mit den Fingern im Sandboden.

»Was ist, wenn weiter draußen Berge stehen? Dann ist noch mehr Dreck und Fels vonnöten.«

»Möglich«, sagte Takahashi. »Aber die große Frage ist: woher haben sie das alles? Und vergiß die Luft nicht. Bei einem Durchmesser von zwanzig Kilometern wären das ... 1,6 Billiarden Kubikkilometer Luft von gut einem Gramm pro Liter ...«

»Das alles hast du schon berechnet.«

»Natürlich. Mehrmals. Rimskaya fing damit an, und die Statistiker machten weiter damit. Ich habe gekiebitzt. So viele Fragen zu Logistik und Aufbau. Wie wird die Luft im Korridor erneuert? Die Regenerationsteiche des Steins schaffen das nicht – zumindest dann nicht, wenn weiter draußen tierisches Leben existiert. Vielleicht ist einfach ein entsprechend großer Luftvorrat für einige Jahrtausende angelegt.«

»Halte ich für unwahrscheinlich«, erwiderte Patricia. »Wer – oder was – das gebaut hat, hat es für die Ewigkeit geschaffen. Hast du nicht auch diesen Eindruck?«

»Manchmal. Aber das heißt nicht, daß es eine gültige Annahme ist.«

»Trotzdem muß es irgendein System geben, das den Korridor unterhält.«

Takahashi nickte. »Rimskaya hatte schon behauptet, es gebe Öffnungen im Korridor, bevor wir die Schächte entdeckten.«

Carrolson gesellte sich nun zu ihnen. »Schon aufgefallen, wonach's im Korridor riecht?« fragte sie.

Patricia und Takahashi schüttelten den Kopf.

»Riecht wie vor einem Unwetter. Ständig. Aber die Ozonkonzentration ist nicht gerade hoch. Wieder so'n Rätsel.«

Patricia schnüffelte. Die Luft roch frisch, aber nicht wie vor einem aufziehenden Gewitter.

»Ich bin in einer Gegend aufgewachsen, wo's viele Unwetter gibt«, brachte Carrolson zu ihrer Verteidigung vor. »Das ist haargenau der Geruch, glaubt mir!«

Wieder im Laster, setzten sie die Fahrt fort. Patricia arbeitete meist auf dem Prozessor und errechnete Volumina und Massen, die sie in einer kleinen Tabelle zusammenstellte.

Eine Stunde später deutete Takahashi auf den ersten Zirkel mit den vier Schächten an den vier gegenüberliegenden Punkten eines Kreises. Jeder Schacht war eingelassen in eine Mulde, die ungefähr einen halben Kilometer Durchmesser und zwanzig Meter Tiefe hatte. In der Mitte der Mulde befand sich eine umgekehrte bronzefarbene Schale von etwa fünfzehn Metern Durchmesser, die acht Meter über der Mulde stand. Die Schale schwebte frei in der Luft.

Der Laster verlangsamte am Rand der Mulde das

Tempo. Auf Takahashis Bitte fuhr Lake sie um den Schacht herum und hielt dann am Rand der Mulde an. Sie stiegen aus und näherten sich dem Rand.

»Wir sind schon fast zwanzigmal zu diesem Zirkel gefahren«, erklärte Takahashi. »Haben fast eine richtige Spur angelegt.«

Patricia hielt das Multimeter vor sich. Der Wert von *Pi* blieb konstant. Sie kniete sich hin und hielt das Instrument über den Rand. Die Anzeige veränderte sich nicht.

»So, jetzt steig in das Loch«, schlug Takahashi vor. Die Marinesoldaten, Farley, Carrolson und Takahashi blieben beieinander am Rand stehen. Jetzt rümpfte Patricia die Nase. »Wieder so'ne Einladung? Geht ihr doch voraus!«

»Du willst uns doch nicht den Spaß verderben«, sagte Carrolson. »Geh schon voraus!«

Patricia stellte einen Fuß vor und verlagerte ihr Gewicht auf den schrägen, sandigen Hang.

»Ganz«, drängte Lake.

Mit einem Seufzer betrat Patricia die Mulde. Als sie nach zehn Metern ein eigenartiges Gefühl bekam, blickte sie zurück. Ihr Körper war nicht im gleichen Winkel geneigt wie bei den anderen. Unsicher versuchte sie sich aufzurichten und wäre beinahe gestürzt. Die natürliche Haltung war auf den Radius der Krümmung eingestellt, als folgte die Kraft im Korridor der Rundung der Mulde. Dennoch zeigte das Meßgerät keinerlei lokale Raumverzerrung. Es folgte nun der Rest der Gruppe hinterher.

Im Schatten der schwebenden Schale befand sich ein leicht erhabener bronzefarbener Spund von etwa halbem Durchmesser. Takahashi ging über den Spund, um zu zeigen, daß es sicher war. Patricia folgte mit gezücktem Multimeter. Keine Veränderung.

»Hat jemand 'ne Ahnung, was die Schale in der Luft hält?« fragte sie. Farley und Carrolson zuckten die Achseln. Die Marinesoldaten saßen mit gelangweilten Gesichtern um den Schacht herum im Sand.

»Eine vielleicht unangemessene Frage«, erwiderte Takahashi. »Sieh dir das Material von Schale und Spund an – ganz genau! Soweit wir wissen, ist es das gleiche Zeug wie die Korridorwände.«

Patricia kniete sich hin und strich mit der Hand über die Oberfläche des Spunds. Die Farbe war nicht einheitlich bronzen. Da schienen rote und grüne Streifen zu sein, sogar schwarze Punkte, die an der Oberfläche auseinander- und ineinander flossen wie sich windendes Gewürm.

»Das Zeug ist also auch Geometrie?« fragte Patricia.

»Jedenfalls keine Materie«, sagte Carrolson. »Das konnten wir kurz nach Entdeckung der Schächte ausschließen.«

»Es dauerte eine Weile, bis wir uns an die Vorstellung gewöhnten, Raum als Baumaterial zu verwenden«, bemerkte Takahashi. Farley nickte energisch.

»Ganz und gar nicht«, wandte Patricia gelassen ein. »Ich habe schon vor vier Jahren darüber geschrieben. Wenn ineinandergepaßte Universen irgendwie davon abgehalten werden, einen definitiven Zustand anzunehmen, wird sich aufgrund der ständig entgegengesetzten räumlichen Transformationen eine undurchdringliche Barriere formieren.«

Während Takahashi lächelte, machten Carrolson und Farley nur große Augen. »Also«, resümierte Takahashi, »nichts trägt die Schalen. Sie existieren gar nicht wirklich. Sie sind lediglich eine geformte Häufelung von Wahrscheinlichkeiten. Klarer Fall!«

»Oh«, stöhnte Farley.

Lake saß, das Apple auf dem Schoß, mitten auf dem Spund. »Ich bin nur ein Kleinstädter aus Michigan«, sagte er. »Aber für mich fühlt's sich echt massiv an. Ist nicht mal schlüpfrig.«

»Gut bemerkt«, sagte Patricia. Sie bückte sich und

drückte prüfend mit dem Handballen. »Offenbar keine strikte Trennung von Wahrscheinlichkeitszuständen. Eine Art Wechselspiel zwischen Materie und Oberfläche wird neben der Undurchdringbarkeit eingeräumt.« Sie legte das Multimeter direkt an der Oberfläche an. Der Wert von *Pi* schwankte ungemein, stabilisierte sich dann aber: *3,141487233 kontinuierlich.* »Pi ist kleiner«, stellte sie fest. Sie rief die anderen Konstanten ab. »Gravitationskonstante nominell, Geschwindigkeit der elektromagnetischen Strahlung nominell und stabil.«

»Und h quer?« fragte Carrolson.

»Das gleiche. Welchen Zweck haben denn die Schächte?«

»In diesem Zirkel sind sie mit einem Spund verschlossen, so daß wir nicht feststellen können, welchem Zweck sie dienen.«

»Die Schächte gewähren vielleicht Zutritt nach außen, außerhalb des Korridors«, bemerkte Takahashi. »Wir einigten uns darauf, nicht festzustellen, wohin sie führen. Allerdings waren die Schächte nicht verstöpselt. Ein schwammiges Kraftfeld von unbekannter Art hielt den Sand vom Loch in der Mitte fern. Es war nichts zu sehen bis auf ein rotes Licht, das aus jedem Schacht schien. Wir schickten einen kleinen, ferngesteuerten Helikopter in einen Schacht. Er kam nicht zurück. Aufgrund unseres Blickwinkels konnten wir ihn nicht mehr sehen, nachdem er etwa zehn Meter zurückgelegt hatte. Wir einigten uns darauf, niemanden hinterherzuschikken.«

»Vernünftig«, sagte Carrolson.

Der noch sitzende Lake erklärte kurz und bündig: »Meine Männer gehen jederzeit überall hin.«

»Sehr edel, Lieutenant«, erwiderte Carrolson, »aber wir haben gute Gründe, warum wir diese Dinge langsam und überlegt angehen.«

»Gebt mir 'nen Raumanzug und 'ne Waffe und'n paar Männer als Deckung ...« Er grinste.

»Sie würden wirklich gehen?« fragte Patricia, die sich mit ungläubiger Miene an den Offizier wandte.

Lake schnitt eine Grimasse. »Wenn einigermaßen klar wäre, was wir zu erwarten hätten und zu sehen bekämen, würd' ich gehen. Würden wir alle gehn.« Die Marinesoldaten nickten einhellig. »Der Dienst hier oben ist so aufregend auch wieder nicht. Abgesehen von der Szenerie natürlich.«

»Wir haben überall in der Mulde gegraben«, führte Takahashi aus, wobei er den Hang hinaufstieg und mit ausgestreckten Armen um sich deutete, um die Position der Löcher anzuzeigen. Dann bückte er sich, hob eine Handvoll Sand auf und ließ ihn durch die Finger rieseln. »Der Boden in den Mulden ist trocken. Keine Mikroorganismen, keine höheren Lebensformen, keine Pflanzen.«

»Keinerlei Leben ... bis auf uns«, sagte Farley.

»Und keinerlei Strahlung«, fuhr Takahashi fort. »Keine Spuren ungewöhnlicher chemischer Vorgänge. Vielleicht sind diese verschlossenen Schächte nur Markierungen.«

»Trigonometrische Punkte der Götter«, verkündete Carrolson.

»Und jeder Schacht ist gleich?«

»Soweit wir wissen, ja«, erwiderte Takahashi. »Wir haben aber erst zwei Zirkel untersucht.«

Reynolds stand auf und klopfte sich den Sand vom Overall. »He, Lieutenant, das ist's vielleicht, woher der Spuk kommt.«

Lake verdrehte die Augen.

»Haben Sie schon mal einen Spuk gesehen?« erkundigte sich Patricia und sah den Marinesoldaten eindringlich an.

»Hat wohl noch keiner«, erklärte Carrolson.

»Mr. Reynolds?«

Reynolds blickte zwischen Lake und Patricia hin und her. »Soll ich darauf wirklich antworten?«

»Ja«, sagte Patricia und tippte an ihr Abzeichen, obwohl sie nicht wußte, ob die Marinesoldaten davor Respekt hätten.

»Ich hab' selbst noch keinen Spuk gesehen«, räumte Reynolds ein. »Aber andere. Leute, denen ich's glaube.«

»Wir haben alle schon davon gehört«, sagte ein zweiter Marinesoldat, der Huckle hieß. »Mancher weiß da viel zu erzählen.«

»Trotzdem«, gab Lake zu bedenken, »soll man nicht meinen, die Leute sehen Dinge, die's nicht gibt. Es liegen nur wenige Meldungen vor, aber die sind nicht uninteressant.«

Patricia nickte. »Gibt es Pläne, in einen solchen Schacht abzusteigen?«

»Noch nicht«, sagte Takahashi. »Wir stehen bislang vor anderen Problemen.«

Sie betrachtete den Spund, rieb mit der Stiefelsohle an der Oberfläche. »Ich möchte den vollständigen Expeditionsbericht lesen, wenn wir zurück sind«, sagte sie.

Zum ersten Mal hatte sich – noch während der Unterhaltung – eine Lösung präsentiert, die der ersten kritischen Beurteilung standhielt. Patricia betrachtete die umgekehrte Schale, die unscheinbar regen Farben.

»Also fahren wir zurück?« fragte Takahashi.

»Denke schon«, antwortete Patricia.

Der Frant verwendete einen adaptierten Piktographen, um ringsum Gegenstände und Landschaften zu projizieren und ihr Treiben im und am Zelt zu tarnen. Die zwei Wachtposten, die Schwarz trugen, hätten Olmy hören können, wenn er besonders laut gewesen wäre, hätten ihn aber nicht gesehen. Er ging wenige Zentimeter an einem Posten vorbei zur Kiste, die Patricia Luisa Vasquez als Schreibtisch diente.

An der jungen Dame war er besonders interessiert;

soweit er gehört hatte, nahm sie allmählich eine zentrale Stellung im Vorhaben der Gruppe ein. Und wenn sie die gleiche Frau war, von der er den Ingenieur hatte sprechen hören ...

Auf der Kiste lagen in loser Ordnung an die fünfzig Blätter mit Notizen. Vieles war überkritzelt oder dick durchgestrichen; manchmal waren ganze Seiten bis auf wenige Quadratzentimeter mit Gleichungen und Graphen durch dicke Bleistiftstriche unleserlich gemacht. Olmy blätterte aufmerksam die Notizen durch, wobei er sich über Patricias persönliche Bemerkungen wunderte.

Nun lag in einer Ecke eine Tafel, dessen silbergrauer Bildschirm leer war. Ein Memoblock steckte in der Öffnung an der rechten Seite der Tafel direkt über der kleinen Tastatur. Olmy wandte den Kopf, um die Position der Wachtposten auszumachen, kniete sich dann neben die Tafel und schaltete sie an. Es war nicht schwer, den Umgang mit dem altertümlichen Gerät zu erlernen; in wenigen Minuten war er damit vertraut und ließ rasch den Inhalt des Memoblocks abrollen. Die verschiedenen Archive überspielte er zur späteren Analyse auf sein Implantat, was ungefähr vier Minuten in Anspruch nahm.

Der erste Eindruck, den er von ihrer Arbeit gewann, zeigte, daß sie ihrer Zeit weit voraus war.

Er ordnete gerade die Blätter so, wie er sie vorgefunden hatte, als einer der Posten ums Zelt kam und in seine Richtung blickte. Olmy, der wußte, daß er sich auf die piktographierte Tarnung verlassen konnte, stand langsam auf.

»Hast du was gehört, Norman?« fragte Sergeant Jack Teague seinen Kameraden.

»Nein.«

»Windstoß oder was? Ich könnte schwören, daß da Papier geraschelt hat.«

»Wieder mal so'n Spuk, Jack, weiter nichts.«

Teague trat vor die Kiste und betrachtete die Blätter.

»Herrgott«, sagte er, »was das wohl ist?« Er beugte sich vor und folgte mit dem Finger einer Zeile von Ziffern und Symbolen. Da waren Groß- und Kleinbuchstaben, senkrechte Doppelstriche, die ihn ans Matrixzeichen aus der Schule erinnerten, Integralzeichen, Exponenten mit Frakturbuchstaben und griechischen Buchstaben, Schnörkel und Dreiecke und schiefe Kreise mit Doppelpunkten in der Mitte, Buchstaben mit Pünktchen wie Umlaute ...

»So'n Durcheinander«, meinte Sergeant Teague und richtete sich wieder auf. Die Haare im Nacken stellten sich auf, und er schnupperte; plötzlich wirbelte er herum.

Natürlich war da nichts. Was hatte er nur erwartet?

## 12. Kapitel

Lanier hatte den Großteil der zweitägigen OTV-Fahrt verschlafen und in Träumen geschwelgt, die Stein und Erde, Vergangenheit und Zukunft munter vermengten.

Er blickte auf seine Armbanduhr und dann ins Gesicht des Geheimdienstagenten, der neben ihm in der Limousine saß. Es blieben ihm achtzehn Stunden Zeit zwischen der Landung in Vandenberg und der Besprechung in Hoffmans Büro im Jet Propulsion Laboratory. Vor den getönten Scheiben huschte eine Wüstenlandschaft vorüber. Der Luftdruck war hoch und die Schwerkraft bedrückend. Trotz der dunklen Autoscheiben war die Sonne heiß und grell.

Er vermißte den Stein.

»Ich hab' noch Zeit übrig«, sagte er.

»Jawohl, Sir.« Der Agent sah mit freundlicher, nichtssagender Miene geradeaus.

»Ist auf eure Diskretion Verlaß?«

»O ja, Sir, keine Sorge«, sagte der Fahrer. Der Agent auf dem Beifahrersitz blickte zu Lanier zurück.

»Miss Hoffman sagt, wir stehen Ihnen zur Verfügung, müssen Sie aber morgen früh um acht lebend und nüchtern in Pasadena abliefern.«

Lanier fragte sich, was Hoffman wohl dazu sagen würde, mit »Fräulein« betitelt zu werden. »Meine Herren«, sagte er, »ich übe mich schon länger, als mir lieb ist, in Enthaltsamkeit. Ein hohes Amt hat seine Bürden, nicht wahr? Gibt es in Los Angeles einen sicheren Ort, wo man ...« – Er suchte einen ebenso antiquierten Begriff wie »Miss« – »wo man Linderung erfahren kann? Verschwiegen, nett, sauber.«

»Ja, Sir«, antwortete der Fahrer.

Zwei Drinks wurden ihm gestattet in einer feinen, aber altmodischen Bar namens Polo Lounge mit den verstaubten Relikten der schlechten alten Zeit des Fernsehens. Gegen fünfzehn Uhr wurden zwei Suiten im Beverly Hills Hotel direkt gegenüber belegt. Die Suite, die er beziehen sollte, wurde von den Agenten gründlich untersucht und dann durch gegenseitiges Zunicken als unbedenklich erklärt.

Endlich war ihm die Illusion von Privatsphäre vergönnt. Er ging unter die Dusche, legte sich aufs Bett und wäre beinahe eingeschlafen. Wie lange würde es dauern, sich ans zusätzliche Gewicht zu gewöhnen? Wie würde es seine Leistung beeinflussen?

Die Frau, die um siebzehn Uhr hereinschneite, war unglaublich schön, überaus freundlich, und ungeheuer – freilich nicht durch ihre Schuld – unbefriedigend. Er stufte seine Leistung als angemessen ein, trotzdem wollte keine rechte Freude aufkommen. Um zehn ging sie wieder.

Lanier hatte sich noch nie einer Prostituierten bedient. Sein Trieb war, von einigen bemerkenswerten Ausnahmen abgesehen, weniger hartnäckig als bei anderen Männern.

Um Viertel nach zehn klopfte es behutsam an seiner Tür. Er öffnete, und der Agent, der den Wagen vom Wüstenlandeplatz in die Stadt chauffiert hatte, machte Meldung über zwei Memoblöcke. »Miss Hoffman läßt schön grüßen«, sagte er. »Wir sind in der Tür gegenüber, falls Sie was brauchen.«

Die Memoblöcke, die er vom Stein mitgebracht hatte und die wertvoller waren als Lanier selbst, waren im Panzerauto am selben Tag noch nach Pasadena gebracht worden. Sicher wurden die Blöcke in diesem Moment von der Präsidentenberaterin gesichtet.

Er schaltete alle Lichter aus, legte sich aufs Bett, starrte an die Decke und überlegte, wie viele der alternden Managertypen in der Polo Bar das Callgirl in ihrem jungen Leben schon bedient hatte.

Er hatte es nie leicht gehabt mit der Lust. Diesmal konnte von Lust keine Rede sein; es war vielmehr darum gegangen, dem Fleisch seine Schuldigkeit zu erweisen. Nach so vielen Monaten des Darbens – an sich war's schon über ein Jahr – schien es einzuleuchten, daß der Körper Bedürfnisse hatte, die er nicht mehr an ihn weiterleitete.

Das würde zumindest auf eine normale Veranlagung schließen lassen. Er hatte schon immer ein schlechtes Gewissen ob seiner Leidenschaftslosigkeit – falls dies das richtige Wort war. Schlechtes Gewissen und Dankbarkeit. Immerhin blieb ihm mehr Zeit zum Denken, ohne ständig abgelenkt oder gar abgedrängt zu werden.

Diese »Leidenschaftslosigkeit«, hatte ihn auch Junggeselle bleiben lassen. Dabei war er durchaus das übliche Maß an Liebschaften eingegangen, wobei jedoch Arbeit und Ehrgeiz immer wieder die Oberhand gewannen. Aus Liebschaften waren meist Bekanntschaften geworden, die wiederum im Freundeskreis unter die Haube kamen.

Typische Verhältnisse.

Schlaf. Bedrückende Träume, schwer und dunkel. Er

war Kapitän eines riesigen Luxusdampfers auf einem schwarzen Ozean. Jedesmal wenn er über die Seite blickte, um den Wasserstand zu beobachten, sank das Schiff ein bis zwei Meter. Am Ende des Traums geriet er in Panik. Die Schwerkraft der Erde zog das Schiff unter Wasser, und er war der Kapitän, und es war das schönste Schiff, das er je geführt hatte. Er verlor das Schiff, brachte es aber nicht über sich, es zu verlassen, indem er aufwachte ...

Am nächsten Morgen gegen acht ging Lanier, mit seiner Aktentasche bestückt, im Geleit von zwei frischen Agenten über den betonierten Hof des Jet Propulsion Laboratory. Er genoß den strahlenden Sonnenschein und empfand das größere Gewicht gar nicht mehr als lästig, so daß er geradezu enttäuscht war, den ganzen Tag in klimatisierten Büroetagen verbringen zu müssen. Die erste der zwei, vielleicht drei anberaumten Sitzungen sollte im VIP-Konferenzsaal stattfinden.

Er schluckte eine Pille, um seine laufende Nase in den Griff zu bekommen, trank einen Schluck Wasser aus einem Messingbrunnen im neu angelegten Park und schlenderte gemächlich vorbei an den schwarzen Schaukästen, die JPL-Projekte vorstellten. Da wetteiferten Marsentwicklungsvorhaben mit Berichten übers Sonnensegel und einem Hologramm der vorgeschlagenen Proxima-Centauri-Sonde.

Unerwähnt blieb die zweite Asteroidengürtelsonde ABE – Asteroid Belt Explorer –, die vor zwei Jahren gestartet worden war.

Lanier und seine Schatten in grauem Anzug ließen sich aus Rücksicht auf seine Schwerkraftsmüdigkeit beim Treppensteigen Zeit und passierten die Sicherheitstür aus Panzerglas. Nachdem er einem Monitor seinen Ausweis gezeigt hatte, sprang eine stählerne Gittertür mit einem angenehmen Summen auf. Die Agenten traten nicht ein. Nun folgte ein Flur, dessen Wände Schaukästen säumten. Maßstabsgetreu verkleinerte

Modelle der bisherigen JPL-Triumphe blitzten und funkelten da hinter Plexiglas: *Voyager, Galileo, Drake* und *Solarsegel*. Da waren außerdem OTV-Modelle und Illustrationen, die das Erforschungsvorhaben der Sterne erläuterten.

Lanier nahm den altmodischen Aufzug in den sechsten Stock, wobei er die aufleuchten Zahlen anstarrte. Als die Aufzugtür aufglitt, erwartete ihn ein weiterer Geheimdienstagent, der wiederum nach seiner ID-Karte verlangte. Lanier zog die Karte aus der Tasche und hielt sie neben sein Abzeichen. Der Agent bedankte sich lächelnd, während Lanier ohne Begleitung zum Konferenzraum weiterging.

Hoffman saß am Ende eines langen schwarzen Tisches. Berge von Unterlagen, zwei Tafeln und ein Häuflein Memoblöcke lagen vor ihr bereit. Zu ihrer Linken saß Peter Hague, der Repräsentant des Präsidenten bei ISCCOM, und zu ihrer Rechten Alice Cronberry, Expertin für Sicherheitsfragen in der Luft- und Raumfahrt und Projektleiterin des zweiten ABE. Lanier ging um den Tisch herum und begrüßte mit einem Händedruck zunächst Hoffman, deren Hand er herzlich mit beiden Händen drückte, dann Cronberry und Hague.

»Ich sehe, Joint Space Command und die Joint Chiefs haben keine Vertreter hier«, stellte er fest, während er am anderen Tischende Platz nahm.

»Darauf kommen wir gleich zu sprechen«, sagte Hoffman. Sie war älter geworden seit der letzten Begegnung; ihr Haar war grauer, sie wirkte matronenhafter, und aus ihren Lachfalten waren eher Kummerfalten geworden. »Siehst fit aus, Garry.« Sie wollte höflich sein.

»Fühle mich nicht besonders fit.«

»Wie geht's mit Patricia Vasquez?«

»Den Umständen entsprechend. Da ich weggeholt wurde, hatte ich noch keine Gelegenheit, ihr beim Arbeiten zuzusehen, und Ergebnisse hatte sie noch keine.«

»Verstehe«, sagte Hoffman. »Du bist dir also in bezug auf sie nicht sicher.«

»Tja«, erwiderte Lanier. »Nicht weil ich meine, sie wäre nicht fähig oder die Beste auf ihrem Gebiet – was immer das sein mag –, sondern weil sie so jung ist. Die Bibliothek war ein ordentlicher Schock für sie.«

Cronberry legte die rechte Hand flach auf den Tisch und rückte leicht von ihm ab. »Es war für uns alle ein Schock«, bemerkte sie.

Hoffman schob ihm einen Bogen Papier zu. »Wir haben das Material, das du uns mitgebracht hast, aufmerksam studiert und bereits den Abschlußbericht an den Präsidenten fertiggestellt.«

»Bevor Vasquez uns was zu sagen hat?«

»Ich bezweifle, daß sie uns sagen wird, was wir hören möchten. Nenn es Instinkt, aber ich glaube, wir stecken tief in der Klemme.« Hoffman fixierte mit den Augen einen imaginären Punkt oberhalb von Laniers Schulter. »Wir haben einige Informationen aus der Bibliothek nachgeprüft.«

Lanier betrachtete gespannt ihre Gesichter. Sie waren alle sehr bekümmert; obwohl sie versuchten, ihre Gefühle zu verbergen, entging ihm das nicht.

»Und?«

»Es gibt Abweichungen.«

»Gott sei Dank«, sagte er. Hoffman hob die Hand.

»Keine großen Abweichungen. Angesichts der Informationen aus der Bibliothek und den bisherigen Entdeckungen – vom zweiten ABE und anderswo – sind wir übereinstimmend der Meinung, daß mit Krieg zu rechnen ist. Wir haben die geschichtlichen Angaben zu Parteisekretär Vasiliew überprüft. Er hat den Verteidigungsrat neu organisiert, wie's in der Bibliothek angegeben ist. Die Russen stationieren die SS-45 auf ihren Flugzeugträgern der Kiew-Klasse und Mittelstreckenraketen der Kirow-Klasse und natürlich die Taifun und Delta IV der U-Boot-Kategorie als Antwort auf unser *Sea*

*Dragon*-Programm. Sie schaffen es tatsächlich, unser multispektrales Laserkommunikationssystem zunichte zu machen, womit sie gegen das Waffeneliminierungsabkommen von 1996 verstoßen – was an sich ohne Belang ist, denn Waffen wurden zu keiner Zeit eliminiert.«

Lanier nickte.

»Wir mußten echt auf den Tisch hauen, um der Joint Space Force die Information über die multispektralen Systeme zu entlocken«, bemerkte Cronberry. »Das ist ein Grund, warum DOD und Joint Chiefs keine Vertreter geschickt haben.«

»Das ist nicht das Schlimmste«, fuhr Hoffman fort. »Der Kongreß stellt bezüglich unseres Budgets Nachforschungen an. Wir sind deutlich innerhalb des zugebilligten Rahmens geblieben, so daß diese Skepsis unlogisch erscheint, es sei denn ... man zieht in Betracht, daß vermehrt versucht wird, die Bibliothek, den Stein, uns alle in Abrede zu stellen. Der Präsident ist überzeugt – überzeugt worden von verschiedenen Kabinettsmitgliedern –, daß der Stein entweder ein Schwindel oder eine Lappalie ist.«

Lanier biß die Zähne zusammen, daß die Kiefer schmerzten. »Aber warum?«

»Ich vermute, der Präsident versteht einfach nicht, was auf dem Stein entdeckt wurde. Er ist ein gediegener Liberaler aus dem mittleren Westen, wissenschaftlich und technisch absolut unbedarft. Ein Verwaltungsmensch ohne Phantasie. Was den Weltraum angeht, war er schon immer unsicher, und das hier übersteigt schlichtweg seinen Horizont.«

Cronberry holte aus ihrer Aktentasche eine Kopie, ein Schreiben auf Briefpapier des Weißen Hauses, das sie Lanier reichte. Im Endeffekt besagte das Schreiben, daß der Präsident sich mit dem Gedanken trage, eine offizielle Untersuchung darüber einzuleiten, wie die Erforschung des Steins bislang gehandhabt wurde. »Dieses

Schreiben wurde verfaßt, nachdem wir die ersten Berichte vom zweiten ABE-Team ins Weiße Haus weiterreichten und das Bibliotheksmaterial als authentisch bestätigt war.«

»Wir wollten den Vizepräsident bis zum Ende der Woche auf den Stein bekommen, aber er lehnte die Einladung dankend ab«, sagte Hoffman.

»Welche Position beziehen die Russen zum Stein?« fragte Lanier.

»Sie starteten vor zwei Jahren insgeheim eine eigene Sonde in den Asteroidengürtel. Die Sonde lieferte noch vor oder gleichzeitig mit unserer ABE die Bestätigung. Sie wissen, daß es tatsächlich einen sehr großen Asteroiden gibt, der dem Stein aufs Haar gleicht.«

»Juno?«

»Ja. Die Übereinstimmung ist perfekt – bis auf die Aushöhlungen.«

Lanier erfuhr zum ersten Mal von der Bestätigung, die der zweite ABE geliefert hatte. »Also sind Juno und der Stein an sich ein und dasselbe.«

Hoffman schob ihm eine Akte mit Fotos von ABE und erdnahen Überwachungssatelliten zu. Ein ABE-Bild zeigte Juno, einen kartoffelförmigen Brocken von planetarem Urmaterial, mit Furchen und Kratern übersät. Der Stein war identisch, wies aber Aushöhlungen auf und Mulden an den vertieften Bohrlöchern. »Mein Gott«, sagte Lanier.

»Ich glaube, der hat damit nichts zu tun«, meinte Hoffman. »Schon eher Konrad Korzenowski.«

»Jedenfalls werden die Russen«, erklärte Hague, »ihr Team innerhalb von drei Wochen oder schon eher abziehen. Sie sind verärgert, weil wir ihnen die volle Bewegungsfreiheit verweigern, während die Chinesen sogar bis in die siebte Kammer dürfen. Das ist ihre Begründung, und keine schlechte. Ich würde mich auch ärgern! Aber es erklärt längst nicht alles.«

»Sie willigten in diese Aufteilung ein, als wir voriges

Jahr die Zuständigkeiten der verschiedenen Teams festlegten«, erklärte Lanier stirnrunzelnd.

»Ja, aber offenbar gibt es noch mehr undichte Stellen«, meinte Hague.

»Herrje!« *Wer?*

»Und sie behaupten jetzt«, fuhr Hague fort, »daß wir sie in bezug auf den Inhalt der Bibliotheken hinters Licht geführt haben.«

»Zugegebenermaßen«, räumte Hoffman mit einem zaghaften Lächeln ein.

»Kommt das wissenschaftliche Team ohne die Russen zurecht?« fragte Cronberry.

»Ja. Sie arbeiten hauptsächlich an der Theorie zur Erklärung der Energieversorgung der kammerinternen Plasmaröhre. Wir kommen ohne sie aus, aber es werden sich wichtige Forschungsarbeiten verzögern oder gar nicht mehr verwirklichen lassen. Wie steht's mit Beijing?«

Cronberry blätterte eine Personalakte durch. Hague griff über den Tisch und zog ein Blatt heraus. »Karen Farley hat die chinesische Staatsbürgerschaft und arbeitet auf dem Gebiet der theoretischen Physik, stimmt's?«

»Ja. Sie hat sich in vielerlei Hinsicht nützlich gemacht.« *Ach bitte, nicht Farley – nicht Wu und Chang ...*

»Sie und ihre Kollegen müssen abgezogen werden, falls die Russen gehen.«

»Ich sehe keinen Zusammenhang«, wandte Lanier ein.

»Die Chinesen riechen Lunte«, erklärte Hoffman. »Wenn die Russen glauben, daß sie hinters Licht geführt und bei wichtigen Entscheidungen ausgesperrt werden, so haben die Chinesen Anlaß zu ähnlichen Beschwerden. Ihre Anwesenheit ist für uns vielleicht vorteilhafter als für sie selber.«

»Ich kann nicht glauben, daß Russen und Chinesen auf ihren Platz auf dem Stein verzichten. Ich würd's nicht.«

»Tun sie nicht«, erwiderte Hoffman. »Wir haben Grund zur Annahme, daß sowohl die Russen als auch die Chinesen Spitzel im Sicherheitsteam und vielleicht sogar im wissenschaftlichen Team haben. Des weiteren gehen interessante Aktivitäten im russischen Orbitalraum und auf dem Mond vor sich. Ganz zu schweigen von der erhöhten Aktivität in Tyuratam und auf dem Raketenabschußgelände im Indischen Ozean.«

»Invasion von Mond und Erde?«

Hoffman schüttelte den Kopf. »Alles Kinkerlitzchen im Vergleich zur großen Frage. Hat Vasquez noch gar nichts gesagt? Was meint sie zu Parallelwelten, was zu Alternativvergangenheit?«

»Sie hatte noch nicht die Zeit, große Reden zu schwingen«, erklärte Lanier ruhig. »In ein paar Wochen wissen wir vielleicht mehr.«

»Ich verstehe den Standpunkt des Präsidenten. Es fällt mir sehr schwer, an so was zu glauben«, sagte Cronberry. »Muß man annehmen, daß der Stein von *unserer* Zukunft kommt?«

»Nein«, entgegnete Lanier. »Der Stein kommt aus einem anderen Universum, das mit dem unseren nicht identisch ist. Soviel ist sicher. Es bestehen offenkundige Unterschiede.«

»Kein Stein in der Vergangenheit des Steins«, bemerkte Hague.

»Ganz richtig.«

»Und wir haben keine Möglichkeit, in Erfahrung zu bringen, inwiefern der Stein den Lauf unserer Geschichte beeinflußt.«

»Er verändert viel, würde ich meinen«, bemerkte Hoffman, »wenngleich nicht zum Guten.« Sie hielt einen Memoblock mit der Aufschrift »Pflanzenphysiologische Veränderungen unter Plasmaröhrenbedingungen« hoch. »Persönlich angefertigt?« fragte sie Lanier, während sie den Würfel an Cronberry und Hague weiterreichte.

Lanier nickte. »Im S-Code. Eine Zusammenfassung unserer besten Quellen, meist aus der Bibliothek in der dritten Kammer. Die dritte Kammer steht bei Vasquez in wenigen Tagen an.«

»Was wird hier zusammengefaßt?« wollte Hague wissen, der das Ding mit der Hand abwägte.

»Die ersten beiden Kriegswochen.«

Cronberry zuckte zusammen.

Hoffman nahm eine Tafel, programmierte sie auf S-Code, steckte den Block ein und sichtete das Material. Ihr Gesicht wurde kreidebleich. »Sehe ich zum ersten Mal«, sagte sie. »Es handelt sich hauptsächlich um historisches fotografisches Dokumentationsmaterial, das von den Truppen beider Seiten angefertigt worden ist. Gegen Ende ist zum Teil eine Chronik des Langen Winters zusammengestellt.«

»Das ist also keine bloße Theorie mehr«, kommentierte Hague.

Lanier schüttelte den Kopf.

»Wie lange war ... wird ... der Winter sein?« fragte Cronberry, die sich die Tafel zögernd von Hoffman zureichen ließ.

»Ein, zwei Jahre in der Intensivphase.«

Hague nahm die Tafel von Cronberry in Empfang. »Dieses Material stammt garantiert aus der Bibliothek der dritten Kammer?«

Lanier schluckte betroffen und antwortete dann gereizt: »Ich hätt's mir wohl kaum aus dem Ärmel schütteln können.«

»Natürlich nicht«, sagte Hoffman. »Falls die Bibliotheken recht haben, falls unsere Welten auf diese Weise zusammenfallen, dann bleiben uns noch etwa sechzehn Tage?«

»Ob so oder so, bis dann wird Klarheit herrschen«, antwortete Lanier. »Obwohl das Wissen um die Ereignisse sich bestimmt entscheidend auf die Folgen auswirken wird. Falls – *falls* – es überhaupt dazu kommt.«

»Wir berufen für morgen mittag ein Gespräch mit den Russen ein«, sagte Hoffman. »Ganz zwanglos. Sie haben um deine Teilnahme gebeten. Mr. Hagues Abteilung hat den Außenministerium und DOD die Erlaubnis für das Treffen abgerungen. Falls die Gespräche erfolgreich verlaufen, werden weitere Begegnung auf Ministerebene folgen. Und sollten wir den Präsidenten bis zur nächsten Woche überzeugen können, dann wird vielleicht ein Gipfeltreffen arrangiert.« Sie blinzelte langsam in seine Richtung und fixierte nach wie vor den imaginären Punkt oberhalb seiner Schulter. Es war nicht ganz das tausendjährige Starren eines kriegsmüden Veteranen, aber fast.

## 13. Kapitel

Die Stadt in der dritten Kammer war der nächste Schritt.

Nach dem Ausflug zu den Schächten des ersten Zirkels und nach dem Studium der Bücher, die Lanier ihr in der Bibliothek von Alexandria zusammengestellt hatte, wuchs Patricia – entsprechend abgestumpft – nahtlos in die Materie hinein. Es war ein Spiel, eine Übung, nicht mehr wirklichkeitsbezogen als die schrulligen mathematischen Spielereien, die sie sich als Teenager ausgedacht hatte.

Sie war in den letzten beiden Wochen unzählige Male *unter* der Stadt Thistledown hindurchgefahren. Allerdings war die dritte Kammer die bestbewachte der ersten fünf. Keiner der Züge hatte dort gehalten – bis jetzt.

Rupert Takahashi begleitete sie vom U-Bahnhof hinauf zu den ebenerdigen Gehsteigen.

Takahashi diente dem wissenschaftlichen Team in einer ungewöhnlichen Funktion. Sein Titel als Mathematiker wäre eine völlig unzureichende Beschreibung seines Tätigkeitsfeldes gewesen; scheinbar wechselte er von einem Interessengebiet ins nächste, wobei er tageweise bald mit der einen, bald mit der anderen Gruppe arbeitete. Er war mehr als ein Generalist: er war ein Generalist mit einem speziellen Ziel, nämlich die mathematische und statistische Exaktheit innerhalb der verschiedenen Wissenschaftlergruppen zu überwachen. Das erklärte, wie es dazu kam, daß er mit Professor Rimskaya an der vorläufigen Korridor-Theorie arbeitete; sie hatten nämlich dieses Thema angerissen, als Takahashi Rimskayas Bevölkerungsstudien nachrechnete.

Die Stadt Thistledown, zwei Jahrhunderte jünger als Alexandria, war verblüffend. Sie war erbaut worden nach dem Abflug des Steins, so daß die erst nach langjähriger Erfahrung der Bewohner mit ihrer Umgebung gereiften Einsichten bei der Gestaltung zum Tragen kamen. Hier hatten sich die Architekten des Steins alle Freiheiten genommen. Die Kammer als riesiges Tal betrachtend, hatten sie von Kappe zu Kappe Trossen gespannt und in beschwingter Folge mit Gebäuden behängt. Die Krümmung des Talbodens nutzend, hatten sie zehn Kilometer lange, gewölbte Strukturen errichtet, Bänder aus Stahl und behandeltem Steinmaterial, die zu silber-weißen Mustern verschlungen waren und weiche Schatten auf die Umgebung darunter warfen. Manche dieser Strukturen erhoben sich bis zur Grenze der Atmosphäre; diese waren oben sogar dicker als unten.

Obwohl verlassen, wirkte die Stadt Thistledown lebendig. Der geringste Anschein von Menschen genügte, und sie würde zum Leben erwachen, dachte Patricia; ein paar hundert Bürger, die von Haus zu Haus gingen, ungewöhnlich gekleidet in bunte, fließende Gewänder, die zu den beschwingten Bögen und Kurven und Wölbungen paßten, in grellen Farben als Kontrast zum gedämpften Weiß und Beige und zum Metallic der Stadt.

Die Hauptbibliothek war praktisch unter einem ausladenden Anbau versteckt, der wiederum ein kopfstehendes, wenn auch kleineres Kegelgebilde war. Takahashi hatte gesagt, es sei nicht weit zu Fuß, also spazierten sie los über Plätze und Fußgängerbrücken und an Straßen entlang, auf denen es einst wohl gewimmelt hatte von Fahrzeugen, hauptsächlich computer-gesteuert und unbemannt. »Die Fahrzeuge sind verschwunden«, bemerkte Takahashi. »Wir wissen nur noch von Aufzeichnungen, wie sie einst ausgesehen haben. Sie sind vermutlich beim Auszug eingesetzt worden.«

Patricia versuchte sich die Millionen von Steinbewohnern vorzustellen – eine solche Zahl hätte allein die Stadt Thistledown mühelos beherbergen können –, wie sie in ihren Roboterautos durch den Korridor davonpilgerten.

Der Eingang zur Bibliothek bestand aus einer massiven Platte, die an schwarzen Marmor erinnerte. Als sie nähertraten, erklang über Lautsprecher eine Stimme, die sie – zwecks Identifikation – zum Stehenbleiben aufforderte. Ganze zwei Minuten standen sie da, bis sie endlich passieren durften.

Eine breite Halbellipse öffnete sich in der schwarzen Platte. Dahinter wartete das obligatorische Sicherheitsteam in Grau und Schwarz, das sie nach einer weiteren Prozedur einließ. Das Innere der Bibliothek war hell erleuchtet; eine Notbeleuchtung war hier nicht erforderlich. »Sicherungen intakt in Thistledown«, bemerkte Takahashi. »Dabei wissen wir nicht mal, wie der Strom in die Lampen kommt und woher er überhaupt stammt.«

Die eigentliche Bibliothek war insgesamt kleiner als die Schwester – oder Vorgängerin – in Alexandria und verfügte über keinerlei sichtbare Medien. Das Erdgeschoß bestand aus einem Innenhof mit pastellblauem Teppichboden unter einem weißschimmernden, folienartigen Himmel, der sich freitragend über hundert Meter spannte. Der Raum war mindestens mit tausend lindgrünen Polstersitzen bestuhlt. Vor jedem Platz stand ein schiefergraues Podest mit einem Chromkügelchen darauf.

Material und Stoffe in der Bibliothek zeigten keinerlei Spuren von Abnutzung oder Alter.

Takahashi führte sie zu einem Platz, der umringt war von Steuerungs- und Aufzeichnungsgeräten, die völlig deplaciert wirkten und offensichtlich von den Eindringlingen aufgestellt worden waren. »Normalerweise verwenden wir das hier, aber du kannst dir natürlich auch einen anderen Platz aussuchen.«

Patricia schüttelte den Kopf. »Ich mag dieses Zeug nicht«, sagte sie und deutete auf die Geräte. Dann ging sie durch die Sitzreihen und suchte sich etwa zwanzig Meter weiter einen Platz aus, wo sie sich setzte.

Takahashi folgte ihr. »Von hier kannst du den ganzen Stein besichtigen – wie er einmal gewesen ist«, erklärte er. »Wie wär's mit einer Tour durch die Städte, als sie noch bewohnt waren?« Er schob einen verkleideten Deckel in der Armlehne auf und zeigte ihr, wie das einfache Tastenfeld darunter zu bedienen war. »Das sind nur die Grundlagen. Darüber hinaus gibt's noch Hunderte von Tricks. Bitte sehr, du darfst ruhig experimentieren. Mach mal Urlaub! Ich warte inzwischen draußen, da Zuschauen keinen Spaß macht und ich hier weiter nichts zu tun habe als dich einzuweisen. Komm nach, wenn du fertig bist! Sagen wir – so in einer Stunde?«

Es war ihr eher unangenehm, allein in dem hofähnlichen Raum zu sein; daß Lanier in der Bibliothek von Alexandria bei ihr geblieben war, dafür war sie ihm dankbar gewesen. Dennoch erklärte sie sich mit einem Kopfnicken einverstanden und setzte sich bequem zurecht, während sie mit einer Hand die Tastatur bediente. Eine simple, runde Grafikanzeige erschien vor ihr, die gestochen scharf und dicht wie zum Anfassen war. Takahashi hatte sie in einem Punkt falsch eingewiesen, denn ihr Gefummel löste ein Lehrprogramm aus. Es korrigierte ihre Fehler und erläuterte – in nahezu perfektem amerikanischen Englisch – die korrekte Bedienung des Geräts. Dann nannte es Rufnummern und Codes für andere Informationen.

Sie rief eine Einführung für Studenten in die Stadt der zweiten Kammer ab. Im nächsten Augenblick war sie von Alexandria umgeben. Sie hatte den Eindruck, auf einem der unteren Balkons eines der Mega-Häuser zu stehen und auf eine belebte Straße zu schauen. Die Illusion war vollkommen – versorgte sie sogar mit der Erinnerung, wie »ihr« Apartment aussah. Sie konnte den Kopf drehen und hinter sich blicken, wenn sie wollte; sie konnte sogar umhergehen, obwohl sie wußte, daß sie saß.

In beiden Ohren – oder irgendwo in ihrer Schädelmitte – erläuterte eine Stimme, was sie sah.

Sie blieb eine halbe Stunde in Alexandria und betrachtete die Kleider, die getragen wurden, die Gesichter, die Frisuren, die Mienen und das Benehmen insgesamt. Die eine oder andere Mode gefiel ihr. Zuweilen war die Kleidung eher züchtig. Am beliebtesten in jener dargestellten Epoche war bei Damen eine opake Robe – gewöhnlich in Pink oder Orange – mit Kapuze und einer kleinen, lachsroten Scheibe aus irgendeinem duftigen Material. Manche Damen trugen ein sechseckiges blaues Zeichen an der linken Schulter ...

(»?«
*Für Informationen über Dienst- und Rangabzeichen bitte folgenden Code sprechen ...)*

... und andere eine rote Schärpe über der rechten Schulter mit goldenen Perlen daran. Die Männlichkeit kleidete sich nicht minder pompös oder schlicht; die Unterschiede schienen auf sexuelle Neigungen hinzuweisen, die sich im Vergleich zu Patricias Zeitgenossen offenbar gewandelt hatten.

Sie hörte sie sprechen. Es war ein eigenartiger Kauderwelsch, der an Walisisch erinnerte, aber englische oder französische Brocken enthielt.

(»In welcher Sprache hast du – hat die Maschine – zu mir gesprochen und woher weißt du?«
*Englisch des ausgehenden einundzwanzigsten Jahrhunderts, die früheste Sprache ohne speziellen Code, die zur Verfügung steht und ausgewählt wurde aufgrund deiner Unterhaltung vor dem Datenzugriff.)*

Während ethnische Gruppen sich nach wie vor die angeglichene Muttersprache bewahrten, ging aus vielen Sprachen eine gemeinsame Sprache hervor – obwohl sprachliche Moden, wie sie unterschwellig belehrt wurde, auf kurze Sicht ungleich vielfältiger Verbreitung fanden. Rasche Veränderungen waren möglich geworden aufgrund des beschleunigten Lernvorgangs durch didaktische Medien wie diejenigen in der Bibliothek. Jede Sprache, jeder Jargon war innerhalb weniger Stunden oder Minuten erlernbar.

Was die Schrift anging, so zeigte sich, daß die Schreibweise oft vereinfacht oder – paradoxerweise – verkompliziert worden war. Gab es eine Zeit, als Schnörkel und Zierwerk in Mode waren?

*(Das ist der berühmte Nader Plaza, der mit Architekturpreisen überhäuft worden war, bevor das Schiff Thistledown die Erde verließ ...)*

Sie nahm fasziniert auf, was sie hörte und sah. Manche Männer liefen hemdsärmelig in einer Art Schottenrock herum, während andere Geschäftsanzüge trugen, die durchaus ins Los Angeles des einundzwanzigsten Jahrhunderts gepaßt hätten. Schuhe schienen völlig aus der Mode gekommen zu sein. Vielleicht lag das daran, daß die automatisierte Stadtreinigung überall für makellose Sauberkeit sorgte.

(Wie steht's mit sozialen Randgruppen? Ghettos? Siedlungen?)

Es wurde in eine andere Szene übergeblendet.

*(Soziale Unruhen sind in Alexandria und im übrigen Stein nicht unbekannt. Gewisse Bezirke sind von der städtischen Versorgung ausgespart. Die Bürger dieser Bezirke haben sich aus*

*religiösen Gründen dafür entschieden, auf alle modernen Annehmlichkeiten zu verzichten, und meiden tunlichst sämtliche Erfindungen, die nach dem zwanzigsten Jahrhundert aufgekommen sind. Ihre Wünsche werden streng beachtet; es handelt sich oft um verdiente Bürger, die ein Recht auf ihren Glauben haben, daß die Technik zum Tod geführt hat und Gott von uns will, auf alle Mittel zu verzichten, die im Werk des Edlen Nader und seiner Apostel vom Berg nicht verzeichnet sind.)*

Sie hatte den Namen Nader einige Male gehört, aber es dauerte eine Weile, bis sie den richtigen Gebrauch der Funktion »Fußnote« beherrschte. Dabei fragte sie Erklärungen ab, die jeder Steinler als bekannt vorausgesetzt hätte. Dies löste wiederum einen Abriß der Geschichte des Steins und der Zeit zwischen dem Tod und dem Bau der Thistledown aus.

Sie war ziemlich schockiert, als sie hörte, daß es sich beim Edlen Nader tatsächlich um Ralph Nader handelte, den Verbraucherschützer und kritischen Mahner, der in den sechziger und siebziger Jahren des zwanzigsten Jahrhunderts für großes Aufsehen gesorgt hatte. Er lebte noch, daheim auf der Erde – ihrer Erde, der Erde ihrer Zeit. In den Bibliotheksaufzeichnungen wurde sein Name jedoch mit Hochachtung gebraucht. Er war stets der »Edle Nader« oder der »Gute«. Die nach ihm benannten Naderiten waren eine bedeutende politische Kraft, und das schon seit Jahrhunderten. Oder vielmehr – *würden es sein.* Patricia nahm sich vor, von nun die Zeit streng physikalisch als Aufeinanderfolge zu betrachten und keine Einteilung in Vergangenheit, Gegenwart oder Zukunft mehr vorzunehmen.

Nach dem Tod, dem tückischen Langen Winter und den Revolutionen der Wiederaufbauzeit kam in den Trümmern von Westeuropa ein Spanier namens Diego Garcia de Santillana an die Macht, der sich der Zurück-zum-Leben-Bewegung verschrieben hatte. Er begründete den Ruf nach einer versuchsweisen Weltregierung. Im folgenden Jahr 2010 *(es sind nur noch fünf Jahre bis da-*

*hin,* sagte sich Patricia, die damit ihren Vorsatz brach) bildeten sich die ersten Naderitenkoalitionen in Nordamerika. Nader, während des Todes zum »Märtyrer« geworden, war erwählt worden wegen seines unerschrockenen Kampfes gegen die Atomkraft und übertriebene Hochtechnologie. Ob seine Erhöhung nun verdient war oder nicht, er wurde zum Heiligen, zum Helden der Ödlandflächen, die nach wie vor erfüllt waren von Furcht und Zorn gegen das, was der Mensch sich angetan hatte. 2011 vereinnahmten die Naderiten die Zurück-zum-Leben-Anhänger, und die wieder emporkommenden Regierungen von Nordamerika und Westeuropa schlossen einen Pakt zur Zusammenarbeit ab. Naderische Regierungen wurden mit überwältigender Mehrheit an die Macht gewählt und versuchten sofort, die Hochtechnologie und nukleare Forschung zu bändigen. »Landwirtschaft!« wurde zur Parole eines Drittels der Welt, und die Stürmer – eine elitäre, wiewohl etwas obskure Vereinigung – schwärmten in die Welt aus und »gewannen« zaudernde Regierungen für ihre Sache. In Rußland brachte die Revolution von 2012, die von Naderischen Sympathisanten angestachelt worden war, den letzten Volksrat der UdSSR zu Fall, der sich bereits ins Zentrum seiner Macht, die Sowjetrussische Sozialistische Bundesrepublik, zurückgezogen hatte. Im gesamten Ostblock gewannen die Nationen ihre politische Unabhängigkeit zurück und wandten sich meist den Naderiten zu.

Das erklärte zumindest das häufige Vorkommen von »Nader« in den Aufzeichnungen. Zwischen 2015 und 2100 festigten die Anhänger des »Guten« ihre Macht über ein Drittel des Erdballs. Zäher Widerstand wurde ihnen in diesen Jahrzehnten nur in Asien entgegengesetzt, wo die Großasiatische Kooperative – bestehend aus Japan, China, Südostasien (sporadisch) und Malaysia – sich vom Naderismus lossagte und für die Technik begeisterte, so daß Forschung, Hochtechnologie und sogar Atomkraft fröhliche Urständ feierten. Die erste wirkliche Opposition gegen die Naderiten im Westen formierte sich im Jahre 2100 in den Reihen der Volksbewegung von Großdeutschland.

Patricia schaltete das Gerät ab und lehnte sich, die Augen reibend, zurück. Die Informationen waren teils in Druck, teils in ausgewählten Bildern und teils in noch kritischer ausgewähltem Originalton übermittelt worden. Sofern dokumentarische Belege in Multimedia-Art nicht zur Verfügung standen, wurde mit Texten gearbeitet, die allerdings verbal – unaufdringlich, aber deutlich – unterlegt waren. Im Vergleich dazu mutete bloßes Lesen qualvoll und die gegenwärtigen Videomethoden altertümlich an wie Höhlenmalerei.

Patricia hätte gut ihr ganzes Leben hier verbringen und als ewiger Schüler das Wissen aus Jahrhunderten aufsaugen können, die weder sie noch ihre Vorfahren durchlebt hatten.

Angesichts der Alternative, die ihr zur Wahl stand, schien diese Möglichkeit sehr verlockend.

Schon war die Stunde fast vorbei.

Sie schaltete sich noch einmal kurz ins System und verlangte Auskunft über den Korridor, den Auszug der Steinbewohner und die Räumung der Städte. Jedesmal schwebte ihr auf dem Bildschirm eine sehr anschauliche stachliche Kugel entgegen, die eine Sperre darstellte.

Als Patricia draußen zu Takahashi stieß, der seelenruhig die erste Zigarette, die sie auf dem Stein sah, rauchte, streckte und reckte sie sich. »Hierher werde ich öfter kommen müssen.«

»Sicher.«

»Wohin jetzt?«

»Kleine Rundfahrt. Zu Fuß ist es zu weit, also fahren wir mit dem Laster.«

Der Fuhrpark der dritten Kammer war untergebracht in einer Wellblechgarage, die sich wie ein Fremdkörper an die Basis eines der kammerüberspannenden Bögen lehnte. Ein U-Bahn-Eingang lag in der Nähe; die Linien, die in Thistledown einst betrieben worden waren, waren allerdings eingestellt; wenn man von einer Anschlußstation zu irgendeinem anderen Punkt in der Stadt wollte, mußte man im Laster auf den schmalen Wartungsstraßen fahren.

»Ich bekomme in der Bibliothek keinerlei Auskunft über den Auszug«, sagte Patricia, als Takahashi einen Laster inspizierte. Er bückte sich und warf einen Blick unters Chassis, richtete sich wieder auf und rieb sich die Hände.

»Daran arbeiten gerade die Archäologen. Wir sollten rechtzeitig zurückfahren, um ihren wöchentlichen Bericht zu hören; der ist um elf.« Er warf einen Blick auf seine Armbanduhr. »Es ist jetzt ... hm ... neun. Bestens. Wollen wir?«

Er hielt ihr die Fahrertür auf. »Schon Fahrstunden gehabt?«

Patricia schüttelte den Kopf.

»Dann wird's höchste Zeit, meinst du nicht auch?«

Sie zuckte nervös die Achseln.

»Ist gar nicht schwer. Besonders hier. Die Wartungsstraßen sind leicht zu befahren. Wir kennen die Codes an den Wänden, die von den Service-Maschinen benutzt worden sind – nicht unähnlich unseren Balkencodes auf der Erde. Ersetzen Verkehrszeichen. Brauch' nur 'nen Lesestift auf die Zeichen an den Ecken zu richten, und wir wissen, wo wir sind. Ich sage dir, wenn du abbiegen mußt. Die Wartungsstraßen sind mit Mauern eingefaßt; man kann also nicht runterfallen, selbst wenn man möchte. Okay?«

»Okay.«

Er nahm auf dem Beifahrersitz Platz und zeigte ihr das Steuerknüppelsystem. »Es ist praktisch wie im Flugzeug – drück den Knüppel vor, und der Wagen fährt vorwärts; je weiter vor du drückst, desto schneller fährt er – bis zu hundert Sachen. Langsamer wird das

Ding, wenn du den Hebel zurück in Senkrechtstellung ziehst. Den Hebel zu dir ziehen, und du fährst rückwärts – bis zu zehn Sachen. Getriebe schaltet automatisch. Nimm den Griff am waagrechten Hebel und dreh ihn in die Richtung, in die du fahren willst. Wenn du auf der Stelle wenden willst, ohne vorwärts oder rückwärts zu fahren, dann hältst du den Knüppel in der Senkrechten und drehst den Steuerhebel bis zum Anschlag. Der Wagen wird sich um die Mittelachse drehen. Etwas Übung gefällig?«

»Klar.« Sie manövrierte den Laster in der Garage vor und zurück. Mit dem senkrechten Hebel zu bremsen war zunächst noch ungewohnt. Als sie glaubte, das Fahrzeug einigermaßen sicher zu beherrschen, sagte sie mit einem Lächeln zu Takahashi: »Fahren wir!«

»Das geht ja schnell bei dir, was?«

»Wart erst mal ab«, warnte sie.

»Okay. Wenden.« Er deutete auf die nächste Straßeneinmündung.

Die von Mauern gesicherten Wartungsstraßen verliefen durch die Gebäude der Stadt und darunter, wobei die Steigungen maximal zehn bis fünfzehn Prozent betrugen. In einem Abschnitt fühlte man sich allerdings wie auf einer Achterbahn. Takahashi redete ihr schmeichelnd zu und jagte sie so über Berg und Tal. »Passierten gerade den Versorgungsknoten dieses Abschnitts«, erklärte er.

Wenn die Wartungsstraßen durch Tunnels führten und wo Bögen und andere Gebilde das Röhrenlicht größtenteils abschirmten, verbreiteten große, milchige Scheiben warmes Licht. Überhaupt waren in der Stadt keine Schatten zu entdecken; alles war gleichmäßig ausgeleuchtet.

Takahashi empfahl ihr ein geringeres Tempo, als sie sich einer Gabelung in der Wartungsstraße näherten. Er nahm einen Lesestift aus seiner Tasche und richtete ihn auf ein Gewirr von Strichen in unterschiedlichen Stärken am Ende der linken Mauer. Der Stift war mit seiner Tafel verbunden, die nun eine Karte darstellte mit digitalen Koordinaten und Richtungshinweisen zu nahegelegenen Punkten. »Links«, sagte er. »Gleich kommen wir in den Wohnblock. Durch die Hintertür sozusagen.«

Die Wartungsstraße verlief nun unterhalb des Innenhofs eines glitzernd vergoldeten Turms. Lichter blitzten ihnen beim Einfahren entgegen, aber die Form des Laster – oder ihre Anwesenheit im Führerhaus – löste keine automatischen Reaktionen aus.

»An der offenen Tür vorne anhalten!« sagte Takahashi.

Ein Schild, das an einer Kette hing, versperrte den Durchgang. Nachdem Patricia das Fahrzeug angehalten und die Feststellbremse betätigt hatte, las sie das Schild.

BEFAHREN UND BETRETEN VERBOTEN!
Y. JACOB; DIREKTOR
DES ARCHÄOLOGISCHEN TEAMS

»Und das ist sein Ernst«, bemerkte Takahashi trokken. »Absolut tabu, der Bereich hinter dem Schild. Sie haben dieses Gebäude schon durchgesehen; deshalb dürfen wir rein. Aber nichts anfassen.«

Sie kletterten auf einen hüfthohen Sims und gingen gebückt durch einen Durchgang. Sämtliche Türen wurden durch neu installierte Schlösser und Ketten offengehalten. Patricia bemerkte weitere Sensoren, die zum Teil mit silberglänzendem Band überklebt waren, an Wänden, Boden und Decke.

»In diesem Gangsystem wurden Nahrungsmittel und andere Bedarfsgegenstände für diesen Block angeliefert. Automatische Loren verteilten die Waren auf die entsprechenden Förderbänder, von wo aus sie in die jeweiligen Geschosse gelangten. Von jetzt an sind wir allerdings keine Ware mehr, sondern Menschen.«

Durch einen weiteren offenen Durchgang gelangten

sie ins weitläufige Foyer im Erdgeschoß. Sessel und Sofas in aufwendigem Design – offenbar aus Naturhölzern – bildeten eine vertieft angelegte Sitzgruppe nahe einem breiten Fenster mit einer Scheibe aus einem Stück, die mindestens zwanzig Meter bis zur Decke reichte. Vor dem Fenster war ein gepflegter Blumengarten angelegt. Patricia war begeistert von dieser Illusion. Plötzlich fiel ihr auf, daß die Sonne schien und durchs Laubwerk der Bäume der blaue Himmel glänzte.

»Hübsch«, sagte sie.

»Der Garten ist echt. Sonne und Himmel sind falsch«, meinte er unverbindlich.

»Ich habe mich schon gefragt, wie die ohne Sonne und blauen Himmel ausgekommen sind.«

»Wenn du rausgehen würdest, könntest du feststellen, daß die Scheibe uns was vorgaukelt.«

»Wirkt aber sehr echt.«

Der Boden erinnerte an glänzendes Steinmosaik, fühlte sich jedoch wie Teppich an. Patricia rieb mit den Sohlen dagegen, was keinerlei Geräusch erzeugte.

»Das Hochfahren kostet Überwindung«, warnte Takahashi. Am anderen Ende des Foyers waren zwei offene Schächte in die Wand eingelassen. »Für nicht Schwindelfreie nicht zu empfehlen.« Sie betraten den linken Schacht. Takahashi deutete nach unten und trat mit dem Fuß auf einen roten Kreis am Boden. Der Kreis leuchtete auf. »Sieben«, sagte er. »Alle beide.«

Der Boden wich zurück. Ohne sichtbaren Halt wurden sie nach oben getragen. Außer dem Gefühl von Bewegung empfand man dabei nichts. Patricia riß die Augen auf und umklammerte Takahashis Arm. Über dem Foyer war der Schacht ohne jegliche Markierung. Es war nicht zu erkennen, wie viele Geschosse sie passierten.

»Dauert nur 'ne Sekunde«, sagte er. »Findest du's nicht auch ganz toll? Ich weiß nicht, wie viele Romane ich gelesen hab', wo so was drin vorkommt. In Thistledown ist das Wirklichkeit.« Zum ersten Mal erlebte Patricia ihn begeistert. Er schien gespannt ihre Reaktion abzuwarten: *Wieder so'n Spiel, bei dem man nicht weiß, was rauskommt,* dachte sie. *Mal sehn, wie das Mädel kreischt.*

Sie ließ seinen Arm los, als ein Teil des Schachts vor ihnen transparent wurde. Sachte und behutsam wurden sie davor auf dem Boden abgesetzt.

Patricia schluckte hart. »Ich bin baff«, sagte sie stokkend, »wie gut hier alles funktioniert, während in der zweiten Kammer fast nichts geht.«

Takahashi nickte, als wollte er damit besagen, was für eine interessante Frage sie angeschnitten habe, schien aber keine Antwort darauf zu wissen oder geben zu wollen. »Mir nach, bitte!«

Der Gang bog nach links und rechts ab und war im Querschnitt rund. Die Farbe wechselte Ton in Ton von Blaugrün zu Goldgelb. Man schien ständig in einem warmen Lichtkegel zu gehen. Patricia fiel auf, daß eine unsichtbare Fläche die Füße vom Flurboden trennte. »Wir gehn auf Luft«, sagte sie und kämpfte gegen einen Schauder an.

»Lieblingsillusion der Steinler. Stumpft mit der Zeit ab.« Sie hielten inne, und Takahashi deutete rechts auf den Boden. »756« leuchtete es rot unter einer lindgrünen Linie. »Das ist eine Tür, und genau da wollen wir rein. So, du hast Vortritt. Halt die Hand an die Wand und drück leicht!«

Sie streckte die Hand vor und drückte. Ein zwei Meter zehn hohes Oval klaffte plötzlich in der Wand und gab den Blick frei auf den weißen Raum dahinter.

»Fanden die Archäologen zufällig. Stand offenbar leer vor dem Auszug und wurde von interessierten Nachmietern so ausprobiert. Alle anderen Türen im Gebäude haben einen persönlichen Code oder sind anderweitig blockiert. Und – wie du sofort feststellst, wenn du's probierst – Information über den Privatbereich ist in den Bibliotheken nicht erhältlich. Willkommen.«

Patricia betrat vor ihm die Diele. Der Raum war in sterilem Weiß gehalten; plumpe weiße Würfel erinnerten entfernt an Sessel und Sofa und Tisch. »Häßlich«, sagte Patricia, die sich im fensterlosen Wohnzimmer umsah. Ovale Türen führten in zwei ebenso weiße und plump möblierte Schlafzimmer – zumindest glaubte sie, daß es sich um Schlafgelegenheiten handelte.

Der einzige nicht weiße Gegenstand im Raum war ein Chromkügelchen auf einem Podest. Neben diesem blieb Patricia stehen. »So'n Ding wie in der Bibliothek.«

Takahashi nickte. »Tabu.« Er deutete auf die kleine Box, die an den Fuß des Podests montiert war. »Wenn man da rangeht, löst man Alarm aus in den Sicherheitsbüros.«

»Ist das eine Heimbibliothek?«

»Anzunehmen.«

»Funktionsfähig?«

»Meines Wissens hat's noch niemand ausprobiert. Frag doch Garry!«

»Warum gibt's hier keine Fenster? Liegt diese Wohnung im Gebäudeinnern?«

»Keine der Wohnungen hat normale Fenster.«

»Und warum so häßlich?«

»Du meinst wohl schlicht. Nun, weil sich niemand für eine persönliche Ausstattung entschieden hat. Kein Dekor und nichts, weil hier niemand gewohnt hat. Hat leergestanden, verstehst du?«

»Ja. Und was wäre zu tun, um die Wohnung auszustatten?«

»Nun, zuerst braucht man wohl eine Art Mietvertrag«, erklärte Takahashi. »Des weitern funktioniert's vermutlich wie alles andere hier. Man stattet die Wohnung mit ein paar schlichten Worten aus.«

»Herrlich«, staunte Patricia. »Und andere Wohnungen wurden nicht betreten?«

»Nicht in der dritten Kammer. Ist dicht wie ein Panzerschrank.«

»Wie wurde dann diese Wohnung aufgestöbert? Per Zufall oder was?«

»Yitshak Jacob ging sämtliche Flure in jedem Geschoß ab. Das war die einzige Wohnung mit leuchtender Nummer.«

»Wie sollte man da wissen, wo man zu Hause war?«

»Vielleicht hat beim Näherkommen die Nummer aufgeleuchtet und die Tür geöffnet. Oder sie hatten andere Methoden. Wir sind weit davon entfernt, grundlegende Vorgänge wie diese zu verstehen.«

*Wenn wir die Grundlagen nicht kennen,* überlegte Patricia, *wie soll ich dann das weitere verstehen ... die sechste Kammer, den Korridor?*

»Wir gehen den selben Weg zurück«, sagte Takahashi, »und versuchen, pünktlich zur Versammlung zu kommen.«

Sie schafften es gerade noch rechtzeitig. Die Cafeteria im ersten Lager des wissenschaftlichen Teams war umgestellt worden, so daß ein niedriges Podest mit Rednerpult und davor Sitzreihen den Speisesaal ausfüllten. Rimskaya stand beim Podest, während interessierte Mitarbeiter in die Cafeteria strömten und plaudernd nach den günstigsten Plätzen in den Reihen suchten.

Patricia und Takahashi kamen um Punkt elf. Die meisten Plätze waren belegt, also setzten sie sich in die hinterste Reihe. Karen Farley drehte sich um und winkte ihnen zu. Patricia winkte zurück, und dann trat Rimskaya ans Rednerpult. »Verehrte Damen und Herren, liebe Kollegen, unser Bericht heute morgen bezieht sich auf den Auszug vom Stein. Wir haben in diesem Punkt große Fortschritte gemacht, so daß die Schlußfolgerungen, die wir vorlegen können, einigermaßen glaubwürdig sind.« Nun stellte er einen schmächtigen Mann mit schütteren hellbraunen Haaren und feinen, apollonischen Zügen vor. »Dr. Wallace Rainer von der Universität von Oklahoma wird unsere Ergebnisse vorstellen, wobei das heutige Treffen nicht länger als dreißig Minuten dauern sollte.«

Rainer warf einen Blick in den hinteren Teil des Raums, wo ihm eine Frau am Projektor durch Nicken ihre Bereitschaft bekundete, trat ans Pult und zückte einen ausziehbaren Zeigestock aus Metall »Das gesamte archäologische Team und einige Soziologen haben an diesem Bericht gearbeitet. Dr. Jacob fühlt sich nicht wohl, so daß es beim Knobeln halt mich erwischt hat.«

Im Publikum wurde gelacht. »Jacob hält keine Reden«, bemerkte Takahashi. »Sehr schüchtern. Treibt sich lieber in verlassenen Ruinen herum.«

»Es ist schon immer ein Rätsel, das Nebeneinander der Stadt Alexandria in der zweiten und der ungleich fortschrittlicheren Stadt Thistledown in der dritten Kammer. Irgendwann hat sich jeder diese Frage gestellt: Warum beließen die Steinbewohner Alexandria in altem Zustand, anstatt es umzubauen und zu modernisieren? Sicherlich würden Menschen mit unserer modernen Einstellung sich nicht wohl fühlen in einer vergleichsweise primitiven Umgebung, die durch relativ geringen Aufwand auf den neuesten Stand hätte gebracht werden können.

Wir wissen inzwischen recht viel über die Lebensbedingungen in Alexandria, aber wesentlich weniger über das Leben in der Stadt Thistledown. Wie allen bekannt ist, herrschen in Thistledown strengste Sicherheitsmaßnahmen – steineigene Sicherheitsmaßnahmen. Wenn wir davon absehen, große Schäden anzurichten und gewaltsam einzudringen, so bleibt uns nur eine Stelle, wo wir Zutritt zu einer Wohnung haben. Alexandria ist zugänglicher und in mancher Hinsicht freundlicher, wenn ich mir dieses ganz und gar unanthropologische Urteil erlauben darf.

Alle hier haben Status zwei, wissen also, daß die Steinbewohner Menschen waren und von einer der unsrigen erstaunlich ähnlichen Kultur kamen. Tja, sie kommen von einer künftigen Version der Erde. Wir wissen, daß es einmal zwei wichtige soziale Gruppen gegeben hat: die Geshel oder technisch und wissenschaftlich Orientierten und die Naderiten. Da stellt sich die Frage, wer das alles Ralph sagen soll.«

Müdes Gelächter vom Publikum. »Alter Witz«, flüsterte Takahashi Patricia zu.

»Wir wissen jetzt, daß Alexandria vor dem Auszug der Steinler hauptsächlich von orthodoxen Naderiten bewohnt worden ist. Diese schienen an Stil und Technik des zwanzigsten Jahrhunderts festzuhalten.«

Patricia erkannte ziemlich verdutzt, daß von diesen Leuten niemand außer Rimskaya, Takahashi und sie selbst den Grund dafür kannte, warum diese Einteilung wichtig war.

»In dieser Hinsicht glichen sie der Amish-Sekte.* Und wie die Amish-Sekte machten sie Zugeständnisse – beispielsweise die Megas und andere architektonische Neuheiten. Aber ihr Ziel war klar; sie beschlossen die Erhaltung von Alexandria und lehnten den fortschrittlicheren Stil von Thistledown ab. Wir sind nicht sicher, wann dieser Bruch zwischen den orthodoxen Naderiten und den liberaleren Geshel sich vollzogen hat – jedenfalls erst zu einem späteren Zeitpunkt der Reise.

Wir können inzwischen davon ausgehen, daß die Stadt Thistledown ein Jahrhundert vor Alexandria evakuiert und gesperrt worden ist. In anderen Worten, der Auszug vollzog sich in der dritten Kammer hundert Jahre vor der endgültigen Räumung der zweiten Kammer. Es deutet alles darauf hin, daß die zweite Kammer schließlich gewaltsam leergemacht wurde.

Der Stein wurde also nicht nur aufgrund einer sozial bedingten Massenabwanderung geräumt, sondern im Zuge eines festgelegten Plans. Die Planer räumten den eher konservativen Bevölkerungsteilen dabei ein ganzes

---

* strenge Mennoniten-Sekte seit etwa 1600. – *Anm. d. Übers.*

Jahrhundert Schonfrist ein; nachdem sie immer noch zögerten, wurden sie offenbar mit Gewalt aus der Stadt entfernt. Seltsamerweise haben wir Beweise dafür gefunden, daß einige orthodoxe Naderiten zwangsweise ein paar Jahre in der Stadt Thistledown untergebracht waren.

Wir vermuten, daß die Steinbevölkerung durch den Korridor abgewandert ist. Dafür haben wir keine konkreten Beweise. Des weitern wissen wir noch nicht, warum der Auszug stattfand oder warum die treibenden Kräfte hinter dem Auszug den Stein völlig leerräumen wollten.«

Der Bericht endete mit einer Reihe von Bildern, die Wohnräume in Alexandria und Kurven mit den geschätzten Bevölkerungszahlen in der zweiten und dritten Kammer im Laufe der Jahrhunderte zeigten. Unter spärlichem Applaus übergab Rainer das Wort an Rimskaya.

»Eine reife Leistung der Anthropologen und Archäologen, nicht wahr?« sagte er und deutete auf die Personen in der ersten Reihe.

Während noch einmal geklatscht wurde, stand Patricia auf und ging hinaus. Takahashi folgte ihr in den Schein der Plasmaröhre.

»Erstaunlich«, meinte sie. »Jetzt weiß ich die heutige Tour zu schätzen. Die da werden bei ihrer Arbeit im dunkeln gelassen, nicht wahr?«

Takahashi zuckte die Achseln und nickte dann. »Ja. Die Sozio- und Anthro-Teams haben die Unbedenklichkeitsstufe drei nicht. Rimskaya führt sie, so gut er kann, ohne gegen Sicherheitsauflagen zu verstoßen.«

»Ist sie nicht widerwärtig, diese Geheimnistuerei?«

Takahashi schüttelte energisch den Kopf. »Nein, es geht nicht ohne.«

»Vielleicht«, erwiderte Patricia skeptisch. »Ich habe eine Menge zu tun, bis Lanier wiederkommt.«

»Sicher. Möchtest du eine Begleitung?«

»Nein. Ich will erst mal nach Alexandria. Dann bin ich wieder in der siebten Kammer, falls du mich benötigst.«

Takahashi überlegte kurz, die Hände in den Hosentaschen, nickte dann und kehrte in die Cafeteria zurück.

Im nächsten Moment kam Farley heraus und holte Patricia an der Garage vor dem Lager ein. »Suchst Mitfahrgelegenheit?« fragte sie.

»Rupert hat mir Fahrstunden gegeben. Ich glaube, eine kleine Fahrt wäre recht entspannend für mich.«

»Klar«, meinte Farley darauf. Sie trugen sich in die Liste ein und kletterten auf den Laster.

## 14. Kapitel

Es roch nach kaltem Rauch, Klimaanlage und Hektik. Als Lanier und Hoffman eintraten, waren bereits vier Leute, alles Männer, versammelt. Zwei der Herren trugen einen silbergrauen Polyesterdreß: füllige, glatzköpfige Russen wie aus einer komischen Oper. Die beiden andern Herren trugen maßgeschneiderte Kammgarnanzüge, hatten sorgfältig frisiertes Haar, und ihr Leibesumfang war weniger respektgebietend. Hoffman lächelte bei der allgemeinen Begrüßung, worauf alle am ovalen Tisch Platz nahmen. Eine peinliche Stille entstand, die sich über mehrere Minuten erstreckte, während man auf Hague und Cronberry wartete.

Als die beiden Parteien vollzählig waren, nahm der oberste russische Vertreter, Grigori Feodorowski, ein einzelnes Blatt Papier aus einem Aktendeckel und legte es auf den Tisch. Daraufhin setzte er sich schwungvoll eine drahtgefaßte Brille, die er mit einer Hand am Gestell hielt, auf die Nase und zog die Bügel um die Ohren.

»Unsere Regierungen haben einige gegensätzliche Vorstellungen bezüglich des Steins oder der Kartoffel, wie wir sagen.« Sein Englisch war hervorragend, sein Ausdruck gelassen. »Wir haben dem ISCCOM die Einwände vorgelegt. Nun müssen wir hören, was Sie zu sagen haben.

Während wir notgedrungen einräumen, daß die Forschungsrechte grundsätzlich an denjenigen gehen, der den Stein als erster betreten hat ...«

Dieses Zugeständnis, so erinnerte Lanier sich, war vor nun schon nahezu zwei Jahren eingeräumt worden.

»... meinen wir, daß die Sowjetunion und unsere Verbündeten um ihre Rechte gebracht worden sind. Während sowjetische Wissenschaftler auf dem Stein zugelassen wurden, wurden sie andererseits ständig belästigt und in der Arbeit behindert. Es wurde ihnen der Zugang zu wichtigen Informationen verwehrt. Angesichts dieser und ähnlicher Kümmernisse, die derzeit Ihrem Präsidenten und dem Beratungsausschuß des Senats für Weltraumfragen vorgelegt werden, glauben wir, daß das ISCCOM kompromittiert wurde und mit der Sowjetunion und ihren Verbündeten ...« – er räusperte sich, als wäre es ihm peinlich – »Schindluder getrieben wurde. Unsere Bruderstaaten wurden davon in Kenntnis gesetzt, daß eine weitere Teilnahme an der multinationalen Untersuchung des Steins, wobei die USA und NATO-Eurospace den Ton angeben, nicht mehr sinnvoll sei. Deshalb werden wir in Kürze unser Personal und unsere Unterstützung von diesem Projekt zurückziehen.«

Hoffman nickte, die Lippen verkniffen. Cronberry wartete die zehn obligatorischen Sekunden, um die Äußerung zu überdenken, und erwiderte dann: »Wir bedauern Ihren Entschluß. Wir glauben, daß die Vorwürfe gegen ISCCOM, NATO-Eurospace und das Personal des Steins unbegründet sind und auf Gerüchten beruhen. Ist die Entscheidung Ihrer Vorsitzenden endgültig?«

Feodorowski nickte. »Die ISCCOM-Regelungen bezüglich des Steins verlangen den Abzug aller Forscher auf dem Stein, bis strittige Punkte geklärt sind.«

»Das ist völlig undurchführbar«, sagte Hoffman.

Feodorowski zuckte die Achseln und spitzte dazu die Lippen. »Dennoch – die Übereinkünfte verlangen es.«

»Mr. Feodorowski«, sagte Hague, der die Hände mit den Ballen nach oben auf den Tisch legte und mit dieser Geste Laniers Neugier erweckte, »wir sind der Meinung, daß es andere, bislang nicht geäußerte Gründe für den Rückzug Ihres Personals gibt. Können wir darüber sprechen?«

Feodorowski nickte. »Mit der Vorgabe, daß keiner von uns ermächtigt ist, Verhandlungen zu führen oder bindende Erklärungen abzugeben.«

»Verstanden. Das sind wir auch nicht. Ich glaube, wir sollten alle ein bißchen entspannen, damit wir klar sehen und ... ah ... ehrlich und offen miteinander umgehen können.« Er sah Feodorowski und die andern mit hochgezogenen Brauen an. Sie nickten. »Unser Präsident wurde informiert, daß die UdSSR glaubt, auf dem Stein wären technische, rüstungstechnische Dinge entdeckt worden«, führte Hague aus.

Feodorowskis Miene war nichtssagend; er machte ein freundliches, aufmerksames Gesicht.

»Obwohl es stimmt, daß NATO-Eurospace begonnen hat, bislang umstrittene Aspekte in der zweiten und dritten Kammer des Steins zu erforschen ...«

»Gegen unseren Wunsch und trotz unserer Proteste«, betonte Feodorowski.

»Ja, aber letztendlich mit Ihrer Einwilligung.«

»Erzwungen.«

»So?« fragte Hague verwundert, der wiederum die Brauen hochzog und vor sich auf den Tisch blickte. »Owohl wir diesen Bereich uns vorbehalten haben, sind derartige Informationen an Bord des Steins nicht entdeckt worden.«

Und dem war tatsächlich so. Die Bibliotheken enthielten keine näheren Informationen über Waffen.

»Gemäß den Bestimmungen würden derartige Entdeckungen unverzüglich an den Schlichtungsausschuß in Genf gemeldet werden.«

»Mag sein«, sagte Feodorowski. Lanier fragte sich, was für eine Funktion die drei übrigen Russen hätten. Waren sie Platzhalter? Mutmacher? Überwacher, die Feodorowski im Auge behielten? »Aber um diese Berichte geht's uns nicht. Ich will ganz offen reden.« Nun legte auch er die Hände mit den Ballen nach oben auf den Tisch. »Ich kann mich, wohlgemerkt, nicht verbindlich dazu äußern. Als Privatmann allerdings möchte ich meine tiefe Besorgnis zum Ausdruck bringen.« Voller Kummer holte er tief Luft. »Wir sitzen alle gewissermaßen in einem Boot. Wir haben viele Interessen gemeinsam. Darf ich also feststellen, daß diese Meldung über neue Waffen nicht das zentrale Anliegen ist. Meine Regierung und die Regierungen unserer Verbündeten sind weitaus besorgter über Meldungen, daß die Bibliotheken auf dem Stein – genauer gesagt, in der zweiten und dritten Kammer – Darstellungen eines zukünftigen Krieges zwischen unseren Ländern enthalten.«

Lanier war baff. Er war überzeugt gewesen, daß es auf dem Stein und insbesondere rund um die Bibliotheken keine undichten Stellen gäbe. Würde man ihn für diese Panne zur Verantwortung ziehen, oder wäre die Indiskretion an anderer Stelle zu suchen – vielleicht im Büro des Präsidenten oder in Hoffmans Büro?

»Eine ganz ungewöhnliche Situation«, fuhr Feodorowski fort. »Offengestanden fällt es meinen Kollegen und mir schwer, zur Überzeugung zu gelangen, daß dies kein Märchen ist.« Die anderen drei nickten, aber nicht wie auf Kommando. »Freilich sind die Meldungen verläßlich. Was haben Sie nun dazu zu sagen?«

»An die Bibliotheken wurde behutsam herangegangen«, erklärte Hague vorsichtig.« Wir haben eben erst damit angefangen, die dort enthaltenen Informationen zu verarbeiten.«

Feodorowski hob den Blick ärgerlich zur Decke. »Wir haben versprochen, offen und ehrlich miteinander zu reden. Meine Regierung *weiß,* daß in den Bibliotheken solche Informationen enthalten sind. Wir gehen sogar davon aus, daß Ihr Präsident bereits Berichte über diesen zukünftigen Krieg in Händen hält.«

Er sah sich in der Runde um. Lanier erwiderte seinen Blick unerschrocken und sah ein Lächeln über seine Lippen huschen. »Ja«, sagte Feodorowski. »Wir wissen natürlich, daß Menschen den Stein gebaut haben, beziehungsweise bauen werden. Wir wissen, daß er konstruiert werden wird aus dem Asteroiden Juno. Das wissen wir, weil der Asteroid Juno und der Stein sich gleichen wie ein Ei dem andern. Unser Raumschiff im Asteroidengürtel hat dies bestätigt.«

»Mr. Feodorowski, wir haben es mit einem höchst ungewöhnlichen Problem zu tun«, sagte Hoffman. »Wir sind sicher, daß der Stein nicht aus unserm Universum kommt, sondern aus einem Alternativuniversum. Wir sind unbedingt der Meinung, daß die Informationen in den Bibliotheken falsch ausgelegt werden könnten. Vielleicht prognostizieren sie Zustände, die gar nicht für unsre Welt zutreffen. Die wissenschaftlichen Daten könnten nützlich sein, und es sind diese, die wir genauestens studieren, aber eine willkürliche Freigabe von Informationen könnte fatale Folgen haben.«

»Trotzdem gibt es eine solche Geschichte.«

Cronberry bemerkte: »Wenn ja, so wissen wir nichts davon.«

Lanier fühlte sich in die Enge getrieben. Er haßte Lügen, auch notwendige Lügen. Er haßte es, sich an Lügen beteiligen zu müssen. Dennoch wollte er wie Cronberry und Hague verhindern, daß die Russen Informationen aus den Bibliotheken in die Hände bekämen. Also log er.

Der Russe, der neben Feodorowski saß und Juri Kerzhinski hieß, beugte sich zu ihm und flüsterte ihm etwas ins Ohr. Feodorowski nickte. »Mr. Lanier«, fragte er, »leugnen Sie die Existenz solcher Informationen?«

»Ich weiß davon nichts«, sagte Lanier routinemäßig.

»Aber Sie geben zu, wenn solche Informationen existieren und man sie kennt, wenn man im voraus gewisse Daten kennt und Zeitpunkte, gewisse Situationen und Konsequenzen, so wäre das von großem strategischen Vorteil, würde aber auch eine große Belastung für einen selbst darstellen.«

»Schon möglich«, meinte Lanier darauf.

Hague unterbrach. »Bitte lassen Sie Mr. Lanier aus dem Spiel.«

»Verzeihung«, sagte Feodorowski. »Bitte um Verzeihung. Aber unsere Besorgnis ist schwerwiegender als individuelle Rücksichtnahme.«

Mit einemmal erhob sich Kerzhinski. »Gentlemen. Es ist Ihnen klar, daß zwischen unsern Ländern neuerdings sehr ernste Spannungen bestehen, wie nun wohl schon seit den neunziger Jahren nicht mehr. Wir sind der Meinung, daß jede Problematik bezüglich des Steins den Weltfrieden gefährdet. Der Stein verstärkt die Spannungen, insbesondere was die strittige Bibliotheksfrage betrifft. Es ist einleuchtend, daß sich diese Probleme auf dieser Gesprächsebene nicht ausräumen lassen. Deshalb sehe ich keinen Sinn mehr darin, diese Unterredung fortzusetzen.«

»Mr. Kerzhinski«, sagte Hoffman, »ich habe hier ein Dokument, das Ihr Parteisekretär sehen sollte. Es definiert die Position aller Wissenschaftler an Bord des Steins in Hinblick auf die Kooperation. Und ich glaube, daß es die Gerüchte über Störmanöver klarstellt.«

Kerzhinski pochte kopfschüttelnd mit dem Zeigefinder auf den Tisch. »Solche Stellungnahmen interessieren uns nicht mehr. Um Störmanöver geht's uns nicht. Es geht uns um die Bibliotheken. Darüber werden bereits auf offizieller Ebene Gespräche geführt, denen hoffentlich mehr Erfolg beschieden sein wird.« Die vier Russen erhoben sich, und Hague begleitete sie zur Tür.

An der Tür wurden sie von einem Geheimdienstagenten in Empfang genommen. Hague schloß die Tür und kam zu den andern zurück. »Das«, sagte er, »wär's dann wohl.«

»Zum Kotzen«, sagte Lanier mit kehliger Stimme halblaut.

»Oh?« meinte Cronberry, die dabei halb aufstand. »Und was sollten wir Ihrer Meinung nach tun, Mr. Lanier? Sie sind verantwortlich dafür, wissen Sie das? Sie haben die Sicherheitsauflagen nicht im Griff. Deshalb stecken wir jetzt in der Klemme. Eine gottverdammte diplomatische Katastrophe ist das! Warum haben Sie die Bibliotheken überhaupt geöffnet? Haben Sie nicht Lunte gerochen und von vornherein geahnt, was für Ärger uns das einbrocken würde? Ich hätt's, verdammt noch mal, gerochen. Muß zum Himmel stinken, der Laden!«

»Schluß damit, Alice!« sagte Hoffman leise. »Laß diesen Scheiß!«

Cronberry schoß mit zornigen Blicken um sich, plumpste auf den Stuhl zurück und zündete sich eine Zigarette an. Wie nervös sie mit dem Feuerzeug hantierte und wie verkrampft sie die Zigarette zwischen den Fingern hielt, das gefiel Lanier nicht. *Wir schwimmen total,* dachte er. *Wir sind wie Kinder, die mit echten Kanonen, echten Granaten spielen.*

»Der Präsident hat gestern angerufen«, sagte Hoffman. »Er ist sehr verärgert wegen der Bibliotheken. Er wünscht, daß sie geschlossen und alle Forschungen eingestellt werden. Er sagt, wir hätten die Kontrolle verloren, und da kann ich an sich nicht widersprechen. Aber Garry trifft nicht mehr Schuld als jeden von uns. Auf alle Fälle wird der Präsident das Aufsichtskomitee des Kongresses über den Stein anweisen, bis auf weiteres die Forschung einstellen zu lassen. Die Russen kriegen, was sie wollen.«

»Wieviel Zeit bleibt uns?« fragte Lanier.

»Bis der Befehl durch die Instanzen ist? Eine Woche, schätze ich.«

Lanier grinste kopfschüttelnd.

»Was ist daran so komisch?« wollte Cronberry, in Rauchschwaden gehüllt, wissen.

»In den Aufzeichnungen steht, daß bis zum Krieg noch zwei Wochen bleiben.«

Hoffman lud Lanier an diesem Abend zu einem Drink in ihr Büro ein. Er kam um sieben nach einem hastigen Abendessen in der JPL-Cafeteria; wieder ließ er seine Agenten an der Tür stehen. Hoffmans JPL-Büro war so nüchtern und praktisch wie ihr Büro daheim in New York, wobei der größte Unterschied darin bestand, daß hier mehr Regale mit Memoblöcken standen.

»Wir haben's probiert«, sagte sie und reichte ihm einen Scotch pur. »Tja.« Sie prostete ihm mit einem erhobenen Dubonnet on the rocks zu.

»Das haben wir«, meinte er.

»Siehst müde aus.«

»Bin müde.«

»Last der Welt auf deinen Schultern«, sagte sie mit einem behutsamen Blick.

»Last von ein paar Welten«, sagte er. »Ich entdecke gerade, was für ein zäher Hund ich bin, Judith.«

»Ich auch. Heut' nachmittag hab' ich noch mal mit dem Präsidenten geredet.«

»So?«

»Ja. Ich fürchte, ich hab' ihn einen Idioten geschimpft. Höchstwahrscheinlich werde ich entlassen oder zum Rücktritt aufgefordert worden sein, wenn du wieder im Orbit bist.«

»Gut für dich«, meinte Lanier.

»Setz dich! Reden wir. Sag mir, wie's ist! Ich möcht'

so gern da rauf ...« Sie schob Stühle herum, dann setzten sie sich einander gegenüber.

»Warum?« fragte Lanier. »Du hast die Blöcke gesehen, alle Informationen.«

»Eine dumme Frage.«

»Ja«, pflichtete Lanier ihr bei. Sie fühlten sich leicht beschwipst, obwohl das noch nicht vom Alkohol herrühren konnte. Lanier war dieses Gefühl in Zeiten von Streß schon öfter begegnet.

»Verdammt noch mal, ich kann die Sorge der Russen verstehen«, sagte Hoffman nach einer kurzen Pause. »In den letzten zehn Jahren haben wir ihnen in jeder Beziehung gezeigt, wo's lang geht: diplomatisch, technisch. Im All und auf der Erde. Gegen unser Können kommen sie auch mit ihrer Beharrlichkeit nicht an. Der Russe ist ein Dinosaurier, der alles haßt, was schneller und wendiger ist. Tja, der kleine Iwan kann ein Computerterminal nicht von einem Traktorlenkrad unterscheiden. Sogar die Chinesen sind heute schon weiter vorn.«

»Die Chinesen werden uns in ein, zwei Generationen vielleicht sogar überholen.«

»Gern. Geschieht uns recht«, meinte Hoffman. »Da kommt also der Stein daher, und wir fangen ihn ab, beanspruchen ihn für uns und lassen ihnen im Interesse der internationalen Zusammenarbeit ein paar bedeutungslose Krümelchen zukommen ... Was immer der Stein auch bergen mag, er ist quasi der Grabstein des Ostblocks. Eine unbeschreibliche Technologie fällt uns in die Hand. Herrje! Ich wünschte, wir könnten uns an einen Tisch mit ihnen setzen und vernünftig reden ... Aber die sind ängstlich und verschreckt, und unser Präsident ist strohdumm.«

»Ich glaube nicht, daß dumm das richtige Wort ist. Eher kriegsneurotisch.«

»Er wußte um den Stein, als er sich um die Präsidentschaft bewarb.«

»Er wußte, daß der Stein unterwegs sei«, sagte Lanier. »Und recht viel mehr wußte damals keiner von uns.«

»Ach, der kann mich mal, wenn er keinen Spaß versteht«, sagte Hoffman, die auf die Fensterjalousien starrte. »Als du noch Pilot gewesen bist seinerzeit«, fuhr sie fort, »bist du einmal abgestürzt. Wohin hast du dich gewünscht vor dem Aufprall der Maschine?«

»An die Armaturen«, erwiderte Lanier ohne Zögern. »Ich wollte unbedingt die Maschine retten, so daß ich gar nicht ans Ausbüchsen dachte. Fand sie absolut schön, die Maschine, und wollte sie retten. Wollte auch verhindern, daß sie andere Menschen in den Tod reißt. Also sind wir beide in einem See gelandet.«

»Ich bin längst nicht so mutig«, sagte Hoffman. »Ich glaube, die Erde ist schön, und ich will sie retten. Dafür habe ich geschuftet wie blöd. Jetzt krieg' ich nichts als Scheiße zurück. Dein Flugzeug hat dir keine lange Nase gemacht. Es hat dich nicht zusammengestaucht für deine Bravourleistung, nicht wahr?«

Lanier schüttelte den Kopf.

»Genau das läuft hier ab. Also sag' ich mir, die können mich alle mal. Ich will droben auf dem Stein sein, wenn's passiert.«

»Wenn hier auf der Erde alles hops geht, werden wir jahrelang nicht mehr runter können vom Stein. Nicht mal die Mondsiedlung wird uns helfen können.«

»Wird die Erde überleben?«

»Mit knapper Not«, sagte Lanier. »Ein Jahr Minusgrade auf der gesamten nördlichen Halbkugel, Seuchen und Hungersnöte, Revolutionen. Wenn die Bibliotheken die Wirklichkeit darstellen, dann werden insgesamt drei bis vier Milliarden Menschen sterben.«

»Aber es ist nicht der Weltuntergang.«

»Nein. Falls es überhaupt geschieht.«

»Gehst du davon aus?«

Lanier schwieg lange. Hoffman, die ohne zu blinzeln

vor sich hin blickte, wartete. »Nein. Nicht mehr. Wenn vielleicht der Stein nicht gekommen wäre ...«

Hoffman stellte ihren Drink weg und fuhr mit dem Finger am Glasrand entlang. »Tja. Ich werde versuchen, hochzukommen. Frag mich nicht wie. Wenn ich es schaffe, sehen wir uns auf dem Stein wieder. Falls nicht ... Es war angenehm, mit dir zusammenzuarbeiten. Würde mir auch weiterhin Spaß machen.« Sie griff nach ihm, zog ihn an sich und küßte ihn auf die Stirn. »Danke.«

Nachdem sie eine halbe Stunde später drei Gläser hintereinander gekippt hatten, begleitete sie ihn zur Tür. Dabei zog sie ein gefaltetes Blatt Papier hervor und reichte es ihm.

»Nimm das und mach damit, was du willst! Du kannst es Gerhardt geben, wenn du willst, oder es vernichten. Ist jetzt wohl weiter nicht mehr wichtig.«

»Was ist's denn?« fragte er.

»Der Name des russischen Spitzels auf dem Stein.«

Laniers Hand mit dem Papier verkrampfte sich unwillkürlich, aber er entfaltete den Zettel nicht.

»Der Präsident handelt schneller, als ich dachte. Im Laufe des morgigen Tages werdet ihr den Befehl erhalten, die Bibliotheken dicht zu machen. Er will die Sowjets unbedingt davon überzeugen, daß wir kooperativ sind.«

»Das ist verrückt«, meinte Lanier.

»Nicht unbedingt. So ist's in der Politik. Er hat große Probleme. Hab' ich das gesagt? Ja. Jetzt versteh' ich den Präsidenten sogar. Bin wohl betrunken. Spielt das überhaupt noch 'ne Rolle?«

»Eine verdammt große vielleicht.«

»Dann mach damit, was du willst. Es wird ein paar Wochen dauern, bis sie's rauskriegen und deine Entlassung durchsetzen können.« Sie lächelte. »Sobald Vasquez was erreicht, läßt du's mich irgendwie wissen, okay? Noch haben wir nicht alle Trümpfe ausgespielt.

Einige Senatoren und Mitglieder der Joint Chiefs stehn noch auf meiner Seite.«

»Mach' ich«, sagte er und steckte den Zettel ein.

Sie hielt ihm die Tür auf. »Tschüß, Garry.«

Der Agent im Flur betrachtete ihn mit ausdruckslosem Gesicht.

*Will ich's wirklich wissen?*

Er mußte es wissen.

Er mußte den Stein bereit machen für das, was kommen sollte.

## 15. Kapitel

Heineman lenkte das V/STOL allein, indem er den Raketenantrieb des Flugzeugs einsetzte und den Röhrengleiter vom Bohrloch der ersten Kammer an der Achse entlang bewegte. Vor gerade erst vierzig Minuten hatte er Röhrengleiter und V/STOL im Bohrloch des Südpols gekoppelt. Der »Boden«, der Heineman ringsum umgab, verursachte zunächst ein eigenartiges Schwindelgefühl; wie sollte er sich da orientieren? Aber er paßte sich rasch an.

Mit Hilfe von Leitfunksignalen, die in jeder Kammer installiert waren und von der Steuerelektronik an Bord des V/STOL ausgewertet wurden, konnte er seine Position bis auf wenige Zentimeter genau angeben. Mit Umsicht und Leidenschaft bugsierte er sein Gefährt von Kammer zu Kammer, wobei er sich provisorischer Antriebsmodule am Röhrengleiter und Senkrechtstarter bediente, die vom umgerüsteten Leitsystem des Flugzeugs koordiniert wurden.

Die Annäherung ans Bohrloch war jedesmal ein Nervenkitzel. In der Mitte der massiven grauen Kappe das winzige Loch – größer als ein Fußballfeld und an sich keine Herausforderung, aber aus der Ferne kaum sichtbar ...

Er überflog gerade die düstere Landschaft der fünften Kammer mit ihren Wolken, Bergen und Schluchten. Beim Passieren des Bohrlochs von der fünften zur sechsten Kammer gab er einer Technikermannschaft an der Singularität der siebten Kammer knappe Anweisungen durch. »Weg damit! Komm' in ein paar Minuten durch.« Sie bestätigten und machten sich daran, den oberen Teil des Arbeitsgerüsts abzubauen.

Es war Heinemans Absicht, die Nadel auf Anhieb – langsam, aber sicher – einzufädeln.

Die gepaarten Gefährte waren monströs aus aerodynamischer Sicht und in allen Aspekten plump, aber leicht zu fliegen. Das Beinahe-Vakuum der Steinachse setzte wenig Widerstand entgegen.

Selbst als er sich auf die letzte Phase der Geburt konzentrierte, konnte Heineman nicht aufhören, an den Flug der Maschine zu denken.

Der Wiedereintritt war der kritische Teil. Sobald der Röhrengleiter auf die Singularität geschoben und stabilisiert war, wollte Heineman die Klammern durch eine einunddreißig Kilometer lange Fahrt die Achse entlang testen. Hinunter ginge es so weit im Korridor – hatte er sich sagen lassen – viel problemloser; er könnte absteigen in einer nahezu geraden Linie und brauchte nicht die innerhalb der rotierenden Kammer notwendige Spirale zu fliegen.

Das V/STOL sollte ausklinken und sich durch kurze Stöße aus den Hydrogenperoxid-Motoren von der Achse wegbewegen. Dann würde es frei fallen und auf Widerstand stoßen in Höhe der atmosphärischen Grenze und Plasmaröhre – etwa zweiundzwanzig Kilometer über dem Kammerboden und drei Kilometer von der Achse entfernt. Luftströmungen und Coriolis-Turbulenzen und Kompressionswärme machten den ersten Kilometer mit dünner Luft zu einem heiklen Unterfangen; der V/STOL-Pilot müßte viel von dem über Bord werfen, was er auf der Erde gelernt hatte.

Die Erbauer hatten den Treibstoffverbrauch des Flugzeugs geschätzt. Es könnte zwanzigmal auf und absteigen und ungefähr viertausend Kilometer bei Reisegeschwindigkeit in der Luft zurücklegen und müßte dann die Treibstofftanks des Röhrengleiters mit Sauerstoff und Wasserstoffperoxid anzapfen. Der Röhrengleiter könnte das V/STOL fünfmal betanken. Und an die Singularität geklammert, hätte der Röhrengleiter unter Ausnutzung des räumlichen Transformationseffekts eine unbestimmte Reichweite.

Jetzt flogen Senkrechtstarter und Röhrengleiter frei. Waren sie erst aufgefädelt, könnten sie mit Treibstoff und Sauerstoff vom Landebereich am Bohrloch der siebten Kammer betankt werden.

Ringsum rotierte nun die sechste Kammer, eine zylindrische Wolkenlandschaft mit Fenstern und Lücken, durch die die Maschinerie sichtbar war, die er erst vor drei Tagen kennengelernt hatte.

Er hatte den Verdacht, daß die Archäologen und Physiker gemeinsame Sache gemacht und ihn aus reiner Bosheit von den interessantesten Stellen des Steins ausgeschlossen hatten. »Keine bewegliche Mechanik«, hatte Carrolson gesagt. »Wir dachten nicht, daß dich so was interessieren würde.« Er knirschte mit den Zähnen und stieß dann mit einem Pfiff die Luft aus. Die Maschinerie in der sechsten Kammer war ein Wunderwerk. Er hätte sich nie träumen lassen, so etwas je zu Gesicht zu bekommen – nicht mal auf dem Stein. Davon ließ er sich nun dermaßen ablenken, daß er beinahe aufs Fliegen der gekoppelten Maschine vergaß.

Das letzte Bohrloch näherte sich rasch. Er drosselte das Tempo und stupste die Maschine ein letztes Mal. Gefaßt auf kleine Korrekturen innerhalb des Lochs und Turbulenzen, die von Schwankungen aufgrund des Erde-Mond-Orbits des Steins herrührten, sollte er auch in der Lage sein, direkt auf die Singularität zu gleiten, das Gerät mit den Klammern abzubremsen und somit den Erprobungseinsatz des Röhrengleiters fortzuführen.

»Da«, sagte Carrolson und deutete. Sie blickte durch ein polarisiertes, gefiltertes Fernglas auf die Nahtstelle von Plasmaröhre und Südkappe und reichte das Glas schließlich an Farley weiter. Farley setzte das Glas an und sah deutlich das gepaarte Gerät, das anscheinend auf der Stelle schwebte; die Singularität war auf diese Entfernung überhaupt nicht auszumachen.

»Fliegt er heute runter?«

Carrolson nickte. »Heineman probiert's aus und wartet dann, bis Lanier zurück ist.«

Rimskaya erschien hinter ihnen und blieb wortlos stehen, während sie das Glas hin und her reichten. »Meine Damen«, sagte er, »wir haben zu tun.«

»Sicher«, erwiderte Farley. Carrolson grinste hinter Rimskayas Rücken. Sie kehrten ins Zelt zurück.

## 16. Kapitel

Vasquez setzte ihre Erkundungstour durch die Stadt der dritten Kammer mittels Bibliothekssimulation fort. Sie stellte fest, daß sie freizügig durch die Aufzeichnungen wandern und jede gewünschte Richtung einschlagen konnte, wobei ihr der Zutritt in Privaträume allerdings nach wie vor verwehrt blieb.

Auf diese Ausflüge griff sie hauptsächlich zurück, um nach konzentrierten Denkphasen zu entspannen und abzuschalten. Darüber hinaus erkundete sie die Stadt zu Fuß; es gab ihr ein berauschendes Gefühl von Freiheit und Unabhängigkeit, mittels Faltplan oder Tafel plus Memoblock die Stadt zu erwandern, ohne jemandem Rechenschaft ablegen zu müssen. Dabei schaffte sie es fast, ihre düsteren Gedanken zu verdrängen – aber nur fast.

Wenigstens ein Mal pro vierundzwanzig Stunden fuhr sie mit der Bahn von der sechsten zur dritten Kammer. Hin und wieder benutzte sie die Bibliothek in der zweiten Kammer, wobei sie manchmal blieb und auf der Pritsche im verdunkelten Lesesaal schlief. Das war allerdings nicht gerade ihr liebster Schlafplatz – sie bevorzugte das Zelt in der siebten Kammer mit Menschen ringsum –, aber der ungestörteste. Nicht einmal Takahashi benutzte die Bibliothek in der zweiten Kammer häufig.

Die Bibliotheken waren die beiden Hauptbereiche ihrer Arbeit. Während die Probleme, die ihren Verstand durchwanderten, von einem Punkt zum nächsten schritten, befaßte sie sich damit, mehr Informationen aufzunehmen, als sie benötigt hätte; sie schwelgte in intellektueller Fülle.

Wenn sie um Quellen bat zum Aufbau des Steins, erschien als deutliches Signal die massive schwarze Kugel, morgensternartig von einem Stachelkranz umgeben. Eine freundliche Stimme kommentierte dazu: »Es stehen derzeit keine Daten darüber zur Verfügung. Bitte wenden Sie sich ans Bibliothekspersonal.«

Bald hatte sie die frustrierende Systematik dahinter durchschaut. Buchstäblich alles, was mit der Theorie und Konstruktion der sechsten Kammer zu tun hatte, war unzugänglich. Es gab keinerlei Informationen zur siebten Kammer und zum Korridor; die Antwort auf einschlägige Fragen lautete schlicht: »Nicht vorhanden ...« in Kombinationen mit einem schwarzen Balken.

Während sie sich über die schroffe Abfuhr ärgerte, fiel ihr ein, daß sie zurückgehen und die eigenen – auch zukünftigen – Arbeiten abrufen könnte, um zu sehen, ob es zu ihr ein Gegenstück gäbe und ob dieses Gegenstück einen prägenden Beitrag zum Universum des Steins geliefert hätte.

Dabei war ihr dieses Vorgehen gar nicht geheuer; abergläubisch zögerte sie immer wieder, dieser Frage auf den Grund zu gehen. Als sie schließlich an ihren Namen geriet, geschah dies aus purem Zufall.

Die einzig nützlichen Hinweise zur sechsten Kammer waren in der Bibliothek von Alexandria zu finden und steckten in einem fünfundsiebzigbändigen Grundlagenwerk, das den Eindruck einer Kunstdruck-Edition für Sammler oder nostalgische Ruheständler aus technischen Berufen erweckte.

Es war der fünfundvierzigste Band, ein Zweitausend-Seiten-Wälzer voller Theorie über die anfängliche Technik in der sechsten Kammer und die Trägheitspufferung, wo sie ihren Namen in einer Fußnote entdeckte.

Im dunklen Lesesaal, der mit Tischlampen und Lichtleisten nur spärlich beleuchtet war, starrte sie mit großen Augen auf die Anmerkung.

*»Patricia Luisa Vasquez«*, las sie wie verzaubert. *»Theorie n-räumlicher Geodäsie, bezogen auf die Newtonsche Physik mit besonderer Berücksichtigung der p-Simplon-Weltlinien.«* Sie hatte keinen Aufsatz dieses Titels geschrieben – noch nicht jedenfalls.

Es würde im Jahre 2023 im Postmortalen Journal für praktische Physik erscheinen.

Patricia würde also den Tod überleben.

Und zumindest auf diese bescheidene Art zum Bau des Steins beitragen.

Sie fand den Artikel auch in der Bibliothek der Stadt Thistledown, wo man ihn offenbar für dermaßen antiquiert hielt, daß er nicht mit einer Sperre belegt war. Beim Lesen bekam sie klamme Finger, so kompliziert war der Text. Sie mußte sich durch fremde Symbole und eigenartige Begriffe kämpfen und hatte Mühe, nachzuvollziehen, was ihr Gegenstück in achtzehn Jahren niederschreiben würde – oder schon vor Jahrhunderten niedergeschrieben hatte. Insgesamt hatte sie nur eine leise Ahnung.

In der später korrigierten Anfangsplanung hatte die sechste Kammer nur den Zweck gehabt, die Massenträgheit ausgewählter Gegenstände im Stein parallel zur Achse zu dämpfen. Diese Funktion hatte ein kanalartig eingefaßtes Flußbett, eine spezielle Architektur der Gebäude und eine insgesamt andere Anlage der Kammern selbst überflüssig gemacht.

Zu Beginn der Steinkonstruktion war als Obergrenze für Vorwärts- und Bremsbeschleunigung drei Prozent g festgelegt worden. Dank der Maschinerie in der sechsten Kammer erübrigte sich jede Begrenzung der Beschleunigungskräfte. Die Kammern des Steins bildeten ein kontrolliertes, in sich abgeschlossenes System, in das keine äußeren Einflüsse mehr hereinwirkten.

In ganzen Kapiteln wurde erklärt, warum die Dämpfung nicht allgemein wirkte; in diesem Fall hätte sich die Rotation des Steins nämlich erübrigt und würde alles innerhalb der Kammern schwerelos umherfliegen. Vielmehr wurde extrem selektiv gedämpft.

Und *das* waren superwissenschaftliche Sachen, die Erstaunliches implizierten. Was die Maschinerie der sechsten Kammer an sich bewirkte war eine Änderung des Masse-Raum-Zeit-Charakters im Stein.

Von da aus war es kein großer Schritt mehr zur Beeinflussung von Raum und Zeit – wie in der Gestalt des Korridors geschehen.

Freilich bewegte sich der Stein nicht schneller als das Licht und hatte keine Schwerkraft – jedenfalls nicht in den ersten sechs Kammern. Angesichts der Trägheitspufferung wären diese Errungenschaften durchaus zu erwarten gewesen. Warum hatten die Ingenieure und Physiker des Steins diese gedankliche Schleife nicht vollzogen?

Patricia suchte wieder die Bibliothek von Alexandria auf und blätterte durch die Bände, die aber keine Antworten lieferten, da sie sich hauptsächlich mit der Theorie und Wartung bestimmter Maschinen auf dem Stein befaßten.

Auf der Pritsche im Lesesaal ausgestreckt, bedeckte

sie das Gesicht mit den Händen, drückte auf den Nasenrücken und rieb sich schließlich die Augen. Ihr Kopf war schwer. Zu viel Konzentration. Zu wenig Zeit. Sie versuchte, auf eine ganze Reihe von Problemen vorzeitige Antworten zu erzwingen.

Sie mußte Pause machen. Also stand sie auf und folgte den Lichtleisten ins Erdgeschoß, wo sie ins Freie ging und sich auf eine Bank um ein Pflanzbecken aus Beton ohne Bewuchs ins Röhrenlicht setzte.

Sie versuchte, alle bewußten Gedanken auszusperren, um wieder in den Zustand zu geraten, was mißlang.

Ständig schossen ihr Gedanken an Paul und ihre Familie durch den Kopf.

»Ich verzettle mich«, sagte sie kopfschüttelnd. Sie fühlte sich immer mehr reduziert auf eine Reihe von Gedanken, die in grauer Leere schwebten, auf einem Zerebralpunkt. Überarbeitet.

Dann – eine Kluft in der Leere.

Sie hatte sich einmal mit gebrochenen Räumen befaßt – einzelnen Dimensionen, ohne Gegenstück auskommend, und Dimensionen aus kleineren als Einheitszahlen. Zeit ohne Raum; Länge ohne Breite, Tiefe oder Zeit. Wahrscheinlichkeit ohne Ausdehnung. Halbräume, Viertelräume, Räume aus irrationalen Brüchen. Allesamt zu behandeln durch Bruchumwandlung und geometrische Teilbetrachtung. Sie hatte sogar damit begonnen, die Geodäsie höherer gebrochener Räume und deren fünf- und vierfach räumliche Projektion darzustellen.

Sie senkte den Kopf auf die Knie. Ihre Gedanken waren gegenläufig. Ungeordnet, undiszipliniert.

Der Korridor – einfach eine Erweiterung der Maschinerie der sechsten Kammer, zur Trägheitspufferung bestimmt.

Auf ihrer jahrhundertelangen Reise hatten die Steinler sich vielleicht anders besonnen oder das ursprüngliche Ziel aus den Augen verloren. Als eigene Welt hatte der Stein nachfolgenden Generationen seinen eigenen Charakter aufgeprägt, bis es nur noch natürlich schien, in rotierenden Zylindern zu leben, die in asteroides Gestein getrieben worden waren. Mit der Zeit war vielleicht sogar der asteroide Aspekt aus dem unmittelbaren Bewußtsein verschwunden, so daß nur das Leben im Zylinder blieb.

Über Jahrhunderte hinweg eingezwängt und eingesperrt und von den Wahrnehmungen des Steins gespeist, brach das Genie der Steinler zornig los. Sie schwangen sich in gottgleiche Höhen und schufen ein eigenes Universum nach dem Vorbild der Welt, die ihnen vertraut war.

Als sie einen Weg aus dem Stein fanden, ohne die eigentliche Mission zu verleugnen ...

Als sie feststellten, sie könnten eine unbeschreibliche Ausdehnung ihrer Welt schaffen ...

Wäre irgendeiner der Steinler in der Lage gewesen, der Versuchung zu widerstehen? (Ja, die orthodoxen Naderiten, die noch ein ganzes Jahrhundert länger geblieben waren.)

Also hatten die Erbauer der sechsten Kammer, allen voran der herausragende Konrad Korzenowski, den Korridor geschaffen, mit gewissen Eigenschaften versehen und mit seinen Effekten gespielt. Sie hatten die Schächte geschaffen und eine Möglichkeit gefunden, den Korridor mit Luft und Erde und einer Landschaft zu versehen, die der Tallandschaft ihrer Heimat ebenbürtig – wenn nicht überlegen war.

Patricia wurde gelöster. Sie setzte sich auf. Einige der Symbole in ihrem noch ungeschriebenen Artikel waren ihr jetzt verständlich. Es kam Klarheit in ihre Gedanken, und mit einemmal sah sie alle Probleme ineinandergreifen wie die Tätigkeiten von Arbeitern in einem gläsernen Wolkenkratzer.

Die Steinler hatten den Korridor geschaffen, um verkrampfte Zustände zu lockern, und der Beschränkung des Denkens, wenn nicht gar der Beschränkung des persönlichen Lebensraums entgegenzuwirken. (Anhand der Aufzeichnungen stand fest, daß der Stein zu keiner Zeit überbevölkert gewesen war.)

Aber der Korridor – wie sie urplötzlich erkannte – barg ein unerwartetes Risiko: eine Begleiterscheinung, derer sie sich zunächst nicht bewußt waren ...

*Oder nie bewußt wurden.*

Durch die Schaffung des Korridors hatten sie den Stein aus seinem Kontinuum geworfen. Ein Vergleich drängte sich ihr auf, ein in seiner Gegenständlichkeit ungeheurer Vergleich, da sie sich gar nicht sicher war: der Korridor als Peitschenschnur, und der Stein als Peitschengriff. Durch das Dranhängen der Peitschenschnur und das unvermeidliche Entrollen im Superraum war der Griff aus seinem Universum geschnellt worden ...

... ins ihre.

Stunden später wachte sie steifgliedrig auf. Im Mund hatte sie einen schlammigen Geschmack. Mit schmerzendem Rücken stand sie auf von der Bank und blinzelte ins Röhrenlicht. Das Kopfweh war unerträglich.

Aber sie war auf einer heißen Spur.

Als die Steinler entdeckten, daß es unmöglich geworden war, die ursprüngliche Mission des Steins zu erfüllen, waren sie durch den Korridor ausgewandert.

Da stand sie und zog ihren Overall zurecht. Nun müßte sie zurückgehen und die hypothetischen Luftschlösser, die sie gebaut hatte, mit Fundamenten versehen.

Und Aspirin besorgen.

## 17. Kapitel

Lanier hatte den Zettel während des Shuttle- und OTV-Flugs ungelesen in seiner Tasche verwahrt; er fürchtete den Moment der Wahrheit, wenn er den Namen erfahren und vielleicht gegen einen Kollegen oder gar Freund vorgehen müßte.

Nachdem das OTV im Stein angelegt hatte, stieg er aus, meldete sich kurz bei Roberta Pickney und im Landebereich und übermittelte Kirchner seine Empfehlung, besonders auf die äußere Sicherheit des Steins zu achten.

Bezüglich der inneren Sicherheit ...

Es war an sich gar nicht seine Aufgabe. Hatte Gerhardt die Mitteilung schon erhalten, die ihn auf dem gefalteten Zettel erwartete? Wie war Hoffman an den Namen gekommen und warum hatte sie ihm den Namen gegeben?

Ein Bote überreichte ihm eine Tafel mit den Meldungen der verschiedenen Teamchefs. Er schwebte in einen kleinen Nebenraum am Landebereich, schlüpfte in einen Schlauch aus Netzgewebe, wie er den Arbeitern an der Achse als Koje diente, und las. Während er sich ins Bild setzte, erkannte er, daß er das Unvermeidliche nur vor sich her schob.

Als er in Begleitung eines wortkargen Marinesoldaten den Aufzug betrat, holte er den Zettel aus der Tasche und entfaltete ihn.

»So bald als möglich möcht' ich mit einem Laster zum zweiten Zirkel fahren«, sagte Patricia. Takahashi hielt ihr den Zelteingang auf, und sie trat ein. Carrolson und Farley dösten in einer Ecke des Mittelraums; in einer anderen hantierten Wu und Chang mit Tafeln und Prozessoren. Takahashi folgte ihr ins Zelt hinein.

Carrolson und Farley erwachten mit Brummlauten und blinzelten den lauten Störenfrieden entgegen.

»Wir müssen Raum-Zeit-Stichproben machen«, sagte Patricia. Ihr Gesicht war ausgezehrt und hatte dunkle Ringe unter den Augen bekommen. »Ich habe Mr. Heineman um Mithilfe gebeten. Es ist ein Leitstrahlsender am Flugzeug, und wir können das Signal mit Hilfe eines Geräts vom Sicherheitsdienst auffangen, die Frequenz analysieren und so feststellen, ob wir uns zeitlich langsamer oder schneller bewegen, indem wir unsere Angaben vergleichen, während das Flugzeug über uns passiert.«

»Du hast dir Gedanken gemacht?« fragte Carrolson, die sich auf ihrer Pritsche aufsetzte.

»Vielleicht bin ich auf der richtigen Spur«, antwortete Patricia. »Aber ohne Beweise ist noch nichts erwiesen. Ich habe Prognosen aufgestellt, und wenn die sich erhärten lassen, kann ich Hypothesen aufstellen.«

»Willst du uns verraten, worum's geht?« fragte Takahashi, der sich neben Carrolson auf die Pritsche setzte.

Patricia zuckte die Achseln. »Meinetwegen. Der Korridor ist vielleicht mit Dellen versehen. Jede Delle ist weiter nichts als eine Raum-Zeit-Fluktuation des Korridors und stellt eine Stelle dar, an der eventuell Zutritt in ein anderes Universum möglich ist. Die Dellen sollten eine minimale Abweichung der geometrischen Konstanten wie *Pi* aufweisen; vielleicht auch der physikalischen Konstanten. Überall dort, wo eine Delle – oder potentielle Delle – ist, finden wir womöglich auch Zeitfluktuationen.«

»Heißt das, der Korridor ist voller potentieller Schächte?«

»Anzunehmen. Nur ein paar wurden ausgewählt und sozusagen eingestellt.« Sie blickte hinauf zum Zeltdach und überlegte, wie sie erklären sollte, was ihr durch den Kopf ging. »Die Dellen stoßen aneinander. Unzählige vielleicht. Und ein Schacht, der sich in einer Delle – potentiell oder schon eingestellt – auftut, führt vielleicht in ein andres Universum.«

Takahashi schüttelte den Kopf. »Ist mir echt nicht ganz geheuer.«

»Ja«, sagte Patricia. »Ich möchte mich auch nicht weiter äußern, bis Garry wieder da ist.«

»Er muß jeden Moment kommen. Ist vor einigen Stunden im Bohrloch gelandet«, teilte Carrolson mit. Dann klopfte sie sich aufs Knie und stand auf. »Da fällt mir ein ... Morgen ist Tanz in der ersten Kammer. Alle sind eingeladen. War zwar nicht unbedingt zur Feier von Garrys Heimkehr gedacht, aber trifft sich gut. Wir müssen uns mal wieder so richtig austoben.«

»Ich bin ein guter Tänzer«, sagte Wu. »Foxtrott, Twist, Swim.«

»Hört euch den an! Könnte meinen, wir hinken dreißig Jahre hinter der Zeit her«, bemerkte Chang.

»Vierzig«, korrigierte Wu.

»Und wenn wir es schaffen, Heineman aus seinem Spielzeug zu locken«, sagte Carrolson, »dann bring ich dem alten Trottel ein paar heiße Schritte bei.«

Lanier legte den Zettel auf seinen Schreibtisch im Lager des wissenschaftlichen Teams und griff zur Wechselsprechanlage. Nach kurzem Zögern drückte er die Taste.

Er glaubte zu wissen, warum Hoffman ihm den Zettel gegeben hatte. »Ann«, sagte er. »Ich will so schnell wie möglich mit Rupert Takahashi sprechen. Hier im Lager.«

Er hoffte, er handelte im Sinne von Hoffman, wenn er versuchte, die Bombe zu entschärfen, die der Stein geworden war ...

Lance Corporal Thomas Oldfield, vierundzwanzig, war seit einem halben Jahr auf dem Stein stationiert und betrachtete diesen Einsatz als den aufregendsten seines Lebens, obwohl sich hier an sich nichts besonders Aufregendes abspielte. Die meiste Zeit schob er Wache in der zweiten Kammer, und zwar vor dem Tunnel zur ersten; dabei observierte er abwechselnd die Straße, die Brücke und die nahe Stadt oder betrachtete die ferne Rundung der gegenüberliegenden Seite. Normalerweise war er in Begleitung von mindestens einem Kameraden; heute jedoch war ein Wissenschaftler von der U-Bahnstation der Stadt in die erste Kammer zu eskortieren, so daß er nun ganz allein war. Freilich rechnete er nicht mit Problemen. In seiner ganzen Dienstzeit auf dem Stein war noch nichts Ungewöhnliches passiert. Er hatte noch nicht mal einen Spuk zu Gesicht bekommen.

Er glaubte nicht an Spuk.

Oldfield pfiff vor sich hin, als er aus dem Wachhäuschen trat und zur Brücke schaute, wo sich nichts rührte. »Schöner Tag«, sagte er und salutierte feierlich. »Jawohl, Sir, *schöner* Tag. *Schön* wie immer.«

Er fragte sich, ob es rein technisch derselbe Tag wäre wie der Tag seiner Ankunft. Ein immerwährender Tag ohne dazwischenliegende Nacht. Das Wetter änderte sich ab und zu. Bald regnete es, bald zog Nebel vom Fluß auf. Konnte man das als zeitliche Unterteilung betrachten?

Er begutachtete sein Apple und testete es hinter dem Häuschen an einer Reihe von Essenspäckchen aus Folie. Wenn er abgelöst wurde, stellte er die zerballerten Folienpäckchen wieder auf, damit die nächste Wache ihre Waffen ausprobieren konnte. Das war zu einem Ritual geworden.

Er ging ums Häuschen herum zur Tür, blieb stehen und wandte sich um.

Es fehlten ihm die Worte für das, was er sah.

Er dachte nicht mal mehr ans Apple. Meldung machen und verspottet werden – das ging ihm durch den Kopf.

Gute zwei Meter war es groß und dürr. Es hatte einen schmalen, langgezogenen Kopf mit hervorquellenden Glotzaugen, die ihn ruhig ansahen. Die zwei langen

Arme, die nicht in Schulterhöhe, sondern deutlich darunter vom Rumpf baumelten, waren bedeckt mit einem Material, das an die Folienpäckchen erinnerte. Die Beine waren kurz und stämmig. Die Haut war glatt und spiegelnd – nicht glänzend oder glitschig, sondern wie altes, poliertes Holz.

Es begrüßte ihn mit einem freundlichen Kopfnicken.

Er nickte ebenfalls, hob dann unter dem Druck des vielen Drillens das Apple und sagte: »Identifiziere dich!«

Aber es war mittlerweile verschwunden.

Oldfield hatte den Eindruck, es sei durch den Tunnel davon, war sich aber nicht sicher.

Vor Zorn und Scham lief sein Gesicht rot an. Er hatte seine Chance gehabt. Er hatte einen Spuk gesehen und ihn nicht zu fassen gekriegt, um ihn den Kameraden zu zeigen. Er hatte sich nicht anders verhalten als all die andern, die je – offiziell oder inoffiziell – davon berichtet hatten.

Oldfield war der Meinung gewesen, er sei ein zäherer Bursche als die andern. Er trommelte mit der Faust gegen das Haus und schlug per Sprechgerät Alarm.

## 18. Kapitel

Lanier empfing Takahashi in einem Besprechungsraum am Ende des oberen Flurs. Carrolson, die Laniers Absicht nicht kannte, hatte sich Takahashi und seiner Eskorte angeschlossen. Aber das war weiter nicht tragisch, sagte sich Lanier; am besten so tun, als wäre nichts. Er ließ das Lunch in sein Büro bringen, wo sie wortlos aßen. Im Anschluß daran gab er die neuen Befehle aus, woraufhin Carrolson seufzend den Kopf schüttelte.

»Vasquez will wieder auf Expedition gehen, diesmal zum zweiten Zirkel«, sagte sie. »Ich wette, sie wird nicht begeistert sein, daß sie nicht mehr in die Bibliotheken darf.«

»Niemand mehr hat Zutritt zu den Bibliotheken«, stellte Lanier klar. »Sie sind absolut tabu. Und keine Expedition mehr. Wir lassen alle Aktivitäten auf dem Stein vorübergehend ruhen. Die Archäologen haben sich in die Lager zu begeben, und die Bohrloch-Untersuchungen sind ebenfalls abzubrechen.«

Takahashi sah ihn finster an. »Was ist denn mit Hoffman passiert?« fragte er. Lanier vermied Blickkontakt; das gemeinsame Essen war die letzte gemeinsame Annehmlichkeit in ihrer Freundschaft gewesen. Der Zeitpunkt war gekommen. Ohne Carrolson vor den Kopf zu stoßen, bat er sie zu gehen. Sie machte zwar ein erstauntes Gesicht, aber er registrierte kaum, wie sie das Zimmer verließ. Seine ganze Aufmerksamkeit galt jetzt Takahashi.

»Ich möchte eine sehr schlimme Situation entschärfen«, sagte Lanier, als sie allein waren. »Und ich möchte, daß du mir dabei hilfst und es deinen Bossen meldest.«

»Bitte?« sagte Takahashi. Die Hand des Mathematikers, die ein Glas Orangensaft hielt, von dem er immer wieder trank, fing leicht zu zittern an.

»Ich möchte, daß du deinen Vorgesetzten Meldung erstattest wie bisher.«

»Versteh' ich nicht.«

»Ich auch nicht«, sagte Lanier, der wie versteinert auf seinem Platz saß. »Ich werde Gerhardt nicht informieren, obwohl mir mein Instinkt sagt, daß ich das tun sollte. Du wirst auf freiem Fuß bleiben und beobachten können, daß wir alles dichtmachen, bis die Verhandlungen eine Einigung gebracht haben. Du wirst persönlich nachprüfen und bestätigen, daß wir keinerlei Information über Waffen in den Bibliotheken gefunden haben.«

»Garry, was redest du da?«

»Ich weiß, daß du für die Sowjets spionierst.«

Takahashi biß die Zähne zusammen und beäugte Lanier aus verkniffenen Augen.

»Heute abend ist Tanz«, sagte Lanier. »Carrolson erwartet, daß jeder von uns kommt. Und wir kommen. Gerhardt wird auch da sein. Er wird nichts erfahren, denn der würde dich in die Arrestzelle am Bohrloch sperren und dich mit dem nächsten OTV heimschicken – quasi in Ionenform. Und das möchte ich nicht.«

»Aus Respekt oder was?« sagte Takahashi.

»Nein«, erwiderte Lanier. »Bei mir zieht dieser alte Scheiß von wegen Pflichterfüllung nicht. Du bist ein mieser Verräter. Ich weiß nicht, wo das alles angefangen hat, aber hier hört's auf. Und es soll gut enden. Die Informationen, die du auf die Erde weitergeleitet hast, haben um ein Haar den Krieg ausgelöst. Sag deinen Bossen, daß hier alles stillsteht und wir die Finger von den Bibliotheken lassen und den Stein auf lange Sicht eventuell räumen. Und halt dich raus, damit die sich zusammenraufen können! Kapiert?«

Takahashi sagte nichts.

»Weißt du, was auf der Erde los ist?« fragte Lanier.

»Nein, nicht genau«, erwiderte Takahashi betroffen. »Vielleicht sollten wir einige Dinge zwischen uns klarstellen, um die Situation zu entschärfen, wie du sagst. Ihr Einsatz ist genauso groß wie unserer.«

»Unserer?«

»Ich bin Amerikaner, Garry. Ich habe das nicht zuletzt zu unserem Schutz getan.«

Lanier spürte, wie sich ihm der Magen umdrehte. Er ballte die Hände zu Fäusten und drehte sich auf seinem Stuhl von Takahashi weg. Er hätte Takahashi zu gern gefragt, ob viel Geld im Spiel gewesen sei; aber er wollte es gar nicht wissen.

»Also gut. So sieht's aus.«

Und er erzählte Takahashi, was er auf der Erde erfahren hatte.

Er konnte nur hoffen, in Hoffmans Sinn gehandelt zu haben.

Am späten Nachmittag hielt die Soziologengruppe im Vortragssaal des Hauptlagers eine Informationsveranstaltung ab. Ungefähr zwanzig Mitarbeiter saßen im Publikum, nicht viel mehr als auf dem erhöhten Platz hinter dem Rednerpult. Rimskaya stand auf einer Seite, während Wallace Rainer die erste der vier Soziologen vorstellte.

Lanier hatte sich in die hinterste Reihe gesetzt, von wo aus er den Vortrag verfolgte. Zehn Minuten nach Einleitung des ersten Beitrags nahm Patricia neben ihm Platz und verschränkte die Arme.

Die erste Rednerin stellte eine kurze Hypothese über die Familienstruktur der Steinbewohner vor. Ausführlicher ging sie auf die dreiköpfige Familie ein, wie sie vor allem bei den Naderiten üblich war.

Patricia warf Lanier einen kurzen Blick zu. »Warum darf ich nicht mehr in die Bibliotheken?« fragte sie flüsternd.

»Niemand darf mehr von heute an«, erwiderte er.

»Ich weiß, aber warum?«

»Das ist eine sehr komplizierte Geschichte. Ich erklär's dir später.«

Patricia wandte sich seufzend ab. »Okay«, sagte sie. »Da tu ich eben draußen, was ich kann. Das wird doch noch erlaubt sein?«

Lanier, der ihr nachfühlen konnte, wie ihr zumute war, nickte.

Die zweite Rednerin war eine gewisse Tanya Smith, weder verwandt noch verschwägert mit Robert Smith. Lebhaft erläuterte sie die Evakuierung des Steins.

Patricia hörte nur halb zu.

»Es ist anzunehmen, daß ein Umsiedler-Gremium die Anträge auf Auswanderung durch den Korridor bearbeitet und den Transport organisiert hat ...«

Patricia schaute wieder zu Lanier, der ihren Blick erwiderte.

Es war schon verrückt; so betreibt man kein Geschäft, geschweige denn ein riesiges Forschungsunternehmen.

In ihrer kritischsten Stunde wurde die Menschheit vertreten von blind um sich tappenden, faselnden Studierten. Wenn Lanier an Takahashi dachte und daran, daß alle Sicherheitsvorkehrungen umsonst gewesen waren, drehte sich ihm wieder der Magen um.

Der Plan war natürlich gewesen, Forschern mit niedriger Unbedenklichkeitseinstufung und Farbkategorie beste Arbeitsmöglichkeiten einzuräumen unter der Aufsicht eines Gruppenleiters mit nahezu unbegrenzter Unbedenklichkeitsklasse. Die Forschungsergebnisse wurden dann ausgesondert und gesammelt und zu einer Aussage formuliert, die wiederum anhand der Quellen in den Bibliotheken zu überprüfen waren. Es mußte so gehandhabt werden. Da nur sehr wenige Leute für die Bibliotheken zugelassen waren, in denen Unmengen von Daten verwahrt waren, hätte es Jahrzehnte gedauert, einen fundierten Überblick zu gewinnen.

Das war zumindest die Überlegung dahinter. Lanier hatte daran festgehalten, weil er immerhin noch im Herzen Soldat war, der denjenigen, die über Hoffman standen, gehorchte, wenn nicht gar blind vertraute.

Aber das spielte keine Rolle.

Das spielte keine gottverdammte Rolle mehr, denn es würde sowieso alles dichtgemacht. Sie würden einpakken und heimkehren, und Takahashi würde (hoffentlich) melden, daß ein glaubwürdiger Versuch unternommen werde, die besorgten Russen zu beschwichtigen.

Aber die Sowjets würden trotz allem nicht in die Bibliotheken vorgelassen werden. Es sei denn der Präsident wäre total verrückt. Man greift nicht mit zwei Händen gleichzeitig in die Büchse der Pandora!

Er hatte einen Teil des Materials über die hochentwikkelte Technologie des Steins gesichtet. Er hatte die

Lehrmethode erlebt, die in den Bibliotheken angewandt wurde. Er hatte die biologische und psychologische Manipulation der Steinler mitbekommen. (*Manipulation* – deutete das Wort nicht auf Vorurteile hin? Ja. Was er da zum Teil gesehen hatte erschütterte ihn zutiefst und trug zu den schlimmsten Trips auf dem Stein bei.) Er war sich nicht sicher, was sein geliebtes Vaterland mit diesem brisanten Zeug anstellen würde – von den Sowjets ganz zu schweigen.

Patricia hörte sich die Scharade noch ein paar Minuten lang an und ging dann hinaus. Lanier erhob sich ebenfalls und folgte ihr. An der Ecke zum Frauenbungalow holte er sie ein.

»Moment!« sagte er. Sie blieb stehen und drehte sich halb zu ihm um, schaute aber zu einer eingetopften Linde, die auf dem freien Platz zwischen zwei Gebäuden wuchs. »Ich möchte nicht, daß du deine Arbeit einstellst. Ganz und gar nicht.«

»Ich hör' nicht auf«, sagte sie.

»Das wollte ich nur klarstellen.«

»Ist mir schon klar.« Nun sah sie ihm, die Hände in den Taschen, ins Gesicht. »Du kannst nicht froh sein, so wie's jetzt läuft.«

Er machte große Augen und warf den Kopf zurück, denn er ärgerte sich über so viel Dummheit und Anmaßung ... oder was immer sonst sie in diesen knappen Ausspruch hineingepackt hatte.

»Kannst echt nicht froh sein, Mann. Hältst uns hier fest und weißt, was los ist.«

»Ich halte niemanden hier.«

»Du hast nie mit mir geredet, mit keinem von uns, soweit ich gesehen habe. Du sagst zwar was, aber redest nicht mit uns.«

Plötzlich verpuffte der Ärger und ließ ein leeres, schales Gefühl des Alleinseins zurück. »Verantwortung bringt Privilegien mit sich«, sagte er leise.

»Glaube ich nicht.« Sie verdrehte die Augen. Sie

wollte ihn reizen, herausfordern. »Was bist du für ein Mensch? Du wirkst steinern. Eiskalt. Bist du das, oder ist das nur Ausdruck deiner Privilegien?«

Lanier erhob drohend den Zeigefinger, wackelte damit vor ihrer Nase und grinste. »Du machst deinen Job«, meinte er, »und ich den meinen.«

»Trotzdem redest du nicht.«

»Was willst du überhaupt?« sagte er bitter, trat einen Schritt näher, zog die Schultern vor und warf den Kopf zurück. Es war eine auf Patricia unheimlich verkrampft wirkende Pose. Der jähe Gefühlsausdruck erschreckte sie.

»Ich will, daß mir jemand sagt, was ich empfinden soll«, erklärte sie.

»Kann ich nicht.« Die Schultern ruckten zurück, und der Hals lockerte sich. »Wenn man anfängt, darüber nachzudenken ...«

»Aber die Arbeit, die Arbeit«, erwiderte Patricia mit einem spöttischen Unterton. »Herrgott, ich schufte, Garry. Ich arbeite in einem fort.« Tränen traten ihr in die Augen, und mit Bestürzung stellte sie fest, daß auch er Tränen in den Augen hatte. Er hob die Hände, aber hielt vor dem Gesicht inne. Eine Träne fiel auf die Wange und kullerte weiter zu seinem Mundwinkel.

»Okay«, sagte er. Er wollte gehen, brachte es aber nicht über sich. »Wir sind nur Menschen. Ist es das, was dich interessiert hat?«

»Ich arbeite«, sagte Patricia, »aber innen drin, da ist alles wund. Vielleicht ist's das.«

Rasch wischte er sich die Augen aus. »Ich bin kein Eisbatzen«, verteidigte er sich. »Und es ist nicht fair, im Moment von mir mehr zu erwarten. Kannst du das verstehen?«

»Merkwürdig«, sagte sie und hob die Hände ans Gesicht, als wollte sie seinem Beispiel folgen. Ihre Finger hielten an den glühenden Wangen inne. »Tut mir leid. Aber du bist mir gefolgt.«

»Ich bin dir gefolgt. Belassen wir es dabei?«

Patricia nickte verlegen. »Ich habe dich nicht für gefühllos gehalten.«

»Gut.« Damit wandte Lanier sich um und ging rasch zur Cafeteria.

In ihrem Zimmer drückte sie die Knöchel der Fäuste in die inzwischen trockenen Augen und versuchte, die Worte eines Liedes zu sprechen, das sie als Kind über alles geliebt hatte. Sie konnte sich nicht erinnern oder war sich zumindest nicht sicher, ob sie den Text richtig im Gedächtnis behalten hatte. *Wo immer du bist,* begann sie zaghaft zur Melodie, *was immer du tust, ich folge dir ...*

## 19. Kapitel

Patricia saß in einem Regiestuhl auf dem Flachdach der Frauenunterkünfte. Sie warf einen Blick auf die Datumsanzeige ihrer Armbanduhr, während im Lager des wissenschaftlichen Teams die Gäste zum Tanz kamen. In sieben Tagen sollte der Krieg ausbrechen.

Alles ging viel zu schnell. Sie konnte Meinungen von sich geben, sich aber nicht hinreichend ihrer Gültigkeit vergewissern. Sie konnte Lanier beispielsweise sagen, daß der Stein nicht weit von seinem ursprünglichen Kontinuum entfernt sein könne. Die Vergangenheit des Steins und ihre jetzige Wirklichkeit unterschieden sich nicht grundsätzlich. Vielleicht nicht genug, um den Krieg zu verhindern.

*Vielleicht würde das Wissen der Sowjets um den bevorstehenden Krieg sie zur Umkehr bewegen und den Krieg verhindern ...*

*Vielleicht würde die Anwesenheit des Steins und der klare technologische Vorsprung, den er dem Westen einräumte, die Sowjets erst recht anstacheln ...*

*Vielleicht würde der Stein die von ihm ausgehende Wirkung*

*schlicht wiederaufheben und somit ohne Folgen für die unmittelbare Zukunft der Erde bleiben ...*

Carrolson und Lanier betraten das Lager. Patricia konnte sehen, wie sie Mitarbeiter begrüßten, die aus andern Kammern im Lager eintrafen.

Das schorfige, wunde Gefühl in ihr war verklungen. Sie war weder zornig noch traurig. Sie fühlte sich überhaupt nicht richtig lebendig. Das einzige, woran sie noch Freude hatte, war der Zustand, das Wegtauchen in die Arbeit und Schwelgen in der Größe und Erhabenheit des Korridors.

Trotz alledem müßte sie ihre Aufwartung machen. Das verlangte sie von sich. Sie hatte immer der Versuchung widerstanden, das weltfremde Genie zu spielen und den Umgang mit anderen zu meiden. Dabei war der Drang dazu durchaus vorhanden: sie war *gern* allein, verkroch sich *gern* in eine Ecke zum Arbeiten. Der Gedanke, unter dem ewigen Röhrenlicht das Tanzbein zu schwingen (der Tanz wurde im Freien abgehalten) und Belanglosigkeiten auszutauschen – oder gar für einige Stunden aufs Karussell der Partnersuche zu steigen – erschreckte sie. Sie war sich nicht sicher, ob sie Haltung bewahren könnte oder vor Zorn und Ohnmacht in Tränen ausbrechen würde.

Sie ging die Treppe hinunter und verließ, die Hände in den Taschen, das Gebäude, wobei sie bewußt den Kopf höher trug, als sie sich unter die Massen mischte.

Zwei Soldaten, zwei Biologen und zwei Techniker hatten aus ausgemustertem Elektronikmaterial Synthesizer und elektrische Gitarren gebastelt. Seit Wochen ging das Gerücht, die Band sei annehmbar – vielleicht sogar gut. Obwohl heute ihr erster Auftritt vor Publikum war, stimmten sie cool ihre Instrumente und stellten mit geübter Hand die Anlage ein.

Von den Archäologen, die in Alexandria zugange waren, hatte man sich seltsame Boxen geschnorrt, die als Zeichen des guten Willens und Einvernehmens und als

Versöhnungsgabe für die pingelige Schutzpolitik geopfert wurden. Die Boxen standen an den Ecken der rechteckigen Tanzfläche, eines für Anbauten ausgesparten Areals. Es waren keine Drähte, keine Kabel an den Boxen; die Musik wurde mit eigener Frequenz per Funk übertragen. Die Töne, die aus den Boxen kamen, klirrten etwas, waren ansonsten aber akzeptabel. Heineman betrachtete eins der Dinger und meinte: »Ich bin nicht sicher, *was* das ist. Aber'n Lautsprecher ist's nicht.«

»Funktioniert doch, oder?« erwiderte Carrolson, die ihrem erhofften Tanzpartner nicht von der Seite wich.

Heineman gab ihr insoweit recht, als es das Funksignal in Geräusch umwandelte, wollte sich aber nicht weiter darüber auslassen. Diese Frage wurde also nie zur Genüge geklärt.

Unter dem immerwährenden Röhrenlicht legten Mitglieder des Sicherheitsteams mit Wissenschaftlern und Technikern ein Tänzchen aufs Parkett. Die sowjetische Gruppe, die sich zierte, stand geschlossen in einer Ecke. Hua Ling, Wu, Chang und Farley legten sich mächtig ins Zeug, obwohl auch sie von der Schließung erfahren hatten.

Die Band spielte für einige Runden älteren Hardrock, der nicht zur allgemeinen Stimmung paßte, so daß sie notgedrungen wieder auf moderne Musik zurückgriffen.

Patricia tanzte einmal mit Lanier, und zwar einen Japanischen Walzer, wie sie gerade aktuell waren. Als sie sich gegen Ende in den Armen wiegten, nickte Lanier geheimnisvoll und lächelte. Sie wurde beinahe rot. Als der Tanz zu Ende war, hielt er sie noch fest und sagte: »Nicht deine Schuld, Patricia. Du warst ganz toll. Ein richtiges Teammitglied.«

Sie trennten sich, und Patricia ging verwirrt zur Seite. Das Gefühl der Leere war verschwunden. Hatte sie wirklich Lob von Lanier erwartet? Offenbar; seine Worte schmeichelten ihr.

Nun bat Wu um einen Tanz, der sich als guter Tänzer entpuppte. Anschließend nahm Patricia wieder Platz und blieb bis zum Ende des Festes sitzen. In einer Tanzpause kam Lanier zu ihr; er hatte eher hektisch mit einer ganzen Reihe von Partnerinnen getanzt – darunter Farley und Chang.

»Gefällt's dir?« fragte er.

Sie nickte. Dann sagte sie: »Nein, eigentlich nicht.«

»Mir auch nicht, wenn ich ehrlich sein soll.«

»Du bist aber ein guter Tänzer«, meinte Patricia.

Lanier zuckte die Achseln. »Irgendwann muß man ja mal abschalten, was?«

Damit war sie nicht einverstanden. Es blieb so wenig Zeit. »Ich muß mit dir reden«, sagte sie.

»Jetzt, in der Freizeit?«

»Hier und jetzt, wenn's dir recht ist«, fragte sie gleichzeitig. Der Lärm ringsum war so groß, daß niemand lauschen konnte.

»Warum eigentlich nicht hier?« meinte Lanier. Er sah sich nach Takahashi um; der stand auf der anderen Seite der Tanzfläche, weit weg von den Russen.

Patricia nickte. Es schossen ihr Tränen in die Augen. Da er ihr etwas Nettes gesagt hatte, war sie aufgetaut und würde nun kein Blatt mehr vor den Mund nehmen und ihren schlimmsten Befürchtungen Ausdruck verleihen. »Ich habe versucht zu berechnen, wie groß der Ruck war, den der Stein mit der Entstehung des Korridors abbekam.«

»Wie groß?« fragte Lanier, der die Leute, die in Hörweite passierten, nicht aus den Augen ließ.

»Nicht sehr groß«, erklärte sie. »Es ist eine komplizierte Frage. Aber wirklich nicht groß.«

»Wir sind also noch drauf?«

Die Kehle schnürte sich ihr zu. »Möglich. Ist das der Grund, warum du mich auf den Stein geholt hast? Damit ich das feststelle?«

Er schüttelte den Kopf. »Hoffman hat dich raufgeschickt. Sie machte mich persönlich für dich verantwortlich. Ich habe dich nur in die Arbeit eingewiesen.« Er griff in die Tasche und zog ein Kuvert heraus, dem er zwei Briefe entnahm. »Ich hatte noch keine Gelegenheit, dir die zu geben. Nein, stimmt nicht. Ich vergaß sie bis jetzt. Ich brachte sie auf dem Rückflug mit.«

Sie nahm die Briefe aus seiner Hand und warf einen Blick darauf. Der eine war von ihren Eltern, der andere von Paul. »Darf ich antworten?« fragte sie.

»Schreib Ihnen, was du willst«, sagte er, »soweit vertretbar.«

Die Poststempel waren eine Woche alt.

Eine Woche verging. Der Tag, an dem Armeggedon losbrechen sollte, verging.

Patricia blieb in den Unterkünften und arbeitete härter denn je mit den Möglichkeiten, die ihr verblieben waren.

Sie konnte ihre anfängliche Meinung nicht ändern.

Jeder Tag war also ein Sieg: die Wirklichkeit bewies ihr, wie sehr man sich irren kann.

## 20. Kapitel

Lanier verließ den Aufzug und manövrierte sich mit Hilfe des Seils in den Karren. Die schlanke Chauffeuse im air-force-blauen Overall bog von der üblichen Route ab und folgte einer Spur in den Übungsbereich von Kirchner. Lanier war erst zweimal zu einem Treffen mit dem Admiral dort gewesen. Während er sich an die Handgriffe des Karrens klammerte, versuchte er, sich Antworten auf die unvermeidlichen Fragen zurechtzulegen.

Hoffman hatte in ihrer letzten Mitteilung angedeutet, daß die Information, die sie ihm anvertraut habe, inzwischen zu den Joint Chiefs durchgedrungen sei. Das bedeutete, das Kirchner und Gerhardt mittlerweile im Bild waren.

Gerhardts Adjutant empfing ihn im kurzen Tunnel vor dem umgebauten Lagerraum, wo Kirchners Bohrlochmannschaft trainierte. Er führte Lanier in einen Raum mit blanken Felswänden, die mit provisorischen Aktenschränken bedeckt waren. Eine dicke Nickel-Eisen-Ader war geglättet und poliert worden und diente nun als Projektionswand. Kirchner glitt in die Gurte und las die Anzeige auf einer Tafel, während Lanier hereingeführt und angemeldet wurde. Gerhardt hangelte sich den Gang entlang und kam als letzter in den Raum.

Kirchner nickte ihnen zu. Der Admiral schien sich nicht wohl zu fühlen in seiner Haut.

»Mr. Lanier – ehemaliger Lieutenant Commander, nicht wahr?« fragte Gerhardt schroff. Er war ein untersetzter, schlanker Mann mit drahtigem, schwarzem Haar und einer breiten, platten Nase. Seine Kleidung unterschied sich an sich nicht von der Uniform seiner zur inneren Verteidigung abgestellten Mariner, die in Grün gehalten war und ergänzt wurde von schwarzen Stiefeln mit weichen, griffigen Gummisohlen.

»Ja, Sir.« Lanier füllte die folgende Pause nicht.

»Sie haben uns nicht mitgeteilt, daß Takahashi ein sowjetischer Spion ist, Mr. Lanier«, sagte Kirchner.

»Nein.«

»Sie erfuhren vor beinahe zwei Wochen davon und informierten die Leiter Ihres Sicherheitsteams nicht über die Spionagetätigkeit?«

Lanier sagte nichts.

»Sie hatten Ihre Gründe«, bemerkte Kirchner.

»Ja.«

»Dürfen wir sie erfahren?« fragte Gerhardt in strengem Tenor.

»Es war unsre Absicht, den Russen eine kleine Verschnaufpause zu gönnen und ihnen zu zeigen, daß wir zum Rückzug blasen. Das wäre uns nicht gelungen, wenn Takahashi eingesperrt worden wäre.«

»Was ich getan hätte«, sagte Gerhardt.

Lanier nickte.

»Richtig, das hätte ich getan. Sind Sie sich darüber im klaren, daß das unser gesamtes Unternehmen gefährden könnte? Takahashi hätte unsere Manöver hier bespitzeln können, unsere Vorbereitungen auf den Angriff ...«

»Nein, Sir. Er hat sich außer zur Nachrichtenübermittlung ständig im Lager aufgehalten.« Kirchner, wortkarg wie immer, ließ Gerhardt das Heruntermachen besorgen.

»Und er hat seine Nachrichten vor unserer Nase gesendet, einfach auf den Peilfunk für den OTV-Landeanflug gepackt. Wunderbar. Er wird sofort verhaftet. Ich will ihn unverzüglich auf die Erde schaffen und wegen Verrats anklagen lassen. Herrgott, Lanier!« Gerhardt schüttelte energisch den Kopf, als wollte er Mücken verscheuchen. »Hat Hoffman das gewollt?«

»Angedeutet.«

»Sie gab Ihnen den Namen. Irgendwelche Ergebnisse? Ich meine, haben sich die Russen schon zum Verhandeln entschlossen?«

»Nein, soweit ich weiß.«

»Ganz recht, eben nicht, verdammt noch mal! Sie wissen, was wir hier in den Händen haben. Erwarten Sie, daß wir uns mir nichts dir nichts zurückziehen und brav halbe halbe machen mit denen?«

»Ich dachte, wir würden 'ne Verschnaufpause brauchen. Bedenkzeit.«

»Wußte Hoffman, was für Informationen Takahashi weiterleitete?« fragte Kirchner.

»Ja. Material über die Bibliotheken.«

»Mein Gott, Garry, der Clown hatte Zugang zu Orten, wohin nicht mal *Kirchner und ich* dürfen! Wenn Sie mich fragen, Sie haben die Sache kolossal vermasselt.

Ist es möglich, daß *er* mehr weiß als ich? Oder daß Ihre niedliche Studentin mehr weiß?«

»Sicher«, sagte Lanier, der ruhig blieb, während der General Dampf abließ. »Aber Sie wissen, daß ich Ihnen nichts sagen kann. Da werden Sie sich schon an Ihre Vorgesetzten wenden müssen.«

Gerhardt lächelte. »Tja. Ein Präsident – wenn ich das inoffiziell sagen darf, verstehen Sie? – ein Präsident, der in irgendeiner Vorkriegsauffassung von Demokratie lebt, kann nicht viel anfangen mit dem Weltraum. Ein Senat, der aus lauter Kreaturen, Spitzeln und rückständigen Republikanern besteht, die sich mit der Geldumlage für den Süden plagen ...« Er blickte zu Kirchner, der lächelnd den Kopf schüttelte und auf die blanke Asteroidenwand starrte. »Dem Stein kommt längst nicht die gebührende Aufmerksamkeit zu – oder täusche ich mich?«

»Je nachdem. Im Moment gibt es für die Regierungen der Welt kein wichtigeres Thema als den Stein. Überall stellt man Spekulationen an. Die Russen machen sich fast in die Hose vor Angst, daß wir technologisch die Oberhand gewinnen. Das ist schon der Fall, aber durch den Stein wird's todsicher, nicht wahr?«

»Was machen Kirchner und ich hier oben, Garry? Warum werden wir nicht auf dem laufenden gehalten wie Sie? Die Sicherheit des Steins obliegt dem Captain und mir, aber die Burschen spielen Versteck mit uns. Wir können nicht in die Bibliotheken, können keine Unterlagen einsehen. Ist mir schleierhaft, was mir da an wildesten Gerüchten zu Ohren gekommen ist. Es bringt mich noch um den Verstand. Wird's nicht allmählich Zeit, daß wir zusammenarbeiten und an einem Strick ziehn?«

»Die haben ihre Gründe«, bemerkte Lanier.

»Ich habe Sie beobachtet, Garry. Es ist mit Ihnen im letzten Jahr bergab gegangen. Was, zum Teufel, spielt sich hier eigentlich ab?«

Lanier zog sich in einen zweiten Gurt und hielt sich fest. »Was haben Sie für Befehle von der Erde?«

»Ich habe mich auf den unmittelbaren Angriff des Steins vorzubereiten und auf die Möglichkeit einer nuklearen Auseinandersetzung auf der Erde.«

»Können die Russen den Stein einnehmen?«

»Wenn sie alles, was sie im Weltraum haben, gegen uns einsetzen – ja«, erklärte Kirchner.

»Meinen Sie, daß es so sein wird?«

»Ja«, antwortete Kirchner. »Wie, das weiß ich nicht. Aber wir zermartern uns Tag und Nacht das Hirn, um das rauszukriegen. Bei unserer nächsten Annäherung versuchen sie, mittels kleiner Scharmützel auf der Erde – zur See und in Europa – vom Stein abzulenken. Sie, sie kommen rüber, um uns den Stein abzuknöpfen. Oder sie probiern's sofort mit dem Stein. Ich weiß es nicht.«

»Können sie's schaffen?«

Gerhardt hob die Hand, um zu unterbrechen. »Sagen Sie mir im Gegenzug, was uns erwartet, Garry? Und darf ich das Schwein einsperren lassen?«

Takahashi hatte vermutlich seinen Dienst getan.

»Ja«, sagte Lanier. »Schaffen Sie ihn schleunigst vom Stein und übergeben Sie ihn nach der Landung in Florida ans Außenministerium.«

»Lassen Sie uns in die Bibliotheken?« erkundigte sich Gerhardt.

»Nein. Die sind geschlossen. Ich sage Ihnen, was Sie wissen müssen.«

»Dann beantworte ich Ihre Frage«, sagte Kirchner. »Die Russen können es schaffen, können uns überwältigen. Wenn Sie alles einsetzen, was sie haben, können wir sie nur aufhalten, indem wir das Bohrloch zumachen, womit wir uns zwangsläufig hier einsperren würden. Wir wurden angehalten, das nicht zu tun.«

»Selbstverständlich«, meinte Lanier. Das hätte den Russen jegliche Zweifel genommen.

»Mit Ihnen kann man reden, Garry«, sagte Gerhardt forsch. »Jetzt wollen wir mal ans Werk gehen und das Pack vom Stein jagen.«

»Nur Takahashi. Das russische Team lassen Sie mir in Ruhe.«

»Aber klar doch«, sagte Gerhardt. »Die rühren wir nicht an, es sei denn, es ist alles zu spät und die Leute sind nicht mehr bei Vernunft zu halten.«

## 21. Kapitel

Im Bauch des Schwertransporters, der vom Ozean aus gestartet war, lauschte Bataillonskommandeur Oberst Pawel Mirski den Technikern der Orbitalwachplattform Drei, die die Tanks rings um die volle Kammer im Heck füllten und das Fahrzeug zum nächsten Schritt der Reise rüsteten.

Mirski hatte die Schwerelosigkeit schätzen gelernt; sie erinnerte ihn an den freien Fall. Er hatte so viel Zeit damit verbracht, in der Mongolei und bei Tyuratam aus Flugzeugen zu springen (und im Bauch stürzender Flugzeuge zu schweben) und im Laufe seines Trainings im Orbit natürlich die wirkliche Schwerelosigkeit erlebt, so daß sie ihm jetzt ganz natürlich vorkam.

Das ließ sich von vielen seiner Männer nicht sagen. Ein ganzes Drittel wurde kräftig von Weltraumkrankheit gebeutelt. Die drei engen, proppenvollen Container, die übereinandergestapelt entlang der Mittellinie des Schwertransporters standen, waren nicht gerade bequem. Die orangefarbenen Schotten und dunkelgrünen, abgesteppten Polster, mit denen die Oberflächen bespannt waren, ließen nicht unbedingt Geborgenheit aufkommen.

Die Truppen waren schon zwanzig Stunden eingesperrt. In dieser Zeit waren sie zunächst dem Streß des

Starts und nun der Schwerelosigkeit ausgesetzt. Die Tabletten gegen Reisekrankheit erwiesen sich als pharmazeutische Antiquität: das Haltbarkeitsdatum auf den Plastikfläschchen war längst abgelaufen.

Mirski wurde mit so etwas spielend fertig und bot seinen Leuten jede erdenkliche Unterstützung an.

»Was hältst du nun von Geschichte, eh, Viktor?« fragte er seinen Stellvertreter, Major Viktor Garabedian.

»Ich scheiß' auf Geschichte«, sagte Garabedian und winkte lustlos ab. »Erschieß mich auf der Stelle und bring's hinter dich!«

»Dir ist bald wieder wohler.«

»Scheiß' aufs Wohlsein.«

»Trink 'nen Schluck Wasser! Ja, scheiß drauf, wenn du willst!«

Sie hingen in den Gurten in der vorderen Kammer inmitten des Gestanks von Übelkeit und Verkrampfung und der Geräuschkulisse von denjenigen, die lieber still in ihren Gurten lagen und zum Teil aus Verpflegungstüten und -tuben aßen, was allerdings die wenigsten taten.

Als sie vom Indischen Ozean direkt beim südlichen Rand des Carpenter-Kamms gestartet waren, hatten sie eine Stelle angesteuert, um von einer erdnahen Wachplattform betankt werden zu können. Sie waren der vierte von insgesamt sieben Schwertransportern, wovon einer vom Mond aus aufgebrochen war. Die sieben trugen die Decknamen Zil, Chaika, Zhiguli, Wolga, Rolls Royce, Chevry und Cadillac. Drei der Schwertransporter, und dazu gehörte auch die ›Wolga‹, ihr Schiff, hatten einen General an Bord; Deckname war jeweils Zev, Lev und Nev nach einer beliebten Showtanzgruppe. Sechs der Schiffe trugen zweihundert Mann und leichtere Waffen und Nachschub, den sie benötigen würden, sollte es ihnen gelingen, den ersten Teil ihrer Mission erfolgreich auszuführen. Das siebte –

Zhiguli – trug schwere Artillerie, zusätzliche Vorräte und fünfzig Techniker.

Falls sie keinen Erfolg hätten, wäre weiterer Nachschub überflüssig. Falls ja, könnten sie jahrelang völlig unabhängig von Erde oder Mond leben. Das behaupteten die Strategen anhand der erworbenen Geheiminformationen.

Mirski wunderte sich über Details, die in den Unterweisungen nicht angesprochen worden waren. Völlig logisch war die Methode des Eindringens; es gab nur einen Weg hinein und heraus, und das war jeweils ein und derselbe. Die Schwertransporter waren getarnt und sollten schwer zu erkennen sein – große, dunkle, aufgeblähte Kegel mit drei Kuppeln an der Spitze, die Cockpit und Waffensysteme enthielten. Exponierte Flächen waren gepanzert unter den austauschbaren, hitzeableitenden Verkleidungen. Der Panzer war beschichtet mit reflektierenden Anti-Laser-Schilden. Ob das alles helfen würde, wenn sie sich in die Höhle des Löwen begäben – besser gar nicht daran denken.

Er schloß die Augen und überlegte ihr Vorgehen nach dem Eintritt. Jeder trug in einem Plastikbeutel einen leichten Raumanzug bei sich; seitlich festgebunden war der unförmige Helm mit aufgerollten Anschlußstücken, Atemgerät mit Sauerstoff für zwei Stunden und Batterie. In einem zweiten Beutel waren ein Fallschirm und ein zusammengefalteter aerodynamischer Schutzschild. Darüber hinaus verfügte jeder über einen Satz kleiner Dampfstrahlraketen. Die Raketen hatten drei dünne Düsen, die strahlenförmig abstanden, wenn am unteren Ende des Atemgeräts montiert. Sie waren regelbar durch Knöpfe und Züge, die durch Schlingen zum Handschuh führten. Die plastikverpackten Düsen waren zusammengeschoben, und die Antriebsraketen gluckst en bei jeder Bewegung.

Zu dieser Ausrüstung kamen die Lasergewehre und die vakuumtauglichen Kalashnikow AKV-297 – einfache Maschinengewehre mit erweitertem Patronenrahmen und zusammenlegbarer Schulterstütze, die so umgerüstet waren, daß sie im luftleeren Raum nicht blokkierten). So ausgestattet, wollten sie die Ehre und angestammte Position der Sowjetunion und ihrer Bruderstaaten zurückgewinnen. Dabei waren bei ihrer Unterweisung solche Sätze natürlich nicht gefallen: kein Führer würde je den Verlust von Ehre und Position zugeben.

Mirski war jedoch ein praktischer Mensch.

Wieder begann im Halbdunkel ein Mann erbärmlich zu kotzen. Vielleicht hätten sie's in ein, zwei Tagen überwunden. Das hatten die Ärzte in Aussicht gestellt. Erfahrungsgemäß sind die ersten Tage am schlimmsten. Da die Russen auf unzählige Raumaufenthalte zurückblicken konnten, waren die Aussagen der Experten durchaus fundiert.

Er ruckte an seinem Gurt, der beim Einsatz als Gurtwerk des Fallschirms diente. Nach dem Absetzen wären sie freie Agenten, bis sie sich innerhalb des Steins – der Kartoffel – wieder sammeln würden.

Mirski fragte sich, wie das Bohrloch verteidigt würde und was dahinter läge. Die Details waren erschreckend genau, während der allgemeine Überblick lückenhaft blieb; es war ihnen nur das absolut Notwendigste zur Durchführung ihrer Arbeit gesagt worden.

Noch nie war ein Ziel im Weltraum von Truppen angegriffen worden.

Es war nicht abzusehen, was alles schiefgehen könnte.

Dabei hatte noch kein Soldat fest damit gerechnet, eine Schlacht zu überleben. Im Großen Krieg war sein Großvater am Ufer des Bug gestorben, als Hitlers Truppen den Fluß überquerten. Und da war natürlich noch Kiew ...

Die Russen wußten, wie man stirbt.

## 22. Kapitel

Hoffman hatte nur das Allernötigste mitgenommen: sieben Memoblöcke mit hoher Dichte aus insgesamt ungefähr zweitausend, ein paar persönliche Dinge und zwei Schmuckstücke, die ihr vor zehn Jahren vom verstorbenen Mann geschenkt worden waren. Sie hatte die Wohnungstüren offengelassen; sollte irgendein Vagabund daherkommen, wollte sie ihm ein paar vergnügliche Tage zukommen lassen.

Mehr konnte sie nicht mehr tun. Was in den nächsten Tagen geschehen würde, daran bestand kein großer Zweifel mehr; noch nie hatten solche Spannungen geherrscht.

Dem Instinkt, der ihr in der Vergangenheit so gute Dienste geleistet hatte, folgend, machte Hoffman sich auf den Weg zum Stein. Sie hoffte, daß es nicht schon zu spät war.

Stundenlang fuhr sie mit ihrem unauffälligen Zweitwagen – einem geleasten Buick – durch die Wüstenlandschaft und kleine Siedlungen und mittelgroße Städte und versuchte, nicht zu denken und kein schlechtes Gewissen zu haben. Sie konnte nichts mehr tun.

Sie war ihres Amtes enthoben worden vom aufgebrachten, voreiligen Chief Executive. Drei Kabinettsmitglieder hatten ihr vorgeworfen, das ganze Chaos inszeniert zu haben.

»Die sollen sich zum Teufel scheren«, flüsterte sie.

Neben der Abbiegung zum Vandenberg Launch Center sah sie in einem kleinen, zivilen Ladenzentrum, das das Stützpunktpersonal versorgte, einen Gärtnerladen. Ohne zu zögern, hielt sie auf dem Parkplatz an.

Im Laden fand sie einen schmächtigen, jungen Verkäufer mit grüner Schürze und Filzhut. Sie erkundigte sich nach den Sämereien. »Gemüse oder Blumen?« fragte er.

»Beides.«

»Gang H, direkt gegenüber den Gartengeräten und neben dem Mulchmaterial.«

»Danke.« Sie fand das Regal und nahm von allem, was sie sah, eine Tüte mit und vom Gemüse zwei bis drei. Zuletzt war ihr Wagen mit mindestens zehn Pfund Saatgut beladen. Der Verkäufer machte ein verdutztes Gesicht.

Hoffman warf zwei Hundert-Dollar-Scheine auf den Ladentisch. »Reicht das?« fragte sie.

»Glaube schon ...«

»Der Rest ist für Sie«, sagte sie. »Ich hab's eilig, und das Abzählen dauert mir zu lange.«

»Darf ich eben den Chef holen ...«

»Hab' keine Zeit«, wiederholte sie, zog einen dritten Schein hervor und legte ihn zu den beiden.

»Das sollte genug sein«, beeilte sich der Verkäufer schluckend zu sagen.

»Danke. Bitte packen Sie sie mir in einen Karton!«

Hoffman nahm den Karton und ging zum Wagen.

Lanier schlief in seinem Raum, als die Sprechanlage läutete. Er drückte auf den Knopf, aber es kam nichts als Schweigen aus dem Gerät.

Er rieb sich blinzelnd die Augen. Dann hörte er die Sprechgeräte in allen anderen Räumen läuten. Und Schritte im Gang.

Er drückte eine Nummer ein. Eine zittrige Stimme meldete sich. »Vermittlung, erste Kammer.«

»Hier Garry Lanier. Haben wir Zentralalarm?«

»Ja, Mr. Lanier.«

»Warum?« fragte Lanier mit unendlicher Geduld.

»Weiß nicht genau, Sir.«

»Verbinden Sie mich sofort mit der Achse!«

»Jawohl, Sir.«

Als nach einigen Sekunden eine Frauenstimme antwortete, bat er um eine Erklärung.

»Wir haben DefCon drei* von London und Moskau«, sagte die Frau. »Erhöhte Radaraktivität, insbesondere bei orbitalen Ortungssystemen. Kommunikations- und Navigationssatelliten sind angegriffen worden.«

»Meldung aus Florida oder Sunnyvale?«

»Nein, Sir.«

»Nachricht von der Mondsiedlung?«

»Nichts für uns, Sir. Die sind gerade auf der abgewandten Seite.«

»Ich komme sofort zur Achse hoch. Link und Pickney sollen einen Raum für einen Krisenstab mit etwa fünfzehn Plätzen vorbereiten.«

Er wurde von Roberta Pickney unterbrochen. »Garry, bist du's? Es ist schon alles vorbereitet. Befehl von Kirchner. Er wünscht eine enge Zusammenarbeit von Wissenschaft und Sicherheitsteam. Komm sofort hoch!«

Im Aufzug, der gefüllt war mit Wachpersonal und verdutzten Technikern, die noch keine Einzelheiten wußten, überlegte Lanier, was noch zu tun und vorzubereiten wäre. Er rieb sich das unrasierte, rauhe Kinn.

Es war alles hypothetisch gewesen, ein langwieriger Alptraum. Drunten auf der Erde, seiner Heimat und der Heimat derjenigen, die er liebte – und das waren nicht viele! –, fing es vermutlich schon an.

Er konnte nicht umhin, sich vorzustellen, was daheim gerade vor sich ging. Er hatte solche Momente als Pilot, noch nicht aber als Zivilist erlebt. Die Menschen hörten wohl Radio, lauschten den Sirenen, den Anweisungen des Katastrophenschutzes, die nie so deutlich herüberkamen, daß sie eine Hilfe waren. Der Evakuierungsbefehl setzte sich von Gemeinde zu Gemeinde fort. Die Menschen bekamen Angst, warfen ihre Sachen ins Auto, drängten zum Bus, zum Bahnhof, zu den Lastern des Katastrophenschutzes ...

---

* Defensive Condition, wörtl. Verteidigungszustand. – *Anm. d. Übers.*

Er versuchte, nicht mehr daran zu denken. Er mußte jetzt seine Sinne beisammenhalten.

In den Räumen an der Achse wurden die Leute zum Weitertransport in Dringlichkeitsstufen eingeteilt. Er wurde von drei Marinern aus der Menge gefischt und beinahe zwangsweise in einen speziellen Wagen gesetzt.

Das Zentrum für externe Kommunikation war ein abgegrenzter Bereich von etwa zwanzig Quadratmetern in einer Ecke des ersten Landebereichs. Sechs Mariner standen mit schußbereitem Gewehr an der Tür, die Stiefel in besonderen Schlaufen, um festen Stand zu haben, mußte man anlegen und schießen. Lanier passierte und betrat den Raum, in dem zehn Personen versammelt waren. Sie beobachteten ihn gespannt, als er sich in einen Sitz zog.

Vier große Videomonitore waren in eine Wand eingelassen. Einer davon war an und zeigte eine Außenansicht des Steins, zu der Daten aufgelistet waren. Das war ein Bild des Drachen: genauso hatte er vor vier Jahren den Stein zum ersten Mal gesehen.

Pickney reichte ihm Klettbandgaloschen. »Hat noch nicht angefangen«, sagte sie. »Aber es wurde Alarm gegeben. Es ist etwas im Busch, mehr wissen wir noch nicht. Zieh die drüber!« Sie hängte ihm Kopfhörer und Mikro um den Hals. »Hab' in der letzten halben Stunde alles koordiniert.«

»Schon Befehle da?«

»Noch nichts Genaues. Nur der Alarm.«

Er setzte sich an den zugewiesenen Platz vor einen Monitor und eine Tastatur. Kirchner und sein Adjutant, ein junger, schnauzbärtiger Lieutenant Commander in Khaki, kamen wenige Minuten später und setzten sich einige Meter entfernt an ähnlich ausgestattete Plätze.

Kirchner, dem die äußere Verteidigung des Steins oblag, war nun die Hauptperson. Gerhardt war in der ersten Kammer und traf Vorkehrungen; aber was in den

Kammern geschah, war derzeit unwichtig. »Fünfzehn Mann raus ins Bohrloch mit tragbaren Detektoren«, sagte Kirchner. »Sollen sich in den wabenartig durchlöcherten Wänden verstecken, damit sie nicht zu sehen sind und keine Infrarotschatten werfen. Und die verdammten Gatling-Kanonen in Position bringen!«

Ruhe kehrte ein. Pickney lauschte aufmerksam in ihre Kopfhörer. Aus einem Lautsprecher an der anderen Seite des Raums drang statisches Rauschen.

Nun ging der größere Bildschirm an, flackerte kurz und zeigte schließlich ein brillantes Bild, aufgenommen von einer Kamera vor dem Bohrloch in der wabenartigen Vertiefung. Die Kamera war auf die Erde gerichtet. Der noch dunkle Erdball kam in Sicht. Das Bild fing zweimal zu laufen an, während die Vergrößerung hochgefahren wurde. Bald konnte Lanier Kontinente ausmachen und Wolkenformationen, Stadtlichter in der Nacht. In diesen Minuten durchliefen sie ihre größte Erdnähe – weniger als dreitausend Kilometer Distanz.

Ein knarrender Funkspruch kam nun durch die Kopfhörer. »Himmelsbote. Himmelsbote, hier Roter Würfel. Alarmsituation spitzt sich zu.«

»Scheiße«, sagte Kirchner.

»Bären haben vorhin Endspurt angekündigt. Captain Kirchner, wir entwerfen gerade Erwiderung. Ihre Situation ist unbekannt. Bitte informieren.«

»Wir sind sicher und bereiten uns vor«, sagte Kirchner.

Roter Würfel – das westliche Hauptquartier von Joint Space Command in Colorado – antwortete: »Sie sind aus unserem Maßnahmenbündel herausgenommen. Wir müssen handeln, als würden Sie nicht existieren. Es brodelt ordentlich. Sieht so aus, als wollen sie unsre erdnahen Systeme auslöschen. Verstanden?«

»Verstanden. Gott gebe, sie sind aufzuhalten, Roter Würfel.«

»Der Himmelsbote ist nun auf sich gestellt, Captain.«

»Ja, Sir.«

Damit endete der Funkspruch.

»Mein Monitor zeigt OTV-Annäherung«, sagte Kirchner. »Ist es identifiziert?«

»OTV fünfundvierzig mit Nachschub und Verstärkungspersonal, vor neun Stunden von Station sechzehn gestartet«, sagte Pickney. »Wir haben es auf dem Monitor.«

Kirchners Adjutant bestätigte, daß die Mariner vor dem Bohrloch ein Radarecho hatten.

»An Bord nehmen!« sagte Kirchner. »Wir erwarten 'ne Menge mehr, wenn's zur Großoffensive kommt.«

»Jawohl, Sir, einige starten bereits.«

Ein Monitor vor Lanier zeigte ein OTV, das sich dem Bohrloch näherte. Plötzlich blähte sich das OTV zur leuchtenden Kugel auf. Lautlos und schnell löste sich die Kugel an den Rändern auf und nahm ein mattes Orange an. Trümmer flogen.

»Sir«, sagte Kirchners Adjutant, »die sehen draußen dunkle Dinger, die die Sterne verdecken. Hinter dem OTV.«

»Das OTV ist weg«, sagte Lanier. »Captain, die haben sich hinter unserem Schiff angeschlichen.«

»Du meine Güte«, rief jemand durch den knackenden, rauschenden Lautsprecher. Pickney hatte für alle im Raum die Frequenz der Mariner eingestellt. »Jemand hat unser Schiff weggepustet. Und ich sehe ...«

»Schiffe, Schiffe! Ohne Radarecho!«

»Durban hier. Ich bekomme dunkle Punkte, aber das muß 'ne Sehstörung sein.«

»Ausgeschlossen. Ich hab' den Lichtblitz nicht gesehen und krieg' vier, fünf, sechs Schiffe, die die Sterne verdecken. Riesendinger.«

»Kommen in die Röhre«, sagte Kirchner. »Raus mit den OTV-Tanks, um sie zu blockieren! Team A, los die Seile!«

Kameras im Bohrloch zeigten gespenstische, infrarotverstärkte Gestalten in Raumanzügen hinter dem ersten rotierenden Landedock. Mörserartige Kanonen feuerten Drahtseilschlingen durchs hundert Meter breite Bohrloch zur gegenüberliegenden Seite, wo sie sich mit Harpunen verankerten. Sieben Geschütze wurden abgefeuert und webten ein dichtes Netz quer durchs Bohrloch. Drei ausgemusterte OTV-Tanks wurden von den Seiten heranbugsiert und mit Drahtseil festgemacht. All dies geschah binnen zehn Minuten.

»Sie kommen nicht in den Landebereich«, sagte Kirchner zuversichtlich. »Wäre Zeitverschwendung. Wenn sie in die Röhre kommen, dann werden sie sich den Kammern zuwenden. Später können sie uns dann ausschalten. Ich hoffe, Olivers Soldaten stehen bereit.«

In dem Tumult hatte Lanier sich von den Monitoren abgewandt, die die Erde zeigten. Nun warf er wieder einen Blick darauf.

Orangefarbene Pünktchen blühten entlang der sowjetischen Küste westlich von Japan auf, schlichte Suborbitalraketen, die massiven Schutt abluden, um suborbitale Satelliten und Gefechtsstationen zum Absturz zu bringen. »Puff!« meinte Kirchner dazu.

Einer der Mariner vor dem Bohrloch sagte etwas Unverständliches. Als Pickney den Empfang korrigierte, erklärte er weiter: »Sir, sie nehmen die Masken ab.«

Der große Monitor wechselte zu einem Bild des Bohrlochs. Sterne funkelten hinter dem rotierenden, mit Flutlicht angestrahlten Landedock und dem äußeren Bohrlochrand. Drei Schatten bewegten sich vor den Sternen. Dann erhellte Feuer die Schatten, und verkohltes schwarzes Material flog in Fetzen davon, wodurch Formen zum Vorschein kamen, die schwer zu bestimmen waren. Die verspiegelten Spitzen der Eindringlinge reflektierten das dunkle Innere des Bohrlochs und das erleuchtete erste Landedock. »Geortet«, sagte Kirchners Adjutant. »Es sind russische, seegestützte Schwertransporter. Der erste ist in der Röhre.«

Die zwanzig Meter breiten, russischen Schiffe erinnerten beim Eintritt ins Bohrloch an Christbaumbehang. Im Feuer der unsichtbaren Energiestrahlen von Geschützen hinterm rotierenden Landedock glühten exponierte Teile des Schwertransporters bereits orangefarben auf. Lanier konnte längst nicht allem folgen, was passierte. Sein Blick huschte von Monitor zu Monitor. Kirchner sagte jetzt nur mehr wenig. Das Vorgehen stand fest; seine Männer taten, was sie gelernt hatten, und gaben ihr Letztes.

»Brauch' eine Verbindung zur siebten Kammer«, sagte Lanier zu Pickney.

»Es sind derzeit alle in der ersten und vierten Kammer«, erklärte Gerhardt.

»Dann die vierte. Ich muß mit Heineman sprechen.«

»Das Schiff an der Spitze erwidert Feuer«, sagte eine fremde Stimme aus dem Bohrloch. »Zielen anscheinend auf die Tanks, vielleicht auch die Seile.«

»Vielleicht sehen sie das Drahtseil gar nicht«, meinte eine andere Stimme. Der Tonfall beider Soldaten war ruhig, erwartungsvoll.

Lanier bemerkte auf einem Monitor als winzigen Stern die Station sechzehn im erdnahen Orbit von tausend Kilometern. Vor seinen Augen leuchtete der Stern grell auf. Dann erlosch das Licht.

»Heineman ist auf Knopf fünf«, sagte Pickney zu Lanier. Er drückte Knopf fünf.

»Lawrence, hier Garry.«

»Ich war schon fast zur Tür draußen. Holten mich wieder rein. Bin in der vierten Kammer. An sich unterwegs zum ...«

»Lawrence, wir sind ... wir werden angegriffen. Steig ins V/STOL und fahr mit dem Röhrengleiter hinaus! Bleib da, bis wir dich zurückrufen!«

»Verstanden. War gerade unterwegs.«

Der Knopf rastete aus und erlosch.

Nun erblühten vier weiße Blumen über Japan und

China. Das waren atomare Explosionen im Weltraum, die durch intensive Blitze elektromagnetischer Interferenz die Kommunikations- und Stromsysteme ausschalten sollten und sich in den Lautsprechern wiederum als statisches Rauschen bemerkbar machten. Als der Stein im Gegenuhrzeigersinn seine Umlaufbahn beschritt und die Erde drunten sich weiterdrehte, bemerkte Lanier weitere Explosionen über der Sowjetunion und Europa – vierzehn insgesamt. Ein wahrer nuklearer Frühling. Sie hatten den Einsatz seit dem Kleinen Tod erhöht. Noch waren keine strategischen Schläge ausgetauscht worden, aber kein ungeschütztes Elektronik- oder Kommunikationssystem hätte diese einleitenden Schritte des Reigens unbeschadet überstanden.

Die kleineren Monitore zeigten Bilder, die von noch intakten Aufklärungssatelliten übermittelt wurden.

Über der Küste von Nordamerika, dem südlichen Kalifornien, dämmerte es; Explosionen in großer Höhe tauchten Meer und Land in einen gespenstischen Lichtschein, als würde man mit einer Taschenlampe ein Relief anleuchten. Noch hatte das Blutbad nicht begonnen. Was war der Plan? Wollte man bluffen?

Die Verhandlungen hätten bereits begonnen. *Was ist angerichtet worden und was wird angerichtet werden, falls ... Wie soll man einen Rückzieher machen, Abstriche machen, auf einen begrenzten Konflikt sich beschränken? Wer bluffte wen ... und wie weit würde man gehen?*

*Wer würde nachgeben, aufgeben?*

## 23. Kapitel

Oberst Mirski hielt sich am Rand der Luke zum Cockpit des Schiffs fest. Es gab keine direkte Sicht aufs Bohrloch; Laserschild und gepanzerte Außenhaut verdeckten die vorderen Fenster. Die Monitor-Displays vor den beiden Piloten waren ihm ein Buch mit sieben Siegeln – feines Liniengewirr mit rotierenden Kreisen, die wie Ostereier kreiselnd in einem Gitter kullerten.

»Alles fertigmachen!« sagte der Kommandeur des Schiffs. »Die Männer sollen sich dicht an der Bohrlochwand halten, bis sie in die erste Kammer gelangen! Es warten welche mit Lasergewehren. Stechen wie Bienen.«

Schwere Fäuste schienen rasch gegen den Schiffsrumpf zu trommeln. Es wurde Alarm ausgelöst. »Die Schweine. Das war ein Gatling-Geschütz«, bemerkte der Copilot. »Laserschild durchdrungen. Kleinere Löcher in Außenhülle.«

Mirski ging wieder hinaus und schloß die Luke hinter sich. Die Bemerkung des Kommandeurs über die Bienen spukte ihm noch durch den Kopf. Mirski hatte im Rahmen des Schulunterrichts einen Bienenstock einer städtischen Kooperative in Leningrad betreut. *Wir müssen in den Stock eindringen,* dachte er. *Natürlich versuchen sie zu stechen.*

Er schwebte durch die erste Kabine, nahm seinen Helm und gab knappe Befehle aus. Die Feldwebel, Gruppenführer in der zweiten und dritten Kabine, schlüpften durch die Luken, um ihre Männer zu warnen. In wenigen Minuten ginge es los.

»Warum so betrübt, Alexei?« tadelte er einen Soldaten, der seinen Helm inspizierte. »Freunde, sind eure Waffen aufgeladen?«

Sie zogen ihre Gewehre aus den Halterungen am Ladegerät und überprüften die leuchtenden LEDs.

»Aufstellung!« sagte Mirski. In der zweiten und dritten Kabine hörte er ähnliche Befehle. Major Konstantin Ulopow, Kommandeur der ersten Kompanie und stationiert in der ersten Kabine, hatte schon den Helm aufgesetzt; Kanonier Zhadow zupfte und ruckte prüfend an den Verbindungen und Verschlüssen des Raumanzugs. Ulopow war zur Unterstützung von Mirski gedacht.

Keiner von ihnen war gegen Laser oder Projektile geschützt.

Mirski näherte sich der kleinen Gruppe, die »Zev«, den Generalmajor Sosnitski, umringte. »Unser Bataillon ist bereit, Genosse General«, meldete er.

Sosnitskis Stab aus drei Offizieren – darunter der *Zampolit* Major Belozerski, der in der Nähe stand – prüften immer wieder den Raumanzug des Generals. Sosnitski gab Mirski inmitten des Gewühls die Hand. »Der Marschall wird stolz sein auf Sie und Ihre Männer.«

»Jawohl«, sagte Mirski. Obwohl er zur Führungsstruktur eine eher zynische Haltung hatte, brachte Sosnitski es fertig, ihn sentimental zu stimmen.

»Wir werden ihnen Kiew heimzahlen, nicht wahr, Genosse?«

»Ja, Genosse General.«

Belozerski, der politische Offizier, machte ein Gesicht, das eine Mischung aus Jubel und Panik verriet. Seine Augen waren groß, die Unterlippe feucht.

Mirski wischte sich über die Lippen. Feucht. Sein ganzes Gesicht war feucht.

Die Lichter an den drei runden Ausstiegsluken gingen an, und das Fahrzeug fing heftig zu schlingern an, um die abspringenden Soldaten zu möglichst schlechten Zielscheiben zu machen. Wie Spreu würden sie ausgesät werden ins Bohrloch; die Partner hatten sich jeweils am Gurtzeug festzuhalten und als Gruppe zu springen, um zusammenzubleiben, bis sie getragen würden.

Sie würden nicht wahllos schießen; es war wahrscheinlicher, statt Feinde Freunde zu treffen. Nur im offenen Kampf bei klar sichtbarem Gegner sollte geschossen werden, wobei selbst damit keine Zeit verschwendet werden sollte, wenn es vermeidbar wäre.

Alles war nun in den Anzügen und aufgestellt. Die

Notluftschleuse an der Ausstiegsluke Nummer zwei war abgebaut worden. Die Pumpen fingen nun an, die Kabinen gurgelnd und glucksend zu leeren. Die Schotten zwischen den Kabinen gingen zu. Das Licht wurde gelöscht. Nur noch die Lampen über den Ausstiegsluken brannten, denen glänzende Führungsseile zustrebten.

»Sprechkontakt und Peilfunk prüfen!« sagte Mirski. Alle Mann inspizierten rasch ihren Sprechfunk und den überaus wichtigen Signalsucher.

Die Lichter über den Ausstiegsluken blinkten in Intervallen von einer halben Sekunde. Jeder vergewisserte sich, ob er mit dem Wagen verbunden war, der sie durch die Kabinen und zur jeweiligen Luke transportierte.

Zehn Sekunden bis zum Öffnen der Luken. Das Schütteln und Rucken und Rollen des Schiffes, dessen Steuerdüsen ungleichmäßig in Aktion traten, wurde allmählich sogar Mirski zu viel.

Er hörte die Pumpen nicht mehr. Sie waren im Vakuum.

Die Luken glitten plötzlich auf, und die Schlange strömte hinaus ins stille Dunkel.

Zwei Gruppen, die für die erste Kammer bestimmt waren – insgesamt zwanzig Mann – wurden mit der ersten Schlange abgesetzt.

Mirski war der dritte seiner Schlange. Ulopow, der vor ihm kam, hielt Mirski an einem Hüftgurt. Er wiederum wurde von Zhadow gehalten, der sich die Laserkanone umgeschnallt hatte. Das Trio stieß sich gemeinsam von der Luke ab und segelte als Stern aus sechs Beinen in die tiefe Finsternis.

Seine Augen glichen sich rasch an, und er stellte auf den Sucher um. Im ersten Moment dachte er schon, verloren zu sein; nicht mal ein Echo des Signals konnte er hören. Dann kam das stetige, hochfrequente PIEP PIEP PIEP des Peilsenders, den ein namenloser Landsmann – der vielleicht auch schon tot war, ermordet von den Amis – im Bohrloch zur zweiten Kammer placiert hatte.

Und er konnte den winzigen Lichtpunkt ausmachen, der die Öffnung zur ersten Kammer darstellte.

Trümmer flogen herum. Dunkle Tropfen stoben auseinander im Lichtstrahl seines Helms. Große Metallfetzen, Teile von Schotten, verbeulte Stahlplatten ... ein Schiff!

In irgend etwas Unsichtbarem verfangen, baumelte das Wrack eines Schwertransporters wie eine Fliege im Netz inmitten von treibenden Körpern, die meist ohne Helm waren. Abgerissene Gliedmaßen und Rümpfe segelten vorbei.

Sie waren in blendendes Licht getaucht. Starke Scheinwerfer erleuchteten die Schiffe und ihre ausgespieenen Soldaten, ob tot oder lebendig. Zhadow ließ Mirskis Gurt los, und Mirski griff instinktiv nach der Waffe des Mannes, erwischte aber nur den Arm. Der Anzug gab nach unter seinen Fingern, und der Körper drehte sich heftig und zog Mirski beinahe weg von Ulopow. Zhadows Anzug war durchlöchert worden; das ausströmende Gas wirbelte ihn herum wie einen losgelassenen Luftballon. Mirski streckte sich und schnappte sich die Kanone, die er Ulopow reichte.

(So klar wie in Wirklichkeit – klarer noch im Moment – stand er auf einer Wiese und hing diesem Alptraum nach. Er raffte seinen Fallschirm auf dem dürren Gras zusammen, schüttelte den Kopf und lächelte über seine Phantasie.)

Soldaten erfüllten das Bohrloch, Hunderte an der Zahl. Ringsum ahnte er die Lasernadeln und Geschosse, die Ziele suchten, durchbohrten, zerplatzen ließen.

Mirski zog Ulopow an sich und schwenkte den Lichtkegel seines Helms, um die Wand zu finden, der sie sich nähern sollten. Von der Wand keine Spur. Zhadows Tod hatte sie vom Kurs abgebracht.

»Raketenantrieb verwenden!« sagte er zum Major. »Wir trennen uns jetzt.«

»*Spsch*heim zur Kartoffel«, kommentierte der Major trocken, wobei das von der Stimme aktivierte Mikro jeweils den ersten Buchstaben eines Satzes abschnitt. »*Spsch*heißer als im Ofen. *Spsch*iel Glück, Oberst!«

Mirski ließ den Gurt los und zündete den Antrieb. Er schwenkte nach außen, weg von dem hängengebliebenen Wrack und den Leichenteilen. Er stoppte den Antrieb und schaltete die Displayanzeige im Helm an. Vor seinen Augen erschien der Peilstrahl und seine Position dazu in leuchtender Graphik. Er korrigierte seine Stellung mit dem Antrieb – wie Hunderte seiner Kameraden auch. Wie viele Hunderte, das konnte er nicht sagen.

Plötzlich erinnerte er sich an die Nummer des hängengebliebenen Wracks. Es war das Schiff vom Mond – mit den Leuten, die frisch von der intensivsten Ausbildung in geringer Schwerkraft kamen. Den besten.

Mirski, der nun allein war mit Signal und Antrieb und vorerst nicht darauf achtete, wie viele seiner Männer vor und hinter ihm waren, flog nun durchs Bohrloch auf den winzigen Lichtkreis zu.

»Haben den Durchbruch geschafft«, sagte Kirchner und schlug mit der Handkante auf die Armlehne. »Nichts als Wracks und Leichen im Bohrloch. An die drei Schwertransporter sind abgehauen; den Rest haben wir lahmgelegt. Aber keiner kommt davon – die können nicht mehr heim.«

»Die Piloten werden warten, bis wir überwältigt sind«, meinte Gerhardt über Sprechfunk. Er überwachte gerade die Evakuierung der Zivilisten in die vierte Kammer.

»Du klingst nicht gerade optimistisch, Oliver«, sagte Kirchner. »Jetzt bist du dran!«

»Wie viele OTVs sind von der Station sechzehn gestartet?« wollte Lanier wissen.

»Fünf neben OTV 45. Drei fliegen uns an, zwei den Mond.«

»Man muß die drei warnen, daß wir angegriffen werden und sie eventuell nicht landen können. Schlage vor, man leitet sie auf den Mond um!«

»Falls das geht«, bemerkte Pickney.

Die Evakuierung der erdnahen Orbitalstationen und anderer Plattformen hatte bereits begonnen. Der Krieg dehnte sich aus; nicht nur Verteidigungsplattformen, sondern auch Industrie- und Forschungsstationen wurden Ziele.

»Jetzt wird's spannend«, meinte Pickney verbittert. »Sieht so aus, als gerät's außer Kontrolle.«

»Natürlich«, sagte Gerhardt über Sprechfunk. »Wer was andres glaubt, der spinnt oder fürchtet sich. Garry, du kannst dort nichts mehr tun. Ich brauch' dich gleich hier in der ersten Kammer. Bin auf dem Rückweg.«

## 24. Kapitel

Vasquez schlief auf einer Koje im Zelt, erschöpft nach sieben Stunden intensiver Arbeit. Zwei Tafeln, ein Prozessor und mehrere Dutzend Blätter lagen ringsum die Pritsche auf dem Zeltboden.

Patricia, Carrolson, Farley, Wu und Chang – und natürlich Heineman im V/STOL – bildeten die einzige Gruppe, die nicht auf die erste und vierte Kammer beschränkt war. Lanier erachtete ihre Arbeit als so wichtig, daß sie nicht völlig eingestellt werden sollte.

Sie träumte von einem Kiosk auf der Erde. Es wurde ihr nicht erlaubt, sich ein Eis in der Waffel zu kaufen. Dann änderte sich der Traum, und sie stand an einer Tafel vor einer Schar ungezogener Schüler, denen sie einen komplizierten Zusammenhang zu erklären versuchte. Die Schüler fingen an, sie mit Kreidestücken zu bewerfen. Von der Realität des Geschehens absolut überzeugt, beobachtete sie, wie die Kreide die Gleichungen an der Tafel traf. ›Schluß!‹ rief sie. ›Aufhören!‹ Der Tumult legte sich. Sie hob ein Stück Kreide vom Boden auf und markierte die Treffer. Natürlich, sagte sie, zeigen die ...

Carrolson packte sie an der Schulter und rüttelte sie wach. Patricia strich sich eine schwarze Strähne aus dem Gesicht und blinzelte schläfrig.

»Wir müssen in die vierte Kammer«, sagte Carrolson.

»Warum? Ich arbeite ...«

»Arbeit ist aus, Schätzchen. Es steht ein Laster bereit. Die Chinesen kommen auch mit. Alle kommen mit. Mach schon!« Ihr Ton war beißend. Patricia nahm ihre Tasche und stopfte Tafel, Memoblöcke, Multimeter und Prozessor hinein. Carrolson machte Anstalten, ihr die Tasche aus der Hand zu reißen, wich dann zurück und verschränkte die Arme. »Das alles brauchen wir nicht mehr«, sagte sie. »Brauchen wir echt nicht mehr.«

Tränen rollten Carrolson übers Gesicht und fielen auf die Brust ihres Overalls. »Alle sagen es«, fuhr sie fort. »Ich hab' noch nichts gesehen, aber da kommen Meldungen rein über den Verstärker, mit dem sie Satellitenübertragungen anzapfen.«

Patricia klammerte die Tasche an die Brust und lief leise fluchend Carrolson voraus zum Laster.

Wie komisch sie sich verhielt, dachte Patricia in einem Teil ihres Verstandes, in den die Realität noch nicht vorgedrungen war. Wie hysterisch. Immerhin hatte sie es gewußt. Sie hätte darauf vorbereitet gewesen sein sollen.

Carrolson, Wu und Chang stiegen hinter ihr auf den Laster. Farley fuhr die Rampe hoch und in den Tunnel.

## 25. Kapitel

Mirski fürchtete sich schrecklich. Angetrieben von den Düsen, die in regelmäßigen Abständen eine dünne, sich schnell verflüchtigende Wasserstoffperoxidwolke ausstießen, flog er dem Peilsignal nach. Auf jeder Seite war Boden zu sehen; sein Magen meinte, er falle in sämtliche Richtungen. Vor ihm lag eine grauschwarze Fläche. Wolkenfetzen trieben über, unter, hinter und vor ihm. Er konnte die Augen nicht schließen; er mußte das Peilsignal in der Mitte der Displayanzeige halten.

Mehrere Kameraden kamen in Sicht, die hinter sich Kondensstreifen herzogen wie Düsenjäger. *Wie viele?* fragte er sich. Welche Gegenmaßnahmen hätten die Amis getroffen?

Er mußte diesen herrlich schaurigen Ort, wo's kein Oben und Unten gab, überwinden und zum nächsten Bohrloch fliegen. Nur in der zweiten Kammer konnte er vom Zentrum wegtauchen und den Schutzschild entfalten und der einfachen Karte auf seinem Helmdisplay folgen.

Allmählich schlug seine Angst in freudige Erregung um. Der längste Sprung seines Lebens auf der Erde hatte sechs Minuten gedauert und war besser als ein Geschlechtsakt, besser als eine Beförderung gewesen. Aber hier flog er nun schon zehn, schon fünfzehn Minuten und beschleunigte mit jedem Schub mehr.

Auch wenn er bei der Landung sterben würde, hätte es sich gelohnt. Ein Land sehen, wo Himmel und Erde vertauscht waren, wo man in jede Richtung fallen konnte und auf Boden stieß ... Das war es auf alle Fälle wert; war selbst den Alptraum des Korridors wert, der angefüllt war mit den zerfetzten Kameraden, den im Vakuum aufgedunsenen Gesichtern und hervorquellenden, gräßlich weißen Augen.

»*Pss*oberst Mirski?«

»Ja! Wer spricht?«

»*Psch*lopow. Ich hab' Kameraden von unserem Schiff gesehen – und Hunderte mehr. *Pss*heer von Engeln, Oberst. *PssCHKCHK*ersten Gruppen sind runter. Hinter Ihnen, *PSCHK*oberst.«

Er neigte sachte den Hals, behielt das Display im Auge und blickte rasch hinter und unter sich. Winzige weiße Punkte – Fallschirme – schwebten im bläulichen Dunst über dem Kammerboden. Er drehte sich rasch und sah weitere Fallschirmjäger in einem anderen Quadranten, die wie geplant absprangen, um die Aufzugeingänge in der Südwand der ersten Kammer zu besetzen. Wer sonst wäre so weit gekommen? Ein historischer Moment.

Er sah das dunklere Loch in der Mitte der vorderen Wand. Keiner von ihnen hatte mehr als zwei Stunden Sauerstoffvorrat. Wie lange noch bis zum Absprung?

Im Lager der vierten Kammer hatte Carrolson es aufgegeben, die Mitglieder des wissenschaftlichen Teams zu organisieren. Die Sicherheitskräfte waren größtenteils abgezogen worden, so daß Unterkünfte, Cafeteria und Außenanlagen den Evakuierten überlassen blieben.

Patricia saß mit rotziger Nase wie weggetreten in der Cafeteria und hörte kaum auf die Funksprüche, die immer wieder aus den Cafeterialautsprechern kamen. Die Signale des äußeren Satelliten wurden nach wie vor durchs Bohrloch gelenkt und am Eingang jeder Kammer umgesetzt. Elektronisches Geschwätz von Robotern, die sich seelenruhig opferten, die Gefechtsstationen und Außenposten im Orbit heimsuchten oder beim Wiedereintritt in die Atmosphäre verstummten, um ein paar Millionen Menschen mehr heimzusuchen im Sinne einer Abschreckungspolitik, die inzwischen lediglich ein Garant für immer mehr Tote war.

Außer Kontrolle, dachte Patricia.

Spasmus. Zuckungen eines Sterbenden, letztes Aufbäumen. San Diego, Long Beach, Los Angeles, Santa Barbara. *Spasmus.*

Farley und Chang umarmten sich weinend. Wu war still und gefaßt und saß wie eine Statue am Tisch. Rimskaya stand in der Ecke mit einer Flasche Scotch, die hundertprozentig geschmuggelt war, und trank alle paar Sekunden, bis er umkippte.

Einige ehemalige Soldaten, die wieder das alte Gefasel anstimmten und die alten Rechnungen aufmachten, zogen nüchtern Bilanz und analysierten, wer im Vorteil sei, wer noch kampffähig sei, welche Kriegsschauplätze als nächstes eröffnet würden. »U-Boote unter den Eiskappen?« »Nein – die reservieren beide Seite für nachher.« »Was ist danach noch?« »Wen kümmert's?« »Alles Scheiße!«

*Spasmus.*

Sie schloß die Augen, als wollte sie die Gedanken an das Zuhause aussperren, das Hitze und Strahlung in ein verkohltes Skelett verwandelten.

Und drinnen, vom abschirmenden Haus etwas geschützt, bei lebendigem Leibe gebraten, aber nicht einmal verkohlt, und von der Druckwelle schließlich als Asche in alle Winde verstreut ...

Rita und Ramon.

Farley tippte Patricia auf die Schulter und riß sie aus ihren Gedanken. »Wir können nicht mehr zurück«, sagte sie. »Die Ingenieure sagen, inzwischen ist keiner der Weltraumhäfen mehr übrig. Vandenberg, die Kosmodrome, Kennedy Space Center und sogar Edwards – alles ausradiert. Wir können auch nicht zum Mond gelangen. Haben nicht genug Schiffe und Treibstoff. Niemand wird die nächsten zehn, vielleicht zwanzig Jahre raufkommen. Das sagen die Ingenieure. Auch wenn uns in China noch ein paar unzerstörte Häfen geblieben sind, gibt's doch keine Shuttles mehr, auf die wir vom OTV umsteigen könnten, falls wir so weit kämen.«

Wu gesellte sich zu ihnen. »Von China hört man

nichts mehr«, sagte er. »Rußland schießt noch immer. Jede Stadt, in der ich gewohnt habe, ist ausgelöscht. Wir haben in der Schule Katastrophenschutzübungen gemacht. Wir haben gewußt, wo die Bomben einschlagen. Die russischen Bomben und vielleicht auch die amerikanischen. Jede Stadt hat ihre Bomben gehabt.«

»Wann ist die Beerdigung?« fragte jemand im Hintergrund. Niemand lachte über diesen unaussprechlich geschmacklosen Witz, der gar kein Witz war, denn Leichen muß man begraben.

Aber wenn's Milliarden Tote und Sterbende sind?

Carrolson setzte sich neben Patricia. »Wayne und unser Sohn, sie sind tot, glaube ich. Weißt du, es dauert eine kleine Weile, bis man den Schmerz wirklich fühlt. Das Verwinden und Abfinden ...« Ihre Wangen, die rot glühten, zuckten. »Der gemeine Rimskaya hat den ganzen Stoff allein gesoffen.«

»Ich geh' in die Bibliothek«, sagte Patricia.

»Kannst du nicht«, erwiderte Carrolson. »Ist gesperrt.«

»Ich muß was tun.«

»Sicher.« Aber sie schlug keine Alternative vor.

»He! Wir haben neue Bilder von den externen Kameras!« rief jemand. Der große Videobildschirm wurde ausgefahren und ans zentrale System gekoppelt.

Patricia sah die Bilder nicht an. Sie hatte in der Bibliothek von Thistledown Satelliten- und Mondteleskopaufnahmen von der Verwüstung gesehen. Irgendwo auf der Erde – in Washington oder im Büro von Hoffman in Pasadena – wurden diese Bilder gerade von der Zerstörung, die sie illustrierten, eingeholt: ein apokalyptischer Ouroboros.

Carrolson hingegen schaute mit verkniffenen Augen und Lippen zu.

Stadt für Stadt blühte auf. Die Atmosphäre wallte bei jeder Explosion auf, als würde man eine gewaltige Stahlkugel in einen See werfen.

Über dem westlichen Rand jenseits des Atlantiks dämmerte heller als üblich ein bald gelbes, bald rotes, bald grünes Morgengrauen.

Um die ganze Welt jagte das Lauffeuer, das nicht von Baum zu Baum, sondern von Stadt zu Stadt, von Kontinent zu Kontinent übersprang.

Menschen waren dabei bloße Tannennadeln.

## 26. Kapitel

Gerhardt und Lanier standen bei mehreren Gruppen von Soldaten, die den ebenerdigen Aufzugeingang bewachten. Gerhardt richtete das Fernglas nach oben. »Weiße Pünktchen«, sagte er, »wie Mücken. Die meisten kommen in diese Kammer. Aber eine ganze Menge wollen anscheinend weiter.« Er reichte Lanier das Fernglas.

»In die zweite Kammer.« Der kühle Wind, der von der Kappe wehte, spielte mit Laniers Haar. Lanier verfolgte zwei der Pünktchen im Feldstecher anhand ihrer Kondensstreifen entlang der Achse. Er senkte das Fernglas und inspizierte das Verteidigungsaufgebot rings um die beiden wissenschaftlichen Lager.

»Ja. Rechnen damit, daß wir hier mehr Leute haben, was auch der Fall ist.«

Er hob das Fernglas wieder und sah breitere weiße Punkte in geringerer Höhe bei der Südkappe. »Fallschirme«, sagte er. »Die ersten sind jetzt in der Atmosphäre.«

»Herrgott, was für ein Unternehmen«, sagte Gerhardt voller Bewunderung. Er nahm sein Funkgerät. »Südtunnel, kriegt Besuch. Bohrloch Augen auf!«

Lanier konnte sich nicht konzentrieren. Er dachte über das Ablenkungsmanöver nach; hatten sie die Welt in Brand gesteckt, nur um hier einen Vorteil zu erlangen? Hofften sie, die Folgen durch Verhandlungen in den Griff zu bekommen und die Zahl der Opfer im Rahmen des Kleinen Tod zu halten? Er hatte plötzlich die Nase voll von den tausend verschiedenen, künstlichen Verhaltensmustern, die Regierungsvertreter und Militärs und Patrioten und Verräter und Soldaten entwickelten ...

Er wollte davonkriechen und schlafen.

Ungewollt stellte er sich vor, wie Hoffman in ihrem Wagen nach Vandenberg fuhr, wo sie dem Wahnsinn zu entkommen hoffte.

»Wissen sie's?« fragte er.

»Was?« sagte Gerhardt.

»Wissen die Russen, daß der Tod gekommen ist?«

Gerhardt, der nie in der Bibliothek gewesen war und nicht wußte, was Lanier längst bekannt war, runzelte die Stirn. »Was soll die Frage?«

Lanier deutete nach oben. »Sie werden gleich mit uns kämpfen, aber wissen sie, daß inzwischen weder sie noch wir einen Oberbefehlshaber haben?«

»Irgendeine Führerschaft wird sich schon ergeben«, sagte Gerhardt.

»Spielt das eine Rolle?«

»Und ob es eine Rolle spielt, verdammt noch mal!« brüllte Gerhardt spuckend, wischte sich den Speichel ab und wandte sich kopfschüttelnd ab. Er war hochrot im Gesicht. »Nur nicht den Mut verlieren, Garry. Wir brauchen jetzt jeden einzelnen Mann.«

»Ich kämpfe«, sagte Lanier.

»Ist nicht das erste Mal, was?« meinte Gerhardt verkrampft.

»Zu Lande doch.« *Verhaltensmuster. Nicht mal nach dem Jüngsten Tag geben sie Ruhe.* »Wo ist meine Waffe?«

Sie hatten es durchs zweite Bohrloch geschafft trotz des sporadischen Feuers von dort stationierten Soldaten.

Wieder waren welche gestorben, wenn auch nicht viele ...

Würde er je zu fallen aufhören?

Mirski drehte sich herum, um die Stadt zu betrachten ...

*So eine Stadt hatte er noch nie gesehen!*

... während der Antrieb ihn hundert und zweihundert und dreihundert Meter vom Bohrloch wegschob. Er entdeckte den Orientierungspunkt, nach dem er Ausschau gehalten hatte – die Brücke, die den Fluß überspannte, der rings um die Kammer floß – und bewegte sich weg von der Achse der Kartoffel hin zur glimmenden Plasmaröhre.

Andere Soldaten hatten im freien Fall die atmosphärische Barriere und Plasmaröhre schon überwunden. Ihr Informant hatte versichert, daß dieser Vorgang, sofern zügig ausgeführt, ungefährlich sei. Allerdings vertraute Mirski eher auf eigene Erfahrungen. Er konnte nicht sehen, ob seine Kameraden tot oder lebendig waren – wenn er sie überhaupt zu sehen bekam, dann waren sie so winzig, daß Details verborgen blieben.

Die Perspektive änderte sich kaum, während er sich von der Achse entfernte.

Es wunderte ihn wenig, wie egoistisch er im Moment eingestellt und wie groß sein Haß war. Mirski kannte diese Gefühle aus der Ausbildung oder den scheußlichen Ausdauertests. So empfinden Kämpfende, bei denen neben einer gewissen Portion Angst überwältigender Egoismus vorherrscht.

Der Staat, das Vaterland, die Revolution waren ihm schnuppe. Dafür schämte er sich nicht.

Er fiel, schraubte sich spiralförmig nach außen, während der große Zylinder sich außen herum drehte. Mit Hilfe seines Antriebs hielt er mit markanten Punkten der Landschaft Schritt. Stille, noch nicht einmal das Rauschen von Wind. Er bereitete seinen Luftschild vor, den er entfaltete und zusammensteckte.

Dann fiel ihm auf, daß er um einige Grad von der Brücke abtrieb. Mit einem Schub seines Antriebs korrigierte er den Kurs. Er spürte – oder bildete es sich ein – ein Kribbeln und wußte, daß er die Plasmaröhre durchdrang. Darunter lag in einigen Hundert Metern Entfernung die obere Atmosphärengrenze unter der hemmenden Barriere. Er stählte sich hinter dem Schild und gurtete Arme und Beine in die gewölbte Schale. Ganz gleich, in was für einem Winkel er auf die Atmosphäre traf, der Schild würde sich automatisch in die Position des geringsten Widerstands drehen. Er würde durch die oberen Luftschichten brausen, bis er das Rauschen der Luft hören könnte, den Schild dann abstoßen und in den Freifall übergehen, der fünfzehn bis sechzehn Kilometer in die Tiefe führte, um bei nur zwei bis drei Kilometern über dem Boden den Fallschirm zu öffnen. Da er leichter wäre, wäre der Aufprall gering.

Ein anderer Soldat kam in seine Nähe und winkte ihm zu. Mirski kannte ihn nicht; er trug das Abzeichen des Sechsten Bataillons von Rolls Royce. Nachdem Mirski zurückgewinkt hatte, bedeutete er ihm, den Schutzschild aufzuklappen. Der Soldat hielt ihn hoch; er war zerfetzt von einem Projektil. Nach einem Achselzucken ließ der Soldat ihn los. Es war Funkstille einzuhalten, aber der Soldat kam mit Hilfe seines Raketenantriebs so nahe heran, daß sie von den Lippen ablesen konnten.

Kann ich ohne überleben?

Ich weiß nicht. Roll dich zusammen und gleite mit dem Rücken voraus, wenn du kannst ...

Es war schwer, das mit Lippenbewegungen auszudrücken, also führte Mirski es vor, indem er sich hinter seinem Schild einrollte, so gut er konnte, die Knie anzog und die Arme um den Körper legte.

Der Soldat nickte und machte mit Daumen und Zeigefinger ein Okay-Zeichen. Sie trieben auseinander, wobei der Soldat aufgrund des Raketenschubes langsamer fiel. Mirski beobachtete, wie er noch einmal den Antrieb zündete, um von der Kappe wegzukommen, auf die er zuhielt; dann machte er sich auf den Eintritt in die Atmosphäre gefaßt.

Er überprüfte seine Position im Verhältnis zur Brücke. Eine letzte Korrektur mit den Düsen. Schon spürte er den ersten Widerstand am Schild. Vibrationen, leichte Stöße.

Nach einem letzten Schub aus dem Antrieb schnallte er ihn ab und stieß ihn fort. Wohin er fiel, das war ihm egal, solange er nicht auf *seiner* Birne landete.

Inmitten der Vorbereitungen und bangen Erregung warf er einen letzten Blick auf die Stadt und fragte sich, was für ein Geheimnis die Kartoffel nun bergen würde. Warum kämpften sie darum? Was konnte sie ihnen schon bringen?

Wie würde der Westen reagieren, wenn man ihnen den bestgehüteten Schatz abjagte? Oder (wie Gerüchte besagten) versuchte, seine Orbitalstationen und Spionagesatelliten vom Himmel zu pusten?

Wie würde Rußland in einer solchen Lage reagieren?

Er schauderte.

Der Schild ruckte und wirbelte herum. Mirski verlor kurzzeitig das Bewußtsein und kam wieder zu sich bei einem markerschütternden Knall und einem schrillen, gellenden Schrei.

*Es geht hinunter.*

Der Schild drehte sich noch einmal rüttelnd herum, blieb aber nun in dieser Position. Mirski wurde gegen die Innenfläche gedrückt, stemmte Ellbogen und Knie in die gepolsterten Schlaufen und hoffte, sich keinen Knochen zu brechen. Der Eintritt in die Atmosphäre war brutaler als die 3-Meter-Sprünge seiner Ausbildungszeit. Er schmeckte Blut im Mund. Er hatte sich ordentlich auf die innere Wange gebissen und konnte den Hautlappen mit der Zunge bewegen. Vor Schmerz drückte er die Augen zu ...

(Und raffte seinen Fallschirm zusammen auf dem goldenen, grasbedeckten Feld, lächelte der Sonne entgegen, hielt Ausschau nach den Kameraden und bedeckte schützend die Augen, um das ferne, glitzernde Transportflugzeug zu sehen.)

... und fiel. Hastig löste er die Gurte des Schilds. Die Luft brauste in den Ohren. Dann hielt er die Gurte lokker in der Hand. Er kippte den Schild um, der ihm sofort aus den Händen gerissen wurde.

*Geschafft!*

Von hier an war's eine simple Freifall- und Fallschirmübung. Er rollte angehockt in die Waagerechte und streckte Arme und Beine aus, um sich zu stabilisieren. Die Brücke war nach wie vor nur ein weißer Strich auf dem schwarzblauen Strom. War es überhaupt die richtige Brücke?

Ja. Er konnte als kleinen Punkt daneben das Wachhäuschen und als Striche die Zäune und Sandsackwälle ausmachen. Und er konnte unmöglich so weit gefallen sein, daß er in die dritte Kammer vorgestoßen wäre ... Er war schon richtig, war nah daran – zu nah vielleicht. Er müßte sich abtreiben lassen.

Der Wind säuselte nur noch um seinen Helm. Er checkte Laser und Kalaschnikow und Ausrüstung am Gürtel.

Das Lösen des Schirms hatte rein nach Augenmaß zu geschehen. Es wäre sinnlos gewesen, von der Achse aus zu zählen, da jeder mit anderer Geschwindigkeit fiel. Er streckte den Daumen vor. Er bedeckte die Brücke in gesamter Länge.

Er zog an der Reißleine, und der Fallschirm schnellte empor, blähte sich auf, sackte in sich zusammen und blähte sich von neuem in ganzer Größe auf.

Mit einem Ruck wurde Mirski nach oben gezogen und getragen. Er griff nach den Steuerleinen und zog bald an der einen, bald an der anderen, um die Richtung zu korrigieren.

Mit Erleichterung stellte er fest, daß er ungefähr fünf Kilometer vom Ziel entfernt landen würde. Seine Chancen, nicht abgeschossen zu werden, standen gut, es sei denn, sie hätten weit mehr Männer, als der Informant gemeldet hatte, und Gewehre mit Radarzieleinrichtung, worüber sie in den Kammern angeblich nicht verfügten.

Er sah viele andere neben und über, aber nur wenige unter sich. Einige Hunderte insgesamt.

Mirski versuchte vergebens, die Tränen zurückzuhalten.

## 27. Kapitel

»Wo ist Patricia?« Carrolson sah sich in dem Durcheinander um.

»Weiß nicht«, meinte Farley. »War vor'n paar Minuten noch hier.«

»Man muß sie suchen!«

»Ich geh' schon«, sagte Carrolson. Sie wollte sowieso hinaus, da sie sich nicht sicher war, die Szene in der Cafeteria länger ertragen zu können.

Also ging sie hinaus ins Freie und suchte das ganze Lager ab. Dabei entdeckte sie etwas Eigenartiges; vor der dunkelgrauen Südkappe fielen weiße Pünktchen wie Schneeflocken – zu Dutzenden, zu Hunderten. Ein Mariner mit zwei Apple in der Hand lief vorbei. »Da!« rief sie und deutete, aber niemand schenkte ihr Beachtung. Der Mariner sprang hinten auf den vollbesetzten Truppentransporter auf, der nun aus dem Lager rollte.

Carrolson schüttelte verdutzt den Kopf. Sie war wie benommen vor Kummer und Zorn; jeder handfeste Gedanke wurde wieder erbrochen wie bei verdorbenem Magen. So ein Handicap konnte sie sich jetzt nicht leisten. Sie mußte scharf überlegen und Vasquez finden.

Auf der anderen Seite des Lagers rollte gerade ein Zug aus dem erhöhten Bahnhof. Sie warf einen Blick auf die Uhr; planmäßiger Zwischenhalt um 14 Uhr in der vierten Kammer. Der Bahnsteig war leer; es wurden keine Züge für Truppentransporte eingesetzt, nur Lastwagen. Die Züge fuhren, als wäre nichts geschehen, automatisch ihre Strecke ab.

»Herrje«, sagte sie, als ihr plötzlich einfiel, daß Vasquez hatte zur Bibliothek wollen. Welche Bibliothek hatte sie gemeint?

Farley kam angerannt. »Invasion«, rief sie. »Fallschirmjäger, Russen, Kosmonauten, was immer. Sind schon in der ersten und zweiten Kammer gelandet. Landen auch hier.«

»Hab's gesehen«, sagte Carrolson. »Patricia ist zur Bibliothek. Wir müssen sie finden ...«

»Aber wie? Der Zug ist abgefahren. Der nächste kommt in einer halben Stunde. Einen Laster können wir nicht nehmen, die sind alle im Einsatz.«

Carrolson war sich noch nie so hilflos und fehl am Platz vorgekommen. Mit geballten Fäusten starrte sie zur südlichen Kappe. Die meisten Fallschirme waren schon so tief, daß sie nicht mehr zu sehen waren.

Patricia starrte auf den leeren Sitz vor sich und biß sich auf die Unterlippe. Der Zug war – Versehen oder Vorsehung – unbewacht.

Seit dem Aufbruch von der Erde lebte sie in einem Traum. War es möglich, in einem Traum gefangen zu sein?

*Im Traum kannst du alles tun, sobald du herausbekommen hast, wie man lenkt, formt und regelt.*

Und die von Kreidestücken getroffenen Gleichungen ...

Wenn stimmte, was sie den Gleichungen entnommen hatte, dann existierte genau in diesem Augenblick irgendwo ein Ort – *eine Kurve* –, wo Vater in seinem Lehnstuhl saß und die *Tiempos de Los Angeles* las, und der Korridor führte dicht daran vorbei. Sie müßte nur nach der richtigen Tür suchen, dem richtigen Korridorabschnitt, und sie fände Rita und Ramon, Paul und Julia.

Sie konnte kaum erwarten, es Lanier zu sagen. Er wäre froh. Rimskaya wäre stolz, weil er sie empfohlen hatte. Sie hatte das Geheimnis des Korridors gelöst – die letzten Stücke des Puzzle waren im Traum an die richtige Stelle gerückt.

Patricia könnte sie alle wieder nach Hause führen.

An ihrer Haltestelle stieg sie aus dem Zug und ging die Treppe hinauf.

»Patricia?«

Patricia drehte sich um und schaute einem Mann ins Gesicht, den sie nicht kannte. Er saß auf der niedrigen Betonmauer rund um den U-Bahn-Eingang. Sein Haar war schwarz und kurz, und er trug einen eng anliegenden schwarzen Anzug.

»Entschuldigung«, sagte sie und sah ihn dabei kaum an. Sie war mitten in einem heftigen Anfall von Arbeit. »Ich kenne dich nicht. Ich kann nicht bleiben.«

»Wir auch nicht. Du mußt mit uns kommen!«

Eine große Gestalt mit einem furchtbar schmalen Schädel und hervorquellenden Augen erhob sich. Ihre Schultern waren in silbriges Gewebe gehüllt; ansonsten war sie nackt. Die Haut war weich wie Leder und ebenso braun.

Patricia machte – aus der Versenkung gerissen – große Augen.

»Hier geht's drunter und drüber, nicht wahr?« sagte der Mann. Patricia bemerkte, daß seine Nase keine Nasenlöcher hatte. Seine Augen waren hellblau, beinahe leer, und seine Ohren groß und rund.

»Entschuldigung«, sagte sie, »aber ich weiß nicht, wer du bist.«

»Ich heiße Olmy. Mein Begleiter ist ein Frant, der keinen Namen hat. Ich hoffe, unser Eindringen stört dich nicht. Wir haben euch alle hier genauestens beobachtet.«

»Wer seid ihr?« wollte Patricia wissen.

»Ich habe hier einmal gewohnt, vor Jahrhunderten«, sagte Olmy. »Und meine Vorfahren vor mir. Übrigens könntest *du* einer meiner Vorfahren sein. Bitte. Wir haben keine Zeit zum Reden. Wir müssen aufbrechen.«

»Wohin?«

»Den Korridor hinunter.«

»Echt?«

»Da liegt meine Heimat. Der Frant und die Seinen kommen von wo anders. Sie ... nun, arbeiten quasi für uns, wenn man das so sagen kann.«

Der Frant schüttelte ernst den Kopf. »Bitte, fürchte dich nicht«, sagte er mit einer Stimme, die wie tiefes Vogeltrallern klang.

Eine Brise von der nördlichen Kappe strich über die Stadt der dritten Kammer und fuhr durch die Kronen der Bäume in der Nähe. Dem Windstoß folgte ein schlankes Gefährt von ungefähr zehn Metern Länge, das einem plattgedrückten Kegel mit stumpfer Spitze glich. Es umrundete graziös einen Turm und landete.

»Du hast Erstaunliches geleistet«, sagte Olmy. »Es gibt Leute in meiner Heimat, die sich für deine Arbeit brennend interessieren.«

»Ich versuche, den Heimweg zu finden«, sagte Patricia. Sie kam sich vor wie ein verirrtes Mädchen, das einen Polizisten befragt. »Bist du ein Polizist? Bewachst du die Stadt?«

»Nicht immer«, gab Olmy zur Antwort.

»Bitte komm mit uns«, sagte der Frant, der auf seinen langen, eigenartig krummen Beinen nähertrat.

»Wollt ihr mich entführen?«

Olmy hielt die Hand vor; ob das als verneinende oder bejahende Geste gedacht war, konnte sie nicht sagen.

»Wenn ich nicht freiwillig mitkomme, dann macht ihr mir Beine?«

»Beine machen?« Er schien nicht zu verstehen. »Du

meinst, dann zwingen wir dich?« Olmy und der Frant tauschten Blicke aus. »Ja«, erklärte Olmy.

»Dann komm' ich also besser freiwillig mit, was?« Die Worte schienen von einer entrückten Patricia zu kommen, einer bislang unbekannten, die gelassen war und vertraut mit der Deutung von Alpträumen.

»Bitte«, sagte der Frant. »Bis es hier wieder ruhiger zugeht.«

»Ruhiger wird's *hier* nicht mehr zugehen«, erwiderte sie. Olmy ergriff nach einer freundlichen Verbeugung ihre Hand und führte sie zu einer offenen ovalen Luke in der abgeflachten Nase des Gefährts.

Innen war's einigermaßen eng in dem Raum, der T-förmig nach hinten verlief. Die Wände waren abstrakt gewellte Formationen aus poliertem weißen Marmor. Olmy zog an einem weichen Spant und fuhr ihn aus zu einer Liege. »Bitte hinlegen.« Sie streckte sich auf der Liege aus. Das weiche Material härtete sich und umschmiegte ihren Körper.

Der schmalköpfige, krummbeinige Frant kroch weiter hinten ins gewellte Weiß und nahm auf einer eigenen Liege Platz. In dem Patricia gegenüberliegenden Flügel zog Olmy einen Wandabschnitt heraus und setzte sich, wobei er sich an den Halsring faßte.

Er schmiegte die Hand über eine Ausbuchtung vor sich, und die Wölbung schwoll zu einem Intaglio aus schwarzen Linien und roten Kreisen. Neben Patricia verblaßte das Weiß bis zur Tranparenz und bildete ein längliches, elliptisches Fenster. Die Ränder des Fensters blieben trüb wie Milchglas.

»Wir brechen jetzt auf.«

Die dritte Kammer glitt unter ihnen dahin. An der nördlichen Kappe erfüllte nüchternes Grau das Fenster.

»Ich glaube, es wird dir wirklich gefallen, wohin wir gehen«, sagte Olmy. »Ich habe dich schätzen gelernt. Deine Persönlichkeit ist beachtlich. Ich wette, auch das Hexamon wird beeindruckt sein.«

»Warum hast du keine Nase?« fragte Patricia entrückt.

Hinter ihnen gab der Frant ein Geräusch von sich wie ein zähneknirschender Elefant.

## 28. Kapitel

Die sowjetischen Truppen, die der zweiten Kammer zugeteilt waren, landeten auf einem zweihundert Meter breiten Geländestreifen, der den Fluß von der Südkappe trennte. Die Gruppen hatten sich an zwei Punkten zu beiden Seiten der Brücke gesammelt, die etwa drei Kilometer vom Ziel entfernt lagen. Die Kommunikationsverbindung zu der Gruppe auf der anderen Seite war gut.

Mirskis Gruppe hatte Deckung gesucht in einem dichten Wald aus knorrigen Kiefern. Sie hatten festgestellt, daß die Brücke stark bewacht war; da mit Verstärkung zu rechnen war, mußten sie sofort zuschlagen. Zhiguli, der Schwertransporter sieben, hatte noch keine Ausrüstung abgeworfen, und ganze drei Viertel der dreißig Gruppen waren nicht vollzählig. Der Kampf im Bohrloch war tückisch gewesen, und von denen, die das Bohrloch überlebten, hatte einer von zwanzig den Widereintritt und den Freifall nicht überstanden.

Die Gruppen waren auf Flexibilität eingestellt; überlebende Feldwebel scharten Versprengte zu neuen Gruppen zusammen. Mirski unterstanden nur noch 210 Mann, und die Hoffnung, mehr zu bekommen, war natürlich gering. Niemand wußte, wie viele in den anderen Kammern den Absprung überlebt hatten.

Zwanzig zu Mirskis Bataillon gehörende SPETSNAZ hatten in der Stadt der zweiten Kammer Stellung bezogen und erstatteten per Funk Meldung, nachdem sie den Fluß durchschwommen hatten.

Seit zwei Stunden waren sie nun in der Kammer. Die NATO-Truppen an der Brücke hatten keinen Angriff angestrengt; das bereitete Mirski Kopfzerbrechen. Er wußte, daß eine unverzügliche, vernichtende Offensive die beste Verteidigung gewesen wäre.

Zwischen seiner Gruppe und dem Ziel lag der Wald und mehrere breite Betonfundamente, deren Zweck nicht ersichtlich war. Obwohl der Wald vorerst genügend Deckung bot, könnte er zur bösen Falle werden.

General »Zev« – Generalmajor I. Sosnitski – hatte den Absprung in die zweite Kammer überlebt, sich bei der Landung allerdings ernsthaft verletzt und beide Beine gebrochen, nachdem sein Fallschirm in hundert Metern Höhe einen Riß bekommen hatte. Er wurde mit Medikamenten ruhiggestellt, in einer Lichtung versteckt und von vier Mann bewacht, auf die Mirski kaum verzichten konnte. Der politische Offizier Belozerski hatte – natürlich – überlebt und blieb in Geiermanier stets in der Nähe des Generals.

Mirski hatte mit Sosnitski einen mehrwöchigen Lehrgang in Moskau besucht. Er achtete den Generalmajor. Sosnitski, der etwa fünfundfünfzig, aber fit wie jeder Dreißigjährige in den Ausbildungsregimenten war, hatte Gefallen gefunden an Mirski und war sicher verantwortlich für dessen rasche Beförderung auf dem Mond.

Niemand mit höherem Rang als Oberst war neben »Zev« in die zweite Kammer gekommen. Im Endeffekt hieß das, daß Mirski nun das Kommando hatte. Garabedian hatte den Absprung überlebt, und das machte Mirski Hoffnung. Einen besseren Stellvertreter hätte er sich nicht wünschen können.

Mirski führte drei Gruppen zur vorderen Betonkonstruktion, die noch einen Kilometer von der Brücke entfernt war. Die Oberfläche des Fundaments war glatt, maß an die dreihundert Quadratmeter und bot keinerlei Deckung. Der zwei Meter hohe Beton bildete praktisch eine Mauer, hinter der sie aufrecht gehen konnten. Doch selbst dieser Schutz reichte nicht aus; Mirski machte sich Sorgen wegen der gekrümmten Kammer, die andere Einschußwinkel und Möglichkeiten bot. Verfügte der Feind über Laserwaffen oder kleinkalibrige Geschütze von zwanzig bis dreißig Kilometern Reichweite? Wenn ja, dann konnten seine Leute mühelos abgeknallt werden, wo immer sie sich auch versteckten.

Er richtete den Funk aufs südliche Bohrloch und suchte nach dem Antwortsender. Sobald er ihn gefunden hatte, übermittelte er eine Nachricht für Oberstleutnant Pogodin in der ersten Kammer und fragte, wie viele Leute er habe und wie seine Situation sei. Pogodin war mit »Nev« an Bord der ›Chaika‹ gewesen.

»Ich hab' vierhundert«, erwiderte Pogodin. »Nev ist vermißt. Oberst Smirdin ist schwer verwundet. Wird wahrscheinlich sterben. Haben zwei Lager besetzt und zehn Gefangene gemacht. Haben den Aufzugeingang in unserer Gewalt.«

Aus der vierten Kammer meldete Major Rogow hundert Mann in Position. Noch seien keine Ziele eingenommen. Starke Verteidigung der Tunnels. Er gedenke, seine Männer mit Plastikflößen, die sie in einer Freizeitanlage gekapert hätten, auf eine Insel überzusetzen. »Lev« habe den Zusammenstoß der ›Chevy‹ mit Hindernissen im Bohrloch nicht überlebt. Oberst Eugen sei tot, und vom Bataillonskommandeur Oberstleutnant Nikolaew fehle jede Spur.

Ihr Kommando war in die Brüche gegangen.

Der Haß kam wieder hoch, schnürte ihm die Kehle zu und brannte in der Magengegend. »Ausschwärmen und angreifen!« befahl er den Gruppenführern diesseits der Brücke. Er winkte mit den Armen und blieb hinter dem Beton, um die anderen Gruppen zu führen.

Ratternde Salven schlugen seinen Männern entgegen, als sie links und rechts von Mirski in Gruppen von zwanzig losstürmten und hinter Bäumen und anderen

Fundamenten Deckung suchten. Es war nicht zu sagen, wie viele Laserwaffen eingesetzt wurden; sie waren lautlos und unsichtbar – außer in staubiger oder feuchter Luft. Er hob sein Funkgerät und sprach mit dem Führer der Gruppen auf der anderen Seite der Brücke.

»Feuer!« sagte er. »Angreifen und verteilen!«

Dann ließ er drei weitere Gruppen vorrücken und diesmal zum Flußufer vordringen, wo sie sich hinter Bäumen und einem runden Fundament verschanzen sollten.

Mit seinem Fernglas konnte er die Gesichter der Verteidiger hinter ihren Plastikschilden ausmachen. Seine Männer hatten keine solchen Schilder; nur sein Fernglas war geschützt gegen Laserblindheit, falls die Verteidiger solche Systeme zum Einsatz brächten; so gut wie jede Laserkanone konnte umgeschaltet werden und ein Sperrfeuer blendender Lichtblitze ausschicken. Es gab eine ganze Reihe von Waffen, welche die NATO-Truppen haben und einsetzen *könnten* ...

Die Verteidiger hatten parallel zur Brückenstraße in Reihen Sandsäcke aufgeschichtet. Nicht alle Positionen waren besetzt; falls seine Truppen zu den Reihen vorstoßen könnten, bevor sie ausreichend besetzt wären, könnten sie im Schutz der Sandsäcke die Brücke praktisch im Sturm nehmen ...

Er stützte sich auf und suchte mit dem Fernglas die Reihen ab, duckte sich dann wieder und erteilte den Gruppen auf der anderen Seite Befehle. Plötzlich brach ein gräßliches Knacksen los; Mirski sperrte die Augen auf und machte sich schon auf den Tod gefaßt. Er hätte sich denken können, daß die Amis irgendeine tödliche Wunderwaffe aus dem Ärmel zaubern würden ...

Wieder ertönte das Knarren, dem diesmal eine ungeheuer laute Stimme folgte. Es war Russisch mit starkem deutschen Akzent, aber verständlich.

»Kampf ist nicht erforderlich! Wir wiederholen, Kampf ist nicht erforderlich! Halten Sie Ihre gegenwärtige Position, aber kommen Sie nicht näher! Sie müssen zuhören. Auf der Erde hat ein verheerender nuklearer Schlagabtausch stattgefunden.«

Mirski schüttelte den Kopf und stellte das Funkgerät wieder an. Er durfte keine Zeit mit Zuhören vergeuden ...

»Wir haben genügend Waffen und Leute, um Sie vernichtend zu schlagen. Das ist nicht erforderlich. Landsleute von Ihnen halten schon zu uns – die russischen Wissenschaftler nämlich. Ihre Kameraden in den Schwertransportern werden dies bestätigen. Es läßt sich eine Verbindung zu ihnen herstellen; sie warten vor dem Bohrloch.«

Mirski drückte auf »Senden« und gab den Befehl zum Angriff. Er verlagerte die verbleibenden Gruppen zum Ufer, wo sie unter dem Brückenpfeiler auf die gegenüberliegenden Leute treffen sollten. Dieser Punkt erschien ihm günstig, denn waren sie erst einmal unter der Brücke, könnten sie seitlich in die amerikanischen Sandsackstellungen feuern und deren Besetzung verhindern.

»Kämpfen ist zwecklos! Unsere Befehlshaber sind tot oder auf Jahre hinaus nicht mehr erreichbar. Vergebens wäre Ihr Tod. Bleiben Sie, wo Sie sind, aber bekunden Sie Ihr Einverständnis, oder wir eröffnen das Feuer!«

Im Anschluß daran meldete sich eine zweite Stimme, die Mirski trotz der Verzerrung bekannt war: Oberstleutnant Pletnew, Kommandeur der Schwertransporterstaffel. Entweder hatte er kapituliert oder war noch außerhalb des Bohrlochs.

»Genossen. Auf der Erde herrscht Krieg zwischen unseren Ländern mit schlimmen Verwüstungen sowohl in der Sowjetunion als auch in den Vereinigten Staaten. Unser Plan ist nicht mehr gültig ...«

Zum Teufel soll er sich scheren! Mirski ließ seine Männer von beiden Seiten vorrücken. Diese Stellung einnehmen, dann die nächste, und dann läßt sich immer noch reden.

»*Psch*kommandeur Mirski«, zischte es aus seinem Funkgerät. »Der Feind bekommt Verstärkung auf der Brücke.«

Wieder ratterten die Waffen, und zum ersten Mal in seinem Leben hörte Mirski ringsum Sterbende schreien.

## 29. Kapitel

Heineman zappelte nervös im Pilotensitz des V/STOL, als er die russischen, englischen und deutschen Funksprüche hörte. Antwortsender in den Bohrlöchern übertrugen automatisch jedes Signal von Kammer zu Kammer und weiter in den Korridor; warum hatte man sie nicht abgeschaltet? Vielleicht waren sie abgeschaltet; vielleicht empfing er *russische* Antwortsender.

Er hatte den Röhrengleiter aus dem Gefahrenbereich bewegt und tausend Kilometer in den Korridor gefahren, wo er nun auf der Singularität saß und sich nutzlos vorkam. Er hatte seinen Kommunikationscomputer so programmiert, daß er sämtlichen Signalen nachging und gleichzeitig eintreffende Nachrichten für späteres Playback aufzeichnete. Er hatte quasi einen Logenplatz: sogar Videobilder waren durch den Korridor zu empfangen.

Er wurde Zeuge des Lauffeuers, das sich über die Erde ausbreitete, bis der Sender schließlich seinen Geist aufgab.

Es war ein bloßer Zufall, daß er über die Schulter blickte und den huschenden weißen Lichtschein bemerkte. Er glitt zügig über seinen Kopf hinweg zur anderen Seite. Was immer es sein mochte, es schien sich spiralförmig innerhalb der Plasmaschicht um die Plasmaröhre zu winden und dabei eine Glanzspur in der allgemeinen Helligkeit zurückzulassen.

Es gab keine anderen flugtauglichen Fahrzeuge im Stein, soweit er wußte. Er bezweifelte, daß die Russen dermaßen ausgefallenes Gerät besitzen würden, um einen so schwierigen Kurs einzuschlagen.

Was war's dann?

Ein Spuk? Mitten in all der Aufregung hatte er seinen ersten Spuk zu sehen bekommen. *So ist das immer, nicht wahr?* Er schaltete das Ortungssystem des Flugzeugs ein.

Im ersten Moment bekam er ein klares Radarecho auf den Schirm und sogar eine computererstellte Graphik der äußeren Form des Flugobjekts. Es war flach und glich einer stumpfen Pfeilspitze. Es war ungefähr fünf Sekunden lang registriert worden, bis das Ortungssystem plötzlich versagte und das Objekt verlor.

Patricia fühlte in sich eine Eiseskälte. Sie starrte durch das transparente Fenster in der Seite von Olmys Flugzeug und sah die gleichmäßig braune und hellgraue Landschaft unter sich dahinhuschen. Zwei Persönlichkeiten standen in ihr im Widerstreit: die erste und zugleich seltsame verbat sich jedwede Reaktion nach außen, die andere war eine normale, faszinierte, vielleicht sogar etwas belustigte Patricia. Sollte sie etwas sagen, würde die zweite Patricia – die entrückte, unbeteiligte – versuchen, komisch zu sein und die Ereignisse auf die leichte Schulter zu nehmen. Aber die erste hatte sich mittlerweile durchgesetzt, also sagte sie nichts. Sie bewegte nicht einmal den Kopf. Sie starrte einfach auf die Wände des Korridors, die sie hinter sich ließen.

»Hast du Hunger oder Durst?« erkundigte sich Olmy. Sie gab keine Antwort. »Bist du müde, willst du schlafen?«

Nichts.

»Wir werden eine Weile unterwegs sein. Ein paar

Tage schon. Bis zur Axis City sind's noch eine Million Kilometer auf dem *Weg* – dem Korridor. Bitte sag es, wenn du etwas brauchst.«

Er warf einen Blick auf den Frant, der aber nur das Auge nach außen rollte, was bedeutete, daß er ratlos sei.

Patricia fühlte, wie alles in die Brüche ging; aller Ehrgeiz, alle Hoffnung konnten diesen unausweichlichen Niedergang nicht aufhalten. Ihre Schultern fingen zu zittern an. Sie blickte kurz zu Olmy und sah wieder weg. Ihre Augen schienen zu schwimmen; Tränen sammelten und lösten sich, wenn sie den Kopf schüttelte, und schwebten um sie herum. Langsam hob sie die Hände und hielt sie vor's Gesicht; Tränen benetzten Finger und Handflächen.

*Alle gehn, und die Welt gerät aus den Fugen ...*

Ihre Brust hob und senkte sich. »Bitte«, hauchte sie.

*Sie sind tot. Alle tot. Du hast sie nicht gerettet.*

»Bitte.«

»Patricia ...« Olmy reichte die Hand zu ihr herüber, zog sie aber wieder weg, als sie zurückwich.

»Ach, *Jesus y Maria.*« Ihr ganzer Leib zuckte, so heftig schluchzte sie. Sie schlang die Arme um die Schultern, wälzte sich hin und her auf der Liege, bog das Rückgrat durch, biß die Zähne zusammen und zog die Lippen zurück.

Dann wurde ihr Rücken von selbst rund, und sie rollte sich mit angezogenen Knien zusammen. *Ist das ein Anfall?*

*Das ist Kummer.*

*Schmerzlicher Verlust, der einem bewußt wird. Sich nichts mehr vormachen.*

Olmy versuchte nicht, sie zurückzuhalten. Er beobachtete, wie die Frau um eine – für die Seinen vor dreizehn Jahrhunderten – verlorene Welt weinte. Alte Frau, altes Leid.

Patricia Luisa Vasquez trauerte um Milliarden Tote und einen Lebensstil, der ihm fremd war.

»Sie ist eine offene Wunde«, sagte der Frant, der hinzukam und sich neben Olmys Schulter kauerte. »Ich würde ihr gern helfen, aber kann ihr nicht helfen.«

»Keiner kann ihr helfen«, sagte Olmy. Selbst über dreizehn Jahrhunderte hinweg riß der Tod den Seinen noch entstellende, verstümmelnde Wunden. Eins wurde ihm klar, als er sie betrachtete und die Unterschiede abschätzte: der Nexus war im Tod geschmiedet worden, die Naderiten waren als Folge davon an die Macht gekommen ... wie viele ihrer Vorurteile, wieviel von ihrer selbsterwählten Blindheit waren Nachwehen von Patricias Schmerz?

»Wenn für sie keine Hilfe möglich ist, dann schmerzt mich das Denken«, sagte der Frant.

## 30. Kapitel

Gerhardt trug die eingerollten Karten aus seinem provisorischen Hauptquartier.

»Sie beherrschen das Südende der ersten Kammer – einschließlich der wissenschaftlichen Lager – und die Aufzüge zum Bohrloch am Südpol. In der zweiten Kammer kämpfen sie noch gegen uns, aber dort sieht's nach einem Unentschieden aus. Berenson verlegte die Hälfte seiner Männer von der vierten in die zweite Kammer, als Alarm gegeben wurde. Sie überquerten die Brücke unter starkem Beschuß. In der dritten Kammer haben die Russen noch nichts versucht, und in der vierten sind sie versprengt und zu einem Angriff nicht fähig.« Gerhardt strich mit der Hand die Karte glatt. »Wir sind nicht stark genug, um sie auszulöschen, und sie sind nicht stark genug, mehr Boden zu gewinnen, als sie schon haben. Auf unser Angebot sind sie bislang nicht eingegangen.«

»Haben wir noch Leute in den Landebereichen?« wollte Lanier wissen.

»Ja, die können dort monatelang aushalten; wir haben die letzte Lebensmittel- und Nachschublieferung noch nicht heruntergeschafft. Die vierte Kammer ist Selbstversorger, und Berensons Männer haben dort eindeutig die Oberhand, womit die einzigen Probleme, wie's aussieht, in der ersten und zweiten Kammer zu erwarten sind. Unsere Soldaten sind für zirka zwei Wochen versorgt. Wenn wir ihnen von der Achse keinen Nachschub abwerfen – wir erkunden diese Möglichkeit gerade –, wird alles knapp.«

»Wie verfahren wir mit den Schwertransportern draußen?«

»Haben sie noch nicht hereingelassen. Einer hat vermutlich schwere Ausrüstung an Bord, die von der Achse in die zweite Kammer abgeworfen werden soll. Wir wollen verhindern, daß sie die Barrikade durchbrechen. Sie sind zwar nicht gerade glücklich, können aber leicht noch einige Tage aushalten.«

»Sind sie bereit zur Kapitulation?«

Gerhardt schüttelte den Kopf. »Nein. Pletnew hat seine kleine Rede gehalten, seine Schiffe will er allerdings noch nicht abgeben. Er hat vorgeschlagen, den Konflikt auf dem Verhandlungsweg zu beenden. Die Besatzungen der Schwertransporter wollen sich zu ihren Kameraden durchschlagen. Sie wissen, daß sie nicht mehr heimkehren können und daß ihre Truppen in den Kammern stark geschwächt sind aufgrund des Gemetzels im Bohrloch.«

»Ein gottverdammtes Todeskommando war das ...«

»Und hat nicht mal geklappt«, bemerkte Gerhardt grimmig, »uns aber in eine unangenehme Position gebracht. Der Stein ist, was uns betrifft, eine verstöpselte Flasche. Nicht daß wir unbedingt abhauen wollten von hier oder könnten, wenn wir wollten. Ich mache mir halt auch Sorgen wegen SPETSNAZ. Könnten inzwischen in der ganzen zweiten Kammer Mord- und Sabotageanschläge vorbereitet haben und werden binnen einiger Tage einen Weg zu uns finden. Wir haben nicht die Leute, um sie von der dritten oder vierten Kammer fernzuhalten. Sind unangenehme Gesellen, Garry. Fanatisch und bestens ausgebildet. Je länger wir warten, um so schlimmer lassen sie uns zur Ader.«

»Es herrscht also ein Unentschieden in der zweiten Kammer?« fragte Lanier, der immer wieder nervös in die Karten blickte.

»Überall. Es bewegt sich nichts, es geht nichts voran – bis auf die Verlustzahlen.«

»Glaubst du, die wissen das? Ich meine, werden sie sich das eingestehen?«

»Sie haben den langen Weg auf sich genommen, was eine langwierige Ausbildung erfordert, so daß anzunehmen ist, daß ihre Offiziere keine Idioten sind.«

»Wie steht's mit der Moral?«

»Wie bei uns murrt keiner.«

»Wie lange wird's wohl dauern, bis sie vernünftig werden und zuhören?«

»Mann, Garry, die hören vielleicht auch *jetzt* zu. Aber sie verständigen sich halt nicht mit uns. Wenn wir unsere Köpfe hochstrecken, schießen sie und umgekehrt.«

Der Feldwebel stand mit betretener Miene vor seinen Vorgesetzten. Sein Gesicht war verkratzt vom Unterholz. Er salutierte und verbeugte sich in Mirskis Richtung.

»Oberst, sie haben unsere Antwortsender in den Bohrlöchern gefunden. Wir können mit keiner anderen Kammer mehr Verbindung aufnehmen.«

»Nun frage ich dich«, sagte Mirski, »ist das ein Zeichen, daß sie die Waffen niederlegen und den Wolf im Schafspferch willkommen heißen wollen?« Garabedian nahm sein Fernglas und suchte die Wälder und Felder zwischen sich und der einen Kilometer entfernten

Brücke ab. Dann sah er sich die von Gewehren und Laser zerballerte und demolierte Brücke an, die allerdings nach wie vor intakt war, und gab das Fernglas zurück.

»Pawel«, sagte Garabedian, »wir sollten die Brücke sprengen, meinst du nicht auch?«

Mirski warf seinem stellvertretenden Kommandeur einen abschätzigen Blick zu. »Und wie sollen wir dann über den Fluß kommen? Wir müssen fünfzig Kilometer und mehr zur nächsten Brücke gehen oder schwimmen.«

»Dann können auch die den Fluß nicht mehr überqueren und aus dieser Kammer keinen Nachschub mehr bekommen ...«

»Nein, aber sie können aus der ersten Kammer Nachschub beziehen. Wir haben keine Ahnung, wie viele sie dort sind.«

»Wie Kaninchen in der Falle ...«

»Wir lassen die Brücke stehn«, sagte Mirski. »Außerdem können wir es uns kaum leisten, bei einer solchen Verzweiflungstat noch mehr Männer zu verlieren. Oder mit Infrarotvisier abgeknallt zu werden, während wir durch den Fluß schwimmen!«

»War nur so'ne Idee«, meinte Garabedian.

»Es fehlt mir nicht an Ideen, Viktor. Es fehlt mir an Laserkanonen und Artillerie. Es ist anzunehmen, daß es die Zhiguli mit unserer gesamten Artillerie und Ausrüstung nicht ins Bohrloch geschafft hat und nicht mehr schaffen wird, da sie die Besatzung an den Bohrlöchern verstärkt haben, wofür auch spricht, daß sie unsre Antwortsender gefunden haben. Wir können davon ausgehen, daß unser Agent verhaftet und das russische Team ausgeschaltet ist, indem es übergelaufen oder unter Arrest gekommen ist. Und wir können ebenso davon ausgehen, daß die Piloten und Besatzung der Schwertransporter nicht gerade begeistert davon sind, wochenlang draußen rumzuhängen, während wir hier abgeknallt werden.«

»Was willst du damit sagen, Pawel? Sag ehrlich!« Garabedian lächelte. Mit seinem fliehenden Kinn hatte er Mirski schon immer an einen Stör erinnert.

»Wir bekommen nicht die nötige Unterstützung.«

»Glaubst du, daß auf der Erde der Krieg ausgebrochen – und verloren worden ist?«

Mirski schüttelte den Kopf. »Ich glaube, wir haben ihre orbitalen Systeme ausgeschaltet. Wäre ein ganz schönes Feuerwerk von hier aus ...«

»Pawel, die werden doch ein Feuerwerk im Orbit von einem Holocaust unterscheiden können.«

Mirski schob das Kinn vor und schüttelte hartnäckig den Kopf. »Wir sind hier, um zu kämpfen und ein Ziel einzunehmen. Das wird seine Gründe haben.«

»Frag die *Zampoliten!* Wir sind hier, um den Sozialismus zu verbreiten und die Zukunft unseres Staates und Landes zu gewährleisten.«

»Scheiße«, kam es von Mirski, der sich über seine heftige Reaktion wunderte. Er haßte die *Zampoliten.* Alle *Zampoliten,* wo immer er auch stationiert war, hatte er gehaßt. Wie üblich hielt sich der politische Offizier der Kompanie – Major Belozerski – im Hintergrund und gab Befehle aus, die zu Mirskis Befehlen zuweilen im Widerspruch standen. »Also gut, sie haben die Erde gegrillt. Und was sollen wir jetzt tun? Den Kampf einstellen und – *was dann?* Diesmal wird's keine harmlose Pausenhofkeilerei gewesen sein. Diesmal wird die ganze nördliche Halbkugel ein Friedhof sein.«

»Genau das, so hört man, ist passiert. Pletnew steht dahinter. Sicher durfte man nicht erwarten, wir könnten ihnen die orbitalen Verteidigungssysteme wegnehmen und sie damit in die Knie zwingen, so daß sie um Gnade winseln.«

»Sie sind korrupt«, sagte Mirski, »schwach und ängstlich.«

»Pawel, ich höre diese Sprüche nicht gern. Du vor allen anderen solltest den Tatsachen ins Auge sehen. Unterschätze den Feind nicht. Können schwache und dekadente Leute uns auf beinahe allen Gebieten eine Nasenlänge voraus sein?«

»Ach, halt den Mund und laß mich schwatzen!« sagte Mirski und kratzte sich am Kopf. Er sah kurz zum Feldwebel auf. »Wegtreten!« sagte er. »Ich will nur noch gute oder gar keine Meldungen hören.«

»Jawohl«, sagte der Feldwebel.

»Schade, daß wir keine Strafbataillons zur Verfügung haben, die wir in den ruhmvollen Heldentod schicken könnten«, meinte Garabedian. »So haben wir in der Vergangenheit Kriege gewonnen.«

»Laß das mal nicht Belozerski hören. Ich habe schon genug Ärger mit ihm – und mit dir auch. Wir lassen die Brücke stehn!« sagte Mirski. »Das ist endgültig. Und wir machen unseren Zug in der nächsten Stunde.«

Wenn Mirski diesen Ton anschlug, duldete er keinen Widerspruch. Garabedian wurde leicht blaß, zog einen alten Kaugummistreifen hervor, steckte ihn in den Mund und kaute den Zucker heraus. Mirskis Funkgerät klickte leise. Er stellte den Empfang ein und meldete sich. »Genosse Kommandeur, hier spricht Belozerski. ›Zev‹ wünscht Sie zu sprechen ... persönlich.«

Mirski fluchte und erklärte, daß er gleich dort sein werde. »Neues vom Schlachtfeld«, meinte er zu Garabedian.

Sechsundzwanzig Stunden nach Beginn der Pattsituation wurde in Gerhardts provisorischem Hauptquartier der Lagebericht vorgelegt. Der Lieutenant, ein Mann mit eingefallenem Gesicht und eingesunkenen Augen, erläuterte seine Ergebnisse mit appalachischer Behäbigkeit.

»Wir haben ihre Stellungen erkundet und sie aus der Ferne – vom Bohrloch und von höhergelegenen Positionen in der Krümmung – gezählt. Sie haben noch an die sechshundert einsatzfähige Männer, vielleicht auch fünfzig bis hundert mehr. Viele Offiziere haben sie verloren: ein General und einige Oberste sind tot oder verwundet. Damit bleiben ein Oberst in der zweiten und zwei Oberstleutnants und ein Oberst in der ersten Kammer. Vielleicht gibt's noch weitere Generäle – im Funk ist von ›Zev‹, ›Nev‹ und ›Lev‹ die Rede. Möglich, daß damit drei Generäle gemeint sind.«

»Könnt ihr sie identifizieren?« fragte Lanier.

»Nein, Sir. Sie haben nicht unbedingt Namenschildchen dran. Aber wir glauben, daß jemand vom russischen Wissenschaftlerteam den einen oder andern kennt. Diese Truppen sind ziemlich gut ausgebildet, und mancher wird Kosmonautenerfahrung haben. Die Wissenschaftler dürften also dem einen oder andern schon mal begegnet sein.«

»Habt ihr Fotos von den Offizieren?« fragte Gerhardt den Lieutenant.

»Jawohl, von den allermeisten, und gar keine schlechten. Sind'n paar gute Halbprofile darunter.«

»Das russische Wissenschaftlerteam soll sie sich ansehen. Vielleicht kann jemand identifiziert werden. Du, Garry, solltest meiner Meinung nach vermitteln. Wir reden mit Pritikin vom russischen Team – er ist'n rechtschaffener Bursche. Wir lassen einen der Schwertransporter landen – den mit Pletnew. Falls er oder Pritikin per Funk den Befehlshaber erreichen und eventuell ein Treffen vereinbaren kann, kommt vielleicht mehr raus.«

»Wenn ich vermitteln soll, müßte ich Russisch können«, sagte Lanier.

»Da kann einer unserer Freunde aushelfen. Rimskaya oder dieser deutsche Rudolph – oder so – Jaeger.«

»Rimskaya ist gut, aber wohl nicht gut genug für diplomatische Feinheiten. Jaeger könnte nützlich sein. Aber ich nehm' den Job nur an, wenn ich direkt mit den Russen arbeiten kann – ohne Mittelsmann. Ich kann mit dem Zug in die dritte Kammer fahren und lernen, während die Landung von Peltnew arrangiert wird.«

»Wir haben nicht wochenlang Zeit, Garry.«

Lanier schüttelte den Kopf. »So lange dauert's nicht. Ist 'ne Sache von Stunden.« Er holte tief Luft und beugte sich vor. »Spricht irgend etwas dagegen, die ganze Geheimnistuerei abzustellen?«

Gerhardt überlegte kurz. »Intern? Bin mir da nicht sicher.«

»Würdest du gern erfahren, was es mit all dem hier auf sich hat?«

»Natürlich. Ich meine, ich bin mir nicht sicher, wer befugt ist, die Bestimmungen zu lockern.«

»Kirchner wurde gesagt, wir seien nicht mehr Bestandteil der militärischen Strategie der Erde. Können wir nicht davon ausgehen, daß dies auch politisch zutrifft?«

»Wir sind unsere eigenen Herrn, meinst du?«

»Richtig«, sagte Lanier.

»Das ist ein heißes Eisen, mit dem ich mich im Moment nicht rumschlagen will.«

»Nun, ich übernehme die Verantwortung für einen Schritt. Die Bibliotheken sind nicht mehr geschlossen und jedermann zugänglich.«

»Auch den Russen?«

»Auch den Russen, falls sie einen Frieden mit uns aushandeln«, erklärte Lanier. »Ich lerne Russisch, du klärst den Verhandlungsmodus, und wir bieten an, alles zu teilen, was uns geblieben ist.«

»Kirchner wird es nicht gefallen, daß dieses Volk landet. Und Zugeständnisse wird er sicher nur ungern machen.«

»Wer ist Chef der inneren Sicherheit?« fragte Lanier pointiert. »Und bleibt uns eine andere Wahl?«

Als Patricia erwachte, war es in der Kabine dämmrig. Sie lag mit dem Gesicht zum Fenster. Die Oberfläche des Korridors in mehr als zwanzig Kilometer Tiefe war dunkel und zerfurcht. Tiefe Risse durchzogen den gesprenkelten Boden, deren klaffende Ränder schwach glänzten.

Sie rollte herum und blickte in die Kabine. Ein Netz aus blauen und grünen Blinklichtern umschloß ihren Entführer. Funken sprühten zwischen den Lichtern und im Netz, und ein transparenter, fahler Nebel umhüllte seinen Körper.

Sie hatte genügend Gewicht, um den Unterschied von oben und unten zu erkennen. Nun glitt sie aus ihrem geformten Lager, streckte die Hand aus und wollte das Lichternetz berühren, um zu sehen, ob es echt war. Bevor ihre Finger das Gebilde erreichten, wurde sie von einer Stimme gestoppt.

»Bitte nicht stören!« Olmy stand vorn in der Kabine. Patricia blickte hin und her zwischen der Gestalt auf der Liege und dem Olmy, der sie gerade angesprochen hatte. »Ich bin eine partielle Persönlichkeit, ein zugeteilter Geist. Olmy ruht und befindet sich in Talsit-Meditation. Wenn du etwas von ihm möchtest, so wende dich ersatzweise an mich.«

»Wer bist du?« fragte Patricia.

»Ein zugeteilter Geist. Während er rastet, führe ich Pflichten für ihn aus, die kein physisches Handeln erfordern. Ich habe keine Substanz. Ich bin eine Projektion.«

»Oh«, staunte Patricia stirnrunzelnd. »Was ... tut er? Was geschieht mit ihm?«

»Talsit-Meditation ist der Prozeß des Umschlossenseins von Talsitdatenträgern. Der Leib wird von Unreinheiten geläutert und der Geist von Hemmnissen zu klarem Denken. Talsitdaten informieren, reorganisieren, bewerten die Mentalfunktionen. Es ist eine Art von Traum.«

»Bist du nur eine Aufzeichnung?«

»Nein. Ich bin mit seinen Denkprozessen verbunden,

allerdings auf eine Weise, die seine Ruhe nicht beeinträchtigt.«

»Wo ist der ...« Sie wollte schon »Spuk« sagen. Sie blickte nach hinten. Der schmalschädelige, X-beinige braune Geselle lag auf seinem Platz und sah sie aus ruhigen, langsam blinzelnden Augen an.

»Hallo«, sagte er melodiös.

Patricia nickte schluckend. »Wie heißt du gleich wieder?«

»Ich habe keinen Namen. Ich bin ein Frant.«

»Wer bedient Steuer und Instrumente?«

»Das Schiff steuert automatisch im Moment. Sicher habt ihr Leute Fahrzeuge, die das auch können«, erwiderte der Frant mit mahnendem Unterton.

»Ja, natürlich.« Patricia kehrte sich wieder der Erscheinung zu. »Warum hat sich der Korridor verändert?«

»Vor Jahrhunderten fand hier ein Krieg statt. Das Oberflächenmaterial, das in den Weg – den Korridor – eingebracht worden war, wurde dabei verwüstet. Stellenweise kann man den blanken Weg sehen.«

»Ein *Krieg?*« Patricia blickte hinunter in die gesprenkelte Landschaft.

»Wo Jarts den Weg besetzten. Sie kamen von Toren Hunderttausende von Kilometern weiter unten. Diese Tore sind mittlerweile verschlossen oder werden strikt kontrolliert. Als Axis City, die Stadt an der Achse, passieren und den Weg zurückgewinnen wollte, leisteten die Jarts Widerstand. Sie wurden vertrieben, und dieser Abschnitt des Wegs, die ganze Strecke bis zur Thistledown, ist nun blockiert und verlassen.«

»Oh.« Sie legte sich zurück und beobachtete die blinkenden Lichter um Olmy. Sie war erschöpft. Ihre Augen brannten, und ihr Hals war heiser; die Brust schmerzte, die Arme und Beine waren verspannt. »Ich habe geweint«, sagte sie.

»Du hast zwölf Stunden lang geschlafen«, sagte der

Frant. »Friedlich geschlafen, wie's schien. Wir haben dich nicht gestört.«

»Danke«, sagte sie. »Zur Stadt an der Achse – dahin fahren wir?«

»Axis City, ja«, erwiderte der Frant.

»Was wird dort mit mir geschehen?«

»Man wird dich ehren«, gab Olmys Ebenbild zur Antwort. »Du stammst schließlich aus unsrer Vergangenheit und bist genial.«

»Ich mag keine ... Schmeicheleien«, sagte Patricia leise. »Und ich möchte zurück und meinen Freunden helfen. Sie brauchen mich.«

»Du bist dort nicht entscheidend, und wir sind der Meinung, daß es gefährlich dort ist.«

»Trotzdem will ich zurück! Ihr sollt wissen, daß ihr mich gegen meinen Willen verschleppt.«

»Wir bedauern das. Es wird dir kein Unheil widerfahren.«

Patricia gelangte zur Einsicht, daß es zwecklos war, gegen einen Geist anzureden – ob zugeteilt oder sonst was. Sie verschränkte die Arme und beobachtete die verwüstete, verkohlte Landschaft tief drunten. Es war mittlerweile schwierig, irgend etwas für die Vergangenheit, für die Zeit vor Betreten dieses Schiffes zu empfinden. Wollte sie überhaupt zurück? Gab es tatsächlich irgendwo was dermaßen Wichtiges?

Ja. Lanier. Er rechnete mit ihrer Hilfe. Sie gehörte zu seinem Team. Und Paul, ihre Familie. *Tot.* Sie tastete nach den Briefen in ihrer Tasche und griff dann nach dem Beutel mit Multimeter, Tafel und Prozessor. Sie waren ahnungslos geblieben.

Sosnitski lag im Sterben. Von den fünf Korpsmitgliedern, die das Bataillon begleiteten, hatten es zwei in die zweite Kammer geschafft; diese hatten nun keine Lust, vor dem General die Wahrheit zu verbergen. Einer davon, ein glatzköpfiger, schmächtiger Bursche mit einer

Narbe übers halbe Gesicht, nahm Mirski zur Seite, als er zur Waldlichtung kam.

»Der General hat innere Verletzungen – unter anderem eine Milzruptur, das geringste Übel. Wir haben weder Blut und Plasma noch die Möglichkeiten für eine Notoperation. Er wird in ein, zwei Stunden sterben. Er ist stark, aber kein Supermann.«

Sosnitski lag seitlich auf einer Bahre aus Fallschirmstoff und Ästen. Alle zwei bis drei Sekunden zwinkerte er zweimal hintereinander, und sein Gesicht war fahl und feucht. Mirski kniete sich neben ihn, und Sosnitski nahm seine Hand. Der General packte noch erstaunlich kräftig zu.

»Meine Knochen sind im Eimer, Genosse Kommandeur«, sagte er. »Wie ich erfahren habe, sind weder ›Lev‹ noch ›Nev‹ durchgekommen.« Er lächelte oder grinste – ein Unterschied war kaum feststellbar – und hustete dann. »Ich will Sie mit einer ungewissen Ehre betrauen, Genosse. Wir brauchen einen Divisionskommandeur. Der einzige andere noch lebende Oberst ist Vielgorski, aber einem politischen Offizier möchte ich das Kommando über unsere Truppen nicht in die Hände legen. Also erteile ich Ihnen eine hohe Feldbeförderung, Genosse Oberst, die daheim auf der Erde vielleicht nicht mal anerkannt wird. Aber wenn's stimmt, was man hört, kümmert das auf der Erde keinen mehr. Ich habe Zeugen. Belozerski hier ist einer, und per Funk verkünde ich die Beförderung den andern Bataillonskommandeuren, bevor ich sterbe. Die Zeit drängt also. Sie sind hiermit Generalleutnant. Ich gebe Ihnen meine Rangabzeichen.« Mit der rechten Hand, das Gesicht vor Schmerz verzerrt, reichte er Mirski steif die Sterne. »Gibt womöglich Ärger mit anderen, die zur Beförderung anstehen ... Aber das ist mein Wille. Ich vertraue Ihnen, General Mirski. Wenn stimmt, was der Kommandeur unserer Staffel sagt – und es klingt nicht unwahrscheinlich –, dann müssen Sie verhandeln. Wir sind vielleicht die letzten Russen ... Alle andern sind dem Feuer zum Opfer gefallen.« Er hustete wieder. »Halten Sie bis dahin die Stellung. Aber wer bin ich, daß ich Ihnen sage, was Sie tun sollen? Sie sind jetzt General. Bitte sagen Sie Belozerski, er soll das Funkgerät bringen.«

Belozerski machte beim Vorübergehen ein finsteres Gesicht, dem ein gewisser Ausdruck, eine Art Flehen anhaftete. *Er weiß noch nicht, wie er mich zu behandeln hat,* dachte Mirski. Der General verkündete seinem Stab die Ernennung. Belozerski machte ihm behutsam klar, daß die Antwortsender in den Bohrlöchern nicht mehr funktionierten, aber er bestand trotzdem darauf, den Funkspruch durchzugeben.

»Die Amis wissen jetzt, daß wir einen Führer haben«, sagte er. Minuten später fiel er ins Koma.

Es dauerte eine Weile, bis Mirski sich mit dem Gang der Dinge abgefunden hatte. Das beste wäre, so überlegte er, mit dem fortzufahren, womit er aufgehört hatte. Also kehrte er zum Fundament zurück und besprach sich mit Garabedian.

Obwohl er eine Frist gesetzt hatte, ließ Mirski nach Ablauf der Stunde nicht zum Angriff blasen. Er wußte, das wäre Selbstmord gewesen. Er hatte sich an die Hoffnung geklammert, der Schwertransporter käme plötzlich durch und würde die Ausrüstung abwerfen, aber die Hoffnung zerplatzte nun – und damit jeder Ehrgeiz zum Weitermachen.

Generalmajor Sosnitski hatte natürlich recht gehabt.

Es war von Anfang an ein sehr riskanter Einsatz gewesen. Falls stimmte, was der Feind behauptete (und der Staffelkommandeur Pletnew würde sicher nicht lügen, nur um seine Haut zu retten), wenn es also stimmte, dann war kein Sieg möglich.

Garabedian kam mit einer Tube Verpflegung heran. Mirski winkte ihn zur Seite. »Wir müssen essen, Genosse General«, sagte Garabedian.

Mirski runzelte die Stirn. »Warum? Was hat es noch für einen Zweck? Sie halten uns hier fest, bis wir verhungern oder wie Füchse zum nächsten Hühnerstall pirschen. Wir sitzen in der Falle.«

Garabedian zuckte die Achseln.

Mirski wandte sich von seinem ehemaligen Stellvertreter ab, streckte plötzlich den Arm aus und griff mit der Hand mehrmals nach der Tube. »Gib her! Du sollst's nicht zu fressen kriegen.«

Garabedian gab ihm grinsend die Tube.

»Schmeckt erbärmlich«, sagte Mirski, der sich die Fischpaste in den Mund drückte. »Wie Scheiße.«

»Warum so pessimistisch?« meinte Garabedian.

»Ich habe Sosnitski gemocht«, antwortete Mirski. »Und der geht her und macht mich zum General.«

## 31. Kapitel

Lanier stand blinzelnd in der hell erleuchteten Bibliothek. Seit Monaten hatte er sich nicht mehr vor eins der Chromkügelchen gesetzt. Auch jetzt hatte er wenig Lust dazu. Die Erfahrung war körperlich zwar nicht unangenehm gewesen, doch anscheinend rührten alle gegenwärtigen Schwierigkeiten von einem dieser Plätze her – demjenigen nämlich, um den sich das abgeschaltete Gerät reihte.

Drei Mariner mit Apple und Uzi standen nervös hinter ihm; Gerhardt hatte darauf bestanden, daß sie Lanier begleiten, sollte einer der infiltrierenden russischen SPETSNAZ schon bis hierher vorgedrungen sein.

Er ging durch die Reihen. Wie Patricia verabscheute er den vollgepackten Platz. Er hielt inne und warf einen Blick auf den Lichthof, setzte sich dann auf einen Stuhl und klappte den Deckel des Tastenfelds auf. Per Knopfdruck tauchten Fragen vor ihm auf. Die Bibliothek gebrauchte nach wie vor reinstes Englisch des einundzwanzigsten Jahrhunderts. Vielleicht erinnerte man sich an ihn; vielleicht wußte man, wer sie waren und was sie hier wollten.

»Ich muß Russisch des einundzwanzigsten Jahrhunderts lernen«, sagte er. »Frühes einundzwanzigstes Jahrhundert. Prämortal. Wie lange wird das dauern?«

»Wollen Sie Russisch lesen oder sprechen können oder Umgangsrussisch beherrschen oder alles davon?« fragte die Bibliotheksstimme.

»Ich muß sprechen können, brauche Umgangsrussisch und alles andere auch, wenn es nicht recht viel länger dauert.«

»Fließendes Umgangsrussisch und technisches Russisch dauern zwei Stunden. Eine weitere Stunde ist erforderlich, um Sie das Lesen und Übersetzen zu lehren.«

»Dann alles«, sagte er.

»Gut. Entspannen Sie sich, bitte. Sie sind etwas verkrampft. Wir beginnen zunächst mit dem kyrillischen Alphabet ...«

*Ich entspanne mich,* stellte er verwundert fest. Als die Lektion anging, tauchte er mit einem tiefen geistigen Seufzer ins Meer des Wissens ein. *Es macht Spaß.*

Er war kein sprachbegabter Schüler gewesen. Dennoch sprach er binnen dreier Stunden Russisch wie ein gebürtiger Moskauer.

Oberstleutnant Pletnew, der muskulöse Staffelkommandeur mit rosigem Gesicht und schütterem Haar, verließ in Begleitung von vier Mann den festgemachten Schwertransporter über die Heckluke und wurde in die erste Luftschleuse geführt. Gemäß der vor wenigen Stunden ausgehandelten Übereinkunft behielten die übrigen Schwertransporter ihre Position vor dem Bohrloch bei.

Die Russen stiegen aus ihren Raumanzügen und

wurden von sieben mit Apple bewaffneten Marinern über den Landebereich ins Kommunikationszentrum geleitet. Kirchner – für den Lieutenant Jaeger dolmetschte – begrüßte ihn und erläuterte das Vorgehen.

»Der ranghöchste Offizier Ihrer Leute im Stein befindet sich in unserer zweiten Kammer. Gemäß der Meldung Ihres Generalmajors Sos ... Sos ...«

»Sosnsitski«, ergänzte der dolmetschende Jaeger.

»Sosnitski hat einen gewissen Mirski zum Generalleutnant ernannt. Das heißt, wir müssen freies Geleit durch die erste Kammer aushandeln; Ihre Kameraden haben uns da abgeschnitten. Die andere Möglichkeit wäre; Sie durch die Achse zu fliegen, aber von diesem Vorschlag wird niemand begeistert sein.«

Pletnew lauschte Lieutenant Jaeger und nickte eifrig. »Ich rede noch mal mit ihnen«, sagte er. »Diesmal direkt.«

»Sie haben keine Befehlsgewalt über sie. Vielleicht werden Sie sie für einen Verräter halten.«

»Ich kann es nur versuchen«, sagte Pletnew. »Vielleicht gehe ich allein runter oder mit meiner Crew und versuche, sie zu überzeugen ...«

»Sie lassen sich nicht gern überzeugen, meinen wir. Als Ihre Worte den Truppen übermittelt wurden, kämpften sie einfach weiter.«

»Tatsächlich?« prustete Pletnew und bekam ein rotes Gesicht. »Wir probieren's noch mal.«

»Wir probieren's noch mal«, pflichtete Kirchner ihm bei. »Zuerst sprechen Sie über Funk mit der ersten Kammer. Sagen Sie ihnen alles; wie unsre Situation ist, was Sie vorhaben, was auf der Erde passiert ist.«

»Ich bin kein Idiot. Ich weiß selber, was ich ihnen sagen muß.« Er funkelte Kirchner an, aber reichte ihm dann wieder die Hand. »Ihr habt uns abgeschlachtet«, sagte er.

Kirchner ergriff nach kurzem Zögern die Hand. »Ihre Männer schlagen sich tapfer.«

»Zeigen Sie mir den Weg!« Pickney wies ihm einen Platz im Funkraum. Sie heftete ein drahtloses Mikro an sein Revers und schaltete auf eine von den Russen verwendete Frequenz.

Pletnew sprach mit einem Oberstleutnant I. S. Pogodin in der ersten Kammer. Der Deutsche übersetzte einen Großteil des raschen Wortwechsels für Kirchner.

»... Sie können mich nicht vergessen haben, Pogodin. Ich war einer Ihrer Ausbilder in Novosibirsk.«

»Ja, Sie klingen wie Pletnew.«

»Haben Sie keine Angst, Pogodin! Die Schlacht ist vorbei. Ich muß Ihr Gebiet durchqueren, um mit Oberst Mirski – Generalleutnant Mirski – zu sprechen. Werden Sie das gestatten?« Er blickte zu Kirchner.

»Sie, einer Ihrer Besatzung und eine Eskorte aus vier Marinesoldaten«, bestimmte Kirchner.

»Zwei von uns und vier Amerikaner.«

Die Antwort ließ auf sich warten. »Wir haben keine Verbindung zur zweiten oder zu einer anderen Kammer. Unser Oberst Raksakow ist tot. Ich bin nicht der Ranghöchste in dieser Kammer. Das ist Oberst Vielgorski.«

»Dann besprechen Sie sich mit Vielgorski und treffen Sie eine Entscheidung.«

Es dauerte einige Minuten, bis Vielgorski sich meldete. »Sie können unbewaffnet passieren. Ich will persönlich mit Ihnen sprechen.«

Pletnew warf Kirchner einen fragenden Blick zu. »Unbewaffnet? Ist das akzeptabel?«

Kirchner nickte.

»Also gut, wir kommen ...«

»Mit dem Aufzug Null zum Lager des wissenschaftlichen Teams«, legte Kirchner fest, was der Deutsche übersetzte. »Wir brauchen einen Laster aus dem Lager, um die Kammer zu durchqueren.«

Pletnew gab die Forderungen weiter. Vielgorski verlangte, daß einer seiner Männer den Laster zur zweiten

Kammer begleite. Nach kurzer Überlegung willigte Kirchner ein. Anschließend besprach er sich mit Gerhardt, der das Vorhaben unterstützte.

»Lanier und zwei meiner Männer werden auf der andern Seite der Brücke warten, sobald mit dem Befehlshaber in der zweiten Kammer eine Einigung erzielt worden ist«, sagte Gerhardt. »Lanier hat Russisch gelernt. Wir glauben, es sollte ihn jemand vom russischen Wissenschaftlerteam begleiten, wenn alle damit einverstanden sind.«

Pletnew schürzte die Lippen und murmelte etwas, das der Deutsche nicht verstand. Dann sagte er in passablem Englisch; »Gibt's hier einen Waschraum? Was ich anhabe, trage ich schon eine Woche am Leib.«

Belozerski hockte sich neben Mirski, als die Anweisungen für den Waffenstillstand per Lautsprecher ins feindliche Lager übermittelt wurden.

»Das könnte ein Trick sein«, meinte Belozerski kopfschüttelnd. »Man kann nicht wissen, was für Falschinformationen sie uns vorsetzen werden.«

Mirski reagierte darauf nicht. Er hörte aufmerksam zu und erteilte dann durch Garabedian an sein Bataillon Befehle zur Einhaltung des Waffenstillstands. »Pletnew wird in einer Stunde hier sein«, sagte er, als er die von Garabedian angebotene Zigarette nahm. »Wir können ihn ausquetschen nach Herzenslust. Wenn er wirklich die Wahrheit sagt, dann verhandeln wir.«

»Wir dürfen keinerlei Prinzipien aufgeben«, mahnte Belozerski.

»Wer redet von aufgeben?« konterte Mirski. Er mochte den Leuteschinder mit der verbissenen Miene und hektischen Gestik nicht.

»Wenn Pletnew die Wahrheit sagt«, betonte Belozerski, »dann müssen wir eine Feste der Revolution begründen hier auf der Kartoffel.«

»Stein heißt das Ding«, bemerkte Garabedian.

»Kartoffel«, wiederholte Belozerski grimmig.

»Da widerspricht keiner«, sagte Mirski, der vielleicht zu viel Geduld aufbrachte.

»Wir müssen dieses Unternehmen als gleichberechtigte Partner angehen.«

»Sie haben alle Frauen«, bemerkte Mirski. Belozerski musterte ihn, als hätte er einen schlechten Scherz gemacht.

»Ja? Genosse General, ich versteh' nicht recht ...«

»Wir können nicht heimkehren – falls Pletnew recht hat«, sagte Mirski. »Um die Ideale der Revolution fortzuführen, brauchen wir ... Frauen. Das ist doch klar.«

Belozerski hatte dazu nichts zu sagen.

»Vielleicht in unsrer Wissenschaftlergruppe ...«, mutmaßte Garabedian.

»Die meisten sind Männer«, stellte Mirski fest. »Sehr prestigeträchtig, die Kartoffel. Darum sind nur die ersten Akademiker mit ihren Assistenten hier. Darunter vielleicht fünfzehn Frauen, auf die siebenhundert Soldaten kommen.« Er lachte glucksend und blies den Zigarettenrauch gegen das Betonfundament.

Belozerski saß mit dem Rücken zum Beton und starrte auf seine Hände, die auf die angewinkelten Knie gestützt waren. »Nicht alles in Rußland ist zerstört«, brachte er vor. »Da gibt's Schanzen, Festungen. Davon haben Sie sicher gehört, Genosse General.«

»Die es nicht wissen müssen, denen wird nichts gesagt«, wandte Mirski ein. »Ein Gerücht ist nicht gleich Wirklichkeit.«

»Aber in Podlipki – die geheimen Hangars, die bereitstehenden Helikopter und Flugzeuge ... Sicher wird der Parteisekretär, der Verteidigungsrat ...«

»Vielleicht«, sagte Mirski, eher um dem Mann den Mund zu stopfen als ihm beizupflichten.

»Sie werden also mit uns in Verbindung treten.« Belozerski erhob mit strahlenden Augen den Blick. »Wir *brauchen* einen eigenen auswärtigen Kommunikationskanal. Wenn wir verhandeln, müssen wir verlangen ...«

»Daran habe ich bereits gedacht«, sagte Mirski. »Und nun seien Sie bitte still. Ich muß über vieles nachdenken, bis Pletnew eintrifft.«

Der Laster rollte an den Schützenlöchern und den vom wissenschaftlichen Lager abmontierten Stacheldrahtzäunen vorbei. Russen in ungereimter, arktischer Tarnkleidung, von denen manche noch den Helm des Raumanzugs trugen, musterten sie skeptisch. Die eigentlichen Raumanzüge waren längst beiseitegeschafft worden und füllten nun die Deponien, zusammen mit den Schilden und den Leichen der glücklosen Soldaten.

»So'n Kampf«, sagte Pletnew tonlos. »Nie wieder!«

Major Annenkowski – der Vertreter der Russen in der ersten Kammer – blickte traurig aus dem Wagenfenster und strich sich durchs ziegelrote Haar. »Ich bin dankbar, daß ich noch lebe.«

Lieutenant Rudolph Jaeger übersetzte halblaut für die beiden eskortierenden Mariner. Der Laster passierte den Kontrollpunkt beim demolierten Wachhäuschen und fuhr nordwärts.

Am nördlichen Ende der Brücke Null warf Lanier einen Blick auf seine Uhr: 14:00 Uhr. Die Mariner nickten einander zu, setzten sich langsam in Bewegung und überquerten vereinbarungsgemäß die Brücke zu Fuß.

»Ich hoffe nur, diese verdammten Aufrührer wissen Bescheid«, sagte der junge Sergeant und blickte zurück auf Alexandria.

Durch Kameras in der Bohrlochöffnung der ersten Kammer überwachte Kirchner die Fahrt des Lasters auf derselben Anlage, die vor gerade dreißig Stunden die Aufnahmen vom Ende der Welt präsentiert hatte. Hinter ihm fuhr Link auf ihrem Stuhl hoch und stellte flugs ein Funksignal ein.

»Es nähert sich ein OTV«, meldete einer der wachhabenden Soldaten in der äußeren Mulde. »Kein russisches, sondern eins von uns.«

Link gestikulierte mit der einen Hand, während die andere in rascher Folge über die Tasten huschte. »Captain Kirchner, wir kriegen ein OTV von Station Sechzehn. Es ist beschädigt und konnte nicht zur Mondsiedlung ausweichen ... Sir, es heißt, sie haben Judith Hoffman an Bord.«

Kirchner wirbelte auf seinem Drehstuhl herum. »Wundert mich nicht«, meinte er. »Reinholen! Miss Pickney, wo habe ich nur mein Jackett gelassen?«

## 32. Kapitel

Mirski marschierte langsam über das Feld – nicht so sehr aus Vorsicht, sondern eher um seine Würde zu demonstrieren und einen ersten Eindruck ihrer Verluste zu gewinnen. Lanier, Lieutenant Jaeger, Major Annenkowski und Pletnew näherten sich zügig, bis nur noch wenige Meter sie trennten. Pletnew trat vor, drückte Mirski die Hand, wobei er auch seinen Unterarm umfaßte, trat dann wieder zurück und blieb allein stehen.

Mirski betrachtete die Toten, die auf dem Feld verstreut lagen. Zwei steckten zur Hälfte in einem unfertigen Schützenloch; kleine, eingebrannte Löcher und verkohlte Hautfetzen lugten durch die versengte Uniform. Bislang hatte er achtundzwanzig Tote gezählt. Insgesamt waren es mindestens doppelt so viele auf dem Feld. Seine Gedanken schweiften von taktischen Überlegungen ab und beschäftigten sich mit dem heiklen Aspekt toter Kameraden.

Die einundvierzig Verwundeten in der zweiten

Kammer wurden von nur zwei Sanitätskorpsmitgliedern verpflegt. Sosnitski, der nicht mehr aus dem Koma erwachte, war am Vortag gestorben. Von den Verwundeten starben täglich zwei, drei oder vier.

Mirski wandte sich an Pletnew. »Stimmen die uns übermittelten Nachrichten – Ihre Worte, ihre Information?«

»Ja«, antwortete Pletnew.

»Irgendwelche Instruktionen von der Erde?«

»Nein.«

»Schlimm?«

»Sehr schlimm«, sagte Pletnew leise und kratzte sich an der Backe. »Wird keine Sieger geben.«

»Keinerlei Instruktionen von irgendwo? Vom Verteidigungsrat in irgendeiner Schanze, von einer Gruppe, einer Station, von überlebenden Offizieren?«

Pletnew schüttelte den Kopf. »Nichts. Um uns kümmert sich derzeit verständlicherweise keiner.«

»Haben Sie irgendwelche Kriegshandlungen mitbekommen?« fragte Mirski mit verkniffener Miene.

»Wir haben Rußland die ganze Nacht leuchten gesehen. Ganz Europa brennt.«

»Wer von Ihnen spricht Russisch?« erkundigte sich Mirski unwirsch und musterte dabei Lanier und Jaeger.

»Beide«, erklärte Lanier.

»Gewinnt Ihr Land?«

»Nein«, sagte Lanier.

»Wir sind alle *Schweine*«, sagte Mirski.

Pletnew schüttelte den Kopf. »Wir haben alle nur unsere Pflicht getan, Genosse General. Sie haben eine respektable ...«

»Wie viele Schiffe haben überlebt?« unterbrach ihn Mirski.

»Vier«, antwortete Pletnew. »Und wie viele Männer?«

Lanier, Jaeger und Major Annenkowski warteten auf Mirskis Antwort.

»Zweihundert – nein, ungefähr hundertachtzig hier.«

Mirski runzelte, an Lanier gewandt, die Stirn. »Ich weiß nicht, wie viele in den andern Kammern. Vielleicht siebenhundert insgesamt. General Sosnitski ist gestern gestorben.«

»Dann sind Sie der ranghöchste Offizier«, stellte Pletnew fest.

»Wir sollten uns an den Verhandlungstisch setzen«, sagte Lanier. »Es wäre sinnlos, den Kampf wiederaufzunehmen.«

»Ja«, sagte Mirski, der sich auf dem Feld umsah und dann langsam den Kopf schüttelte. »Wenn nur noch wir übrig sind ... wäre Kämpfen sinnlos.«

»Die Erde ist nicht tot«, betonte Lanier. »Sie ist schwer angeschlagen, aber nicht tot.«

»Wie kommt's«, sagte Mirski, »daß Sie so sicher sind?«

»Ja«, sagte Pletnew in Englisch. »Sie haben also Verbindung zu Ihren Vorgesetzten?«

»Nein«, erwiderte Lanier. »Ich habe davon gelesen und es kommen sehen. Es ist eine lange Geschichte, General Mirski, und ich glaube, es wird Zeit, daß sie bekannt wird.«

Während die Toten liegenblieben, wo sie gefallen waren, wurde den Russen Zutritt in die ersten vier Kammern eingeräumt, wofür Angehörige des westlichen Blocks wiederum Zutritt zum Lager und Aufzug Null der ersten Kammer bekamen. Man verpflichtete sich, von bilateralen Sicherheitstruppen die Verkehrswege überwachen zu lassen. Unter dieser Voraussetzung wurden Leichen und Trümmer von der südlichen Kappe und aus dem Bohrloch entfernt; die verbliebenen russischen Schwertransporter bekamen Landeerlaubnis.

Die Verhandlungen wurden in der ersten Kammer geführt, in der Cafeteria des ersten wissenschaftlichen Lagers. Die Hälfte der Unterkünfte im zweiten Lager wurde einstweilen an russische Soldaten abgetreten;

eine weiße Linie markierte die Sektoren und wurde auf einer Seite von fünf Marinern und auf der andern von fünf müde dreinschauenden SST – Angehörigen der Sowjetischen SchockTruppen – bewacht.

Wie die Russen schließlich zu erkennen gaben, wollten sie die meisten Soldaten aus der ersten Kammer abziehen und beanspruchten einen Großteil der Kammer vier.

Gerhardt sprach mittels Lanier und Jaeger zu Mirski. Oberst Vielgorski – ein finsterer, gutaussehender Mann mittleren Alters mit pechschwarzem Haar und grünen Augen – beriet Mirski in politischen Fragen. Major Belozerski hielt sich stets in der Nähe auf. Der dritte politische Offizier, Major Yazikow, wurde einem russischen Forscherteam in der vierten Kammer zugeteilt.

Am Ende des zweiten Verhandlungstags – sie machten gerade eine Kaffee- und Lunchpause – erschien Kirchner in Begleitung eines Gastes und zweier Wachen im Eingang der Cafeteria. Lanier blickte auf und stellte wie in Zeitlupe die Kaffeetasse auf den Tisch.

»Sieht aus, als brauchst du keine Hilfe«, sagte Judith Hoffman. Sie war blaß und sah ungewöhnlich mitgenommen aus. Sie trug einen übergroßen Overall und hatte die Hand verbunden. In der unversehrten Hand hielt sie eine Handgepäcktasche vom Shuttle. Ohne ein Wort schob Lanier seinen Stuhl zurück, eilte zu ihr und schloß sie in die Arme. Die Russen verfolgten dieses Zwischenspiel mit milder Entrüstung; Vielgorski flüsterte Mirski etwas zu, der nickte und sich aufrecht hinsetzte.

»Herrgott«, sagte Lanier, »ich hatte dich schon aufgegeben. Du weißt gar nicht, wie gut es tut, dich zu sehen.«

»Beruht auf Gegenseitigkeit. Der Präsident hat mich gefeuert vier Tage vor ... Vorher. Ich habe alte Gefälligkeiten eingelöst und tags darauf eine VIP-Tour zur Station sechzehn gemacht. Ich arrangierte einen OTV-Flug

– war nicht einfach. Weil ich bei den Politikern in Verruf gekommen war, stellten sich die Bonzen ganz schön an, aber zwei Shuttle-Piloten waren bereit, mich an Bord zu schmuggeln. Wir waren vollgetankt und bereit zum Abflug, als der ... der Krieg ausbrach. Mit sechs zivilen Umsiedlern kamen wir gerade noch davon, aber ...« Sie schluckte schwer. »Ich bin hundemüde, Garry, aber ich wollte dich sehen und dich wissen lassen, daß ich hier bin. Nicht als Boss. Es sind noch neun weitere dabei – vier Frauen, zwei Männer, drei Besatzungsmitglieder. Laß mich erst mal ausschlafen. Dann sag mir, wie ich mich nützlich machen kann.«

»Wir haben noch keine Hierachie festgelegt. Wir wissen nicht mal, ob wir eine Außenstelle, eine Kolonie oder ein unabhängiges Land sind«, sagte Lanier. »Es wird alle Hände voll zu tun geben für dich.« Seine Augen wurden wäßrig. Er wischte mit den Handrücken darüber, lächelte und deutete auf den Verhandlungstisch. »Wir führen Gespräche. Der Kampf ist eingestellt – hoffentlich ein für allemal.«

»Ich hab' immer gewußt, daß du ein guter Manager bist«, sagte Hoffman. »Jetzt muß ich mich hinlegen, Garry. Ich habe nicht mehr richtig geschlafen, seit wir von der Station abgeflogen sind. Übrigens ... hab' ich was mitgebracht.«

Sie stellte die Box auf den Tisch und öffnete die Metallklammern. Dann klappte sie den Deckel auf und schüttete die Samentüten auf den Tisch. Ein paar rutschten auf den russischen Tisch daneben. Mirski und Vielgorski machten große Augen. Dann nahm Mirski ein Ringelblumensamenpäckchen in die Hand.

»Bitte, behalten Sie ruhig, was Sie möchten«, sagte Hoffman zu den Russen und blickte dann zu Lanier. »Die sind für uns alle.«

Kirchner hängte sich bei ihr ein und begleitete sie hinaus.

Lanier kehrte an seinen Platz zurück und setzte sich.

Er fühlte sich ungleich wohler jetzt. Belozerski, der hinter Vielgorski und Mirski stand, beäugte die Samentüten mit unverhohlener Skepsis.

»Mein politischer Offizier möchte wissen, ob Sie von irgendeiner überlebenden regierungsamtlichen Stelle Weisungen erhalten haben«, sagte Mirski, was Jaeger für Gerhardt übersetzte.

»Nein«, antwortete Lanier. »Wir handeln nach wie vor selbständig und eigenmächtig.«

»Wir kennen die Frau, die mit Ihnen gesprochen hat«, erklärte Vielgorski. »Sie steht im Dienst Ihrer Regierung und hat das Reglement auf diesem Asteroiden verbrochen.«

»Ja«, erwiderte Lanier. »Sobald sie sich ausgeruht hat, wird sie an den Verhandlungen teilnehmen. Allerdings ist sie ...« – er suchte nach dem passenden Ausdruck – »... ihres Amtes enthoben worden – noch vor dem Tod.«

Er wunderte sich, wie leicht dieses Wort, das Vergangenheit, nicht Zukunft beschrieb, über seine Lippen kam.

»Wann ist sie angekommen?« wollte Mirski wissen.

»Weiß nicht. Ist noch nicht lange her.«

»Wir verlangen«, sagte Belozerski, »daß alle Überlebenden des Warschauer Pakts gleichermaßen willkommen geheißen werden. Ob Militär- oder Zivilpersonen.«

»Selbstverständlich«, sagte Lanier. Gerhardt drückte seine Zustimmung durch ein Nicken aus.

»Und nun«, sagte Lanier, »zu den vielleicht wichtigsten Punkten: Entwaffnung und Gebietsansprüche.«

»Wir werden die Übereinkünfte in Schriftform fassen und die entsprechenden offiziellen Dokumente später ratifizieren«, sagte Mirski.

»Wir fordern die Unabhängigkeit aller Bürger des Warschauer Pakts auf diesem Asteroiden«, sagte Belozerski. Vielgorski spitzte den Mund. Mirski stieß unwillig den Stuhl zurück und ging mit Belozerski in eine

Ecke, wo sie leise, aber erregt diskutierten. Dabei warf Belozerski immer wieder böse Blicke auf Lanier und Gerhardt.

Mirski kehrte allein an den Tisch zurück. »Ich befehlige die sowjetischen Soldaten und Bürger«, stellte er fest. »Ich bin folglich Ihr ausschlaggebender Verhandlungspartner.«

Laniers Büro und Schlafraum waren geplündert, aber weiter nicht zerstört worden während der Besatzungszeit. Nachdem er fünf Stunden geschlafen hatte, holte er sich aus dem Ausgabeautomaten in der Cafeteria ein rationiertes Frühstück.

Kirchner begegnete ihm vor dem Haupteingang zu den Frauenunterkünften. »Ich geh' wieder hoch zum Bohrloch«, sagte er. »Da droben herrscht noch heilloses Durcheinander. Wir schaffen gerade die Toten runter – unsre und ihre. Ist ein Begräbnisgottesdienst geplant?«

»Ich habe eine gemeinsame Feier innerhalb der nächsten vierundzwanzig Stunden vorgeschlagen. Eine Trauerfeier.«

Kirchner spitzte den Mund. »Wird schwerfallen, mitten unter diesem Volk zu stehen.«

»Irgendwo muß man anfangen. Wie geht's Hoffman? Hat sie ausgeschlafen?«

»So viel ich weiß schon. Zwei Astronominnen haben sie in Empfang genommen und mich und die Wachen hinausgeworfen.« Er kniff die Augen zusammen und deutete mit einer Kopfbewegung in Richtung Cafeteria. »Was für eine Rolle wird mir zufallen, sobald ihr mit denen fertig seid?«

»Captain der US Navy, nehme ich an«, sagte Lanier. »Chef der äußeren Sicherheit. Ich gedenke nicht, ihnen den Stein auf dem Präsentierteller zu überreichen.«

»Sind sie bereit, die Waffen abzulegen?«

Lanier schüttelte den Kopf. »Noch nicht. Sie wollen in der vierten Kammer ein befestigtes Lager errichten und erst danach über einen Waffenverzicht verhandeln. Ich mach' heut' nachmittag eine Privattour mit Mirski ... in die Städte, die Bibliotheken.«

»Herrje, da möcht' ich gern dabei sein.«

»Du kriegst auch bald Gelegenheit dazu. Wenn's nach mir und Gerhardt geht, so sind die Bibliotheken allen zugänglich. Keine Monopole mehr.«

»Siebte Kammer auch?«

»In geraumer Zeit. Sie haben diesbezüglich noch nicht nachgefragt?«

Kirchner zog die Brauen hoch. »Wurde ihnen denn nichts gesagt?«

»Ich habe keine Ahnung, was sie ihren Militärs sagen. Aber es wird nicht lange dauern, bis sie's erfahren. Die russischen Wissenschaftler mischen sich zwar nicht gerade unter die Soldaten – offenbar halten sie nicht viel von den Militärs. Aber irgendwann werden sie's zu hören kriegen.« Er legte eine Pause ein und fragte dann: »Nachricht von der Erde?«

»Überhaupt nichts. Radaraktivität im Eismeer – vielleicht ein paar Schiffe. Man sieht nicht viel. Dichter Rauch liegt über Europa, Asien und den Vereinigten Staaten. Die kümmern sich jetzt nicht um uns, Garry.«

Kirchner ging durchs Lager und kletterte auf einen Laster, der zum Eingang des Aufzugs Null fuhr. Lanier klopfte an die Tür. Janice Polk machte auf.

»Hereinspaziert!« sagte sie. »Sie ist wach. Ich habe ihr gerade etwas zu essen gebracht.«

Hoffman saß auf der Couch im kleinen Eingangsbereich. Beryl Wallace und Lieutenant Doreen Cunningham, ehemalige Sicherheitsbeauftragte der ersten Kammer, saßen auf Stühlen daneben. Cunninghams Kopf war verbunden nach der Laserverwundung bei der Erstürmung des ersten Lagers durch die Russen.

Sie erhoben sich, als Lanier eintrat; Cunningham machte Anstalten zum Salutieren, ließ aber dann grinsend die Hand wieder sinken.

»Meine Damen, Mr. Lanier und ich haben uns viel zu erzählen«, sagte Hoffman und stellte das halbvolle Orangensaftglas auf den Tankplattentisch. Als sie allein waren, setzte sich Lanier und rückte mit dem Stuhl näher.

»Es wird Zeit, daß ich auf den neuesten Stand gebracht werde. Ich habe nichts mehr gehört seit dem Aufbruch von der Erde. Ist es so abgelaufen, wie's in den Bibliotheken geschildert wird?«

»Ja«, sagte Lanier, »und der Lange Winter hat seinen Anfang genommen.«

»Okay.« Sie kniff sich mit zwei Fingern in die Nase und rieb heftig daran. »Ende der Welt. Ist alles bekannt.« Sie seufzte, und aus dem Seufzer drohte ein Stöhnen zu werden. »Scheiße! Aber schön der Reihe nach!«

Lanier hielt ihr die Hand hin, die sie ergriff.

»Man dichtet uns ein Verhältnis an«, sagte sie.

»Dabei ist unsere Liebe rein platonisch«, meinte Lanier.

Sie lachte und betupfte sich mit einem Taschentuch die Augen.

»Wie geht's dir, Garry?« erkundigte sie sich.

Er antwortete nicht sofort. »Ich hab' meine Maschine verloren, Judith. Sie war mir anvertraut ...«

»Blödsinn.«

»Sie war mir anvertraut! Und ich tat alles, was in meiner Macht stand, um den Krieg zu verhindern. Es nützte nichts. Kann im Moment nicht genau sagen, wie's mir geht. Vielleicht nicht gerade gut. Weiß nicht. Mach's ihnen nicht leicht bei den Verhandlungen. Bin müde.«

Sie tätschelte seine Hand, nickte langsam und sah ihm in die Augen. »Okay. Du hast nach wie vor mein vollstes Vertrauen. Weißt du das, Garry?«

»Ja.«

»Sobald sich der Staub gelegt hat, kann jeder von uns

mal hinlangen bei dieser Sisyphusarbeit. Und nun erzähl mir von der Invasion und was sonst noch alles passiert ist.«

Lanier hatte einen vagen Tagtraum; er träumte, er führe Mirski allein oder mit nur einem Leibwächter pro Nase durch die Bibliothek der zweiten Kammer. Als er an den Verhandlungstischen in der Cafeteria ankam, erwarteten ihn jedoch Mirski, Garabedian, zwei der drei überlebenden politischen Offiziere – Belozerski und Major Jazikow – und vier bewaffnete SST. Rasch bat er um die Teilnahme von Gerhardt und Jaeger; um ein Gleichgewicht herzustellen, schlossen sich vier Mariner der Gruppe an.

Wortlos fuhren sie von der ersten Kammer zur Brücke der zweiten. Einer von Mirskis Soldaten saß auf der ersten Etappe der kurzen Reise hinter dem Steuer. Mirski blickte während der Fahrt durch die Stadt immer wieder zu Lanier, als wollte er ihn abschätzen, wie Lanier glaubte. Der russische Generalleutnant war ein Buch mit sieben Siegeln für Lanier; nicht einmal hatte Mirski irgendeine persönliche Regung erkennen lassen. Freilich hatte Lanier mehr Achtung vor Mirski als vor Belozerski. Mirski zeigte Vernunft, was für Belozerski ein Fremdwort war.

Mitten auf der Brücke blieb der Laster stehen, woraufhin sich ein Mariner hinters Steuer setzte. Sie passierten das von Patricia als schrullig empfundene Einkaufsviertel und stiegen vor dem Bibliotheksgebäude aus. Ein Mariner und ein SST blieben als Bewachung für den Laster zurück. Sie bezogen jeweils auf der anderen Fahrzeugseite Stellung und mieden tunlichst jedes Gespräch.

Gerhardt begann mittels Jaeger eine Unterhaltung mit Belozerski. Dies gab Lanier die Gelegenheit, Mirski ein paar Schritte vorauszuführen und auf das vorzubereiten, was sie erwartete.

»Ich weiß nicht, was Ihnen von Ihren Vorgesetzten über den Stein gesagt worden ist«, begann er, »aber ich bezweifle, daß Sie alles erfahren haben.«

Mirski blickte starr geradeaus. »Stein ist ein besserer Name als Kartoffel«, räumte er mit einem Nasenrümpfen ein. »Wenn man es Kartoffel nennt, werden Würmer aus uns, nicht? Ich habe gehört, der Stein ist von Menschen geschaffen worden.«

»Das ist längst nicht alles.«

»Dann bin ich mal gespannt.«

Lanier erzählte ihm kurz die ganze Geschichte, während sie die Bibliothek betraten und über die Treppe ins Obergeschoß gingen.

Im Magazin des Lesesaals fand Lanier russische Bestände und entnahm drei Bücher, wovon er eins – eine Übersetzung der *Kleinen Geschichte des Todes* – an Mirski und ein weiteres jeweils an Belozerski und Jazikow reichte.

Belozerski hielt das Buch steif mit beiden Händen und schaute Lanier beleidigt an. »Was soll das sein?« fragte er. Jazikow öffnete sein Exemplar zögernd.

»Lesen Sie!« sagte Lanier.

»Dostojewski«, sagte Belozerski. Er tauschte das Buch mit Jazikow. »Und Aksakow. Und was soll daran so interessant sein?«

»Wenn Sie einen Blick aufs Erscheinungsdatum werfen wollen, meine Herren«, sagte Lanier leise. Die Herren öffneten das Buch, lasen und klappten es heftig wieder zu.

»Wir müssen dieses Magazin gründlich durchforsten«, sagte Belozerski. Der Gedanke schien ihn nicht gerade froh zu stimmen.

Mirski hielt das offene Buch in beiden Händen und blätterte rasch durch die Seiten, wobei er immer wieder das Impressum aufschlug und einmal mit dem Finger über die Jahreszahl strich. Er schloß das Buch, wobei er den Daumen zwischen den Seiten behielt, klopfte mit dem Buchrücken mehrmals auf den Tisch und sah Lanier dabei an. Die Bibliothek der zweiten Kammer wirkte mit einemmal finsterer als sonst.

»Es wird die Geschichte eines Krieges dargestellt«, bemerkte Mirski fast als Frage. »Handelt es sich um eine exakte Übersetzung?«

»Anzunehmen.«

»Meine Herren, ich muß ein paar Minuten allein sein mit Mr. Lanier. Genossen Offiziere, bitte warten Sie mit General Gerhardt und seinen Leuten draußen und nehmen Sie unsere Männer mit.«

Belozerski legte sein Buch auf einen leeren Tisch, und Jazikow folgte seinem Beispiel. »Machen Sie's kurz, Genosse General«, riet Belozerski.

»Es dauert, so lange es dauert«, erwiderte Mirski.

Lanier hatte, auf eine solche Gelegenheit hoffend, eine Feldflasche halb voll Brandy mitgebracht. Nun goß er jedem einen Becher voll ein.

»Kann ich gebrauchen«, sagte Mirski und prostete mit dem Becher.

»Besonderer Service des Hauses«, sagte Lanier.

»Meine politischen Offiziere würden Sie des Versuchs bezichtigen, mich alkoholisieren und aushorchen zu wollen.«

»Von dem bißchen wird man nicht betrunken«, meinte Lanier.

»Leider. Ich verkrafte das nicht.« Mirski prostete mit dem leeren Becher zweimal in den Lesesaal hinein. »Sie können so was vielleicht verkraften – ich nicht. Es erschreckt und beängstigt mich.«

»Mit der Zeit werden Sie lernen, es zu verkraften«, sagte Lanier. »Es macht einem Angst, aber läßt einen nicht mehr los.«

»Sie wissen schon 'ne Weile davon?«

»Seit zwei Jahren.«

»Ich glaube, ich werde es anderen überlassen, hier auf Entdeckungsreise zu gehen. Meine Leute werden nun freien Zugang haben – ohne Einschränkung, ein jeder, ob Mannschaft oder Offizier, richtig?«

»So lautet unsere Übereinkunft.«

»Wo haben Sie Russisch gelernt? In der Schule?«

»In der Bibliothek der dritten Kammer«, antwortete Lanier. »Hat nur gute drei Stunden gedauert.«

»Sie sprechen akzentfrei wie ein Moskauer. Einer, der vielleicht ein paar Jahrzehnte in Übersee gelebt hat, aber immerhin ... Könnte ich Englisch auch so rasch lernen?«

»Anzunehmen.«

Lanier teilte den letzten Rest Brandy zwischen ihnen auf, und sie prosteten sich zu.

»Sie sind ein seltsamer Mann, Garry Lanier«, sagte Mirski ernst.

»So?«

»Ja. Sie sind nach innen gekehrt. Sie beobachten andere, zeigen von sich aber nichts.«

Lanier reagierte nicht darauf.

»Da, sehen Sie?« Mirski lächelte. »So sind Sie.« Mit einemmal setzte der Russe wieder seine skeptische Miene auf. »Warum haben Sie nicht von Anfang an die Welt davon in Kenntnis gesetzt?«

»Wenn Sie sich hier und in der dritten Kammer ein bißchen vertrauter gemacht haben, dann fragen Sie sich, wie Sie gehandelt hätten.«

Diesmal war Mirski es, der nicht reagierte. »Es bestehen tiefe Zerwürfnisse zwischen unseren Völkern«, sagte er, »die sich nicht ohne weiteres aus der Welt schaffen lassen. Vorerst ist mir dieser Ort ein Rätsel. Ebenso rätselhaft ist unsre Position hier und eure. Meine Unwissenheit ist gefährlich, Mr. Lanier. Deshalb will ich hierher kommen oder in die andere Bibliothek, sobald es meine Zeit erlaubt, und mich bilden. Und ich will Englisch lernen mit Ihrer Methode, wenn es geht. Aber um einer allgemeinen Verwirrung vorzubeugen, sollten meiner Meinung nach nicht alle meine Leute hereingelassen werden. Wäre es nicht klug, wenn Sie ähnliche Beschränkungen festsetzen könnten?«

Lanier schüttelte den Kopf und fragte sich, ob Mirski der Widerspruch in sich auffiel. »Wir sind hier, weil wir den alten Trott brechen, nicht wieder in Gang setzen wollen. Was mich angeht, so sei sie offen für alle.«

Mirski sah ihn ungemütlich lange an und stand dann auf. »Vielleicht«, meinte er. »Ihnen fällt so eine Aussage leichter. Meine Leute sind es nicht gewohnt, informiert zu sein. Für manchen meiner Offiziere mag diese Vorstellung ein Alptraum sein. Andere werden nichts von alledem glauben ... sondern an einen amerikanischen Trick denken. Ein tröstlicher Gedanke.«

»Aber Sie wissen, daß es nicht so ist.«

Mirski tippte auf das Buch. »Wenn eine Wahrheit gefährlich ist«, sagte er, »dann ist sie vielleicht nicht wahr genug.«

Der Geländestreifen in der zweiten Kammer, wo Mirskis Bataillon gelandet war, nahm nun die Toten auf. Einhundertsechs amerikanische, britische und deutsche Soldaten waren gefallen und lagen nun in alubeschichteten Säcken an einem langen Graben aufgereiht, der mit einem Bagger des archäologischen Teams ausgehoben worden war. Dreihundertzweiundsechzig Sowjets lagen in vier eigenen Gräben aufgereiht. Weitere achtundneunzig Sowjets und zwölf Soldaten des westlichen Blocks wurden vermißt und galten als tot; entweder waren sie von Waffen pulverisiert oder aus dem Bohrloch geschleudert worden, wo sie nun als gefriergetrocknete Mumien um den Stein kreisten. Eine Gedenktafel war für die Toten des OTV 45 und die Besatzungen der verlorenen Schwertransporter errichtet worden.

Zweitausenddreihundert Menschen versammelten sich an den Gräben. Mirski und Gerhardt hielten Ansprachen in Russisch und Englisch, wobei sie sich kurz faßten. Sie trugen nicht nur ihre Kameraden zu Grab, sondern die Toten der ganzen Welt, obwohl an sie noch keine Gedenktafel gemahnte: sie begruben ihre Verwandten und Freunde in der Ferne, ihre Kulturen, ihre Geschichte, ihre Träume.

Sie begruben die Vergangenheit, zumindest das, was sie davon aufzugeben bereit waren. Die Sowjets standen in Reih und Glied. Innerhalb der sowjetischen Gruppe blieben die Mitglieder ihres wissenschaftlichen Teams isoliert, ausgeschlossen.

Die Sowjets hielten sich still, während ein gewisser Cook als Priester und Jacob als Rabbi fungierte und den letzten Dienst zelebrierte. Anschließend trat ein sowjetischer Moslem vor und rief zum Gebet.

Mirski warf die erste Schaufel voll Erde in die sowjetischen Gräber. Gerhardt warf Erde in das NATO-Grab. Dann nahm Gerhardt unverhofft und impulsiv eine Schaufel voll Erde vom Wall, mit dem seine Kameraden bedeckt werden sollten, und trug sie zum ersten sowjetischen Graben. Ohne Zögern folgte Mirski diesem Beispiel.

All dem folgte Belozerski mit kritischem Blick, während Vielgorski sich still und würdig verhielt. Jazikow wirkte abwesend und hatte feuchte Augen.

Hoffman und Farley traten vor und legten an den beiden Grabstätten jeweils einen Kranz nieder.

Als die Menschen wieder gingen, begann das archäologische Team, die Gruben aufzufüllen. Die Sowjets teilten sich und kehrten in die Kammern eins und vier zurück. Farley, Carrolson und Hoffman stießen an der Brücke zu Lanier und Heineman. Sie beobachteten die Passierenden, die zur U-Bahnstation strömten. Carrolson trat neben Lanier und tippte ihn auf den Arm.

»Garry, ich möchte mit dir was besprechen.«

»Schieß los!«

»Nicht hier. Im Lager«, erwiderte Carrolson mit einem Blick auf Hoffman. Sie stiegen auf und durchquerten auf dem Laster die erste Kammer. Carrolson, Farley,

Heineman und Hoffman begleiteten Lanier ins verlassene Verwaltungsgebäude, wo sie sich im Obergeschoß um den Schreibtisch von Ann Blakely versammelten.

»Schlechte Nachrichten für mich, was?« meinte er. Plötzlich sperrte er den Mund auf. »Du meine Güte«, stammelte er, »wo ist ...«

Carrolson fiel ihm ins Wort. »Du warst so beschäftigt bis jetzt, es ist dir gar nicht aufgefallen. Wir wissen zwar nicht, was passiert ist, aber Patricia ist spurlos verschwunden. Es gibt zwei Meldungen dazu, wovon eine russisch und nicht unbedingt glaubwürdig ist. Rimskaya bekam es mit, als er sich mit den russischen Wissenschaftlern unterhielt. Die andere Meldung stammt von Larry. Wir dachten, sie habe sich nur verkrochen und wir würden sie schon finden, aber ...«

Heineman nickte. »Was ich gesehen habe, macht das Ganze noch schleierhafter«, sagte er.

»Patricia entfernte sich vergangenen Mittwoch vom Lager in der vierten Kammer«, erklärte Farley. »Niemand sah sie gehen, aber Lenore ist überzeugt, daß sie mit der Bahn in die dritte Kammer gefahren ist.«

»Patricia sagte, sie wolle in die Bibliothek. Wir waren zu der Zeit alle ein bißchen aus dem Häuschen, und Patricia litt besonders«, erklärte Carrolson.

»Im russischem Team heißt es, ein sowjetischer Soldat habe in der Nähe einer U-Bahnstation in Thistledown – Linie Null – ein Raumschiff landen sehen«, berichtete Farley. »Zwei Personen gingen an Bord und ein *Teufel,* wie der Russe sich ausdrückte. Bei den ... Personen handelte es sich um einen Mann und eine Frau, die Patricias Personenbeschreibung entsprach. Das Raumschiff startete. Es war weiß, spatenförmig, aber hatte eine stumpfe Spitze. Es machte keinerlei Geräusch.«

Heineman trat vor. »Ich wurde von einem Spuk überholt, als ich in den Korridor fuhr. Pfeilspitzenförmig, stumpfe Nase. Es bewegte sich spiralförmig Richtung Norden um die Plasmaröhre.«

»Es war noch keine Zeit, das alles auszuwerten«, sagte Carrolson. »Bedauere die Verspätung.«

»Aber das macht doch keinen Sinn«, stellte Lanier kopfschüttelnd fest. »Vielleicht wurde sie einfach von den Russen verschleppt. Vielleicht ...«

»Rimskaya hat sich umgehört. Er glaubt das nicht«, sagte Carrolson. »Es war zu der Zeit niemand in Thistledown bis auf ein paar vom Kurs abgekommene Fallschirmjäger. Keine Saboteure, keine Soldaten von uns, niemand außer Patricia ...«

»Und ein Spuk«, sagte Heineman. »Es kann kein bloßer Zufall sein, Garry.«

Lanier schüttelte wieder den Kopf. »Es ist vorbei. Bitte. Recht viel mehr verkrafte ich nicht. Judith, sag's ihnen. Ich kann jetzt nichts unternehmen. Da sind die Verhandlungen und ...«

»Natürlich«, sagte Hoffman, die ihm die Hand auf die Schulter legte. »Ruhen wir uns erst mal aus!«

Lanier strich sich mit der Hand übers Gesicht, als wollte er die tiefen Kummerfalten rings um den Mund glätten. »Ich sollte mich um sie kümmern«, sagte er. »Sie ist wichtig. Judith, du hast mir aufgetragen, mich um sie zu kümmern.«

»Schon in Ordnung. Kannst ja nichts dafür.«

»Herrgott, ich hasse diesen Stein, Judith!« Er hob die Fäuste und fuchtelte hilflos damit in der Luft. »Ich hasse diesen Scheißfelsen!«

Carrolson fing zu weinen an. Farley hielt sie fest. »Nicht nur du«, sagte Carrolson. »Du hast sie in meine Obhut gegeben.«

»Schluß jetzt!« sagte Hoffman leise, die verlegen und resigniert in eine andere Richtung schaute.

»Ich werde sie auf keinen Fall einfach aufgeben«, sagte Lanier. »Irgendwo wird sie schon stecken, Larry, können wir den Röhrengleiter gleich volltanken und startklar machen?«

»Jederzeit, wenn du willst.«

»Judith, ich glaube, du hast den Falschen ausgesucht«, bemerkte Lanier.

»Glaube ich nicht. Wie meinst du das überhaupt?«

»Ich mach' nicht weiter, schmeiß' alles hin, geh' auf 'ne lächerliche Rettungsmission, bleib nicht hier hocken und schlag mich mit ein paar Russen rum. Du kennst mich. Du weißt, das tu' ich.«

»Okay«, erwiderte sie. »Flieg ihr nach! Es gibt noch andere Gründe.«

»Was?« fragte Lanier.

»Wir sitzen hier fest, nicht wahr?« begann Hoffman. »Wir müssen sowieso bald rausfinden, was es mit dem Korridor auf sich hat. Larry, funktioniert das V/STOL? Und der Röhrengleiter?«

»Bestens«, erklärte Heineman.

»Dann machen wir einen Plan. Einen durchdachten Plan. Bist du damit einverstanden, Garry? Nicht sofort, aber bald?«

»Meinetwegen«, sagte Lanier lammfromm.

»Ich glaube, wir müssen zuerst mal abkühlen und was essen und ausruhen«, sagte Farley und sah sich, auf Zustimmung hoffend, in der Runde um.

Da standen sie stumm und waren noch ganz perplex, weil Lanier um ein Haar durchgedreht hätte und weil ihnen dämmerte, daß auch sie alle dicht am Abgrund entlangtaumelten.

»Ich möchte auch mit«, sagte Carrolson.

## 33. Kapitel

*Willst dich also aus dem Staub machen – Abstand gewinnen.*

Ja.

*Ihr durch den Korridor nachjagen. Warum denn?*

Um meine gottverdammte Seele zu retten, darum!

*Aber du hast dich wacker geschlagen.*

Die Erde ist in Trümmern, der Stein halb von mürrischen Russen besetzt, und ich habe den Menschen verloren, der in meine besondere Obhut gegeben worden ist.

*Aber der Stein ist noch da, und die Situation scheint sich zu beruhigen.*

Belozerski. Jazikow. Vielgorski.

*Linientreue Krämerseelen, ja. Sie machen nichts als Ärger, willst ihnen also nicht auf den Fersen bleiben und ihre Geschosse abwenden?*

Nein.

*Du überläßt alle Probleme Hoffman ...*

Sie läßt mich ziehn, weil sie weiß, daß ich am Ende meiner Kräfte bin. Ich kann nichts mehr verkraften. Ich nütze ihr und dem Stein nichts mehr ... – außer wenn ich Patricia finde.

Lanier schlug die Augen auf und blickte auf seine Armbanduhr. 7:50. Er fühlte sich wie gelähmt. Der Dialog in seinem Kopf setzte sich fort. Er versuchte, mit dem Unerhörten fertigzuwerden und sich in die neue Situtation einzufinden.

Er mußte ständig an die Erde denken, an Leute – Freunde, Kollegen, Menschen, denen er noch vor wenigen Wochen begegnet war –, die sich nun durch den radioaktiven Schutt wühlten. Aller Wahrscheinlichkeit nach lebte auf der Erde kein einziger Mensch mehr, den er persönlich kannte. Das war statistisch richtig, aber psychologisch schlecht. Die Leute, die er kannte *(seine Leute),* hatten größtenteils in Städten und militärischen Zentren gelebt.

Eine Ausnahme war Robert Tyheimer, ein U-Boot-Kommandant, der mit Laniers Schwester verheiratet gewesen war. Seine Schwester war zwei Jahre vor seiner Berufung auf den Stein an einem Gehirnschlag gestorben. Ein Jahr nach ihrem Tod hatten er und Tyheimer sich das letzte Mal unterhalten. Tyheimer lebte vielleicht noch und lag irgendwo unter dem Eis auf Lauer.

Falls er nicht bereits zur allgemeinen Verwüstung beigetragen hatte, hielt er vielleicht seine Sprengköpfe bereit ... und wartete ... auf den nächsten Schlagabtausch. Den letzten.

»Ich hasse dich«, sagte Lanier, der die Augen wieder geschlossen hatte, laut. Er wußte nicht einmal, wen er damit meinte. Drei Psychiater versammelten sich in seinem Kopf und diskutierten; der erste, ein typischer Freudianer, belegte jeden Anflug eines Gedankens mit den schlimmsten, schmutzigsten Interpretationen. *Ja ... und Ihre Mutter ... und was sagten Sie dann? Meinten sich selbst damit, nicht wahr?*

Ein zweiter saß still da und ließ ihn in seiner Verwirrung zappeln.

Und der dritte ...

Der dritte nickte und riet zur Arbeitstherapie. Der dritte ähnelte seinem Vater.

Das wiederum interessierte den ersten.

Er wälzte sich auf die andre Seite und schlug die Augen wieder auf. Kein Schlaf, keine Ruhe. Wie lange würde es dauern, bis die Leute auf dem Stein einen Knacks bekämen? Wie viele und wie schlimm? Wer würde sich mit dem Problem auseinandersetzen – er selber oder Hoffman?

Aber die Entscheidung war schon gefallen. Er hatte mit Hoffman die große Besichtigungstour unternommen und war dabei in der Bibliothek der dritten Kammer Mirski begegnet, der vor einem Chromkügelchen saß. Der russische Generalleutnant hatte sich in der Begleitung von drei Leibwächtern befunden, obwohl die Bibliothek ansonsten leer war. Er hatte erschöpft gewirkt und sie nicht beachtet.

Nun hatte er Hoffman in einiger Entfernung von den Russen einen Platz zugewiesen und mit dem Gerät vertraut gemacht. Er hatte ihr die Tastatur überlassen, von der sie gern Gebrauch machte.

Er setzte sich auf und drückte aufs Sprechgerät. Ann

Blakely saß wieder an ihrem Schreibtisch und bediente die Vermittlung. »Ich kann nicht schlafen«, sagte er. »Was hat Heineman für eine Schicht?«

»Er ist wach, wenn Sie das wissen wollen«, sagte sie.

»Gut. Und schätzungsweise in der siebten Kammer.«

»Nein, laut Dienstplan ist er im Landebereich am südlichen Bohrloch ...«

»Rufen Sie ihn bitte an!«

»Mach' ich.«

»Sagen Sie ihm, ich möchte morgen früh um Punkt acht aufbrechen!«

»Jawohl, Sir.«

Die Mannschaft fürs V/STOL stand schon fest: er selbst, Heineman, Carrolson (wohl die einzige an sich Unabkömmliche für Hoffman) und Karen Farley. Der Auftrag war schlicht und einfach: ein Maximum von einer Million Kilometern in den Korridor vorzudringen, der diese Länge schätzungsweise aufwies, unterwegs mehrmals anzuhalten und zum Boden abzusteigen. Wer wußte schon, wie der Korridor so weit nördlich beschaffen wäre? Sie würden dann mit oder ohne Patricia oder Spuren ihres Verbleibs zurückkehren.

Es bestanden viele Unklarheiten, was Lanier an sich nur recht sein konnte. Er hatte sich so lange mit blankem Horror beschäftigt, daß ein schlichtes Abenteuer direkt eine himmlische Wohltat war.

Er zog sich an und verstaute seine persönlichen Dinge in einer schwarzen Tasche. Zahnbürste, Rasierer, Unterwäsche zum Wechseln, Tafel mit einer Memoblockpackung.

*Zahnbürste.*

Lanier brach in Lachen aus. Das Lachen klang gezwungen, wurde aber anfallsweise so heftig, daß er nicht mehr dagegen ankam. Er krümmte und wand sich auf der Pritsche und verzog das Gesicht, bis es wehtat. Endlich hörte er auf, schnappte nach Luft und dachte an die winzige Naßzelle im Flugzeug mit der winzigen Dusche. Er stellte sich auf dem Topf vor und schüttelte sich wieder vor Lachen. Es dauerte Minuten, bis er sich unter Kontrolle hatte. Er setzte sich auf, atmete tief durch und rieb sich den halb ausgerenkten Kiefer. »O Gott«, seufzte er und steckte die Zahnbürste in die kleine Tasche.

Der tote sowjetische Soldat schwebte zwanzig Minuten vor dem Gerüst im Bohrloch der siebten Kammer. Wie er so weit vorgedrungen war, darüber ließen sich nur Vermutungen anstellen. Offenbar war er nicht verwundet; vielleicht hatte er sich vor dem Absprung gefürchtet und war an der Achse geblieben, bis sein Luftvorrat zur Neige ging. Langsam trieb er nun wieder in Richtung sechste Kammer durchs Bohrloch. Freilich war jetzt keine Zeit, ihn einzufangen und hinunterzubringen. Er warf einen finsteren Schatten auf die Abschiedsszene. Scheinbar verfolgte er den Vorgang interessiert mit aufgerissenen Augen, die hinter dem Helmvisier im bleichen Gesicht zu erkennen waren.

Hoffman umarmte Lanier, Carrolson und Farley. Der unhandliche Raumanzug behinderte die praktische Ausführung, nicht aber die Gefühle. Heineman war schon an Bord des V/STOL, das wie ein Schildfisch am Röhrengleiter haftete.

Sie standen eine kurze Weile wortlos am stumpfen Ende der Singularität, als Hoffman schließlich sagte: »Garry, das ist keine wilde Treibjagd, wie du weißt. Wir brauchen nur die Kleine. Wer immer sie uns weggenommen hat, weiß, wie sehr wir sie brauchen. Natürlich bin ich von Natur aus skeptisch. Jedenfalls habt ihr eine sehr wichtige Mission vor euch. Gute Reise.«

Farley wandte sich an Hoffman. »Wir kamen gestern abend zu einer Entscheidung – Hua Ling und wir andern Chinesen. Es sollte zwar erst heute abend bekanntgegeben werden, aber es wird niemand was dagegen haben, wenn ich's schon jetzt sage. Wir halten zum

Westen. Das sowjetische Wissenschaftlerteam hat uns Angebote gemacht, aber wir stehen auf eurer Seite. Ich glaube, die sowjetischen Wissenschaftler würden liebend gern unserem Beispiel folgen. Jedenfalls wollte ich das vor dem Abschied mitteilen.«

»Danke«, sagte Hoffman und drückte Farley die Hand im Handschuh. »Wir sind alle gespannt. Aber das wißt ihr. Viel Erfolg auf eurer Entdeckungsreise, an der viele Hunderte von uns gern teilnehmen würden.«

»Darum hab' ich mich sofort freiwillig gemeldet«, erklärte Carrolson.

»Keine Zeit verplempern!« schimpfte Heineman. »Alles an Bord!«

»Halt den Mund und laß uns mal sentimental sein!« schimpfte Carrolson zurück.

»Wird schon klappen«, sagte Hoffman zu Lanier, als sie sich noch einmal in die Arme schlossen und durchs Helmvisier anschauten.

»Los geht's!« sagte Lanier. Sie hakten ihre Sicherheitsleinen an eine lange Stange, die vom Flieger herüberreichte, und stießen sich nacheinander zur Luke hin ab. Die Luftschleuse faßte zwei Personen, und Lanier ging als letzter an Bord. Nachdem die Luke geschlossen und der Luftdruck normalisiert worden war, schlüpfte er aus seinem Anzug und verstaute ihn im Fach unter der Schleusensteuerung.

Bei nur vier Passagieren erwies sich das Innere des Flugzeugs als geräumig. Der vordere Teil der Fahrgastkabine war mit wissenschaftlichem Gerät in Kisten gefüllt, das Carrolson und Farley vor dem Angurten überprüften. Lanier gesellte sich zu Heineman ins Cockpit.

»Treibstoff- und Sauerstoffzuleitungen klar«, sagte Heineman, der die Instrumente prüfte. »Röhrengleiter ist gecheckt. Alles startklar.«

Er blickte erwartungsvoll zu Lanier.

»Dann starten wir«, sagte Lanier.

Heineman klappte die Säule für die Röhrengleitersteuerung heraus und fixierte sie vor sich. »Moment«, sagte er und fügte über die Bordsprechanlage hinzu: »Meine Damen, Brechtüten in den Taschen der Lehnen vor sich. Keine Andeutung, nur'n Tip für den Fall des Falles.«

Er drückte die Knöpfe für die Klammern. Langsam und sachte setzte sich der Röhrengleiter entlang der schmalen, silbernen Singularität in Bewegung. »Bißchen mehr«, sagte er, und Lanier spürte, wie er in seinen Sitz gedrückt wurde. »Und noch'n bißchen.«

Sie waren jetzt schwer und lagen auf dem Rücken; Cockpit und Fahrgastkabine standen plötzlich kopf. »Noch'n letztes Stück«, sagte Heineman, und sie wogen effektiv das Anderthalbfache wie auf der Erde. »Da ist 'ne Strickleiter, die ich durch den Gang rolle, falls jemand ins Bad muß.« Er grinste Lanier zu. »Allerdings würde ich unter diesen Umständen von der Benutzung der sanitären Anlagen abraten. Wir hatten zu wenig Angaben, um für den nötigen Komfort zu sorgen. Ich werde bremsen, falls jemand in Schwulitäten kommt.«

»Worauf du dich verlassen kannst«, meinte Carrolson von der Kabine.

Lanier verfolgte, wie sich der Korridor langsam und majestätisch um sie drehte. Durch die Winschutzscheibe war zu sehen, wie der Korridorboden mit dem Perlmuttglanz der Plasmaröhre verschmolz. Ohne Ende vielleicht ...

»Die endgültige Flucht, was?« meinte Heineman, als würde er seine Gedanken lesen. »Da fühlt man sich wieder jung.«

## 34. Kapitel

Nachdem Olmy bei drei verschiedenen Gelegenheiten in sein isolierendes Lichternetz eingetaucht war, gelangte Patricia zur Einsicht, daß Talsit was Widerwärtiges an sich hatte. Vielleicht machte es süchtig – was immer *es* auch sein mochte.

Sie waren schon mindestens drei Tage – vielleicht sogar fünf – unterwegs; während Olmy und der Frant sich stets höflich benahmen und ihre Fragen beantworteten, waren sie nicht gerade redselig. Patricia schlief viel und träumte von Paul. Sie berührte seinen letzten Brief, den sie in der Brusttasche ihres Overalls noch bei sich trug. Einmal wachte sie schreiend auf und sah, wie der Frant spasmodisch auf seinem Lager zuckte. Olmy war halb von seiner Liege gefallen und sah sie mit tiefer Besorgnis an.

»Verzeihung«, entschuldigte sie sich.

»Macht ja nichts«, sagte Olmy. »Ach könnten wir nur helfen! Wir könnten es sogar, aber ...«

Er sprach nicht zu Ende. Ein paar Minuten später, als ihr Herz zu klopfen aufhörte und sie nicht mehr wußte, warum sie geschrien hatte, fragte sie Olmy, was er gemeint habe, als er sagte, sie könnten ihr helfen.

»Talsit«, war seine Antwort. »Glättet das Gedächtnis, setzt Prioritäten, ohne das Gedächtnis abzustumpfen. Blockiert unterbewußten Zugang zu gewissen störenden Erinnerungen. Nach Talsit können solche Erinnerungen nur durch direktes, bewußtes Wollen aufgetan werden.«

»Oh«, staunte Patricia. »Warum kann ich nichts von diesem Talsit kriegen?«

Olmy schüttelte lächelnd den Kopf. »Du bist rein«, sagte er. »Ich würde mir Tadel einhandeln, wenn ich dich in unsere Kultur einführte, bevor unsere Gelehrten Gelegenheit hätten, dich zu studieren.«

»Klingt, als wäre ich ein Musterexemplar«, meinte Patricia.

Der Frant gab jenes kolossal verstärkte Zähneknirschen von sich. Olmy warf ihm einen vorwurfsvollen Blick zu und schwang sich aus seiner Liege. »Natürlich bist du das«, erklärte Olmy. »Was möchtest du essen?«

»Bin nicht hungrig«, erwiderte Patricia, die sich wieder zurücklegte. »Ich habe Angst und Langeweile und schlechte Träume.«

Der Frant musterte sie aus seinen großen braunen Augen. »Bitte«, sagte er und klang wie eine verstimmte Dampfpfeifenorgel, »ich kann nicht helfen.«

»Ein Frant will immer helfen«, erklärte Olmy. »Wenn ein Frant nicht helfen kann, empfindet er Schmerz. Ich fürchte, du bist eine schwere Prüfung für meinen Frant.«

»*Deinen* Frant? Er gehört dir?«

»Nein, er gehört mir nicht. Für die Dauer des Projekts verbindet uns die Pflicht. Quasi eine soziale Symbiose. Wir teilen unsere Gedanken.«

Patricia schenkte dem Frant ein Lächeln. »Fühl' mich ganz wohl«, sagte sie.

»Du lügst«, urteilte der Frant.

»Hast recht.« Patricia streckte zaghaft die Hand aus und berührte den Arm des Frant. Die Haut war glatt und warm, aber nicht elastisch. »Ich fürchte weder dich – noch dich«, sagte sie. »Habt ihr mich unter Drogen gesetzt?«

»Nein!« erklärte Olmy und schüttelte heftig den Kopf. »Es darf an dir nichts manipuliert werden.«

»Es ist so seltsam. Ich glaube nicht einmal, daß es Wirklichkeit ist, aber fürchte mich nicht.«

»Das ist vielleicht gut so«, sagte der Frant mit Eifer. »Bist du erwacht, sind wir ein Traum.«

In den nächsten Stunden fiel kein Wort mehr. Patricia lag mit dem Gesicht zum Fenster und stellte fest, daß der Korridor wiederum das Aussehen verändert hatte. Nun war es mit Linien überzogen, die einem dichten Straßennetz glichen. Während sie spiralförmig – mit einer Umdrehung pro fünfzehn bis zwanzig Minuten – die Plasmaröhre umkreisten, sah sie, daß der ganze Boden mit dem Muster überzogen war, das sie nicht zu deuten wußte. Es schien sich dort nichts zu bewegen, aber auf eine Entfernung von mehr als zwanzig Kilometern konnte sie sich da nicht sicher sein.

Der spiralförmige Kurs des Schiffs war hypnotisierend. Mit Schrecken stellte sie fest, daß sie seit einigen Minuten unbewußt auf ein neues Phänomen gestarrt hatte. Über das dichte Geflecht auf dem Boden huschten Lichter. Rote und weiße Perlenketten zogen sich über die »Straßen« dahin. Lichtspeere schwangen sich im Bogen empor und erhellten die Ränder tieffliegender Scheiben. Umfassungsmauern von mindestens zwei bis drei Kilometern Höhe unterbrachen in regelmäßigen Abständen von etwa zehn Kilometern den Lichterstrom.

»Wir nähern uns Axis City«, sagte Olmy.

»Was ist das alles?« fragte die deutende Patricia.

»Geregelter Verkehr zwischen hiesigen Toren«, erklärte Olmy.

»Was für Toren?«

»Ihr habt sie Schächte genannt bei der Entdeckung des ersten und zweiten Bands. Sie führen in Räume jenseits des Wegs, des Korridors.«

Patricia runzelte die Stirn. »Man bewegt sich zwischen den Schächten, betritt und verläßt den Korridor?«

»Ja«, sagte Olmy. »Axis City, die Achsstadt, reguliert den Strom entlang einer Milliarde Kilometer.«

»Aber die Schächte, die Tore, können sich unmöglich in unser Universum, in unsere Gegenwart öffnen.«

»Tun sie auch nicht«, entgegnete Olmy. »Und nun warte bitte mit deinen Fragen, bis wir angekommen sind. Zu viele Informationen könnten deine Reinheit beeinträchtigen.«

»Entschuldigung«, sagte Patricia mit falscher Reue.

»Jedoch darfst du dir eins nicht entgehen lassen. Schau geradeaus auf die Wand über deiner Liege!«

Sie blickte auf die glatte weiße Fläche. Olmy tippte, und es klickte kurz, und schon kräuselte sich die Fläche wie ein Teich. Die Wellen breiteten sich in einem breiten

Rechteck aus und erstarrten. Das Rechteck wurde schwarz und füllte sich mit buntem Schnee. Der Schnee lenkte ihre Aufmerksamkeit auf sich, während das Rechteck verschwommen wurde und ganz verschwand.

Ringsum befuhren die leuchtenden, blinkenden Lichter ihre verschlungenen Pfade am Boden. Vorne steckte ein dunkler Kreis auf der Singularität und reichte von einer Seite der Plasmaröhre bis zur anderen. Vom Kreis durchdrungen, wechselte die Plasmaröhre die Farbe von Weiß bis Meerblau.

»Axis City liegt hinter dieser Barriere«, erklärte Olmy aus der Nähe. »Wir bekommen bald Landeerlaubnis und können passieren.«

Sie drehte den Kopf, und die Illusion löste sich auf.

»Nein, nein, bitte«, sagte Olmy, »schau hin!« Sein Tonfall und seine Miene kündeten von kindlichem Stolz. Patricia wandte sich wieder dem schneebedeckten Rechteck zu.

Die Barriere erfüllte das Gesichtsfeld. Sie war in nüchternem, dunklem Graubraun gehalten und mit pulsierenden roten Lichtern durchsetzt. Wo die Singularität sie durchschnitt, glänzte die Barriere wie flüssige Lava.

Stimmen erklangen in einer Sprache, die Patricia fremd war, und Olmy gab entsprechend Antwort. »Wir haben die Bestätigung bekommen«, erklärte er ihr. »Paß gut auf!«

Ein Stück der Barriere sprudelte direkt auf sie zu und zerplatzte in pulsierende rote Blasen, durch die sie sich hindurchbewegten.

Zunächst hatte Patricia das Gefühl, plötzlich unter Wasser zu sein. Die Plasmaröhre hatte sich in alle Richtungen mehrere Kilometer aufgebläht und strahlte in dem gleichen Meerblau, das an der kreisförmigen Barriere aufgefallen war. Ringsum war noch der Boden des Korridors zu sehen, allerdings undeutlich und durch den Schleier der neuen Plasmafarbe.

Direkt vor ihnen waren zwei mächtige Würfel hintereinander auf die helle Singularität aufgefädelt. Die jeweils sichtbare Würfelfläche wies eine breite, horizontale Kerbe auf; der vordere Würfel nahm die Singularität durch eine große, halbkuglige Mulde auf, die von glänzenden Speichen markiert war. In der Mitte der Vertiefung öffnete sich ein rotes Loch, wo die Singularität versank.

Jenseits der Würfel befand sich ein Zylinder, der um ein Vielfaches dicker war und um die Singularität als Mittelachse rotierte. Seine Außenfläche war mit glitzernden Lichtpunkten übersät; die Patricia zugewandte Seite war dunkel bis auf eine Serie von fünf Leuchtsignalanlagen.

Hinter dem Zylinder streckten sich drei geschwungene Flügel über den gesamten Radius der Struktur, also an die zehn Kilometer. Die Flügel schienen die Plasmaröhre zu berühren oder zu tragen, die an den Berührungspunkten blau-weiß glänzte. Was sonst noch hinter dem Zylinder lag, darauf war der Blick verwehrt.

»Daheim«, sagte Olmy hinter ihr. Sie wandte sich um und sah ihn blinzelnd an. »Die ersten Segmente sind Navigations- und Energiestationen, alles vollautomatisch. Der rotierende Zylinder ist Axis Nader. Dahinter folgen – aus dieser Perspektive allerdings nicht zu sehen – Central City, Axis Thoreau und Axis Euclid.«

»Wohin gehen wir?« fragte sie.

»Axis Nader.«

»Wie groß ist die Stadt?«

»Meinst du in der Fläche oder was die Einwohner betrifft?«

»Tja, beides.«

»Sie erstreckt sich vierzig Kilometer entlang des Weges und hat eine Bevölkerung von etwa neunzig Millionen – zwanzig Millionen in corpora, also mit Körper; siebzig Millionen im Stadtgedächtnis, dem City Memory.«

»Oh.« Patricia wandte sich sprachlos wieder um und verfolgte, wie das Schiff entlang der beiden Würfel und der dunklen Seite des rotierenden Zylinders einlief.

»Ich schätze, in eurer Zeit hätte man bei Axis City von einer Nekropolis, einer Totenstadt, gesprochen«, führte Olmy weiter aus. »Für uns besteht da allerdings kein wesentlicher Unterschied. Ich bin beispielsweise schon zwei Mal bei der Erfüllung meiner Pflicht für den Nexus gestorben.«

»Man hat dich wiederbelebt?« fragte Patricia.

»Nein«, antwortete er. »Neu gemacht.«

Sie wandte sich nicht vom Fenster ab, obwohl es ihr heiß und kalt über den Rücken lief.

Der Präsidierende Minister hatte Olmy angehalten, sofort nach der Rückkehr bei Ser Oligand Toller Meldung zu erstatten. Toller, Anwalt von Tees van Hamphuis, Präsident des Hexamon Nexus, war ein radikaler Geshel, der sich für die Beibehaltung eines völlig menschlichen Äußeren entschieden hatte. Daß sein Äußeres in keiner Beziehung zum ererbten, angeborenen Erscheinen stand – es war adaptiert für maximale Führungsqualitäten – tat dem ungewöhnlichen Konservatismus keinen Abbruch; die meisten radikalen Geshel, auch der Präsident, hatten neomorphe Formen gewählt, die mit der natürlichen menschlichen Form nur noch wenig gemein hatten.

Was Olmy zu berichten hatte, war, so urteilte der P.M., dem Präsidenten äußerst wichtig. Der Präsident war aufgrund einer langfristigen Konferenz über das Problem der drohenden Jart-Offensive verhindert; Toller vertrat den Präsidenten inoffiziell.

Das wiederum behagte weder den Naderiten noch den Mitarbeitern in van Hamphuis' Stab. Mit Toller war nicht gut Kirschen essen. Olmy war dem Anwalt schon einmal begegnet und mochte ihn nicht, obwohl er einen gesunden Respekt vor ihm gewonnen hatte, denn er verstand sich auf sein Fach.

Toller führte seine Kanzlei in einer feinen Adresse in der Central City, nur wenige Schachtsekunden von den Nexuskammern im Kerngebiet entfernt. Sobald Olmy für Patricias Unterkunft gesorgt hatte, suchte er ohne vorherige Absprache mit seinem eigenen Anwalt Toller auf.

Toller hatte den kleinen, rechteckigen Raum in schlichtestem Geshel-Stil ausgestattet. Die Einrichtung war nüchtern, und das Dekor hatte als Thema Platin und Eisen, was einen kalten, strengen Gesamteindruck vermittelte.

Der Anwalt des Präsidenten war über das, was Olmy zu berichten hatte, wenig erfreut.

»War der P.M. nicht skeptisch, als er Sie allein schickte?« piktographierte Toller. Die Symbole, die zwischen ihnen hin und her gingen, kamen aus dem Piktorring am Hals, der die Graphiksprache erzeugte und projizierte, die sich in der Thistledown und in der Axis City mit den Jahrhunderten entwickelt hatte.

»Seine Informationen waren nicht sehr präzise. Er wußte nur, daß die Thistledown wieder besetzt worden war.«

Toller piktographierte ein unschönes Bild von sich schlangenartig windendem Gezücht. »Eine ungewöhnliche Mitteilung, Ser Olmy. Käme sie aus anderem Munde, würde es mir sehr schwerfallen, dem zu glauben ... Aber Sie haben ja eine von ihnen mitgebracht, nicht wahr?«

»Ihr Name ist Patricia Luisa Vasquez.«

»Eine echte ... Vorfahrin?«

Olmy nickte.

»Warum haben Sie sie mitgebracht? Als Beweis?«

»Ich konnte sie nicht dalassen; sie war gerade dabei, zu entdecken, wie die Maschinerie in der sechsten Kammer umzustellen ist.«

Toller zog die Brauen hoch und piktographierte vier orangefarbene Kreise des Staunens. »Was ist das für eine Frau?«

»Eine junge Mathematikerin«, sagte Olmy, »mit hohem Ansehen bei ihren Leuten.«

»Und Sie haben weiter nichts unternommen zur Korrektur der auf der Thistledown vorgefundenen Situation?«

»Die Situation dort ist äußerst unstabil; es wird eine Weile dauern, bis sie sich organisiert haben, und ich hielt es für angebracht, zuerst Rücksprache mit dem Präsidenten und dem Nexus zu halten.«

»Ich werde den Präsidenten informieren. Es ist Ihnen aber bewußt, daß wir derzeit eigene schwerwiegende Probleme haben. Diese Konferenz ... sie bestimmt vielleicht den ganzen Kurs der Axis City. Des weiteren gab es beträchtliche Unruhen und Spekulationen bei den Naderiten – vor allem dem korzinowskischen Teil. Wenn die davon erfahren ...« Das piktographierte natternhafte Gezücht leuchtete grell rotorange. »Sondern Sie die Frau ab und beschränken Sie jegliche Information auf Ihre Vorgesetzten.«

»Sie ist abgesondert, und selbstverständlich kenne ich meine Pflichten«, sagte Olmy. »Man wird ihr jedoch einen Anwalt zuteilen müssen.«

»Nicht wenn es sich vermeiden läßt.« Toller sah ihn mißtrauisch und nervös an.

»Es ist Gesetz. Alle Nichtbürger in der Stadt mit ungewissem legalem Status müssen auf der Stelle einen Anwalt zugeteilt bekommen.«

»Es ist nicht nötig, daß Sie mir das Gesetz zitieren«, erwiderte Toller. »Ich werde einen Anwalt besorgen und zuteilen ...«

»Das habe ich schon veranlaßt«, teilte Olmy mit.

Abscheu trat in Tollers Züge. »Wen?«

»Ser Suli Ram Kikura.«

»Sie ist mir nicht bekannt.« Er hatte noch nicht zu

Ende gesprochen, als ihm schon die komplette Akte »Kikura« zum Piktographieren und Auswerten vorlag. Rasch überflog er die Daten, indem er auf Implantatlogik umschaltete, und fand nichts daran auszusetzen. »Sie scheint akzeptabel zu sein. Sie ist auf Verschwiegenheit zu vereidigen.«

»Schon geschehen.«

»Das politische Chaos ist längst perfekt«, sagte Toller. »Was Sie mitgebracht haben, ist brennender Zündstoff für das Pulverfaß, auf dem wir sitzen. Und alles natürlich im Namen der Pflicht.«

»Werden Sie den Präsidenten unverzüglich informieren?« fragte Olmy und piktographierte mittels Querbalken um Erlaubnis, wieder an die Arbeit gehen zu dürfen.

»So bald es geht«, erwiderte Toller. »Sie erstellen natürlich einen vollständigen Bericht für uns.«

»Schon fertig«, sagte Olmy. »Kann ihn sofort übertragen.«

Toller nickte, und Olmy griff an seinen Halsring. Der Hochgeschwindigkeitstransfer dauerte keine drei Sekunden. Toller griff zur Bestätigung des Empfangs an den eigenen Halsring.

Suli Ram Kikura lebte in einem äußeren Bereich der Central City, und zwar in einer der drei Millionen dichtbesetzten Einheiten, die jungen, alleinstehenden Inkorporierten mit mittlerem sozialen und beruflichen Status vorbehalten waren. Ihre Räume waren kleiner, als es schien; dabei bedeutete ihr die Vortäuschung räumlicher Größe viel weniger als Olmy, der eine einfachere, wenn auch größere Wohnung in Axis Nader hatte. Zu Olmy fühlte sie sich teilweise aufgrund seines Alters und seiner anderen Einstellung hingezogen – und weil er sie hie und da mit wirklich interessanten Arbeiten zu betrauen pflegte.

»Das ist die größte Herausforderung meines Lebens«, piktographierte Suli Ram Kikura an Olmy.

»Ich wüßte nicht, wer dazu geeigneter wäre«, erwiderte er. Sie schwebten, einander zugewandt, im diskret beleuchteten Zentralraum ihrer Wohnung, umringt von piktographierten Kugeln, auf die verschiedene faszinierende und entspannende Strukturen projiziert waren. Sie hatten sich gerade geliebt, wie sie sich immer liebten: ohne Intensivierung und nur unter Verwendung der simplen Traktionsfelder der Wohnung.

Olmy deutete auf die Sphären und verzog das Gesicht.

»Schlicht?« fragte Ram Kikura.

»Schlicht, bitte«, bejahte er. Sie dimmte die Beleuchtung, bis nur noch sie selbst angestrahlt wurden, und entfernte die Sphären aus dem Dekor.

Sie hatten sich kennengelernt, als er sich über das Zulassungsverfahren zur Kindszeugung erkundigte. Er war in erster Linie an einer Persönlichkeitsverschmelzung zwischen sich und jemand Unbestimmtes interessiert gewesen. Das war vor zwanzig Jahren gewesen, als Ram Kikura mit ihrer Tätigkeit begann. Sie hatte ihm das Verfahren erläutert. Für einen homorphen Inkorporierten seines Standes war die Zulassung leicht zu bekommen. Allerdings hatte er den nächsten Schritt, die Antragstellung, unterlassen. Wie sich zeigte, hatte sich Olmy vor allem für die Theorie und weniger für die Praxis interessiert.

Nun hatte die Sache schon ihren Lauf genommen. Mit Eleganz und gewisser Penetranz hatte sie ihn verfolgt, bis er sich fügte und sich in einer stillen Ecke des null-g-Walds der Central City verführen ließ.

Olmys Arbeit führte ihn oft jahrelang in die Ferne, so daß ihre Beziehung den meisten Außenstehenden als lockere, flüchtige Bindung mit ständigem Hin und Her vorgekommen wäre. In der Tat hatte sie zwischendurch andere kurzlebige Verhältnisse, obwohl es derzeit wieder einmal der Brauch war, sich auf wenigstens zehn Jahre zu binden.

Wenn Olmy wiederkehrte, gelang es ihr stets, sich freizumachen für ihn. Sie übten nie Druck aufeinander aus. Was zwischen ihnen existierte, war eine lässige, aber keineswegs läppische Harmonie und ein hoher Grad gemeinsamer Interessen. Sie erzählten sich gern von ihrer Arbeit und mutmaßten gemeinsam, wohin künftige Aufgaben sie führen würden. Immerhin waren sie inkorporal und sinnvoll beschäftigt – ein gewaltiges Privileg. Von den neunzig Millionen Bewohnern der Axis City – den »leibhaftigen« und den in City Memory gespeicherten – hatten nur fünfzehn Millionen eine sinnvolle Arbeit, wovon wiederum nur drei Millionen länger als ein Zehntel ihrer Zeit beschäftigt waren.

»Dir scheint die Aufgabe bereits Spaß zu machen«, sagte Olmy.

»Ich bin nun mal pervers. Das ist die weitaus verrückteste Sache, mit der du dich je herumgeschlagen hast. Unheimlich aufregend!«

»Könnte von unschätzbarer Bedeutung sein«, sagte er laut mit falscher Grabesstimme.

»Kein Piktographieren mehr?«

»Nein, sprechen wir das langsam und gründlich durch.«

»Gut«, sagte sie. »Ich soll also ihr Anwalt sein. Wieviel Verteidigung wird sie brauchen, was meinst du?«

»Das kannst du dir vorstellen«, erwiderte Olmy. »Sie ist völlig unbedarft. Sie braucht eine soziale und psychologische Eingliederung. Sie braucht Schutz. Wenn ihr Status enthüllt wird, was sich meiner Meinung nach nicht vermeiden läßt, auch wenn der Präsident und Präsidierende Minister anderer Ansicht sind, gibt es eine Sensation.«

»Du drückst es gelinde aus«, sagte sie. Sie bestellte Wein, und schon schwebten drei statisch gesteuerte, weingefüllte Kugeln in ihren Lichtkegel. Sie reichte Olmy einen Halm. »Hast du die Erde mit eigenen Augen gesehen?«

Er nickte. »Ich ging mit dem Frant an unserem zweiten Tag auf der Thistledown zum Bohrloch. Fernaufnahmen überzeugen eben nicht so, wie wenn man's mit eigenen Augen sieht.«

»Altmodischer Olmy«, meinte Ram Kikura lächelnd. »Aber ich hätte an deiner Stelle dasselbe getan. Und hast du den Tod auch gesehen?«

»Ja«, sagte er und starrte in die Dunkelheit. Er kratzte sich mit zwei Fingern den schwarzen Flaum, wo sein Haar in drei Büschel gescheitelt war. »Zunächst nur per Fernaufnahmen, da im Bohrloch ein Gefecht tobte und ich nicht durchkonnte. Nach dem Gefecht flogen wir hinaus und sahen es uns an.«

Ram Kikura berührte seine Hand. »Was hast du dabei empfunden?«

»War dir schon einmal nach Weinen zumute?«

Sie sah ihn von der Seite an, um abzuschätzen, was er fühlte. »Nein«, sagte sie.

»Nun, ich wollte weinen. Und will es seitdem oft, wenn ich daran denke. Ich versuchte auf dem Rückweg, die Empfindung mit Talsit zu klären. Marathonsitzungen! Das Talsit konnte nicht alles bereinigen. Ich empfand unsere Anfänge nach ... auf einer versauten, drekkigen, toten und sterbenden Welt.« Er erzählte ihr von Patricias Trauer. Ram Kikura wandte sich angewidert ab.

»Wir können nicht freisetzen, wie sie's getan hat«, sagte er. »Es ist uns nicht mehr gegeben – wieder so etwas, das uns abhanden gekommen ist.«

»Trauer ist nicht produktiv. In ihr manifestiert sich lediglich ein Unvermögen, sich mit Änderungen der Gegebenheiten abzufinden.«

»Manche orthodoxen Naderiten haben diese Vermögen noch«, sagte er. »Sie erachten Trauer als edle Regung. Manchmal beneide ich sie.«

»Du bist organisch gezeugt und geboren. Auch du hast dieses Vermögen einmal gehabt. Warum hast du es abgestoßen?«

»Zur Anpassung«, erklärte Olmy.
»Du wolltest dich anpassen?«
»Aus höheren Beweggründen, ja.«
Ram Kikura schauderte. »Unser Gast wird uns alle für ganz schön merkwürdig halten, weißt du das?«
»Das ist ihr gutes Recht«, sagte Olmy.

## 35. Kapitel

Das Unwetter begann als beschleunigtes Steigen und Fallen von Luftmassen in der ersten Kammer, die sich dabei aneinander rieben und dicke, dunkle Wolken erzeugten. Westliche Wissenschaftler führten in der Mitte der Kammer an der Straße Null hastige Messungen durch und zogen sich flugs in ihre Laster zurück. Staub und Sand wirbelten in gewaltigen Windhosen empor und verdichteten sich zu Schichten. Diese Staubschichten blähten sich auf und wogten schließlich wie Wellen in einem Kanal von Kappe zu Kappe. Kameras im Bohrloch verzeichneten das Phänomen, gegen das sich allerdings nichts ausrichten ließ. Entweder war der Sturm geplanter Bestandteil des kammerinternen Wettersystems, oder aber die Kammer verfügte über keine wirksame Wettersteuerung. Immerhin war sie nicht ständig bewohnt gewesen. Demnach war die Wettersteuerung als unwesentlich vielleicht unterblieben.

Während der Besatzungsjahre auf dem Stein war etwas derartig Heftiges noch nicht geschehen. Die Staubschichten setzten sich über dem Boden zu einer trüben Wolke von mehreren Kilometern Dicke ab. Über dem Staub wurden die Wasserwolken immer schwärzer.

Gegen siebzehn Uhr – sechs Stunden nach den ersten Böen – fiel Regen durch den Staub und landete in dikken Schlammtropfen. Im ersten Lager verkrochen sich die Leute, teils erschrocken, teils fasziniert vom jähen Wetterumschwung, in den Unterkünften.

Hoffman verfolgte das Treiben hinter der schlammbespritzten Fensterscheibe, lutschte am Fingerknöchel und runzelte die Stirn. So dunkel wie jetzt war es auf dem Stein noch nie gewesen, und das Dämmerlicht machte sie schläfrig und zufrieden.

Blitze gingen in der ganzen Kammer nieder; Techniker und Mariner trotzten dem Unwetter und brachten an den Gebäuden provisorische Blitzableiter an.

Im russischen Führungsquartier in der Mitte des zweiten Lagers wurden Unwetter und Dunkelheit ignoriert. Die Auseinandersetzung über die militärische und politische Führungsstruktur dauerte lange bis in die Schlafperiode hinein, wobei am vehementesten Belozerski und Jazikow auftraten, während Vielgorski sich eher im Hintergrund hielt.

Mirski bestand auf eine militärische Organisation und weigerte sich, Abstriche in seiner Machtstellung vorzunehmen oder seine Macht gleichberechtigt mit (und diesen Ausdruck betonte er) *untergeordneten* Offizieren zu teilen.

Belozerski schlug eine echte sowjetische Gliederung vor mit einem zentralen Parteikomitee und einem Generalsekretär – hierfür war Vielgorski vorgesehen – und einem Präsidenten und Vorsitzenden, die über einen Obersten Sowjet fungierten.

Erst einen Tag zuvor hatten Mirski und Pogodin, Kommandant in der ersten Kammer, den Baubeginn eines russischen Lagers in der vierten Kammer überwacht. Es war erlaubt worden, Holz aus den dichten Waldungen zu schlagen. Werkzeug war Mangelware, wie alles andere auch.

Die Verhandlungen über die zweite Kammer waren in eine hitzige Phase eingetreten, als Archäologen der NATO gegen die Entweihung ihrer angestammten Territorien protestierten. Mirski hatte Hoffman mitgeteilt, daß die Kartoffel nicht länger Denkmal, sondern Zuflucht sei.

Das hatte ihn ausgezehrt. Die langen Sitzungen in der Bibliothek der dritten Kammer, die oft den Schlaf ersetzten, hatten das ihre beigetragen; und nun auch das noch.

»Wir müssen die Stellen besetzen, bevor wir die politische Struktur endgültig festlegen«, erklärte Mirski. »Wir haben weiter nichts als provisorische Zelte und dieses Lager und Hoffman.«

»Diese *Kuh*«, kommentierte Belozerski trocken. »Ist noch schlimmer als der doofe Lanier.«

Vielgorski tippte Belozerski auf die Schulter, und der Leuteschinder setzte sich gehorsam. Vielgorskis Aufstieg unter den politischen Offizieren erstaunte Mirski nicht, behagte ihm jedoch wenig. Mirski war sich sicher, mit Belozerski fertigzuwerden. Vielgorski hingegen, der listige, lauernde mit der gebieterischen Stimme, und Jazikow, der scharfsinnige Paragraphenreiter, stellten für Mirski eine ernste Bedrohung dar.

Gab es keine Möglichkeit, Vielgorski und Jazikow »abzuwenden« und ihre Talente so einzusetzen, daß sie sich selber schadeten?

Für ihn arbeitete – so war er überzeugt – das Wissen, das er kontinuierlich erwarb. Vielleicht sollte man besser von *Aufklärung* sprechen. Mirski war es bisher verwehrt geblieben, sich frei durch so gewaltige und vielfältige Datensammlungen zu bewegen. Sowjetische Bibliotheken – ob zivile oder militärische – waren stets streng reglementiert gewesen; Bücher waren nur für den einsehbar, der die Notwendigkeit nachweisen konnte. Simple Neugier war verpönt.

Er war sich nicht einmal über die geographischen Gegebenheiten seines Landes sicher. Für Geschichte hatte er sich nie besonders interessiert, wobei die Geschichte der Raumfahrt eine Ausnahme bildete. Das Wissen, das er nun in der Bibliothek der dritten Kammer erwarb, krempelte ihn völlig um.

Seinen Kollegen enthielt er all das vor; mühsam verbarg er sogar, daß er nun Englisch, Deutsch und Französisch sprach und gerade Japanisch und Chinesisch lernte.

»Im Gegenteil«, sagte Belozerski mit einem Blick auf Vielgorski. »Politische Überlegungen haben stets Vorrang zu haben! Wir dürfen weder die Revolution noch ihre Ideale aufgeben; wir sind die letzte Feste der ...«

»Ja, ja«, unterbrach Mirski ungeduldig. »Jetzt sind wir alle müde. Machen wir Pause und fahren morgen fort!« Er blickte zurück auf Garabedian, Pletnew und Sergei Pritikin, den Chefingenieur des wissenschaftlichen Teams. »Genosse Major Garabedian, ich bitte, die Herren hinauszubegleiten zu ihren Zelten und die Außenposten zu kontrollieren.«

»Es gibt mehr zu besprechen, als uns Zeit bleibt«, meinte Vielgorski grollend.

Mirski fixierte ihn mit den Augen und lächelte. »Richtig«, meinte er. »Aber wenn man müde ist, wird man grantig und gereizt und kann nicht mehr klar denken.«

»Schwäche und Denkunvermögen haben auch andere Ursachen«, erwiderte Vielgorski.

»Natürlich«, pflichtete Belozerski ihm bei.

»Morgen, Genossen, ist auch noch ein Tag«, beharrte Mirski, der den Seitenhieb ignorierte. »Wir müssen frisch und ausgeruht sein, wenn wir Hoffman treffen und die Verhandlungen fortführen.«

Sie marschierten nacheinander hinaus; nur Pritikin und Pletnew blieben bei Mirski. Der Chefingenieur und der ehemalige Staffelkommandeur setzten sich an den Tankplattentisch und warteten, während sich Mirski die Augen und den Nasenrücken rieb. »Ist Ihnen klar, was passiert, wenn Vielgorski und seine Marionetten an die Macht kommen?«

»Ihnen ist mit Vernunft nicht beizukommen«, sagte Pritikin.

»Trotzdem steht ungefähr ein Drittel der Truppen fest hinter ihnen, während ein zweites Drittel hinter keinem steht: allgemeine Unzufriedenheit«, führte Mirski aus. »Ich bin der Chef; also mögen mich die Unzufriedenen nicht. Wenn's nur Belozerski wäre, hätte ich keine Sorge – die Unzufriedenen hassen politische Offiziere noch mehr als mich. Aber Vielgorski hat eine gewandte Zunge. Vielgorskis Worte sind wie Peitschenhiebe. Er kann eine gefährliche Mehrheit in seinen Bann schlagen.«

»Und was sollen wir tun, Genosse General?« erkundigte sich Pletnew.

»Ich möchte, daß ein jeder von euch von fünf Mann bewacht wird, die Garabedian oder ich persönlich ausgewählt haben. Und ich will, daß vier AKV-bewaffnete Gruppen dieses Gebäude umstellen. Pritikin, das wissenschaftliche Team soll ab übermorgen die vierte Kammer nicht mehr verlassen. Vielgorski wird den Intellektuellen nicht trauen, falls es hart auf hart zugeht, wird er sie nicht tolerieren.«

Die beiden gingen, worauf Mirski allein war. Er seufzte und wünschte sich etwas, womit er sich für den Rest des Abends ablenken könnte – eine Flasche Wodka, eine Frau ...

Oder ein paar ungestörte Stunden in der Bibliothek.

Noch nie in seinem Leben hatte er sich so bewußt, so hoffnungsvoll gefühlt wie jetzt, obgleich er von lauter Ignoranten umgeben war.

## 36. Kapitel

Der Röhrengleiter war auf Automatik gestellt, und alle vier Passagiere schliefen in der Kabine.

Heinemann hatte die Geschwindigkeit auf neun Kilometer pro Sekunde beschränkt. Höhere Geschwindigkeiten lösten irgendeine konstruktionsbedingte Vibration aus.

Lanier, der nicht schlafen konnte, lag wach auf seinem zurückgeklappten, gurtgesicherten Sitz und starrte auf das orangefarbene Licht über sich. Heinemann auf der anderen Seite des Gangs atmete gleichmäßig; die Frauen schliefen hinter einem Vorhang, den Carrolson in der Kabinenmitte gehißt hatte. Carrolson schnarchte leicht, während von Farley kein Ton zu hören war.

Sexuell war Lanier eher zurückhaltend; sein Trieb war durchaus normal, ließ sich aber vertrösten oder abstellen, wenn die Situation es erforderte. Somit war seine zweijährige Enthaltsamkeit auf dem Stein ein kleineres Problem wie für andere gewesen. Nichtsdestoweniger war er in seinem Leben noch nicht so geil gewesen wie in diesen friedlichen Augenblicken.

Trotz der Vorteile hatte er sich stets seines weniger hartnäckigen männlichen Drangs geschämt, als würde er damit zu einem kalten Fisch werden. Jetzt rächte sich der Trieb. Um ein Haar hätte er sich durch den Vorhang nach hinten gestohlen und an Farley zu schaffen gemacht. Seine Erregung war zugleich komisch und bedrängend. Er fühlte sich wie ein Pubertierender, dem die Lust den Schweiß auf die Stirn treibt und der sich nicht zu helfen weiß.

Die Psychiater in seinem Hirn machten Überstunden. *Der Tod,* sagte der Freudianer, *stärkt nur unseren Fortpflanzungstrieb.*

Da lag er nun schlaflos, mit einer hartnäckigen Erektion, und konnte keinen klaren Gedanken fassen, hatte zum Masturbieren aber keine Lust. Allein schon der Gedanke war lächerlich. Er hatte seit einem Jahr nicht mehr masturbiert und tat es nur, wenn er absolut ungestört war.

Ging es den anderen auch so? Heineman war über all das sicher erhaben. Nicht einmal hatte Lanier eine zweideutige Bemerkung von ihm gehört, es sei denn in Form eines harmlosen, trockenen Witzes.

Und Farley?

Versuchsweise hob er mit der Hand die dünne Thermodecke. Dann stoppte er die Hand. Wahnsinn.

Nach einer Ewigkeit schlief er endlich doch ein.

Bei 100 000 Kilometern meldete der vorausgerichtete Radar des V/STOL ein massives Hindernis im Korridor. Heineman suchte in den wissenschaftlichen Unterlagen nach einem Radarecho in dieser Entfernung, fand jedoch nichts. »Sieht so aus, als hätten die Physiker nur entlang der Singularität ein Radarsignal ausgesandt«, sagte er. »Was wir da vor uns haben, scheint eine runde Wand mit einem Loch in der Mitte zu sein.«

Die Wand versperrte den Korridor bis zu einer Höhe von einundzwanzig Kilometern; in der Mitte war eine etwa acht Kilometer große Öffnung ausgespart. Plasmaröhre und Singularität wurden nicht unterbrochen.

»Fahren wir durch und sehen nach, was auf der anderen Seite ist«, schlug Lanier vor. »Dann entscheiden wir, wo wir landen möchten.«

Mit lediglich sechstausend Kilometern pro Stunde bewegte Heineman den Röhrengleiter an der Singularität entlang. Die Wand war von schmutzigbrauner Farbe, glatt, dünn und ohne Markierungen. Als sie sich der Öffnung näherten, richtete Carrolson ein Teleskop auf die obere Wand – und hatte einige Mühe dabei.

»Sie ist nur 'nen Meter dünn oben«, erklärte sie. »Der Farbe nach zu urteilen, handelt es sich wohl um das gleiche Zeug wie bei Schächten und Korridor.«

»Das heißt – nichts«, erläuterte Farley. »Patricias räumlich konstruierte Batzen.«

Heineman reduzierte die Geschwindigkeit auf tausend Stundenkilometer, und sie glitten durchs Loch. Auf der andern Seite war der Blick auf den Talboden ohne den Dunst von Atmosphäre kristallklar. Der Boden bestand aus einem wirren Muster aus hundert Kilometer langen Kerben, schwarzen Markierungen und blanker bronzener Korridormaterie. Die Instrumente bestätigten ihre Vermutungen.

»Keine Atmosphäre«, sagte Farley. »Die Wand ist ein Stöpsel.«

Heineman bremste ab, bis sie zweitausend Kilometer hinter der Wand, die nun zu einem kleinen Flecken in der wüsten Korridorlandschaft geworden war, zum Stillstand kamen. »Was nun?« fragte er.

»Wir gleiten zurück und suchen, wie geplant, einen Schacht«, sagte Lanier. »Den sehen wir uns an, und dann fahren wir, ohne Zeit zu verschwenden, weiter. Wissenschaftliche Fragen sind wirklich zweitrangig.«

»Jawohl«, erwiderte Heineman. Er schwenkte das V/STOL auf dem Röhrengleiter um 180 Grad. »Festhalten; gleich geht's volle Kraft zurück.«

Vierhundert Kilometer südlich der Wand entdeckten sie einen Zirkel von Schächten und bremsten ab, um das V/STOL auf den Abstieg vorzubereiten. Alle losen Gegenstände wurden befestigt, während Heineman das Flugzeug vom Gleiter ausklinkte. Mit einem sanften Stoß aus den Düsen lösten sie sich von der Singularität. Heineman richtete die Spitze des Flugzeugs auf den Korridorboden.

Im Gegensatz zu den Kammern des Asteroiden, wo ein gewisser Schub notwendig war, um sich von der Achse zu entfernen, fiel das V/STOL von selbst langsam nach unten und beschleunigte dabei stetig, von der Singularität abgestoßen – oder vom Korridorboden angezogen, wie immer man das sehen mochte. Nachdem sie vier Kilometer gefallen waren, zündete Heineman dreimal hintereinander kurz den Düsenantrieb und richtete den Flieger nach Norden. »In 'ner Kammer würd' ich nicht so landen«, sagte er, »aber im Korridor geht's so am besten. Hier tauchen wir nicht spiralförmig in die Atmosphäre ein, sondern gehen im langgezogenen Gleitflug runter. Garry, schnapp dir das Steuer und fühl selber, wie's geht!«

Lanier hielt das Steuer und spürte Heinemans Bewegungen, der die Flugzeugnase hochzog. Ein Rütteln ging durch die Maschine und kündete von der puffernden Atmosphäre; außerhalb der Hülle verlor das schrille Kreischen an Höhe und nahm an Lautstärke zu. Heineman versuchte, das Tempo abzubremsen und zog das V/STOL sachte nach rechts, wobei er die Nase senkte und die Rotoren ausfuhr. Das sanfte, liebliche Brummen der beiden Turboprop-Triebwerke entlockte ihm ein glückliches Lächeln. »Damen und Herrn«, sagte er, »hiermit sind wir ein Flugzeug. Garry, willst du die Maschine landen?«

»Mit Vergnügen«, sagte Lanier. »Passagiere bitte angegurtet bleiben!«

»Jawohl«, sagte Carrolson.

»Das war ein Spaß! Noch mal, bitte!« rief Farley von hinten.

»Gelände sieht recht eben aus, aber wir überfliegen es und entscheiden dann, ob wir auf einer kurzen Piste landen oder elegant vertikal absetzen«, sagte Heineman.

Lanier umkreiste einen Schacht und flog dann in etwa fünfzig Metern Höhe über die Kuppel, wobei er durch Hochstellen der Rotoren das Tempo verringerte. Heineman sah sich mögliche Pisten an und signalisierte dann mit erhobenem Daumen. »Kurze Landung; ebener Sand da unten.«

Lanier landete das V/STOL mit fünfzig Stundenkilometern tangential zum äußeren Rand der Mulde.

»Bravo!« lobte Heineman.

»Herrje, war das toll«, sagte Lanier. »Hab schon seit sechs Jahren keine Maschine mehr geflogen ...«

»Wenn ihr zwei Flieger mit anpackt«, unterbrach Carrolson, »sind wir schneller fertig mit der Arbeit.«

Während Carrolson Fotos machte, stellte Farley verschiedene Messungen an. Der Schacht war offen – soviel war vom Rand der Mulde aus erkennbar. Etwa zehn

Meter von der schwebenden Kuppel stand eine Plattform, auf der zwei unregelmäßige, rotschwarz-karierte Kugeln ruhten, die je drei Meter Durchmesser hatten.

Sie gingen den Hang hinunter und inspizierten die Plattform. Heineman kletterte die Leiter an der Seite der Plattform hinauf und betrat das Gerüst über den karierten Kugelgebilden. »Raumanzüge«, sagte er. »Ganz schön zähe Dinger.«

»Hier steht was«, rief Farley und deutete auf eine bronzene Tafel beim Schachteingang. Es handelte sich um eine Schrift mit lateinischem Stamm; da waren hie und da ein A und E und G zu erkennen, aber die Wörter waren nicht zu entziffern. »Weder griechisch noch kyrillisch«, bemerkte Carrolson. »Dürfte eine Stein-Schrift sein, eine neue Sprache.« Sie fotografierte die Tafel von drei Seiten und von unten.

»In den Bibliotheken ist mir Derartiges nie begegnet«, meinte Lanier. Er ging an der Tafel vorbei und spürte plötzlich einen klebrigen, gallertartigen Widerstand am Schachteingang.

»ACHTUNG«, tönte es mit tiefer, gebieterischer Männerstimme plötzlich aus dem Nichts. »ACHTUNG, Englisch des einundzwanzigsten Jahrhunderts Sprechende. Tore dieser Gegend dürfen nur mit geeignetem Schutz betreten werden. Hohe Schwerkraft und zersetzende Atmosphäre finden sich in den Toren. Schutzanzüge stehen zur Verfügung. ACHTUNG!«

Carrolson strich mit einem erstaunten Pfiff über die Tafel. Die Buchstaben auf der Tafel hatten sich ins zeitgenössische lateinische Alphabet verwandelt und gaben wieder, was die Stimme gesagt hatte. »Mann, das ist ein Service!«

Heineman berührte eine der karierten Kugeln und entdeckte in einem schwarzen Quadrat eine Vertiefung. Er drückte vorsichtig; nichts geschah.

»Entschuldigung«, sagte Farley, an niemand Bestimmtes gerichtet. Lanier drehte sich zu ihr, und sie lächelte verlegen und hob die Hand. Dann wandte sie sich an die Unterseite der Kuppel. »Entschuldigung«, wiederholte sie, »wie sind, wenn wir den Schacht, das Tor, betreten wollen, die Anzüge zu benutzen, die Pathoskaphe ...«

»Bathyskaphe«, korrigierte Carrolson.

»Ja, wie verwendet man die ... wie immer sie heißen.«

»Fahrzeuge aller Art reagieren auf vokale Befehle und können auf Ihre Sprache eingestellt werden. Haben Sie eine gültige Erlaubnis für eine Torexkursion?«

»Was für eine Erlaubnis?« fragte Farley.

»Die Erlaubnis vom Nexus. Alle Tore unterstehen dem Nexus. Bitte legen Sie innerhalb von dreißig Sekunden eine gültige Erlaubnis vor, oder die Tore in diesem Streifen werden gegen unbefugtes Betreten gesichert und geschlossen.«

Sie sahen einander hilflos an, während die Zeitspanne verstrich. »Keine Erlaubnis«, sagte die Stimme ungerührt. »Diese Tore sind nun geschlossen, bis die Situation an Ort und Stelle geprüft und behoben ist.«

Lanier wich von der unsichtbaren Barriere zurück. Über den zwanzig Meter breiten Eingang schob sich wie eine Irisblende ein bronzener, segmentierter Deckel, der sich über den Schacht wölbte. Auf dem Gerüst fing Heinman zu schreien an und rettete sich mit einem Sprung, als Kugeln und Plattform in der Mulde versanken und spurlos verschwanden.

Farley schimpfte melodiös auf chinesisch.

»Tja«, seufzte Carrolson, »wir haben sowieso keine Zeit, Tourist zu spielen.«

Die Landschaft ringsum bestand aus öden Sandflächen, die keine Spuren von Leben aufwiesen. Die Luftfeuchtigkeit war gering, so daß sie bald eine trockene Nase und Kehle bekamen. Mit gewisser Erleichterung gingen sie wieder an Bord des V/STOL, verschlossen die Luke und starteten zum Röhrengleiter.

»Toll«, meinte Heineman, »wie elegant sie sich fliegen läßt.« Er hob das V/STOL in die Luft und erhöhte die Geschwindigkeit, indem er die Rotoren nach vorne neigte. Bald trennte sie nur noch ein Kilometer von der Plasmaröhre und dem Ende der Atmosphäre. »Abrakadabra«, sagte Heineman, klappte die Rotoren ein und startete die Heckrakete.

Mit einem Satz durchdrangen sie die Luftbarriere und Plasmaröhre und tauchten ins Vakuum rings um die Singularität ein. Heineman steuerte das V/STOL mit den Düsen und legte mit Hilfe des Bordcomputers am Röhrengleiter an.

»Ist sie nicht super?« schwärmte er und stieß kopfschüttelnd ein *Juhu* aus.

## 37. Kapitel

»In absehbarer Zeit ist ihnen kein Abrüstungsabkommen zu entlocken«, sagte Gerhardt, der Hoffman über die Bahnsteigtreppe zum Lager der vierten Kammer vorausging. »Derzeit mißtrauen sie einander mehr als uns. Bis die Lage geklärt ist, wird niemand seine Waffen abliefern.«

»Wer wird wohl als Sieger hervorgehen?«

Gerhardt zuckte die Achseln. »Was weiß ich? Sind lauter zähe Kerle. Ich drücke Mirski die Daumen.«

»Er ist öfter in der Bibliothek der dritten Kammer als jeder andere von uns«, stellte Hoffman fest.

»Er muß eine Menge nachholen«, meinte Gerhardt darauf. »Die Russen wollen keine Soldaten mit Bildung.«

»Ich schätze, wir sollten uns mit einem Waffenstillstand und separaten Lagern zufriedengeben.«

Gerhardt hielt ihr die Tür zur Cafeteria auf. Vier Agrarwissenschaftler – eine Frau und drei Männer –

warteten mit Tafeln und Tabellen auf Hoffman. Sie gab ihnen die Hand und setzte sich dann. Gerhardt holte sich ein mickriges Lunch vom Ausgabeautomaten und nahm am Nachbartisch Platz; dies war nicht unbedingt sein Ressort.

»Nahrungsmittelprogramme«, sagte Hoffman. »Landbau und Selbstversorgung. Okay. Was also gibt's zu tun?«

Achtzehn Stunden nach der Konferenz im Führungsbungalow kam es zur Krise. Das plötzliche Unwetter in der ersten Kammer legte sich mit einemmal; der Sturm hörte schlagartig auf, die Wolken regneten sich leer und lösten sich auf. Das Röhrenlicht drang wieder durch, und es wurde allgemein wärmer.

Belozerski ließ von einem Zug Soldaten den Bungalow umstellen und Mirski gefangennehmen. Als Grund dafür wurde seine Vernachlässigung der Sache des Sozialismus angegeben; in Wirklichkeit waren die drei *Zampoliten* der Meinung, daß der General schwach sei und Hoffman bald mehr Zugeständnisse einräumen werde, als die Sowjets hinnehmen könnten.

Der Zug rückte flott an und umstellte die Kommandozentrale. Die zwanzig Mann auf Posten gaben widerstandslos auf, und Belozerski marschierte zur Tür, um Mirski zu verhaften. Drei stämmige Soldaten traten die Tür ein und bezogen schußbereit davor Stellung.

»Genosse General!« brüllte Belozerski. »Sie haben das Vertrauen Ihrer Männer verloren. Im Namen des neugegründeten Obersten Sowjets sind Sie verhaftet!« Die Soldaten stürmten in den Bungalow. Pletnew setzte sich schlaftrunken auf seiner Pritsche auf.

»General Mirski ist nicht hier«, sagte er mit belegter Stimme. »Kann ich was ausrichten?«

Vielgorski hatte nach der Konferenz mit Mirski kurz geschlafen; als das Unwetter nachließ, fuhr er mit fünfzig

Mann auf drei Lastern aus der ersten Kammer und weiter mit der für Russen reservierten U-Bahn in die vierte Kammer.

Er tat dies, um bei der Verhaftung von Mirski nicht in der Nähe zu sein, sollte irgend etwas schiefgehen. Also konnte er nun für ein paar Stunden die Wälder der vierten Kammer genießen. Insbesondere genoß er den Anblick der Pioniere, die Bäume fällten und zum Wasser schleiften. Geschichten über die Eroberung des Ostens und den Bau der transsibirischen Eisenbahn hatten ihn als Kind fasziniert. Nun stellte er sich ähnliche Großtaten in der Kartoffel vor: das Errichten von sowjetischen Siedlungen, das Bauen von Straßen, das Urbarmachen des Landes. Vielleicht hätte das Unglück somit eine positive Begleiterscheinung: eine geläuterte, weniger korrupte und besser überwachte sozialistische Gemeinschaft, die letztendlich den Asteroiden beherrschen und zur Erde zurückkehren würde, um das von Lenin vor achtzig Jahren begonnene Werk zu vollenden.

Das vorgelegte Tempo war beachtlich; erst vor neun Tagen waren sie gelandet, und mittlerweile war ihnen Land in der attraktivsten der sieben Kammern der Kartoffel zuerkannt worden. Wenn das kein Zeichen für die Schwäche des Gegners war!

Drei SST näherten sich ihm. Der Soldat an der Spitze trug Papiere, die er in seiner Funktion als Leiter des Projekts zur Nutzung der vierten Kammer sicherlich unterzeichnen sollte.

»Oberst«, sagte der erste Soldat und zog hinter den Papieren eine Pistole hervor. Er richtete die Pistole auf Vielgorski und schob die Schirmmütze zurück.

»Mirski«, sagte Vielgorski, der nicht aus der Fassung geriet.

Die beiden anderen Soldaten waren Pogodin und der Wissenschaftler Pritikin. Jeder trug ein AKV Über der Schulter. Mirski packte Vielgorski am Arm und stupste ihm mit der Pistole in die Nierengegend. »Keine Silbe!«

»Was tun Sie da?« flüsterte Vielgorski entrüstet. Mirski drückte fester mit der Pistole.

»Leise! Ihre Ratte knabbert an meinem Stuhl.«

Sie gingen langsam zu einem Laster, der am Seeufer bereitstand. Ohne lange zu fackeln, stieß man Vielgorski in den Laster, wo Pogodin ihn mit einer Plane zudeckte. Den Gewehrlauf hielt er an die Beule, die Vielgorskis Kopf unter der Plane bildete.

Mirski setzte sich ans Steuer und blickte über den dunklen Sand zu den Soldaten im Wald. Eine andere Gruppe spielte *Lapta,* eine Art Baseball, mit Zweigen und Kiefernzapfen; niemand schien sich um den Laster oder seine Besatzung zu kümmern.

»Wohin fahren wir, General?« fragte Vielgorski; die Plane dämpfte seine Stimme.

»Still!« erwiderte Pogodin und stupste ihn wieder mit dem AKV.

## 38. Kapitel

Der wirre, zerfurchte Abschnitt des Korridors, der luftlos und öd war, erstreckte sich eine halbe Million Kilometer. Der geplante zweite Abstieg zum Boden wurde fallengelassen; ohne Atmosphäre hätte der Ab- und Aufstieg eine ganze Menge Treibstoff verschlungen. Falls der öde Abschnitt über ihren Wendepunkt bei einer Million Kilometern hinausreichte, würden sie die Mission abbrechen und umkehren, beschloß Lanier.

»Glaubst du, das geht ewig so weiter?« fragte Farley, die neben ihm saß.

Lanier schüttelte den Kopf. »Irgendwohin müssen sie Patricia ja verschleppt haben.«

»Vergiß die Schächte nicht! Vielleicht haben sie den Korridor verlassen, und wir können ihnen nicht folgen.«

»Das habe ich mir auch überlegt, aber irgendwie ahne ich, daß sie nicht durch einen Schacht sind.«

»Wieder 'ne Mauer!« verkündete Heineman.

Sie versammelten sich im Cockpit, wobei Carrolson auf dem Copilotensitz Platz nahm, während sich Farley und Lanier in den Gang zwängten. Lanier spürte den Druck ihres Körpers allzu deutlich.

Die Fahrt durch den Korridor war schwindelerregend schnell; Lanier kam es vor, als ginge es eine Regenrinne hinab. Der Korridor ringsum huschte vorüber mit seinem Rot und Braun und Schwarz und dem schmutzigen Bronze der blanken Korridorwand. Das Radarecho kam deutlich in Abständen von einer halben Sekunde.

»Plätze einnehmen!« sagte Heineman. »Müssen den Vogel abbremsen. Sitze diesmal umdrehen. Radar soll weiter nach vorne zeigen. Werden ungefähr zwei Zehntel g ...«

Carrolson gurtete sich am Copilotensitz fest, wobei sie Lanier ein schelmisches Lächeln zuwarf. »Rücksitz, Boß«, sagte sie. »Diesmal war ich schneller.«

Lanier und Farley kletterten an den Ausrüstungskisten vorbei und setzen sich nebeneinander. Lanier holte tief Luft und schloß die Augen; der Trieb war schier unerträglich.

»Ist was?« fragte Farley.

»Nein, nein.« Er berührte beschwichtigend ihre Hand und ließ sie wieder los.

»Fühlst du dich wohl?«

Er lächelte überzeugend und nickte.

»Du hast was, Garry. Ich kenn' dich so lange, ich merke das ...«

»Sind in 'ner Stunde oder so da«, rief Heineman aus dem Cockpit.

»Also was ist es?« fragte Farley.

Er holte tief Luft und wurde rot im Gesicht. »Ich kann dafür nichts, Karen. Es ist verrückt. Ich habe seit vierundzwanzig Stunden einen Ständer. Hört nicht auf.«

Zunächst sah sie ihn ausdruckslos an, dann wurden ihre Augen ein ganz klein wenig größer.

»Verdammt, du hast es wissen wollen«, meinte er.

»Nur so allgemein?«

»Nein.«

»Jemand Besonderes?«

»Ja«, antwortete er.

»Wer ... oder darf ich das nicht wissen?«

Er hob den Finger und deutete auf sie und schüttelte sich vor Lachen. Sein Gesicht war jetzt rot wie eine Tomate, und er röchelte, als würde er ersticken.

»Das ist komisch.«

»Nee-ee«, sagte er, nachdem er das Gelächter endlich abstellen konnte. »*Verrückt* ist das.«

»Du warst bisher nicht an mir interessiert?«

»Nein – ich meine, ja, du bist attraktiv und so, aber ...«

»Schluß damit!« Der Bremsvorgang hatte begonnen. Sie öffnete den Sitzgurt und fiel langsam in Richtung Cockpit, wobei sie sich an den Griffen an den Lehnen und der Gebäckablage oben vorwärtszog.

»Warte!« sagte Lanier und griff nach ihr, erwischte sie aber nicht. Er blickte über die Kopfstütze zurück. »Karen!«

Farley hing nun in der Tür zum Cockpit. »Weck uns, wenn wir an der Wand sind«, sagte sie energisch und schob die Tür zu, bis sie einrastete. Dann hantelte sie durch den Gang zurück und klemmte sich mit dem Knie an seinem Sitz fest.

»Tut mir leid ...«, begann Lanier.

»Unsinn«, sagte Farley. Sie öffnete den Reißverschluß ihres Overalls und zog ihn aus. Darunter trug sie ein T-Shirt mir dem chinesischen Aufdruck

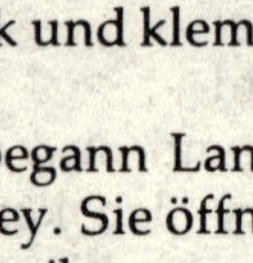

auf der Brust, der »Wal« bedeutete, wie der Stein bei den Chinesen hieß. Dann zog sie den weißen Baumwollschlüpfer aus.

Lanier verfolgte das mit Entsetzen.

»Du hättest schon eher was sagen sollen«, hielt sie ihm vor. »Alles, was dich davon abhält, klar zu denken, ist unserer Mission abträglich.« Damit schlüpfte sie aus dem T-Shirt und verstaute sämtliche Kleider in der Tasche an der Rücklehne.

Er zog seinen Overall aus, wobei er nervös zur Cockpittür blickte. Sie lag auf dem Rücken auf den zwei einander zugewandten Sitzen. Die Bremsbeschleunigung des Röhrengleiters vermittelte ein komisches, aber deutliches Gefühl für die Richtung. »Du hast aber nie versucht, Kontakte zu knüpfen«, sagte Farley, ergriff seine Hand und zog ihn auf sich. »Doch nicht, weil du schüchtern bist, was?«

Lanier bekam Herzklopfen, als er ihren Busen berührte. »Hab' noch nie jemand dringender gebraucht«, keuchte er.

»Na, dann los!« sagte sie und öffnete sich ihm.

Carrolson stieg über die Strickleiter den Mittelgang hinauf. Farley und Lanier hatten sich angezogen und gegenüber gesetzt. »In zehn Minuten sind wir da«, sagte Carrolson mit undurchdringlichem Gesicht. Sie blickte zu Farley, drehte dann den Kopf zu Lanier, behielt aber den Blick noch kurz auf Farley. »Scheint die gleiche Wand wie die letzte zu sein, wobei diese allerdings höher über die Atmosphäre ragt und eine kleinere Öffnung – nicht mehr als hundert Meter – um die Singularität hat. Wir sollten jedoch die gleichen Tests wie das letzte Mal machen.«

»Einverstanden«, sagte Farley.

»Garry ...« begann Carrolson und musterte ihn gespannt.

»Was denn?«

»Ach nichts.« Sie stieg die Leiter hinunter und verschwand im Cockpit.

»Herrgott, ist das peinlich«, flüsterte Lanier.

»Was schämst du dich? Weil du nur ein Mensch bist?« bemerkte Farley.

»Ich habe eine Verantwortung«, erwiderte er.

»Die hat ein jeder auf dem Stein«, sagte sie. »Trotzdem wurde viel getechtelgemechtelt, solange ich auf dem Stein war.«

Trotz seiner Verlegenheit lachte er. »Getechtelmechtelt heißt das?«

»Ja, ja. Sag bloß nicht, das ist dir nicht aufgefallen.«

Er schüttelte den Kopf. »Nein, ehrlich nicht. Der Boss kriegt immer am wenigsten mit.«

»Nur wenn er blind durchs Leben geht. Ich wette, Hoffman entgeht so was nicht.«

»Also gut, ich bin also ... was weiß ich. Ich bin nicht prüde, vielleicht ein bißchen unschuldig.«

»Unschuldig schon gar nicht«, meinte Farley und berührte ihn am Arm. »Und keine Sorge. Du bist nach wie vor der Boss.«

## 39. Kapitel

Vielgorski hatte Mühe, Fassung zu bewahren. Er schwitzte ordentlich und stank. Seine Stimme war heiser. Er tat Mirski fast leid.

Der dunkle Eingang zur Bibliothek der dritten Kammer tat sich respektgebietend auf, und Pogodin und Pritikin trieben den Gefangenen vorwärts, indem sie ihn hin und wieder an empfindlicher Stelle mit dem AKV anstupsten. Mirski spazierte hintendrein.

»Hier haben Sie also Ihre Zeit verplempert«, rief Vielgorski über die Schulter zurück.

»Und Sie waren nie hier?« fragte Mirski und tat erstaunt. »Eine gewisse Neugier hätte ich ihnen unbedingt zugetraut.«

»Ist sinnlos«, erwiderte Vielgorski. »Hier ist alles mit amerikanischer Propaganda durchsetzt. Es wäre schade um die Zeit.«

Mirski lachte empört. »Sie Ärmster«, sagte er. »Die Leute, die dieses Raumschiff bauten, waren ebensowenig Amerikaner wie Sie oder ich.« Sie hielten vor den Sitzreihen mit den Chromkügelchen an.

»Auch wenn Sie mich töten, Belozerski und Jazikow sind durchaus in der Lage, ohne mich weiterzumachen«, erklärte Vielgorski.

»Ich werde Sie nicht töten«, erwiderte Mirski. »Wir sind alle aufeinander angewiesen. Nehmen Sie bitte Platz!«

Vielgorski blieb steif stehen.

»Die Stühle beißen nicht«, meinte Pogodin und stupste ihn wieder.

»Ihr könnt keine Gehirnwäsche mit mir machen«, entrüstete sich Vielgorski.

»Nein, aber vielleicht etwas Bildung verschaffen. Also setzen!«

Vielgorski ließ sich auf den nächstbesten Platz nieder und musterte mißtrauisch das Chromkügelchen. »Ihr wollt mich zwingen, Bücher zu lesen? Das ist ja albern.«

Mirski trat hinter den Sitz und griff nach dem Tastenfeld. »Möchten Sie gern Englisch lernen, Französisch, Deutsch?«

Vielgorski gab keine Antwort.

»Nein? dann möchten Sie vielleicht ein wenig Geschichte lernen? Nicht aus amerikanischer Sicht, sondern aus der Sicht unserer Nachkommen – der Russen, die den Tod überlebt haben.«

»Interessiert mich nicht«, sagte Vielgorski, dessen blasses, feuchtes Gesicht sich im Chromkügelchen fast nur als Nase spiegelte.

»Das ist's, was die Amerikaner uns vorenthalten haben«, erklärte Mirski. »Ist es nicht Ihre Pflicht, den Schatz zu inspizieren, um den wir gekämpft haben? Ihre Vorgesetzten haben dazu nicht mehr Gelegenheit. Sie sind entweder tot oder so gut wie tot. Die gesamte Erde ist auf Jahre hinaus in Rauch gehüllt. Millionen werden verhungern oder erfrieren. Gegen Ende dieses Jahrzehnts werden von unseren Landsleuten knappe zehn Millionen noch am Leben sein.«

»Alles Unsinn«, sagte Vielgorski und wischte sich mit dem Ärmel das Gesicht ab.

»Unsere Nachkommen haben dieses Raumschiff gebaut«, erklärte Mirski. »Das ist keine Propaganda. Es klingt wie ein Märchen, aber es ist die *Wahrheit*, Vielgorski, und unsere Zwistigkeiten können die Wahrheit nicht verbergen. Wir sind ausgebildet und hierher geschickt worden, wir haben gekämpft und unser Leben geopfert, um die *Wahrheit* zu finden. Es wäre Verrat, nun der Wahrheit den Rücken zu kehren.«

»Soll das heißen, daß wir die Macht teilen?« fragte Vielgorski und sah zu ihm auf. Mirski fluchte leise und schaltete das Gerät an.

»Es spricht Russisch mit Ihnen« , sagte er. »Es beantwortet Ihre Fragen und weist Sie in die Benutzung ein. Nun fragen Sie schon!«

Vielgorski starrte mit großen Augen auf das schwebende Bibliothekssymbol.

*»Fragen Sie!«*

»Wo soll ich anfangen?«

»Beginnen Sie bei unserer Vergangenheit. Was wir in der Schule gelernt haben.«

Das Symbol verwandelte sich in ein Fragezeichen.

»Ich hätte gern Daten über ...« Vielgorski sah unsicher zu Mirski auf.

»Weiter! Es tut nicht weh. Es macht höchstens süchtig.«

»Daten über Nikolaus I.«

»Das ist ziemlich eindeutig«, sagte Mirski. »Zu weit

zurück. Trauen Sie sich nur! Fragen Sie nach dem gesamtstrategischen Plan der russischen Arme in der Zeit von 1960 bis 2005!« Mirski lächelte. »Noch nie neugierig gewesen?«

»Also gut, Daten darüber, bitte«, sagte Vielgorski.

Die Bibliothek suchte und stellte einschlägiges Material zusammen, wobei zahllose bunte Benutzungssymbole vor Vielgorski aufleuchteten. Dann ging es los.

Nach einer Stunde wandte sich Mirski an Pogodin und Pritikin und sagte ihnen, sie sollten in die vierte Kammer zurückkehren. Er deutete auf den faszinierten Vielgorski. »Der macht keinen Ärger mehr. Ich paß auf ihn auf.«

»Wann bekommen wir Gelegenheit?« wollte Pritikin wissen.

»Sobald ihr frei habt, Genossen«, antwortete Mirski. »Die Bibliothek steht allen offen.«

Belozerski hob den muskulösen Pletnew vom Sitz und schüttelte ihn mit erstaunlicher Kraft. »Erzählt mir keine Märchen hier!« brummte er.

»Es läßt sich leicht beweisen«, erwiderte Pletnew, der den Kopf zur Seite drehte, um Belozerskis Händen an seinem Kragen auszuweichen. »Wir müssen hin. Die Genossen Pritikin und Sinowiew haben alles gesagt, was sie wissen. Die siebte Kammer hört nicht auf. Sie geht ewig weiter.«

Beloszerski ließ ihn los und ging mit geballten Fäusten langsam einige Schritte zurück. »Abweichlerisches Volk. Pritikin und Sinowiew sind Intellektuelle. Warum sollte ich ihnen glauben?«

Jazikow bedeutete den drei Soldaten, Pletnew festzunehmen. »Sie haben uns in die Defensive gedrängt, nur um die eigene Haut zu retten«, sagte er. »Es war Ihre Pflicht, da draußen zu krepieren, nicht sich bei den Amis anzubiedern.«

»Ich war erledigt«, sagte Pletnew. »Wir hatten keine andere Wahl.«

»Dieser Fels könnte uns gehören!« schrie Jazikow. »Und wo ist jetzt Mirski?«

»Ich sagte doch, er ist in der vierten Kammer.«

»Scheiße! Er steckt in seiner geliebten Bibliothek«, sagte Belozerski.

»Dann werden wir ihn eben dort verhaften«, meinte Jazikow. »Wir sollten auch Garabedian und Annenkowski finden, die zu Mirskis Männern gehören. Genosse Pletnew, Sie werde ich persönlich an die Wand stellen, an die andere Wand der siebten Kammer. Dort werd' ich Ihr Blut und kontrarevolutionäres Hirn verspritzen als sichtbaren Gegenbeweis für Ihre Leichtgläubigkeit.« Er warf entrüstet die Hände hoch. »Haltet ihn hier fest, bis wir die anderen haben.«

Rimskaya ging mit der Mitteilung von Belozerski durchs Lager und stieg die Stufen zum ehemaligen Büro Laniers hinauf, das nun Hoffman gehörte. Er klopfte und wurde von Beryl Wallace eingelassen.

»Nachricht von den Sowjets«, sagte er kurz und bündig. Sein Gesicht war blaß, und er sah aus, als hätte er seit Tagen kein Auge mehr zugetan.

»Was Wichtiges?« fragte Beryl.

»Beryl, spiel bitte nicht Vorzimmerdame mit mir! Wo ist Judith?«

»Sie ist unten in einer Besprechung mit dem medizinischen Leiter. Ich will zwar nicht übertrieben diensteifrig sein, Joseph, aber sie hat alle Hände voll zu tun.«

»Nun, die Sowjets legen auch nicht gerade die Hände in den Schoß. Ich glaube, es wird Ärger geben.« Er wischte sich die Augen aus und blinzelte eulenhaft.

»Ich hole sie. Warte unten am Tisch der Sekretärin!«

Rimskaya brummte irgend etwas und stapfte die Treppe hinunter.

Hoffman kam aus dem Konferenzzimmer, nahm die

Tafel von Rimskaya entgegen und überflog die Meldung. Sie sah auch erschöpft aus, aber es war nicht ganz so schlimm wie bei Rimskaya. Da sie unausgeschlafen war, hatte sie Ringe unter den Augen und glühende Wangen.

»Was ist Belozerski?«

»Ein *Zampolit* – politischer Offizier«, erklärte Rimskaya. Seine Hände zitterten. »Oberst. Ich habe ein, zwei Mal mit ihm gesprochen.«

»Was hattest du für einen Eindruck?«

Rimskaya schüttelte den Kopf. »Er ist ein Linientreuer ohne Hirn und Phantasie. Die beiden anderen, Vielgorski und Jazikow, gefallen mir allerdings noch weniger. Sie sind schlauer, gefährlicher. Wenn sie sagen, sie haben Mirski abgesetzt, so daß wir jetzt mit ihnen direkt verhandeln müssen, so wird das schon stimmen.«

»Dann vereinbare ein Treffen. Wir können die Gespräche nicht einschlafen lassen wegen ihrer internen Machtkämpfe. Und erkundige dich bei – wie heißen sie gleich? – Sinowiew oder Pritikin! Erkundige dich, was los ist, und ob es auch die russischen Zivilisten betrifft!«

»Die kriegt man nicht zu sehen. Sind entweder unter Arrest oder tot.«

»Ist es so schlimm?« fragte Hoffman.

»Ja, sie gebärdeten sich sehr russisch«, sagte Rimskaya achselzuckend.

»Meine Besprechung wird noch eine Stunde dauern. Verabrede eine Begegnung in anderthalb Stunden.«

»Besser wäre es, sie bestimmten die Zeit, und wir lassen sie eine Weile warten«, schlug Rimskaya vor.

»Wie du meinst.«

Sie sah dem hochgewachsenen, strengen Mathematiker nach, der durch die Tür verschwand, und blickte dann auf die blanke Wand hinter Anns leerem Schreibtisch. Die Sekretärin machte Lunchpause in der Cafeteria.

»Einen Moment noch, bitte«, sagte Hoffman. Da

stand sie nun, sah vor sich hin, atmete gleichmäßig und trommelte leise mit dem Finger auf die Schreibtischkante. Sie zählte die Sekunden gemäß einem inneren Takt. Nach einer halben Minute drückte sie fest die Augen zu, öffnete sie weit, atmete tief durch und marschierte durch den Gang zur Konferenzraumtür.

## 40. Kapitel

Der Röhrengleiter stieß langsam durch die zweite Wand. Auf der anderen Seite befanden sich, einen Kilometer nach der Wand beginnend und parallel zu ihr entlang dem Korridorumfang ausgerichtet, eine Reihe dunkler, ziegelbrauner Strukturen, die auf dem blanken Korridorboden auflagen. Sie hatten jeweils ein quadratisches Fundament mit etwa zweihundert Metern Seitenlänge, das stufenförmig angelegt war, wobei die Stufen leicht seitlich versetzt waren, so daß eine abgerundete Pyramide in der Form einer halben Spirale entstand.

»He!« sagte Heineman und deutete in den Korridor. Auf dem Boden wimmelte es von Lichtern, die auf Straßen dahinrollten, wobei die Straßen vielschichtig übereinander angelegt waren wie ein superdichtes Autobahnnetz. »Wir sind nicht allein.«

»Wie weit sind wir jetzt?« fragte Carrolson.

»Siebenhundertsiebzigtausend Kilometer – plus minus eins«, sagte Heineman. »Garry, könntest du das Steuer übernehmen? Ich möchte Messungen machen.«

»Wir fahren einfach langsam weiter, mit neunzig oder hundert Stundenkilometern«, sagte Lanier.

»Find' ich auch. Mir ist nicht ganz wohl bei dem Gedanken, denen da unten zu begegnen, was immer das für welche auch sein mögen«, sagte Heineman und kletterte kopfschüttelnd aus seinem Sitz. Die konstante Geschwindigkeit sorgte für Schwerelosigkeit.

»Was haben wir zu befürchten, von offensichtlichen Dingen einmal abgesehen?« fragte Farley.

»Das Offensichtliche könnte schlimm genug sein. Ehrlich, es ist mir nicht wohl dabei, über die Singularität anzuschleichen. Die da unten mögen es vielleicht nicht, wenn man diesen Weg benutzt. Vielleicht gibt es andere Fahrzeuge, offiziell zulässige Fahrzeuge. Wenn wir jedenfalls mit achtzig oder neunzig Sachen pro Sekunde andüsen und gegen was prallen, dann ist's darum geschehen. Reicht auch so schon, meine ich, für einen Strafzettel.«

»Habe ich gar nicht bedacht«, sagte Lanier, der sich in den Pilotensitz schnallte.

»Tja, jetzt, wo du wieder klarer im Kopf bist ...« Heineman warf ihm einen strengen Blick zu und klopfte ihm dann auf die Schulter. »Also, Mädels, stellen wir fest, was Sache ist.«

Sie ersetzten diverse Instrumente in den Bodenluken und bestückten bisher unbenutzte Luken mit neuen Sensoren. Lanier blickte auf den Korridorboden über sich und verfolgte fasziniert den Lichterstrom. Auch mit Fernglas war nicht mehr zu sehen als leuchtende Punkte, die sich vom schwarzen Fahrbahnbelag abhoben.

Etwas Großes, Graues erschien im Blickfeld des Fernglases, das er nun senkte. Eine Scheibe mit mindestens einem halben Kilometer Durchmesser schwebte langsam über den Fahrbahnen in südliche Richtung. Eine zweite Scheibe beschrieb etwa zwanzig bis dreißig Grad westlich den gleichen Kurs.

»Absolut keine zusammenhängenden Funksignale«, stellte Heineman fest. »Mikrowellen, Wärme und etwas Röntgen- und Gammastrahlung, das ist alles. Radar – mein Schirm zeigt etwas Massives ungefähr eine Viertel Million Kilometer weiter vorne mit einer Oberfläche von wenigstens fünfzehn Quadratkilometern; es sitzt direkt auf der Achse.«

»Ich seh's«, sagte Lanier nach einem Blick auf seinen Schirm.

»Frag mich nicht, was das für Dinger sind«, sagte Heineman, der durchs Fenster auf die grauen Scheiben blickte und dann skeptisch dreinschaute. »Und frag mich nicht, wie lange wir hier oben unbehelligt bleiben.«

»Wenigstens sind wir klein«, sagte Farley. »Vielleicht werden wir gar nicht gesehen.«

»Das große Ding da vorne wird uns entdecken«, meinte Heineman. »Ich wette, daß es auch auf der Singularität fährt.«

Fünfhundert Kilometer nach der Wand erhoben sich über das Straßengewirr vier große, ziegelbraune Spiralpyramiden. Ihrer Position – in gleichen Abständen auf dem Korridorumfang – entnahm Lanier, daß sie über Schächten errichtet waren.

»Schätze, das übersteigt unseren Horizont«, flüsterte Lanier.

Farley legte die Hand auf seine Schulter und zog sich in den Copilotensitz. »Tut es das nicht schon seit Jahren?«

»Ich habe immer geglaubt, der Korridor sei leer – warum, weiß ich nicht. Vielleicht weil ich mir so was nicht vorstellen konnte.«

Heineman schwebte zwischen sie und hielt sich an einer Leiste am Armaturenbrett fest, während er einen Flugplan einprogrammierte. »Wir beschleunigen auf zehntausend Sachen pro Stunde, nähern uns dem großen Ding auf der Singularität so weit wie möglich, wobei wir abbremsen, damit es nicht meint, wir wollten es rammen, drehen dann um und düsen Richtung Heimat. Das heißt natürlich, falls es dir recht ist.« Er zog, an Lanier gewandt, die Brauen hoch.

Lanier wägte die Risiken ab und mußte feststellen, daß er keine Ahnung hatte.

»Wenn wir jetzt umkehren, was wollen wir den Leuten daheim dann erzählen?« hakte Heineman nach. »Natürlich ist dieser Ort wichtig. Aber wir haben keine Ahnung, was das hier ist oder was es für uns bedeutet, wenn wir jetzt kehrtmachen.«

»Selbstverständlich, Larry«, erwiderte Lanier. »Was meinst du, werden wir lebend wieder herauskommen?«

»Weiß ich nicht«, antwortete Heineman. »Aber bis jetzt amüsiere ich mich prächtig. Wie steht's mit dem Rest von euch?«

Carrolson lachte. »Du spinnst, du verrückter Flugakrobat.«

Heineman wackelte mit dem Kopf und spreizte mit den Daumen stolz die Brusttaschen seines Overalls ab. »Garry?«

»Wir müssen es wohl oder übel rauskriegen«, räumte er ein. »Also packen wir's an!« Heineman fütterte den Bordcomputer, und der Röhrengleiter beschleunigte, was in der V/STOL-Kabine wiederum ein Gefühl für Richtung auslöste.

Als auf zehntausend Stundenkilometer hochbeschleunigt war, teilte Heineman das Abendessen aus – folienverpackte Sandwiches und heißen Tee in Tüten. Sie aßen schweigend, während der Korridor an ihnen vorüberhuschte.

Sie passierten einen weiteren Kreis mit eckigen Bauten und einige Minuten später noch einen, die allesamt durch vier gerade, leere Straßen und das überfüllte Straßengeflecht mit dem Lichterstrom verbunden waren.

Lanier trat den Pilotensitz an Carrolson ab und legte sich aufs Ohr, während Heineman der Frau die Feinheiten des Röhrenflugs beibrachte. Lanier träumte, in einer leichten Maschine dichten Urwald und ein Netz von Flüssen zu überfliegen. Er erwachte mit einem Nachgeschmack von Tee im Mund, löste den Sitzgurt und zog sich nach vorne. Farley hantierte an den Instrumenten in den Luken und versorgte die Tafeln zur Datenaufzeichnung mit frischen Memoblöcken. Volle Blöcke verstaute sie in einem Plastikfach. Dann hielt sie eins der Meßgeräte hoch, das die Technik noch vor dem Tod gebaut hatte, so daß Lanier das Anzeigefeld sehen konnte.

»Ja?« fragte er beim Anblick der aufleuchtenden Ziffern.

»Kaputt«, sagte sie. »Im Ernst. Wie der Großteil unserer Instrumente. Wir haben Glück, wenn wir nur die Hälfte der gewonnenen Daten auswerten können.«

»Was hat das für Gründe?«

Sie schüttelte den Kopf. »Kann nur raten. Unser elektrisches System arbeitet anscheinend tadellos; demnach ist denkbar, daß wir uns durch Kraftfelder bewegen, Kraftfelder, wie sie auf dem Stein selektiv die Massenträgheit puffern. Diese Felder lösen anderweitige Effekte aus. Die verzerrte Geometrie wirkt sich auf die Kernaktivität aus, verändert h quer ... Oder aber die ganze Ausrüstung taugt nichts. Heute läuft wohl die Garantie aus – haha!«

»An der Ausrüstung liegt's nicht«, rief Heineman vom Pilotensitz. »Gebt bloß nicht meinem Gerät die Schuld!«

»Mann, ist der von sich eingenommen«, staunte Farley. »Sobald ich die Qualitätskontrolle in Frage stelle, nörgeleit er schon.«

»Nörgelt, nicht nörgeleit«, verbesserte Lanier.

»Egal.«

»Du bist an der Reihe«, sagte Lanier zu Heineman und deutete mit dem Daumen in den hinteren Teil der Kabine. »Schlafzeit. Wir müssen alle frisch und ausgeruht sein.«

Heineman hob sich aus dem Sitz und schwebte an Lanier vorbei. »Halt«, sagte Carrolson. »Was ist das?«

Die Singularität vor dem Röhrengleiter war keine glänzende zylindrische Oberfläche mehr. Sie leuchtete zeitweise orangefarben und dann weiß wie ein glühendes Stahlseil.

»Mir ist keine Ruhe vergönnt«, sagte Heineman und löste Lanier im Pilotensitz ab. Er legte die Klammern des Gleiters zum Bremsen an die Singularität an. Das Schiff rüttelte und buckelte plötzlich, so daß Lanier und Farley gegen das gestapelte Gerät geworfen wurden, wo sie festhingen, bis Heineman die Klammern löste.

»Wir beschleunigen«, übertönte Heineman das Brausen von Röhrengleiter und Flugzeug. »Hab' sie nicht mehr unter Kontrolle.«

Lanier glitt in der Kabine nach hinten, wo er gegen Sitze prallte, während er versuchte, irgendwo einen Halt zu erwischen. Farley klammerte sich hartnäckig an einen Sitz und plagte sich damit, sich zu drehen und hineinzusetzen.

Die Singularität verlief nun als rote Linie. Lanier gurtete sich in den Sitz und half Farley, auf den Platz zu kommen. Geräte flogen nach hinten und knallten gegen die Rückwand, wo in Regalen Waren und weiteres Gerät gestapelt waren.

»Kannst du umkehren?« schrie Lanier in dem Tumult.

»Nein«, antwortete Heineman. »Wenn ich die Klammern reinkralle, buckeln wir. Dreißigtausend – und wird immer schneller.« Der Röhrengleiter schlingerte wieder, und Lanier und Farley schirmten sich gegen ein Bombardement von abprallenden Memoblockboxen, Meßgeräten und Kabelrollen ab.

»Vierzig«, sagte Heineman wenige Augenblicke später. »Fünfzig.«

Das Funkgerät knisterte und knackste, und eine melodiöse Stimme setzte mitten im Satz ein:

»... verstößt gegen das Gesetz des Weges. Ihr Fahrzeug verstößt gegen das Gesetz des Weges. Leisten Sie keinen Widerstand, sonst wird Ihr Fahrzeug zerstört. Sie unterstehen der Weisung des Hexamon Nexus und werden in sechs Minuten vom Defekt entfernt. Versuchen Sie nicht, zu beschleunigen oder zu bremsen.«

## 41. Kapitel

Belozerski stand steif hinter Jazikow am Konferenztisch und hatte die Hände am Rücken verschränkt. Jazikow saß mit gefalteten Händen am Tisch. Hoffman überflog die Forderungen und übersetzte sie rasch auf der Tafel für Gerhardt. Gerhardt las sie und schüttelte den Kopf.

»Wir lehnen Ihre Forderungen ab«, erklärte Hoffman in Russisch. Auch sie hatte der Bibliothek der dritten Kammer einige Besuche abgestattet.

»Diese Männer sind Verbrecher«, sagte Jazikow. »Sie haben einen Kollegen entführt und halten ihn in einer der Städte versteckt, wo wir ihn nicht finden können.«

»Wie dem auch sei, wir haben uns geeinigt, die politischen und rechtlichen Systeme strikt zu trennen. Wir können bei der Suche dieser Männer nicht helfen, ohne unsere Abmachungen zu verletzen.«

»Sie verstecken sich in Sektoren, die von Ihren Leuten kontrolliert werden«, sagte Belozerski. »Vielleicht halten Sie sie sogar versteckt.«

»Wenn das der Fall ist, so habe ich noch nichts davon erfahren«, erwiderte Hoffman. »Ich bezweifle es sehr.«

»Sicher unterstützen Sie unsre Bemühungen zur Bildung einer Zivilregierung«, sagte Jazikow.

»Wir unterstützen es nicht und opponieren nicht dagegen«, erwiderte Hoffman. »Es ist ganz allein Ihre Sorge. Unsere Sorge in dieser Verhandlungsrunde ist allein die friedliche Koexistenz. Mehr nicht.«

Jazikow erhob sich und nickte Hoffman flüchtig zu. Dann durchquerten die beiden die Cafeteria und verließen sie durch die Hintertür.

»Was hältst du davon?« wollte Hoffman von Gerhardt wissen. Der General schüttelte trübselig den Kopf und lächelte.

»Mirski hat sich die Hauptperson geschnappt«, sagte er. »Offenbar hat er was geahnt und ist ihnen zuvorgekommen.«

»Was hältst du von Mirski?«

»Er ist mir jedenfalls lieber als Jazikow oder Belozerski.«

»Also helfen wir ihm?« fragte sie.

»Mirski helfen? Aber nein. Der erste instinktive Gedanke ist immer der beste. Wir halten uns heraus aus der Sache, die sie unter sich ausmachen sollen. Außerdem wird Mirski keine Hilfe *wollen.* Hoffen wir, daß es nicht zu einem Kampf kommt. Dann können wir uns vielleicht nicht mehr heraushalten.«

Mirski und Pogodin fuhren Vielgorski auf Umwegen von der Stadt der dritten Kammer in die zweite Kammer. Dort sah sich Mirski mehrere Gebäude an den Durchgangsstraßen an und wählte ein geeignetes aus. Es lag versteckt zwischen einem der riesigen, lüsterartigen Wolkenkratzer, die die Amis ›Megas‹ nannten, und einem langen, hundert Meter hohen Asteroidgesteinwall, der keinem bestimmten Zweck zu dienen schien.

Das Gebäude wies nur vier Etagen auf und hatte anscheinend früher als Schule gedient. Die drei Räume in jedem Geschoß waren gefüllt mit langen Reihen von Schulbänken, die jeweils auf eine schwarze, mit silbrigem Glas eingefaßte Wand zeigten.

Im östlichen Raum des obersten Stockwerks breiteten sie ihre Vorräte aus, und Mirski setzte sich zu einem stillen, ernsten Vielgorski. Pogodin ging den Laster verstecken.

»Ich danke Ihnen nicht«, sagte Vielgorski. Er legte sich auf eine Bank und starrte auf die goldenen Sterne an der dunkelblauen Decke. »Mein Vater starb in Afghanistan. Ich erfuhr nichts über seinen Tod. Staatsgeheimnis. Ich weiß noch immer nichts. Aber daß das Ganze ein regelrechtes Manöver war, um die Streitkräfte im Einsatz zu erproben ...« – er schüttelte verdutzt den Kopf. »Eine zehnjährige Übung!« Er hustete sich in die

Hand. »Und dann zeigt sich, daß alles, was man geglaubt hat, eine großangelegte Lüge ist ...«

»Nicht alles«, wandte Mirski ein. »Viel, aber nicht alles.«

»Trotzdem bin ich Ihnen nicht dankbar, daß Sie mir die Augen geöffnet haben.«

»Das eine oder andere haben wir immer mitgekriegt, nicht wahr?« fragte Mirski. »Die Korruption, die ineffizienten, inkompetenten und käuflichen Bosse ... Der Staat, der auf Kosten der Ideale der Revolution besteht.«

»Jeder muß sich zwangsläufig damit befassen. Aber daß man unsre besten Athleten und Tänzer als Konkubinen benutzt ...«

»Scheinheiligkeit gepaart mit Dummheit.«

»Um wieviel schlimmer bei einer Regierung, die sich für unfehlbar wähnt! Die Amis weiden ihre Politskandale immerhin reichlich aus.«

Sie redeten zwei Stunden lang. Pogodin kehrte zurück. Er hörte aufmerksam zu und legte hie und da die Stirn in Falten, wenn ihm etwas mißfiel. Nur einmal unterbrach er und fragte: »Haben die Amis noch nicht gemerkt, wie korrupt sie sind?«

Mirski nickte. »Freilich wissen sie's – zumindest in den Fällen, die ihre Presse aufzudecken vermag.«

»Aber ist ihre Presse nicht abhängig?«

»Manipuliert, ja«, räumte Mirski ein. »Aber die Kontrolle ist nicht lückenlos. Sie hatten Tausende von Historikern, von denen jeder eine eigene Meinung vertrat. Ihr Geschichtsbild war etwas konfus, aber absichtliche Entstellungen wurden für gewöhnlich als solche entlarvt.«

Pogodin blickte von Vielgorski zu Mirski und ging dann zum Ausgang des Raums.

»Was wir über Stalin erfahren haben, über Chruschtschow, Breschnew und Gorbatschow ...« Vielgorski ließ den Satz kopfschüttelnd unbeendet.

»Unterscheidet sich von dem, was unseren Vätern gesagt worden ist«, vervollständigte Mirski, »und deren Vätern davor.«

Und sie redeten noch eine Stunde, diesmal übers Leben im Militär. Mirski schilderte, wie er um ein Haar politischer Offizier geworden wäre. Vielgorski erläuterte die beschleunigte Ausbildung, die er und die andern *Zampoliten* durchlaufen hatten, bevor sie mit den Schocktruppen vom Indischen Ozean starteten.

»Also sind wir gar nicht so verschieden voneinander«, folgerte Vielgorski, während Mirski ihm aus einer Thermoskanne Wasser in eine Tasse goß. »Sie kennen die Pflichten eines politischen Offiziers – die Verantwortung für die Partei, die Revolution ...«

»Was für eine Revolution?« fragte Mirski leise.

Vielgorski wurde rot. »Wir haben nach wie vor der Revolution treu zu sein. Unser Leben, unsere geistige Gesundheit hängen davon ab.«

»Die Revolution beginnt hier und jetzt«, erwiderte Mirski. »Wir werfen den Ballast der Vergangenheit über Bord.«

Sie musterten einander lange und schwiegen noch, als Pogodin wiederkam; der setzte sich neben sie und drehte nervös Däumchen.

»Die Macht muß geteilt«, sagte Vielgorski, »die Partei wiedergegründet werden.«

»Aber nicht durch Mord und Totschlag«, wandte Mirski nachdrücklich ein. »Davon gab's genug. Viel zu lange hat in Rußland im Namen der Revolution und Partei Mord und Totschlag geherrscht. Schluß damit!«

Vielgorski kramte eine altertümliche goldene Taschenuhr hervor. »Belozerski und Jazikow werden inzwischen toben. Man kann nicht sagen, was sie tun werden, wenn sie nichts von mir hören.«

»Das macht sie nur schwächer«, sagte Mirski. »Lassen wir sie ruhig eine Weile zappeln!«

Vielgorski grinste wölfisch und erhob tadelnd den

Zeigefinger. »Raffiniert. Ich weiß, was Sie sind. Ein Visionär. Ein abweichlerischer Visionär.«

»Und der einzige, mit dem Sie unbesorgt die Macht teilen können«, fügte Mirski hinzu. »Sie wissen, irgendwann werden Sie drankommen. Sie können ihnen ebensowenig trauen wie einem tollen Hund.«

Vielgorski wirkte nicht überzeugt.

»Vielleicht verstehen wir uns jetzt.«

Vielgorski zuckte die Achseln und ließ die Mundwinkel hängen.

Um 12 Uhr des nächsten Tages richtete Pogodin die Funkantenne des Lasters aufs südliche Bohrloch, und Vielgorski übermittelte eine Nachricht für Jazikow und Belozerski:

»Unsre Truppen in der vierten Kammer haben Mirski und seine Gefolgsleute in der Bibliothek der dritten Kammer festgenommen. Kommt her! Prozeß findet in der Bibliothek statt.«

## 42. Kapitel

Sie verfolgten schweigend, wie der rote Strich der Singularität sie zum schwarzen Schild leitete. Lanier gesellte sich nach hinten zu Farley und Carrolson, die versuchten, den Instrumenten brauchbare Ergebnisse abzuringen.

»Es nähert sich was an der Singularität. Eine Maschine, groß und schwarz«, erklärte Heineman. »Mit flottem Tempo ...« Lanier zwängte sich nach vorne.

Rittlings auf dem rotglühenden Strich näherte sich ihnen eine Maschine, die doppelt so dick wie der Röhrengleiter war und einen runden Querschnitt und eine schwarzglänzende Oberfläche hatte. Leuchtend rote Linien bildeten ein symmetrisches Muster aus Quadraten und Rechtecken. Lanier verfolgte staunend, wie die

Quadrate und Rechtecke sich öffneten und eine Reihe von beweglichen Greifarmen zum Vorschein kam. Bald glich das Ding einer Tiefsee-Tauchglocke oder dem Schweizer Armeemesser eines Irren. »Was hat es vor?«

»Paßt die Geschwindigkeit an. Will wohl ...«

Bunte Lichter blitzten in der Kabine auf. Heineman fuhr erschrocken zurück; Lanier schloß die Augen und tastete mit den Händen. »Was war das?« rief Carrolson von hinten. Wieder tanzten rote und grüne durchscheinende Objekte vor Lanier umher. Er griff nach einem, aber es war wie Luft.

»Symbole oder so was«, meinte Heineman. »Seht ihr sie auch?«

»Ja«, sagte Lanier. »Weißt du, was das ist, oder woher es kommt.«

Wieder rauschte das Funkgerät. »Bitte nennen Sie Ihre Identität und den Grund Ihrer Annäherung an den Axis City-Schild.«

Lanier nahm das Mikro von Heineman. »Ich bin Garry Lanier.« Der Name wird ihnen bekannt sein, hoffte er. »Wir erforschen die Gegend hier. Falls Probleme auftauchen ...«

»Möchten Sie einen Anwalt?«

»Einen *was?*«

»Es wird Ihnen unverzüglich ein Anwalt zugeteilt. Sind Sie ein Inkorporierter, der seine Rechte beim Gericht des Hexamon fordert?«

»Sag ja«, riet Carrolson.

»Ja.«

»Sie werden nun vom Defekt entfernt und nach Axis Nader eskortiert.«

Die Maschine schob einen Arm unter den Röhrengleiter. Ein Funkenregen sprühte vors Fenster und raubte die Sicht; das V/STOL wackelte und rüttelte. Gas trat aus dem Flugzeugrumpf aus, und im Cockpit ertönte Alarm. Dann ruckte es kräftig, und sie schwebten frei.

Der Röhrengleiter war von der Singularität abgetrennt worden und trieb nun davon. Das V/STOL war vom Röhrengleiter abgetrennt worden.

Heineman blickte zur leuchtend roten Linie und dunklen Maschine, die noch am Heck des kaputten, unbrauchbaren Röhrengleiters haftete. »Es hat uns von unserer Unterlage genommen«, sagte er in wütendem Ton. Das Flugzeug war dreißig bis fünfunddreißig Meter gesunken. »Ich geh' nach hinten und seh' nach, ob alles heil ist.«

Lanier zog sich in den Copilotensitz. Automatisch gurtete er sich fest und bemühte sich, ruhig zu atmen. Wie eine Notlandung auf Wasser, dachte er. Nicht schlimmer, vielleicht besser.

»Ich höre keine Lecks. Trotzdem wär' ich lieber unten in einer Atmosphäre«, rief Heineman von der Kabine.

Die Maschine ließ nun vom Röhrengleiter ab und näherte sich mit weit aufgespannten Greifarmen dem V/STOL. Heineman kam wieder nach vorne, wobei er Carrolson und Farley streifte.

»Scheiße«, sagte er. Es war das erste Schimpfwort, das Lanier aus seinem Mund hörte.

Die Maschine verdeckte nun die Sicht aus dem Fenster, und das Flugzeug drehte sich. Heineman, der im Durchgang zum Cockpit schwebte, drehte sich nicht mit. Lanier kreiste um den verdutzten Heineman; dann ging es wieder anders herum. »Halt dich fest das nächste Mal!« rief er. Heineman griff mit der Hand zum Pilotensitz. Wiederum drehte sich das Flugzeug; wie ein Kampfsportmeister renkte es Heineman mit Hilfe seines Körpergewichts die Schulter aus.

Heineman ließ mit einem Schrei los und drehte sich nun in die andere Richtung. Lanier, der wartete, daß die Bewegung aufhörte, sah hilflos zu. Als sich vier Sekunden lang nichts mehr tat, gurtete er sich los, packte Heineman an der Hüfte und schob ihn sachte nach hinten. Das Gesicht des Ingenieurs war schmerzverzerrt; er riß die Augen auf wie ein von einem Kameraden verletztes Kind.

Carrolson und Farley hatten einige Schrammen abbekommen, aber sich weiter nichts getan. Farley hielt nun Heinemans Kopf, und Carrolson hielt seine zappelnden Beine fest, während Lanier den Arm untersuchte.

»Gemeiner Hund!« knurrte Heineman. »Hände weg von mir!«

»Je länger er draußen ist, desto länger tut's weh«, erklärte Lanier. »Ich glaube nicht, daß was gerissen ist. Herrgott, wie soll man bei null g einen Arm einrenken.«

»Hier, stütz dich mit dem Bein ab, während wir seinen Rumpf festhalten!« sagte Carrolson. Heineman krümmte sich mit rollenden Augen. Sein kurzes Haar stand in alle Richtungen ab. Lanier verspreizte den Fuß in einem der Haltegriffe und drückte mit dem andern auf Heinemans Brustkorb. Carrolson und Farley hielten den Ingenieur fest.

»Laßt mich los!« sagte Heineman matt; sein Gesicht war naß vor Tränen und Schweiß.

Lanier packte Arm und Unterarm und zog, spannte und drehte zugleich. Heineman schrie und verdrehte die Augen, bis nur noch das Weiße zu sehen war. Endlich kam ein sanftes Klicken wie von einer Billardkugel; das Gelenk war wieder am richtigen Platz. Sein Kopf rollte matt hin und her, und der Mund stand weit offen. Er hatte das Bewußtsein verloren.

»Das wird er uns nie verzeihn«, meinte Carrolson.

»Kalter Wickel um die Schulter«, befahl Lanier. Er drückte das Gesicht gegen die Scheibe des Seitenfensters. Die Maschine blockierte die Sicht nach vorne.

»Versuchen Sie nicht zu beschleunigen«, wiederholte die Stimme aus dem Funkgerät. »Aktivieren Sie nicht Ihren Antrieb. Sie werden nach Axis Nader gebracht.«

Farley half Heineman auf einen Platz. Er legte den Kopf zurück und sah Carrolson an. Sein Gesicht war kreidebleich. Carrolson zog mit zwei Fingern seine Lider auseinander, um das Auge zu sehen. »Schock«, stellte sie fest. Sie öffnete den Erste-Hilfe-Koffer und entnahm eine verpackte Fertigspritze und verabreichte ihm damit eine Injektion in den unverletzten Arm.

Lanier saß im Cockpit und versuchte, den Instrumenten sämtliche verfügbaren Informationen zu entlocken. Das V/STOL bewegte sich sehr schnell; soviel stand immerhin fest.

Olmy betrat die Defektüberwachung, wobei er dem inkorporierten Posten seinen Paß des Präsidenten vorzeigte. Es war ein hoher, ovaler Raum mit überdimensionalen Informationspiktographen. Diese waren auf zwei Neomorphe gerichtet, die Wachdienst hatten. Zu denen schwebte Olmy nun und wurde umringt von detaillierten Angaben über den zerstörten und abtreibenden Röhrengleiter und das Flugzeug, das sich nun in der Gewalt der Defektwartungsmaschine befand. »Dies ist eine geheime Operation auf ausdrücklichen Befehl des Präsidenten«, piktographierte Olmy dem Neomorphen, der die Aufsicht führte.

»Das kann ich nicht akzeptieren«, erwiderte der Neomorphe. »Dies ist ein schweres Vergehen und muß unverzüglich an den Gerichtshof überstellt werden. Es wird ihnen ein Anwalt zugeteilt.«

»Sie haben schon einen Anwalt! Dem direkten Befehl eines Repräsentanten des Präsidenten haben Sie Folge zu leisten«, entgegnete Olmy. Der Neomorphe – der die Form eines Eies und seitlich je einen Traktionsfeldgreifarm und am vorderen dicken Ende des Eies ein menschliches Gesicht hatte – hüllte sich in einen piktographierten weißen Kreis, der besagte, daß er sich erzwungenermaßen füge. Aber das reichte Olmy nicht.

»Aufgrund des Befehls des Präsidenten des Infiniten Hexamon Nexus und der Autorität des Präsidierenden Ministers sind Sie dieses Amtes enthoben«, sagte er. Der Neomorphe protestierte heftig durch gutturale

Laute und rotuntermalte Piktogramme beim Verlassen des Raums.

Olmy nahm seinen Platz ein und trat mit dem verbliebenen Neomorphen in Blickkontakt. »Dies wird die Gerichte nicht erreichen«, stellte er fest.

»Es wurde bereits übermittelt«, erklärte der zweite Neomorphe. Olmy telepiktographierte eine Nachricht in das Central City-Büro von Suli Ram Kikura. Ein stilisiertes persönliches Emblem erschien vor ihm. »Ser Ram Kikura ist derzeit nicht erreichbar. Hier ist einer ihrer Partiellen. Was wünschen Sie?«

»Es handelt sich um einen Notfall. Wir haben weitere Gäste. Sie haben das Gesetz des Hexamon verletzt; ihr Gerichtsverfahren ist auf Weisung des Präsidierenden Ministers unverzüglich auszusetzen.« Er piktographierte die kodierte Vollmacht.

»Verstanden«, erwiderte der Partielle. Dann schüttelte er in lebensechter Darstellung den Kopf. »Wirklich, Olmy, was Sie uns Ärger machen ...« Damit beendete der Partielle den Kontakt. Olmy setzte sich mit Axis Nader in Verbindung und bat den Frant darum, Patricia von ihrer Unterkunft in den Inspektionshangar zu bringen. Er befahl die Räumung sämtlicher zu benutzender Wege und Gänge. Obwohl das Verdruß und Mißtrauen zur Folge hätte, sah er keine Möglichkeit, diese Vorsichtsmaßnahme zu umgehen. »Und wir brauchen weitere Unterkünfte.« Der Frant ließ sich die kodierte Vollmacht zeigen und machte sich ans Werk.

Olmy widmete sich nun ganz der Defektwartungsmaschine und dem Flugzeug. »Sind sie unverletzt?« fragte er mit purpurrot unterlegter Dringlichkeit.

»Es ist ihnen nichts geschehen«, antwortete der Neomorphe, der verängstigt wirkte.

»Ist Ihnen klar, daß diese Operation streng geheim ist?« fragte er. Der Neomorphe bejahte grün angehaucht. »Gut. Dann bringen Sie Ihr Fahrzeug und die Illegalen in den Inspektionshangar.«

Olmy verließ die Station und den Raum und fand den schnellsten Schacht nach Axis Nader.

»Wie viele Personen befinden sich in Ihrem Flugzeug?« fragte die Stimme.

»Vier«, antwortete Lanier. »Darunter ein Verletzter.«

»Lauter inkorporierte Menschen?«

»Lauter Menschen. Was sind Sie?«

»Sie befinden sich in einem Bereich für illegale Fahrzeuge. Versuchen Sie nicht zu fliehen. Es ist ein abgeschlossener Bereich.«

Die Maschine zog die Greifer zurück und entfernte sich. Lanier sah, daß sie in einer breiten, leeren, hangarartigen Halle mit glatten, grau-schwarzen Wänden waren. Vor dem Cockpitfenster befanden sich silbrige Kabel. Das Flugzeug hing an Kabeln, die an einem silbrigen Torus unterhalb der Hangardecke befestigt waren. Drei große metallic-graue Automaten scharten sich um das Flugzeug und beförderten es weiter. Sie bewegten sich auf vier mechanisch komplizierten Gliederbeinen; der wuchtige Körper zerfiel in zwei Halbkugeln, die durch ein flexibles Band verbunden waren.

Von menschlichem Leben fehlte im Hangar jede Spur. An zwei Stellen taten sich in der Wand elliptische Tore auf, die an die vier Meter breit waren; wer sie dort erwartete, war allerdings nicht zu erkennen.

»Möchten Sie die Person sprechen, die Ihre Identität erkannt hat?« fragte die Stimme freundlich und melodiös wie immer.

»Wer ist es? Ich meine, wer hat uns erkannt?«

Die nächste Stimme war allen bekannt. »Garry, hier ist Patricia. Ihr seid zu viert? Wer alles?«

»Das ist sie – wir haben sie gefunden«, sagte Lanier. »Oder sie uns.«

»Ich habe damit gerechnet, daß sie mich suchen würden. Sie sind meine Freunde.« Patricia beugte sich vor, um die piktographierten Bilder besser zu sehen. Sie hatte Lanier im Cockpit erkannt. »Die werden ganz schön Bammel haben.« Sie verfolgte, wie die schwarze Defektpatrouille in ihrer Nische über und hinter dem Flugzeug verschwand.

»Sie bekommen womöglich gewaltigen Ärger mit den Behörden«, sagte Olmy. »Ich versuche gerade, daß das Verfahren gegen sie eingestellt wird, aber kann für nichts garantieren.«

»Sie befinden sich auf der Suche nach mir«, sagte sie. »Das kann man ihnen nicht verübeln.«

»Sie haben den Axialdefekt befahren, was strikt verboten ist.«

»Schon, aber woher sollten sie das wissen?«

Olmy antwortete darauf nicht. »Ich weiß, wer sie sind«, stellte er fest. »Lanier, der Chef, die Wissenschaftlerin Carrolson, die kaukasische Chinesin Farley und der Ingenieur Heineman.«

»Du kennst sie? Du hast uns alle beobachtet, nicht wahr?«

Die Automaten bugsierten das Flugzeug durch ein erweitertes Tor in einen Nebenraum. Die Irisblende schloß sich hinter dem Flugzeug, und im Hangar ging das Licht aus.

Patricia verließ den Raum, nahm Olmys dargebotene Hand und ließ sich zur Schleuse des Inspektionshangars führen.

Suli Ram Kikura betrat den Raum. Sie hatte Patricia noch nicht persönlich kennengelernt, sich aber mit ihrem Fall vertraut gemacht. Die Anwältin piktographierte kurz mit Olmy. Patricia wurde aufgrund ihrer Position nicht von den visuellen Symbolen getroffen, wobei sie vermutlich sowieso nicht viel verstanden hätte, erfaßte allerdings, worum es dieser Frau ging. Sie war inkorporierte Anwältin und übermittelte die von Olmy getätigte Amtsenthebung dem Untersuchungsrichter.

Die V/STOL-Luke tat sich auf; ein Automat ließ sich auf den gegliederten Beinen nieder und prüfte mit ausgefahrenen Sensoren die aussteigenden Passagiere.

*Geschichte,* überlegte Patricia. *Hier sind wir alle Geschichte.*

Lanier kam als erster. Patricia hätte ihm am liebsten zugewinkt; statt dessen stellte sie sich auf die Zehenspitzen und nickte lediglich. Er erwiderte das Nicken und kam die Stufen herunter. Als nächstes erschien Farley. Carrolson wartete in der Tür. Lanier deutete zur Kabine und rief: »Wir haben einen Verletzten an Bord. Er braucht vielleicht ärztliche Hilfe.«

Olmy und die Frau besprachen sich wieder, woraufhin die Frau ihren silbrigen Halsring berührte. Dabei blickte sie zu Patricia und lächelte. Ihr Piktor projizierte eine amerikanische Flagge über der linken Schulter; sie hatte amerikanische Vorfahren und war stolz darauf.

»Was sollen wir tun?« fragte Carrolson. »Ihn da lassen?«

»Sag deinen Freunden, ein medizinischer Werker ist unterwegs«, erklärte Olmy leise.

»Alles klar. Hilfe ist unterwegs«, sagte Patricia. Lanier wollte zu ihr gehen, wurde aber von einem mechanischen Werker daran gehindert.

»Laß ihn vorbei!« bat Patricia. »Olmy, was kann schon passieren?«

»Sie stehen unter Quarantäne«, sagte Olmy und deutete auf die rote Linie, die das V/STOL in Brusthöhe umgab.

Patricia wandte sich an Lanier und hob die Hand. »Es wird euch nichts geschehen. Es ist alles in Ordnung. Habt noch einen Moment Geduld.«

»Schön, dich zu sehen«, erwiderte Lanier, der die flitzenden Werker nicht aus den Augen ließ. »Wir haben nicht geahnt, daß wir dich tatsächlich finden würden.«

Patricia hatte einen Kloß im Hals. An Olmy gerichtet,

erklärte sie: »Wir müssen zusammenbleiben. Wir müssen einander helfen.«

Olmy lächelte, was allerdings keine Zustimmung bedeutete; er piktographierte wieder mit der Frau, die wiederum ihr Halsband berührte.

»Es wird gerade entschieden«, sagte er.

»Ob sie wie Kriminelle oder Gäste zu empfangen sind?« meinte Patricia.

»Oh, sie werden als Gäste empfangen«, sagte die Frau in perfektem Englisch.

»Sie werden gleich untersucht«, sagte Olmy. »Du solltest sie vielleicht aufklären.«

»Garry«, sagte Patricia, »sie interessieren sich mächtig für unsere Haut. Einer der Werker – das sind die Automaten – wird einige Hautschuppen abschaben. Das tut nicht weh. Und den Fäkalientank, den wollen sie auch.«

»Hier kommt das ärztliche Team«, erklärte Olmy. Er müßte im nachhinein alle Beteiligten ausfindig machen und zur Geheimhaltung verpflichten. Zwei Inkorporierte und ein kleinerer Werker betraten den Raum und näherten sich der roten Linie, die sie passierten. Dabei erschien ein roter Winkel auf ihrer Schulter zum Zeichen, daß sie nun ebenfalls unter Quarantäne standen.

Lanier, Carrolson und Farley ließen den medizinischen Werker gewähren, der den Ärmel ihres Overalls zurückrollte und Proben nahm. Daraufhin zog sich der Werker zurück und berührte dabei die rote Linie; augenblicklich umgab ihn ein hübscher lila Lichtschein; als das Lila verblaßte, passierte der Werker die Linie und blieb stehen.

Die Mediziner – zwei Homomorphe – betraten das Flugzeug. Wenige Minuten später erschien Heineman, der aus eigener Kraft zwischen den beiden ging. Der erste Homomorphe piktographierte Olmy eine Meldung.

»Er hatte Schmerzen, ist aber nicht ernsthaft verletzt«, übersetzte Olmy für Patricia. »Sie haben ihm den Schmerz genommen, aber noch keine Heiler gegeben.«

»Jungfräuliches Exemplar wie ich, richtig?« meinte Patricia. Olmy gab ihr recht und ging mit ihr zur Linie.

Sie löste sich beim Näherkommen auf. »Quarantäne aufgehoben«, stellte der führende homomorphe Mediziner fest. Er piktographierte Patricia ein paar simple Dinge zu, wofür sie sich höflich bedankte. Dann stürmte sie los und fiel Lanier, Carrolson und Farley um den Hals. Heineman umarmte sie etwas behutsamer.

»Nur nicht so zimperlich bei mir«, sagte er. »Mir fehlt nichts. Wo, zum Teufel, sind wir hier?«

»Ich empfange gerade das Urteil«, sagte die Anwältin, die nach wie vor die amerikanische Flagge über der Schulter hißte. Mit ausgestreckten Händen näherte sie sich der Gruppe.

»Sie hat ein Implantat wie alle hier«, erklärte Patricia für Lanier und tippte sich an den Kopf. »Sie hört gerade die Gerichtsentscheidung.«

»Der Fall wird aus dem Register gestrichen, auf eine Anklage wird verzichtet«, verkündete die Frau. »Ihr seid alle Gäste von Axis Nader.« Mit einem bedeutungsvollen Blick auf Olmy fügte Ram Kikura hinzu: »Auf Weisung des Präsidierenden Ministers.«

## 43. Kapitel

Vielgorski stand vor dem Eingang zur Bibliothek der dritten Kammer. Auf der anderen Seite des Platzes näherten sich im fast schattenlosen Röhrenlicht Belozerski und Jazikow mit Vorsicht. Es folgten ihnen zwei SST-Gruppen mit schußbereiten Gewehren.

Mirski und Pogodin beobachteten das von der aufgegebenen NATO-Wache aus, einem kleinen Raum mit Videomonitor in der Außenwand. Mirski spielte mit den Knöpfen der Beschallungsanlage.

Pogodin sah ihn an. »Wir gehn ein Risiko ein«, sagte er.

»Ich weiß.«

Pogodin wandte sich wieder dem Bildschirm zu. Mirski richtete das amerikanische Abhörsystem auf sie und drehte die Lautstärke hoch.

»Mehr Soldaten brauchen wir nicht«, sagte Vielgorski. »Ich habe Mirski und Pogodin bereits in die vierte Kammer verlegt, wo sie unter Arrest stehen.«

»Er scheint mitzumachen«, kommentierte Pogodin leise.

Mirski nickte. Es war tatsächlich riskant; er hatte in den letzten Tagen eingesehen, daß er auf Vielgorski nicht verzichten konnte; selber hatte er weder die Erfahrung noch die Lust, sich mit politischen Intrigen herumzuschlagen; Vielgorski war der beste der politischen Offiziere. Wenn er und Mirski nicht zusammenarbeiten konnten, dann war überhaupt keine Zusammenarbeit möglich. Mirski bezweifelte, daß er sie allesamt umbringen könnte, was die Alternative wäre. Da wäre es schon besser, zu den Amis überzulaufen oder sich in den Städten zu verkriechen und auf sich selbst gestellt zu sein.

»Ich glaube, es wird Zeit, daß ihr seht, wofür wir gekämpft haben, und damit umzugehen lernt«, erklärte Vielgorski.

»Ich habe keine Lust, es wie Mirski zu machen«, erwiderte Belozerski. »Mir ist dieses Haus schnuppe.«

»Genosse«, sagte Vielgorski geduldig, »Wissen ist Macht. Wollt ihr unwissender als der Rest sein? Ich bin drin gewesen und bin nach wie vor Vielgorski, nach wie vor Parteisekretär.«

»Ja ...«, meinte Jazikow. »Ich fürchte mich nicht.«

»Ich auch nicht«, beeilte sich Belozerksi zu sagen, »aber ...«

»Also gehen wir hinein und sehen wir uns mal an, was Mirski da die ganze Zeit getrieben hat.«

Mirski richtete die Videokameras auf sie, bis sie aus dem Blickfeld verschwanden. Es stand noch etwas auf dem Spiel. War es möglich, den Charakter des eigenen Vaterlands falsch einzuschätzen? Ja; es fehlte die Grundlage für einen Vergleich, und mochte er auch davon überzeugt sein, so entbehrte seine Überzeugung ohne Vergleichsmöglichkeit jeder Grundlage. Trotz des Wissens aus der Bibliothek mußte er ein Experiment durchführen.

So unfair die Prüfung auch sein mochte, er wollte sein Land und alles, wofür es stand, an Vielgorskis Verhalten messen.

»Er wird ihnen die Waffen abnehmen«, sagte Mirski. »Sie dürfen nicht bewaffnet sein, wenn ich erscheine.«

»Und du gehst jetzt hinunter zu ihnen?« fragte Pogodin.

»Ja.«

»Traust du Vielgorski?«

»Ich weiß nicht. Es ist schon riskant.«

»Nicht nur für dich«, wandte Pogodin ein. »Wir haben mit dir zusammengearbeitet – Pletnew, die Wissenschaftler, ich, Annenkowski, Garabedian.«

Mirski eilte zur Treppe. Er bekam eine Gänsehaut beim Hinuntergehen. Jetzt hatte er mehr Angst als beim Absprung vom Schwertransporter ins Bohrloch. Er fühlte sich wie ein Kind, was ihm komisch vorkam. Und er war müde. Müde, wie er es beim Amerikaner Lanier beobachtet hatte.

Tür auf.

Hinein in die Bibliothek. Nur die drei *Zampoliten* waren hereingekommen: Vielgorski richtete eine Pistole auf Belozerski, während Jazikow danebenstand und den Amtskollegen empört anstarrte. Ihre Gewehre lagen außer Reichweite auf dem Boden, waren mit dem Fuß weggestoßen worden.

»Kommen Sie her, Genosse General!« sagte Vielgorski. Er ging ein paar Schritte vor, wobei er nach wie vor mit der Pistole zielte, und bückte sich nach einem AKV. Belozerski funkelte Mirski mit irrsinnigem Haß an. Jazikows Miene war beherrscht und ohne Ausdruck. Mirski ging auf sie zu.

Als er bis auf fünf Meter herangekommen war, schwenkte Vielgorski die Pistole von Belozerski und zielte mit einem Seufzer auf Mirski. »Ich danke dir nicht, Genosse«, sagte er und drückte ab.

Mirskis Gesichtsfeld wurde verzerrt, als würde man die Zerrlinse eines Kinoprojektors plötzlich verstellen. Eine Kopfhälfte schien sehr groß zu sein. Er fiel auf die Knie und kippte nach vorne, fiel um und schlug mit der Backe fest auf dem federnden Boden auf, was mehr wehtat als das, was mit seinem Kopf passiert war. Sein heiles Auge blinzelte.

Vielgorski senkte die Pistole, reichte sie Belozerski, ging zu den umherliegenden Gewehren, hob eines auf, zielte auf die Bestuhlung und ballerte drauflos. Chromkugeln flogen durch die Gegend und Querschläger, wobei der Lärm trotz des Echos in der großen Halle wie von Ferne klang.

Belozerskis entzückter Jubelschrei fand ein jähes Ende, als ein gewaltiges, unbeschreibliches Geräusch ertönte. Die drei politischen Offiziere zuckten zusammen; Vielgorski ließ die Waffe fallen und warf den Kopf zurück. Jazikow hielt sich bald die Ohren, bald den Mund zu. Alle drei brachen sie zusammen. Weiße Schwaden strömten aus Düsen an der Decke und bildeten einen dichten Nebel.

Der Nebel senkte sich auf sie herab, und Mirski schloß das eine Auge und war froh, endlich ungestört schlafen zu können.

## 44. Kapitel

Lanier, der sich schlafend stellte auf der Liege und an die cremefarbene Decke starrte, wußte nur so viel:

Sie waren untergebracht im äußeren Bereich des rotierenden zylindrischen Axis Nader: fünf Apartments in einer Etage mit Schlaf-, Wohn- und Badezimmer; ein gemeinsamer Essensbereich und ein großer, kreisrunder Aufenthaltsraum am Ende des Flurs. Die Zentrifugalkraft war in diesem Bereich nur geringfügig kleiner als auf den Kammerböden des Steins. Alle Räume waren verschlossen und fensterlos, obgleich künstliche Fenster mit irdischen Szenen davor die Illusion von räumlicher Ausdehnung vermittelten.

Man hatte keine Mühe gescheut, um sie in vertrauter Umgebung angenehm unterzubringen. Was Lanier aus diesem Aufwand folgerte, war, daß sie bedeutende Leute waren. Ob sie allerdings Gefangene oder geschätzte Gäste waren, ließ sich jetzt noch nicht sagen.

Er drehte den Kopf zur Seite, griff zum Stapel von Magazinen auf dem Couchtisch, ergriff einen STERN und blätterte lustlos in dem Blatt. Immer wieder musterte er das Apartment, studierte feine Details: die kunstvolle Glasvase in einer Ecke des Sekretärs, rot und purpur und mit Golddraht belegt; den dicken Sofabezug mit afrikanischen Motiven; die Bücher im Regal und die Memoblöcke in einem Ebenholzgestell.

Er wollte das Magazin schon wieder auf den gläsernen Couchtisch legen, als ihm auffiel, daß er sich noch nicht das Erscheinungsdatum angesehen hatte. 4. März 2004. Über ein Jahr alt. Wo haben sie diese Ausgabe aufgetrieben?

Wo die übrige Wohnungsausstattung?

»Darf ich reinkommen?« fragte Patricia. Die Wohnungstür wurde transparent, und er sah sie im Gang stehen. Ihrer Haltung nach zu urteilen, konnte sie ihn nicht sehen.

»Ja«, sagte er, »gern.«

Sie blieb draußen stehen. »Garry, bist du da?«

Er überlegte verdutzt; sie hatte ihn nicht gehört. Symbole erschienen seitlich von der Tür in der Luft, die – kleine Wunder der Schönschreibkunst – rasch abliefen. »Pikts«, hatte Patricia sie genannt, Aussagen, die aus einzelnen Symbolen, sogenannten »Ikonen« gebildet wurden. Als nichts geschah, ging er zur Tür. Die geschlechtsunspezifische, melodiöse Raumstimme sagte: »Sie haben Besuch, Mr. Lanier. Wollen Sie Patricia Luisa Vasquez hereinlassen?«

»Ja, bitte«, antwortete er. Die Tür wurde wieder undurchsichtig und schob sich zur Seite.

»Hallo«, sagte sie. »Wir treffen uns in einer halben Stunde, treffen uns mit der Frau vom Hangar. Olmy sagt, sie ist unser Anwalt. Ich wollte mich zuvor mit dir unterhalten.«

»Gute Idee«, sagte er. »Setzen wir uns!«

Er ließ sich in einem bequemen Ledersessel nieder, während Patricia auf der Couch Platz nahm. Sie faltete die Hände im Schoß und sah ihn lange an, wobei sie die Lippen spitzte, als unterdrückte sie ein Lächeln.

»Was, zum Teufel, ist mit dir passiert?« fragte Lanier.

»Ist das nicht klar? Ich wurde gekidnappt. Ich bekam etwas von einer Invasion mit und so. War nicht mehr ganz bei Trost. Fuhr mit dem Zug in die dritte Kammer, wo mir Olmy begegnete. Er hatte einen Frant bei sich, einen Nichtmenschen.«

»Wer ist Olmy?«

»Du kennst ihn – er hat uns hergebracht und die Unterkünfte stilgerecht ausstatten lassen.«

»Ja, ich kenne ihn, aber *wer* ist er? Was hat er für 'ne Stellung, Funktion?«

»Er ist irgendein Agent. Er arbeitet für den Nexus – das höchste Regierungsorgan des Hexamon. Er ist seit einigen Tagen, seit wir hier sind, mein Lehrer. Gab's auf dem Stein eine Invasion?«

»Ja«, sagte Lanier. »Von russischer Seite.« Und er erzählte ihr, was sich zugetragen hatte.

»Ich glaube, das ist ein Grund, warum mich Olmy aus den Kammern entfernt hat«, erklärte sie. »Er wollte mich außer Gefahr bringen. Ich bin mir noch nicht sicher, warum er ausgerechnet mich ausgesucht hat ...« Sie zuckte die Achseln. »Ich kann's mir an sich denken. Sie haben Tests mit mir gemacht. Ihr werdet auch untersucht. Diagnostisch, psychologisch, einfach alles – und das in wenigen Minuten. Tut nicht weh. Sie interessieren sich sehr für unseren Körper. Wir sind eine historische Kuriosität.«

»Kann ich mir vorstellen. Jedenfalls drehte ich selber fast durch, als ich von deiner Entführung hörte. Übrigens konnte sich Judith Hoffman von Station sechzehn zum Stein durchschlagen.«

»Wunderbar!« sagte Patricia erfreut. »Sonst noch jemand?«

»Niemand, den wir kennen.«

Ihre Freude legte sich wieder.

»Offenbar kam sie zur Einsicht, daß ich's nicht mehr lange schaffe. Du warst ihr letzter Strohhalm, denke ich.«

»Ich?«

»Hoffman trug mir auf, mich um dich zu kümmern. Ich konnte nicht verhindern, was auf der Erde passierte, und verlor obendrein auch noch dich. Ich versage nicht gern, Patricia.« Er rieb sich die Augen. »Versagen. Ich glaube, man kann von Versagen sprechen, wenn man die ganze Erde verliert.«

Patricia klemmte die Hände zwischen die Knie. »Sie ist nicht verloren«, flüsterte sie.

»Dann gingen wir mit Hoffmans Erlaubnis auf Suchexpedition, um dich zu finden.«

»Es ist schön, daß ihr hier seid, meine Freunde und Helfer.«

»Sind wir denn wirklich Gäste hier?« fragte er nach.

»O ja. Man hat euch nicht erwartet. Aber als Olmy davon erfuhr, wußte er sofort, daß es sich um den Röhrengleiter handeln müsse. Er wurde unverzüglich konsultiert, weil er erst kürzlich im Korridor war.«

»Wissen sie vom Stein – was da vor sich geht?«

»Anzunehmen. Olmy wird ihnen Bericht erstattet haben.«

»Und was haben sie mit uns vor? Ich meine, ich gehe davon aus, daß sie nach wie vor am Stein interessiert sind ...«

»Das weiß ich nicht so recht. Manche durchaus. Es ist verwirrend, und ich bekomme erst seit einigen Tagen Unterricht. Sehr politisch, das Ganze, wie Olmy meint.«

»Sie sind sehr hoch entwickelt, nicht wahr?«

»O ja«, erwiderte Patricia. »Aber vieles ist für uns durchaus noch begreifbar. Unsere Räume hier unterscheiden sich beispielsweise kaum von jener Wohnung in der dritten Kammer, die Takahashi mir gezeigt hat.«

Lanier hatte nichts von Takahashis Verrat erwähnt und hielt es nicht für notwendig, das jetzt nachzuholen.

»Die komplette Ausstattung ist Illusion«, erklärte Patricia. »Da ist ein Piktor, eine Art Projektor, in jedem Raum. Er täuscht uns vor, was wir sehen und fühlen. Die Möbel sind in der Grundform vorhanden, aber alles andere ist projiziert. Diese Technik verwenden sie schon seit langer Zeit, seit Jahrhunderten. Sie haben sich daran gewöhnt wie wir an den elektrischen Strom.«

Lanier ergriff den STERN und blätterte darin und zog dann darunter ein TIME aus dem Stapel. »Die Magazine, die Vase sind nur irgendwo gespeicherte Aufzeichnungen, die projiziert werden?«

»So wird's sein.«

»Und wir werden jetzt beobachtet?«

»Nein. Ich habe mir sagen lassen, daß dem nicht so ist. Die Privatsphäre wird hier sehr geachtet.«

»Du hast gesagt, du kannst dir denken, warum sie dich gewählt haben.«

»Nun, das ist nur geraten. Olmy hatte vielleicht Bedenken, daß ich eine Möglichkeit fände, die Maschinerie in der sechsten Kammer zu verändern.«

»Aber wollte er dich nicht in Sicherheit bringen?«

»Außer Gefahr!« Sie stand auf und deutete mit einem Kopfnicken aufs Dekor. »Gefällt dir das hier?«

»Sie haben ganze Arbeit geleistet.« Er zuckte die Achseln. »Und es ist bequem.«

»Sie verstehen sich darauf, die Dekoration auf den Bewohner abzustimmen. Meine Zimmer sind auch bequem. Aber nicht unbedingt gemütlich ... wie daheim.« Die Verzweiflung hinter ihrer Unbeschwertheit wurde für einen Moment offenbar in ihren harten, starren Augen. »Ich verkrafte nicht alles so gut. Zum Teil bin ich ganz schön durcheinander.«

»Das ist ... nicht ungewöhnlich«, meinte Lanier.

»Sie werden mir helfen«, sagte sie. »Sie werden mir helfen heimzufinden. Das können sie nämlich. Sie wissen's nur noch nicht. Aber sie werden mir helfen. Soviel weiß ich inzwischen. Der Korridor ist eine verzwickte Sache.« Sie verhakte ihre Finger und verdrehte die Arme. »Komm, gehn wir zu den andern!«

Olmy stand neben Suli Ram Kikura in der Mitte des kreisrunden Aufenthaltsraums. Er stellte ihr die fünf ausführlich vor und teilte ihr mit, welche Funktionen sie auf der Thistledown erfüllt hatten. Lanier staunte, wie gut Olmy im Bild war; offenbar führte er über sie alle Buch.

»Und das ist Suli Ram Kikura, euer Anwalt. Eure Ankunft per Röhrengleiter war extrem illegal, so daß sie für euch tätig werden mußte. Sie hat erreicht, daß das Verfahren aufgrund der Umstände eingestellt wird.«

»Und auf Weisung des Präsidierenden Ministers«, fügte sie hinzu. »Als Anwalt meiner Position hätte ich es alleine nicht geschafft.«

»Sie unterschätzt sich gern«, erklärte Olmy.

»Nachdem wir uns nun kennengelernt haben, sollten wir für Klarheit sorgen«, begann Ram Kikura. Olmy setzte sich und verschränkte die Arme. »Zuerst möchte ich erwähnen, daß die meisten Bürger und Klienten von Axis City und von den Kommunen entlang des Weges mittels Piktographie kommunizieren.« Damit berührte sie ihren Halsring und blickte zu Heineman. Lichtblitze tanzten vor seinen Augen herum. »Ich trage einen persönlichen Piktor. Ihr werdet in wenigen Tagen einen eigenen Piktor erhalten. Es ist zwar nicht unbedingt erforderlich, daß ihr die Graphiksprache erlernt, wäre aber sehr hilfreich. Der Unterricht sollte nicht länger als ein paar Tage in Anspruch nehmen. Miss Vasquez – Patricia – hat sich bereits brauchbare piktographische Kenntnisse erworben.«

»Danke«, sagte Patricia.

»Ich spreche amerikanisches Englisch, und das seit Jahren, weil ich stolz auf mein amerikanisches Erbe bin. Als ihr mich gesehen habt, ist euch vielleicht die amerikanische Flagge über meiner linken Schulter aufgefallen. Das wird häufig praktiziert von Ameriphilen; es symbolisiert unseren Stolz. Nach dem Tod galt es als Schande, von amerikanischer oder russischer Abstammung zu sein. Wer sich zu seiner Herkunft bekannte, wurde verfolgt, wobei den Amerikanern noch stärker zugesetzt wurde als den Russen. Als Südamerikaner und Mexikaner große Teile von Nordamerika wiederbevölkerten, wurden alle mit amerikanischer Staatsbürgerschaft verhaftet. Die Naderiten von damals versuchten, eine vereinigte Weltregierung aufzustellen, und gegen die ehemaligen Supermächte bestanden starke Ressentiments.«

»Und das hat sich geändert?« fragte Heineman.

Ram Kikura nickte. »Den Amerikanern verdanken wir unser kulturelles Erbe, die Grundlagen unsres Rechts und unsrer Regierungsform. Wir stehen zu Amerika wie ihr zu den Römern oder Griechen. Bürger mit amerikanischer Abstammung sind geradezu stolz darauf. Falls eure Anwesenheit allgemein bekannt wird ...«

Lanier ballte ärgerlich die Hand zur Faust; der ungewisse Status mißfiel ihm.

»... dann muß ich, fürchte ich, umsatteln auf Künstleragentur ...« Ihr Lächeln wirkte echt und zutraulich. Lanier lockerte die geballte Faust.

Farley schüttelte den Kopf. »Ich bin Chinesin und scheide damit wohl aus?«

Ram Kikura lächelte. »Ganz und gar nicht. Diejenigen mit chinesischer Abstammung machen wenigstens ein Drittel des Hexamon aus – weit mehr als die Amerikastämmigen.

Was euren Status betrifft, so wird eure Anwesenheit vorerst geheimgehalten. Bis sich daran etwas ändert, werdet ihr keine weiteren Kontakte zu Bürgern des Hexamon haben. Dennoch genießt ihr alle Rechte, die einem Gast des Hexamon zustehen. Nicht einmal der Präsident persönlich könnte euch diese Rechte aberkennen. So habt ihr beispielsweise das Recht auf einen Anwalt, der eure Interessen vertritt und euch mit Rat und Tat zur Seite steht. Sollte jemand Einwände gegen meine Person als Anwalt haben, so melde er sich. In dem Fall bekommt ihr einen andern Anwalt.« Sie blickte sich in der Runde um. Einwände gab es keine; damit hatte sie auch nicht gerechnet.

»Des weitern zählt ihr zum Klienten der nicht Vorbelasteten. Das heißt, ihr könnt dem Hexamon Dienste erweisen, und euch damit Vorteile – quasi Bezahlung – verschaffen. Als nicht Vorbelastete werdet ihr, falls einverstanden, untersucht. Das dabei gewonnene Wissen wird für euch in bestimmten Datenbanken des Hexamon investiert. Es wird außerdem dem Nexus und anderen Behörden des Hexamon zur Verfügung stehen, auch ohne eure Zustimmung.«

»Ich habe Fragen«, erklärte Lanier.

»Aber gern.«

»Was ist Hexamon ... Und Nexus?«

»Der Hexamon ist die Gesamtheit aller menschlichen Bürger. In andern Worten: der Staat. Der Nexus ist die höchste gesetzgebende Körperschaft dieser Stadt und des Wegs von der Thistledown und den verbotenen Gebieten bis zwei x neun. Das heißt, bis zur zwei-Milliarden-Kilometer-Marke des Wegs.«

»Ihr stammt alle ab von den Steinlern – den Bewohnern der Thistledown?« wollte Carrolson wissen.

»Ja«, antwortete Ram Kikura.

»Entschuldigung«, sagte Heineman. »Wie viele Leute leben hier? Wie groß ist diese Axis City?«

Ram Kikura lächelte und piktographierte zu den blanken Wänden. Es gab hier nirgendwo Datensäulen, deren Funktion anscheinend in den unauffälligen Raumpiktor integriert war.

Ein sehr massiv wirkendes Modell der Axis City erschien neben ihr und rotierte langsam. Heineman beugte sich auf seinem Platz vor und legte konzentriert die Stirn in Falten.

»Einhundert Millionen Menschen bevölkern die Stadt und den Weg. Zehn Millionen leben außerhalb der Stadt entlang des Weges, wo sie hauptsächlich Handel treiben und die fünfhunderteinundsiebzig Schächte regeln. Neunzig Millionen leben in der Axis City. Davon befinden sich siebzig Millionen im Stadtgedächtnis City Memory. Die meisten davon haben die gesetzlich zugelassenen zwei Inkarnationen gelebt und ihren Körper abgegeben, um als Persönlichkeitsmodell in die City Memory einzugehen. Unter bestimmten Umständen können sie einen neuen Körper erlangen, aber meist leben sie zufrieden im Gedächtnis. Etwa fünf Millionen abweichende Persönlichkeiten – unvollständige oder dermaßen gestörte, daß sie selbst mit größtem Therapieaufwand nicht wiederherstellbar sind – sind inaktiviert.«

»Und sterben tut keiner?« fragte Carrolson.

»Der Tod und das Sterben bezeichnen hier für gewöhnlich den Verlust des inkorporierten Zustands, nicht des mentalen Status. In einem Wort: nein oder sehr selten«, erläuterte Ram Kikura. »Jeder von uns ist mit einem Implantat ausgestattet.« Sie berührte sich hinter dem Ohr und ließ den Finger zum Nasenrücken wandern. »Es ergänzt unser Gehirn und bewahrt im Falle eines Unglücks neueste Erfahrungen und Persönlichkeitszüge in seinem Speicher auf. Das Implantat ist so gut wie nicht zerstörbar und wird stets als erstes beim Unfallopfer sichergestellt. Alle paar Tage bringen wir unsren Speicher in der City Memory mittels dieser Aufzeichnungen auf den neuesten Stand. Auf diese Weise ist eine Persönlichkeit rasch duplizierbar. Wir brauchen lediglich die jüngsten Daten nachzureichen und einen neuen Körper in Besitz zu nehmen, woraufhin das Duplikat nicht mehr von der Vorlage zu unterscheiden ist.«

Sie sah sich um, ob weitere Fragen zu beantworten seien; aber da waren keine mehr. Allmählich wurden die Zusammenhänge klar.

»Ich benutze Olmy als Beispiel«, sagte Ram Kikura. »Falls er gestattet.«

Olmy nickte.

»Er ist gewissermaßen eine Rarität aufgrund seines Alters und Werdegangs. Sein Originalkörper wurde vor fünf Jahrhunderten geboren. Sein erster Tod war ein Unfall; allerdings war es kein Totalschaden, so daß er wiederhergestellt wurde. Da er als wichtig für den Hexamon betrachtet wurde und in gefährliche Aufträge verwickelt war, wurde ihm anstatt der üblichen zwei eine dritte Inkarnation zuerkannt. Sein jetziger Körper ist auf Spezialarbeiten abgestimmt; es ist ein gängiger Typ mit kompletter Selbstversorgung. Sein Ausscheidungssystem ist ebenfalls geschlossen. In seinem Unterbauch befindet sich eine kleine Energiequelle; alle

Ausscheidungen werden intern wiederaufbereitet. Nur ein Mal jährlich sind die Energiequelle und bestimmte Grundstoffe zu ersetzen. Wasser benötigt er alle drei Monate.«

»Ist das noch ein Mensch?« fragte Carrolson, an Olmy gerichtet.

»Ich bin ein Mensch«, antwortete Olmy. »Vielleicht interessiert auch meine Sexualität?«

»Was ... Ja, wenn ich ehrlich bin«, gab Carrolson zu. Heineman kniff ein Auge zusammen und zog die andere Braue hoch.

»Ich bin völlig männlich durch Geburt und Wahl, und meine Sexualfunktionen sind intakt.«

»Stimmt«, meinte Ram Kikura. »Aber die angeborene sexuelle Orientierung ist nicht einmal bei den natürlich Geborenen unbedingt von Dauer.«

»Das heißt, Mann bleibt nicht Mann?« fragte Farley.

»Oder Frau. Oder Mann oder Frau. Viele Neomorphe haben heute keine bestimmte sexuelle Orientierung.«

»Es ist die Rede von natürlich Geborenen«, sagte Heineman. »Habt ihr Retortenbabies und dergleichen?«

»Auch wenn ich euch schockiere, was sich wohl nicht vermeiden läßt: die meisten werden heutzutage nicht von Mann und Frau gezeugt. Ihre Persönlichkeit wird von einem oder mehreren Elternteilen geschaffen durch das Verschmelzen von Teilpersönlichkeiten aus City Memory unter Einbringung des sogenannten Mysteriums von wenigstens einem Individuum, einem Elternteil für gewöhnlich. Die junge Persönlichkeit wird in City Memory erzogen und herangebildet und geprüft; falls sie die Prüfung besteht, wird sie erwachsen, das heißt, erwirbt sie ihre erste Inkarnation meist in Gestalt eines jungen Erwachsenen. Der Körper, den die Persönlichkeit bewohnt, kann von den Eltern oder vom Betroffenen selbst gestaltet werden. Wenn der inkorporierte Bürger mit der Zeit seine beiden Inkarnationen aufgebraucht hat, zieht er sich ins Stadtgedächtnis zurück.«

Carrolson wollte schon etwas sagen, überlegte es sich anders, sprach es dann aber doch aus. »Sind die Leute ohne Körper, die in den Computern, sind das Menschen, lebende Menschen?« fragte sie.

»Davon ist sie überzeugt«, erwiderte Ram Kikura. »Sie haben bestimmte Rechte und Pflichten. Allerdings ist ihr politisches Mitbestimmungsrecht notgedrungen kleiner als das von Inkorporierten. Aber wenn ich jetzt zum eigentlichen Thema zurückkehren darf ...« Sie deutete auf das rotierende Bildnis der Stadt.

»Dort werdet ihr wohnen. Vorerst könnt ihr nicht auf die Thistledown zurück. Ihr bleibt in diesem Teil, genannt Axis Nader, wo ihr ziemlich vertraute Bedingungen vorfindet, was die Formen, die Kultur und die Leute angeht. Obwohl ihr zunächst keinen Kontakt haben werdet, wohnen dort orthodoxe Naderiten.«

»Patricia hat Olmy gesagt, daß der eine oder andere von euch unsre Geschichte im Abriß kennt. Dann werdet ihr verstehen, daß orthodoxe Naderiten typischerweise Zustände bevorzugen, die der Erde möglichst treffend nachempfunden sind. Es gibt zwei weitere rotierende Abschnitte – Axis Thoreau und Axis Euclid – hinter der Central City gelegen. Axis Thoreau wird ebenfalls von Naderiten bewohnt, allerdings einem liberaleren Zweig.«

»Eine Frage«, sagte Lanier. »Wann können wir zu unsern Leuten zurückkehren?«

»Weiß ich nicht. Diese Entscheidung liegt nicht in unsrer Hand.«

»Können wir ihnen eine Nachricht zukommen lassen?«

»Nein«, sagte Olmy. »Eure Leute sind praktisch Einbrecher.«

»Handelt es sich nicht um eine außergewöhnliche Situation?« fragte Lanier, »nachdem die Thistledown zur Erde zurückgekehrt ist ...«

Olmy wirkte betroffen. »Außergewöhnlich und höchst verzwickt.«

Patricia tippte Lanier auf die Hand und schüttelte leicht den Kopf: genug für jetzt.

»Sobald ihr gegessen habt, habt ihr genügend Zeit, Erfahrungen auszutauschen und euch mit der Bedienung der Apartments vertraut zu machen. Dann könnt ihr ausruhen. Morgen früh werdet ihr geweckt. Bitte findet euch dann in diesem Raum hier ein.«

Im Flur ging Patricia dicht bei Lanier. »Wir sind Pfänder«, sagte sie leise. »Wir haben Alarm ausgelöst.« Sie hielt den Finger vor den Mund und bog in ihre Tür.

## 45. Kapitel

Wu und Chang spazierten Arm in Arm von der U-Bahnstation zum Bibliotheksplatz, wobei sie wenig sprachen und ihr Zusammensein offenbar genossen. Vor Stunden hatten sie beschlossen, in die Bibliothek zu gehen und die Wallfahrt anzutreten, die so viele sich vornahmen, aber aus Zeitgründen nicht verwirklichen konnten. Einzeln und in Grüppchen waren insgesamt vielleicht zwanzig Mitglieder der NATO und Alliierten und der wissenschaftlichen Teams zur Bibliothek gepilgert und staunend zurückgekehrt. Das beeindruckte Wu; er hatte bei Hua Ling um Erlaubnis gebeten, die vom Leiter des chinesischen Teams aufgrund der eingeschränkten Forschungsprojekte gewährt wurde.

Aber irgend etwas stimmte da nicht. Russische Soldaten schwärmten ganz durcheinander vor der Bibliothek umher. Als sie Wu und Chang am Platz bemerkten, warfen sie sich auf den Boden und brachten ihre Gewehre in Anschlag. Wu hielt instinktiv die Hände hoch; Chang wich einen Schritt zurück und wollte davonrennen.

»Nein, Liebes«, flüsterte Wu.

»Was haben die vor?«

»Weiß nicht. Keine abrupten Bewegungen machen.«

Sie stellte sich langsam neben ihn, erhob dabei ebenfalls die Hände, und sah ihn fragend an. Er nickte.

In dieser Haltung blieben sie eine unangenehm lange Weile stehen, während einige Soldaten zueinander krochen und sich besprachen. Dann gellte ein Befehl über den Platz, und alle Russen bis auf zwei standen auf und schulterten ihre Gewehre.

»Können wir jetzt weiter?« fragte Chang.

»Nein, noch nicht.«

Zwei Russen kamen über den Platz näher. Wenige Schritte vor ihnen blieben sie stehen. »Sprecht ihr Russisch?« fragte einer auf russisch.

»Ja, ich«, antwortete Chang freundlich. »Aber mein Englisch ist besser.«

»Ich schlecht Englisch«, lautete die einleuchtende Antwort des Russen. »Chinesen?«

»Ja. Auf einem Spaziergang«, erklärte Chang. Von da an sprachen sie Russisch.

»Ich bin Unteroffizier Rodenski, und das ist Unteroffizier Fremow. In der Bibliothek ist etwas passiert – was, wissen wir nicht. Wir können niemanden durchlassen; außerdem ist das Gebäude geschlossen und läßt sich nicht mehr öffnen.«

»Haben Sie irgendwelche Anhaltspunkte, was passiert ist?« fragte Chang, die sich besonders höflich und interessiert gab.

»Nein. Wir hörten Schüsse, dann schloß sich die ... schwarze Wand und ging nicht mehr auf.«

»Warum Schüsse?«

»Wissen wir nicht«, erwiderte Rodenski und blickte nervös zu Fremow. »Wir haben unseren Vorgesetzten in der vierten Kammer Meldung erstattet, aber die sind noch nicht eingetroffen.«

»Wir helfen Ihnen gern, wenn wir können«, erbot sich Chang. »Wir gehn auch wieder, wenn Ihnen das lieber ist.«

»Nein ... Vielleicht könnten Sie versuchen, die Tür aufzukriegen.« Rodenski bemerkte, daß nach wie vor Gewehre auf das Paar zielten. »Sind Sie bewaffnet?« fragte er und blickte über die Schulter zu den zielenden Schützen.

»Nein. Wir sind Wissenschaftler.«

Rodenski rief den Schützen zu, aufzustehen und die Gewehre zu schultern. »Wir kennen uns hier nicht aus«, sagte er. »Das macht uns nervös. Und jetzt das noch! Unsere Offiziere sind in dem Haus – suchten einen Flüchtigen.« Er runzelte die Stirn, als er feststellte, das er zu viel ausplauderte. »Bitte, probieren Sie, ob Sie die Tür aufbekommen.«

Chang erklärte Wu die Situation, während man sie zum Bibliothekseingang führte, wo Wu die glatte schwarze Wand berührte.

Die Irisblende öffnete sich nicht, was der Russe vorausgesagt hatte, Wu trat zurück und senkte die Hand. »Tut mir leid«, sagte er. »Scheint nicht ...«

Vibrierende Brummtöne drangen plötzlich aus der Wand. Dann eine Stimme: »Polizeieinsatz anfordern«, sagte sie auf russisch. »Zutritt nur für Berechtigte. Bitte sofort Notarzt und Polizei verständigen. Kein Zutritt.« Diese Mitteilung wurde anschließend in Englisch und Chinesisch wiederholt.

Die Soldaten wichen mit gezückten Waffen zurück.

»Es muß drinnen was passiert sein«, erklärte Chang. »Vielleicht sollten wir unsere Vorgesetzten verständigen.« Sie blickte Rodenski aus ihren Mandelaugen an und setzte eine betörende Miene auf. Wu bewunderte sie. Daß sie in einer kritischen Situation so reagierte, hätte er ihr nie zugetraut.

Unteroffizier Rodenski überlegte kurz und schüttelte dann entschlossen den Kopf. »Was sollen wir tun, wenn sie nicht aufgeht?« fragte er nachdenklich.

»Im Moment geht sie nicht auf.«

»Unsere Führer sind drin – *sämtliche*«, erklärte er.

Chang sah ihn unentwegt an.

»Ja – meinetwegen«, sagte Rodenski schließlich. »Gehen Sie Ihre Vorgesetzten holen, bitte!«

»Danke«, sagte Chang. Sie nahm Wu beim Arm und ging mit ihm über den Platz zurück.

»Eigenartig«, meinte sie und schüttelte verwundert den Kopf. »Sehr eigenartig.«

»Hast du toll gemacht«, lobte Wu sie staunend.

»Danke.« Sie lächelte geschmeichelt.

## 46. Kapitel

Er hatte seinen Fallschirm vergraben und legte sich nun ins hohe, duftende gelbe Gras am Straßenrand. Die Hände über den Augen, wartete er auf eine Mitfahrgelegenheit nach Podlipki – oder war es der mongolische Stützpunkt, der nur mit der Nummer 83 bezeichnet war?

Aber das spielte gar keine Rolle. Die Sonne war angenehm warm, und Major Mirski fühlte sich, von leichtem Kopfweh abgesehen, prächtig. Er war so weit abgetrieben worden, daß er einige Stunden bis zum Stützpunkt brauchte, wo er nun die Mahlzeit und den politischen Unterricht verpassen würde. Freilich tauschte er seine Kascha liebend gern für ein paar mußevolle Stunden ein.

Schließlich kam ein staubiger schwarzer Wolga angefahren und hielt an. Das hintere Fenster wurde heruntergekurbelt, und ein beleibter Mann mit Doppelkinn und grauem Filzhut steckte stirnrunzelnd den Kopf heraus.

»Was suchst du hier?« fragte der Mann. Er glich Generalmajor Sosnitski, hatte aber auch etwas vom armen Zhadow, der beim Bohrlochmassaker – wo und wann immer das gewesen sein mochte – umgekommen war. »Wie heißt deine Mutter?«

»Nadia«, sagte er. »Ich muß nach ...«

»Und was für einen Kuchen gab's an deinem elften Geburtstag?«

»Ich verstehe nicht, Genosse ...«

»Das ist sehr wichtig. Was für einen?«

»Schokoladentorte, glaube ich.«

Der Mann mit dem Filzhut nickte und öffnete die Wagentür. »Steig ein!« sagte er. Mirski zwängte sich neben ihn auf den Rücksitz. Die drei Begleiter des Mannes waren einander identische Leichen mit blutigem Kopf und auslaufendem Hirn. »Kennst du die?«

»Nein«, antwortete Mirski und lachte. »Wir wurden einander noch nicht vorgestellt.«

»Sie sind du, Genosse«, erklärte der Mann, womit der Traum verblaßte. Wieder vergrub er seinen Fallschirm ...

Allmählich wurde er mißtrauisch. Nachdem er zum siebten oder achten Mal – im Wagen ohne Leichen – mitgenommen worden war und der Mann mit dem Filzhut ihn über seine Komsomol-Zeit befragt hatte, stellte er selber Fragen.

»Ich weiß, das ist kein Traum, Genosse. Also wo bin ich?«

»Du bist sehr schwer verletzt.«

»Ich kann mich nicht erinnern ...«

»Nein, aber bald. Du hast einen Kopfschuß mit Schädeltrauma. Teilweise zerstörtes Gehirn. Du wirst dich nicht mehr detailliert an alles in deinem Leben erinnern können und nicht mehr der alte sein.«

»Aber ich fühle mich ganz.«

»Ja«, sagte der Mann mit Filzhut. »Das ist normal, allerdings eine Illusion. Gemeinsam haben wir nachgesehen und untersucht, was dir geblieben ist. An sich recht viel, erstaunlich viel, zieht man das Schadensausmaß in Betracht, trotzdem wirst du nicht mehr der ...«

»Ja, ja«, unterbrach Mirski. »Werd' ich also sterben?«

»Nein, du schwebst nicht mehr in Lebensgefahr. Dein Schädel und Hirn werden wiederhergestellt. Du stirbst nicht. Aber nun mußt du dich entscheiden.«

»Inwiefern entscheiden?«

»Entweder die fehlenden Teile bleiben ausgespart, oder du erhältst prothetisch-neurologische Programme und künstliche Persönlichkeitssegmente, die auf das, was von dir geblieben ist, zugeschnitten werden.«

»Jetzt versteh' ich gar nichts mehr.«

Der Mann zog ein bebildertes Buch aus seiner Mappe. Es war gefüllt mit herrlich komplexen Illustrationen. Er nahm das Buch und las es durch. Anschließend fragte er: »Werde ich wissen, was mir gehört und was nicht?«

»Wenn du das möchtest.«

»Und ohne die ... Prothetik? Was wäre ich ohne die?«

»Ein Krüppel. Die Erinnerung wird dir erhalten bleiben«, führte der Mann aus, »obschon zum Teil verschwommen und lückenhaft. Es wird Wochen dauern, bis du wieder sehen lernst. Besonders gut wirst du nie mehr sehen. Dein Geruchssinn wird dir fehlen, und deine linke Körperhälfte bleibt gefühllos. Das logische Denken bleibt intakt und die Sprache bestenfalls verstümmelt erhalten.«

Mirski schaute in das Gesicht des Mannes, das mit dem Himmel hinter dem Fenster zu verschmelzen schien. »Klingt nicht sehr lustig«, meinte er.

»Du kannst wählen.«

»Du bist in der Bibliothek, nicht wahr?«

»Was du siehst, täuscht«, sagte der Mann. »Ich bin eine städtische Funktion und so angepaßt, daß ich akzeptabel bin für dich in deiner gegenwärtigen Verfassung. Menschliche Medizinkapazitäten stehen nicht zur Verfügung, so daß die Stadt selbsttätig deine Wiederherstellung übernimmt.«

»Gut«, sagte Mirski, »das reicht mir vorerst. Ich wünsche mir nichts als Nacht.«

»Ja, die wird sich von selbst einstellen, sobald du uns deine Entscheidung mitgeteilt hast.«

»Ich meine, ich will sterben.«

»Das steht nicht zur Wahl.«

»Also gut: ja.« Er entschied sich schnell, um die schrecklichen Folgen nicht überdenken zu müssen.

»Du bist mit prothetischer Programmierung einverstanden?«

»Ich bin einverstanden.«

Der Mann ließ den Wagen anhalten und lächelte. »Du kannst aussteigen«, sagte er.

»Danke.«

»Bitte.«

Mirski stieg aus und schloß die Tür des Wolga. »Oh, noch eins«, sagte der Mann und beugte sich aus dem Fenster. »Hast du beabsichtigt, Belozerski, Vielgorski oder Jazikow – vor allem aber Vielgorski – was zu tun?«

»Nein«, erwiderte Mirski. »Sie haben mich gestört, und ich wäre ohne sie – mit Ausnahme von Vielgorski vielleicht – besser zurechtgekommen, aber ich habe nicht vorgehabt, ihnen was zu tun.«

»Danke«, sagte der Mann noch einmal und kurbelte das Fenster hoch.

»Bitte sehr.« Mirski wandte sich von der Straße ab, und es war Nacht. Er legte sich ins Gras und starrte in die Schwärze hinauf.

## 47. Kapitel

»Ich hätt's gern dunkel«, sagte Lanier, und es wurde dunkel in den Räumen. Er saß aufrecht auf der illusorischen Couch und überdachte, was Patricia nach dem Treffen gesagt hatte. *Alarm ausgelöst.* Meinte sie damit, daß man in Axis City schon seit ihrer Ankunft von den Menschen auf dem Stein gewußt habe? Wie lange hatte der totale Selbstversorger Olmy sie schon beobachtet?

Während er das überlegte, spürte er, wie sich da unten was regte, obwohl er gar nicht in Stimmung war; aber sein Körper schien andrer Meinung zu sein.

Die Türstimme meldete sich. »Karen Farley steht draußen und möchte herein.«

»Wieso?« fragte er schroff, denn der nicht ungelegene Zufall ärgerte ihn. »Wart mal – ist sie allein?«

»Ja.«

»Schick ... laß sie rein!« Er stand auf und strich den Overall glatt, den er im V/STOL getragen hatte und der inzwischen gereinigt worden war. Den eigens bereitgelegten Bademantel auf dem elliptischen Einzelbett im Schlafraum hatte er verschmäht.

Nicht so Karen. Als die Tür sich blendenartig aufschob, ging Licht an, und Karen schwebte herein in einem ähnlichen Bademantel, der in ihrem Fall nicht nachtblau, sondern goldbeige war. »Verzeih, daß ich hier mir und dir nichts platze«, sagte sie und hob lächelnd die Hand, um Einwänden zuvorzukommen.

»Wie bitte?«

»Sagt man nicht so?«

»So ähnlich«, meinte Lanier. »Was gibt's denn?«

»Ich habe mit Patricia geredet«, erklärte sie. »Eigentlich kam sie zu mir, und ich dachte, ein paar Dinge wären interessant für dich.«

Er deutete auf einen Sessel vor der Couch. »Ich habe mich mit Patricia vor dem Treffen unterhalten, aber das Gespräch war eher verwirrend.«

»Heineman und Carrolson sind zusammen heut' nacht«, erklärte Farley und nahm Platz. »Das weiß ich nicht von Patricia, sondern von Lenore. Und bevor wir vom Stein aufbrachen, war mir aufgefallen, daß Wu und Chang öfters zusammen wegschlichen.« Sie lächelte schnippisch.

Lanier zog die Schulter hoch, klatschte leicht in die Hände und rieb sie sich dann. »Das ist ganz normal, du«, stellte er fest.

»Ja. Aber ich habe dich in einem schwachen Moment ertappt, nicht wahr? Ich meine ...«

»Ich bin dir dankbar dafür.«

»Ich weiß nicht, wie ich's sagen soll.« Sie sah sich neugierig in dem Raum um. »Ich hab' an sich nie auf dir gestanden ...«

»*Dich* – auf *dich* gestanden«, korrigierte Lanier schmunzelnd.

»Ach ja, natürlich. Aber du hast so einsam ausgesehen. Und ich habe mich auch so einsam gefühlt. Ehrlich, du bist nach wie vor der Boss.«

»Das ist doch nicht wichtig«, meinte er. »Was hat Patricia ...«

»Es ist wichtig«, erwiderte Farley. »Es hat Spaß gemacht mit dir. Und dir, glaube ich, auch. War eine gesunde Übung. Ich wollte dir nur verdeutlichen, wie ich dazu stehe und daß ich's dir nicht übelnehme.«

Lanier erwiderte zunächst nichts, sondern sah sie mit seinen dunklen Augen, die an Indianeraugen erinnerten, an. »Wenn ich Chinesisch könnte, könnten wir uns noch besser verständlich machen. Vielleicht sollte ich's lernen ...«

»Das wäre praktisch, aber vorerst geht's auch ohne.« Farley lächelte. »Ich könnte dir Unterricht geben.«

»Was hat Patricia nun gesagt?«

»Sie meint, wir werden benutzt – von Olmy oder so – und mißbraucht. Sie hat viel mit Olmy geredet und gelegentlich sogar mit dem Frant. Sie meint, da ist viel Politik im Spiel in der Axis City, was wir überhaupt nicht mitkriegen. Noch nicht. Außerdem ist der Datenservice in ihrem Apartment weniger freigebig mit Informationen als die Bibliothek der dritten Kammer. Sie meint, wir sind einer Zensur ausgesetzt.«

»Klingt nicht gut«, überlegte Lanier. »Wäre schlecht. Vielleicht hat es nichts zu bedeuten. Vielleicht wollen sie uns einfach nur sachte daran gewöhnen.«

»Das sagte ich auch zu ihr, aber da lächelte sie nur.

Sie benimmt sich komisch, Garry. Sie sagte auch noch, sie habe einen Weg, uns alle heimzuführen. Ihre Augen leuchteten direkt bei diesem Spruch.«

Lanier stellte das nicht in Abrede. »Das hat sie mir auch erzählt. Wurde sie spezifischer?«

»Was? Ach so ... ja. Sie sagte, der Korridor bewegt sich alle tausend Kilometer etwa ein Jahr vorwärts in der Zeit. Und sie sagte, es ist die überhaupt allerschönste Kurve, auf die sie je gestoßen ist. Garry, sie haben sie – glaubt sie – gekidnappt, weil sie befürchten, sie könnte die sechste Kammer manipulieren. Denk nur an die vielen Leute, die vielen Naderiten in der zweiten Kammer, die zum Auszug gezwungen worden sind – Jahre nach der Entvölkerung der dritten Kammer.«

Er nickte.

»Patricia sagt, ihrer Meinung nach wurden sie gegen ihren Willen evakuiert, weil die Leute in der Axis City den Stein leerräumen wollten. Keine Störungen, keine Sabotage. Darum glaubt sie, daß wir zu einem Politikum geworden sind. Es liegt nach wie vor eine Kluft zwischen den Naderiten und Geshel.«

»Ist schon mal jemand auf den Gedanken gekommen, daß diese Räume, auch wenn uns was anderes erzählt wird, abgehört werden?« fragte Lanier. »Daß wir solche Dinge nicht unbedingt hier besprechen sollten?«

»Wo denn sonst?« erwiderte Farley ratlos. »Sie können uns auf Schritt und Tritt beschatten und überwachen, wenn sie wollen. Vielleicht können sie sogar unsere Gedanken lesen. Wir sind wie Kinder hier, denen man alles vormachen kann.«

Lanier betrachtete den gläsernen Couchtisch. »Klingt eigentlich logisch. Ich finde, mein Apartment ist wirklich hübsch.«

»Meins auch.«

»Wie sollten die ... – die Räume, nehme ich an – sonst wissen, was nach unserem Geschmack ist?«

»Genau«, meinte sie mit Verschwörermiene. »Ich

habe die Raumstimme gefragt und zur Antwort bekommen, die Räume sollen gefallen.«

Lanier beugte sich vor. »Das ist alles unglaublich hier. Unwahrscheinlich. Träumen wir, Karen?«

Sie schüttelte ernst den Kopf.

»Nun gut. Träumt Patricia, wenn sie sagt, einen Weg hinaus, einen Weg zurück zur Erde gefunden zu haben?«

»Oh, sie will nicht auf eine Erde, wie sie jetzt ist. Sie spricht von ›Heimführen‹, was immer das heißen mag. Und es ist ihr Ernst. Sie erklärt es später, sagt sie.«

»Du bist Physikerin. Ist das, was sie sagt, denkbar?«

»Ich bin wie ein Kind hier, Garry. Ich weiß es nicht.«

»Was hat sie noch gesagt?«

»Nichts mehr. So ...« Sie erhob sich. »Jetzt geh' ich. Aber ich wollte nicht nur ...« Sie verschränkte die Arme und sah ihn an. »Ich wollte dir nicht nur erzählen, was sie sagte, sondern dir klarmachen, daß ich dich nicht benutzt habe.«

»Das weiß ich.«

»Es war einfach, wie du sagst, eine gesunde Übung, obwohl ich Bedenken hatte.«

Nicht er hatte von einer gesunden Übung gesprochen, sondern sie; allerdings ließ er sich dieses Wort gern in den Mund legen.

»Nicht doch.«

»Tja.«

Er stand auf. »Ehrlich gesagt ...« Er wurde leicht rot. »Ich komme mir vor wie ein Teenager, wenn ich ... wenn du bei mir bist und wir so reden.«

»Tut mir leid.«

»Nein, dafür kannst du nichts. Es wäre mir ein Vergnügen, wenn du bei mir bleiben würdest heut' nacht.«

Sie lächelte und legte dann die Stirn in Falten. »Gern, ich bleibe gern«, sagte sie. »Aber ich mache mir Sorgen wegen Patricia.«

»Ja?«

»Sie ist jetzt die einzige von uns, die allein schläft.«

## 48. Kapitel

Schritt für Schritt folgte Patricia dem Verlauf der Kurve durch fünf Dimensionen und sah sie sich entfalten wie eine Wendeltreppe in einem Alptraum. Ihre Augen waren so fest geschlossen, daß sie schmerzten, und ihr Gesicht war verzerrt zu einer ekstatischen und zugleich kummervollen Fratze. Noch nie hatte sie so intensiv gedacht und war so tief in innere Berechnungen versunken. Es machte ihr Angst. Selbst als sie die Augen aufschlug und zur dämmrigen blauen Decke blickte und zur Seite rollte und in die Leere außerhalb des Bettes griff ...

Selbst dann beschrieben ihre Finger einen Abschnitt der Kurve, der in den Raum projizierten lebendigen Schlange. Sie ballte die Hand zur Faust und sah kleine Lichter, die der vom Finger beschriebenen Bewegung folgten. Patricia schlug die Augen wieder zu.

Und schlief auf der Stelle ein und träumte von der Kurve. Es war ein Halbschlaf, und sie beobachtete dabei von ferner Warte, wie ihr Verstand auf Sparflamme weiterarbeitete, was sie nicht abstellen konnte.

Nur wenige Stunden später wurde sie plötzlich hellwach; sie mußte jenen grundlegenden Artikel von ihr – den noch ungeschriebenen, der ihr in der Bibliothek der dritten Kammer in die Finger gekommen war – einsehen. Mit banger Sorge – der Datenservice hatte bei den vier Gelegenheiten, wo sie sich seiner bediente, das Gewünschte nicht immer geliefert – stieg sie aus dem ovalen Bett, schlüpfte ihn den blaßlila Morgenmantel, knotete den Gürtel zu und ging ins spärlich beleuchtete Wohnzimmer.

»Daten, City Memory«, sagte sie. Eine Himmelskugel erschien vor ihr, deren Kreise rot und gold leuchteten. Zwei Ringe, wovon einer über den anderen gesetzt und von doppeltem Durchmesser war, folgten als Ersatzsymbol für das veraltete Fragezeichen.

»Zugang zu Artikel von Patricia Luisa Vasquez ... Herrgott, ich hab' den genauen Titel und das Datum vergessen. Sind nähere Angaben nötig?«

Komplizierte Pikts flimmerten, bis Patricia auf verbale Kommunikation umstellte. »Möchten Sie ein vollständiges Werkverzeichnis von Patricia Luisa Vasquez?« fragte die Datenservicestimme.

»Ja«, sagte sie und schauderte wieder, so unheimlich war das alles.

Eine Aufzählung in lateinischer Schrift erschien vor ihr wie auf einem großen weißen Papierbogen. Ungefähr in der Mitte der Liste hieß es: *Theorie n-räumlicher Geodäsie, bezogen auf die Newtonsche Physik mit besonderer Berücksichtigung der Rho-Simplon-Weltlinien.*

»Das ist es«, sagte sie. »Vorlegen.«

Sie las den Aufsatz aufmerksam, wobei sie mit den Fingern auf die Lehne trommelte. »Genial«, sagte sie bitter, »aber *falsch*.« Es wäre vielleicht ein richtungsweisender Artikel, aber ein – wie sie nun einsah – insgesamt früher und primitiver Text. »Bitte noch einmal die Liste.«

Die Liste wurde gezeigt, und Patricia wählte einen späteren Titel, den sie zu sehen wünschte.

Das altvertraute Morgensternsymbol erschien. »Verboten«, kommentierte die Stimme.

Mit wachsendem Unmut wählte sie einen anderen Text. »Verboten.«

Und einen nächsten gegen Ende der Liste, den sie mit ungefähr sechsundachtzig geschrieben hatte – schreiben würde. »Verboten.«

»Warum sind meine Arbeiten verboten?« fragte sie ärgerlich.

Der Morgenstern war die einzige Antwort.

»Warum wird dieser Datenservice zensiert?« Mit einemmal hatte sie das schaurige Gefühl, daß sie nicht mehr allein war im Zimmer. »Olmy? Licht an!« Es wurde hell. Keine Antwort.

Sie stand auf und sah sich langsam um; ihr ganzer Rücken verspannte sich.

Dann sah sie den Eindringling, der unter der Decke schwebte: ein graues, fußballähnliches Etwas mit einem Gesicht mittendrin. Im ersten Moment erwiderte sie einfach das Starren des Gesichts. Es schien männlich zu sein, hatte kleine, dunkle Schlitzaugen und eine flache Nase. Sein Ausdruck war kaum drohend, höchstens ungemein neugierig.

Patricia wich gegen die Wand zurück. Das Gesicht rührte sich nicht von der Stelle, aber die Augen folgten ihr aufmerksam.

»Wer bist du?« fragte sie. Symbole erschienen im Raum, die sie nicht verstand. »Ich kann nicht piktographieren«, sagte sie. »Bitte, was willst du hier?«

»Stimmt, ich habe hier nichts verloren«, sagte das Gesicht. Es senkte sich einen Meter und wurde blaßrosa wie die Morgendämmerung. »Aber ich bin ja selber nur eine Ikone. Hab doch keine Angst.«

»Du *machst* mir Angst. Wer bist du?«

»Ich bin von City Memory. Ein Schelm.«

»Ich kenn' dich nicht«, sagte sie. »Bitte geh jetzt!«

»Ich kann dir nichts tun. Dich höchstens belästigen. Ich brauch' nur ein paar Antworten von dir.«

Die Kugel senkte sich und nahm Gestalt an wie ein Vampir in einem alten Horrorfilm, männliche Gestalt mit weitem weißen Hemd und lindgrüner Hose. Die Gestalt schien sich zu verfestigen. Im Raum stand schließlich ein schmächtiger Mann von kaum mittlerem Alter mit langem schwarzen Haar und müdem, hagerem Gesicht. Patricias Herz schlug wieder langsamer, und sie rückte allmählich ein paar Zentimeter von der Wand ab.

»Ich rühme mich meiner Taten«, sagte das Phantom. »Ich habe Zugang zu allerbesten Aufzeichnungen, vergessenen Aufzeichnungen nämlich. Da ist ein ganz schönes Durcheinander in den unteren Etagen des

Stadtgedächtnisses. Da fand ich nun ein eingestelltes Verfahren. Schwerer Fall von Gefährdung der Defektsicherheit. Verschiedene Angaben führten mich hierher ... Subtile Verbindungen, muß ich zugeben, aber höchst reizvoll.«

Die Gestalt kam ihr bekannt vor, als hätte sie sie schon einmal gesehen. »Und was tust du hier?«

»Ich bin ein Schelm. Ein an sich recht brutaler, auch wenn man's mir nicht ansieht. Ich geh', wohin ich will, und solange ich vorsichtig bin, halt' ich mich. Ich bin nicht inkorporiert seit nunmehr hundertfünfzig Jahren und angeblich zu inaktiver Erinnerung verurteilt. Natürlich ist nur eine Kopie von mir inaktiviert. Manchmal werde ich für diverse Jobs angeheuert. Für gewöhnlich duelliere ich mich mit anderen Schelmen. So habe ich schon sechzig niedergestreckt. Tödliches Spiel.«

»Du hast meine Frage nicht beantwortet.« Patricia war nun den Tränen nahe. Sie kam einfach nicht darauf, an wen der Schelm sie erinnerte. »Laß mich in Ruhe! Ich muß nachdenken.«

»Ein Schelm ist kein Ausbund von Höflichkeit. Du erregst viel Aufmerksamkeit in Axis Nader. Allerdings habe ich deinen Aufenthalt erst herausgefunden, als du eben den Datenservice verwendet hast. Ein Taster hat dich aufgespürt – so ziemlich der beste, den ich habe. Schnüffelt ständig.«

»Bitte!« flehte Patricia die Wohnung an, »schmeiß ihn hinaus!«

»Es hilft nichts«, meinte der Schelm. »Woher kommst du?«

Patricia gab keine Antwort. Sie rückte langsam zur Schlafzimmertür.

»Ich habe den Auftrag, herauszufinden, woher du stammst. Als Lohn habe ich Vorteile gegenüber einem alten Gegenspieler eingeräumt bekommen. Ich verschwinde also erst, wenn du mir Antwort gibst.«

»Wer hat dich beauftragt?« schrie Patricia, die es nun wirklich mit der Angst zu tun bekam.

»Tja ... Ich spreche Englisch, eigentlich Amerikanisch des zwanzigsten Jahrhunderts. Das überrascht. Nur die eingefleischtesten Ameriphilen beherrschen diese Sprache so perfekt wie du. Aber warum sollte sich jemand für eine Ameriphile interessieren?« Das Phantom folgte ihr ins Schlafzimmer. »Ich werde freilich nicht für Mutmaßungen bezahlt. Also raus mit der Sprache!«

Patricia lief zur Wohnungstür und befahl ihr, sich zu öffnen. Sie blieb zu. Patricia schluckte schwer und wandte sich wieder dem Phantom zu – entschlossen, Ruhe zu bewahren. »Was ... was krieg ich dafür?« sagte sie. »Wenn ich's dir sage?«

»Vielleicht können wir ins Geschäft kommen.«

»Laß mich nur eben hinsetzen!«

»Aber gern. Grausam bin ich auch wieder nicht.«

»Du bist ein Geist«, stellte sie fest.

»Mehr als die Geister, die einem normalerweise über den Weg laufen«, erläuterte das Phantom.

»Wie heißt du?«

»Gar nicht. Ich hab' eine Spur, aber keinen Namen. Und du?«

»Patricia.«

»Ein ungewöhnlicher Name.«

Plötzlich fiel ihr ein, an wen das Gesicht sie erinnerte. Allerdings tat sie den Gedanken als lächerlich ab. »Ich bin eine echte Amerikanerin«, sagte sie.

»Wieviel Prozent? Die meisten sind schon glücklich, wenn sie drei oder vier Prozent in Ansatz bringen können, obwohl das statistisch gesehen nur eine Farce ist ...«

»Hundertprozentig. Ich bin geboren in den Vereinigten Staaten von Amerika, in Kalifornien. Santa Barbara.«

Das Phantom wackelte. »Hab' nicht viel Zeit, Patricia Luisa Vasquez. Was du sagst, klingt – für sich betrachtet

– unsinnig, aber du scheinst davon überzeugt zu sein. Wie kommt's, daß du so unbedarft und primitiv aufgewachsen bist?«

»In meiner Heimat – und meiner Zeit ...« – sie atmete tief durch – »ist das praktisch die einzige Alternative.« Sie legte den Kopf schräg. »Ich *kenne* dich«, sagte sie. »Du siehst aus wie Edgar Allan Poe.«

Das Phantom reagierte überrascht. »Sieh mal einer an! Daß dir das auffällt! Hast du Poe gekannt?«

»Natürlich nicht«, erwiderte Patricia, die sich trotz ihrer Angst darüber amüsierte. »Ich habe ihn gelesen. Er ist tot.«

»Ich habe ihn zu meinem Mentor gewählt. Was für ein Geist!« Das Phantom umgab sich im Schnelldurchlauf mit Friedhofsgestalten, lebendig Begrabenen, Schiffen im Sturm und Eismeer. »Patricia Luisa Vasquez kennt Poe. Behauptet, eine Amerikanerin aus dem einundzwanzigsten Jahrhundert zu sein. Ist ja toll! Ich muß gleich gehn. Frag mich, was du wissen willst, denn ich habe auch noch eine Frage an dich.«

»Was werden sie mit uns machen?« fragte sie.

»Uns? Seid ihr mehrere?«

»Fünf insgesamt. Was werden sie mit uns machen?«

»Das weiß ich wirklich nicht. Ich werde versuchen, das herauszufinden. Nun zu meiner letzten Frage für dieses Mal. Warum bist du so was Besonderes für sie?«

»Aufgrund dessen, was ich eben sagte.« Zu ihrem Erstaunen war ihre Angst wie weggepustet. Der Schelm oder Geist oder was immer schien zur Zusammenarbeit bereit, und Patricia sah sich nicht veranlaßt, ihren Kidnappern gegenüber auch noch loyal zu sein.

»Wir können einander helfen, denke ich. Weißt du, daß dein Datenservice eine Sperre hat. Sie halten dich hier fest und filtern deinen Datenzugriff. Wenn du ihnen sagst, daß ich hier war, werde ich vielleicht nicht wiederkommen und deine Fragen beantworten können. Denk daran! Bis demnächst«, sagte der Schelm und verschwand. Plötzlich fand das Apartment die Sprache wieder.

»Ser Vasquez, ist alles in Ordnung? Es lag eine Störung vor ...«

»Hab' ich gemerkt.«

»Könnten Sie die Störung kurz beschreiben?«

Sie biß sich auf die Fingerknöchel und schüttelte dann den Kopf. »Nein«, sagte sie. »Es war weiter nichts.« Das Phantom hatte sie erschreckt – aber andererseits mit einer Reihe von interessanten Dingen aufgewartet. Daß der Zwischenfall ein gestelltes Experiment war, um sie zu testen, bezweifelte sie stark. Der Schelm könnte sich als nützliche Informationsquelle erweisen ... »War wohl'n Kurzschluß oder so was in deiner Schaltung, schätze ich.«

Der Raum brauchte ein paar Sekunden bis zur Antwort. »Eine Reparatur wird nötigenfalls veranlaßt. Haben Sie einen Wunsch?«

»Nein, danke«, sagte Patricia. Sie blickte skeptisch zum Piktor und biß sich wieder auf die Fingerknöchel.

## 49. Kapitel

Der Präsidierende Minister des Infiniten Hexamon Nexus, Ilyin Taur Engle, residierte in einem der sechs breiten Ventilationsschächte der Central City, die von tiefem Wald bedeckt waren. Olmy hatte nie den Wunsch gehabt, ein urtümliches Heim zu bewohnen, beneidete aber nichtsdestoweniger den P.M. um sein Quartier. Es herrschte eine beschauliche, friedliche Atmosphäre im Wald, und die Wohnungen selbst waren phantasievolle Prachtbauten.

Die sechs Schächte verliefen von den äußersten Facetten der Central City zu den regelnden Sphären im Kern des Komplexes. In jedem Schacht lebten bis zu zehntausend Inkorporierte an den verschlungenen Pfaden des Waldes. Das Wohnungsangebot reichte von dicken Trauben von gläsernen Flößen, die an den breiten Luftwurzeln verankert waren, bis zu freibeweglichen Zellen, die für ein, zwei Homomorphe oder höchstens vier normale Neomorphe ausgelegt waren.

Der Wald war zugleich Dekoration und Reverenz an die naderische Philosophie; ungefähr ein Drittel der verbrauchten Luft in Central City wurde in den Schächten erneuert; den Rest besorgten geshel-konzipierte Skrubber*. Tausende von Baum- und Pflanzenarten – zum Teil mit genießbaren Früchten – waren genetisch auf die Schwerelosigkeit umgerüstet worden. Ein ganzes Drittel der Biomasse der Axis City war botanischen Ursprungs und im Wald konzentriert.

Eine Lieblingsbeschäftigung von Olmy war es, in Tarzanmanier durch den Wald zu streifen, sich von Ast zu Ast zu schwingen und ohne Traktionsfelder durch die Pfade zu segeln. Da gab es eigens angelegte Trimmdich-Pfade und Schnellstrecken, wo sich viele trainierende Homomorphe und wenige neomorphe Sportskanonen und praktisch keinerlei Fahrzeuge tummelten. Olmy hatte sich auf die schwierigeren Pfade konzentriert und nach dem tausendsten Mal eine Zeit von fünfzehn Minuten geschafft von der äußeren Facette bis zum Schachtboden.

Nun wollte er sich allerdings nicht abhetzen. Er schwang sich, die Arme am Rücken verschränkt, gemächlich voran, indem er breitbeinig wie ein Schlittschuhläufer von breiten Blättern zu glattgescheuerten Wurzeln hopste und einem ausgetretenen Pfad durch den Schacht folgte. Zeit zum Nachdenken zählte mehr als Tempo.

Plastikschläuche mit einem Brei aus glühwürmchenartigen Leuchtbakterien schlangen sich – meterdick

* Rieseltürme zur Gasreinigung. – *Anm. d. Übers.*

und oft bis zu einem halben Kilometer lang – durch den Wald. Lichtungen waren oft makrameeartig damit durchwirkt und leuchteten bunt, wobei sie aus der Nähe bald rosa und rot, bald dunkelbraun bis goldgelb glänzten. Die Lichtungen wurden gern von Homomorphen aufgesucht, die im Schein der Schlingen badeten. Nun würdigte Olmy die wenigen Lichtungen, die er zielstrebig passierte, kaum eines Blickes.

Er brauchte zwanzig Minuten bis zum Quartier des Präsidierenden Ministers. An einer schmalen Weggabelung verließ er den Hauptpfad und glitt über die blühenden Windungen einer knorrig verdrehten Wurzel. Das Heim schwebte mitten in der Privatschlucht des P.M.

Es war einem irdisch-englischen Herrenhaus des achtzehnten Jahrhunderts nachempfunden, wobei für das fehlende Oben und Unten Sonderlösungen ausgeführt waren. Da gab es drei Dächer und Eingänge aus sechs verschiedenen Winkeln. Erkerfenster öffneten sich in drei Richtungen. Geometrisch exakte Zypressen schirmten ein Fenster gegen das Licht des Glühwürmchengeflechts am anderen Ende der Schlucht ab.

Monitore flogen zu ihm, als er in den blühenden Wurzelwindungen erschien, und identifizierten ihn eindeutig, woraufhin sie sich wieder anderen Pflichten widmeten: Heckenschneiden, Insektenwache, Hüten der Haustiere des P.M.

Die Hausstimme hieß ihn willkommen und forderte ihn auf, durch die helle Tür, die dem Glühwürmchengeflecht zugewandt war, einzutreten. Der P.M. erwarte ihn dort.

Olmy heftete sich auf einen Platz und verfolgte halb herablassend, halb gelangweilt eine kurze Piktographie der jüngsten Ereignisse in diesem ehrenwerten Haus. Als der Piktor abschaltete, sah er einen unbekannten Neomorphen vor dem P.M. ins Wartezimmer kommen. Der Neomorphe – fischförmig und gliederlos – betrachtete Olmy mit einem kristallenen Fuchsgesicht und piktographierte eine lässige Begrüßung, aber identifizierte sich nicht. Olmy, der in ihm einen von Tollers Adjutanten erkannte, erwiderte den Gruß, ohne sich seinerseits auszuweisen. Der Neomorphe verließ – im Geleit eines eigenen Monitorschwarms – den Raum durch die helle Tür.

»Werden immer kecker, was?« sagte der P.M. und reichte Olmy die Hand, der sie schüttelte. »Jetzt frag' ich Sie – würden Sie jemandem trauen, dem man nicht die Hand schütteln kann?«

»Ich traue vielen nicht, denen ich die Hand schütteln kann«, erwiderte Olmy.

Der P.M. sah ihn teils belustigt, teils beleidigt an. »Sie sind gekommen, um mich über den Besuch unserer Altvordern ins Bild zu setzen.« Er führte Olmy in sein geräumiges, duodekaedrisches Arbeitszimmer. Der runde Schreibtisch des P.M. war kardanisch an einer Stange in der Raummitte aufgehängt; sieben Wände waren bedeckt mit Wurzelfurnierschränken, die antike Bücher und Speicherblöcke enthielten. Andere Wände waren versehen mit feiner Illusart und falschen Fenstern, in denen Szenen in anderen Teilen des Hauses zeitverzögert wiedergegeben wurden.

»Der Präsident ist noch verärgert«, erklärte Ingle, der die Ellbogen anlegte und hinter seinem Schreibtisch Platz nahm. »Ich fürchte, dem Rat des Präsidenten fällt es größtenteils schwer, zu verstehen, warum Sie die fünf mitgebracht haben.«

»Ich habe nur eine Person mitgebracht«, stellte Olmy richtig. »Die andern kamen überraschenderweise von selber.«

»Wie dem auch sei, jedenfalls sind sie ein Problem für uns. Einige Sezessionisten versuchen bereits, daraus Kapital zu schlagen und Zugeständnisse zu erzwingen. Es dauert nicht mehr lange, bis sie sich formiert haben – und dieser Vorfall könnte ihre Einigung auslösen. Er könnte darüber hinaus die korzenowskische Gruppe von einer radikalen Partei in eine Volksfront verwandeln. Die Position des Präsidenten ist womöglich gefährdet. Dennoch sieht er sich angesichts der zeitraubenden Jart-Konferenzen nicht in der Lage, die Sache persönlich in die Hand zu nehmen, womit er folglich Ser Oligand Toller, den Sie, glaube ich, schon kennen, und meine Wenigkeit betraut hat.«

»Wer schlechte Nachricht bringt, den liebt man wenig«, bemerkte Olmy.

»So? Nun, ob es eine gute oder schlechte Nachricht ist, hängt in erster Linie davon ab, wie wir nun reagieren, nicht wahr? Offengestanden sehe ich die Sache nicht – nicht ganz so negativ wie der Präsident. Ich finde, wir können die Sache zu unserem Vorteil wenden, vielleicht sogar die allgemeine Übereinstimmung erreichen, die wir zur Abwehr der Jart-Offensive benötigen. Nun, Sie haben in Ihrer Meldung mehr Neuigkeiten angekündigt.«

»Jemand hat einen Schelm in City Memory angeheuert, der in die Gastquartiere eindringen soll. Es will also jemand unbedingt herausbekommen, was es mit all dem auf sich hat.«

»Ja, das hätte ich mir denken können«, meinte der P.M. »Vielleicht wird's auch Zeit, daß wir alles veröffentlichen, was wir wissen. Es dauert vielleicht nicht einmal eine Woche, bis der Fall allgemein bekannt ist, wenn Schelme die Finger im Spiel haben. Was glauben Sie, Ser Olmy?«

»Das sagte ich bereits, Ser; ich würde vor dem Nexus als Zeuge auftreten.«

Der P.M. überlegte kurz. »Ich bin nach wie vor skeptisch, ob das klug wäre. Aber vielleicht haben Sie recht. Wenn die Wahrheit enthüllt werden muß, dann sollten wir das besorgen. Aber intelligent. Millionen Neomorphe sind bereits wahnsinnig besorgt wegen dem Gerede von der Sezession. Soll man das Pulverfaß hochgehen lassen, indem man sagt, die Thistledown sei zur Erde zurückgekehrt? Keine leichte Entscheidung. Jedenfalls können wir aufgrund der Jart-Konferenz keinen vollen Nexus einberufen, sondern müssen uns mit einer Teilversammlung begnügen.« Damit erhob er sich vom Schreibtisch, wobei sich zeigte, wie nervös er war. »Ich brauche heut' abend eine kräftige Talsit-Sitzung.« Er verschränkte die Arme und schwebte in der Mitte seines Arbeitszimmer. Seine weite Robe blähte sich in dieser Ruhelage bauschig auf. »Sie wollen also persönlich als Vertreter des Hexamon aussagen?«

»Der Frant und ich«, bestätigte Olmy.

»Der Frant nicht; es ist gegen ihren Glauben, einen Eid abzulegen.«

»Er wird meine Aussage bekräftigen. Das ist zulässig.«

»Und was dann, Ser Olmy? Wie können wir die Neugierigen – wer immer den Schelm auch angeheuert haben mag – oder die Korzenowskischen, Pneuma sei uns hold, weiterhin bändigen?«

»Das ist vielleicht nicht das größte Problem. Es befinden sich in der Thistledown noch zweitausend Menschen; früher oder später müssen wir sie unter Kontrolle kriegen. Vasquez, unser erster Gast, stand im Begriff zu lernen, wie die Maschinerie in der sechsten Kammer zu manipulieren ist. Ich nehme an, andere werden es ihr trotz der Informationssperre in den Bibliotheken der Thistledown bald gleichtun.«

»Stern, Schicksal und Pneuma bewahr, wann wird der Kummer enden?« sagte der P.M. mit einem Seufzer, der die Falten seiner Robe in Wallung versetzte. »Gelobt sei Logos.«

»Logos«, wiederholte Olmy ungewiß.

»Wir beide haben ein gesundes Mißtrauen gegen die Geshel, nicht wahr?« sagte der P.M. und registrierte achtsam Olmys Reaktion. »Es wäre freilich nicht klug, das gegenüber jedem zur Schau zu stellen, vor allem nicht in unserer Position. Droht denn eine unmittelbare Gefahr von unseren ... ah ... Altvordern? Was für ein Wort! Ist damit zu rechnen, daß sie in absehbarer Zeit an der sechsten Kammer hantieren?«

»Nicht solange Vasquez in Axis City ist. Nicht in naher Zukunft – wird Monate oder auch ein Jahr dauern.«

»Sehr gut. Dann machen wir's der Reihe nach. Ich würde meinen, wenn schon Bekanntmachung, und das läßt sich wohl nicht mehr umgehen, dann in Form einer öffentlichen Vorstellung unserer Gäste. Sie *sind* außergewöhnlich – und verschaffen uns vielleicht einen Vorteil gegenüber der Opposition des Präsidenten. Ich lasse von meinem Stab einen Agitprop planen. Hat sich ihr Anwalt – Ihre Partnerin, Suli Ram Kikura – als nützlich erwiesen?«

»Sehr«, sagte Olmy. »Aber ihre Arbeit fängt erst an.«

»Wunderbar«, sagte der P.M. »Aber wir dürfen uns nichts vormachen. Wenn die Jarts ihre Offensive frühzeitig beginnen – oder beschließen, wovor uns der Himmel bewahre, ein Tor ins Herz eines Sterns aufzutun –, dann verlieren unsere Gäste jegliche Bedeutung.« Ingle schüttelte den Kopf und piktographierte eine Reihe von Symbolen: eine Mücke, die in einer Protuberanz* verglüht.

## 50. Kapitel

Unteroffizier Rodenski lag mit dem Rücken an der schwarzen Bibliothekswand. Vor ihm waren Verpackungen und Konservendosen verstreut, die zum kleinen Teil russisch und zum größeren Teil amerikanisch waren. Er schnarchte leise und regelmäßig. Neben ihm hockte Major Garabedian und verzehrte ein amerikanisches Dinner mit Schinken und Bratkartoffeln, das im

* Gasausbruch auf der Sonne, Sonnenfackel. – *Anm. d. Übers.*

Rahmen des noch unratifizierten Abkommens aus der vierten Kammer importiert worden war.

Beim Essen behielt er die amerikanischen Soldaten im Auge, die wenige Dutzend Meter entfernt lagen. Das Zahlenverhältnis war ausgewogen: zehn Russen, zehn Amis, jeweils mit Gewehren bewaffnet, aber ohne Laser. Also kein lautloses Morden.

Die Gemüter beruhigten sich nur langsam, nachdem die Amerikaner auf Bitten von Rodenski und dem Chinesenpaar eingetroffen waren. Die Bibliothek hatte sich nicht wieder geöffnet; Generalleutnant Mirski, Oberst Vielgorski, Major Belozerski und Major Jazikow und Oberstleutnant Pogodin waren nach wie vor von der Außenwelt abgeschnitten. Zunächst hatte der Verdacht bestanden, die Amerikaner hätten hierbei die Finger im Spiel; Garabedian hatte diesen Verdacht fallengelassen nach mehrstündigen Gesprächen mit Pritikin, Sinowiew und der amerikanischen Zivilchefin Hoffman.

Niemand wußte, was sich in der Bibliothek zugetragen hatte, obwohl Hoffman eine allzu plausible Theorie unterbreitet hatte, die keinem so recht gefiel. Garabedian, dessen Blick zwischen der unverrückbaren schwarzen Wand und den amerikanischen Soldaten hin und her wanderte, grübelte noch immer über diese Theorie nach.

Die *Zampoliten* hätten laut Hoffman versucht, Mirski zu töten. Unabhängig davon, ob es ihnen gelungen sei, hätten sich alle Zu- und Ausgänge der Bibliothek geschlossen, um weitere Gewaltakte zu verhindern und vielleicht Beweise zu sichern.

Abwarten war die einzige Alternative.

Es war schon eine Woche vergangen. Mittlerweile war es Garabedian und Peltnew gelungen, ihre Männer zu beruhigen. Die Arbeit am Bau des Lagers in der vierten Kammer war fortgeführt worden. Einige Russen – zweiundfünfzig nach den neuesten Zahlen – hatten einfach das Lager verlassen und sich in die Wälder der vierten Kammer zurückgezogen. Die fünf, die inzwischen gefunden wurden, wiesen keine Unterernährung auf, da es im Wald allerlei Eßbares gab. Drei von den fünfen litten jedoch an den Nachwirkungen eines Schocks, wie ihre Fötushaltung und Verschlossenheit zeigte.

Amerikanische Psychologen hatten ihre Hilfe angeboten. Ähnliche Fälle waren auch bei den Amerikanern aufgetreten; prominentes Beispiel war Joseph Rimskaya, den es erst vor drei Tagen erwischt hatte. Er war ins russische Hauptlager spaziert, wobei er krampfhaft weinte und ihm Kleidung und Rückenhaut nach einer Selbstgeißelung in Fetzen vom Leib hingen. Man hatte ihn den Amerikanern überstellt. Freilich erachtete Garabedian es nicht für klug, amerikanischen Psychologen russische Soldaten in die Hand zu geben.

Vor allem aber war er traurig. Wie Mirski und die meisten jungen Offiziere war er ein Teil des neuen russischen Militärexperiments gewesen, das gestartet wurde, um die Probleme in den Griff zu bekommen, die der Kleine Tod als totaler Mißerfolg hervorkehrte. Sie hatten mit ihren Kameraden als Team zusammengearbeitet, nicht in der Ellenbogenmentalität des wiederauflebenden neunzehnten Jahrhunderts. Sie hatten viel erreicht, die Effizienz gesteigert und Alkoholismus, Fahnenflucht und Selbstmord zurückgedrängt.

Sie waren ein neues Geschlecht gewesen, und ihre Errungenschaften hatten sie zu Kulturhelden gemacht. Die Eroberung der Kartoffel hätte ihnen ungeahnten Ruhm eingebracht; statt dessen waren sie aufgrund irgendeines noch unfaßbaren Irrtums kläglich gescheitert, und ihr Erbe war in Asche aufgegangen.

Garabedian konnte es den Kameraden nachfühlen, wenn sie in der vierten Kammer auf eine Insel schwammen und sich auf den Waldboden legten und mit triefender Uniform ins Erdreich buddelten.

Der Direktor des Infiniten Hexamon Nexus, Hulane Ram Seija, konnte seinen Stammbaum zurückverfolgen auf ostasiatische Geshel, die als erste vor dreizehnhundert Jahren die Rückkehr in den Weltraum eingeleitet hatten; trotzdem hatte er äußerlich weniger mit einem Menschen gemeinsam als der Frant. In dieser Hinsicht war er ein typischer Neomorpher der Central City.

Ram Seija war rund: eine Körperhälfte bestand aus poliertem silbrigen Metall, die andere aus einer eleganten, schwarz-grün-geäderten Mineralschale aus der Welt, die durchs Tor 264 erreichbar war. Sein Gesicht, das in drei Positionen auf der Kugel verschoben werden konnte, hatte große, forschende Augen und ein spitzzähniges Grinsen, das sicherlich nicht dazu gedacht war, seine grundlegende Aggressivität zu kaschieren. Seine beiden muskulösen Arme vereinigten die Vorzüge menschlichen Aussehens und prothetischer Flexibilität: sie ließen sich notfalls auf zwei Meter strekken.

Er hatte keine Beine, sondern bewegte sich mittels seiner Arme und der allgegenwärtigen Traktionsfelder von Ort zu Ort.

Er war nicht einmal ein Jahrhundert alt und besaß hiermit seine zweite Gestalt; die ersten dreißig Jahre war er so homomorph wie jeder orthodoxe Naderit gewesen. Es war in dieser Zeit gewesen, daß Ram Seija seine Kontakte knüpfte und sein politisches Geschick entwickelte. Für Olmy war er ein Paradebeispiel für den Radikalen Geshel des zwölften Reisejahrhunderts.

Ram Seija war die Nummer vier in der Hierarchie des Hexamon und kam hinter dem Präsidenten, dem Präsidierenden Minister des Nexus und dem Minister des Rats der Achsgemeinschaft.

In der Nexus-Sphäre, die unmittelbar vor dem durchgehenden Defekt im Kern der Central City lag, hatte Ram Seija dreiundzwanzig inkorporierte Repräsentanten und fünf Senatoren zu einer Fragestunde versammelt. Zwanzig Nexus-Mitglieder waren inkarniert zugegen, wobei dieses Wort seine frühere Bedeutung weitgehend eingebüßt hatte; es besagte nun weiter nichts als ›in physischer Form verhaftet‹. Zu solchen Formen gehörte nicht unbedingt viel Fleisch. Laut Gesetz waren in den Kammern keine partiellen Persönlichkeiten zugelassen, obgleich dies praktisch gewesen wäre für diejenigen, die aufgrund der Jart-Konferenz auf Timbl, der Frant-Heimat, verhindert waren.

Ram Seija begab sich in die Mitte der Sphäre und hüllte sich in die goldenen Lichtringe der Himmelskugel zum Zeichen, daß die Sitzung begonnen habe.

Olmy trieb draußen herum; daneben der eingerollte Frant, bei dem nur Hals und Kopf hervorlugten. Olmy hatte gerade eine Auseinandersetzung mit Corprep Rosen Gardner zu einem strittigen Punkt hinter sich: der Führer der Neuen Orthodoxen Naderiten des Korzenowski-Flügels hatte Vorabinformationen verlangt, was Olmy ablehnte. Gardner war einer der wenigen Corpreps, die häufig gegen das Protokoll verstießen und dennoch geduldet wurden; zugleich war er einer der wenigen Korzenowskisten, der sich in Debatten gemäßigt gab. Das – und die große Anhängerschaft unter den Naderiten – machte ihn besonders gefährlich in den Augen der radikalen Geshel.

»Im Namen von Stern, Schicksal und Pneuma, im Namen des Guten, der Gleichheit und Fairneß für alle Konsumenten anstrebte und die allmächtige, unmenschliche Technik abschaffen wollte, ist die Versammlung des Infiniten Hexamon Nexus eröffnet. Es gibt Neuigkeiten, Herrschaften«, verkündete Ram Seija, »Neuigkeiten. Berichten wird uns Ser Olmy, dessen Aussage unterstützt wird von einem unserer wertvollen Alliierten, der Ser Olmy bei den Ermittlungen beigestanden hat.«

Olmy und der Frant schwebten ins Zentrum und nahmen ihre Ringe der Armillarsphäre entgegen.

»Ich habe auf Bitten des Präsidierenden Ministers ein Jahr auf der Thistledown zugebracht«, führte Olmy aus. »Dieser Frant hat mich begleitet. Gemeinsam untersuchten wir eine ungewöhnliche Invasion. Dürfen wir unsere Aufzeichungen piktographisch vorführen?«

Ram Seija erteilte seine Erlaubnis.

Für jeden einzelnen Senator und Repräsentanten wurden die sieben Kammern der Thistledown eingehend dargestellt. Binnen weniger Minuten machten sie sich mit der neuen menschlichen Besatzungsmacht auf der Thistledown vertraut. Olmy und dem Frant war es gelungen, an die fünfhundert Individuen abzulichten. Die Lager wurden schließlich vorgestellt und dazu ein paar Innenaufnahmen. Im Anschluß führte Olmy die verschiedenen Sprachen vor, die von der prämortalen Erde stammten.

Der Blickwinkel erklomm rasch die schwindelerregende Höhe der Südpolkappe der ersten Kammer und zoomte durchs Bohrloch. Kurz wurden die wiederinstandgesetzten rotierenden Landedocks ins Bild gebracht, woraufhin der Betrachter das Bohrloch verließ.

In einer Entfernung von etwa dreißigtausend Kilometern hob sich die sichelförmige Erde vom Dunkel ab, hinter der westlich die Sonne erschien.

Die Reaktion in der Kammer des Nexus war heftig; homiforme Corpreps machten große Kinderaugen, und alle verzeichneten diverse starke Emotionen.

Gardner fand als erster Worte. »Seliger Konrad«, sagte er. »Er hat einen Weg in die Heimat gefunden.«

»Streichen aus dem Protokoll; keine Zeugenaussage«, ordnete Ram Seija energisch an.

»Es ist wirklich die Erde«, erklärte Olmy. »Die Thistledown ist selbsttätig und ohne unser Wissen in den Konstruktionsorbit zurückgekehrt. Die Schaffung des Weges hat uns nicht aus allen vertrauten Räumen gerissen. Es ist denkbar, daß die Thistledown ihre geplante

Reise beendet hätte, was nicht geschah. Vielmehr suchte sie die Sonne und änderte den Kurs, um heimzukehren.

Aber wir sind den Folgen der Erschaffung des Weges nicht gänzlich entkommen. Die Thistledown ist tatsächlich in ein benachbartes Kontinuum übergewechselt, aber auch in die relative Vergangenheit. Sie hat den jetzigen Orbit etwa drei Jahrhunderte vor ihrem Start erreicht.«

In der Kammer herrschte betroffenes Schweigen nach diesen folgenschweren Worten Olmys.

Der piktographierte Bericht wurde fortgesetzt. Binnen vier Minuten wurden die Anfänge des Tods geschildert, der gipfelte in der spektakulären Darstellung der in eine dunkle, dichte Wolke gehüllten Erde an der Schwelle zum Langen Winter.

In der Kammer herrschte Grabesstille. Rasch fuhr Olmy fort.

»Ich brachte hierher eine Frau der neuen Besatzung mit, eine inkorporierte Patricia Luisa Vasquez. Im Anschluß daran näherten sich vier weitere motorisiert unter Verletzung des Axialdefekts. Das Verfahren gegen sie wurde eingestellt. Sie sind nun Gäste von Axis Nader. Es sind natürlich lauter inkorporierte, primitive Menschen in urtümlichem Zustand und ohne mentale Zusätze. Es handelt sich um unsere prämortalen Vorfahren.«

Die Armillarringe leuchteten nun um den Senator, der als erster das Wort erteilt bekam. Der Senator näherte sich. Olmy erkannte den Senator als Prescient Oyu, Tochter des noch amtierenden Toröffners Ry Oyo. Senator Oyu hatte sich gemeinsam mit Suli Ram Kikura vor zwei Jahren dafür eingesetzt, sexuelle Retrovirus-Opfer von der Beschränkung auf zwei Inkarnationen zu befreien. Obwohl sie eine gemäßigte Geshel war, vereinigte sie bekanntermaßen gewisse Sympathien aus dem naderischen Lager auf sich. Die Senatorin war eine in bezug auf Erotik und Führungseigenschaften auffrisierte Homomorphe.

»Ist die Thistledown exakt zum Zeitpunkt des Todes zur Erde zurückgekehrt?« fragte sie.

»Laut Zeugenaussage, ja«, erinnerte Ram Seija.

»Nicht ganz«, sagte Olmy. »Die Thistledown betrat das Solarsystem fünfeinhalb Jahre vor dem Tod. Ich habe Beweise, die in der Anlage vorgelegt werden, dafür, daß unsere Ankunft den Tod erst ausgelöst hat. Es ist möglich, daß die Erde in diesem Kontinuum dem Tod entgangen wäre, wenn die Thistledown nicht in der Erd-Mond-Umlaufbahn erschienen wäre.«

Gardner warf empört die Arme hoch. »Ungeheuerlich«, sagte er. »Das kann nicht die Absicht des seligen Korzenowski gewesen sein.«

»Mit Verlaub, hohes Haus«, fuhr Prescient Oyu fort, »mir stellt sich, wenn ich die Erklärung zur Tagesordnung lese, die Frage, warum dies nicht allgemein veröffentlicht worden ist. Ich schlage vor, daß es unverzüglich bekanntgegeben und eine Krisensitzung des kompletten Nexus anberaumt wird.«

Ihre Lichtringe wurden gelb, woraufhin sie einen Meter zurückwich. Ram Seija streckte die Arme aus und spreizte die Finger, um die Aufmerksamkeit des Nexus auf sich zu lenken. »Die Meldung ist erschreckend und wichtig, könnte aber negative soziale Folgen zeitigen. Wir sollten dafür Sorge tragen, daß die Meldung auf konstruktivste Weise verbreitet wird.«

Corprep Enrik Smys, ein gemäßigter Geshel, der dem Hexamon schon in ähnlicher Funktion wie Olmy gedient hatte, wandte ein, daß der Jart-Konferenz sicherlich der Vorrang gebühre. Die Jarts bereiteten allem Anschein nach einen Vorstoß über 2 × 9 vor. »Das ganze Thema ist also vergleichsweise banal.«

»Vielleicht auch nicht, Corprep Smys«, konterte Rosen Gardner. »Diese Fragen sind nicht unbedingt isoliert zu betrachten.«

»Wurde festgestellt, daß das Kursleitsystem der Thistledown manipulatorisch umprogrammiert wurde?« fragte Ram Seija.

Olmy wandte sich mit einer Drehung dem Zentrum zu. »Nein«, erklärte er. »Allerdings hat das Leitsystem unmittelbar nach der Ankunft alle Kursangaben gelöscht. Man kann es also nicht in Erfahrung bringen.«

Gardner bat um die Armillarringe. Ram Seija gab seinem Gesuch nach anfänglichem Zögern statt.

»Es ist wieder einmal an der Zeit, im Stadtgedächtnis zu suchen«, meinte er. »Da ist einer, der alle unsere Fragen beantworten kann ...«

»Der Ingenieur ist tot!« wandte Ram Seija nachdrücklich ein.

»Wir wissen um seine Inaktivierung«, sagte Gardner ungewohnt beherrscht. »Aber der selige Korzenowski wußte um die Gefahren, als er seinen Corpus ablegte. Wir müssen eine Erforschung aller Teile seiner Persönlichkeit beantragen, die von seinen Mördern nicht gesäubert worden sind.«

»Abgelehnt«, sagte Ram Seija.

»Ich beantrage eine Anhörung vor dem kompletten Nexus«, forderte Gardner beharrlich.

»Nicht statthaft.«

»Einspruch!« sagte Gardner lässig. Ram Seijas Gesicht wanderte an der mineralischen Hälfte seines Kugelkörpers ganz nach oben und funkelte den Corprep an. Einspruch war verfahrensrechtlich nur in Extremsituationen zulässig; indem er seine Befugnis überrschritten hatte, hatte er dem Corprep diese Möglichkeit praktisch in die Hände gespielt.

»Auch ich erhebe Einspruch«, sagte Senator Oyu und richtete ihre hübschen Augen auf den erstaunten Gardner.

»Einspruch statthaft«, räumte Ram Seija ein; es blieb ihm keine andere Wahl. Aber der Ausdruck in seinem Gesicht, das nun in der Mitte der Kugel stand, verriet, daß er jedes Mittel ausschöpfen wollte, um die Position des Corprep Gardner im Nexus zu schwächen.

Olmy fand die Debatte von diesem Punkt an uninteressant und zog sich, sobald er entlassen wurde, zusammen mit dem Frant zurück. Auf schnellstem Wege begaben sie sich in den Kreis und Quadranten, wo die Irdischen verwahrt wurden.

Dort führte er den Frant in den Küchenbereich und spendierte seinem Gefährten ein Essen, das er auf sich verbuchte.

»Wie großzügig, Ser Olmy« sagte der Frant und studierte mit zusammengekniffenen Augen die Speisekarte. »Ich schätze, ich soll hier eine Weile warten.«

»Du wirst den anderen schon noch vorgestellt«, sagte Olmy, der mit den Gedanken woanders war.

»Ich beklage mich nicht.«

Olmy entriegelte per Tastatur die Tür zum abgesperrten Sektor. Der Frant hockte sich auf die arenaförmig angelegte Stellage, die einen traditionellen frant-typischen Eßtisch darstellte, und sah Olmy blinzelnd an.

»Du hast nicht mit solchen Problemen gerechnet, was?« sagte der Frant. Olmy lächelte dem Frant aus der Türblende zu. »Du würdest dich wundern«, sagte er und betrat zwinkernd den Sektor.

## 51. Kapitel

Der Aufzug zum Bohrloch wurde derzeit selten benutzt. Nur zwei Personen setzten ihre Arbeit im Landebereich fort: Roberta Pickney und Silvia Link. Allerdings erachtete Hoffman diese Arbeit für wichtig und machte es sich zur Gewohnheit, ihnen mindestens einmal wöchentlich einen Besuch abzustatten.

Die weitläufigen und vergleichsweise niedrigen Hallen der Landebereiche erinnerten sie an ein Parkhaus oder eine Tagungsstätte. In Begleitung ihrer Leibwächter, zweier Marinesoldaten, fuhr sie mit der Bahn zum Kommunikations- und Steuerzentrum beim ersten Landedock, das sie allein betrat.

Silvia Link schlief in einer Hängematte. Roberta Pickney begrüßte Hoffman leise und zeigte ihr die aufgefangenen Funksprüche von Mond und Erde.

»Die Mondsiedlung scheint keine Probleme zu haben«, stellte sie fest. Sie hatte Tränensäcke unter den Augen und sah zehn Jahre älter aus. »Es sind noch Menschen auf der Erde, aber sie verwenden nur sehr leistungsschwache Sender, die mit Batterien oder Windkraft betrieben werden, wie ich meine. Wie's aussieht, kommen diese schwachen Signale aus ein, zwei Kleinstädten in Gebieten, die vielleicht durch Orbitalplattformen verschont worden sind. Ich sende ab und zu unsere eigenen Signale, aber bislang hat noch niemand geantwortet. Es ist nur eine Frage der Zeit.«

»Wenigstens gibt es noch Menschen«, meinte Hoffman.

»Ja. Aber niemand kümmert sich um uns. Warum auch?«

»Du solltest mal in die vierte Kammer gehen und eine Weile ausspannen«, schlug Hoffman vor. »Siehst nicht besonders gut aus.«

»Ich fühl mich auch recht mies. Aber die Arbeit hier ist alles, was mir geblieben ist. Ich mache weiter, solange sich da unten Stimmen melden. Die Arbeit hier soll doch nicht eingestellt werden, oder?«

»Nein, natürlich nicht«, erwiderte Hoffman. »Sei nicht albern.«

»Ich hab' das Recht zur Paranoia«, erklärte Pickney und schob den Unterkiefer vor, daß die Backenzähne knirschten. »Wenn Heineman zurückkommt, mache ich mich mit ihm daran, das Shuttle wieder ingangzusetzen. Ich möchte auf den Mond. Hab' Freunde dort.«

»Noch keine Nachricht von der Expedition«, sagte

Hoffman. »Sie sind spät dran, aber das hat – vorerst – noch nichts zu bedeuten. Vielleicht sollte ich ein paar Kollegen von Heineman demnächst auf das Shuttle ansetzen. Das bringt uns vielleicht auf andere Gedanken.«

»Was ist mit den verschwundenen Russen?« fragte Link von ihrer Matte und blinzelte schläfrig.

»Da wissen wir noch gar nichts«, erwiderte Hoffman. Sie schüttelte Pickney die Hand. »Wir brauchen euch«, sagte sie. »Aber überarbeitet euch nicht.«

Pickney nickte halbherzig. »Meinetwegen können uns Janice Polk und Beryl Wallace morgen oder so ablösen. Dann gehen wir ein bißchen ins Röhrenlicht und auf Besichtigungstour.«

»Prima«, meinte Hoffman. »Und jetzt möchte ich gern sehen, woher die Signale kommen ...«

## 52. Kapitel

Der Schelm tauchte wieder auf, als Patricia schlief, und weckte sie, indem er sie am Ohr kitzelte. »Patricia Luisa Vasquez von der Erde selig«, sagte er, »ich hab' was für dich.«

Sie rollte sich herum und rieb sich die Augen. Der Schelm hatte sein Aussehen verändert. Er schien diesmal eine weitgeschnittene Hose und eine Cardinganweste und eine Wuschelfrisur zu tragen. Eine Uhrkette baumelte von der Gürtelschlaufe und führte in die untere Jackentasche. Der Schelm trat kurzum im letzten Schrei von 2005 auf. *Huaraches** und japanische *Tabi*** ergänzten die Garderobe.

»Sie sind mir auf den Fersen«, sagte er. »Ich mußte

---

* (span.) = geflochtene Ledersandalen mit flacher Sohle. – *Anm. d. Übers.*

** Socken mit eingearbeitetem großen Zeh für Sandalen. – *Anm. d. Übers.*

auf einen anderen Weg ausweichen. Ich verwende das Zweitgerät, der Hauptpiktor ist blockiert. Des weiteren habe ich die Privatsphäre umprogrammiert, so daß wir beide bei unserem Gespräch nicht aufgezeichnet werden können. Sehr enttäuschend; der Nexus-Wohnung ist nichts heilig.«

Patricia stand blinzelnd auf und griff nach dem Morgenmantel. »Machst du ständig solche Sachen?«

»Nein«, erwiderte der Schelm. »Ist sehr mühsam, so weit vorzudringen. Ich würd' mich viel lieber im Stadtgedächtnis rumtreiben, aber mein Auftraggeber gewährt unheimliche Vorteile für diese Information. Zum Glück hab' ich meine Information noch vor der allgemeinen Bekanntgabe weitergegeben. Jetzt weiß nämlich jeder, daß ihr hier seid.«

»Das hat man uns bereits mitgeteilt.«

»Klar«, fuhr der Schelm fort. »Ihr sollt demnächst vor der Vollversammlung des Nexus aussagen; das wissen bisher neben mir nur Eingeweihte. Ihr sollt bei der Feier zum Letzten Tor teilnehmen. Offiziell heißt das anders, aber im Endeffekt ist es das: ihr sollt den Obersten Toröffner am Segment eins Punkt drei × neun kennenlernen und bei der Öffnung dabeisein. Danach soll's wohl wieder geschlossen werden – die Jarts kommen schnell.«

»Was sind Jarts?«

»Flöhe, wird der Nexus euch sagen: Parasiten, ungeheuer aggressiv und zu keinerlei Zusammenarbeit bereit. Der Weg war tausend Jahre vor der endgültigen Verbindung mit der Thistledown in Position – tausend Jahre Wegzeit natürlich, die bis zur Kopplung nicht deckungsgleich war. Die Jarts drangen durch ein Testtor ein und ließen sich vor der Eröffnung nieder. Sie breiteten sich im Weg aus, so daß wir sie zurückdrängen mußten. Sie wissen, wie man Tore öffnet, und beherrschen den Abschnitt zwischen zwei × neun und schätzungsweise vier × neun. Aber hör mal, das findest du alles im Stadtgedächtnis. Ich hab' nicht viel Zeit. Ich habe Neues über Olmy. Weißt du, was orthodoxe Naderiten und Geshel sind?«

»Ja«, antwortete Patricia.

»Nun, die haben zwei Lösungen parat für den Fall, daß die Jarts uns überwältigen, womit derzeit zu rechnen ist. Die Geshel wollen die gesamte Axis City mobilisieren und fast mit Lichtgeschwindigkeit am Defekt über die Jart-Gebiete jagen und gleichzeitig die Thistledown vom Ende des Wegs absprengen.«

»Was? Aber warum?«

»Weil es eventuell den Weg abdichtet – kauterisiert sozusagen. Und damit das Risiko ausgeschaltet wird, daß die Thistledown wiederbesetzt wird und der ganze Weg den Jarts in die Hände fällt. Die Alternative wäre, die Thistledown zu einem bewohnbaren Planeten umzuleiten und den Weg aufzugeben – oder zuzumachen, auszuschalten. Die Axis City könnte entkommen, indem sie die Thistledown absprengen und in eine Umlaufbahn um den Planeten gehen würde. Das würde eine Weile dauern – oder hätte schon eine gewisse Zeit beansprucht. Die Thistledown ist in Umlaufbahn um die Erde: eine ideale Position für die Trennung vom Weg. Das ist jedem klar. Also haben die orthodoxen Naderiten, insbesondere die Korzenowskisten ...«

»Wer sind die?« fragte Patricia, die hellwach wurde, als sie den vertrauten Namen hörte.

»Sie stammen ab von den Technikern, die einst Konrad Korzenowski, den Erbauer des Weges, unterstützt haben. Der harte Kern ist eine kleine Gruppe. Die Devise: zurück zur Erde. Von den Geshel wurden sie bis jetzt als Kandidaten für inaktive Erinnerung betrachtet. Nun fordern die Naderiten und Korzenowskisten eine Umbesinnung.«

»Sie wollen den Asteroiden hochjagen und die Axis City in Erde-Mond-Orbit bringen?«

»Du sagst es. So, meine Zeit vergeht schnell. Ich

werde gleich mit einer Reihe von Schutzmaßnahmen loslegen und dich nicht mehr besuchen können. Das war mein letzter Schleichweg. Olmy ist das, was er zu sein scheint. Er ...«

Was dann geschah, ging so schnell über die Bühne, daß Patricia kaum folgen konnte. Das Bildnis des Schelms fing heftig zu wackeln an, und in der gegenüberliegenden Wand puffte etwas. Ein roter Zickzackblitz schoß aus dem Hilfspiktor auf der anderen Seite und traf ihre Tafel auf dem Nachttisch. Der Schelm verschwand. Das Licht wurde gedämpft.

Möbel und Wände wurden grau und trüb. »Heller, bitte!« sagte sie.

»Bedauere vielmals«, antwortete die Raumstimme nun forsch und mißtönend. »Die Piktoren im Raum sind nicht mehr funktionsfähig. Ich bitte Sie um Geduld. Eine Reparatur ist veranlaßt.«

Patricia setzte sich auf die Bettkante. Nachdem sich ihre Augen angepaßt hatten, stellte sie fest, daß alle Details aus dem Zimmer verschwunden waren. Sie saß auf einer weißen Bettform inmitten weißer Möbelformen. Die Wände waren kahl. Sie hob ihre Tafel auf, um zu sehen, ob sie kaputt war.

Auf dem Monitor erschien, in groben Strichen hingezeichnet, der Schelm in seinem supermodernen Aufzug, dann eine Reihe von Ziffern und als Schlußzeichen ein Dreieck. Hinter dem Dreieck kamen im nächsten Register drei Gleichungen mit Schlüssel. Patricia kombinierte die zwei Register und setzte die Gleichungen um.

Schrift leuchtete blinkend auf: *Olmy kannte Korzenowski. Kennt ihn noch. In Thistledown City.*

Olmy wohnte meist in Axis Nader; er behielt nie länger als vier Monate die gleiche Adresse, stieg aber in Axis Nader am häufigsten ab. Er ließ seine Wohnung nie dekorieren, sondern begnügte sich damit, mit möglichst geringen Mitteln wohnliche Räume zu schaffen. Überhaupt verzichtete er auf die meisten Dienste und Leistungen, die ein Bürger der Axis City als grundlegend voraussetzte.

Dennoch war er kein Asket. Er hatte einfach kein Bedürfnis nach einer solchen Ausstaffierung; er machte anderen keinen Vorwurf daraus, solche Bedürfnisse zu haben.

Er saß im total weißen Wohnzimmer und wartete auf den Abschluß seiner Suchaktion. Olmy hatte seinen Scanner dem zentralmentalen Programm einer alten irdischen Hunderasse mit dem Namen Kurzhaarterrier nachempfunden und mit verschiedenen eigenen Teilpersönlichkeiten ergänzt. Es war ein robuster, hartnäkkiger Scanner, der sich nicht abhängen und ihn selten im Stich ließ.

Nach dem Recht der Axis City waren Schelme Freiwild. Der Bürger konnte die Schelme, die er aufspürte, nicht auslöschen, aber festhalten und eine sofortige Inaktivierung einleiten.

An einer Inaktivierung war Olmy nicht interessiert. Er wollte lediglich die Spur des Schelms nicht verlieren – und ihn in Bedrängnis bringen, um das Gefühl des Verbotenen zu steigern. Der Schelm war vom Feinsten; er hatte Dutzende von Duellen überstanden, die zuweilen jahrzehntelang dauerten, was in City Memory faktisch Jahrtausenden gleichkam. Er führte keinen Namen, nicht mal eine angemessene Spur; er hatte seine Persönlichkeit so gestaltet, daß er effizient, flink und nur so egoistisch war, um hinreichend fürs Duell motiviert zu sein.

Der Scanner hatte den Schelm in Patricias Unterkunft aufgespürt und war dann von Olmy so zurückgezogen worden, daß der Schelm sich in dem Glauben wähnte, er sei entwischt.

Olmy war durchaus vertraut mit dem Persönlichkeitsprofil des durchschnittlichen Schelms. Die meisten von ihnen waren geboren worden im letzten Stadium der Konstruktion der City Memory, was in Thistledown City noch vor dem Bau des Wegs begonnen worden war und über fünf Jahrhunderte beansprucht hatte.

Eine Reihe von Bürgern, vor allem die jungen, hatten sich die Möglichkeit geschaffen, Schlupflöcher aufzutun und dem Vollzug der höchsten Strafe – Recycling des Körpers und Inaktivierung der gespeicherten Persönlichkeit – zu umgehen. Die beliebteste Methode war die Anfertigung eines Persönlichkeitsdoppels, das im Speicher inaktiv bliebe; falls der Betroffene die Höchststrafe bekäme, würde das Persönlichkeitsdoppel aktiviert, womit die Fortdauer gewährt wäre.

Diese »Schelme« nun hatten sich auf alle möglichen Verbrechen eingelassen und zuweilen Gewalttaten vollbracht, wie sie seit dem Ausstoß der Naderiten von Alexandria in Axis City nicht mehr vorgekommen waren. Die meisten wurden geschnappt, vor Gericht gestellt und verurteilt; das Urteil wurde vollzogen. Damit nun gelangte eine Reihe relativ gefährlicher Persönlichkeiten ins Stadtgedächtnis. Im Laufe der Zeit konnten Hexamon-Agenten den einen oder andern Schelm davon überzeugen, daß der schönste Zeitvertreib das Duellieren sei, das Aufspüren und Ausschalten anderer Schelme. Damit war viel geholfen. Das Duellieren machte Schule, und binnen eines Jahrzehnts war die Hälfte der Schelme von seinesgleichen ausgeschaltet worden.

Freilich hatten einige überlebt – die raffiniertesten, einfallsreichsten und somit letztendlich auch gefährlichsten.

In den jüngsten Jahrzehnten war eins der dringlichsten Probleme des Nexus, die City Memory für alle Bürger sicher zu machen, wobei jedoch keine großen Fortschritte erzielt wurden aufgrund des überall noch anhaftenden Widerstands.

Das Anheuern eines Schelms war immer riskant, wie

Olmy wußte. Der Auftraggeber konnte nicht mit Loyalität rechnen, da ein Schelm nur so lange loyal blieb, wie es vorteilhaft für ihn war.

In diesem Sinne belohnte Olmy den Schelm reichlich mit dem Zugang zu verschiedenen privaten Datenbanken, wobei er doppelt und dreifach sicherstellte, daß niemand – vor allem der Schelm nicht – den Auftraggeber enttarnen konnte.

## 53. Kapitel

In der dunklen Bibliothek wurde es allmählich heller, so daß die Augen Zeit zur Anpassung hatten. Pawel Mirski stand blinzelnd auf einer Seite der Stuhlreihen mit den Chromkügelchen.

Impulsiv schaute er sich zunächst um, was für einen Schaden Vielgorski mit seiner Ballerei angerichtet hatte. Es war nichts zu sehen. Alle Kugeln waren intakt. Mirski führte die Hand an die Seite seines Kopfes und betastete dann Nase und Kinn. Keinerlei Narben. In seinem Kopf sagte ihm ein kleines Signal unaufdringlich, daß er gerade von hinzugefügten Gehirnteilen Gebrauch mache.

Er ging hin und her, wobei er eine beinahe unangenehme *Unerfahrenheit* hinter den Augen empfand. Er spazierte um die Stuhlreihen und näherte sich der schwarzen Wand, die nach wie vor geschlossen war. Stirnrunzelnd rief er: »Hallo!« Niemand antwortete. »Hallo! Ist denn da niemand?«

Vielleicht haben die anderen nach seiner Erschießung die Bibliothek verlassen. Aber er erinnerte sich an den weißen, wallenden Nebel – und die drei Offiziere mit zurückgeworfenem Kopf und aufgesperrtem Mund.

»Pogodin!« rief er. »Pogodin, wo bist du?«

Wieder keine Antwort. Er ging zum schmalen Gang,

der zur Überwachungskabine führte. Die Tür war offen. Er stieg die Treppe hinauf und trat in die Kabine.

Pogodin hatte sich auf drei Stühlen ausgestreckt und schlief, gleichmäßig atmend. Mirski rüttelte ihn behutsam wach. »Pogodin«, sagte er. »Zeit zum Gehen.«

Pogodin schlug die Augen auf und sah Mirski verblüfft an. »Sie haben dich erschossen«, sagte er. »Der Schuß hat dir den halben Schädel weggerissen. Ich hab's gesehen.«

»Du hast geträumt«, sagte Mirski, »komisches Zeug geträumt. Hast du gesehen, was mit Vielgorski, Belozerski und Jazikow passiert ist?«

»Nein«, antwortete Pogodin. »Da war überall dieser Nebel, der juckende. Und nun auch das noch.« Er setzte sich mit aufgerissenen Augen auf; seine Lippen zitterten. »Ich will raus hier!«

»Gute Idee. Sehn wir mal nach, was überhaupt los ist.« Mirski ging Pogodin voraus die Treppe hinunter zur schwarzen Wand. »Auf!« sagte er.

Die halbmondförmige Tür schob sich wie eine Blende lautlos auf.

Annenkowski stand mit dem Rücken zur Tür und zu Mirski vor versammelter Mannschaft auf dem Vorplatz.

»Entschuldigung, Major«, sagte Mirski. Annenkowski fuhr zusammen, wirbelte auf dem Absatz herum und riß das Gewehr hoch. »So passen Sie doch auf«, warnte Mirski.

»Genosse Oberst ... ich meine ... General ...«

»Wo sind die anderen?« fragte Mirski mit einem Blick auf die angetretene Truppe.

»Welche anderen?«

»Die politischen Offiziere.«

»Die sind noch nicht herausgekommen. Entschuldigen Sie, General, aber wir müssen sofort in unser Lager, müssen rüberfunken, müssen ...«

»Wie lange war ich weg?«

»Neun Tage, General.«

»Wer führt's Kommando?« fragte Mirski, hinter dem nun Pogodin erschien.

»Im Moment Major Garabedian und Oberstleutnant Pletnew, Genosse.«

»Dann bringt mich zu ihnen! Was suchen die NATO-Truppen hier?«

»Genosse ...« Annenkowski schien einer Ohnmacht nahe zu sein. »Es hat viel Aufregung gegeben hier. Niemand wußte, was da drinnen passiert war. Was ist denn passiert?«

»Gute Frage«, erwiderte Mirski. »Vielleicht finden wir das noch raus. Mir geht's jedenfalls gut. Pogodin auch. Und jetzt müssen wir ins Lager ... in der vierten Kammer?«

»Jawohl.«

»Dann gehen wir! Warum sind denn unsere Männer hier stationiert?«

»Haben auf Sie gewartet, Genosse General.«

»So, dann sollen sie uns begleiten.«

»Jawohl.«

Im Zug schloß Mirski die Augen und lehnte den Kopf zurück. *Ich bin tot,* dachte er. *Ich spür's – Teile von mir fehlen, sind ersetzt. Das heißt, ich bin ein anderer Mensch; ich bin tot und wieder zum Leben erwacht. Ein anderer, neuer Mensch – aber mit den alten Pflichten.*

Er öffnete die Augen und blickte zu Annenkowski. Der Major sah ihn mit beinahe ängstlicher Miene an, die er rasch durch ein scheues Lächeln ersetzte.

## 54. Kapitel

»Also fassen wir zusammen«, sagte Lanier. Sie hatten sich wiederum in Patricias Wohnung versammelt, um ihre Geschichte vom Schelm zu hören und sich auf eine gemeinsame Marschrichtung zu einigen. »Wir sind Gäste – bis zu einem gewissen Grad. Wir werden abgeschirmt, was bedeutet, wir sind praktisch auch Gefangene.«

»Unser Datenservice wird zensiert«, bemerkte Farley.

»Wir können nicht zum Stein zurück«, betonte Heineman.

»Und wir werden – falls Patricia recht hat – Berühmtheiten hier«, meinte Carrolson.

»Hat der Schelm gesagt, ob damit gerechnet worden ist, daß der Stein zur Erde zurückfinde?« erkundigte sich Lanier.

»Nein«, erwiderte Patricia. »Das glaube ich nicht. Falls ich mich nicht täusche, gingen sie davon aus, daß der Stein – aufgrund seiner bescheidenen Größe unbemerkt – seine Reise durchs All ziel- und endlos fortsetzen würde nach dem Davonschnellen bei Öffnung des Korridors.«

»Wie stehen wir also dazu? Larry? Leonore?«

»Was spielt unsere Haltung schon für eine Rolle? Was können wir schon tun?« fragte Heineman mit ausgebreiteten Armen.

»Überleg mal, Larry!« entgegnete Carrolson und legte ihm die Hand aufs Knie. »Wir sind VIPs. Sie können unsere Wünsche nicht einfach ignorieren.«

»O nein!« sagte Heineman. »Aber sie können uns 'ne Gehirnwäsche verpassen. Manche von ihnen haben mit Menschen sowieso nichts mehr gemeinsam.«

»Es sind aber Menschen«, konterte Patricia. »Auch wenn sie wählen können, welche Erscheinung und welche Talente sie haben möchten, so bleiben sie dennoch unsere Nachfahren.«

»Herrgott«, sagte Heineman kopfschüttelnd. »Kapier' ich echt nicht.«

»Ach was«, meinte Carrolson hartnäckig. »Wenn ich's kapiere, kannst du's auch kapiern!« Sie kniff ihn ins Knie.

»Wenn wir an einem Strick ziehen, können wir mehr

für uns rausschlagen«, sagte Lanier. »Als Berühmtheiten oder auch Kuriosum könnten wir maßgeblich beeinflussen, wie mit uns – und letztendlich auch mit unseren Leuten auf dem Stein – verfahren wird.«

»Was wollen wir überhaupt fordern?« fragte Carrolson.

»Als erstes verlangen wir, daß die Zensur unseres Datenservice aufgehoben wird«, schlug Patricia vor.

»Ich hab' den meinen noch nicht mal in Gebrauch genommen«, gab Heinman zu.

»Wir wollen nichts unversucht lassen, um die Erlaubnis zu bekommen, mit dem Stein in Verbindung zu treten.« Lanier sah sich in der Runde um. »Sind wir uns in diesem Punkt einig?«

Das waren sie.

»Wir verlangen, als Gruppe zu reisen; wir lassen uns nicht trennen«, führte er aus. »Falls doch, streiken wir.«

»Hungerstreik?« meinte Farley.

»Was auch immer. Für mich steht fest, daß unsere Gastgeber keine Ungeheuer sind. Ich glaube nicht, daß man uns mißhandeln wird. Höchstens ein bißchen erschrecken ... Zukunftsschock. Aber das verkraften wir schon. Wir haben den Stein überlebt, also überleben wir auch das. Stimmt's?«

»Stimmt«, meinte Farley; hinter ihrem Gesichtsausdruck steckte mehr als Respekt vor dem Chef. Patricia blickte zwischen den beiden hin und her und setzte ein Gesicht auf, das Lanier als zugleich kritisch und heiter empfand: ein Lächeln mit Biß.

Carrolson musterte alle drei aufmerksam.

»Olmy ist draußen«, sagte Patricia. »Er hat Ram Kikura dabei. Ich sagte, er soll warten, bis wir fertig sind. Sie wollen mit uns reden.«

»Sind wir uns nun einig?« fragte Lanier.

»Natürlich«, antwortete Heineman.

Olmy und Ram Kikura betraten Patricias Wohnung, setzten sich in die Mitte der Runde und schlugen die

Beine übereinander. Ram Kikura lächelte freudig. Auf Lanier wirkte sie so jung wie Patricia, obwohl sie viel älter sein mußte.

Dann trug Lanier die Forderungen vor. Zu seinem Erstaunen willigte Olmy größtenteils ein; ausgeschlossen blieb nur die Kommunikation mit der Thistledown. »Das kann ich jetzt nicht gewähren. Vielleicht später. Wir können euch unzensierten Zugang zu allen Daten einräumen, aber das erfordert eine gewisse Vorbereitung«, stellte er fest. »Freier Zugang zu sämtlichen Daten ist recht kompliziert und eine große Verantwortung. Es gibt da Spielraum für Mißbrauch. Würdet ihr zunächst pädagogische Hilfe akzeptieren? Ram Kikura könnte einen Geist – eine von ihr abgeleitete partielle Persönlichkeit – zuteilen. Dieser Pädagoge wird euch Material suchen und euch anleiten. Unsere jüngeren Bürger bedienen sich ihrer ständig.«

»Läßt er uns ungestört an Daten ran?« wollte Patricia wissen.

»Das ist eine schwierige Angelegenheit«, erklärte Ram Kikura. »Nicht mal ein Bürger hat zu allem freien Zugang. Es gibt viel in City Memory, das einem Unvorbereiteten gefährlich werden könnte.«

»Zum Beispiel?« fragte Heineman.

»Programme zur Persönlichkeitsumwandlung oder -verschmelzung. Zur Förderung der Psyche. Verschiedene fortgeschrittene Fiktiv- und Theorieprogramme. Dafür mag sich der eine oder andere später mal interessieren, aber zunächst wird euch der Pädagoge vor Schaden bewahren ... und dafür sorgen, daß ihr euch nicht zuviel zumutet.«

»Oder eher zuwenig«, warf Carrolson ein.

»Sollen wir nach wie vor unberührt bleiben?« fragte Patricia.

»Zu einem gewissen Grad«, räumte Olmy ein. »Aber die Tests sind abgeschlossen.«

»Wirklich?« wunderte sich Heineman empört.

»Ja, während des Schlafs.«

»Ich denke, wir sollten erfahren, was mit uns gemacht wird«, sagte Lanier stirnrunzelnd.

»Das geschah durchaus. Euer Schlafbewußtsein führte uns bei der Fragestellung, und wir taten nichts, womit es nicht einverstanden war.«

»Herrgott«, sagte Carrolson, »was soll das sein, ein Schlafbewußtsein?«

Ram Kikura hob die Hände. »Vielleicht seht ihr jetzt ein, warum ihr hier rechtlich den Status von Kindern oder bestenfalls Jugendlichen habt. Ihr seid einfach nicht reif für die Auseinandersetzung mit allem, was Axis City birgt. Aber faßt das nicht persönlich auf. Ich bin hier, um euch zu helfen, nicht um euch zu behindern oder zu ärgern. Und ich bin hier, um euch zu beschützen, und werde das in allen Fällen versuchen, wo ihr euch ungerecht behandelt fühlt.«

»Das ist also die Aufgabe eines Anwalts?« fragte Heineman.

»Ein Anwalt ist zugleich Führer und Rechtsvertreter«, führte Ram Kikura aus. »Wir beraten über rechtliche Möglichkeiten entsprechend den Angaben, die uns zugeteilte Geister in City Memory und anderswo ausgraben. Wir genießen viele Vorteile – beispielsweise Zugang zu privaten Erinnerungen. Obwohl wir solche Erinnerungen nicht einsehen können, dürfen wir von daraus abgeleiteten Folgerungen Gebrauch machen. Einige Anwälte – und dazu gehöre auch ich – bieten darüber hinaus eine psychologische Beratung an, wie so was in eurer Zeit geheißen hätte.«

»Im Grunde genommen«, erläuterte Olmy, »breitet Ram Kikura einen Deckmantel über euch aus, damit euch kein Unrecht von oben treffen kann. Habt ihr sonst noch Fragen?«

»Ja«, meinte Carrolson mit einem Blick zu Lanier. Lanier nickte, und sie fuhr fort: »Was geschieht mit unseren Leuten auf dem Stein – auf der Thistledown?«

»Das wissen wir noch nicht«, antwortete Olmy. »Darüber ist noch keine Entscheidung gefallen.«

»Wird man sie anständig behandeln, die Amerikaner und anderen?« wollte Farley wissen.

»Ich kann garantieren, daß ihnen nichts getan wird«, versicherte Olmy.

»Ist abzusehen, wann wir mit ihnen in Verbindung treten können?« fragte Lanier.

Olmy verschränkte die Finger vor der Brust und sagte nichts.

»Nun?«

»Wie gesagt, die Entscheidung ist noch nicht gefallen. Die Frage muß also offen bleiben.«

»Wir möchten sofort informiert werden, sobald Näheres vorliegt«, forderte Lanier.

»Selbstverständlich«, versprach Olmy. »Ihr seid hier abgeschirmt worden. Da ihr kein Geheimnis mehr seid, wird sich das etwas ändern. Ihr wißt, daß ihr aller Voraussicht nach sehr populär werdet; es werden Festakte und Tourneen stattfinden. Es wird vermutlich anstrengend für euch werden.«

»Sicher«, meinte Lanier skeptisch. »So, und jetzt – nur zwischen uns sieben, falls niemand über eure Schultern lugt, wie ihr vorgebt – möchte ich mal wissen, was euer Einsatz dabei ist?«

Olmy gab zur Antwort: »Es dürfte uns allen klar sein, daß es verfrüht wäre, völlig offen miteinander zu sein. Auch wenn es frustrierend ist, so könnt ihr das einfach nicht ermessen, und wollt' ich's erklären, würde ich euch nur noch mehr verwirren. Ich *werde* es erklären, aber zuerst müßt ihr mit unserer Stadt, mit unserer Kultur Bekanntschaft schließen. Da ihr nun freien Zugang zum Datenservice habt ...«

»Relativ freien Zugang«, korrigierte Lanier.

»Ja, risikolosen Zugang ... werdet ihr also die nächsten vierundzwanzig Stunden erst mal ›nachsitzen‹ wollen, wenn man so sagen kann.«

»Unterliegen wir weiteren Einschränkungen?«

»Ja«, erwiderte Olmy. »Ihr könnt eure Unterkünfte nicht verlassen, bis der Zeitplan festgelegt ist und der Nexus euer ... nennen wir's ›Debüt‹ arrangiert hat. Bis dahin empfehlen wir, euch mit Axis City vertraut zu machen und unseren Lebensstil zumindest in Grundzügen kennenzulernen.«

Er sah von Gesicht zu Gesicht und forderte mit hochgezogenen Brauen zu weiteren Fragen auf; es wurden keine mehr gestellt. Lanier verschränkte die Hände im Nacken und lehnte sich auf dem Sofa zurück.

Ram Kikura programmierte die Piktoren von ihrem Platz aus. »Nun habt ihr einen Pädagogen, der auf meiner Persönlichkeit basiert«, stellte sie fest. »Datenservice und Pädagoge sind von jedem Raum aus abrufbar. Es wäre am besten, mit der Beschreibung von Stadt und Weg zu beginnen ... Einverstanden?«

Die sieben verfolgten still, wie die Axis City in hypnotischen Einzelheiten vor ihnen auftauchte. Sie schienen sich der Stadt von Norden entlang des Defekts – der Singularität – durch mehrere dunkle Schilde zu nähern.

Dann kam die Wand des Wegs ins Bild, und wenige hundert Meter unter ihnen floß der Verkehr. Heineman wurde zappelig beim Anblick der dahinflitzenden Zylinder auf den verflochtenen Strängen. Jeder Zylinder trug vorne einen hellen Scheinwerfer und seitlich drei beleuchtete Streifen. In der Ferne tat sich ein vier Kilometer breites Tor auf, in das Tausende von Zylindern aus allen Richtungen verschwanden. (Eine Einblendung führte ihnen ein Gewirr von vielstöckigen Ladehöfen vor, wo die Zylinder verteilt und zum Be- oder Entladen in Hallen gefahren und die Güter zum Weitertransport ins Tor auf Container verladen wurden. Das eigentliche Tor war viel breiter als diejenigen, denen sie bislang begegnet waren: eine abgestufte Öffnung von wenigstens zwei Kilometern Breite, die an einen Grubenschacht erinnerte, aber viel gleichmäßiger war und voller Maschinerie steckte.)

Die Axis City war aus jeder Perspektive atemberaubend, aber in Bodennähe geradezu überwältigend. Der Piktor setzte die nördlichsten Stadtteile ins Bild und erklärte deren Funktion, woraufhin ein Schwenk nach Süden folgte.

Der südlichste Bereich der Stadt hatte die Form eines breiten Malteserkreuzes, das sich zwischen zwei auf dem Defekt montierten Würfeln spannte. Die Mitte des Kreuzes nahm den Defekt auf, der dann durch die Würfel hindurchlief. Hier saß die Maschinerie, die als Antrieb und Steuersystem der Stadt entlang der Singularität diente. Die gleiche Kraft, die Stadt und Röhrengleiter am Defekt entlangbewegen konnte, lieferte zugleich einen Großteil des städtischen Energiebedarfs. Generatoren in den Würfeln wurden angetrieben von Turbinen, deren »Schaufeln« sich mit der Singularität überschnitten und somit einer räumlichen Transformation ausgesetzt waren.

*Woher stammt die Energie letztendlich?* fragte Patricia sich. War das überhaupt eine sinnvolle Frage?

Hinter dem Würfelpaar lag ein kelchglasförmiger Puffer, der mit dem breiten Ende bündig am ersten rotierenden Zylinder – Axis Nader – anlag. Axis Nader, wo sie wohnten, bildete den ältesten Teil der Stadt. Nach dem letzten Transfer der orthodoxen Naderiten von der Thistledown waren sie nach Axis Nader verlegt worden, das zu einer Art Naderiten-Ghetto wurde.

Die danach aufkommende neomorphe Bevölkerung war in die nördliche Central City und andere Drehzylinder gezogen, die neuer und somit begehrte Immobilien waren. Die Rotationsgeschwindigkeit von Axis Nader produzierte eine Zentrifugalkraft, der die Kraft im Weg entsprach. Seine Bevölkerung setzte sich größtenteils aus orthodoxen Naderiten zusammen, die selbstverständlich fast ausnahmslos homomorph waren.

Hinter Axis Nader lag die Central City. Die architektonische Geometrie der Central City war verblüffend. Laniers Neugier löste eine graphische Darstellung der Formgebung aus. Es begann mit einem Würfel; auf jede Würfelfläche war ein Pyramidenstumpf aufgesetzt, dessen »Stufen« zueinander um die Achse leicht verdreht waren, womit eine halbe Spirale entstand. Das Gesamtgebilde paßte in eine Kugel mit etwa zehn Kilometern Durchmesser und erinnerte an den Turm von Babel, wie ihn ein Künstler des zwanzigsten Jahrhunderts namens M. C. Escher in Zusammenarbeit mit dem Architekten Paolo Soleri gestaltet hätte. Die »verdrehte Pyramide« war das Grundmotiv, das auch die Terminals am Tor prägte.

Hinter der Central City lag Axis Euclid, ein gemischtes Wohngebiet für Neomorphe und Homomorphe sowohl aus den Lagern der Geshel als auch der Naderiten. Axis Thoreau und Axis Euclid rotierten entgegengesetzt, um die Drehung von Axis Nader, das etwas größer war, auszugleichen.

Die projizierte Perspektive richtete sich wieder aufs Malteserkreuz am Südende der Stadt. Im Zentrum des Kreuzes fanden sie sich wieder in einer Werft, wo sie den Bau einer größeren und viel reiferen Version des eigenen zerstörten Röhrengleiters beobachten konnten. Das Gefährt mit dem Namen Defektschiff war etwa hundert Meter lang und glich einer in der Mitte eingedellten Okarina.

Die Bilder wurden durch Fakten und Zahlen erläutert. Das Defektschiff, das zu einer über hundert Stück starken Flotte zählte, erreichte eine Reisegeschwindigkeit von fünftausend Kilometern pro Sekunde. Es konnte sich vom Defekt lösen, um anderem Verkehr auszuweichen, obwohl Heineman zugab, daß er sich nicht vorstellen könne, wie dies bewerkstelligt werde, da der Defekt mitten durchs Schiff gehe. Darüber hinaus konnte es kleinere Gefährte für Aufklärungszwecke absetzen.

An der Oberfläche des Wegs dienten die monströsen Scheiben, die sie beim Abflug gesehen hatten, als Transportmittel für Güter und Personen im Nahverkehr. Die piktographierte Besichtigungstour endete mit einer silber-goldenen Armillarsphäre, die sich vor ihnen drehte.

»Ser Olmy ...«, begann Lanier.

»Ja?«

»Sind wir Gäste oder Gefangene?«

»Eigentlich weder noch«, sagte Olmy. »Je nachdem, wen ihr fragt – und wie ehrlich man euch antwortet –, seid ihr Kapital oder Lasten. Merkt euch das! Es sind drei Empfänge geplant«, fügte er hinzu. »Einer vor dem Hexamon Nexus, ein zweiter auf Timbl, der Frant-Heimat, wo ihr vielleicht dem Präsidenten begegnet, und ein dritter bei eins Punkt drei x neun, wo ein neues Tor geöffnet wird.«

Lanier stand langsam auf und kniff sich in den Nasenrücken. »Nun gut«, sagte er. »Wir sind bekannt und werden nun für Propagandazwecke eingesetzt. Wir werden Jahre brauchen, um es hier zu was zu bringen – falls überhaupt, da wir keine Transplantate haben. Immerhin zeigt ihr uns mehr als bisher. Wir sind keine unbedarften Vertreter des prämortalen Homo sapiens mehr.« Er machte eine unschlüssige Pause. »Aber ...«

»Ihr werdet mit meinen Erklärungen nie ganz klarkommen«, unterbrach Olmy. »Auch wenn ihr viel von dem, was wir euch sagen, begreift, gibt's zu allem einen Untertext, den ihr nicht verstehen könnt. Wie ihr merkt, habe ich nicht um euer Vertrauen gebeten. Das wäre eine unangemessene hohe Forderung. Aber in diesem einen Punkt können wir einander enorm behilflich sein. Ihr wollt mit euren Leuten Verbindung aufnehmen – und der Nexus muß endlich kapieren, was eure Anwesenheit bedeutet und nach sich zieht. In den nächsten Tagen werdet ihr mehr über den Weg erfahren und unsere Mission hier – mehr als die Datensäule euch hätte sagen können. Ich begleite euch, und Suli Ram Kikura und ich werden alles in unsrer Macht Stehende tun, um euren Fall günstig zu entscheiden – zum einen, weil es nur gerecht ist, und zum andern, weil ich glaube, daß dem Nexus auch dient, was euch dient.«

Lanier schaute zu den andern vier, wobei sein Blick bei Farley und schließlich Patricia verweilte. Farley lächelte ermutigend; Patricias Ausdruck war weniger eindeutig.

»Wir sind bereit, in einem vernünftigen Rahmen für genau sieben Tage mit euch zu kooperieren«, erklärte Lanier. »Falls nicht sichtbar ist, daß unseren beiderseitigen Interessen gedient wird, und falls uns die Kommunikation mit der Thistledown nicht gestattet wird, verweigern wir jede Zusammenarbeit. Ich weiß nicht, inwiefern das eine Drohung für euch ist«, fuhr er fort, wobei er tief Luft holte. »Immerhin ist uns bekannt, daß ihr computererzeugte Doppelgänger von uns produzieren und zu allem mißbrauchen oder gar identische Androiden herstellen könnt. Aber das ist unsere Position.«

»Einverstanden«, meinte Olmy. »Sieben Tage.«

Olmy und Ram Kikura zogen sich zurück. Heineman schüttelte langsam den Kopf und schaute zu Lanier. »Und?«

»Wir studieren erst mal weiter«, sagte Lanier, »und warten den rechten Augenblick ab.«

Hoffman stand vor dem kleinen Spiegel in ihrem »Kabäuschen«, wie sie ihr Zimmer im Frauenbungalow mittlerweile nannte. Sie stellte fest, daß sie gar nicht so schlecht aussah. In den letzten Tagen hatte sie besser geschlafen.

Die Selbstmordrate hatte abgenommen; ihre Leute – das waren für Hoffman sowohl die Militärpersonen als auch Zivilisten – schienen sich mit ihrem Los abzufinden und schmiedeten schon Pläne, das Shuttle und einige der russischen Schwertransporter instandzusetzen, um vielleicht zum Mond zu trecken. Hie und da wurde sogar von einer Expedition zur Erde geredet; Gerhardt und Rimskaya waren in dieser Richtung führend.

Rimskaya hatte sich erstaunlich rasch von seinem »Ausfall«, wie er das nannte, erholt; die Sache war ihm sehr peinlich gewesen, und er hatte paradoxerweise verlangt, daß man aufhöre, so verständnisvoll zu sein. »Seid so streng mit mir, wie ich's mit euch wäre!« hatte er gefordert.

Hoffman übertrug ihm die Logistik. Als schulmeisterlich strenger Verwalter der Versorgungsproblematik würde er ihr *diese* Sorge abnehmen. Rimskaya schien unter der neuen, arbeitsintensiven Aufgabe geradezu aufzublühen.

Die Hauptsorge war derzeit das Schicksal der Röhrengleiterexpedition.

Mit der Rückkehr von Mirski und dem Verschwinden der drei politischen Offiziere gestaltete sich die Zusammenarbeit mit den Russen immer einfacher. Dann war da noch das Problem des Frauenmangels: es hatte zwei Vergewaltigungen und einige Vergewaltigungsversuche gegeben. Viele Soldaten – sowohl der NATO als auch der Sowjets – hatten kleine Waffen gespendet für die Frauen; sie hatten davon noch keinen Gebrauch machen müssen.

In einer Stunde war Hoffman mit Mirski in der vierten Kammer verabredet. Es war ihr zweites Treffen seit seiner Rückkehr, und die Themenliste war lang, enthielt aber keine unüberwindlichen Probleme.

In Begleitung von Beryl Wallace und zwei Marinern fuhr sie mit der Bahn von der ersten zur vierten Kammer, wo sie im NATO-Lager in einen Laster umstiegen. Das russische Lager hatte sich während Mirskis Abwesenheit auf drei Camps erweitert und bedeckte nun einen langen Uferstreifen und zwei Inseln. Zwei große

Floße waren aus Stämmen gezimmert worden, und man versuchte sich sogar im Schiffsbau.

Die Fahrt durch den Wald war ein Vergnügen für Hoffman. Das »Festland-Lager« der Russen lag etwa vierzig Kilometer vom NATO-Lager entfernt. Die von den Steinlern gebaute Straße zog sich durch holpriges Gelände mit dichtem Wald ringsum. Es fiel sogar leichter Regen, der von den Scheiben perlte.

Das russische Festland-Lager glich einem alten Western-Fort. Aus hohen, von Ästen und Rinde befreiten Schößlingen war hinter einem hohen Erdwall ein Palisadenzaun errichtet worden. Russische Soldaten schoben vor dem Laster die Tore auf und zogen sie sogleich wieder zu.

Das erste, was Hoffman ins Auge stach, war ein Galgen in der Mitte eines Rechtecks, der zum Glück leer war.

Die Blockhütten waren zum Teil noch im Bau; das ehrgeizigste Projekt war dabei ein dreigeschossiges Gebäude, das einem alten russischen Landhaus nachempfunden war.

Soldaten dirigierten den Laster hinter ein langes Haus aus gespaltenen Stämmen. Mirski empfing sie ohne großes Brimborium am Schreibtisch im östlichen Ende des langen Hauses. Wände gab es nicht; andere Arbeitszimmer und Schlafnischen waren frei einsehbar. Hoffman und Wallace gaben ihm die Hand und setzten sich auf die zugewiesenen Segeltuchstühle. Die Mariner standen, von schweigsamen Russen flankiert, draußen.

Mirski bot Tee an. »Hat uns Ihr Lebensmittelkommisar zugeteilt. Mehr haben wir nicht zu bieten«, entschuldigte er sich. »Aber der Tee ist nicht einmal schlecht.«

»Das Lager macht Fortschritte«, sagte Hoffman.

»Sprechen wir Englisch«, schlug Mirski vor. »Ich muß üben.« Er goß bernsteinfarbenen Tee in drei Plastikbecher.

»Gut«, sagte Hoffman.

»Ich kann nichts für den Fortschritt hier«, räumte Mirski ein. »Sie wissen, ich war gar nicht da, als der Großteil der Arbeiten über die Bühne ging.«

»Man ist gespannt ...«, begann Hoffman.

»Ja, was denn?«

Hoffman lächelte kopfschüttelnd. »Ach nichts.«

»Nein, ich bestehe darauf.« Mirski zog die Brauen hoch. »Was also?«

»Ihr Verschwinden.«

Er blickte von Hoffman zu Wallace. »Ich war tot«, sagte er. »Dann wurde ich wieder heil gemacht. Ist Ihre Frage damit beantwortet?« Bevor sie etwas sagen konnte, fügte er hinzu: »Nein, wohl nicht. Also gut, ich weiß es nicht. Es ist mir genauso schleierhaft wie Ihnen.«

»Nun, wie auch immer«, meinte Hoffman, deren Lächeln gelöster wurde, »wir sind jedenfalls froh, daß Sie wieder hier sind. Es gibt viel zu tun.«

Der erste Punkt auf der Tagesordnung war das Löschen des russischen Schwertransporters, der Nachschub und Gerät an Bord hatte. Er lag seit dem Tod im Bohrloch fest; die Besatzung hatte man evakuiert, wegen der Ladung aber noch keine Einigung erzielt. In wenigen Minuten handelten Hoffman und Mirski ein annehmbares Vorgehen aus. Sämtliche Waffen sollten in einer Kammer im Landebereich verwahrt und von NATO-Angehörigen und russischen Soldaten bewacht werden; andere Güter sollten ins russische Lager in der vierten Kammer ausgeliefert werden. »Wir können auf das Material und die Vorräte nicht verzichten«, sagte Mirski.

Der Status der russischen Wissenschaftler kam als nächstes zur Sprache. Hoffman verlangte, daß jeder, der sich der NATO-Gruppe anschließen wolle, die Erlaubnis dazu bekomme. Dem stimmte Mirski nach kurzer Überlegung zu. »Ich will keine Leute, die nicht hinter mir stehen«, sagte er.

Hoffman überflog ihre Notizen. »Geht ja noch flotter als beim letzten Mal«, sagte sie.

Mirski beugte sich zu ihr, stützte die Ellbogen auf die Knie und faltete die Hände. »Ich hab's satt, das ewige Gezanke«, sagte er. »Ich habe die Ruhe eines Toten, Miss Hoffman. Ich fürchte, gewisse Genossen werden brüskiert sein.«

»Sie sagen, man hat Sie getötet. Das ist doch Unsinn, General.«

»Nein, es stimmt. Ich kann mich zwar nicht an alles erinnern, aber ich weiß noch, daß ich in den Kopf getroffen wurde. Pogodin sagt ...« Er winkte ab. »Man kann sich denken, wer mich umgebracht hat. Mein halber Schädel.« Er machte eine schneidende Handbewegung vor dem Kopf. »War tot und wurde wieder zum Leben erweckt. Zum Glück trug ich keine Waffen, sonst wäre ich jetzt wohl bei Vielgorski, Belozerski und Jazikow.«

»Und wo sind die?«

»Bin mir nicht ganz sicher«, erwiderte Mirski. »Vielleicht in Sicherheitsverwahrung. Es scheint, Thistledown City verfügt nach wie vor über eine eigene Exekutive.«

»Dachte ich's mir doch«, sagte Hoffman. »Das heißt also, Thistledown City ist nach wie vor imstande, Entscheidungen und Urteile zu fällen und entsprechend zu vollstrecken.«

»Wir dürfen uns keine Entgleisungen erlauben, richtig?« gab Mirski zu bedenken.

Hoffman nickte und kehrte zum Thema zurück. Punkt für Punkt wurde die Liste binnen fünfundvierzig Minuten abgehandelt.

»Es war mir ein Vergnügen«, meinte Mirski, der sich zum Händedruck erhob und die Damen zum Laster begleitete.

»Was ist mit dem Galgen?« fragte Wallace auf dem Rückweg. »Was ist davon zu halten?«

»Aus mit der Toleranz«, meinte Hoffman. »Soll vielleicht nur der Abschreckung dienen.«

»Der Mann ist mir unheimlich«, sagte Wallace.

Hoffman nickte. »Mir auch.«

## 55. Kapitel

Von ihren Unterkünften in Axis Nader wurden die fünf von Suli Ram Kikura und dem Frant zur Defektpassage gebracht, um die die zylindrische Siedlung rotierte. Ihr Transportmittel war ein leerer Schacht von drei Kilometern Länge; der Fall glich der Fahrt im Wohnblock der Thistledown City und traf sie deshalb – zum Glück – nicht unvorbereitet.

Die Defektpassage war ein Tunnel von einem halben Kilometer Durchmesser quer durch die Achsstadt Axis City, der in der Mitte die Singularität aufnahm. Hunderttausende von Bürgern säumten die Wände und schwebten in purzelnden Trauben dahin, was jedoch sehr geordnet ablief. Ram Kikura und der Frant verhandelten mit dem Passageingenieur, einer weiblichen Homomorphen, die wie Olmy vom Selbstversorgertyp und ohne Nasenlöcher war.

Daraufhin wurden die fünf dem ersten der vielen städtischen Würdenträger vorgestellt, dem Minister von Axis Nader, einem grauhaarigen, vornehmen und rüstigen orthodoxen Naderiten, der eine japanische »aufgehende Sonne« über der linken Schulter schwenkte. Er schien kein Gramm orientalisches Blut in sich zu haben, aber seine Erscheinung war vielleicht – höchstwahrscheinlich sogar – manipuliert; zum Nachfragen blieb jedoch keine Zeit. »Ihr dürft mich Bürgermeister nennen, wenn ihr wollt«, sagte er in perfektem Englisch und Chinesisch. Diese Sprachen waren in den vier Wohngebieten neuerdings große Mode und sogar jenen geläufig, die keine entsprechende Abstammung nachweisen konnten.

Auf dem Defekt lag ein schwarzes, käferartiges Wartungsfahrzeug auf, das demjenigen, das den Röhrengleiter abmontiert hatte, nicht unähnlich war. Dieses war allerdings größer und besaß eine großzügig angelegte und ausgestattete Kabine, die üppig mit rarem (und echtem) roten Fahnentuch geschmückt war. Piktoren projizierten ein sehr naturalistisches Feuerwerk rund ums Fahrzeug, während Ram Kikura, der Bürgermeister und der Frant zur Seite traten, um den Gästen den Vortritt zu gewähren. Man setzte sich im Halbkreis hinter die Armaturen und wurde sachte von unsichtbaren Bügeln festgehalten.

Der Bürgermeister übernahm das Steuer, eine Y-förmige schwarze Lenksäule mit Griffmulden für die Finger der beiden Hände; die Luke schloß sich lautlos wie eine Blende.

Sie glitten entlang des Defekts und schoben dabei einen roten Lichtschimmer vor sich her. Immer noch funkelte ringsum das Feuerwerk, das manchmal, ohne Schaden anzurichten, mitten in die Massen zu fahren schien.

»Es reicht nicht, wenn man euch nur auf den Piktoren sieht«, erklärte Ram Kikura. »Die Menschen haben sich nicht groß geändert. Ich wette, daß mindestens ein Drittel von den Schaulustigen draußen Geister – Piktographien – sind. Tja, sehen und gesehen werden.«

»Wo ist Alice?« brummte Heineman.

»Alice wer?« fragte Ram Kikura.

»Nur Alice«, antwortete Heineman. »Ich komme mir nämlich vor wie im Wunderland.«

»Fehlt noch jemand?« erkundigte sich der Bürgermeister und blickte mit besorgter Miene zurück.

»Nein«, sagte der Frant mit Lauten wie Zähneknirschen.

Die Fahrt dauerte eine halbe Stunde und erstreckte

sich über fünfzehn Kilometer von Axis Nader zur Central City. Hier herrschte noch größeres Gedränge, das sich ungeordneter gestaltete. Von den größtenteils Neomorphen versuchten einige, die langsame Fahrt des Wartungsfahrzeugs zu blockieren, wurden aber sachte von den Traktionsfeldern, die sich vor dem Fahrzeug aufbauten, beiseitegeschoben.

Patricia saß geduldig da, sagte kaum etwas und schielte gelegentlich zu Lanier. Lanier ließ die Präsentation mit gewisser Skepsis über sich ergehen. Reserviert spitzte er den Mund, als die Neomorphen erschienen: langgestreckte schlangenartig eingerollte Formen aus blitzendem Chrom oder so, Fische, Vögel, silikonartige Strahlentierchen, groteske Variationen der menschlichen Gestalt, die weit über die homomorphe Grundform hinausgingen. Farley verfolgte all das mit weit aufgesperrtem Mund.

»Ich wette, ich seh' aus wie eine Roh ...«, sagte sie mit einemmal und stellte mit einem Blick in die Runde fest, daß niemand sie verstand. »Wie heißt das Wort, nach dem ich suche?« fragte sie Lanier.

»Keine Ahnung«, erwiderte er mit einem süßen Lächeln. Sie nahm seine Hand. Patricia rutschte in den Sessel zurück.

*Was ist das denn?* fragte sie sich. *Bist ein bißchen eifersüchtig? Bist Paul untreu? Warum solltest du Garry was bedeuten? Er hat sich auf die Suche nach dir gemacht aus purem Pflichtgefühl.*

Sie mied dieses Thema, das mit Schmerz und Schuldgefühlen und Unsicherheit behaftet war.

Sie ließen das Wartungsfahrzeug und den Bürgermeister von Axis Nader zurück und wurden nun vom neomorphen Minister der Central City und Senator Prescient Oyu begleitet. Olmy hieß sie am breiten, runden Eingang zum Hexamon Nexus willkommen. In der Kammer herrschte ringsum großes Durcheinander: Homomorphe, Neomorphe, teils mit über der Schulter gehißter amerikanischer Flagge und im Zentrum beim Rednerpult zwei große, lebensecht piktographierte Flaggen der Republik China und der Vereinigten Staaten von Amerika.

Jubel und Musik hießen sie stürmisch willkommen.

Carrolson hakte sich beim blinzelnden Heineman ein, als sie von Olmy und Ram Kikura übers Traktionsfeld hereineskortiert wurden. Prescient Oyu, schön und anmutig wie keine andere, hakte sich bei Lanier und Patricia ein, während der Minister der Central City an Farleys Seite hereindefilierte.

Lanier bemerkte, daß sich verschiedene Senatoren – oder waren's Corpreps? – mit Hammer und Sichel schmückten. Und dann standen sie in der Mitte des Nexus. Die Senatoren und Corpreps wurden leise, die Zurschaustellungen ausgeblendet.

Direktor Hulane Ram Seija trat ans Rednerpult und teilte dem Nexus mit, daß sich die Gäste bald zum Frant-Tor begeben würden, um den Handel im Weg zu sehen. Anschließend würden sie von Senator Prescient Oyu zu ihrem Vater gebracht, der derzeit die Vorbereitungen für eine Toreröffnung bei 1.3 x 9 leite.

Lanier war zum Sprecher der Gruppe gewählt worden. Suli Ram Kikura hatte – gegen Olmys Einwand – vorgeschlagen, daß er die Gelegenheit nütze, um sein Anliegen vorzutragen.

Nervös näherte er sich übers Traktionsfeld dem Rednerpult, wo er die Armillarringe erhielt.

Er blickte nach allen Seiten – und zurück – und fing dann an:

»Es ist nicht einfach, soll man zu seinen Nachkommen sprechen. Da ich keine Kinder habe, bezweifle ich, mit einem von Ihnen auch nur entfernt verwandt zu sein. Und dann ist da natürlich die Sache mit den andern Welten. Wenn ich das anspreche, komme ich mir vor wie ein Steinzeitmensch, der sein erstes Flugzeug – oder gar Raumschiff – sieht. Wir sind in einem völlig anderen Element. Obwohl man uns hier willkommen geheißen hat, sind wir hier nicht ... daheim.«

Er blickte kurz zu Patricia, deren Miene bange Erwartung verriet. Was erwartete sie?

»Unsere Heimat, unsere wahre Heimat, liegt in Schutt und Asche. Das ist unsere Tragödie, unsere gemeinsame Tragödie. Für Sie besteht kein direkter Bezug zur Geschichte des Todes, aber wir sind unmittelbar davon betroffen. Es quält uns die Erinnerung, bedrückt uns der Kummer, der vielleicht ein Leben lang andauern wird.« Was gesagt werden mußte, wurde ihm nun klar, als hätte er – vielleicht unbewußt – seit Tagen darüber nachgedacht.

»Die Erde ist *unsere* Heimat, unsere gemeinsame Wiege. Nun ist sie ein Ort des Todes und des Schreckens, wogegen wir machtlos sind.

Nicht aber ihr. Wenn ihr uns feiert und unseren unwahrscheinlichen Auftritt in eurer Kammer zelebriert, dann ist es doch nur recht und billig, wenn ihr uns helft. Die Erde braucht unbedingt eure Hilfe. Vielleicht können wir die Geschichte umschreiben und korrigieren ...« Er hielt inne. »Kehren wir zusammen heim!« fügte er heiser hinzu.

In der ersten Sitzreihe lauschte der Rede Olmy, der ein einziges Mal nickte. Unmittelbar dahinter in der zweiten Reihe legte Oligand Toller, der Anwalt und Repräsentant des Präsidenten in dieser Sitzung, die gefalteten Hände in den Schoß und verzog keine Miene.

»Kehren wir heim!« wiederholte Lanier. »Eure Vorfahren brauchen euch!«

## 56. Kapitel

Pletnew atmete prustend aus und wischte sich mit einem Handtuchfetzen übers rote Gesicht, nachdem er die Axt in einen Baumstumpf getrieben hatte. Ein paar

Meter weiter waren gekerbte Stämme gestapelt, die aufs Zusammensetzen zu einer Hütte warteten. Pletnew hatte außerdem einen Trog gezimmert, in dem er Schlamm anrührte, den er zwischen die Balkenritze schmierte, und in Ufernähe eine Lichtung in den Wald gehauen.

Neben ihm standen mit verschränkten Armen Garabedian und Annenkowski und beobachteten aufmerksam das Gelände.

»Wollt ihr damit sagen«, begann Pletnew und schnaufte wieder prustend aus, »er hat sich dermaßen geändert, daß auf ihn kein Verlaß mehr ist?«

»Er konzentriert sich nicht auf seine Führungsaufgabe«, erklärte Annenkowski. »Er behindert uns.«

»Behindert uns inwiefern?«

»Zum einen«, fuhr Annenkowski fort, »behandelt er Vielgorskis Gefolgsleute wie irrende Kinder, und nicht wie gefährliche Umstürzler.«

»Nun, das mag klug sein so. Wir sind so wenige, daß wir uns keine Liquidationen leisten können.«

»Das ist nicht das einzige Problem«, erwiderte Annenkowski. »Häufig verläßt er das Lager und hockt sich stundenlang in die Bibliothek und stiert konfus vor sich hin. Wir glauben, daß sein Verstand verworren ist.«

Pletnew blickte zu Garabedian. »Und was meint der Genosse Major?«

»Er ist nicht mehr der alte«, erklärte Garabedian. »Das gibt er selber zu. Und er behauptet, er sei tot. Wiederauferstanden. So was ... gehört sich nicht.«

»Ist er noch General Pawel Mirski?«

»Was ist das für eine Frage? Ob er ein guter Führer ist, das zählt«, meinte Annenkowski. »Jeder von uns könnt's besser.«

»Er hat mit den Amis verhandelt. Hat er schlecht verhandelt?« fragte Pletnew.

»Nein«, erwiderte Garabedian. »Schlecht nicht, höchstens flott.«

»Dann kapier' ich nicht, warum ihr euch beklagt. Er wird schon wieder normal werden. Er hat ein traumatisches – und rätselhaftes – Erlebnis hinter sich. Man kann nicht erwarten, daß so was ohne Einfluß bleibt.«

Annenkowski schüttelte stirnrunzelnd den Kopf. »Ich meine nicht, daß er vorteilhaft verhandelt hat. Er hat viele Zugeständisse gemacht.«

»Und viele Zugeständisse eingeräumt bekommen«, entgegnete Pletnew. »Ich weiß das. Aufgrund der Übereinkünfte können wir vielleicht bald in die Städte umsiedeln.«

»Er tickt nicht mehr richtig!« behauptete Annenkowski aufgebracht. »Er sagt, daß er nicht mehr der alte ist ... Er hat nicht mehr die Ausstrahlung, die ein kommandierender General braucht ...«

Pletnew blickte von einem zum anderen und dann blinzelnd hinauf zur Plasmaröhre. »Was hätten uns Vielgorski und Jazikow und Belozerski gebracht? Nichts. Im Gegenteil. Höchstwahrscheinlich umgebracht hätten sie uns drei. Ich möchte das kleinere Übel nicht gegen das größere eintauschen.«

Garabedian machte ein skeptisches Gesicht. »Er ist zwar mein Freund, aber ...«

Pletnew sah ihn fragend an.

»Nun, ich weiß nicht, wie er in einer Krise reagieren würde.«

»Ich denke, die Krisen sind überwunden«, erwiderte Pletnew. »Und jetzt Schluß mit dem Sturm im Wasserglas. Laßt mich in Frieden meine Hütte bauen!«

Garabedian nickte, steckte die Hände in die Hosentasche und wandte sich zum Gehen. Annenkowski zögerte noch und beobachtete, wie Pletnew eine Kerbe in einen Stamm schlug.

»Wir haben uns überlegt, den Genossen Pletnew zu unserem Führer zu machen«, sagte Annenkowski leise. »Dem General Mirski soll nichts passieren.«

»Ich lehne ab«, erwiderte Pletnew ohne aufzublicken.

»Und wenn er völlig überschnappt?«
»Wird er nicht«, sagte Pletnew.

»Wo *seid* ihr?« schrie Mirski zum dutzendsten Mal.

Er stand mitten in den Stuhlreihen der Bibliothek mit den Datensäulen davor und hob die Fäuste über den Kopf. Sein Gesicht war erhitzt und verschwitzt.

»Seid ihr tot wie ich? Haben sie euch hingerichtet?«

Noch immer keine Antwort.

»Ihr habt mich umgebracht!«

Er biß sich auf die Zähne und zwang sich, ruhig zu atmen. Wollte er versuchen, mehr zu sagen, kämen nur wirre Silben über seine Lippen. Das unscheinbare Signal in seinem Kopf, die kurze Erklärung – *was du jetzt verwendest, ist kein natürlich erworbenes Material* – brachte ihn schier um den Verstand. So viel von dem, was er dachte und tat, war mit diesem Signal behaftet. Er hatte versucht, die Grenzen abzustecken, wenn er auf seiner Pritsche lag und schlafen wollte und merkte, daß er keinen Schlaf *brauchte*.

Er hatte den Eindruck, daß viele seiner Erinnerungen aus logischen Ableitungen zusammengesetzt waren. Die ganze linke Körperhälfte fühlte sich neu an, roch anders. Er erkannte, daß nicht der Körper neu war, sondern der entsprechende Hirnabschnitt.

Die ersten Tage hatte Mirski geglaubt, es wende sich alles zum Guten. Er glaubte, er könne sich daran gewöhnen, ein Lazarus zu sein. Er zog es praktisch ins Lächerliche, von den Toten auferstanden zu sein, um Pogodins Aussage, Vielgorski habe ihm das Hirn aus dem Schädel gepustet, sachte zu entkräften. Aber der Witz zog nicht.

Den Soldaten, die vor der Bibliothek Wache standen, war sie dicht und düster wie eine Gruft, ein Grab vorgekommen. Und was, bitteschön, enthält ein Grab?

Sein Witz war in bittere Realität umgemünzt worden. Niemand wagte es neuerdings, seine Befehle zu mißachten. Er war ein Gespenst, nicht mehr der frischgebackene Generalleutnant Pawel Mirski, sondern ein Fremdling aus den Tiefen der dritten Kammer.

Aberglaube. Eine unheimlich einflußreiche Kraft bei den Soldaten.

Nachdem er, der alten Pflicht nachkommend, eine Woche mühsam das Regiment geführt hatte, kehrte er also in die Bibliothek zurück. Bislang hatte er sich gefürchtet, diesen Raum wieder zu betreten, weil er Angst hatte, die drei politischen Offiziere würden ihm dort auflauern und ihn noch mal erschießen.

Aberglaube.

Er hatte gewartet, bis alle – zunächst ein chinesisches Paar und dann der russische Unteroffizier Rodenski – die Räume verlassen hatten. Erst dann hatte er sie betreten.

Und sich die Kehle aus dem Hals geschrien.

Er saß auf einem Platz und griff zur Schaltung, öffnete den Deckel. »Recht«, verlangte er nach Betätigung der Datensäule. »Recht in einer verlassenen Stadt.«

Die Bibliothek erbat nähere Angaben, um die gewünschte Auskunft abzugrenzen.

»Mord«, sagte er.

Das Material war umfangreich. Mord war ein Verbrechen, auf das psychologische Bewertung und notfalls Persönlichkeitsumbildung stand.

»Und wenn niemand da ist, der den Täter bestraft?«

*Es handelt sich nicht um eine Strafe,* erläuterte die Stimme, *sondern um eine Korrektur, eine Resozialisierung.*

»Und wenn keine Polizei, keine Richter, Gerichte und Psychologen da sind?«

*Verdächtigte können neunzehn Tage festgehalten werden. Wenn diese Zeit verstreicht, ohne daß Anklage erhoben oder ein Urteil gesprochen wird, ist der Verdächtigte der Obhut einer Reintegrationsanstalt zu übergeben.*

»Und wenn eine solche Anstalt nicht vorhanden ist?«

*Der Verdächtigte muß sich verpflichten, zur anzuberau-*

*menden Verhandlung zu erscheinen, und ist in die Freiheit zu entlassen.*

»Und wo wird er entlassen?«

*Am Ort der Ergreifung, wenn nichts anderes verfügt ist.*

»Wo wird er festgehalten?

*Falls er in einem entsprechend großen Gebäude mit eigener medizinischer Notfallversorgung festgenommen wird ...*

Er sah als Beispiel dafür einen Teil der Bibliothek hinter einer nahtlos eingepaßten Tür: zwei Räume, vollgestopft mit Gerät.

*... dann wird er medikamentös ruhiggestellt, bis die Behörden ihn abholen oder neunzehn Tage vergangen sind. Medizinische Werker übernehmen im Notfall polizeiliche Funktionen.*

Er hatte noch zwei Tage.

Mirski kehrte in die vierte Kammer zurück, wo er für ein paar Stunden wieder den Kommandanten spielte. Er ging zu einer Begegnung mit Hoffman und Rimskaya zur Fortsetzung der Gespräche über die »Neubesiedlung« der Städte in den Kammern zwei und drei.

Dann schlich er sich davon, schnappte sich ein AKV und kehrte in die dritte Kammer zurück. Fünf Leute waren in der Bibliothek: Rodenski wieder und vier NATO-Angehörige, darunter ein US-amerikanischer Mariner. Mirski wartete geduldig, bis alle gegangen waren, und betrat die Bibliothek dann mit dem Gewehr in der Hand.

Er hatte den politischen Offizieren eine Chance gegeben. Ließe man sie frei laufen, würden sie von neuem zuschlagen. Er nahm sich vor, in den nächsten zwei Tagen in der Bibliothek auf sie zu warten ...

Nach Stunden – die Bibliothek war leer geblieben – wurde ihm klar, daß sein Plan hinfällig war. Die Bibliothek würde nicht lange leer bleiben. Er mußte die Exekution heimlich ausführen, denn sonst hätte es keinen Sinn. Er mußte die drei politischen Offiziere zuverlässiger töten, als sie ihn getötet hatten, denn sonst würden sie wiederhergestellt, während er neunzehn Tage festgehalten würde, woraufhin das Ganze von vorne anfinge: ein brutaler Kreislauf des Irrsinns, der selbst die Phantasie eines Gogol überstiege.

Er ging zur Wand, hinter der die drei politischen Offiziere im Koma lagen, und richtete das Gewehr auf die Sitzreihen an der Nordseite.

»Ich bin nicht der gleiche, den ihr umgebracht habt«, sagte er. »Warum sollte ich Rache nehmen?«

Auch wenn er glaubte, der gleiche Mensch zu sein, ließ sich dieser Umstand als Vorwand gebrauchen. Nun könnte er tun, was er seit Jahren tun wollte. Vielleicht war diese Einsicht, diese Klarheit zustandegekommen durch die Ausschaltung irgendeines irrationalen Teils seines Denkens, was einen reineren, reiferen Impuls freisetzte.

Mirski hatte immer nach den Sternen greifen wollen, aber nicht um den Preis seiner Seele. Und ein sowjetisches System – selbst in gemäßigter Form, wie er es hatte errichten wollen – würde immer bedeuten, sich mit Leuten wie Belozerski, Jazikow und Vielgorski auseinanderzusetzen. Ihre Fratzen tauchten in der ganzen russischen Geschichte auf: die miesen Lakaien und grausamen, mißtrauischen Führer.

Er wollte den Kreislauf durchbrechen: dazu hatte er nun die Chance. Seine Heimat war nicht mehr, seine Pflicht getan: er war für seine Männer schon einmal in den Tod gegangen. Wenn vielleicht Generalmajor Sosnitski noch leben würde ... Aber falls der Generalmajor noch lebte, wäre Mirski gar nicht an dieser seiner Stelle ...

Er verließ die Bibliothek und fuhr mit der Bahn zum Fort in der vierten Kammer. Dort packte er Vorräte in einen Laster, wobei niemand, nicht einmal Pletnew, der in wenigen Metern Entfernung dastand und ihm leicht verwundert zusah, eine Erklärung abverlangte.

Sie werden froh sein, wenn sie mich los sind, dachte sich Mirski. Dann können sie sich ungehemmt ihren Intrigen und Brutalitäten hingeben. Das politische Triumvirat wird wiederkehren und seinen angestammten Platz zurückfordern. Ich war von Anfang an ein Klotz am Bein ...

Seine letzte Pflicht bestand darin, für Garabedian eine Nachricht zu verfassen:

*Viktor!*
*Die drei politischen Offiziere kehren zurück. Innerhalb der nächsten vierzig Stunden tauchen sie in der Bibliothek der dritten Kammer auf. Macht sie zu euren Führern, wenn ihr wollt; ich werde sie nicht mehr hindern.*

Er hinterließ die Nachricht in einem Kuvert in Garabedians Zelt.

Dann fuhr er mit dem Laster in den Wald und hielt auf eine bislang unerforschte Gegend zu. Dort wollte er allein sein, sich ein Floß bauen und über einen seichten See zu einer baumbestandenen Insel staken oder einfach die Wälder durchstreifen, wie sie direkt oberhalb in fünfzig Kilometer Entfernung sichtbar waren.

Dann wollte er entscheiden, wie's weiterginge.

Er hatte nicht vor zurückzukehren.

## 57. Kapitel

Das Innere des Defektfahrzeugs, in dem sich Privilegierte und Würdenträger drängten, war noch eigenwilliger gestaltet als Olmys Schiff. Die Oberflächen variierten von Perlweiß bis Schiefergrau. Es schien keine Kanten und Ecken zu geben; da war nur die geräumige, langgezogene Kabine, die sich um Defekt und Antrieb schmiegte. Leute in vielfältigen Körperformen tummelten sich auf Traktionsfeldern in der Kabine und piktographierten miteinander oder plauderten in Englisch und Chinesisch. Manche nippten aus freischwebenden Kugeln, die mit Getränken gefüllt waren und mit bewundernswerter Gewandtheit und Voraussicht umhersegelten, ohne zu kollidieren.

Lanier stellte sich etwas ungeschickt an beim Hantieren mit den Traktionsfeldern. Die gelenkige Farley schien dafür eher geeignet, was ihn beinahe neidisch machte und zu neuen Übungsmanövern anspornte. »Herrlich ist das«, schwärmte sie, indem sie sich langsam neben ihm drehte und dann die Hände ausstreckte und sachte an einem violetten Feld abbremste.

Heineman und Carrolson flanierten aufeinandergestützt durch die Homomorphen und Neomorphen und lächelten steif und nickten und hofften, daß stimmte, was Olmy ihnen versichert hatte: es könne ihnen praktisch keine Peinlichkeit unterlaufen, da alles, was sie täten, als charmant und reizend betrachtet würde. Schließlich waren sie ungemein »drollig«.

Patricia mied Gesellschaft und gab ihre Tasche, in der Tafel, Prozessor und Multimeter steckten, nicht aus der Hand. Ihr Versuch, unauffällig zu bleiben, scheiterte kläglich.

Suli Ram Kikura traktionierte zu Patricia, wobei sie das schnelle Piktographieren eines Mannes unterbrach, dessen Haut wie schwarzer Hämatit glänzte. Der Mann entschuldigte sich mit ein paar einfachen Pikts, daß er Patricias piktographische Kenntnisse überfordert hatte. Dann begann er in eher bescheidenem Englisch, das er sicher erst in einer kurzen Einführungslektion in letzter Minute erworben hatte, eine schwierige Diskussion der frühen Wirtschaftsverhältnisse auf der Erde. Kikura hatte sich wieder entfernt, um einen anderen Zwischenfall zu bereinigen: Lanier wurde langsam aber sicher von zwei schlanken, hübschen Damen in eine Nische gedrängt. Die Damen trugen einen hautengen Leopardendreß mit wehenden Schleiern zwischen den Beinen und unter den Achseln, womit sie an prächtige Goldfische erinnerten. Sie ließen sich weder von Lanier noch von Farley abwimmeln.

Patricia hörte dem Mann eine Weile zu. »Ich kenn' mich damit nicht aus«, sagte sie schließlich. »Ich bin in der Physik daheim.«

Der Mann sah sie groß an; man konnte beinahe vernehmen, wie er auf ein frisch eingepflanztes Modul seines Implantats umschaltete. »Das ist ja interessant!« meinte er. »Damals wurde ja so manche Grundlage der modernen Physik geschaffen.«

Olmy mischte sich nun ein und piktographierte dem Mann etwas zu, das Patricia nicht verstand. Jedenfalls zog der Mann mit einem roten Kreis vor dem Gesicht ab.

»War vielleicht keine so gute Idee«, meinte Olmy, während er sie zum Frant begleitete, der sich mit zwei Neomorphen – einem Strahlentierchen und Hulane Ram Seija, Direktor des Nexus – unterhielt.

»Ich schätze, wir müssen uns daran gewöhnen«, erwiderte Patricia. *Warum daran gewöhnen?* fragte sie sich dann. Sie wollte nicht ewig hierbleiben.

»Ser Ram Seija«, sagte der Frant, und wandte sich dann an Patricia, »hier ist unser erster Gast.« Die großen Augen des Frant wirkten heiter und optimistisch. Obwohl Patricia das Wort *Gast* übertrieben fand, hatte sie nichts dagegen, daß der Frant es benutzte.

»Ich möchte mich gern einmal privat mit Ihnen unterhalten«, sagte Ram Seija. »Obwohl mir das hier kein geeigneter Ort zu sein scheint für ...«

Patricia sah in sein Gesicht, das in der Mitte seines Kugelkörpers placiert war. Sie hatte den unbestimmten Eindruck, im Disneyland zu sein und mit Gelassenheit eine außergewöhnliche Attraktion zu betrachten. Erst nach einer Weile meinte sie: »Ganz recht.«

»Timbl, unsere Welt, ist wirklich sehenswert«, sagte der Frant. »Wir sind alte Klienten des Hexamon. Es ist ein sehr harmloses Tor, das schon lange besteht.«

»Dahin geht die Reise zuerst«, erklärte Ram Seija.

»Vier Stunden dauert die Fahrt zum Frant-Tor bei vier x sechs. Dort haben wir zwei gemächliche Tage Aufenthalt. Wir hoffen, der Präsident kann sich von seinen Konferenzverpflichtungen freimachen und uns empfangen.«

Vier x sechs – vier Millionen Kilometer im Korridor – lediglich ein Katzensprung, dachte Patricia. Und pro tausend Kilometer zeitlich ein Jahr näher; mit jedem Millimeterbruchteil in ein andres Universum ...

Um wieviel der Heimat näher?

»Ich freue mich auf die Begegnung mit ihm und auf Timbl«, sagte sie.

»Man verlangt uns vorne im Bug«, erklärte Lanier, der mit Farley vorbeikam. Heineman und Carrolson waren bereits auf dem Weg. Die Leute teilten sich zur Gasse; noch nie war Patricia mit soviel Lächeln und Bewunderung überhäuft worden. Dieser Personenkult war ihr zuwider. Am liebsten hätte sie sich irgendwo verkrochen.

Sie tastete nach dem Brief von Paul in der Tasche ihres Overalls und folgte dann dem Frant und Olmy durch die Gasse in den Schiffsbug.

Dort warteten Senator Oyu und drei Homomorphe von Axis Thoreau – lauter Historiker. Sie machten lächelnd Platz für die fünf. Der Kapitän des Defektfahrzeugs, ein Neomorpher mit männlichem Oberkörper und Schlangenleib von der Hüfte abwärts, der ganze drei Meter maß, gesellte sich als letzter hinzu.

»Die Ehre, unseren kleinen Ausflug zu starten, gebührt dem ersten unserer Gäste in Axis City«, sagte er. »Miss Vasquez, seien Sie so freundlich, und bitten Sie das Schiff zu starten.«

»Los!« sagte Patricia leise.

Ein scharf abgegrenzter Kreis von etwa fünf Metern Durchmesser tat sich in der Schiffswand auf und bot ihnen Blick auf den Weg. Sie schienen hoch über den Verkehrswegen und Tor-Terminals zu gleiten. Die gleißende Singularität schimmerte glutrot vor dem Schiffsbug. Momentan fehlte das Gefühl von Bewegung.

Patricia blickte zurück zu Olmy, Lanier und Farley. Lanier lächelte; sie erwiderte sein Lächeln. Trotz allem war das ganz schön aufregend. Sie kam sich vor wie ein verhätscheltes Kind auf einer verschrobenen Erwachsenenparty.

*Wir sind die Larven, sie die Schmetterlinge,* dachte sie.

Binnen einer halben Stunde bewegte sich das Schiff so schnell – gute 104 Kilometer pro Sekunde –, daß der Weg zu einem gelbbraunen Schlauch verschwamm. Sie hatten bereits 94000 Kilometer zurückgelegt und beschleunigten noch immer. Vorne pulsierte glutrot der Defekt. Patricia spürte Farleys Hand auf ihrer Schulter.

»Erstaunlich. Ist wie eine Party auf der Erde«, sagte Farley. »Nicht in Hopeh, sondern in Los Angeles oder Tokio. Ich kam über Tokio nach Los Angeles und dann weiter nach Florida ... Da gab's immer wieder Empfänge. Das Fest in der Botschaft ...« Sie lächelte kopfschüttelnd. »Wo, zum Teufel, sind wir nur, Patricia? Ich bin total durcheinander.«

»Das sind Menschen wie wir«, antwortete Patricia.

»Ich kann ... kann's einfach nicht fassen, was hier passiert. Verkriech' mich in meine Kindheit in Hopeh, lausche den Worten meines Vaters. Fliehe.«

*Bringe Ramon die* Tiempos de Los Angeles *zum Lesen ...*

»Jede Party wird nach 'ner Weile langweilig. Ich würd' viel lieber arbeiten«, erklärte Patricia, »aber das wäre unhöflich. Olmy sagt, wir sollen auf die Leute zugehen.«

Suli Ram Kikura gesellte sich zu ihnen und machte ein betroffenes Gesicht. »Hat euch jemand gekränkt?« erkundigte sie sich, »oder unschicklich behandelt?«

»Nein«, erwiderte Farley. »Wir gucken nur.«

»Natürlich ... Ihr werdet müde. Selbst Olmy vergißt, daß ihr Schlaf und Ruhe braucht.«

»Ich bin nicht müde«, entgegnete Patricia. »Ich bin im Gegenteil hellwach.«

»Ich auch«, pflichtete Farley ihr bei. »*Baff* wäre vielleicht ein besseres Wort.«

»Ihr könnt euch jederzeit zurückziehen, wenn ihr wollt«, sagte Ram Kikura.

»Ach, wir bleiben im Bug und schauen zu«, meinte Patricia. Sie schwebte im Schneidersitz, und Farley an ihrer Seite nahm die gleiche Haltung ein.

»Es fehlt uns nichts«, sagte Farley. »Und gleich gehn wir wieder zu den andern.«

Ram Kikura traktionierte nach hinten zu einer Gruppe von Neomorphen, die sich mit verzwickten Puzzle-Pikts unterhielten.

»Nicht unbedingt ein schlechtes Plätzchen«, erklärte Farley nach einer Weile. »Keine brutalen Leute hier.«

»O nein«, sagte Patricia. »Olmy ist zuvorkommend und Kikura nicht unsympathisch.«

»Vor dem Aufbruch unterhielt sie sich mit Garry und mir über unser Recht, historische Informationen zu verkaufen – oder gegen Vorteile einzutauschen, wie sie's nannte. Wie's aussieht, können wir gegen eigene Erinnerungen alle möglichen privaten Datenbanken auswerten.«

»Hab' ich auch schon gehört«, sagte Patricia.

Nach einer Stunde zogen sich Patricia, Heineman und Carrolson im hintern Teil der Kabine zurück. Der Frant wimmelte die Neugierigen ab, während sie schliefen. Lanier und Farley waren viel zu aufgedreht; sie blieben im Bug und betrachteten den vorüberhuschenden Korridor. Auf halber Strecke fuhr das Schiff nach einer Beschleunigung von knapp sechs g mit 416 Kilometern pro Sekunde; darauf setzte die Bremsbeschleunigung ein.

In weiteren zwei Stunden schien das Schiff mit nur noch wenigen Dutzend km/h lahm zu kriechen. Drunten flogen zahlreiche silbergraue Scheiben majestätisch über den Straßen. Vier große, verdrehte Pyramiden waren in der Ferne auszumachen: die Terminals zur Abfertigung der vier Tore nach Timbl.

Zwei Homomorphe – etwas radikalere Modelle von Olmys Typ, größtenteils künstliche Selbstversorger – gesellten sich zu ihnen. Sie trugen einen blau-weißen Dreß, der sich am Schienbein und Unterarm mächtig aufblähte; einer war weiblich, obwohl »er« die gleiche Frisur wie Olmy trug, und der andere nicht festgelegt. Sie lächelten Patricia und Farley zu und gaben simple Pikts von sich. Patricia berührte ihren Halsring und antwortete. Farley verpatzte ihre Antwort und löste damit heiteres Gelächter aus. Der Undefinierbare trat vor und schwenkte mit einemmal eine chinesische Flagge über der linken Schulter.

»Wir kennen uns noch nicht«, sagte er. »Ich bin Sama Ula Rixor, Spezialassistent des Präsidenten. Meine Vorfahren waren Chinesen. Wir unterhielten uns gerade über die Morphologie jener Zeit. Miss Farley, Sie sind eine Besonderheit, nicht wahr? Sie sind Chinesin, aber haben kaukasische Züge. Gab es denn ... gab es denn wirklich bereits damals die sogenannte plastische Chirurgie?«

»Ach was ...«, wehrte Farley ziemlich verlegen ab. »Ich wurde in China geboren, aber meine Eltern waren Kaukasier ...«

Patricia traktionierte aus dem Heck zu Lanier, Carrolson und Heineman. Ram Kikura glitt zu ihnen und erklärte, daß sie das Defektschiff gleich verlassen würden; eine VIP-Diskusfähre sei bereits vom Terminal gestartet, um sie an Bord zu nehmen.

Heineman erkundigte sich bei Olmy nach der Identität des Frant, der sie begleitet hatte, da er argwöhnte, er habe mit einem der neun andern Frant an Bord Plätze getauscht. »Er sieht anders aus. Ist's wirklich derselbe Frant?«

»Sie sehen alle gleich aus, wenn sie erwachsen sind«, erklärte Olmy. »Aber spielt das eine Rolle?«

»Tja, ich möcht' halt wissen, wen ich vor mir habe«, rechtfertigte Heineman sich.

»Es spielt wirklich keine Rolle«, sagte Olmy. »Sobald sie homogenisiert sind und das Kurzzeitgedächtnis ausgetauscht haben, kann der eine nahtlos übernehmen, wo der andere aufhört.«

Obwohl Heineman davon nicht überzeugt war, ließ er es dabei bewenden, da es so wichtig auch wieder nicht war.

Der VIP-Diskus war so breit wie das Defektschiff lang. Er stieg bis auf dreißig Meter zur Achse herauf, wobei sich die Oberfläche im Plasmafeld leuchtend auflud. Das Leuchten glitt wie phosphoreszierender Meerschaum von der Oberfläche ab, woraufhin sich eine kreisrunde Öffnung in der Mitte auftat.

Nun öffneten sich die Luken des Defektschiffs, und die Gäste hopsten zu zweien und dreien geordnet durch die aufgespannten Felder zur Öffnung im Diskus. Olmy hielt Farley und Lanier, und Lanier hielt Patricia; Ram Kikura nahm Carrolson und Heineman bei der Hand. Zusammen flogen sie wie die übrigen hinüber.

Der Diksus war nicht recht viel mehr als eine größere Version der Schalen über den Toren außerhalb der siebten Steinkammer. Abgesehen von einem Geflecht leuchtender Linien besaß er keine erkennbare Unterseite und wies – sehr zum Verdruß von Heineman – keinerlei Plattform oder Auflagfläche auf. Die Gesellschaft schwebte einfach unter dem Diskus, wo sie von einem unsichtbaren, alles umschließenden Traktionsfeld gehalten wurden, das seinerseits mit kleineren sichtbaren Feldern durchsetzt war. Vom Vakuum – und von den Wänden des Wegs fünfundzwanzig Kilometer darunter – trennte sie lediglich eine unsichtbare Energiebarriere.

Lanier bemerkte mehrere homomorphe und viele weitere neomorphe Piloten und Werker, von der Reisegesellschaft getrennt, am Diskusrand. Er verfolgte, wie sich ein spindelförmiger Neomorpher durch purpurne Traktionsfelder schlängelte und Kisten aus einem andern Abschnitt des Defektschiffs hinter sich herzog. An der andern Seite warteten die acht Frant aufs Umsteigen. Ihr persönlicher Frant hatte sich seinen Gefährten angeschlossen und sich mit ihnen homogenisiert, womit Heinemans Problem hinfällig wurde.

Lanier ergriff eine purpurne Traktionslinie und wandte sich mit einer Drehung Heineman zu.

»Wie fühlst du dich?« fragte er.

»Mies«, antwortete Heineman.

»Er verträgt nix«, meinte Carrolson, die selber etwas blaß war.

»Sollte dir mächtig gefallen«, scherzte Lanier. »Du stehst doch auf Maschinen.«

»Tja, Maschinen!« brummte Heineman. »Zeig mir 'ne Maschine! Hier geht alles ohne bewegliche Teile. Das ist pervers.«

Mittlerweile begann der Diskus, sich zu senken. Die in Trauben hängenden Passagiere tauschten aufgeregt Piktographien aus; Patricia schwebte mit ausgestreckten Armen und Beinen und hielt sich mit einer Hand an derselben Traktionslinie wie Lanier.

Sie blickte hinunter zum Terminal, wo in Bodennähe aus vier Richtungen Disken ein- und ausfuhren. Viele weitere Disken standen bereit, aufgestapelt wie Pfannkuchen oder spiralenförmig in Haltegestellen angeordnet.

Der Diskus senkte sich langsam, so daß sie reichlich Gelegenheit hatten, den Verkehrsfluß rings ums Terminal zu beobachten. Die meisten Wege waren gefüllt mit den Containerfahrzeugen in vielerlei Formen: Kugeln, Eier, Pyramiden oder auch Klumpen aus vielen verschlungenen Windungen. Lanier versuchte, einen Sinn hinter dem Ganzen zu finden, indem er sich darauf besann, was sie von den Datensäulen gelernt hatten, aber es gelang ihm nicht. Freilich steckte irgendein System hinter all dem, aber wozu, das wollte nicht einleuchten. Patricia traktionierte zu ihm.

»Verstehst du, was wir da sehen?« fragte er sie.

Sie schüttelte den Kopf. »Nicht alles.«

Ram Kikura löste sich aus einer Traube grell gekleideter Homomorpher und näherte sich. »In wenigen Minuten passieren wir das Tor«, erklärte sie. »Ihr müßt wissen, daß ich euch, falls Olmy und der Nexus es gestatten, zu steinreichen Leuten machen kann.«

»Bedeutet denn Reichtum noch immer so viel?« fragte Carrolson skeptisch.

»Information«, erwiderte Ram Kikura. »Ich habe bereits mit vier, fünf einflußreichen Informationsverteilern piktographiert.«

»Werden zur Schau gestellt wie irgendwelche Zirkusviecher«, brummte Heineman.

»Oh, das ist ungerecht, Larry«, erwiderte Ram Kikura und tippte ihm auf die Schulter. »Es wird kein Mißbrauch mit euch getrieben. Das ließe ich nicht zu. Und selbst wenn ich mich als Fiesling erweisen sollte, wäre da immer noch Olmy.«

»Soso?« murmelte Heineman ihr nach, als sie sich wieder entfernte.

»Sei nicht so grantig, du«, schimpfte Carrolson.

»Ich bin einfach vorsichtig«, erwiderte Heineman gereizt. »Wenn man in Rom ist, hüte man sich vor öffentlichen Wartesälen.«

Lanier lachte kopfschüttelnd. »Herrgott, ich versteh' immer nur Bahnhof«, ließ er Patricia wissen. »Aber daß er aufpaßt, das muß man ihm lassen.«

Der Diskus war nun in Höhe eines breiten, niedrigen Tors in der Ostseite des Terminals. Das ganze Gebäude war bedeckt mit einem milchglasartigen Material; orangefarbene Metallbänder verliefen in scheinbar willkürlichen Abständen unter den horizontalen Scheiben.

»Wunderschön«, sagte Farley staunend. Patricia gab ihr recht; dann spürte sie, wie es in ihren Augen heiß und feucht wurde; den Grund konnte sie nur raten. Ihr Hals kratzte, und sie wischte sich die Tränen fort.

»Was ist denn?« fragte Lanier, der zu ihr rückte.

»Wunderschön!« sagte sie mit einem Seufzer. Lanier spürte, daß auch seine Augen feucht wurden.

»Wir können sie einfach nicht vergessen«, sagte er. »Wohin wir auch gehen, was immer wir sehen, wir müssen immer an sie denken. Die vier Milliarden.«

Sie nickte heftig. Olmy näherte sich nun von hinten, zückte plötzlich ein altertümliches Taschentuch und reichte es über Patricias Schulter. Sie nahm es dankend entgegen.

»Wenn du das länger machst«, warnte er flüsternd, »dann bist du in wenigen Minuten hoffnungslos umzingelt. Für uns ist es nicht alltäglich, jemand weinen zu sehen.«

»Du meine Güte!« sagte Carrolson.

»Nehmt das nicht als Maßstab«, meinte Olmy. »Wir empfinden ebenso intensiv, aber bringen unsre Gefühle eben anders zum Ausdruck.«

»Geht schon wieder«, sagte Patricia, die sich unbeholfen die Augen abtupfte. »Du hast das Taschentuch nur für ...«

Olmy lächelte. »Für Notfälle mitgebracht.«

Lanier nahm das Taschentuch und trocknete die letzten Tränen; dann schwenkte er es, um damit ein paar herumfliegende Tränen einzufangen. »Danke«, sagte er und gab es Olmy zurück.

»Bitte, bitte.«

Das Terminal nahm sie auf. In der hohlen Struktur steuerten Lichtstrahlen das Fahrzeugaufgebot. Einen knappen Kilometer unter ihnen lag im Zentrum das eigentliche Tor: ein gewaltiges, glattrandiges, gleichmäßig blaues Loch.

»Das ist unser zweitgrößtes Tor mit einem Durchmesser von fünf Kilometern«, erklärte Olmy. »Das größte ist sieben Kilometer im Durchmesser und führt zur Talsit-Welt bei eins Punkt drei x sieben.«

»Wir gehn da drein?« fragte Heineman staunend.

»Ja. Es besteht keine Gefahr.«

»Außer für meine geistige Gesundheit«, meinte Heineman. »Wär' ich nur Maler und Anstreicher geworden.«

Nun befanden sie sich direkt über dem Tor, wo außer Blau nichts zu erkennen war. Fünf kleinere Disken eilten im Verband voraus und bahnten ihnen einen Weg. Am Rand des Tors stürzten Hunderte von Zylindern und Fahrzeugen in majestätischem, kontrolliertem Fall von den Fahrbahnen.

Lichtlinien bildeten sich und umschlossen schaftartig ihren Diskus. Als sie in gleicher Höhe des Torrands waren, erkannte Lanier plötzlich Details auf dem Boden darunter. Die Frant-Welt wurde – perspektivisch verzerrt und blau eingefärbt – sichtbar. Da waren Ozeane zu erkennen, ferne schwarze Gebirge vor ultramarinblauem Himmel, die abgeflachte, gleißende Sonnenscheibe.

»Du meine Güte«, sagte Carrolson staunend. »Seht nur!«

»Lieber nicht«, erwiderte Heineman. »Glaubst du, Olmy hat auch Dramanin einstecken?«

Die fliegenden Menschentrauben piktographierten zum Ausdruck ihrer Begeisterung grelle Kreise und Farbblitze. Der Diskus vibrierte, und dann rückte die Landschaft in die richtige Perspektive. Der steuernde Lichtschaft verschwand, und der Diskus passierte das Tor vollends und senkte sich plötzlich auf eine grelle weiße Fläche.

Lanier, Carrolson und Patricia traktionierten tiefer zum Rand des Kraftliniennetzes, um den Horizont der Frant-Welt zu sehen. Ringsum reihten sich zwischen schwebenden Disken Zylinder und andere Fahrzeuge und spien ihre Ladung aus. Lanier drehte sich einmal um die eigene Achse und blickte zum Gebirge und Meer hinter dem weißgepflasterten Landebereich. Noch nie hatte er einen so tiefblauen Himmel gesehen.

Wie eine züngelnde Fackel im Wind fiel ein Meteor zur fernen Meeresoberfläche. Bevor er aufschlug, war vom Horizont ein Gitter pulsierender orangefarbener Strahlen hervorgeschossen und hatte ihn zertrümmert. Weitere Strahlen fächerten auf und suchten die trudelnden Trümmer, so daß nur noch Staub auf Meer und Land fiel.

»Das ist die Geschichte ihres Lebens in einer Nußschale«, sagte Ram Kikura und deutete in Richtung des Meteors, der vom Himmel geschossen worden war. »Das ist der Grund, warum die Frant Frant sind.« Sie nahm Patricia und Lanier bei der Hand. Olmy sammelte die übrigen drei um sich. »Kommt! Gleich gehen wir von Bord. Es ist ein bißchen schwerer hier; ihr werdet zunächst Gürtel brauchen.«

Der Diskus erreichte den zugeteilten Landeplatz. Die transparanten Felder unter ihnen formten sich beim Kontakt mit dem weißen Pflaster um, die Kraftlinien verwirbelten zu einem Schlauch.

»Der Anwalt des Präsidenten und der Direktor des Nexus gehen zuerst hinunter«, erklärte Ram Kikura. »Dann kommen wir, dann die Frant, dann der Rest.«

Oligand Toller, Hulane Ram Seija und ihre Adjutanten – zwei Neomorphe in Fischgestalt und zwei Homomorphe – schwebten zum Zentrum des Wirbels und wurden behutsam auf dem Pflaster unter dem Diskus abgesetzt. Olmy setzte dann seine Gruppe in Bewegung; sie traktionierten auf gleiche Weise hinunter und landeten wenige Meter von der Präsidentengruppe entfernt.

Nach Monaten auf der Thistledown und im Weg war die Anziehung von Timbl praktisch ein Schock, als wäre man plötzlich mit schweren Steinen beladen. Patricia bekam weiche Knie, und ihre Beinmuskulatur meldete Protest an.

Busförmige Fahrzeuge rollten auf großen weißen Rädern heran. Während man einstieg, wurden einem von Frant Auftriebsgürtel angelegt, um die größere Schwerkraft auszugleichen. Neomorphe, die ohne Traktionsfelder praktisch hilflos waren, erhielten Spezialgürtel, die für vollen Gewichtsausgleich sorgten und für eine Vielzahl von Körperformen paßten.

»Dürfte euch gefallen hier«, sagte Ram Kikura, als der Bus sich auf dem weißen Pflaster in Bewegung setzte und auf eine ziegelrote Straße fuhr. »Es geht jetzt zum Strand.«

Die Frant-Welt diene, wie sie ausführte, als Erholungsgebiet für Menschen und andere Sauerstoffatmer des Wegs. Weil die ultraviolette Strahlung vom gelben Zwergstern das für Menschen zuträgliche Maß überschritt, war ein atmosphärischer Schutzschild über mehreren Quadratkilometern aufgespannt. Der Badeort lag im Schatten des Schilds.

»Das Meer enthält wenige große Raubtiere, die allerdings für den Menschen harmlos sind, und die Umwelt ist sauber. Der ideale Ort der Wahl für alle, die's sich leisten können – das sind alle Inkorporierten.«

Das langgestreckte, niedrige Hauptgebäude des Badeorts war optimal; es lag direkt am breiten weißen Quarzsandstrand auf einer Seite einer halbmondförmigen Bucht. Jedes Zimmer hatte eine Veranda und transparente Türen, die auf Wunsch entweder die natürliche Umgebung oder Illusart zeigten. Die Möbel waren wie der ganze Badeort altterrestrisch und somit echt und nicht variierbar.

Das Lunch, die erste Mahlzeit auf der Frant-Welt, wurde von Homomorphen in einem Restaurant im Stil des späten zwanzigsten Jahrhunderts serviert. Mechanische Werker waren nicht vertreten. Nach dem Lunch gingen sie zum Strandhotel, wo Ram Kikura gründlich ihre Zimmer inspizierte, bevor sie eintreten durften. Sie trugen noch Gürtel, obwohl Lanier der Meinung war, auch ohne Gürtel zurechtzukommen. Er wollte den Gürtel erst mit Heineman ablegen, aber Heineman schien sich eher mit Gürtel wohlzufühlen.

Nachdem sich Patricia in ihrem Zimmer umgesehen hatte, schloß sie sich den andern auf Laniers Veranda an. Ram Kikura erklärte, sie könnten sich nun ein paar Stunden ausruhen oder Schwimmen gehen; sie und Olmy seien nicht weit, falls man sie brauche. »Sie gehn in ihr gemeinsames Zimmer«, tuschelte Carrolson, nachdem sie sich zurückgezogen hatte. »Ich glaube, die beiden sind ein Liebespaar.«

Patricia öffnete das metallene Türchen der Veranda. »Ich mache einen Spaziergang«, sagte sie. Dann blickte sie zu Lanier. »Oder sollen wir ständig zusammenbleiben?«

»Ich glaube, wir sind hier recht sicher. Geh ruhig!«

Lanier sah ihr nach, wie sie ein bißchen steifbeinig über den Sand spazierte – vorbei an Homomorphen und sogar einigen gürteltragenden Neomorphen. Niemand schenkte ihr große Beachtung. Er schüttelte lächelnd den Kopf. »Könnte glatt Acapulco sein«, sagte er, »mit'n paar Ballons in der Luft.«

Farley legte den Arm um ihn. »Ich war zwar noch nicht in Acapulco, kann mir aber nicht vorstellen, daß der Himmel dort eine solche Farbe hatte.«

»Muß Liebe schön sein«, bemerkte Carrolson und warf dann Heineman einen vorwurfsvollen Blick zu. »Du behandelst mich nie so.«

»Ich bin Ingenieur«, erwiderte Heineman. »Ich tätschle und fummle nicht, sondern packe zu.«

»Und wie!« meinte Carrolson.

»Mein Gott, wir haben ja echt gute Laune«, sagte Lanier.

»Außer Patricia«, bemerkte Carrolson. »Mir ist aufgefallen, was sie für ein Gesicht macht, wenn sie euch beide sieht. Ich denke, sie ist eifersüchtig, Garry.«

»O weh.« Lanier setzte sich auf einen Verandastuhl

und blickte über den glitzernden Strand und das leuchtend blaugrüne Meer zum messerscharfen Horizont. »Sie ist mir ein Rätsel, seit ich sie kenne.«

»Mir nicht«, sagte Farley. Alle Augen waren auf sie gerichtet. »Ich verstehe sie – zumindest ein bißchen«, erklärte sie. »Ich war auch einmal wie sie – zwar nicht so intelligent, aber introvertiert. Verschlossen. Mein Leben war bis zum fünf- oder sechsundzwanzigsten Geburtstag eine Qual. Da nahm ich mir vor, normal zu werden – jedenfalls normal extravertiert.«

»Sie wird morgen vierundzwanzig?« sagte Carrolson.

»Hat sie Geburtstag?« fragte Farley.

Carrolson nickte. »Ich habe mit Olmy gesprochen und ihm erklärt, was eine Geburtstagsparty ist. Er findet es eine gute Idee. Wie's aussieht, feiern sie hier den Geburtstag nicht, da so wenige in biologischem Sinne geboren werden. Es gibt den Namenstag, die Reifefeier – vor allem in Axis Nader. Ich habe mir sagen lassen, das Alter habe für sie nicht die Bedeutung wie für uns.«

»Was für'ne Party ist denn geplant?«

»Hab' eine Feier im kleinen Rahmen vorgeschlagen: nur wir und Olmy und Ram Kikura. Damit war Olmy einverstanden.«

»Leonore, du bist ein Schatz«, sagte Lanier, der unbewußt Hoffmans Tonfall nachahmte. Carrolson machte einen Knicks und bohrte die Zeigefinger in die Backen.

»Wir haben nicht nur gute Laune«, sagte Heineman, der sie erstaunt anschaute. »Wir haben den Verstand verloren.«

Patricia war etwa einen halben Kilometer am Strand entlangspaziert, als sie Oligand Toller sah, der vor ihr im Sand stand. Er trug Shorts, so daß die blond behaarten, muskulösen Beine sichtbar waren, und ein schreiendes Hawaihemd. »Gut so?« fragte er und warf sich in verschiedene Posen.

Patricia sperrte den Mund auf und wußte nicht, was sie sagen sollte.

»Nun, immerhin hab' ich mir Mühe gegeben«, meinte er. »Wir müssen uns unbedingt unterhalten, wenn's recht ist.«

»Ich ...«

»Könnte wichtig sein für euch alle.«

Da stand sie nun und sah ihn an, sagte aber nichts.

»Wir können gern weitergehen«, schlug Toller vor. »Ich möchte ein paar Dinge klarstellen vor der Begegnung mit dem Präsidenten – falls er sich für uns freimachen kann.«

»Meinetwegen«, sagte Patricia und ging voraus. Mit zwei großen Schritten holte er sie ein.

»Wir sind nicht eure Feinde, Patricia«, stellte Toller klar. »Was immer Olmy auch gesagt hat ...«

»Olmy hat nichts dergleichen gesagt«, räumte Patricia ein. »Das ist einfach meine Art. Wir ... ich bin nicht gerade glücklich, so wie's steht. Das leuchtet wohl ein.«

»Aber selbstverständlich«, sagte der Anwalt, der nun mit ihr Schritt hielt. Keiner der übrigen Badegäste oder schwebenden Neomorphen schien etwas dabei zu finden, daß der Anwalt des Präsidenten mit einer Frau aus der Vergangenheit am Strand promenierte. Sie wurden mehr oder weniger ignoriert. »Ich finde diesen Ort herrlich ... Bin oft hier. Erinnert mich daran, was es bedeutet, Mensch zu sein ...«

»Dinge sehen, die echt sind«, bemerkte Patricia.

»Ja. Und die Sorgen eine Weile vergessen. Nun, diesmal handelt es sich ja eindeutig um einen Arbeitsurlaub, und einen sehr kurzen obendrein. Wir können nicht länger als zwei Tage Ortszeit bleiben. Allerdings hielten wir es für wichtig, euch vorzuführen, wie unser System funktioniert. Wir versuchen, eure Unterstützung zu gewinnen – Patricia? Darf ich so sagen?«

Sie nickte.

»Wie die Dinge derzeit stehen, habt ihr womöglich

großen Einfluß. Wir werden euch zu nichts zwingen – mit solchen Mitteln arbeiten wir nicht. Immerhin ist unser System nach eurem Vorbild aufgebaut.«

An einem natürlichen Basaltstein, der als Wellenbrecher ins Meer ragte, hielten sie inne. Patricia wandte sich um und sah einen kleinen, hellen Meteoriten fallen. Keine Strahlen schossen auf, um ihn vom Himmel zu pusten; er war klein genug, um unterwegs von allein zu verglühen.

»Wir haben den Frant geholfen, den Himmelswächter zu installieren«, erklärte Toller. »Als wir das Tor öffneten, steckten sie noch im frühen Atomzeitalter. Wir richteten einen Informationsaustausch ein und knüpften Beziehungen und stellten zur Verfügung, was sie an Schutzmaßnahmen gegen den alle tausend Jahre wiederkehrenden Kometensturm benötigten.«

»Und was habt ihr als Gegenleistung bekommen?«

»Oh, die bekamen längst nicht nur den Himmelswächter von uns. Wir öffneten ihnen den Weg. Sie sind mittlerweile vollberechtigte Partner in drei Toren, handeln mit drei Welten und sind ans normale Weltraumhandelssystem angeschlossen. Als Gegenleistung stellten sie uns Rohstoffe und Informationsrechte zur Verfügung. Aber das wertvollste Gut, das sie einbringen, sind sie selber. Olmys Partner habt ihr kennengelernt. Mit ihnen läßt sich optimal arbeiten; sie sind ausdauernd, zuverlässig, stets nett und freundlich. So weit sich das bestimmen läßt, haben sie sogar Freude daran, mit uns zu arbeiten.«

»Klingt nach treuem Hund«, bemerkte Patricia.

»Ja, man kann diesen Aspekt durchaus sehen«, räumte Toller ein. »Aber die Frant sind mindestens so intelligent wie wir – ohne Zusätze natürlich. Niemand behandelt sie wie Bürger zweiter Klasse oder gar Hunde. Ihr müßt eure alten Vorurteile schon ablegen, um unsere Situation klar zu sehen, Patricia.«

»Ich habe meine Vorurteile abgelegt«, erwiderte sie.

»Ich wollte nur ...« Kopfschüttelnd winkte sie ab. Noch nicht einmal hatte sie Toller direkt ins Gesicht geblickt.

»Vor unserer Ankunft bewegte sich Timbl alle tausend Jahre durch einen alten Kometenhagel. Regelmäßig verloren sie dabei die Hälfte ihrer Bevölkerung. Der ganze Ozean hier besteht aus Kometenwasser, das sich in Jahrmilliarden angesammelt hat. Offenbar gab es vor einer Million Jahren eine längere Pause, und in dieser Epoche entwickelten die Frant ihre jetzige Form und Kultur. Dann setzte der Kometenhagel wieder ein. Allmählich glichen die Frant sich immer stärker an, tauschten zunächst durch chemische Trägerstoffe, dann durch kulturelle Mittel Informationen und Persönlichkeitsmerkmale aus. Sie wurden zur holographischen Gesellschaft, um den Schock der Kometenstürme besser verkraften zu können. Allerdings hatten sie keine Ahnung, was für ein Potential sie darstellten, bis wir das Tor öffneten. Nun benutzten sie zum Teil unsere Technologie – Hochgeschwindigkeitspiktoren beispielsweise, oder den Austausch partieller Persönlichkeiten. Alles in allem bin ich mir nicht sicher, für wen – die Frant oder uns? – das Zusammenwirken der größere Glücksfall gewesen ist. Wir hätten vielleicht schon vor Jahrhunderten gegen die Jarts verloren, wenn die Frant uns nicht geholfen hätten.«

Patricia, die noch keine Zeit gehabt hatte, sich diesen Zusammenhang über den Datenservice anzueignen, lauschte aufmerksam. »Warum könnt ihr mit den Jarts keine Beziehungen herstellen?« fragte sie.

»Ach! Die Jarts sind ein anderes Kapitel. Du weißt natürlich, daß wir sie bereits im Weg vorfanden, als wir ihn mit der siebten Kammer koppelten.«

»Ich hab' davon gehört«, sagte sie und erinnerte sich an die Worte des Schelms.

»Der Ingenieur hatte das Pech, im Rahmen eines Experiments ein Tor zur Jart-Heimat aufzutun. Die Zeit im Weg war noch nicht auf unsere Zeit abgestimmt.

Also konnten die Jarts drei Jahrhunderte im unvollständigen Weg verbringen und sich häuslich niederlassen; sie lernten sogar, primitive Tore zu öffnen. Als der Weg verbunden und geöffnet wurde, waren sie schon da – genau wie heute. Stark sind sie, intelligent, aggressiv und absolut davon überzeugt, daß es ihre Bestimmung ist, alle Universen zu bevölkern. Wir kämpften unerbittlich gegen sie und schlugen sie in den ersten Jahrzehnten zurück. Dann öffneten wir ausgewählte Tore und füllten den ersten Abschnitt des Wegs – bis eins x fünf – mit Erde und Luft. Während wir Axis City erbauten, kam es immer wieder zu Geplänkeln mit den Jarts, die wir immer weiter zurücktrieben und deren Tore wir verschlossen. Schließlich zogen sie sich hinter zwei x neun zurück, wo wir eine Barriere errichteten. Wir versuchten es mit guten Worten und Handel. Sie wollten davon nichts hören. Wir wußten, daß wir den Weg nicht von ihnen säubern konnten, denn dazu waren wir nicht stark genug.«

Patricia setzte sich auf die untere Stufe der Treppe, die auf den Wellenbrecher führte. »Und wie können wir euch helfen?«

»Das ist eine recht kniffelige Frage«, erwiderte Toller. »Am besten könnt ihr uns helfen, indem ihr uns unterstützt. Oder ... nicht gegen uns opponiert.«

»Ihr könnt alle heim«, sagte Patricia. »So wie's aussieht.«

Toller, der ihren Gedankensprüngen nicht gleich folgen konnte, machte eine kleine Pause. »Richtig.« Er setzte sich neben sie; sie rückte ein paar Zentimeter von ihm weg. »So wie's aussieht. Ich persönlich sehe trotz der engagierten Worte von Ser Lanier keine Veranlassung, jetzt zur Erde zurückzukehren.«

»Ihr könnt den Überlebenden helfen.«

»Patricia, *sie* werden *uns* – ihr werdet uns. Es ist nichts verkehrt daran, eine Welt ihren Selbstheilungskräften zu überlassen. Daß wir eine ursächliche Schleife ziehen, also in die schlimmste Stunde unserer Geschichte zurückkehren können, das würde ich nicht als Chance ansehen. Im Moment ist's ein Handicap. Hat Olmy erklärt, wie wir die Jarts aus dem Weg treiben wollen? Endgültig?«

Sie schüttelte den Kopf.

»Es ist ein ehrgeiziger Plan. Du hast Gerüchte von einer Sezession – einer Spaltung der Axis City – gehört?«

Patricia beschloß, sich dumm zu stellen, und schüttelte den Kopf.

»Unsere Defektforscher entdeckten schon vor Jahren, daß die Axis City fast bis auf c, die Lichtgeschwindigkeit, beschleunigt werden könne. Die Stadt selbst würde dabei keinerlei Schaden nehmen, und die Bürger würden höchstens ein kleines Unwohlsein verspüren ...«

»Ich glaube, so was sollten wir alle erfahren«, stellte Patricia fest und stand auf. »Nicht nur ich, meine ganze Gruppe, meine ich.«

»Sie können erfahren, so viel sie möchten. Du kannst ihnen die Stichwörter liefern, wenn sie wieder in der Axis City sind; es ist alles in der City Memory zu finden. Olmy kann auch Auskunft geben.«

»Warum hat er uns noch nichts gesagt?«

»Patricia, unsere Welt ist extrem komplex, wie ihr vielleicht besser wißt als ich. Ich bezweifle, daß Olmy Gelegenheit hatte, euch auch nur über ein Tausendstel der Grundlagen unserer Welt aufzuklären.«

»Okay«, sagte Patricia und wandte sich Toller zu. »Ich höre.«

»Es würde über einen Tag dauern, diese Geschwindigkeit zu erreichen bei einer Beschleunigung von etwa dreihundert g – was knapp an die theoretische Grenze für die Massenträgheitsdämpfungssysteme und für etwas so Weitläufiges wie die auf dem Defekt gleitende Axis City herankäme. Der Defekt wäre größter Belastung ausgesetzt und würde harte Strahlung und schwere Teilchen produzieren ... Innerhalb des Wegs würde allerdings schon eine Geschwindigkeit von einem Drittel c eine Raum-Zeit-Schockwelle auslösen. Wir würden diese Geschwindigkeit bei etwa eins Punkt sieben × neun erreichen. Wir würden also die von Jarts bewohnten Gebiete mit vernichtender Wirkung passieren. Die relativistischen Verzerrungen im Weg wären unglaublich. Die Form des ganzen Wegs würde sich mit unserem Durchtritt ändern, und sämtliche Tore der Jarts würden einfach ...« – er machte eine glättende Handbewegung – »glattgestrichen, plattgewalzt, wie unter einem Bügeleisen.«

Patricias Blick wurde starr. Ihr Denken beschäftigte sich mit der Vorstellung eines relativistischen Gegenstands im Weg und der Erkenntnis, daß ein im Weg mit einem Drittel c beschleunigter Gegenstand selbst relativistisch wäre.

»Ein grandioser Plan, nicht wahr?«

Sie nickte gedankenversunken. »Wie weit würdet ihr in den Weg vorstoßen?«

»Das steht noch nicht fest.«

»Und was wären die Alternativen?«

»In der Konferenz werden schon seit drei Wochen die Alternativen debattiert. Wir nehmen an, daß die Jarts im Laufe von Jahren oder gar Monaten unsere Barrieren durchbrechen werden. Sie stürmen unsere vorgelagerten Tore, die wir natürlich schließen, und drängen uns binnen zehn Jahren in die Thistledown zurück. Wir müssen alles evakuieren und den Weg zerstören, damit sie uns nicht folgen können. Das wäre ewig schade.«

»Ist das realistisch?«

Toller nickte kurz. »Wir können sie nicht lange zurückhalten. Sie sind recht stark geworden und haben sich bei anderen Welten Hilfe geholt, indem sie überall in ihrem Wegabschnitt Tore öffnen.«

»Könntet ihr das nicht auch tun?«

»Wie ich schon sagte, leben sie schon einige Jahrhunderte länger als wir im Weg. Obwohl wir ihn geschaffen haben, kennen sie sich auf verschiedenen Gebieten besser aus als wir.«

Toller erwähnte mit keinem Wort die Alternative, die der Schelm angesprochen hatte: das Absprengen der Thistledown vom Weg. Sie beschloß, ihn nicht auf diese Möglichkeit anzusprechen. »Faszinierend«, sagte sie. »Gibt einem eine Menge zu denken.«

»Ja, nun, ich schätze, ich habe gegen alle Regeln der Etikette verstoßen, Patricia. Es war sehr freundlich von dir, mir zuzuhören. Unsere Zeit ist, wie man sieht, recht begrenzt, und ihr habt nun ein weiteres Element in die Gleichung eingefügt ...«

»Haben wir wohl«, meinte Patricia. *Vielleicht mehr, als ihr denkt.* »Ich möchte nun gern zurückgehen.«

»Aber gewiß doch. Ich begleite dich.«

Sie lächelte ihn an; ihr Blick war noch starr. Toller sagte auf dem Rückweg über den Strand zum Hotel nicht viel, was Patricia nur recht war.

Sie glitt bereits in den Zustand ab; ihr Denken arbeitete fieberhaft. Sie entschuldigte sich kurz bei Lanier und ging in ihr Zimmer, wo sie sich aufs Bett legte und die Augen schloß.

Toller begrüßte die anderen und unterhielt sich kurz mit ihnen, wobei er erklärte, mit Patricia ein interessantes Gespräch über Themen geführt zu haben, die alle beträfen.

Nachdem er sich zurückgezogen hatte, klopfte Lanier an Patricias Tür und bekam keine Antwort.

»Patricia?« rief er.

»Ja?« sagte sie leise.

»Alles klar?«

»Ich ruh' mich aus«, sagte sie. »Wir sehen uns dann beim Essen.«

Er blickte auf seine Armbanduhr; ihr zweites Mahl auf der Frant-Welt, ein angebliches Dinner, war in einer Stunde angesetzt. Er ging in sein Zimmer zurück.

»Wie geht's ihr?« erkundigte sich Carrolson.

»Gut, sagt sie. Macht ein kleines Nickerchen.«

»Das glaube ich nicht«, sagte Farley. »Was Toller ihr wohl gesagt hat?«

## 58. Kapitel

Das Treffen der drei Männer, die Mirskis Autorität übernommen hatten, dauerte keine halbe Stunde. Es wurde abgehalten in Pletnews Hütte, wobei Annenkowski draußen Wache stand, damit niemand lausche.

Das Thema war Mirskis Nachricht an Garabedian. Die Lösung für das Problem, dem sie nun gegenüberstanden, war einfach, wie Pletnew betonte.

Garabedian und Pogodin waren sich noch nicht schlüssig. Pletnew beharrte auf seinem Standpunkt, daß ihnen keine andere Wahl bleibe. »Seht, die haben versucht, Mirski umzubringen und wurden eingesperrt«, sagte er. »Nun werden sie wieder freigelassen. Das ist doch einleuchtend! Genau das gleiche hat die Amerikanerin gesagt. Für mich ist der Fall klar.«

»Und was sollen wir jetzt tun?«

Pletnew nahm seine Kalaschnikow. Die meisten Laserwaffen waren längst entladen; außerdem war ihm eine handfeste Kugel sowieso lieber.

»Werden wir nicht auch eingesperrt?« fragte Garabedian.

»Wurde denn nach den Kämpfen jemand eingesperrt?« fragte Pletnew zurück. Pogodin schüttelte den Kopf.

»Dann erschießen wir sie doch einfach!«

»Gefällt mir nicht, sie ohne Prozeß zu erschießen.«

»Uns bleibt keine Wahl«, sagte Pletnew. Mirski hat *dir* die Nachricht hinterlassen, dachte er, aber *ich* bin derjenige, der kapiert, was er eigentlich sagen wollte. Ohne Mirski können wir drei das Kommando einigermaßen vernünftig führen. Aber wenn die *Zampoliten* zurückkehren, dann werden wir alle erschossen. »Wir warten auf sie und tun, was wir tun müssen. Einverstanden?«

Pogodin und Garabedian stimmten zu.

»Dann gehen wir«, sagte Pletnew. »Wir warten auf sie. Lieber ein bißchen eher dort sein, damit wir sie nicht verpassen.«

Mirski hatte den Laster am Ufer stehenlassen und marschierte mit einem Rucksack voller Trockennahrung landeinwärts. Seen gab es viele in diesem Teil der vierten Kammer – hervorragende Fischgewässer. Er hatte keine Überlebensängste. Die Wälder waren nicht als rauhe, unwirtliche Umgebung gedacht. Wenn es schneite, dann wenig; und es regnete gerade so viel, wie für die Vegetation erforderlich war.

Die ersten Tage hatte er friedlich verbracht und sich gemächlich eine handliche Angelrute gebastelt. Da er die Berichte der amerikanischen Biologen über die vierte Kammer kannte, wußte er, daß es ausreichend Würmer und Maden als Köder gab. Seine Besorgnis hatte sich bald gelegt, so daß er sich fragte, warum er nicht schon viel früher gegangen war.

Am fünften Tag entdeckte er Anzeichen, daß er nicht allein war in dieser Gegend. Eine russische Verpackung und eine amerikanische Plastikdose verrieten, daß wenigstens noch ein anderer Russe bis hierher vorgedrungen war. Die Entdeckung störte ihn wenig. Es war reichlich Platz für alle hier.

Am siebten Tag traf er am Rand einer grasbedeckten Lichtung auf einen Russen. Es war ein fremdes Gesicht, aber der Soldat erkannte Mirski und zog sich blitzschnell in den Wald zurück.

Am achten Tag sahen sie sich wieder; der Soldat stand am anderen Ufer eines Teichs und rannte nicht weg.

»Allein, was?« fragte der Soldat.

»Bis jetzt schon«, antwortete Mirski.

»Aber du bist der Kommandant«, sagte der Soldat vorwurfsvoll.

»Gewesen«, erwiderte Mirski. »Beißen die Fische hier?«

»Nicht besonders. Es gibt zwar überall Fliegen und Mücken hier, aber sie beißen nicht.«

»Ist mir auch aufgefallen.«

»Warum wohl?«

»Gutes Design«, meinte Mirski.

»Ob's hier schneit?«

»Glaub' schon. Einmal im Jahr oder so«, erwiderte Mirski. »Aber es wird nicht recht kalt. Nicht wie in Moskau.«

»Wenn's nur schneien würde – ich mag Schnee«, sagte der Soldat. Mirski nickte, und dann trafen sie sich auf einer Seite des Teichs und wanderten gemeinsam durch die Wälder auf der Suche nach einem besseren Angelplatz.

»Die Amerikaner würden uns Huckleberry Finn und Tom Sawyer nennen«, bemerkte der Soldat, als sie ihre Angeln in einen Bach hängten. »Die Amerikaner sind gar nicht mehr so schlimm wie auf der Erde. Ich wollte schon überlaufen.«

»Und warum hast du's nicht getan?« fragte Mirski.

»Ich wollte allein sein, ohne Menschen um mich herum. Aber es stört mich nicht, daß du hier bist.« Der Soldat ruckte an seiner Rute und hoffte, damit vielleicht eine Forelle zu überlisten. »Gibt mir neuen Glauben an die Menschheit. Sogar ein General will nichts mehr wissen von alledem und haut in den Sack.«

Der Soldat, der Mirski seinen Namen nicht verriet, war vor Wochen aus dem Lager abgehauen und wußte natürlich nichts von Mirskis Tod in der Bibliothek und so weiter. Und Mirski erzählte ihm nichts.

Mirski fühlte sich allmählich wieder wie ein Mensch und kam sich nicht mehr wie ein Ungetüm oder Gespenst vor. Es war herrlich, Zeit zu haben und einen Wassertropfen auf einem Blatt zu beobachten oder die Wellen, die ein Fisch schlug, wenn er nach einem Insekt schnappte. Es spielte keine Rolle mehr, *wer* er war, sondern *daß* er war.

Zwei weitere Tage verstrichen. Allmählich fragte Mirski sich, ob man nach ihm suche. Mit hochauflösenden Teleskopen könnte man sie leicht sehen, und mit Infrarotsensoren könnte man sie sogar unter Bäumen und Büschen aufspüren. Inzwischen waren die *Zampoliten* schätzungsweise wieder frei und bauten ihre Vormacht aus – falls Pletnew und die anderen seine Warnung in den Wind geschlagen hätten.

Es interessierte ihn nur mäßig, was sich zugetragen hatte.

Was er am allermeisten vermißte, das war die Nacht. Er hätte alles gegeben für ein paar stockfinstere Stunden, wo man die Augen schließen könne und nichts sehen würde, nicht mal das feine Schimmern des gedämpften Waldlichts durch die Lider. Darüber hinaus vermißte er den Mond und die Sterne.

»Glaubst du, es lebt noch jemand auf der Erde, den wir kennen?« fragte der Soldat eines Morgens, als sie über einem kleinen Feuer eine Forelle brieten.

»Nein«, gab Mirski zur Antwort.

Der Soldat legte den Kopf schräg und schüttelte ihn dann ungläubig. »Meinst du nicht?«

»Sehr unwahrscheinlich«, erwiderte Mirski.

»Nicht mal jemand von der Führungsspitze?«

»Vielleicht. Aber von denen hab' ich keinen richtig gekannt.«

»Mmmm«, machte der Soldat. Als wäre das noch relevant, fragte er dann: »Sosnitski, hast du den gekannt?«

»Nicht näher.«

»Das war ein guter Mann«, antwortete der Soldat, der nun die Forelle vom Feuer nahm und mit seinem Messer fachmännisch zerlegte. Er reichte Mirski die Hälfte und warf Kopf und Gräten ins Gebüsch.

Mirski nickte und aß den Fisch mitsamt der Haut und kaute bedächtig, als er hinter dem Soldaten im Wald etwas aufblitzen sah. Er kaute nicht weiter. Der Soldat sah seinen verblüfften Blick und drehte sich um.

Ein längliches, metallenes Objekt flog zwischen den Bäumen hervor und bis auf wenige Meter heran. Mirski staunte nicht schlecht: das Ding glich einem russischen Kreuz mit einer schweren Kugel am Fuß. An der Verbindungsstelle des Querbalkens leuchtete ein gleißender Lichtpunkt.

Der Soldat stand auf. »Amis?« fragte er.

»Glaub' ich nicht«, meinte Mirski, der sich ebenfalls erhob.

»Meine Herren«, sagte eine Frauenstimme in Englisch, »haben Sie keine Angst. Wir tun Ihnen nichts. Unsere Detektoren haben festgestellt, daß sich hier jemand mit chirurgischer Prothetik befindet.«

*»Amis!«* rief der Soldat und wich zurück.

»Was, wer bist du?« fragte Mirski in Englisch.

»Bist du der Operierte?«

»Möglich«, erwiderte Mirski. »Ja.«

Der Soldat stieß einen eigenartigen, kehligen Laut aus und floh in den Wald.

»Ich bin der Operierte. Um den andern kümmert euch nicht.«

Eine Dame in Schwarz näherte sich langsam zwischen den Bäumen. Aufgrund der Uniform dachte Mirski im ersten Moment, daß es sich um eine Amerikanerin handeln mußte. Dann bemerkte er, daß der Stil ganz anders war. Und die Frisur – die Seiten waren kahlgeschoren, das Haupthaar hing in wilder Mähne nach hinten – war alles andere als amerikanisch. Es dauerte eine Weile, bis ihm auffiel, daß sie keine Nasenlöcher und winzige runde Ohren hatte. Sie stand neben dem Chromkreuz und hielt die Hand hoch.

»Du bist kein Bürger der Axis City, richtig?« fragte sie. »Und auch kein orthodoxer Naderit?«

»Nein«, sagte Mirski. »Ich bin Russe. Und du?«

Sie berührte den Balken des Kreuzes, und Lichtblitze zuckten zwischen den beiden hin und her. »Komm mit mir! Wir sammeln alle Bewohner dieser Kammern. Es wird dir nichts geschehen.«

»Darf ich oder muß ich?« fragte er einigermaßen ruhig. Konnte ein Mann, der schon einmal gestorben war, noch etwas fürchten?

»Du mußt – leider«, antwortete die Dame mit einem süßen Lächeln.

Judith Hoffman hatte gerade eine neunstündige Marathonsitzung zum Aufbau einer Rechtsordnung auf dem Stein für NATO-Angehörige hinter sich. Auf Drängen von Beryl Wallace war sie in den Frauenbungalow zurückgekehrt, wo sie in ihrem Zimmer schlief. Nun war sie dermaßen erledigt, daß es eine Weile dauerte, bis sie wach wurde und merkte, was sie geweckt hatte. Das Sprechgerät läutete Alarm. Sie drückte die Taste. »Hoffman«, meldete sie sich mit belegter Stimme.

»Joseph Rimskaya in der vierten Kammer. Judith, wir haben eine richtige Spukwelle hier. Hab' selber zwei der Dinger gesehen.«

»Soso?«

»Es sind metallische, kreuzförmige Gebilde, die über unser Lager und auch über die russischen Gebiete schwärmen. Wir haben einige mit Scannern verfolgt. Es müssen an die zwanzig bis dreißig allein in dieser Kammer sein. Sind überall, die Dinger.«

Hoffman knirschte mit den Zähnen, rieb sich die Augen und blickte auf ihre Armbanduhr. Sie hatte nur eine knappe Stunde geschlafen. »Du bist jetzt im Lager null der vierten Kammer?«

»Richtig.«

»Ich mach' mich gleich auf den Weg.«

Sie schaltete das Sprechgerät ab, als schon ein nächster Anruf kam. Diesmal griff Ann ein und unterhielt sich mit dem Anrufer am anderen Ende der Leitung, als Hoffman sich meldete.

»Judith, tut mir leid«, entschuldigte sich Ann hektisch. »Keine Störung, sagte Beryl, aber ich war nur 'ne Sekunde ...«

»Miss Hoffman, hier Colonel Berenson in der siebten Kammer ...«

»Bitte, Colonel«, unterbrach Ann.

»Es ist dringend.«

»Ann, schon gut«, sagte Hoffman.

»Miss Hoffman, unsere Sensoren registrieren Dutzende – vielleicht sogar Hunderte – von großen und kleinen Objekten. Einige sind höchstwahrscheinlich ins Bohrloch eingedrungen und mittlerweile in der sechsten Kammer ...«

»Mindestens schon in der vierten«, sagte Hoffman. »Colonel, kontaktieren Sie Rimskaya. Er hat die Dinger auch gesehen. Ich fahre mit dem nächsten Zug in die vierte Kammer.«

Sie packte ihren kleinen Notkoffer und lief durch den Gang, wobei sie oben an der Treppe beinahe gestolpert und gestürzt wäre. Sie klammerte sich am Geländer fest, bis der Schwindel vorüber war, und stürmte dann die Treppe hinunter, so schnell sie konnte, ohne sich den Hals zu brechen. Ann wartete schon am Fuß der Treppe mit einem Glas Wasser und Tabletten.

»Scheiße, was ist das?« fragte Hoffman, die die Pillen schluckte.

»Hyperkoffein«, erklärte Ann. »Hat Lanier ständig genommen.«

Hoffman schluckte zwei davon mit Wasser.

»Was ist's diesmal?« fragte Ann, die ganz blaß war. »Doch nicht schon wieder ein Angriff?«

»Nicht von außen«, antwortete Hoffman. »Wo sind Wallace und Polk?«

»Zweite Kammer.«

»Sollen in die vierte kommen, Lager null, oder mich beim Zug treffen.«

Hoffman lief nach draußen und rief nach einem Laster zur zweiten Kammer. General Gerhardt stapfte mit seinem Funkgerät in der Hand aus der Cafeteria, rief nach Marinern und winkte Hoffman zu, ihm zu folgen. Doreen Cunningham, die beim Zaun wartete, deutete wortlos auf zwei Laster, die an der Rampe standen.

Sie kletterten gerade in den nächsten Laster, als im wissenschaftlichen Lager Alarm gegeben wurde. Hoffman trat zurück und hob instinktiv den Kopf. Über ihnen schwebte ein silbernes Kreuz. Die dicke Kugel am unteren Ende verlieh ihm ein drohendes und zugleich albernes Aussehen. Es erinnerte Hoffman an irgendeine fremdländische Waffe in einem Karate-Film aus den Achtzigern.

»Das ist nichts Russisches, was?« fragte sie.

»Auf keinen Fall«, erwiderte Gerhardt, der sich mit vorgehaltenen Händen gegen das Röhrenlicht schützte. Das Kreuz umkreiste das Lager, stieg dann in die Höhe, bis es nur noch stecknadelkopfgroß vor der Plasmaröhre zu erkennen war, und verschwand dann. »Ein Spuk, ein echter Spuk!«

Bei Sonnenuntergang überzog sich der Himmel nachtblau. Wo die flache rote Sonnenscheibe im Meer versank, stand eine dunkle Wolkenbank, die vom Horizont zum Zenit zog, wo sie strahlenförmig in rotgeränderte Flocken zerfiel. Farley und Carrolson hatten sich vor einer Stunde zurückgezogen; ein Timbl-Tag dauerte etwa vierzig Stunden. Lanier, der seinen Gedanken nachhing, konnte noch nicht schlafen. Er beobachtete von seiner Veranda aus den Sonnenuntergang; neben ihm saß Heineman. Patricia war seit dem Gespräch mit Toller noch in ihrem Zimmer.

Barfuß und mit kurzer Hose und einem langärmeligen blauen Jackett spazierte in wenigen Metern Entfernung Olmy über den Sandstrand, sah die beiden und kam näher. »Mr. Heineman, Mr. Lanier«, sagte er. Sie begrüßten ihn mit einem Kopfnicken wie vornehme Gentlemen; es fehlten nur noch Pfeife, Smoking und Cocktails, um das Bild feiner Leute zu vervollständigen. »Gefällt es Ihnen hier?«

»Sehr«, antwortete Lanier. »Das erste echte Wetter seit Monaten.«

»Seit einem Jahr für mich«, fügte Heineman hinzu.

»Noch viel länger für mich«, sagte Olmy. »Mein letzter Einsatz in einer Außenwelt liegt ...« – er schien zu überlegen – »liegt schon fünfzehn Jahre zurück. Und auf dieser Welt war ich vor fünfzig Jahren das letzte Mal.«

»Sie sind ein vielbeschäftigter Mann, nicht wahr?« bemerkte Heineman, an Olmy gerichtet.

»In der Tat. Wie geht's Patricia? Ser Toller hat mit ihr geredet, soviel ich weiß. Sie ist noch in ihrem Zimmer?«

»Ja«, antwortete Lanier. »Ich gehe später nach ihr sehen, damit sie etwas ißt.«

»Sie ist neuerdings recht angespannt und verkrampft, nicht wahr?«

»Praktisch seit sie auf dem Stein ... ah ... der Thistledown ist«, erwiderte Lanier. »Wir haben ihr eine gewaltige Verantwortung aufgebürdet. Das war einfach zu viel für sie.«

»Ihr dachtet, sie könne das Rätsel der Thistledown lösen?«

»Wir dachten, sie könnte uns sagen, ob das, was in den Bibliotheken zu finden war, auch für unsere Welt gelte. Wie sich zeigte ...«

»Ja und nein«, ergänzte Olmy für ihn.

Lanier sah ihn verdutzt an, nickte dann und blickte wieder in den Abend hinein. »Sie verhält sich ziemlich eigenartig – selbst wenn man die Umstände berücksichtigt.«

Olmy lehnte sich aufs Verandageländer. »Nachdem wir in der Axis City ankamen, hatte ich ein sehr langes und interessantes Gespräch mit Patricia. Sie war sehr wissensdurstig in bezug auf die Stadt und uns und erpicht, in diese Gesellschaft hineinzuwachsen. Besonders neugierig war sie in bezug auf die Toröffnung. Das ist einer der Gründe, warum wir demnächst einer Toröffnung beiwohnen. Hat sie euch von ihren wichtigsten Plänen erzählt?«

»Glaube ich nicht«, sagte Lanier. Heineman beugte sich vor und sah Olmy gespannt an.

»Bei ihrer Entführung war sie gerade unterwegs zur Bibliothek, wo sie ihre Arbeit abschließen wollte. Sie hatte die Hypothese entwickelt, sie könne in den Weg vordringen und zwischen den Toren im Bereich der geometrischen Haufen einen Ort finden. Ich staunte nicht schlecht, daß sie den geometrischen Haufen kannte und seine Existenz berechnet hatte, denn wenn man die Grundlagen des Wegs begreift, bedeutet das längst noch nicht, daß man sämtliche Konsequenzen erfaßt. Sie glaubte also, sie könne ein Mittel, ein Gerät zum Toröffnen konstruieren und die geometrischen Haufen sondieren.«

»Was ist ein geometrischer Haufen?« fragte Heineman heiser und räusperte sich.

»Torregionen werden in einem gewissen Rhythmus entlang des Wegs angelegt. Sie öffnen sich in eindeutig definierte Stellen in Universen, die sich nur geringfügig von unserem Ursprungsort unterscheiden. Jede Toröffnung im Weg ist der Zeit im einzelnen Universum etwa ein halbes Jahr voraus. Patricia erkannte dieses Prinzip schon recht bald, ihren Äußerungen nach zu urteilen. Aber es dauerte eine Weile, bis sie erkannte, daß die Unendlichkeit alternativer Welten sich irgendwo aufgrund deutlich abgegrenzter Torregionen bündeln müßte. Die Bündelung entsteht im Gebiet geometrischer Haufen, und die von der Bündelung hervorgerufene Verzerrung führt zu beträchtlichen Dislozierungen einiger Universen sowohl im Hyperraum als auch in der Wegzeit.«

»Ich verstehe gar nichts«, gab Lanier zu.

»Sie glaubt, sie könne ein Tor in eine Alternativwelt, in eine Alternativerde öffnen, wo der Tod nicht stattgefunden hat, ansonsten aber nur geringfügigste Unterschiede zu ihrer Erde bestehen. Sie weiß, das Gerät zur Toröffnung ist innerhalb eines gewissen Spielraums manipulierbar. Sie ist davon überzeugt, daß sie mit Hilfe unseres Geräts einen präzisen Pfad in eine alternative, bewohnbare Erde öffnen kann.«

»Und kann sie das?« wollte Lanier wissen.

Olmy ließ sich mit der Antwort Zeit. »Wir werden zwei Toröffner zu Rate ziehen. Einer ist hier auf Timbl, der andre ist der Oberste Toröffner Ser Ry Oyo, Vater von Prescient Oyu, der uns bei eins Punkt drei × neun erwartet.«

»Ist das einer der Gründe, warum wir Axis City verlassen mußten?«

Olmy nickte lächelnd. »Ich hatte gute Gründe, Patricia mit heimzunehmen. Aber eure Ankunft hat uns endlose Probleme bereitet. Einen Besucher hätten wir verstecken können, obwohl das im nachhinein ungewiß erscheint. Aber fünf Besucher – unmöglich. Der Präsident hofft, wir können trotz allem Kapital aus euch schlagen.«

»Dreizehnhundert Jahre, und der Mensch ist noch immer Mensch«, sinnierte Heineman ironisch. »Streitsüchtig wie eh und je.«

»Stimmt – doch nicht ganz«, wandte Olmy ein. »In eurer Zeit waren viele aufgrund einer zerrütteten Persönlichkeit oder gestörter Denkabläufe dermaßen gehandikapt, daß sie nicht selten gegen die eigenen Interessen handelten. Wenn sie klar umrissene Ziele hatten, waren sie nicht imstande, logisch oder auch intuitiv einen gangbaren Weg zu diesem Ziel einzuschlagen. Oft hatten Gegner das gleiche Ziel oder nahezu identische Weltanschauungssysteme, haßten sich jedoch bitterlich. Nun kann sich niemand mehr damit entschuldigen, unwissend oder geistig behindert oder gar unbegabt zu sein. Fehlleistungen sind unentschuldbar; Abhilfen stehen zur Verfügung. Ser Ram Kikura hat unter anderem die Aufgabe, Leute bei der Auswahl geeigneter Fähigkeiten und Einstellungen zu beraten. Jeder kann die notwendigen Ergänzungen in Form von Gedächtnis- oder Persönlichkeitssegmenten erhalten.«

»Und warum sind sie dann nach wie vor uneins?« wollte Heineman wissen.

Olmy schüttelte den Kopf. »Wer das weiß, kennt die Wurzel allen Übels im Reich von Stern, Schicksal und Pneuma. In allen uns zugänglichen Universen.«

»Es übersteigt also den Verstand?« bemerkte Lanier.

»Ganz und gar nicht! Es ist nur zu klar. Es gibt mehr als ein erstrebenswertes Endziel und viele gleichermaßen gangbare Wege dahin. Leider sind die Mittel, die Ressourcen, beschränkt, und es kann nicht jeder jeden Weg gehen. Das gilt selbst für uns. Unsere Bürger sind größtenteils gutmütig, fähig und mannigfaltig. Ich sage größtenteils, weil das System der Axis City keineswegs perfekt ist ...«

»Das heißt, selbst Götter würden sich bekriegen ...«

Olmy nickte. »Interessant, wie sich die plumpen Sagen der Frühzeit der Zivilisation als ewige Wahrheit entpuppen, nicht wahr?«

Lanier klopfte an Patricias Tür und rief ihren Namen. Nach einigen Minuten und mehrmaligem Klopfen machte Patricia endlich auf und winkte ihn herein. Ihr Haar war zerzaust. Sie trug das gleiche wie am Strand.

»Wollte nur nachsehen, wie's dir geht«, sagte Lanier, der unbeholfen im Zimmer stand und nicht wußte, ob er die Arme verschränken oder an den Seiten hängen lassen sollte.

»Ich denke nach«, sagte Patricia und wandte sich ihm zu. Ihre Augen waren traurig. »Wie lange?«

»Wie lange du schon hier bist?«

»Ja.«

»Zwölf Stunden. Es ist dunkel draußen.«

»Ich weiß. Ich mußte Licht machen, bevor ich aufmachte. Ist wie ein Hotel hier. Ist's ja wohl auch. Altmodisch. Anheimelnd. Auf die Grundlagen besinnen. Das hat der Präsident gesagt.«

»Was redest du da für ein Zeug?« meinte Lanier. »Fehlt dir was?«

»Ich kann nicht aufhören zu denken. Ich bin im Zustand – so nenn ich das, wenn ich intensivst denke. Seit zwölf Stunden jetzt. Und noch immer. Ich kann fast nicht reden mit dir, weißt du?«

»Und über was denkst du nach?«

»Heimkehr. Darum dreht's sich letztendlich.«

»Olmy sagte ...«

»Garry, ich hebe ab. Ich ende wie dieser Schelm, verzerrt und unwirklich. Ich kann nicht aufhören zu denken. Der Anwalt des Präsidenten sagte ... Garry, ich brauche Hilfe. Ich brauch' Ablenkung.«

»Was?« fragte Lanier. Sie streckte den Arm aus und winkte. Er nahm ihre Hand.

»Ich bin ein Mensch, richtig? Ich bin aus Fleisch und Blut. Ich bin kein Computer oder Programm.«

»Du bist ein Mensch«, bestätigte Lanier. »Ich spüre dich.«

»Da bin ich mir gar nicht sicher. Du kannst dir nicht vorstellen, was in mir vorgeht. Ich sehe ... ich meine, es ist nichts Künstliches, nichts Hinzugefügtes oder so. Es kommt von mir, vom vielen Berechnen und Theoretisieren. Ich sehe Universen, die zusammengeballt, zusammengeknüllt sind wie Buchseiten, und ich kenne die Seitenzahlen. Olmy hat mir nicht geglaubt, nicht hundertprozentig. Aber ich bin immer noch überzeugt, daß ich recht habe. Sie haben dieses Gerät zum Toröffnen in verschiedenen Größen. Wenn ich so eins kriegen könnte, dann könnte ich uns alle heimführen. Dorthin, wo alles noch in Ordnung ist. Ich kenne die Seitenzahl.«

»Patricia ...«

»Laß mich reden!« schoß sie zurück. »Dorthin, wo kein Atomkrieg stattgefunden hat. Wo mein Vater *Tiempos de Los Angeles* liest. Wo Paul auf mich wartet. Das denke ich, aber nicht nur das. Der Präsident sagt, sie können die Axis City durch den Korridor, den Weg schicken – mit relativistischen Geschwindigkeiten. Relativistisch! Den Feind auslöschen. Das wird nicht klappen. Aber ...«

»Langsam, Patricia!«

»Ich *kann* nicht, Garry! Ich brauche den Kontakt!« Sie hielt seine Hand fester. »Ich brauche Paul, aber er ist noch tot, bis ich ihn finde. Du hilfst mir. Bitte!«

»Wie?«

Sie kniff die Augen zusammen, als würde ihr ein Sturm ins Gesicht blasen, und rang sich ein zaghaftes Lächeln ab. »Der Weg würde sich weiten wie eine Trompete. Falls ein großes relativistisches Objekt an der Singularität entlanggleiten würde. Würde sich aufblähen. Würde die Tore schließen, einfach zuschweißen.«

»Wie kann ich dir helfen? Ich hole Carrolson.«

»Nein, bitte. Nur du. Ich habe Notizen gemacht.« Sie hielt ihre Tafel hoch. Die Anzeige war voller Zahlen, die für Lanier keinerlei Sinn ergaben. »Ich hab' den Beweis. Laßt mich zu dem Punkt im geometrischen Haufen ... und ich kann uns herausholen!«

»Patricia, du hast gesagt, ich kann dir helfen.«

»Schlaf mit mir!« sagte sie mit einemmal.

Lanier sah sie entsetzt an.

»Ich bin momentan nur ein Gedanke. Gib mir einen Körper.«

»Sei nicht albern!« sagte er sauer – doppelt sauer, weil er bei sich eine willige Reaktion spürte.

»Paul ist tot. Ich betrüge ihn also nicht. Wenn ich das Tor öffne, wird er wieder leben, aber jetzt im Moment ist er nirgendwo. Ich weiß, du warst mit Farley beisammen ... und Hoffman.«

Sie hätte beinahe das Falsche gesagt, hätte beinahe an seine Verantwortung für sie appelliert, und er ahnte das. »Ich bin teils eifersüchtig, teils nicht«, sagte sie. »Ich mag Karen. Ich mag euch alle. Ich habe mich einsam gefühlt, anders, aber ich möchte ... mit euch beisammensein. Ich möchte, daß ihr mich mögt.«

»Ich will dich nicht ausnützen, bloß weil du deprimiert bist«, erklärte Lanier.

»Ausnützen? Aber ich brauche dich! Ich nütze dich aus. Ich benutze dich, ich weiß, aber ... ich weiß halt, daß es mir helfen wird. Ich bin kein kleines Ding. Im Moment hab' ich Sachen im Kopf, auf die nicht mal *diese* Zivilisation gekommen ist. Olmy weiß das. Aber wenn ich weiter denke, verlier' ich alles. Hops.«

Sie schnalzte mit den Fingern der freien Hand.

»Ich bin wohl nicht besonders gut im Bett«, sagte sie dann.

»Patricia«, sagte Lanier, der die Hand zurückziehen wollte, es aber nur halbherzig versuchte.

Sie rückte noch näher und steckte die Hand in seinen Hosenbund. »Das ist unfair, ich weiß.«

Sie schob die Hand tiefer hinein. »Ich bin nicht nur ein albernes kleines Genie.«

»Nein«, sagte er.

Sie neigte den Kopf zurück, schloß die Augen, streichelte sein Glied, das sich unter ihrer Hand aufrichtete, und lächelte genußvoll. Laniers Widerstand war gebrochen. Sie ließ seine Hand los, woraufhin er ihre Bluse aufknöpfte.

Als sie nackt waren, schlossen sie sich in die Arme. Lanier kniete sich vor ihr hin und küßte ihre Brüste. Die Augen liefen ihm über, als er ihre Brustwarzen zwischen den Lippen spürte. Ihr Busen war mittelgroß und fest; eine Brust war etwas größer als die andere. Aber Größe und Form spielten keine Rolle. Lanier packte plötzlich eine ungemeine Leidenschaft, die alle Hemmungen aus dem Weg räumte. Sie führte ihn ins Schlafzimmer und legte sich neben ihn, wobei sie sich küßten und aneinander schmiegten. Er winkelte mit den Händen ihre Beine an und drang tief in sie ein; dabei spannten sich die Muskeln von Bauch und Gesäß krampfhaft. Dann rollte sich Patricia auf ihn und bewegte entspannt ihre Hüften. Sie hatte die Augen zärtlich geschlossen, als würde sie sich etwas Schönes wünschen. Sie richtete sich auf, und Lanier betrachtete ihre gemeinsame Bewegung ohne seine übliche Isolation, wofür er nun eine Erfüllung und Ganzheit empfand, die er nicht verstand. Es hatte nicht die geringste Andeutung dafür gegeben in ihrer bisherigen nüchternen, pflichterfüllten Zusammenarbeit. Das andere war auf andere beschränkt gewesen.

Und nun schlief er mit Hoffmans kleinem mexikostämmigen Genie. Er war entsetzt gewesen, als er sie das erste Mal sah, wie er erst jetzt erkannte; allein sein Respekt vor Hoffmans Entscheidungen hatte jene erste Reaktion auf die zarte, schwache Patricia kaschiert. Nun bewegte er sich tief in dieser zarten, schwachen Patricia und ließ sich beglücken, alles im Namen der Pflicht, und das war zum Lachen.

Entsetzt war er auch gewesen, weil sie so anziehend war.

Patricia kam zum Höhepunkt. Bei Paul hatte sie sich als Naturtalent erwiesen. Sie spürte, wie der Zustand aussetzte und sich verschob, aber nicht auflöste. Ihre Gedanken wurden klar: endlich ein Brennpunkt.

Sie kam, hielt inne, aber nach kurzer Pause bewegte sie sich wieder. Lanier wölbte sich hoch, sank zurück, stieß wieder hoch, höher, grub sich noch tiefer hinein, grunzte an ihrer vornübergebeugten Schulter, an ihrer Wange, riß den Mund auf und stöhnte kehlig. Mit jedem Stoß rüttelte er sich los, schüttelte er die Jahre der Verkrampfung ab, derer er sich nicht mal bewußt gewesen war.

Dann lagen sie still, lange Minuten und lauschten dem Rauschen der See hinter den Glastüren. Er spürte, wie sein feuchtes, erschlaffendes Glied langsam herausglitt.

»Danke«, sagte Patricia.

»Du meine Güte«, sagte Lanier mit einem Lächeln. »Besser jetzt?«

Sie nickte und vergrub die Nase in seiner Achsel. »Das war ein Spiel mit dem Feuer«, sagte sie. »Verzeih.«

Lanier drehte ihr Gesicht zu sich und schmiegte ihren Kopf zwischen Schulter und Wange. »Weißt du, wir sind zwei komische Vögel«, meinte er.

»Mm.« Sie schmiegte sich in seine Achsel und drückte die Augen zu. »Du solltest nicht bei mir bleiben heut nacht. Mit mir ist alles okay. Du solltest zu Karen gehen heut nacht.«

Er musterte ihr Gesicht. »Mach ich.«

Sie schlug die Augen, die großen, länglichen, auf und sah ihn an. Jetzt kam sie ihm nicht mehr wie eine Wildkatze vor, sondern schon eher wie eine seltsame Inversion der Neomorphen der letzten Tage. Innen Mensch, außen wunderlich.

Aber in Patricia Luisa Vasquez war – vielleicht schon die ganze Zeit – etwas, das nicht unbedingt menschlich war.

*Nur Götter und Außerirdische.*

»Du guckst mich so komisch an«, sagte sie.

»Pardon. Hab' mir nur gedacht, wie alles Kopf steht.«

»Bereust du's?« fragte sie und streckte sich. Die Augen waren Schlitze.

»Ich bereu's nicht.«

Beim Hinausgehen lief es ihm heiß und kalt über den Rücken. Als er auf seine Arme blickte, fiel ihm auf, daß ihm nichts von alledem, was er in den letzten Tagen gesehen hatte, eine Gänsehaut eingejagt hatte ...

Bis jetzt.

## 59. Kapitel

Obwohl der Tag noch nicht angebrochen war, führte Olmy die fünf Gäste zu einem wartenden Bus. Carrolson nannte sie Spielzeugbus, weil sie so große weiße Räder hatten. Es war kühl, kein Lüftchen regte sich, und die Sterne funkelten klar vom nachtblauen Himmel.

Patricia war leise und verriet mit keiner Regung, was in der Nacht zwischen ihr und Lanier gewesen war. Auch Farley gab nichts zu erkennen; sie hatte schon geschlafen, als Lanier ins Zimmer kam. Er hatte Mühe gehabt, Schlaf zu finden; seit seiner Jugend hatte er sich nicht mehr in eine solche Situation gebracht.

Ram Kikura kam wenige Minuten später über einen blaugrünen Rasenstreifen angerannt und stieg ein.

»Der Präsident hat keine Zeit für uns«, erklärte sie.

»Wie schade«, meinte Carrolson, die nicht unbedingt schrecklich enttäuscht klang. »Probleme?«

»Ich weiß nicht. Ser Toller, der Präsident und der Partielle des Präsidierenden Ministers beraten zur Stunde. Fahrt ihr mal ruhig weiter; ich bleibe hier und verfolge die Lage.«

Der Busfahrer, ein Frant, blickte zu Olmy, der nickte. Sie rollten langsam über den Rasen zu einem Kiesweg und weiter zu einer Straße mit weißem Belag, die ringförmig um den Badeort verlief und in den Morgen führte, der nun über dem Festlandhorizont graute. In der Luft lag ein Duft, der sich von der würzigen Seeluft unterschied; ein lauer Wind wehte den Duft heran von Feldern mit niedrigen, dichten, gelben Stielen. Auf den Feldern waren die Bauern schon fleißig; sie trugen rote

Schürzen mit vielen Taschen und hatten vollautomatische Traktoren bei sich.

»Sie ernten biologische Persönlichkeitselemente«, erklärte Olmy. »Modifiziertes Plantimal* reproduziert komplexe biologische Strukturen, selbst vorgegebene Erinnerungen. Eine Art Heimindustrie, sehr lohnend.«

»Für Menschen oder Frant?« wollte Lanier wissen.

»Das Plantimal kann auf fast jede organische Form abgestimmt werden«, erklärte Olmy. »Die Einrichtung genetischer Codes ist bei Zellen auf Kohlenstoffbasis nicht problematisch.«

Lanier hatte gemeint, ob die Industrie für Menschen oder Frant lohnend sei, wollte aber nicht weiter nachhaken. Der Bus fuhr auf der weißen Straße durch die Felder und durchquerte den dichtbevölkerten Küstenstreifen. Dutzende von Kilometern entlang der Küste und wenigstens zehn Kilometer landeinwärts schmiegte sich eine Frant-Siedlung an die nächste.

Bis zu zehn Dörfer teilten sich ein Gebiet von nicht einmal drei Quadratkilometern. Jedes Dorf bestand aus mehreren ringförmig angelegten und ineinandergepaßten Gürteln niedriger, rechteckiger Häuser. In der Mitte stand ein Kuppelbau, oft bis zu fünfzig Metern hoch, der mit bunten Fahnen behängt war. Als die Sonne stärker wurde, wechselten die landeinwärts gerichteten Fahnen die Farbe und flatterten träge in der sanften Brise wie verzagte Regenbögen.

»Wie fortgeschritten sind die Frant im Vergleich zu euch?« fragte Carrolson.

»Sie sind mehr naturverbunden, aber keineswegs primitiv«, erklärte Olmy. »Sie verstehen allerhand von Technik und Wissenschaft – wie das wohl bei euch heißt. Laßt euch nicht täuschen von philosophischen Richtungen oder der Sanftmut. Die Frant sind findige Burschen, und wir verdanken ihnen viel.«

---

* aus engl. *plant*, Pflanze, und *animal*, Tier. – *Anm. d. Übers.*

Hinter den Feldern und Dörfern schlang sich die Straße in einer Serpentine einen Berg hinauf, den prismenförmige, durchscheinende graue Felsen krönten. Auf dem Gipfel ragte eine weiß-braun gestreifte Kuppel an die sechzig Meter von dem Prismenplateau auf. Der Bus fuhr unter das überstehende Kuppeldach und hielt an.

Olmy führte sie zu einem gepflegten, aber offensichtlich alten Werk aus Bronze, schwarzem Eisen und weißem Email unter der Kuppel. Neben einer fünf Meter breiten, hufeisenförmigen Halterung stand ein muskulöser Mann mittleren Alters mit nacktem Oberkörper und einem Werkzeugset am breiten Gürtel. Seine Haut war tiefbraun und schimmerte regenbogenfarben. Drei Frant standen an anderen Stellen inmitten des Geräts und plauderten leise miteinander bei ihrer Arbeit mit dem Poliertuch. Über allen thronte ein monumentaler Käfig aus eisernen schwarzen Zickzackstäben, der wie eine verformte viktorianische Brücke aussah.

»Ein Teleskop«, sagte Heinemann. »Ein wunderschönes Stück!«

»Es ist tatsächlich ein Teleskop«, sagte der braune Mann lächelnd. »Das letzte, das die Frant vor der Öffnung unseres Tors gebaut haben.«

»Das ist Ser Rennslaer Yates, Hilfstoröffner«, erklärte Olmy und stellte die Anwesenden einander vor. »Er wird uns nach eins Punkt drei × neun begleiten.«

Yates hakte das Werkzeugset vom Gürtel. »Ich habe mich auf diese Begegnung gefreut. Ser Olmy hat mich freundlicherweise informiert über Sie alle. Die Frant haben die Güte und lassen mich an ihren historischen Schätzen herumbasteln.« Er deutete auf das Teleskop und die Kuppel und zog dann ein blaues Hemd über, das er verschloß, indem er am Saum entlangfuhr. »Toröffner sind heutzutage nicht mehr gefragt. Der Oberste Toröffner kommt bestens ohne unsere Hilfe zurecht.« Er ging auf Patricia zu. »Olmy hat mir viel über Sie erzählt. Sie haben einige erstaunliche Entdeckungen gemacht.«

Patricia lächelte, sagte aber nichts. Ihre Augen strahlten jedoch: heimliche Katzenaugen. Lanier empfand eine Woge von ... – Stolz? Ja was denn? –, als er bemerkte, wie positiv sie sich seit der Nacht verändert hatte.

»Daran würd' ich auch gern herumbasteln«, sagte Heineman sehnsüchtig.

»Dazu werden Sie vielleicht eines Tages Gelegenheit haben. Die Frant halten leider nicht viel davon, die Zeugen ihrer Vergangenheit zu erhalten.« Er klopfte liebevoll auf die Teleskophalterung. »Wird eine Weile dauern, bis wir uns wiedersehen«, sagte er traurig. Heineman und Carrolson vertraute er an: »Ich bitte sie zwar, die Arbeit fortzuführen, aber sie werden abberufen – gehen einfach davon und homogenisieren wie alle Frant; und damit beginnt der Zahn der Zeit sein Werk von neuem. Damals wurde dieses Instrument wie seine vierzehn Vettern Tag und Nacht in Betrieb gehalten, um Kometenstürme ausfindig zu machen.« Er winkte ihnen, ihm zum Rand des Plateaus zu folgen, wo sie die Niederungen und das Meer darunter überblicken konnten.

»Die Frant stießen gerade ins Raumzeitalter vor, als wir kamen. Sie hatten Tausende von Raketen mit Nuklearsprengköpfen gebaut. Es waren über neun Jahrhunderte seit dem letzten größeren Komentenhagel vergangen, so daß man sich also für den nächsten rüstete.

Sobald dieses Gerät oder seine Vettern Kometen gesichtet hatten, wurden von Tausenden von Frant, die ihren Verstand koppelten, die Flugbahnen berechnet. Mochten sie dafür zuweilen auch Jahre brauchen, so standen ihnen andererseits nur primitive Computer zur Verfügung. Die Dörfer wurden dann an sichere Stellen verlegt. Jedes Dorf auf dem Planeten auf Wanderschaft! Davon wurden sie mittlerweile erlöst. Dennoch war das ein edles Instrument!« schwärmte er und deutete ein letztes Mal darauf. »Ser Olmy, weiter! Ich bin fertig hier.« Er umarmte jeden der Frant und berührte sie in Homogenisiergeste, was für Menschen lediglich ein Handschlag ist.

Sie wollten schon wieder in ihren Bus steigen, als einer der Frant, der neben der Kuppel im Sonnenlicht stand, pfiff und zur Küste deutete. Drei winzige Punkte kamen da angeflogen. Olmy legte die Stirn in Falten.

»Bitte geht zum Teleskop zurück!« sagte Olmy, an Lanier gewandt. »Ser Yates, bitte begleiten Sie sie!« Yates nickte und folgte ihnen in die Kuppel.

»Was ist los?«

»Ich weiß nicht«, sagte Olmy. »Wir waren an sich nicht mit der Torpolizei verabredet.«

Die drei Pünktchen wuchsen schnell zur vollen Größe heran und wurden als pfeilförmiges Fahrzeug erkennbar. Das Fahrzeug umkreiste das Teleskop und landete auf der nördlichen freien Fläche. Die vordere Luke ging auf, und heraus trat Oligand Toller, vier Torbezirksbeamte und ein Frant mit der grünen Schärpe des diplomatischen Diensts. Toller ging rasch zu Olmy.

»Ärger in der Axis City«, sagte er. »Ich bin beauftragt, Ihre Reise abzubrechen und Sie unverzüglich in die Axis City zu bringen.«

»Wenn Sie das bitte näher erklären wollen«, erwiderte Olmy. »Wo liegt das Problem?«

»Korzenowskisten und orthodoxe Naderiten haben eigenmächtig die Kommunikation zwischen den Wohnbezirken unterbrochen. Der Präsident hat die Jart-Konferenz vertagt und Timbl verlassen und ist gerade auf dem Heimflug, um sich der Sache anzunehmen. Wir müssen sofort aufbrechen.«

»Wäre es nicht besser, hier zu bleiben«, fragte Olmy, »bis feststeht, was los ist?«

»Das steht fest. Die Sezessionisten wollen ihre Sache gewaltsam durchboxen.« Toller wechselte nun auf vertrauliche piktographische Signale. Die Farbe seiner Mitteilung war ein grelles Rot. »Unsere Gäste sind Schlüsselfiguren in diesem Konflikt. Das wissen Sie, Ser Olmy.«

Olmy piktographierte nicht. »Das ist mir klar, Ser Toller. Aber Sie scheinen nicht zu begreifen. Ser Yates ist nun der ranghöchste Mensch auf Timbl, falls der Präsident abgereist ist.«

Toller kapierte sofort. »Sie weigern sich, sie herauszugeben? Ich handle *im Auftrag* des Präsidenten.«

»Ich weigere mich nicht, alle herauszugeben«, erwiderte Olmy. »Nur zwei werden bei uns bleiben. Den Rest können Sie mitnehmen.«

Lanier begann zu protestieren, aber Olmy gebot ihm mit einem Blick Schweigen.

Toller wich einen Schritt zurück. »Ich kann Sie alle von der Torpolizei verhaften lassen.«

»Sie bluffen, Ser Advokat«, warnte Yates. »Ein Toröffner steht sogar außer Dienst über der Torpolizei. Wer soll bei uns bleiben?« fragte er, an Olmy gewandt.

»Mr. Lanier«, erklärte Olmy.

»Gehören Sie zu den Sezessionisten?« wurde Olmy von Toller gefragt, der nun kochte vor Wut. Olmy antwortete darauf nicht.

»Wir behalten Patricia Luisa Vasquez und Garry Lanier«, sagte er. »Die andern dürfen Sie mitnehmen.«

»Wir wollen nicht getrennt werden«, wandte Lanier ein, der vortrat, obwohl Heineman ihm beschwichtigend die Hand auf den Arm legte.

»Es bleibt Ihnen keine andere Wahl«, erklärte Olmy. »Die Zeit belangloser Nettigkeiten ist vorbei, Mr. Lanier. Ich wähle Sie, damit Sie uns mit Miss Vasquez helfen.« Er lächelte vielsagend. »Den anderen wird nichts geschehen.«

»Wir garantieren für die Sicherheit von allen«, sagte Toller. »Davon ausgenommen sind nur die, die mit Ihnen gehen, Ser Olmy.«

»Ser Ram Kikura ist ihr Anwalt; sie wird die drei begleiten und ihre Interessen vertreten.«

Mechanische Werker kamen aus dem Flugzeug und rollten oder schwebten zu Farley, Carrolson und Heineman. »Garry«, sagte Farley verkrampft.

»Es wird ihnen nichts geschehen«, wiederholte Olmy. »Der Konflikt wird auf anderer Ebene ausgetragen.«

»Die Thistledown wird gegenwärtig geräumt«, sagte Toller, der damit zu mehr Widerstand anstacheln wollte. »Corprep Rosen Gardner leitet eine Aktion zur Evakuierung des Asteroiden.«

Olmy nickte, als wäre das selbstverständlich.

»Was wollen Sie mit Vasquez und Lanier?« fragte Toller.

»Bitte kümmern Sie sich nun um die anderen«, erwiderte Olmy. »Die gehen Sie was an.«

»Unmöglich. Wenn die Nachricht durch den Weg dringt, werden die Tore geschlossen und der Verkehr eingestellt ...«

»Das hatten die Geshel sowieso vor, nicht wahr? Als Einleitung zur Säuberung des Wegs von den Jarts. Das ist die Entscheidung, auf die sich die Konferenz demnächst geeinigt hätte auf Vorschlag des Präsidenten, oder täusche ich mich?«

Toller blickte nervös zum Hilfstoröffner. »Sie arbeiten diesem ... Sezessionisten in die Hand?«

Yates lächelte lediglich, zog den Halsring von seinem Werkzeugset und piktographierte eine stilisierte Erdkugel, um die sich eine DNS-Kette schlingt.

Mit einem Kopfschütteln gab Toller den Werkern ein Zeichen, die daraufhin Farley, Carrolson und Heineman zum wartenden Fahrzeug führten. Carrolson war rot vor Zorn. »Wie lange sollen wir uns das noch bieten lassen!« empörte sie sich.

»Ich glaube, uns bleibt nichts anderes übrig«, sagte Heineman, der ein langes, ernstes Gesicht machte.

»Aus mit Patricias Geburtstagsparty. Paß auf dich auf, Garry!«

Farley blickte über die Schulter zu Lanier. Tränen strömten ihr übers Gesicht. »Garry?« rief sie ein letztes Mal.

»Ihr Hundesöhne«, sagte Lanier zu Olmy und Toller. »Patricia hat recht gehabt. Wir sind weiter nichts als ein Pfand.«

»Unterschätzt euch nicht«, sagte Toller. Er kehrte zum Flugzeug zurück; die Tordistriktbeamten folgten, während der Frant mit der Diplomatenschärpe zurückblieb. Das Flugzeug hob ab und steuerte den Torempfangsbereich an.

»Darf ich mich für die Umstände entschuldigen?« sagte Olmy. »So. Und jetzt müssen wir schleunigst nach eins Punkt drei × neun. Die Ereignisse überstürzen sich.«

Wu Gi Me und Chang i Hsing halfen Berensons Soldaten beim Verladen der Kisten mit Ausrüstung und Unterlagen vom Zelt auf den Laster. Ein kalter Wind wehte von der Südkappe herunter und rüttelte an der Zeltleinwand. Bis auf das Schnaufen und die Schritte und Berensons gelegentliches Stöhnen ging die Evakuierung lautlos über die Bühne.

Sechs metallene Doppelkreuze schwebten drei Meter über der Straße; die roten Lichtpunkte schienen jede Bewegung der Soldaten und Wissenschaftler zu verfolgen. Hoch oben steckte mitten in der Plasmaröhre ein längliches schwarzes Gebilde keine fünfzig Meter von der Bohrlochöffnung entfernt auf der Singularität. Wu, der es durchs Fernrohr betrachtete, schätzte seine Länge auf 150 Meter. Es war erst vor zehn Minuten aufgetaucht und hatte Berenson zur Evakuierung veranlaßt.

Nachdem das Zelt leer und der Laster voll war, kletterten die Soldaten obenauf, während die beiden Chinesen im Führerhaus Platz nahmen. Sobald Berenson aufgesprungen war, setzte sich der Laster ruckend in Bewegung und rollte die Rampe hinauf.

Kaum war die Kammer leer, flogen die Kreuze in kubischer Formation um den Kammerboden herum.

Von der hohen Warte des Defektschiffs fünfundzwanzig Kilometer darüber verfolgte ein von Corprep Rosen Gardner zugeteilter Geist die Vorgänge und meldete alles per Richtfunk durch den Weg in die Axis City.

In der Axis City war die Verbindung zwischen den drei rotierenden Zylindern und der Central City unterbrochen. Axis Nader war vom Transportsystem abgeschnitten. Und große Teile der City Memory, wo normalerweise rund um die Uhr reges Treiben herrschte, waren nun isoliert und still. Gezeitenwechsel. Die radikalen Geshel hatten sich vor lauter Eile, aus Olmys Nachrichten und den fünf Gästen Kapital zu schlagen, selber ein Bein gestellt.

Der leibhaftige Corprep Rosen Gardner hatte vor wenigen Stunden die Nexus-Kammer besetzt und diese ungewisse Stellung in Central City in Kauf genommen, um im Zentrum der Axis City zu sein. Er hatte vier Partielle angefertigt und mit dem Ablauf der Revolte betraut.

Seine Anhänger sprachen freilich nicht von einer Revolte; für sie war's ein notwendiges Manöver zur Sicherung ihrer Rechte gegen die Übergriffe der radikalen Geshel. Wie immer man es nennen mochte, es war auf alle Fälle ein äußerst kniffliges Unterfangen.

Die Meldungen von der Thistledown waren unvollständig, aber das war nun Gardners geringste Sorge.

Seine Partiellen waren in den drei Achszylindern und im Büro der Weg-Handelsbehörde bei neun × sechs stationiert. Seine militanten Anhänger beherrschten alle strategischen Transportwege in der Axis City und in der näheren Wegumgebung. Überall in City Memory und Axis City festigten orthodoxe Naderiten und Korzenowskisten – seine Leute – die in den vergangenen Stunden erreichten Vorteile. Sympathisanten in der City Memory, wozu auch sein Vater zählte, überwachten die gesperrten Kommunikationsnetze.

Alles lief nach Plan. Dennoch war Corprep Gardner so unglücklich wie noch nie zuvor in den zwei Jahrhunderten seines Lebens. Er scherte sich nicht um die Vorwürfe von seiten des Präsidierenden Ministers oder Präsidenten. Er hatte in der Vergangenheit oft genug Opposition gemacht und den Stachel ihrer Macht zu spüren bekommen, so daß er sich nun an ihrer Verlegenheit ergötzte.

Was ihm so zusetzte war das Wissen darum, daß sein Handeln allem widersprach, wofür *er* im Nexus eingestanden und wofür *er* sich vor seiner Wahl zum Corprep der Neuen Orthodoxen Naderiten von Axis Nader verschrieben hatte. Er fühlte sich ausgesprochen verwundbar, als würde ihn womöglich einer seiner Partiellen wegen Wortbrüchigkeit züchtigen.

Schon trafen seine Anhänger Vorkehrungen, die Stadt entlang des Defekts in Richtung Thistledown in Bewegung zu setzen. Dabei hätten sie im Laufe der Fahrt verschiedene Hindernisse abzutragen; das würde dauern.

Im Zentrum des leeren Nexus wartete er, umringt vom informationsgebenden Armillarband, auf die Rückkehr des Präsidenten und der Senatoren und Corpreps, die an der Jart-Konferenz teilgenommen hatten. Sobald sie versuchten, in die Stadt zu kommen, würden sie abgewiesen werden.

Damit hätte die Revolte erst richtig begonnen.

Ein Partieller des Präsidenten erschien an seiner Seite und bat um Gehör. Gardner ließ sich Zeit. Nachdem er sich schließlich davon überzeugt hatte, daß alles – und vor allem die Absperrung der City Memory – wie am Schnürchen lief, gestattete Gardner dem Partiellen zu piktographieren.

»Haben Sie die nötige Vollmacht?« fragte der Partielle. »Mein Original ist unterwegs. Direktor Hulane Ram Seija hat bereits Klage erhoben. Es erübrigt sich zu sagen, daß Sie sich nicht ans übliche Verfahren gehalten haben.«

»Nein. Es war ein Notfall, eine günstige Gelegenheit.« Seine letzte Äußerung wurde begleitet von einer Reihe emotional brisanter Symbole. Da war das Kennzeichen der Naderiten für die Heimat, bestehend aus der Erde, umringt von einer DNS-Kette; da waren Flammen, die sich um das Zeichen rankten, an dessen Stelle ein verkohlter Tierschädel trat; da waren die nötigen Begriffserläuterungen. Und dann direkt: »Ser Ram Seija kann nach der Sezession klagen. In absentia. Außerdem bereiten wir eine Beschwerde wegen eines Verstoßes gegen die Geschäftsordnung des Nexus vor.«

»Davon ist mir nichts zu Ohren gekommen«, sagte der Partielle erstaunt.

»Sie waren beschäftigt, Ser Präsident.« Er bedauerte den Ton, den er angeschlagen hatte; der Präsident hatte hart am Jart-Problem gearbeitet, und Pflichtversäumnisse wollte Gardner ihm keinesfalls unterstellen; es reichte schon, daß seine Leute die Abwesenheit des Präsidenten ausgenutzt hatten. »Es war ein kleiner Formfehler, aber ich bin im Recht. Solange ein Verfahren anhängig ist, sind Ser Ram Seijas Befugnisse ausgesetzt. Senator Prescient Oyu ist sein Stellvertreter, und sie hat einen amtierenden Partiellen hinterlassen.«

Van Hamphuis' Partieller piktographierte, daß er gegen die Rebellion Einspruch erhoben und einen Mehrheitsbeschluß gegen Corprep Gardner erwirkt habe. Gardner wußte Bescheid: durch Winkelzüge und auf Anraten des Partiellen von Senator Prescient Oyu hatte er die Abstimmung für ungültig erklärt, da keine beschlußfähige Mehrheit inkorporierter Senatoren und Corpreps anwesend und die Eingabe nicht von einem Inkorporierten, sondern Partiellen getätigt worden war.

Die Sache war also längst nicht ausgestanden. Der leibhaftige Tees van Hamphuis wäre binnen weniger Stunden in unmittelbarer Nähe der Axis City.

## 60. Kapitel

Am Ende der Plasmaröhre in der ersten bis vierten Kammer patrouillierten pfeilförmige Flugzeuge. Andere größere Schiffe flogen sporadisch über die Kammerböden, und die Doppelkreuze waren überall.

Im Lager null der vierten Kammer sah Hoffman ein, daß Widerstand zwecklos wäre. Die Eindringlinge waren ihnen technisch und zahlenmäßig haushoch überlegen.

»Es besteht kein Zweifel, daß sie aus dem Korridor kommen?« erkundigte sich Hoffman bei Berenson. Sie standen in der Mitte des Lagers beim Laster, der sie in Sicherheit bringen sollte.

»Nicht der geringste Zweifel«, erklärte Berenson mit belegter, nervöser Stimme.

»Dann hoffen wir das Beste.«

»Und das wäre?« fragte Polk. Ihr Haar war völlig zerzaust; für die stets tadellos auftretende Janice Polk ein sicheres Zeichen für arg angegriffene Nerven.

»Daß sie Menschen sind. Unsere Nachkommen.«

Um kein allgemeines Gemetzel zu riskieren, teilte sie Gerhardt mit, er solle seine Soldaten anweisen, nur im Falle der Selbstverteidigung zu schießen. Den Russen konnte sie natürlich keine Vorschriften machen; die müßten von selber dahinterkommen.

Wallace und Polk halfen bei der Kommunikation. Sie sprachen über Funk mit verschiedenen Russen, aber die Russen lehnten es ab, Informationen über ihre Lage zu geben – wobei die beiden Frauen allerdings, und das sei fairerweise erwähnt, keinerlei Offiziere an die Strippe bekamen. Rimskaya erbot sich, der russischen Führung notfalls zu Fuß eine Nachricht zu überbringen. Das war freundlich von ihm, wurde von Hoffman aber abgelehnt. Bis die Russen die Nachricht hätten, hätte sich die Situation vermutlich schon wieder geändert.

Drei Kreuze überflogen in Dreiecksformation das Lager. Eines löste sich an der Südkappe aus dem Verband, kehrte zurück und schwebte direkt über der Mitte des Lagers, wo Hoffman stand. Helle Lichtblitze zuckten zwischen Berenson und Hoffman. Hoffman wankte und taumelte gegen Rimskaya; Berenson stand mit aufgerissenen Augen und geblähten Nüstern seinen Mann.

Dann sprach das Kreuz mit Frauenstimme.

»Ihr seid nicht in Gefahr. Es wird euch auf keinen Fall etwas zustoßen. Und es wird nicht geduldet, daß ihr einander verletzt. Alle besetzten Kammern unterstehen dem Recht der Axis City.«

»Was tun wir jetzt? Kuschen?« fragte Beryl Wallace.

Gerhardt ging langsam zu ihnen und schielte zum schwebenden Kreuz. »Herrje, unheimlich ist das«, flüsterte er Hoffman zu. »Meine Männer wissen nicht, ob sie sich in die Hosen machen oder untertänigst verbeugen sollen.«

»Bedaure, aber ich kann ihnen auch nicht helfen«, erwiderte Hoffman.

»Was, zum Teufel, ist Axis City?« fragte Berenson.

»Wenn ich raten soll«, erwiderte Hoffman, »da wo die leben im Korridor. Eine Stadt an der Achse.«

Rimskaya nickte eifrig. »Sprich schon mit ihnen«, schlug er vor.

Hoffman sah hinauf und kniff die Augen zusammen. »Wir wollen euch nichts Böses. Wer oder was seid ihr?«

»Leiten Sie diese Gruppe?«

»Ja«, sagte Hoffman. Sie deutete auf Gerhardt. »Er auch.«

»Leiten Sie sämtliche Gruppen in den Kammern?«

»Nein«, erwiderte Hoffman. Sie wollte von sich aus keine Informationen preisgeben und beschloß, sich wie ein Zeuge im Zeugenstand auf knappe Antworten zu beschränken.

Zwei der größeren, pfeilspitzenförmigen Fahrzeuge flogen langsam näher und bezogen über dem nördlichen und südlichen Ende des Lagers in fünfundzwanzig Metern Höhe Position.

»Garantieren Sie die Sicherheit eines Unterhändlers?« fragte die Stimme aus dem Kreuz.

Hoffman blickte zu Gerhardt. »Sofort veranlassen!« sagte sie zu ihm. Und dann lauter und in Richtung Kreuz: »Ja. Geben Sie uns etwas Zeit!« Gerhardt hob das Funkgerät an die Lippen und setzte sich mit den Einheiten in allen Kammern in Verbindung.

»Sind Sie bereit?« fragte die Stimme dann.

»Ja«, sagte Hoffman, nachdem Gerhardt ihr zugenickt hatte.

Das Fahrzeug am südlichen Ende senkte sich zehn oder elf Meter von der Lagermitte entfernt auf den Boden, indem es zum Aufsetzen einen Schaft ausfuhr. Eine Luke in der Spitze schob sich blendenförmig auf.

Ein Mann in schwarzem Anzug stieg aus der Luke, sah sich rasch im Lager um und wandte sich dann an Hoffman. Er hatte walnußbraunes Haar, das in drei Streifen mit kurzen Partien dazwischen geschnitten war. Es fehlten ihm Nasenlöcher, und seine Ohren waren groß und rund.

»Mein Name ist Santiago«, sagte er beim Näherkommen. Er hielt Gerhardt, der am nächsten stand, die Hand hin; Gerhardt nahm sie, schüttelte sie kurz und trat dann zurück. Der Mann ging zu Hoffman und hielt auch ihr die Hand hin. Hoffman drückte sie leicht; der Mann drückte ebenso leicht. »Entschuldigen Sie die Ungelegenheiten, auch wenn sie nicht zu vermeiden waren. Ich bin beauftragt, Ihnen mitzuteilen, daß Sie allesamt geschätzte Gäste der Axis City sind«, sagte er. »Leider können Sie nicht länger in der Thistledown bleiben.«

»Wir haben keine andere Heimat mehr«, wandte Hoffman ein, die sich machtlos fühlte und hilflos wie bei der Flucht von der Erde im Shuttle.

»Sie unterstehen meiner Obhut«, sagte Santiago. »Wir müssen alle sammeln: die Forscher und Soldaten, die Leute in den Bohrlöchern, die Russen. Und zwar schnell.«

Mirski verließ das Fahrzeug und blinzelte im grellen Röhrenlicht. Im Flugzeug war es still und dunkel gewesen – gerade das Gegenteil von der lichtdurchfluteten siebten Kammer. Zum ersten Mal starrte er in den langen Korridor hinein und spürte die unleugbare Wahrheit, die er bisher nur vom Hörensagen kannte. Es war so wenig Zeit gewesen; die Bibliothek hatte jede Kraftreserve, die er nicht in seine Führungsaufgaben gesteckt hatte, aufgebraucht ...

Fünf weitere Russen stiegen nach ihm aus. Es waren lauter Deserteure, die in dem gleichen Gebiet der vierten Kammer aufgegriffen worden waren. Auch sie blinzelten und bedeckten sich die Augen. Auch sie blickten scheu in den Korridor und begriffen allmählich die Zusammenhänge der gewaltigen Entfernung.

Einen Kilometer westlich versammelten sich Hunderte von Leuten beim Tunnel null. Es handelte sich, wie Mirski feststellte, hauptsächlich um NATO-Angehörige, die ebenfalls evakuiert werden sollten. Die Kartoffel wurde leergeräumt. Warum und wozu, war momentan egal.

Der Russe, den er im Wald kennengelernt hatte, tippte ihm auf den Arm und deutete nach Osten. Hunderte von russischen Soldaten hockten in einem Rechteck am Boden, umringt von mindestens einem Dutzend Kreuzen und drei Leuten, die er nicht kannte und die ähnlich gekleidet waren wie die Frau, die ihn im Wald aufgegriffen hatte.

Weitere pfeilförmige Fahrzeuge senkten sich herab,

landeten an der Südkappe der Kammer und spien noch mehr Menschen aus. Mirski fragte sich, ob man sie alle umbringen würde. Aber spielte das noch eine Rolle für jemanden, der schon mal gestorben war? Ja, wie er fand.

Er wollte immer noch nach den Sternen greifen. Obwohl die Chancen dazu nun schlecht standen, behauptete sich der Wunsch und bescherte ihm die Einsicht, daß er im Grunde genommen Pawel Mirski war. Noch hatte er etwas gemeinsam mit dem Fünfjährigen, der im winterlichen, frostklirrenden Kiew den Sternenhimmel bestaunt hatte. Diese Erinnerung war sogar klar und deutlich und nicht als Kopie, sondern im Original vorhanden; die grundlegendsten Erfahrungen hatte ihm Vielgorski nicht aus dem Kopf gepustet.

Er fragte sich, ob Vielgorski und die übrigen politischen Offiziere unter den Gefangenen seien. Was könnten sie ihm jetzt noch anhaben? Nichts.

Nur ein Russe, dachte Mirski, kann in einer solchen Lage noch frei atmen.

Senator Prescient Oyu stieß im Badeort zu ihnen und setzte Yates und Olmy davon in Kenntnis, daß die Frant das Tor zu schließen gedachten, wie es bei einem kurzfristigen Notfall im Weg üblich war.

Olmy handelte rasch. Bevor das Tor geschlossen werden konnte, forderte Yates einen kleinen, defektgestützten Abwehrjäger zum Transfer des Toröffners und seiner Gäste an. Die Anforderung wurde negativ beschieden, aber Yates warf seine ganze Autorität auf der Frant-Seite des Tors in die Waagschalen und beanspruchte für sich eins der beiden Axialschiffe im Toraufnahmebereich. Die menschliche Verteidigungsmannschaft dort – hauptsächlich homomorphe Naderiten – einigte sich auf einen Dienst nach Vorschrift, mißachtete somit die Anweisungen des scheidenden Toller und stellte dem Hilfstoröffner nicht nur ein Schiff zur

Verfügung, sondern auch zwei Leibwächter und einen mechanischen Werker.

Als sie das Tor durchflogen und die Achse erreicht hatten, stießen sie auf drei Defektschiffe, die von der Singularität abgekoppelt worden waren, um Toller passieren zu lassen. Eins war unbesetzt; es war erst vor Minuten geparkt und von der naderischen Besatzung im Wartungsbereich an der Achse zurückgelassen worden, wo es mittels Traktionsfelder am Defekt festgemacht war. Die Besatzung, die wiederum Dienst nach Vorschrift tat, hatte das kleine Schiff nach hunderttausend Betriebsstunden zur Inspektion gegeben.

Mit seiner Autorität entschied Yates mühelos die widersprüchliche Rechtslage für sich.

Sie gingen also an Bord und schoben das Defektschiff wieder auf die Singularität. Der Defektkanal, der durchs Zentrum des Schiffs führte, erweiterte sich einfach bis zur Außenhülle, so daß die Schiffsnase sich U-förmig öffnete, umstülpte den Defekt und schloß sich wieder zum O. Sie fuhren nach 1.3 × 9.

»Ihr habt 'ne Menge Unterstützung, nicht?« fragte Lanier, während sie beobachteten, wie die Beschleunigung den Weg in einen goldbraunen Schlauch verwischte.

»Mehr als ich erwartet hätte«, sagte Olmy.

»Die radikalen Geshel jonglieren seit Jahrzehnten am Abgrund«, meinte Senator Oyu. »Sie haben uns zwar nicht schlecht geführt, sich aber nicht ausreichend auf die Ausführung ihrer Pläne vorbereitet. Und sie haben gnädig über die Belange der Naderiten hinweggesehen und damit zur Rache angestachelt. Das sind nun die Folgen!«

»Seid ihr orthodoxe Naderiten?« fragte Patricia.

»Nein«, sagte Olmy. »Ich habe dieses Erbe vor langer Zeit aufgegeben, und Ser Yates und Ser Oyu wurden als Geshel erzogen.«

»Und warum tut ihr das dann?«

»Weil es einen Weg gibt, der den Zielen beider Parteien gerecht wird, sofern vernünftige Leute einschreiten«, erklärte Senator Oyu.

Das kleine Defektschiff war auf Schnelligkeit und rasche Beschleunigung ausgelegt. Sie machten im Durchschnitt 4900 Kilometer pro Sekunde und erreichten die erste Verteidigungsstation bei 5 × 8 in 28 Stunden.

Die Stationen befanden sich an drei Stellen des Wegs zwischen 5 × 8 und 1.3 × 9. Es handelte sich jeweils um eine massive, fünfzig Meter dicke schwarze Schicht, die sich hundert Kilometer breit um den Korridorboden zog und mit Geschützstellungen und Feldgeneratoren versehen waren.

An allen drei Stationen mußten sie Ziel und Auftrag nennen. Yates identifizierte sich; da die Station keinen Befehl hatte, Fahrten in den Weg zu unterbinden, durften sie passieren. Hunderttausend Kilometer hinter der Station machten automatische Verteidigungsfahrzeuge den Weg für sie frei und bezogen anschließend wieder Stellung auf der Singularität, um defektgestützte Schiffe und Waffen der Jarts abzufangen.

Nach fünfzig Stunden bremste Olmy ihr kleines Schiff ab, flog die atmosphärische Barriere bei 1.3 × 9 an und kroch im Schneckentempo von einigen Dutzend Metern pro Sekunde durch die Axialöffnung. Was sich hinter der Barriere darbot war überraschend – und entzückend.

Denn so weit das Auge reichte, glich der Weg der vierten Kammer in der Thistledown. Ja, es war sogar noch grüner und üppiger hier. Wolken zogen gemächlich unter der Plasmaröhre über die Landschaft aus bewaldeten Hügeln in sämtlichen Grün- und Gelbtönen dahin. Flüsse schnitten sich durch die Berge und glitzerten silbrig im Röhrenlicht.

Patricia schwebte mit verschränkten Armen im Bug des Defektschiffs, während Prescient Oyu erklärte, daß dieser Abschnitt des Wegs für menschliche Besiedelung eingerichtet sei. Das Projekt war ins Leben gerufen worden, um der problematischen Überbevölkerung in der Axis City Abhilfe zu schaffen. Selbst die immense Kapazität der City Memory stieß schon an Grenzen und würde bald einer Erweiterung bedürfen.

Obwohl der Weg noch weitere kleinere, bewohnbare Abschnitte aufwies, war er an sich doch dem Handel vorbehalten. Der Abschnitt bei 1.3 × 9 war auf Homomorphe und deren Bedürfnisse zugeschnitten – kurzum für orthodoxe Naderiten gedacht.

Vor einem Jahr war die Besiedelung dieses Abschnitts von angreifenden Jarts vereitelt worden, die über 2 × 9 vorgestoßen waren. Nun ruhte das Besiedelungsvorhaben. Die Jarts und ihre Verbündeten waren stärker geworden; es war damit zu rechnen, daß sie 1.3 × 9 stürmten. Dennoch zogen sich die Menschen nicht zurück. Obwohl der Abschnitt nicht besiedelt wurde, gab es andere Aktivitäten: beispielsweise die Toröffnung bei 1.301 × 9.

Die grünen Gebiete des Abschnitts erstreckten sich nur einige Tausend Kilometer weit. Das Defektschiff passierte ein Terminal, das über einem Tor errichtet war, durch das Erde und Luft in den Abschnitt geschafft worden waren. Sie beschleunigten wieder über einer sandigen, unfruchtbaren Gegend wie unmittelbar an der siebten Kammer und passierten eine weitere atmosphärische Barriere.

Im nächsten Abschnitt fand kein Handel statt. Tore fehlten; abgesehen von drei Verteidigungsstationen war der Weg auf einer Länge von einer Million Kilometern ein leerer, bronzefarbener Schlauch ohne Markierungen. Patricia machte sich Gedanken zur Geometrie dieses unmanipulierten Korridorabschnitts. Die geometrischen Haufen wären ohne zusammenballende Tore anders strukturiert, aber durchaus vorhanden: dieser Abschnitt wäre sogar ideal für ihre Suche.

»Möchtest du deine Ideen hier ausprobieren?« fragte Olmy leise. Sie wandte sich ihm verdutzt zu und nickte.

»Ser Yates und ich haben deine Theorie durchdiskutiert«, sagte Olmy. »Wir meinen, du solltest sie Ser Ry Oyu vorlegen ...«

Patricia kniff skeptisch die Augen zusammen. »Besteht da irgendein Zusammenhang zu Korzenowski?« fragte sie, da nun Gelegenheit war, Olmy auf den Zahn zu fühlen.

Olmy hielt den Finger vor die Lippen. »Wenn du deine Ideen ausprobieren möchtest – vielleicht. Aber kein Wort mehr davon bis zur Audienz.«

Bei 1.301 × 9 passierten sie eine weitere Barriere. Dahinter lag ein kaum sechzig Kilometer langer, samtig grüner Abschnitt unter einer dichten, dunstigen Atmosphäre. Vier kleine Terminalgebäude waren um den noch ungeöffneten Zirkel in der Mitte des Abschnitts verteilt.

Ein Diskus, der nur ein Drittel so breit war wie derjenige, der sie zum Timbl-Terminal transportiert hatte, hob sich vom weißen Landeplatz beim Terminal null und stieg zum Defektflieger herauf.

Patricia tat der Kiefer weh. Sie merkte, daß sie die Zähne aufeinanderbiß, und zwang sich zur Gelassenheit. Was führte Olmy im Schilde, und was hatten die Toröffner mit ihr vor? Was hatte sie als Gegenleistung für diese Chance schon zu bieten?

Im kleineren Diskus setzten sie auf die Oberfläche über. Dieser Diskus war spartanischer gestaltet; die untere Hälfte war durchscheinend, und die einzige Beleuchtung war das stetige Glimmen der Traktionsfelder.

Ein kuchenförmiges Stück des Diskus glitt zur Seite, und ein Traktionsfeld setzte sie sachte auf den Boden ab. Olmy stieg als letzter aus. Prescient Oyu führte sie zum Terminal.

»Sind nur ein paar Schritte zu Fuß«, sagte sie. »Ich

glaube, wir sollten sofort mit Ser Ry Oyu zusammentreffen.«

Sie überquerten das weiße Feld und gingen übers dichte, feinhalmige Gras. Eichen und Ahornbäume waren in gleichmäßigen Abständen in der parkähnlichen Anlage gepflanzt; hinter den Bäumen ragte die gelbe Terminal-Pyramide auf, die aus nur vier zueinander jeweils verdrehten Stufen bestand.

Auf einer Seite des Terminals verlief eine Reihe von Traktionsröhren, wovon eine jede an die drei Meter Durchmesser hatte, in vielen Windungen kilometerlang in Kopfhöhe durch den Terminal-Park. In blaßlila Licht getaucht, traktierten in den Röhren Gestalten durch die Landschaft, die nicht einmal entfernt menschenähnlich waren.

»Unsre Kunden und Verbündeten«, erklärte Olmy. Er deutete auf ein Individuum, einen achtbeinigen Zylinder mit einer ganzen Mähne wirrer, geweihartiger Anhängsel am gegabelten, runden »Kopf«. »Talsit«, sagte er. »Tertiäre Form. Eine sehr alte Rasse. Ihre Geschichte reicht zwei Milliarden Erdenjahre zurück. Ihr werdet bald einem anderen Talsit begegnen, das dem Obersten Toröffner assistiert.«

Das Terminalgebäude war etwa 100 Meter hoch und am Boden 150 Meter breit. Im Gebäude befand sich eine glattrandige, etwa 50 Meter breite Grube, die mit einem stahlblauen Gerüst überbaut war.

Vom Gerüst hing im Schein sich überschneidender Traktionsfelder ein vergleichsweise kleiner Gegenstand, der keine drei Handbreiten maß. Patricia erinnerte er an ein altmodisches japanisches Kissen mit Nackenmulde. Unten war das Ding allerdings gegabelt wie ein Fahrradlenker. Patricia ging bis zum Gerüst und betrachtete das Ding, von dem sie instinktiv ahnte, daß es ihr ungemein wichtig werden könnte.

Für Lanier sah es eher aus wie eine Wünschelrute mit einer Radarantenne daran.

»Was ist das?« fragte Patricia kleinlaut.

»Das verwendet der Toröffner, um den Weg zu erweitern«, erklärte Olmy.

Patricia schien zu schaudern. »Wie heißt es?« fragte sie.

»Klavikel. Es gibt davon nur drei. Dieses ist Ry Oyu übertragen.«

»Wo ist Ihres?« wollte Patricia von Rennslaer Yates wissen.

»Desaktiviert«, sagte Yates. »Jedes Klavikel ist auf einen Toröffner abgestimmt. Wenn der Toröffner nicht in seiner amtlichen Kapazität fungiert, wird sein Klavikel desaktiviert.«

Patricia löste nur ungern den Blick vom hängenden Klavikel und folgte den andern ins westliche Ende des Terminalgebäudes. Dort stand unter einer unvollständigen Kuppel aus grob angedeuteten schwarz-goldenen Linien ein großer, hagerer Mann mit tizianroten Haaren bei einer Datensäule. Patricia blickte zuerst zu dem Mann, dann zur Kuppel.

»Meine Freunde«, sagte Prescient Oyu, »das ist mein Vater, Ser Ry Oyu.« Sie stellte Olmy und Lanier vor. Der Oberste Toröffner nickte ihnen zu.

»Und das ist Patricia Luisa Vasquez«, sagte Yates und legte ihr die Hand auf die Schulter.

»Ich habe die alte Sprache gelernt, nur um mit dieser Frau zu reden«, erklärte Ry Oyu. »Und die alten Sitten und Gebräuche. Trotzdem schaut sie mich so komisch an!«

Patricia zog die Schultern hoch und setzte eine freundlichere Miene auf.

»Sie haben etwas Beeindruckenderes erwartet, nicht wahr?« sagte Ry Oyu. »Aber hoffentlich nicht den Zauberer von Oz!« Er reichte ihr die Hand und kniff belustigt die Augen zusammen. »Ich fühle mich sehr geehrt.«

Patricia, die ihre dunklen Brauen zusammenzog, schüttelte ihm die Hand.

Ry Oyu klopfte ihr väterlich auf den Handrücken und blickte besorgt zu Olmy. »So, die Verschwörung ist komplett. Meine Forscher sind gerade beim ersten Viertel und kommen in ein paar Stunden zurück. Sie haben keine Ahnung, was hier vor sich geht. Ich bin nicht sicher, wie ich's ihnen erklären soll ... Ein Mann von meiner Position, der sich an der Verschwörung beteiligt. Miss Vasquez ...«

»Patricia, bitte«, sagte sie, immer noch kleinlaut und scheu.

»Patricia, haben Sie eine Ahnung, warum wir Sie an diesen Ort gebracht haben?«

»Eine gewisse Ahnung schon«, antwortete Patricia.

»So? Heraus damit!«

»Es hat etwas mit meiner Arbeit über den Korridor – den Weg – zu tun. Und außerdem mit Konrad Korzenowski.«

»Sehr gut. Woher weiß sie das, Olmy?«

»Ich habe ihr einen Schelm geschickt.«

Patricia sah ihn empört aus großen Augen an.

»Verstehe. Und?«

»Der Schelm enthüllte ihr gewisse Einzelheiten.«

»Einigermaßen riskant, was?«

»An sich nicht«, erwiderte Olmy. »Sie hat schließlich das Mysterium.«

»Soso.« Ry Oyu wandte sich an Patricia. »Wissen Sie, was das Mysterium ist?«

Patricia schüttelte den Kopf. »Nein.«

»Wissen Sie, wie wichtig uns das ist? Nein, natürlich nicht. Zu viele Fragen, Patricia ...«

»Olmy weiß, wo eine komplette Aufzeichnung von Korzenowski ist«, sagte Patricia plötzlich. Es war zwar nur geraten, aber sie wollte irgend etwas sagen, um nicht ahnungslos zu erscheinen.

»Das bezweifle ich«, erwiderte Ser Oyu. »Es gibt keine kompletten Aufzeichnungen seit dem Mordanschlag.«

Olmy erzählte, wovon sie hie und da Bruchteile erfahren hatte: die Geschichte des Konrad Korzenowski. Der Ingenieur, wie man ihn nannte, hatte die Pufferung der Massenträgheit für die Thistledown entwickelt und die Wartung des Beckmann-Antriebs während des Flugs überwacht. Er hatte seine Theorie des Trägheitsausgleichs erweitert und dann die Maschinerie der sechsten Kammer konstruiert, die den Weg ins Leben rief.

Dieses Vorhaben hatte dreißig Jahre in Anspruch genommen und war bewerkstelligt worden durch eine intensive Zusammenarbeit der hauptsächlich geshelschen Regierung der Thistledown und der orthodoxen Naderiten im Alexandria der zweiten Kammer. Korzenowski selber war – wie Olmy – ein gebürtiger Naderit und hatte sich verpflichtet, naderische Wünsche zu berücksichtigen. Die Naderiten verlangten, daß mit der Schaffung des Wegs nicht von der ursprünglichen Mission abgewichen werde, nämlich einen erdähnlichen Planeten im System des fernen Sterns Epsilon Eridani zu finden. Die Naderiten glaubten, ihre erste und heilige Pflicht sei die Besiedelung ferner Welten im Namen der Erde, was allein die Überschreitung der Grenzen des Sonnensystems rechtfertige.

Aber Korzenowski hatte eine Reihe von Problemen nicht bedacht. Zunächst hatte er nicht gewußt, daß durch die Anbindung des Wegs an die siebte Kammer der Thistledown das Asteroidenschiff aus seinem ursprünglichen Universum gepeitscht und in ein anderes Universum geschnellt würde. Und er hatte nicht mit dem ausgesprochenen Unglücksfall gerechnet, daß die vor der Anbindung ferngesteuert geöffneten Testtore den Jarts die Möglichkeit gäben, in den Weg einzufallen und dort jahrhundertelang ausbeuterisch ihre Position zu stärken.

Nach den ersten Jart-Kriegen hatte Korzenowski im Laufe des aufkommenden Skandals den Körper aufgegeben und sich ins Stadtgedächtnis der Thistledown zurückgezogen. Selbst dort gönnte man ihm keinen Frieden. Schließlich leiteten radikale Geshel, die ihn für einen naderischen Verräter hielten, die Löschung seiner Persönlichkeitsaufzeichnung ein – was einem Mordanschlag gleichkam.

»Also ist er tot?« fragte Patricia verwirrt.

»Nein«, erwiderte Olmy. »Im Stadtgedächtnis leitete er den Bau der Axis City. Um dies zu bewerkstelligen und effektiver arbeiten zu können, placierte er an verschiedenen Stellen Partielle von sich. Die weitläufigsten Partiellen wurden von Ingenieurskollegen gesammelt und einer Frau anvertraut, die sie an einem geheimen Ort verwahrte. Diese Frau starb ein Jahrhundert nach der Ermordung Korzenowskis bei einer Rebellion in Alexandria. Sie war ein orthodoxer Naderit und gehörte einer Sekte an, die seinerzeit keine Implantate zuließ. Ihr Tod war somit endgültig.

Hundert Jahre später wurden die letzten Naderiten aus Alexandria vertrieben und zum Teil vorübergehend in Thistledown City untergebracht. Dort kam ich zur Welt. Und während ich mit den brachliegenden privaten Gedächtnisspeichern unseres Wohnblocks experimentierte, stieß ich auf die versteckten Partiellen von Korzenowski. Ich war damals noch sehr jung. Mir standen nur ein paar Jahre zur Verfügung, um mich mit dem Ingenieur vertraut zu machen. Aber seinerzeit ...«

Olmy blickte zu Ser Oyu. Er hatte dieses Geheimnis jahrhundertelang gehütet wie ein Grab und gab es jetzt nur ungern preis, obwohl der richtige Zeitpunkt gekommen war. Ser Oyu nickte ermutigend.

»Seinerzeit fand ich heraus, daß der Ingenieur versucht hatte, das Unheil, in das er seine Leute – freilich unbeabsichtigt – gestürzt hatte, wiedergutzumachen. Nach den Jart-Kriegen beschloß der von Geshel beherrschte Hexamon, daß es überflüssig geworden sei, Epsilon Eridani anzusteuern. Der Kurs der Thistledown war unsicher, und der Weg bot schlicht und innig mehr Möglichkeiten zur Besiedelung und Erforschung. Damit hatten sie natürlich recht, aber den orthodoxen Naderiten gefiel es nicht. Sie hatten nicht nur ihre Lebensaufgabe verloren, sondern auch ihre Erde und ihr Heimatuniversum. Also hatte Korzenowski vor dem Rückzug aus dem Körper insgeheim das Leitsystem der Thistledown umprogrammiert. Das Schiff suchte und lokalisierte das heimatliche Sonnensystem und trat die Rückreise an.«

»Ich habe keine Ahnung, wie ich hierbei helfen soll«, bemerkte Patricia.

»Korzenowskis Partielle sind, wenn vereinigt, dem Original ziemlich ähnlich«, erklärte Ser Oyu. »Es fehlt nur der letzte Schliff, das Mysterium, um ihn ganz wiederherzustellen. Damit wollen wir belohnen, was er für uns getan hat. Wir wollen ihn an seinem Erfolg teilhaben lassen.«

Patricia blickte von Olmy zu Oyu und dann zu Yates.

»Und was bekommen wir?« fragte sie.

»Ihre Kollegen können wählen, zur Erde zurückzukehren oder mit den Geshel in den Weg zu reisen. Sie hingegen bekommen die Möglichkeit, ihren Traum zu verwirklichen.«

»Meinen Traum?«

Ry Oyu ging zu einem glatten schwarzen Schrank in der Mitte unterhalb der glitzernden Kuppel. Er öffnete den Schrank und entnahm eine kleine, perlweiße Schatulle. Damit kam er zurück und hielt sie Patricia hin, die sie öffnen sollte.

Patricia hob den Deckel. Gebettet auf grünem Samt, lag darin eine Miniaturversion des Klavikels, das vom Gerüst baumelte. Yates warf ebenfalls einen Blick darauf und seufzte.

»Wir bieten Ihnen einen Handel, einen Tausch an, bei dem Sie nichts verlieren können«, erklärte Ry Oyu. »Sie lassen uns zur Vervollständigung der Persönlichkeitsaufzeichnung des Ingenieurs Ihr Mysterium kopieren; dafür dürfen Sie Ihre Heimat suchen.«

»Soll das heißen, daß meine und Korzenowskis Seele identisch sind?« fragte Patricia verwundert.

»Der Begriff Seele ist nicht präzise«, erläuterte der Toröffner. »Mit dem Wort Mysterium hingegen kommt man viel weiter. Wenn alles in einer Persönlichkeit – Gedächtnis, Denken, Fähigkeiten – herausgekürzt ist, so ergibt die Summe der Teile dennoch nicht das Ganze. Es gibt da eine Superqualität, die die ganze Psyche prägt und die abhanden kommen kann, selbst wenn man die große Mehrheit der Einzelteile wieder zusammensetzt. Das nennt man *Mysterium*. Seine Synthese ist uns noch nicht gelungen. Es ist unbeschreiblich und läßt sich nur transferieren, indem man sämtliche Qualitäten einer Person auf die zusammengesetzten Persönlichkeitsfragmente einer andern Person einwirken läßt. Was im andern schon vorhanden ist, wird abgestoßen; was fehlt – das Mysterium – wird behalten. Das ist die Gabe, die Sie uns – und Korzenowski – geben könnten.«

Patricia griff ängstlich nach Laniers Hand. Dies war ein ganz neuer Aspekt, eine mystische, scheinbar unlogische Qualität. Zunächst hatte sie geglaubt, diesen Nachkommen könne nichts verborgen bleiben; doch hier standen sie vor Grundlagen, die zwar erforscht und benutzbar, aber nicht erklärbar waren.

»Sie könnten sich einfach bedienen«, wandte sie ein. »Warum erst versuchen, mich dafür zu gewinnen?«

»Zwang wäre unter solchen Umständen hinderlich«, sagte Ry Oyu. »Entweder Sie geben es freiwillig oder gar nicht.«

»Warum wollen Sie ihn zurückholen? Hat er seine Aufgabe nicht erfüllt?«

»Es ist ein Ehrendienst«, sagte Olmy. »Wenn die Ritter der Tafelrunde Arthur hätten zurückholen können, so hätten sie's sicher getan. Der Ingenieur soll sehen, daß sein Werk gefruchtet hat.«

»Aber nicht in erwarteter Weise.«

»Nein«, räumte Olmy ein.

Patricia blickte auf ihre verschränkten Arme nieder. »Verlier' ich was dabei?«

»Nein«, antwortete der Toröffner geduldig.

»Und als Gegenleistung darf ich ...« Sie deutete auf das Miniaturklavikel. »Warum ist es so klein?«

»Es ist nicht aktiviert«, sagte Yates.

»Gehört es Ihnen?«

Er nickte.

»Yates wird es Ihnen übertragen, und Sie werden im Rahmen der Zeremonie seinen Gebrauch erlernen«, erläuterte Ry Oyu. »Sie werden an meiner Seite stehn.«

»Ist Korzenowski hier – ich meine, seine Fragmente?«

»Er ist in mir«, sagte Olmy und tippte sich an die Stirn.

Patricia blickte zu Lanier und machte ein Gesicht wie ein kleines Kind, das nicht genau wußte, ob ihm verblüffende Lügen oder wundersame Wahrheiten erzählt werden. »Er ist in deinem Implantat?« sagte sie dann, wieder an Olmy gewandt.

Olmy nickte. »Ich habe zusätzliche Implantate im Körper, um ihn zu fassen.«

»Es geht irgendwas vor in eurer Stadt, nicht wahr?« fragte Patricia.

»Ja. Eure Gefährten in der Thistledown werden inzwischen mehr mitgekriegt haben.«

»Darum konnte uns der Präsident nicht empfangen?«

»Ja.«

»Wir müssen Pause machen«, unterbrach Lanier. »Wir haben schon ewig nicht mehr gegessen und geschlafen.«

»Ihr wollt die Axis City in Erdumlaufbahn bringen? Die Thistledown zerstören?«

»Nicht ganz«, antwortete Ry Oyu. »Aber das soll vorerst genug sein. Mr. Lanier hat recht. Ruht euch erst mal aus, dann reden wir weiter!«

Patricia kniff die Augen zusammen und schüttelte

langsam den Kopf. »Ich weiß gar nicht, was ihr Leute mit mir bereden wollt. Im Vergleich zu euch bin ich doch ein blutiger Anfänger, ein primitiver Amateur ...«

»Wenn es uns noch nicht gelungen ist, dich von deiner Bedeutung und deinem Einfluß zu überzeugen, dann haben wir uns nicht klar ausgedrückt«, erklärte Olmy. »Du bist die Quelle von Korzenowskis Arbeit in bezug auf den Weg. Du hast die theoretischen Fundamente gelegt. Deshalb sind wir überzeugt, daß du mit ihm das Mysterium teilen kannst. Er war dein bedeutendster Schüler.

Du warst sein Lehrer, Patricia.«

Mirski suchte in der Menge nach Pogodin, Annenkowski oder Garabedian, wobei er die Kreuze in der Luft nicht aus den Augen ließ. Die Soldaten, die einst seinem Kommando unterstanden hatten, beäugten ihn verdrossen und machten ihm gleichgültig den Weg frei. Er stellte sich auf die Zehenspitzen und suchte im Meer der Gesichter. Schließlich entdeckte er den roten Kopf von Pletnew mit seinem Bürstenhaarschnitt. Mirski zwängte sich zu ihm durch, kam hinter dem ehemaligen Schwertransportkommandeur zu stehen und legte ihm die Hand auf die Schulter. Pletnew wirbelte herum, schüttelte die Hand ab und legte den Kopf schräg, als er Mirski erkannte.

»Wo sind die andern?« fragte Mirski.

»Welche anderen? Du hast uns bös' sitzenlassen, Genosse.« Pletnew war ängstlich und zornig zugleich.

»Pogodin, Garabedian, Annenkowski«, präzisierte Mirski seine Frage.

»Die hab' ich nicht mehr gesehen seit dem ... dem ... was immer das sein mag«, sagte Pletnew. »Jetzt laß mich zufrieden!«

»Du warst bei ihnen«, hakte Mirski nach. »Was ist denn passiert?«

»Was meinst du – passiert?«

»Mit Vielgorski und den andern politischen Offizieren.«

Pletnew suchte den Himmel mißtrauisch nach Kreuzen ab. »Die sind *tot,* Genosse. War nicht dabei, aber weiß es von Garabedian. Wurden erschossen.« Er wandte sich von Mirski ab. »Ich hoffe nur, die Himmelshunde haben nichts gemerkt«, brummte er noch.

Kreuze tauchten wieder über ihnen auf und zogen alle Blicke auf sich, so daß die Köpfe wogten wie ein Weizenfeld im Wind. Die Hände in den Taschen ging Mirski mit nachdenklicher Miene davon.

So ähnlich wird es sich abgespielt haben, als die letzten Steinler evakuiert worden sind, überlegte Hoffman. Ein Mal ums andere schwirrte er der pfeilförmige Flieger durchs Bohrloch zum gewaltigen Röhrengleiter, der nach Berensons Aussage dort wartete, und schaffte die Leute in Zwanzigergruppen aus den Kammern. Sie war froh, daß Wallace und Polk sich in ihrer Gruppe befanden, denn die beiden hatten sich als verläßliche Stützen bewährt. Ann war nicht dabei; entweder war sie noch in der ersten Kammer oder schon an Bord.

Die Dame in Schwarz, die Santiago zurückgelassen hatte, hütete ihre vierhundertköpfige Schar wie ein Schäfer seine Herde. Ihre Hunde waren die Chromkreuze, die mit sanftem Nachdruck alle Nonkonformisten – zumindest physisch – auf den rechten Pfad brachten. Dabei fragte sich Hoffman, ob stimmungsveränderndes Gerät zum Einsatz kam; sie fühlte sich gelassen, keineswegs ängstlich, und wach, richtig erholt. Besser als seit Wochen!

Ungefähr die Hälfte in ihrer Gruppe waren Russen, die für sich blieben, obwohl sie gemischt antransportiert worden waren. Soweit Hoffman sehen konnte, waren weder Mirski darunter noch die Offiziere, die ihn abgelöst hatten.

Nun kam Hoffman an die Reihe. Die Dame in

Schwarz ließ sie vortreten, bis zwanzig komplett waren. Während die Gruppe aufgestellt wurde, landete daneben der pfeilförmige Flieger.

Sie holte tief Luft, als die Reihe dann an ihr war. In gewisser Weise war es eine Erlösung. Alle Verantwortung war nun abgelegt, ein deutlicher Schlußstrich gezogen. Es fiel ihr erstaunlich leicht, alles aufzugeben.

Als ein Schaf von vielen ging sie an Bord.

## 61. Kapitel

Patricia und Lanier wurde ein Kämmerchen am Südende des Terminalgebäudes zugewiesen, wo sie ungestört schlafen und wo Patricia nachdenken könnte. Ein Piktor zauberte eine einigermaßen vertraute Atmosphäre, indem er das Grundmuster von Patricias Wohnung in Axis City benutzte. Freilich ließ sich Lanier davon nicht besänftigen: er war sauer und durcheinander.

»Du hast keine Ahnung, was die da faseln«, hielt er ihr vor, als sie jeweils am Ende der »Couch« Platz nahmen. »Soviel wir verstanden haben, wollen sie dir die Seele klauen ... Wie das schon klingt! Das muß ja was Perverses sein, auch wenn sie's herunterspielen.«

Patricia starrte aufs Illusart-Fenster mit seinem Blick auf Pinien und hellblauen Himmel. »Ich schätze, das könnten sie leicht, wenn sie wollten.«

»Und ob! Wir wissen nichts über sie. Seit wir hier sind, haben sie unsere Meinung von sich manipuliert.«

»Sie wollten uns nur bilden. Wir wissen jetzt ungleich mehr als bei der Ankunft. Was Olmy und Ram Kikura gesagt haben, ist logisch.«

Lanier schüttelte energisch den Kopf. Ihm fehlte im Moment jede Logik; sein Zorn war wie eine glimmende Kohle und wollte nicht erlöschen. »An sich lassen sie dir gar keine andere Wahl ...«

»Doch«, widersprach Patricia. »Sie nehmen nur, was ich freiwillig gebe.«

»Quatsch«, sagte Lanier wütend. Er stand auf und tastete heftig nach den Wänden der Kammer, die keine drei mal drei Meter maß. Er spürte keine Wände. Die Illusion war perfekt; sogar die Perspektive stimmte, als er durchs Zimmer taumelte. »Alles fauler Zauber hier. Nichts Echtes. Für mich ist der Fall klar. Sie lassen uns nur so weit hinter die Kulissen blicken, wie's nötig ist.«

»Es sind ...« Patricia suchte nach dem passenden Wort. »Sind keine *bösen* Menschen.«

»Du kaufst ihnen diesen Schwindel von wegen Lehrer und Wegbereiter auch noch ab?«

»Warum nicht?« Patricia drehte sich ihm zu und streckte ihm die Hand entgegen. Er kam zur Couch und nahm ihre Hand. »Ich habe einige der Arbeiten, die ich schreiben werde, gesehen.« Sie kniff die Augen zu, schüttelte den Kopf und faßte sich mit der andern Hand an die Backe. »Ich werde sie wohl nie schreiben ... Aber jemand anders wird sie schreiben oder hat sie geschrieben. Und sie weisen echt in diese Richtung. Es ist genau das, was mir schon seit Jahren ungeordnet durch den Kopf geht. Und seit der Zeit weiß ich auch, daß ich der einzige in unserer Zeit und Welt bin, der ernsthaft darüber nachdenkt. Folglich klingt es für mich nicht unwahrscheinlich.« Sie lächelte. »Judith Hoffman hat mich für den Einzigen gehalten. Das hast du akzeptiert.«

»Du spielst dich gern als Kulturheld auf oder was?« *Du bist ungerecht zu ihr,* dachte er. *Immer schön locker bleiben. Was bist du überhaupt so sauer?*

»Nein«, sagte sie leise. »Das spielt für mich keine Rolle. Mir ist inzwischen an sich fast alles egal.«

Lanier ließ ihre Hand los und rieb sich das Kinn, wobei er sie immer wieder anschaute. »Du willst unbedingt heim?«

Sie nickte.

»Aber du kannst nicht mehr heim.«

»Ich kann.«

»Und wie?«

»Das weißt du im Prinzip selber, Garry.«

»Ich will's genau wissen. Wie willst du die Heimat finden?«

»Wenn sie mich lehren, wie man das Klavikel benutzt, kehre ich in den blanken Korridorabschnitt, den wir passiert haben, zurück und suche in einem geometrischen Haufen. Für sie sind geometrische Haufen wertlose Stellen, Abfall und Schlimmeres. Dort werd' ich einen Heimweg finden.«

»Kein gerade detaillierter Plan, Patricia.«

»Ich werd's lernen«, sagte sie und schaute ihn aus ihren großen schwarzen Augen an, die nun gar nicht länglich und katzenhaft waren, sondern rund und ruhig.

»Und was wollen sie dafür?«

»Nichts!« Sie lehnte den Kopf auf die Couch zurück. »Sie kopieren sich was, aber nehmen nichts.«

»Wie kannst du ihnen trauen?«

Darauf blieb sie eine Antwort schuldig.

»An sich brauchst du keine Bedenkzeit mehr, was?«

»Nein«, gab sie zu.

»Herrgott.«

Sie stand auf, umarmte ihn fest und legte die Wange auf seine Schulter. »Ich weiß nicht, was wir füreinander bedeuten, aber ich bin dir zu Dank verpflichtet.«

Er kraulte ihren Kopf mit einer Hand und starrte in den Winkel zwischen Wand und Decke, wobei er blinzelte und mit den Mundwinkeln zuckte. »Ich weiß es auch nicht.«

»Und ich habe schon geglaubt, ich sei kein Mensch.«

»Du bist ...« Er sprach nicht zu Ende.

»Was ich gedacht habe ... macht mich gewissermaßen ihnen ähnlicher als euch. Verstehst du, was ich meine?«

»Nein.«

»Ich meine, es macht mein Mysterium passend für Korzenowski. Er hatte ähnliche Gedankengänge und ähnliche Ziele. Er wollte seine Leute heimführen.«

Lanier, der das alles ablehnte, schüttelte den Kopf.

»Sie werden mir nichts tun. Sie werden mich alles lehren. Ich muß ja sagen.«

»Sie erpressen dich.«

Plötzlich hob sie den Kopf und runzelte die Stirn. »Nein«, erwiderte sie. »Nicht mehr, als ich sie erpresse. Garry, mir ist gerade was eingefallen ... Warum bin ich nicht schon eher darauf gekommen? Warum öffnen sie noch'n Tor?«

»Weiß ich nicht«, erwiderte Lanier sofort. Ihre Frage schien völlig irrelevant.

»Ich werd' mich erkundigen.«

Er lachte. »Es ist dir ernst damit, was?«

»Schließlich wurden wir hergebracht, um an der Zeremonie teilzunehmen ... Nun, das ist offenbar nicht der Hauptgrund, gehört aber zum ganzen Paket dazu.«

Lanier, der sie nach wie vor festhielt, überlegte kurz. Trotz seiner Zweifel und Ängste und Bedenken und all dem mußte er zugeben, daß ...

Daß er das gern sehen würde.

»Wir sollten jetzt ins Bett gehen«, meinte Patricia.

Es war kein Zufall, daß sie wieder miteinander schliefen, wobei Lanier allerdings merkte, daß Patricia es nicht nötig hatte. Ihr schwebte das Ziel vor Augen; alles andere war wie das Dekor und auch das Bett, auf dem sie lagen, schönfärbende Garnierung.

Das gab ihm das Gefühl, unwichtig zu sein. Und veranlaßte ihn zur Überlegung, was aus Patricia seit ihrer Ankunft auf dem Stein geworden war.

»Bin ich ein Mensch?« fragte sie, als sie erschöpft nebeneinander lagen.

»Wohl schon«, sagte er und versuchte, einen gelassenen Ton anzuschlagen, was ihm nicht ganz gelang.

Als Van Hamphuis' Defektschiff die Position erreichte, die bislang von der Axis City eingenommen worden war, waren im Weg sämtliche Tore geschlossen und sämtlicher Verkehr eingestellt. Dieses Ereignis war einmalig in der Geschichte des Wegs.

Die Axis City war weitergezogen. Unter dem Befehl von Corprep Rosen Gardner war in den städtischen Kraftwerken am Defekt der letzte Widerstand gebrochen worden. Die Implantate der Getöteten – bislang an die 183 Bürger – waren sorgfältig geborgen worden. Den Blutzoll bedauerte Gardner; immerhin war ihr Tod nicht von Dauer. Sobald der Defektschacht in seiner Hand war, hatte er die Axis City südwärts Richtung Thistledown beschleunigt. Die Fahrt hatte sechzehn Stunden gedauert; van Hamphuis' Defektschiff war gefolgt, aber der Präsident konnte nicht viel ausrichten.

In der sechsten Kammer der Thistledown hatten vier Mitglieder von Gardners Korzenowskisten das kapitalste aller Verbrechen begangen und die Weg-Maschinerie manipuliert. Der Eingriff war minimal, aber selbst auf die geringste Manipulation stand als Strafe die Entleibung und Löschung sämtlicher Persönlichkeitsaufzeichnungen. Von diesem Punkt an gab es, wie Gardner wußte, kein Zurück mehr.

Daß der Defekt über die eigentliche Nordgrenze hinaus in die siebte Kammer hineinreichte, dafür bestand keine Notwendigkeit; die jetzige Erweiterung bis zum Bohrloch der Kammer war aus rein praktischen Erwägungen während der letzten Evakuierungsphase der Thistledown und der Konstruktion der Axis City ausgeführt worden. Nun wurde die Maschinerie so eingestellt, daß sich der Defekt um zwanzig Kilometer kürzte.

Vier Teams aus jeweils drei Bürgern begaben sich dann zur Außenhülle des Asteroiden, indem sie Aufzüge benutzten, die den kürzlich eingetroffenen Besuchern verborgen geblieben waren. Diese Schächte führten direkt zu den Beckmann-Antriebsaggregaten.

Mit Hilfe dieses Antriebs wurde die Rotation des Asteroiden abgebremst und zum Stillstand gebracht. Das hatte zunächst keine schwerwiegenden Folgen außer in der Kammer vier, wo die Wellenentwicklung auf den weitläufigen Seen gewaltige Wassertropfen in die Luft schleuderte. Es war keine Zeit, diese Wirkungen zu dämpfen. Gardners Timing war knapp bemessen.

Radikale Geshel und gemäßigte, die sich nie festgelegt hatten, erhielten die Gelegenheit, sich Gardners Seite anzuschließen. Für viele gab's keine Wahl: Gardners Pläne ließen radikalen Neomorphen wenig Spielraum. In Windeseile wurden die Bewohner auf die verschiedenen Siedlungen verteilt, wurde City Memory umgebildet und in Sektoren getrennt – dies zur Vorbereitung des nächsten Schritts in Gardners Plan.

Die Axis City wurde teilweise vom Defekt abgefädelt, wobei der Abschnitt mit Axis Nader und Central City zuerst abgenommen wurde. Gardners Plan war es, die Stadt umzudrehen und diese Bezirke den Geshel zu überlassen, die mit fast Lichtgeschwindigkeit in den Weg vordringen und die Jarts hinaustreiben wollten. Zur Ausführung seines Vorhabens benötigte er nun noch die rotierenden Zylinder Axis Thoreau und Axis Euclid.

Das Wiederangleichen des Gravitationsgradienten zwischen der Thistledown und dem Weg erwies sich als äußerst delikates Unterfangen. Die Ingenieure in der sechsten Kammer hatten alle Hände voll zu tun, besonders als die gewaltige Masse von Central City und Axis Nader an einer Seite der siebten Kammer geparkt wurde, damit die restlichen Bezirke abgefädelt werden konnten.

Das ganze Unternehmen beanspruchte fünf Stunden. Als es beendet war, hatten Axis Nader und Central City mit Axis Thoreau und Axis Euclid auf dem Defekt die Plätze getauscht. Die beiden Paare und dazugehörigen Strukturen trennte ein Kilometer, und das für die Geshel bestimmte Siedlungspaar – Central City und Axis Nader – glitt langsam entlang des Defekts nordwärts.

Die Gäste waren von ihrer Wahlmöglichkeit in Kenntnis gesetzt worden. Von den knapp zweitausend Gefangenen beschlossen nur vier, ihr Glück nicht bei der Gruppe zu versuchen, die zur Erde zurückkehren wollte.

Dazu zählten Joseph Rimskaya und Beryl Wallace. Die beiden andern waren Russen: Unteroffizier Rodenski und Generalleutnant Pawel Mirski.

Sodann wurde der Asteroid wieder in Rotation versetzt. In den Kammern waren gewisse Schäden unvermeidbar, in der vierten Kammer aber kam's zur Katastrophe. Die gewaltigen Wassertropfen regneten herab und überschwemmten Wald und Land und bildeten neue Flüsse, als die Zentrifugalkraft wieder einsetzte.

Die Plasmaröhre in sämtlichen Kammern erlosch plötzlich. Während die atmosphärische Barriere erhalten blieb, herrschte zum ersten Mal seit zwölf Jahrhunderten stockfinstre Nacht in den Kammern.

Und in der siebten Kammer machten sich an der Grenze des Wegs und am Ende der eigentlichen Kammer mechanische Werker zu schaffen und brachten starke Ladungen an, um das Nordende abzusprengen und den Weg zu kauterisieren.

All dem standen der Präsident und seine Getreuen ziemlich machtlos gegenüber. Gardner hatte seine Revolte gut organisiert, und seine Anhänger waren mit Eifer bei der Sache. Wieder einmal bewies die Geschichte der Menschheit, daß der schlimmste politische Fehler der ist, seine Gegenspieler zu unterschätzen.

Van Hamphuis blieb keine andere Wahl als Gardners Schlichtungsvorschlag anzunehmen und seine Regierungsgewalt auf die den radikalen Geshel zugeteilten Bezirke zu beschränken.

Im schwerelosen Wald der Central City nun begann Pawel Mirski, den ein neomorpher Geshel-Vormund betreute, seinen Entschluß zu bereuen. Er kam sich verloren vor im Alptraum eines Hieronymus Bosch und fragte sich, ob Forscherdrang und Neugier all das Wunderliche und Beängstigende rechtfertigten.

Es hat stets seine Kehrseite, wenn man sich völlig von seiner Vergangenheit und Kultur lossagt ...

Und Mirski hatte sich der radikalsten Lossagung aller Zeiten unterzogen.

## 62. Kapitel

Olmy stand allein am Gerüst und betrachtete das Klavikel. Er wünschte sich, der Ingenieur könnte in sein Denken eingreifen und sich positiv oder anderweitig zu seinem Handeln auslassen, aber Korzenowski war inaktiv abgespeichert.

Vasquez und Lanier schliefen noch in ihrem Kämmerchen. Die Vorstellung, acht Stunden am Stück zu schlafen, wirkte befremdend und zugleich verlockend auf Olmy. Ein langer, leerer Abschnitt im Leben, Tag für Tag; Zeit ohne Denken, eingetaucht in ein Nichts, in eine andere Welt ... Talsitläuterung war zwar viel wirksamer, dennoch belustigte ihn die Feststellung, daß irgendein primitiver Teil seiner Persönlichkeit sich noch immer nach simplem Schlaf sehnte.

Er hatte nie näher über die Unterschiede des Menschen von heute und damals nachgedacht; ausgenommen davon waren ihre Bedürfnisse, für deren Erfüllung er zu sorgen hatte. Trotz der vielen Ausstaffierung und Zusätze und Manipulationen seiner Zeit waren ungleich mehr Gemeinsamkeiten als Unterschiede zu registrieren.

Yates überquerte den weichen grünen Rasen und kam zum Gerüst. Er machte ein grimmiges Gesicht.

Unsre Zeit ist beschränkt«, piktographierte er Olmy. »Die Verteidigungsstation bei eins Punkt neun × neun meldet starke Defektstrahlung. Die Jarts haben möglicherweise die Öffnung eines neuen, unheimlich großen Tors eingeleitet.«

»Tor ins Herz eines Sterns?« fragte Olmy.

»Anzunehmen. Die Stationsbesatzung bereitet den Rückzug vor.«

Die Idee wurde schon seit Jahrzehnten in höheren Verteidigungskreisen diskutiert. Es war eine simple, aber verheerende Sache: der Weg berührte an vielen Stellen stellare Körper. Da der Weg praktisch ein hohler, leerer Schlauch war, würde durch ein Tor in den Kern eines Sterns das unter Hochdruck stehende superheiße Plasma einströmen und sich gleichmäßig im Weg verteilen. Barrieren, die zwar aus modifiziertem »Zeit-Raum« des Wegs bestanden, würden der extremen Temperatur nicht standhalten und zusammensacken und mit den Wänden glatt verschmelzen. Der Weg selber bliebe intakt, aber alles andere würde auf Milliarden von Kilometern in dem Inferno einfach in seine Bestandteile zerfallen.

»Wie schnell würde sich die Plasmafront bewegen?« fragte Olmy.

»Sie würde nur durch Turbulenzen verlangsamt. Die Endgeschwindigkeit könnte sechstausend Kilometer pro Sekunde erreichen.«

»Dann blieben uns an die dreißig Stunden, um das Feld zu räumen.«

»Falls sie das Tor nicht ferngesteuert öffnen ...«

Daß Jarts womöglich imstande war, Tore aus der Ferne zu öffnen, lag den Verteidigungsstrategen seit Jahren schwer im Magen, obwohl die Jarts bisher eine solche Fähigkeit in den von den Menschen kontrollierten Abschnitten noch nicht unter Beweis gestellt hatten; allerdings hatten Störungen im Weg viele Torforscher – einschließlich Ry Oyus Team – zur Annahme veranlaßt, daß die Jarts es hinter 2 × 9 praktizierten.

»Ich habe Senator Oyu Bescheid gegeben«, fuhr Yates

fort. »Ihr Vater ist bei seinen Forschern. Sie wird ihm schnellstmöglich Meldung erstatten.«

Olmy sah Patricia und Lanier aus ihrem Kämmerchen in den Unterkünften an der Nordseite des Terminalgebäudes kommen.

»Ob Ser Vasquez einverstanden ist?« fragte Yates. »Sie kennen unsre Gäste länger und besser als ich.«

Olmy piktographierte ein Symbol der Ungewißheit, dem ein humorvoller Aspekt anhaftete: ein unvollständiger Neomorpher, zwischen zwei supermodern gestylten Körpern wählend.

»Ich wünschte, ich hätte Ihre Ruhe«, sagte Yates. »Ich könnte jetzt eine Talsitsitzung vertragen.«

Patricia bemerkte Olmy und Yates, winkte ihnen und tippte Lanier auf die Schulter. Sie gingen zum Gerüst.

»Ich muß Ser Oyu sprechen«, sagte sie zu Olmy. Lanier wirkte verstört und blickte nervös hin und her.

»Er hat gerade eine Besprechung mit seinen Forschern. Senator Oyu wird ihm gern was ausrichten«, erklärte Yates.

»Nun, es muß ja nicht unbedingt er erfahren. Olmy ...«

Olmy blickte auf.

»Ich habe mich entschlossen. Ich mache das Geschäft.«

Olmy lächelte. »Wann würde es dir passen?« fragte er.

»Unsre Zeit ist beschränkt«, fügte Yates hinzu.

Patricia zuckte die Achseln. »Egal. Meinetwegen sofort.«

»Ich mache Sie persönlich dafür verantwortlich«, sagte Lanier zu Olmy und deutete eindringlich auf ihn.

»Ich stehe dafür ein«, erwiderte Olmy nüchtern. »Es wird ihr nichts geschehn.«

Yates ging Senator Oyu Bescheid geben. Olmy führte sie zur unvollständigen Kuppel, wo sie Ry Oyu kennengelernt hatten, und piktographierte einem in der

Nähe herumschwirrenden Monitor Instruktionen zu. »Holt mir einen medizinischen Werker, den ich rasch umrüste und mit den Partiellen bestücke! Du wirst dann dein Mysterium dazugeben. An sich ganz simpel.«

»Ein gottverdammtes Wunder ist das, wenn's funktioniert«, sagte Lanier leise. »Und da faselt der was von simpel.«

»Für Sie ist das 'ne Art ›Lazarus, steh auf‹, nicht wahr?« bemerkte Olmy, der ihn damit zum Lachen bringen wollte.

»Sparen Sie sich Ihre gönnerhaften Scherze«, erwiderte Lanier barsch. Er war nach wie vor verärgert. Olmy glaubte, ihn zu verstehen. Da Patricia sich entschieden hatte, konnte Lanier nicht mehr mithalten. Er war nur noch ein Anhängsel. Auch hatte Patricia seine Bedenken und Warnungen in den Wind geschlagen.

Der medizinische Werker – ein aufrechtes, längliches Ei von einem Meter Höhe mit rot eingefaßten Öffnungen, wo Greifer und Instrumente versenkt waren – näherte sich, wenige Zentimeter über dem Boden schwebend.

Olmy piktographierte Instruktionen, und der Werker fuhr eine kleine Becherform am Ende eines dicken, metallisch grauen Kabels aus. Olmy setzte den Becher unter seinem Ohr an und schloß die Augen. Patricia verfolgte das mit großen Augen und faltete und entfaltete in einem fort die Hände. Ihre Ruhe wirkte jetzt gekünstelt. Lanier krampfte sich der Magen zusammen.

Prescient Oyu und ihr Vater gesellten sie sich nun zu ihnen, als Olmy gerade den Becher absetzte. Sie stellten sich wortlos in wenigen Metern Entfernung dazu.

Der medizinische Werker bewegte sich zu Patricia. Vor sich breitete er ein Traktionsfeld zu einer Art Liege aus, auf der Patricia sich auf Olmys Bitte hin ausstreckte. Daraufhin stülpte der Werker ein Geflecht schwarzer Kabel wie ein Haarnetz über ihren Kopf.

Das Netz paßte sich an und drückte auf die Frisur. Patricia hob die Hand und tastete danach. »Mit so was auf'm Kopf würd' ich mich nie auf der Straße zeigen«, scherzte sie.

Lanier kniete sich neben die Liege und nahm ihre Hand. »So ein Theater«, sagte er. »Bekloppt.«

Patricia zog eine Grimasse, drehte den Kopf und wandte sich an Olmy. »Bin bereit«, sagte sie.

»Es tut nicht weh. Du spürst rein gar nichts«, versicherte Olmy.

»Tja, was immer, ich bin jedenfalls bereit.« Sie drückte Laniers Hand und ließ sie dann los. Er trat zurück.

Das Netz zog sich zusammen, bis sie unter der drükkenden Fessel zuckte. Der Druck war spürbar, aber nicht schmerzhaft. Lanier zuckte mit ihr vor Mitgefühl, rührte sich aber nicht von der Stelle. Prescient Oyu trat neben ihn und legte ihm die Hand auf die Schulter.

»Sie trägt einen Teil unsrer Träume in sich«, sagte Prescient Oyu. »Aber keine Sorge.« Lanier blickte kurz zu ihr.

Patricia schien sich zu konzentrieren und hatte die Augen halb geschlossen. Lanier empfand eine perverse Faszination. Es war nichts zu hören und zu sehen bei dieser mysteriösen Übertragung.

Dann schlug sie die Augen auf und schaute ihn an.

Das Netz zog sich zurück.

»Mir fehlt nichts«, sagte sie und setzte sich auf dem Feld auf. »Ich fühle mich nicht anders als zuvor.«

»Die Kombination braucht ein paar Stunden zum Reifen«, erklärte Olmy. »Dann sollte Korzenowski wieder unter uns weilen.«

»Mit Körper und so?« fragte Lanier. Patricia stand jetzt neben ihm.

»Er wird den Werker bewohnen, bis ein Körper angefertigt ist«, erläuterte Olmy. »Er kann jedoch ein Bild von sich projizieren. Das wäre ein Zeichen für seine völlige Wiederherstellung.«

Patricia nahm Laniers Hand und drückte sie fest. »Danke«, sagte sie.

»Danke wofür?«

»Weil du so tapfer warst«, sagte sie.

Lanier schaute sie völlig verdutzt an.

Patricia, Lanier und Olmy folgten dem medizinischen Werker in die Unterkünfte, wo sie die Nacht verbracht hatten. Olmy meinte, für Korzenowski sei es am besten, in einer einigermaßen vertrauten Umgebung »aufzuwachen«, in einem normalen Raum mit nüchterner Ausstattung, wo nicht zu viele Leute und keine Nichtmenschen seien. Das sahen Ry Oyu und Yates ein. »Außerdem«, sagte der Toröffner, »haben Sie fünf Jahrhunderte auf diesen Augenblick gewartet. Es ist Ihr großer Moment.«

In der Unterkunft hatten sie fünfzehn Minuten gewartet, bevor Olmy den medizinischen Werker anwies, auch visuell zu zeigen, wie weit die ihm eingepaßte Persönlichkeit gediehen sei. Patricia hielt die Hand vor den Mund, als das Bild sich vor ihnen manifestierte.

Es war recht verzerrt; eine Körperhälfte war groß und aufgebläht, die andere hingegen klein, ja winzig. Der räumlich-massive Eindruck war nicht überall gelungen; manche Teile waren durchscheinend, andere gar völlig transparent. Blau war der vorherrschende Farbton. Der längliche, seitlich fliehende Kopf schien sie zu betrachten und von Gesicht zu Gesicht zu blicken.

»Keine Bange«, meinte Olmy dazu. »Das Bewußtsein über die Körperform reift als letztes.«

Im Laufe der nächsten Minuten korrigierte sich die Verzerrung unmerklich. Das ausgeprägte Blau schlug in eine natürliche Hautfarbe um. Korzenowski rückte sich naturgetreu ins Bild, wie Olmy zufrieden feststellte. Sein Aussehen entsprach dem offiziellen Porträt des Ingenieurs: schlanker, dunkelhaariger Mann mittlerer

Größe mit spitzer, langer Nase und neugierigen, belustigt blickenden dunklen Augen.

Dennoch suchte Olmy nach Abweichungen. Das den Partiellen aufgepropfte Mysterium, das der Korzenowskischen Vorlage entsprach, war freilich nicht hundertprozentig identisch. Allerdings war die Übereinstimmung so groß, daß Korzenowski neues Bewußtsein erlangte, das wiederum die kompletten Erinnerungen der Partiellen derart prägte, daß die Persönlichkeit, die noch vor Olmys Geburt ausgelöscht – ermordet – worden war, ziemlich originalgetreu wiederhergestellt wurde.

»Willkommen«, sagte Olmy laut.

Das Bild betrachtete ihn lange und versuchte dann zu sprechen, indem es die Lippen bewegte, über die jedoch kein Laut kam. Plötzlich wackelte das Bild, und als es sich wieder stabilisiert hatte, sagte es: »Ich kenne dich. Ich fühle mich viel besser jetzt – ganz anders. Bin ich rekonstruiert worden?«

»So gut es ging«, erwiderte Olmy.

»Ich erinnere mich an so wenig ... als hätte ich schlecht geträumt. Du warst ein Kind damals.«

Olmy spürte eine Emotion in sich aufsteigen, die Ram Kikura als Entwicklungsrückschlag empfunden hätte. »Ein Junge von fünf Jahren«, sagte er. Er erinnerte sich gut an seine erste Begegnung mit den Partiellen des Ingenieurs im Apartmentspeicher, an seine Angst und Faszination angesichts des berühmten – und toten – Mannes.

»Wie lange bin ich schon zerlegt oder tot oder was immer?«

»Fünf Jahrhunderte«, gab Olmy zur Antwort.

Der Fluch des Ingenieurs wäre in seiner Zeit völlig unschicklich gewesen; für Olmy aber klang er altertümlich und drollig. »Warum wurde ich zurückgeholt? Sicher war die Welt ohne mich besser dran.«

»O nein«, ereiferte sich Olmy. »Es war uns eine Ehre, Sie zurückzuholen.«

»Ich bin veraltet.«

»Das läßt sich in wenigen Stunden beheben.«

»Ich fühle mich nicht ... ganz. Wie kommt das?«

»Sie müssen reifen. Ihre Rekonstruktion ist noch in gang. Sie haben noch keinen eigenen Körper, sondern sind in einem medizinischen Werker untergebracht.«

Wieder der Fluch, diesmal noch deftiger. »Ich bin hinter der Zeit. Nur eine geistige Mücke ließe sich im fortschrittlichsten Werker unterbringen ...« Das Bild neigte den Kopf vor und musterte Olmy neugierig unter den Brauen hervor. »Ich war kaputt, nicht wahr?«

»Ja«, sagte Olmy.

»Was hat gefehlt?«

»Das Mysterium. Wir hatten nur Partielle zur Verfügung.«

»Wessen Mysterium ist eingesprungen?«

Olmy deutete auf Patricia.

»Danke«, sagte Korzenowski nach kurzer Überlegung.

»Bitte«, antwortete Patricia etwas unbeholfen.

»Sie kommt mir bekannt vor ... Ich habe sie schon mal gesehen.«

»Das ist Patricia Luisa Vasquez«, sagte Olmy.

Korzenowskis Bild machte zunächst ein ungläubiges Gesicht. Dann reichte es Patricia die Hand. Patricia ergriff die Hand und schüttelte sie; daß sich die Projektion fest und warm anfühlte wunderte sie nicht mehr.

»*Die* Patricia Luisa Vasquez?«

»Höchstpersönlich«, erwiderte Patricia.

Korzenowskis Bild beugte den Kopf zurück und verzog das Gesicht. »Ich muß furchtbar viel nachholen.« Er ließ ihre Hand los und murmelte eine Entschuldigung. Er schüttelte Lanier die Hand, die er viel kürzer und fest, aber nicht übertrieben fest hielt.

Lanier war mehr als beeindruckt, den Mann kennenzulernen, der den Korridor geschaffen hatte. »Ich habe eine kleine – was weiß ich? – Statue von Ihnen oder ein

Hologramm oder so was. Steckt in meinem Schreibtisch. Hab' jahrelang gerätselt ...« Er merkte, daß er zu viel quatschte. »Wir kommen von der Erde«, sagte er noch und verstummte.

Korzenowskis Miene verriet keine Regung. »Wo sind wir?« fragte er.

»Im Weg bei eins Punkt drei × neun«, antwortete Olmy.

»Wo ist die Thistledown?«

»Im Orbit um Erde und Mond.«

»Welches Jahr?«

»2005«, sagte Patricia.

»Reisejahr?« fragte Korzenowski hoffnungsvoll.

*»Anno Domini«,* stellte Olmy klar.

Der Ingenieur sah mit einemmal sehr müde aus. »Wie lange muß ich noch warten auf meine Nachhilfe?«

»Wir können sofort anfangen, noch während die Persönlichkeit ausreift. Wäre Ihnen das recht?«

»Aber sicher!« Damit wandte er sich wieder an Patricia. »Sie sind noch sehr jung. Wieviel haben Sie schon geschafft? Ich meine, wie viele Arbeiten haben Sie schon veröffentlicht?«

»Von den wichtigen noch keine«, erwiderte sie.

»Damit habe ich nicht gerechnet ... Es ist keine logische Folge unserer Arbeit. Ich meine, wie habe ich das übersehen können? Sie *müssen* mir sagen, wie Sie hierher gekommen sind ... und warum gerade Sie?«

Noch bevor Olmy die Auffrischung seines Wissensstands veranlassen konnte, waren Patricia und der Ingenieur in einem intensiven Gespräch vertieft.

In vier Stunden hatten sich die Forscher, die sieben der im Weg verkehrenden Spezies vertraten, ums Gerüst versammelt. Jede dieser Spezies hatte dem Menschen ihre Nützlichkeit unter Beweis gestellt, allerdings nicht ihre Unterwerfung. Sie stellten gleichberechtigte Partner dar und erschienen in den vielfältigsten Formen –

obgleich nicht unbedingt vielfältiger als die Neomorphen von Axis City, wie Lanier dachte.

Da waren drei Frant, bekleidet mit der Jacke aus glänzender Folie, die sie offenbar immer trugen, wenn sie nicht auf Timbl weilten. Ein Wesen in der Form zweier kopfstehender U – verbunden mit einer dicken, wulstigen Fleischschlange, ohne sichtbare Augen und mit einer glatten Haut wie schwarzes Glas – stand auf vier elefantenartigen Beinen regungslos wenige Meter von den Frant entfernt in einem roten Quarantäne-Ring. Die Luft schien ihm jedoch nicht unangenehm zu sein.

Ein Talsit-Forscher stand auf seinen acht Beinen neben Yates an der Nordseite des Gerüsts inmitten einer Traktionsblase, die eine eigene Luftmischung enthielt: sehr wenig Sauerstoff und relativ viel Kohlendioxid, und das bei einer so tiefen Temperatur, daß sich auf der flexiblen »Hülle« des Felds Kondenswasser abschied. Die moosigen »Geweihe« waren in ständiger Bewegung. Alle anderen nicht-menschlichen Forscher waren in ähnliche Felder eingeschlossen; das spektakulärste Wesen hatte einen Schlangenleib und vier Köpfe und schwamm eingerollt wie ein konserviertes Schauexemplar in einer frei schwebenden Kugel mit einer tiefgrünen Flüssigkeit.

Wie man also sehen konnte, war die menschliche Form nicht die häufigste.

Vor der Versammlung hatte sich Lanier in ein seltsames Gespräch mit dem Talsit eingelassen – seltsam, weil es so klar und *vertraut* ablief, als wären sie zwei Nachbarn bei einer Hausgemeinschaftsfeier.

Das Talsit hatte an der Nordseite des Gerüsts gestanden und mit einem Frant geplaudert, während ein zweiter Frant schweigend daneben wartete. Die Frant hatten sich vor wenigen Stunden homogenisiert; es war gar nicht nötig, daß der zweite Frant aktiv am Gespräch teilnahm, falls kein Paralleldenken erforderlich war. Lanier und Patricia hatten reichlich von der schwebenden, üppigen Lunchtafel gegessen. Danach hatten Patricia, Olmy und Korzenowski ihr Gespräch fortgesetzt.

Lanier kam mit dem Talsit ganz zufällig ins Gespräch. Das Talsit war an Prescient Oyu herangetreten und besprach mit ihr die Pläne ihres Vaters nach der Zeremonie. Ihr Gespräch lief zunächst piktographisch ab, aber dann wechselte sie auf Englisch und stellte Lanier dem Talsit vor. Das Talsit sprach perfekt Englisch, obwohl sich an seinem Körper nichts bewegte, was auf Lauterzeugung hindeutete.

Die Talsit stammten ab von einer kollektiven biologisch-mechanischen Intelligenz, die einst die vierzehn Planeten eines sehr alten Sonnensystems bewohnt hatte. Zu einer Zeit war die Intelligenz vollständig auf Datenspeichern abgelegt, wobei – im Gegensatz zum Speicher von Axis City – kein Bezug zu einem physisch manifestierten Körper bestand. Allmählich zerfiel die Intelligenz – durch verdichtetes Bewußtsein – zu Individuen, die sich nun eine neue physische Erscheinungsform zulegten. Das war wiederum die Vorgängerspezies des heutigen Talsit. Die Vorgängerspezies existiere noch, wie der Talsit erklärte, lebe aber introvertiert und völlig einsiedlerisch; sie habe das Talsit geschaffen als Handelsvertreter und Berater für jüngere Zivilisationen. Ein Zirkel von Toren sei zufällig in eine ihrer Welten aufgetan worden; sie trieben Handel, zunächst mit den Jarts und nach deren Vertreibung mit den Menschen.

Wie unschwer zu folgern war, waren die Talsit und ihre Elternspezies mindestens hundert mal älter als die Menschheit.

»Warum dann den Aufwand treiben und überhaupt mit uns kommunizieren?« fragte Lanier.

»Man kann das als Hobby betrachten, als Alterslaune, Alterstorheit«, erwiderte das Talsit ohne eine Spur von Herablassung oder Heuchelei. »Die Meinen bieten Dienste an, vor allem hinsichtlich der Klärung und Ordnung von Gedanken. Diese Dienste finden die

Menschen und andere unsäglich wertvoll. Wir helfen gern und erhalten dabei im Gegenzug Informationen, die für uns von großem Wert sind.«

Der Ruf zur Zeremonie ertönte wenige Minuten später: einer der Frant läutete eine hohe, wohltönende Glocke, die an der Südseite des Gerüsts von einem Balken hing.

Lanier stand, die Hände auf dem Rücken verschränkt, zwischen Korzenowskis Bild und Prescient Oyu, während Patricia den Ehrenplatz zwischen Yates und Ry Oyu einnahm.

Ry Oyus Ritualkleidung bestand aus einem schlichten weißen Hemd und einer schwarzen Hose. Dazu trug er schwarze Schuhe mit flacher Sohle. Yates war in eine lindgrüne Robe gehüllt; das gute Stück war nicht mehr das neueste.

Ry Oyu trat an die Treppe, die in kühnem Schwung aufs Gerüst führte. Oben hielt er gesenkten Haupts inne und winkte Patricia zu sich.

»Das müssen Sie lernen«, sagte er, als Patricia oben ankam. »Das Klavikel kann Ihnen nur teilweise sagen, wo ein Tor zu öffnen ist; Sie müssen die Stelle zugleich gefühlsmäßig erkennen und das Klavikel auf die gewünschte Welt einstimmen. Es gehört also nicht nur Berechnung dazu, sondern auch die sogenannte Intuition.«

Er bückte sich und umfaßte die Griffe des Klavikels und hob es aus der Halterung im Zentrum der schimmernden Traktionslinien. Als Patricia hinunterschaute, wurde ihr schwindelig; bis zum Boden der Grube ging's mindestens sechzig Meter hinunter.

»Es gibt ein Ritual, das die Gedanken einstimmt«, sagte der Toröffner, »und den Geist vorbereitet. Es ist zwar nicht unbedingt nötig, hilft aber sehr, wie ich finde. So.« Er hielt das Klavikel vor und schloß die Augen. »Heut ist's nicht das übliche Spiel. Seit fünfzig Jahren suche ich diese Kreuzung, die mir bis jetzt stets entwischt ist.« Er öffnete ein Auge und lächelte zaghaft. »Sie werden sich gewundert haben, daß wir noch hier sind und noch'n Tor öffnen, das sowieso wieder zu schließen ist, wenn die Jarts kommen oder Axis City darüber hinwegprescht. Hat Ihnen das nicht zu denken gegeben?«

Patricia nickte.

»Obwohl ich das gegenwärtige Geshel-Regiment ablehne, bleibe ich dem Hexamon treu ergeben. Ich werde dem Hexamon dienen, auch wenn sie mich für einen Verräter halten, was zwangsläufig der Fall sein wird, wenn sie erfahren, welche Rolle ich in der Sezession gespielt habe. Um wiedergutzumachen und mich von Schuld freizukaufen – darum öffne ich dieses Tor.«

»Ich verstehe nicht«, sagte Patricia, die den Kopf schräg hielt und das Klavikel betrachtete.

Ry Oyu löste eine Hand und schwenkte sie mit gespreizten Fingern in weitem Bogen. »Alle Tore sind so abgestimmt, daß sie sich zu andern Welten, andern Planeten öffnen. Der Weg passiert eine unendliche Vielzahl möglicher Kreuzungen mit anderen Welten, und wir haben aus einem großen Paket dieser unendlichen Vielfalt zu wählen, wenn wir auf einen optimalen Punkt einstellen. Es ist Ihnen vielleicht aufgefallen, daß unsere Tore immer in Abständen von mindestens viertausend Kilometern angeordnet sind. Das kommt vom Rhythmus der geometrischen Haufen. Verstehen Sie diesen Rhythmus?«

Patricia nickte. »Ja.«

»Von den eigentlichen Haufen lassen wir lieber die Finger. Sie verquicken alternative Universen und Zeitströme in einer für uns nicht zuträglichen Weise. Wir arbeiten *dazwischen*.« Er machte eine Hackbewegung mit der Handkante. »Wir arbeiten in einem Bereich von zehn Metern, und in diesem Bereich existieren vielleicht eine Milliarde Vorstoßmöglichkeiten. Wir stimmen so fein als möglich auf die Position eines Objekts von planetarer Masse ab; das Klavikel, das piktographisch den Verstand kontaktiert, benennt uns die Masse zusammen mit dazugehörigen Daten. Spüren Sie selber!« Er nahm ihre Hand und legte sie um den zweiten Griff des Klavikels. Eine Bilder- und Informationsflut ergoß sich in ihren Verstand. »Schauen Sie mich an!«

Sie blickte zu Ry Oyu, der ihr in rascher, steter Folge eine Reihe von Techniken piktographierte. »Es wäre viel einfacher, wenn Sie ein Implantat besäßen, aber zumindest haben Sie den *Willen* – und die Motivation zum Lernen. Ich kann Ihnen nicht sämtliche Fertigkeiten beibringen, aber zumindest Ihre Intuition abstimmen.« Er bombardierte sie mit einer weiteren Serie von Instruktionen. Die Hand am Klavikel, spürte Patricia, wie die Datenströme zur Einheit verschmolzen.

»Ich kann Ihnen nicht helfen, den Heimweg zu finden«, sagte er und tippte ihr auf die Hand, damit sie das Klavikel loslasse. »Ich werde nicht bei Ihnen sein. Yates und Olmy ebenfalls nicht. Uns rufen andere Pflichten. Aber wenn Ihre Theorie stimmt, wofür alles spricht, können Sie im geometrischen Haufen das richtige Tor finden. Das Wissen, das Sie haben, reicht dafür aus. Und passen Sie gut auf. Heute öffnen wir keine andere Welt. Heute öffnen wir den Weg selbst.«

Patricia runzelte die Stirn.

»Sie haben die Kurve gesehen, Patricia; ich bin sicher, Sie haben die Krümmung des Wegs berechnet.«

»Ja«, sagte sie.

»Haben Sie gesehen, wo sie sich kreuzt?«

»Nein.«

»Es ist eine äußerst subtile Kreuzung, und die Punkte liegen weit auseinander. In dieser Entfernung hat der Weg vielleicht einen ganz andern Charakter.

Die Axis City wird jene Abschnitte im Laufe ihrer Reise erreichen – vielleicht in Jahrmillionen oder aber viel schneller, wenn die Geshel ihren Plan ausführen. Wenn wir an dieser Kreuzung ein Tor öffnen, erfahren wir, was der Weg überhaupt ist. Unsere Pionierleistung soll für den Hexamon Wiedergutmachung sein.«

Patricia nickte.

Ry Oyu wandte sich an die Versammelten am Fuße des Gerüsts. »Ist der Ingenieur bereit?«

»Ich bin da.«

»Können Sie alles deutlich wahrnehmen, um davon Zeugnis abzulegen?«

»Ja.«

Der Toröffner holte tief Luft. »Heute ist ein besonders ehrenvoller Tag für uns alle«, sagte er zu Patricia.

Das Klavikel summte, als er hinunter aufs Traktionsfeld trat. Er winkte Patricia, ihm zu folgen. Sie stellte sich neben ihn auf die Linien, und das Feld beulte sich, wo sie standen, nach unten aus und bildete eine Mulde. Immer tiefer senkten sie sich und hielten erst wenige Meter über dem Grubenboden an. Ry Oyu kniete nieder und deponierte das Klavikel in seiner Halterung. »Ich habe den Bereich auf wenige Zentimeter eingegrenzt«, sagte er.

Dann hob er den Kopf und fing zu Patricias großem Erstaunen zu singen an.

»Im Namen des Sterns, des Herds unseres Seins, der Schmiede unserer Substanz, dem größten aller Feuer: Stern, spende uns Licht, spende uns in der Finsternis die Gabe rechten Schaffens!«

Er umfaßte das Klavikel mit beiden Händen und hielt es fest, wobei er die Augen schloß und das Gesicht zur hohen Halle erhob.

»Auf das Schicksal bauen wir, den Weg aller Dinge, allen Lichts im Plan der ewigen Bestimmung, der wir nicht entfliehn, auch wenn wir wählen, noch so frei wählen können.

Im Namen von Pneuma, Odem unseres Geistes, Zug unsres Denkens, im Fleisch erzeugt oder in der Maschine, führe unsere Hand, beflügle uns!«

Lanier sah, daß Korzenowskis Bild den Wortlaut von

Ry Oyu still mitbetete, als stammte der Text, den der Türöffner sprach, aus der Feder des Ingenieurs.

Das Summen des Klavikels stieg um eine Oktave. Erst jetzt merkte Patricia, daß sie die Hände wie zum Gebet gefaltet hatte. Sie brachte es nicht über sich, die Hände zu lösen und an den Seiten hinunterhängen zu lassen.

»Und im Namen der Altvordern, von denen einige unter uns weilen heute, seien sie nun aus Fleisch geboren oder wiederhergestellt durch die Segnungen unsrer Findigkeit. Und im Namen derer, die verbrannt sind, auf daß wir einen besseren Pfad finden, die den Tod erlitten haben, auf daß wir leben ...«

Sowohl Patricia als auch Lanier spürten, wie ihnen Tränen in die Augen traten und über die Wangen rollten.

»... richte ich dieses Klavikel auf Welten ohne Zahl und bringe ein neues Licht in den Weg, indem ich das Tor öffne, auf daß es zum Nutzen gereiche allen, die führen und geführt werden, die schaffen und geschaffen werden, die dem Weg Licht spenden und sich in diesem Licht baden.«

Er hob das Klavikel aus der Halterung und hielt es zwischen die Knie. Der Piktstrom, der vom Klavikel ausging, erhellte sein Gesicht wie ein Feuerschein. Das Summen hatte den hörbaren Bereich überschritten.

»Seht!«

»Ich öffne eine – *neue Welt* ...«

Die bronzene Oberfläche des Wegs unter ihnen schien sich in eine Kreuzschraffierung schwarz-grün-roter Linien zurückzubilden. Ry Oyu stand auf und hielt das Klavikel mit beiden Händen vor sich.

An den Rand der Grube drängten sich ums Gerüst die Forscher, Yates, Prescient, Oyu, Lanier und Korzenowskis Bild und verfolgten, wie das Tor mit einem lautlosen Sturm seinen Anfang nahm.

Das Traktionsfeld hob den Toröffner und Patricia um einige Meter an. Patricia wurde wieder schwindelig, als sie in die farbgeschwängerte, strudelnde Illusion unendlicher Möglichkeiten blickte.

Die Illusion teilte sich, und in der Mitte bildete sich ein ölig schwarzer Kreis.

Ry Oyu reichte Patricia das Klavikel. Sie hielt es an beiden Griffen fest.

»Spüren Sie die Macht«, sagte er in Englisch, »damit Sie wissen, wie sich eine korrekte Toröffnung anfühlt.«

Das Klavikel war lebendig in ihrer Hand, war ein Teil von ihr und beschoß sie mit einer Piktflut.

Die Macht war faszinierend. Patricia hätte am liebsten gelacht, als das Klavikel das Loch in der Oberfläche des Wegs erweiterte. Über sie beide glitt nun die unvollständige Kuppel, die Ry Oyus Arbeitsbereich bedeckt hatte, und richtete sich auf das Zentrum der Turbulenzen aus.

»Ein gefährlicher Moment«, erklärte Ry Oyu. »Wenn das Chaos außer Kontrolle gerät, legt sich die Kuppel darüber und glättet die Störung. Wenn das passiert, schleudert es uns aus dem Weg. Es verschlägt uns dahin, wohin das Tor sich öffnet, und wir können nicht mehr zurück. Spüren Sie's?«

Sie spürte es. Die freudige Erregung wurde abgelöst von dem bangen Gefühl, etwas gar nicht Freundliches, unbeschreiblich Garstiges am Schwanz zu halten. Sie behielt das Klavikel im Auge.

»So ist's recht«, sagte Ry Oyu. »Olmy hatte ganz recht. Sie gehören eher in unsere Zeit als in die Ihre.«

Die flüchtig angedeuteten, glitzernden Linien der Kuppel verfestigten sich zum bronzenen Material, das sie schon bei anderen Toren gesehen hatten. Im Zentrum der Grube begann der Strudel rings um den schwarzen Kreis zu steigen; das Traktionsfeld hob den Toröffner und Patricia entsprechend höher.

»Kommen Sie mit!« sagte Yates zu Lanier, als die Forscher zurückwichen. Sie versammelten sich etwa fünfzig Meter vom Gerüst entfernt in der Nähe des Arbeitsbereichs des Toröffners. Der Boden um die Grube begann sich aufzuwölben, brach schließlich auf und legte sich wulstartig um das Tor.

Gerüst und Traktionsfeld lagen nun in gleicher Höhe. Ry Oyu nahm wieder das Klavikel. »Hunderttausend Möglichkeiten hier«, murmelte er. »Mittels Klavikel spüre ich sie, erfahre ich sie. Ich lerne jetzt hunderttausend Welten kennen, will aber nur eine. Ich *lausche* nach ihr ... Ich kenne ihren Charakter. Ich weiß, welchen Tangenten sie einnimmt. Das Klavikel steuert die Ortung, peilt an, ich aber lenke ... und *finde* ...«

Seine Miene war verzückt, erhaben. Der ölig schwarze Kreis wurde weiter und nahm eine tiefblaue Tönung an. Rings um den Kreis formierte sich wieder bronzenes Weg-Material und senkte sich zu einer glattrandigen Mulde ab, in deren Mitte das Blau lag. Die Mulde wurde tiefer; Patricia stellte sich diesen Vorgang unwillkürlich als Raum-Zeit-Heilungsprozeß vor.

Im blauen Kreis wurde ein Bild wie von einer Lochkamera in Froschperspektive sichtbar: etwas Langes, Helles, Fließendes inmitten von massiven, dunklen Gegenständen.

»Das Tor ist offen«, stellte Ry Oyu fest und lockerte seine Haltung. Er stellte das Klavikel an seinen Platz und streckte die Arme aus. »Nun finden wir heraus, was auf der andern Seite liegt.«

»Gehn wir rein?« fragte Patricia.

»Nein«, erwiderte der Toröffner etwas belustigt. »Wir schicken einen mechanischen Kollegen. Sobald der Meldung macht, können wir entscheiden, ohne unser Leben aufs Spiel zu setzen.«

Das Traktionsfeld legte sich an die Treppe auf dem Gerüst. Ry Oyu bedeutete Patricia, vorauszugehen, und sie begaben sich zu den andern beim Arbeitsbereich.

Ein kubischer Monitor von etwa einem halben Meter Kantenlänge, was groß war für ein solches Gerät, schwebte den neuen Hang hinauf und passierte das Gerüst. Lautlos tauchte es in die Mulde und ins Tor ein. Yates schaltete einen Piktor an und stellte ihn auf die Monitorsignale ein, die ein Sender am Gerüst übertrug.

Lanier entdeckte bei Patricia neues Format. Sie wirkte selbstsicherer, gelassener. Mit einem Lächeln nahm sie seine Hand in beide Hände und drückte sie und flüsterte: »Ich schaff's. Ich spür's genau. Ich krieg's hin.«

Das Monitorbild war noch unscharf. Yates übersetzte die Pikts, die Informationen über die Bedingungen auf der andern Seite lieferten. »Der Monitor befindet sich in totalem Vakuum«, sagte er, »mit sehr geringen Strahlungswerten. Wenn wir tatsächlich in einen andern Wegabschnitt vorgedrungen sind, dann ist der Defekt ganz besonders inaktiv und stabil.«

»Es scheint gar keinen Defekt zu geben«, bemerkte Ry Oyu, der angestrengt die Augen zusammenkniff, um besser zu sehen.

Das Bild wurde klarer.

»Grandios«, sagte Senator Oyu leise.

An der Schnittstelle des Tors hatte sich das schlauchförmige Universum auf einen Durchmesser von mindestens fünfzigtausend Kilometer erweitert. »Geodätische Driften«, sagte Patricia.

»Eine mögliche Erklärung«, meinte Ry Oyu. »Aber nicht unbedingt inhärent.«

Lanier wollte gar nicht um eine Erklärung bitten; er bezweifelte, daß er's begreifen würde.

Der Weg war angefüllt mit zyklopischen Strukturen: dunklen, kristallinen Massen, abertausend Kilometer lang, die zum Teil frei schwebten und breite Schatten auf die Wand des Wegs warfen, wenn sie vor der intensiven, gewundenen Plasmaröhre passierten.

»Oberflächenanziehung etwa ein Zehntel g«, sagte Yates. »Die Parameter unterscheiden sich substantiell, Ry. Meinen Sie, es handelt sich um einen anderen Weg, gar nicht den unseren?«

»Haben wir Grund zur Annahme, es hätte jemand anders ein Universum wie dieses geschaffen?« fragte der Toröffner.

»Nein«, räumte Yates ein.

»Wir haben den Weg mit unserem Erbe ausgestattet, indem wir ihn zylindrisch gemacht haben. Ich bezweifle stark, daß andere die gleiche Lösung benutzt hätten. Wohlgemerkt stehen unendlich viele Möglichkeiten zur Verfügung.«

»Dennoch ist eine solche Form durchaus handlich und praktisch, falls man Handel wünscht.«

Ry Oyu pflichtete in diesem Punkt durch ein knappes Nicken bei. Das Resultat seiner Arbeit schien ihm wenig Freude zu machen. »Sehr eigenartig«, sagte er. »Kein Defekt zu entdecken, Plasmaröhre extrem irregulär. Ich würde sagen, da wurde manipuliert.«

»Jarts?«

»Nein«, erwiderte der Toröffner. »Diese Strukturen sind keinesfalls jart-typisch. Einen praktischen Zweck kann ich mir nicht recht vorstellen. Es sind entweder geometrische Verzerrungen, Raum-Zeit-Extrusionen und – Kristallisationen oder ...« Er schüttelte den Kopf. »Oder uns völlig unbekannte Manifestationen. Außerdem bezweifle ich stark, daß die Jarts so weit vorgedrungen sind. Diese Kreuzung – falls es eine Kreuzung ist – muß hinter eins × fünfzehn – also über hundert Lichtjahre im Weg – liegen.«

»Dort können somit keine Tore sein«, sagte Patricia.

Yates zog die Brauen hoch. »Warum nicht?«

»Weil das jenseits der Grenze unsres Universums liegt – zeitlich. Tore würden sich öffnen ins ...« Sie hielt die Hände hoch. »Nichts. Null.«

»Nicht unbedingt«, widersprach Ry Oyu. »Aber das ist ein interessanter Aspekt. Der Weg ist so ausgelegt, daß er die Bedingungen seiner Ursprungsepoche erfüllt. Wo er diese Bedingungen übersteigt, also verläßt, erreicht er natürlich andere Räume.«

»Kann die Axis City so weit reisen?« wollte Prescient Oyu wissen.

»Weiß ich nicht. Wenn der Defekt aufhört, müßten sie umrüsten ... Wäre nicht einfach. Und wenn's ab einem gewissen Punkt keinen Defekt mehr gibt ...«

»... ist der Weg selbsterhaltend«, vervollständigte Yates für ihn.

»Das ist er. Er benötigt weder Maschinerie der sechsten Kammer noch eine Verbindung zur Thistledown.«

»Sieht leer aus«, bemerkte Lanier, der nicht wußte, ob er sich in die Diskussion einmischen sollte. »Ich seh' keinerlei Verkehr. Es tut sich nichts.«

Yates wies den Monitor an, die Gegend zu erkunden. Die Bilder wurden stark vergrößert und zeigten die zyklopischen Strukturen im Detail. Der Weg war voll davon; einige flogen über Zehntausende von Kilometern hinweg von Seite zu Seite; dazwischen schlängelte sich die Plasmaröhre.

Sämtliche Strukturen, auch die frei schwebenden, waren bedeckt mit kuppelähnlichen Schalen, die jeweils die offenkundigen Pusteln offener Tore schützten. Das Bild wurde nochmals vergrößert. Schimmernde Lichtperlen passierten stark verkettet zwischen den dichten Toren. Da war also Verkehr, Handel irgendeiner Art! Allerdings in unvorstellbar großem Rahmen und in einer völlig neuen Art.

Pikts gesellten sich zu den Bildern. »Eindeutig kein Defekt«, bestätigte Yates. »Der Weg ist an dieser Stelle völlig stabil und geordnet.«

Patricia wirkte schläfrig. Sie hatte wieder ihren Zustand, wie Lanier auffiel. Sie versuchte konzentriert, zu verstehen, was da vor sich ging, was Laniers Horizont völlig überstieg.

»Kausal verbunden«, sagte sie.

»Wie bitte?« fragte Lanier und blickte zu den andern und legte ihr die Hand auf den Arm. Sie riß die Augen auf und starrte ihn an.

»Wenn die Axis City mit fast Lichtgeschwindigkeit durch den Weg fährt, wird das geschehen – noch bevor die Fahrt beginnt. Der Weg liegt im wesentlichen außerhalb der Zeit und hat jedes Ereignis in seiner Länge unterzubringen. Das wird geschehen – insbesondere wenn das Thistledown-Ende abgedichtet wird.«

»Ja? Bitte, sprechen Sie weiter!« drängte Yates.

»Sie hat recht«, sagte Korzenowski. »Ganz offensichtlich. Und da bedient sich jemand – keine Menschen, keine Jarts, nicht mal welche aus unserm Universum – der Adaption.«

Ry Oyu lächelte. »Ich fürchte, das leuchtet uns nicht ein. Fahren Sie doch fort!«

Patricia blickte zum Ingenieur und hatte eine aufwühlende Erkenntnis. Sie erkannte *sich* wieder. Korzenowski nickte ihr zu. »Ganz recht so«, sagte er.

»Wir sehen vor uns die in Superraum-Vektoren fortgeführten Resultate dessen, was mit dem Weg geschehen wird«, fuhr sie fort. »Ich dachte an diese Möglichkeit schon vor der Fahrt nach Timbl, nach dem Erscheinen des Schelms in meiner Unterkunft. Wenn die Axis City mehr als ein Drittel Lichtgeschwindigkeit erreicht, verdreht sie den Weg und erzeugt eine Raum-Zeit-Schockwelle, die die Lichtgeschwindigkeit übersteigt und der Axis City vorauseilt. Die Schockwelle wird außerhalb der Zeit wirken und vor ihrer Auslösung ankommen. Die Schockwelle hat diese Stelle hier schon passiert: vielleicht vor Jahrhunderten, vielleicht schon vor Öffnung des Wegs. Wenn sich etwas mit fast Lichtgeschwindigkeit auf der Singularität – dem Defekt – bewegt, wird sie überfordert. Partikel werden in Energie umgewandelt: sie verstahlt, ›verdampft‹.« Patricia holte tief Luft und schloß die Augen; während sie sprach, wurde vor ihrem geistigen Auge die Mathematik dazu abgewickelt. »Der Weg wurde gewaltsam in eine stabile Konfiguration erweitert. Der Defekt ist verschwunden.«

Olmy sagte nichts, sondern lauschte Korzenowski und Patricia. *Er ist stolz,* dachte Lanier.

»Einige Lichtjahre vor der Stadt wird alles sterilisiert – bis der Weg sich erweitert und die Schockwelle der Stadt verklingt. Nichts wird in diesen Abschnitten mehr bleiben als die Stadt. Alles wird glattgebügelt, alle Tore werden zugeschmolzen.« Sie deutete auf die Strukturen. »Offensichtlich hat sich der Weg hier erweitert, so daß relativistische Objekte entlang des Wegs hier nicht die große Wirkung haben.«

Lanier versuchte zu enträtseln, wie der Defekt schon vor Konstruktion des Objekts verschwinden könne, der die ›Verdampfung‹ des Defekts erst auslösen würde. Er verwickelte sich rasch in Widersprüche, während weder Korzenowski noch die Toröffner an der Widersprüchlichkeit Anstoß zu nehmen schienen.

»Sobald wir die Dokumentation vorbereitet haben – das haben Sie doch bald, nicht wahr?« fragte er Patricia.

Sie nickte. »Mit Ser Korzenowskis Hilfe.«

»... werden wir fast alles wissen, was uns interessiert«, sagte Ry Oyu. »Wir können dem Präsidenten unseren Bericht vorlegen. Er kann damit machen, was er will.« Er lächelte. »*Muß* – wie's aussieht.«

Hellrote Pikts erschienen vor dem Verteidigungsmonitor und signalisierten eine dringende Meldung. Olmy ging die Meldung entgegennehmen. Als er zurückkam, machte er ein freudestrahlendes Gesicht – was in krassem Widerspruch stand zu dem, was er nun verkündete. »Die Jarts haben ihr Tor geöffnet; fernbedient. Es liegt bei etwa eins Punkt fünf × neun. Die letzte Verteidigungsstation haben sie abgeschnitten. Es hat sich ein Plasmakeil gebildet, der rasch beschleunigt. Ist ungefähr noch sieben Stunden von hier entfernt. Wir müssen sofort aufbrechen.«

Prescient Oyu blickte zu ihrem Vater. »Die Geshel werden sich keinesfalls von den Jarts hinauswerfen lassen«, sagte sie.

»Dann bleibt dem Präsidenten also keine Wahl mehr?« sagte Ry Oyu. »Der Weg bestimmt sein Schicksal ebenso wie die Jarts. Er muß seine Siedlung nehmen und wir die unsere und getrennte Wege gehen.«

## 63. Kapitel

Mirski und die drei andern »Abtrünnigen« hatten kleine sphärische Unterkünfte im Wald der Central City erhalten. Drei homomorphe Geshel – zwei weibliche und einer mit ungewissem Geschlecht – waren ihnen als Betreuer während der kurzfristigen Eingliederungsmaßnahme zugeteilt worden.

Mirski saß in seiner Kugel und ließ sich auf mehreren Kanälen von Pikts berieseln, die zum Teil vom pädagogischen Partiellen des Betreuers übersetzt wurden. Er und Rodenski hatten sich vorübergehend mit Implantaten ausstatten lassen, um die Unterweisung und Übersetzung zu beschleunigen. Da saßen sie und sahen zu und sagten wenig. Rodenski blieb meist in seiner Nähe, während Rimskaya, der Amerikaner mit dem weibischen Namen – eigene Wege ging. Um alle andern kümmerte er sich nicht. Sie waren winzige Hieroglyphen in diesem gewaltigen Rätsel.

Die Betreuer kamen zu ihnen – leiblich, um sie nicht zu ängstigen – und hielten intensiven Unterricht ab, dem die Gäste aufmerksam folgten.

Der Druck, der auf ihnen allen lastete, war überall zu spüren; außer den Betreuern kümmerte sich kein Mensch um die Überläufer. Der Wald war ziemlich verlassen, da die meisten Bewohner sich der neuen Aufgabe widmeten, die Siedlungen für das Kommende zu rüsten.

Die Meldung der äußeren Verteidigungsstationen

hatten die geteilte Achstadt mittlerweile erreicht. Die Jarts hatten ferngesteuert ein Tor geöffnet und das Plasma aus dem tiefen Kern eines Sterns in den Weg strömen lassen.

Es würde noch ungefähr siebzig Stunden dauern, bis die Zerstörung das Ende des Wegs erreicht hätte, aber dennoch mußten sich die Bewohner der Geshel-Bezirke rasch entscheiden. Falls sie im Weg bleiben und ihn nicht vollends den Jarts überlassen wollten, müßten sie ihre Bezirke auf mindestens ein Drittel Lichtgeschwindigkeit beschleunigen vor der Begegnung mit der Plasmafront.

Mit dem Eintritt des Sternmaterials in den Weg würde das Plasma unter die Fusionstemperatur sinken, aber immerhin noch an die neunhunderttausend Grad beibehalten. Die passierenden Geshel-Siedlungen würden allerdings für eine rasche Wende sorgen.

Wenn sie gegen die Front prallten, würde ihre Raum-Zeit-Schockwelle das superheiße Plasma in einen dünnen Film auswalzen. Der Film, der sich nach der Passage um den Korridor legte und keine für eine Fusion notwendige Temperatur mehr hätte, würde den Weg somit mit einem noch kraftvolleren Plasma füllen. Im Endeffekt würden die Siedlungen das Plasma und den Weg in eine schlauchförmige Nova verwandeln.

Mirski war bemüht, die öffentliche Diskussion zu verfolgen, obschon das Vorhaben absolut irrsinnig, ja herrlich verrückt war. Ob er dabei sterben würde, war von untergeordneter Bedeutung; er steckte mitten in einem gigantischen Plan, der seine allerkühnsten Träume überschritt.

Die Politiker der Geshel, denen von den Sezessionisten freie Hand gelassen wurde, planten fieberhaft. Front und Heck müßten stark abgeschirmt werden, um die Bewohner der Siedlungen vor der harten Strahlung zu schützen; das bedeutete eine zusätzliche Belastung für die vier verbliebenen Defektgeneratoren, deren Kapazität durch die hohe Gleitgeschwindigkeit entlang des Defekts bereits erschöpft war. War es machbar?

*Ja* – beschlossen die Physiker. Gerade noch.

Ebenfalls abzuschirmen war der Defektkanal; der Defekt würde hohe Dosen tödlicher Strahlung aussenden. Wäre die erforderliche Abschirmung konstant zu halten?

*Ja.* Aber mit noch größeren Bedenken.

Trotz der Ungewißheit herrschte eine erstaunliche Einmütigkeit bei den Bewohnern der beiden Bezirke. Sie wollten nicht zur Erde zurückkehren; sie hatten ihren Blick auf die Zukunft gerichtet, nicht die Vergangenheit. Und nach dem vierhundertjährigen Kampf gegen die Jarts waren sie nicht bereit, ihnen nun den ganzen Weg abzutreten.

Rimskaya, der vor seiner Kugel durch den Wald schwebte, mied alle Einzelheiten hierüber. Er betete inständig; wer ihn dabei sah und wie man darauf reagierte, war ihm gleichgültig. Seine einzige Sorge war nämlich, ob Gott Gebete hören kann, die außerhalb der normalen Raum-Zeit-Verhältnisse gesprochen werden. Ob der Moment kommen wird, wo sie vollständig von Gott abgeschnitten sind.

Der ihm zugewiesene Betreuer, eine homomorphe Frau, hielt auf seine Bitte hin Abstand; sie sah ein, daß sie wenig tun könne, um ihm Gewißheit zu verschaffen.

Für sie fielen seine Fragen in ein ausgestorbenes Wissensgebiet und waren so sinnlos wie etwa die Überlegung, wie viele Engel auf einem Stecknadelkopf tanzen könnten.

Rodenski und Mirski, die auf Nachrichten vom endgültigen Vorgehen warteten, schwebten in wenigen Metern Abstand durch die grüne Landschaft. Ein makrameeartiges Flechtwerk aus Lichtschlangen erhellte eine dreidimensionale Lichtung unterhalb ihrer Quartiere und warf den Schatten von Blättern darauf.

Mirski beobachtete den jungen Unteroffizier und studierte den Glanz seiner Haut, die seine Lippen umspielende Aufregung, die munteren, großen Augen. *Die Zukunft ist wie eine Droge für ihn,* dachte Mirski. War's für ihn selbst auch so?

»Ich kapier' so wenig«, gab Rodenski zu und zog sich an einem Zweig näher zu Mirski, der in einer Astgabel hockte. »Aber ich meine, ich kapier's schon noch. Die sind so hilfsbereit! Wir sind für die ganz schön eigenartig, nicht wahr? Trotzdem haben sie uns mit offenen Armen aufgenommen!«

»Wir sind eine Novität«, sagte Mirski. Er wollte dem Unteroffizier nichts von seinen eigenen Bedenken zeigen. Mirskis Herz schlug jedesmal schneller, wenn er sich vorstellte, was ihnen bevorstand.

Die dem mürrischen Amerikaner zugeteilte Homomorphe traktionierte zu ihnen.

»Euer Freund macht mir Kummer«, sagte sie. »Wir überlegen, ob wir ihn zu euren Leuten zurückschicken sollten ... Er gesteht es sich zwar nicht ein, aber ich meine, er hat die falsche Wahl getroffen.«

»Laßt ihm Zeit!« sagte Mirski. »Wir haben alle viel zurückgelassen. Wir werden alle Heimweh kriegen. Ich red' mal mit ihm.«

»Ich auch«, sagte Rodenski begeistert.

»Nein«, erwiderte Mirski und winkte ab. »Nur ich. Ich habe schon mal mit ihm geredet bei meinen Verhandlungen mit den Amerikanern.«

Rodenski fügte sich etwas verlegen mit einem kurzen Nicken.

So klopfte Mirski an die perlweiße, durchschimmernde Außenhülle der Kugel. Drinnen antwortete Rimskaya in Englisch: »Ja? Was gibt's?«

»Pawel Mirski.«

»Keine weiteren Gespräche, bitte.«

»Wir haben nicht viel Zeit. Entweder du gehst gleich zurück oder bleibst bei deiner Entscheidung.«

»Laß mich in Ruhe!«

»Darf ich reinkommen?«

Die Tür der Sphäre schob sich blendenartig auf, und Mirski zog sich hinein.

»Sie brechen bald auf«, sagte er. »Es bleibt dir keine Wahl mehr, sobald sie gestartet sind. Mußt ewig hierbleiben.«

Rimskaya sah unheimlich schlecht aus; sein rotes Haar stand in alle Richtungen vom Kopf ab, sein Gesicht war blaß und schon vier Tage unrasiert. »Ich bleibe«, sagte er. »Mein Entschluß steht fest.«

»Das habe ich deiner Betreuerin auch gesagt.«

»Du redest für mich?«

»Nein.«

»Was macht es dir schon aus? Du bist von den Toten zurückgekehrt. Dir ist deine Position schnuppe – deine eigenen Leute haben versucht, dich umzubringen. Ich, ich habe ... Aufgaben zurückgelassen, Pflichten.«

»Und warum?«

»Scheiße. Was weiß ich.«

»Vielleicht weiß ich es.«

Rimskaya beäugte ihn argwöhnisch.

»Du willst das Letzte, das Äußerste sehn«, stellte Mirski fest.

Rimskaya reagierte nicht.

»Du, ich, Rodenski, vielleicht auch die Frau – wir sind jemand, der sich seiner Umgebung nicht anpassen kann, der nicht in seine Zeit paßt. Wir begnügen uns nicht damit, das Leben zu leben. Wir greifen höher.« Er streckte die Hand hoch. »Ich habe immer die Sterne sehen wollen.«

»Du hast die Sterne sehen wollen, also bist du ins All gegangen, um Krieg zu führen!« entgegnete Rimskaya. »Wir wissen nicht, was wir sehen werden. Mehr von diesem gottverlassenen Korridor.« Er bedeckte das Gesicht mit den Händen. »Ich war immer ein zäher, unerbittlicher Bursche. Man hielt mich für einen gefühllosen alten Arsch ... Mathe und Soziologie und Uni. Mein

Leben. Immer schön in vier Wänden. Als ich auf den Stein berufen wurde – mein Gott, war das ein Erlebnis! Und dann diese Gelegenheit ...«

»Wir wissen, daß es interessant wird, viel interessanter als auf der Erde.«

»Die andern gehen zurück, um die Erde zu *retten*«, betonte Rimskaya und ballte die Hände zur Faust.

»Und das macht uns zu verantwortungslosen Menschen? – Vielleicht. Aber wir sind auch nicht verantwortungsloser als die Hälfte dieser Stadt.«

Rimskaya zuckte die Achseln. »Guck, ich habe mich entschlossen und bleibe dabei. Also mach dir meinetwegen keine Sorgen. Es wird schon wieder.«

»Das beruhigt mich«, meinte Mirski darauf.

»Trägst du das Implantat, das sie dir gegeben haben?« fragte Rimskaya.

Mirski bog das rechte Ohr nach vorne und drehte den Kopf, um es ihm zu zeigen.

»Ich hab' meins noch«, sagte Rimskaya. Er öffnete die Hand, in der er das erdnußgroße Gerät hielt.

»Du brauchst es noch«, sagte Mirski, und schon führte der Amerikaner das Implantat zum Kopf und brachte es hinter dem Ohr in Position.

## 64. Kapitel

»Unsere Wege trennen sich«, sagte Ry Oyu zu seiner Tochter und Yates. Er streckte die Hand aus, die Prescient Oyu mit beiden Händen drückte. Olmy, Patricia und Korzenowski warteten beim Diskus auf sie.

»Was hat er vor?« wollte Patricia wissen.

»Er geht durchs Tor«, antwortete Olmy. »Das Talsit begleitet ihn und einer der Frant. Der Rest kommt mit uns.«

»Das überlebt er nicht«, sagte Lanier. »Sie können

unmöglich genügend Nahrung und Sauerstoff mitnehmen. Es bleibt keine Zeit zum Vorbereiten ...«

»Er geht nicht inkorporiert«, erklärte Olmy. »Keiner geht leibhaftig. Sie übertragen die Persönlichkeit auf einen langgedienten, altbewährten Torwerker. Sie können forschen, soviel sie wollen, andere Tore öffnen, darauf warten, daß die Axis City diesen Abschnitt passiert. Es steht ihnen für abermillionen Jahre Energie zur Verfügung.«

Prescient Oyu schüttelte langsam den Kopf und betrachtete das Gesicht ihres Vaters. »Du warst ein guter Vater«, sagte sie. »Es wird nicht leicht sein ohne dich ... für immer ohne dich.«

»Schließ dich den Geshel-Siedlungen an!« sagte Ry Oyu. »Vielleicht sehen wir uns wieder, tief im Weg. Wer weiß, was sie vorhaben, nachdem das überstanden ist? Und außerdem läßt sich dieses Tor wieder öffnen, so daß man uns wiederfinden kann ...«

»Niemand wird dieses Tor wiederfinden«, konterte sie. »Nur du könntest es wiederfinden und öffnen.«

»Sie hat recht«, bemerkte Yates. »Es war persönliches Geschick.«

Ry Oyu nickte in Patricias Richtung. »Korzenowski oder die Frau von der Erde könnten es wiederfinden. Aber Korzenowski kehrt zur Erde zurück, und die Frau jagt einem noch ungewisseren Ziel nach. Nun, jedenfalls ist nichts endgültig.«

»In diesem Fall ist's endgültig«, erwiderte Prescient Oyu. »Ich kehre zur Erde zurück. Dafür haben wir gekämpft.« Sie ließ seine Hand los.

Der Toröffner piktographierte ihr ein Symbol: die Erde, blau und grün und braun, wolkenverhangen, umringt von einer DNS-Kette; und darum die vereinfachte Gleichung, die Korzenowski aus einem älteren Vasquezschen Aufsatz abgeleitet hatte.

Das Talsit in seiner kalten Blase und ein Frant im weißen Mantel des ewigen Abschieds, der gerade erst ausgepackt worden war, standen hinter Ry Oyu. Prescient Oyu beugte sich zu ihm und küßte ihn, woraufhin sie sich zu den anderen beim Diskus stellte.

Der Toröffner und seine Gefährten begaben sich zum neuen Tor.

»Er erfüllt seine Pflicht gegenüber dem Hexamon«, erklärte Prescient Oyu, als der Diskus sie aufnahm. »Er wird die Axis City leiten, wenn sie in diese Gegend kommt.« Sie streckte den Arm und berührte Patricia, in deren Augen wieder Tränen standen, an der Wange und streifte eine Träne ab, mit der sie das eigene Gesicht benetzte.

Olmy wies den Diskus an, das Terminal zu verlassen und zu den wartenden Defektschiffen zu fliegen.

Beide Defektschiffe – das Dienstfahrzeug, mit dem die Forscher des Toröffners, und der Jäger, mit dem sie gekommen waren – hatten sich selbsttätig vom Defekt abgelöst und an Traktionsfeldern festgemacht: eine Vorsichtsmaßnahme für den Fall, daß aus nördlicher Richtung Evakuierungsfahrzeuge der Verteidigungsstationen durchkämen. Olmy entschied sich rasch; Tempo war wichtig, und der kleine Jäger war die schnellere Maschine.

Sie mußten die beschleunigenden Bezirke treffen, bevor diese ein Drittel Lichtgeschwindigkeit erreichten. Es gab zwei Möglichkeiten: die Siedlungen zögen kurzzeitig die Generatoren und Defektgleiter ein, damit der kleine Jäger durch den Defektkanal passieren könnte, oder aber der Jäger löste sich vom Defekt, schmiegte sich an die Wand und hielte der Druckwelle der Partikel und Atome stand, die die Stadt vor sich herschöbe.

Aber vor der Begegnung mit den Siedlungen galt es, das Versprechen an Patricia einzulösen.

In den öden Abschnitten, wo sie wahrscheinlich die erforderlichen geometrischen Haufen fände, sollte sie mit einem Klavikel auf den Korridorboden abgesetzt werden. Es bliebe ihr nur sehr wenig Zeit, ihr Werk zu vollenden; die Plasmafront wäre dicht auf den Fersen.

Yates zog sich mit Patricia zurück und gab ihr letzte Anweisungen zum Gebrauch des Klavikels. »Wohlgemerkt«, fügte er zum Schluß noch an, »Sie haben das Gefühl dafür und den Willen, aber nicht das nötige Können. Sie haben das Wissen, aber keine Praxis. Überstürzen Sie also nichts! Gehen Sie vorsichtig und überlegt vor!« Er legte ihr die Hände auf die Schultern und schaute ihr in die Augen. »Wissen Sie, wie Ihre Chancen stehen?«

Sie nickte. »Nicht sehr gut.«

»Dennoch wollen Sie's wagen?«

Sie nickte wieder, ohne zu zögern. Yates ließ sie los und zog die kleine Schatulle aus seiner Tasche. »Wenn ich Ihnen das Klavikel in die Hände drücke und Ihnen dienstbar mache, wird es auf aktive Größe anwachsen. Es wird nur für Sie tätig sein; wenn Sie sterben, zerfällt es zu Staub. Es wird Ihnen dienen, solange Sie leben, obwohl ich nicht weiß, welchen Nutzen es Ihnen bringt, falls Ihr Vorhaben gelingt. Neue Tore öffnet es nur vom Weginnern, nicht von außen. Es erkennt ehemalige Tore, selbst wenn sie wieder geschlossen worden sind ...«

Yates entnahm das Klavikel, das nur ein Dutzend Zentimeter lang war, und legte es in ihre linke Hand. »Nehmen Sie beide Griffe!« erklärte er. Patricia hielt die Klavikelgriffe jeweils mit Daumen und Zeigefinger. Das Klavikel piktographierte in steter Folge rote Symbole zu Yates.

»Es erkennt dich nicht«, sagte er, »sondern erbittet Anweisungen von seinem letzten Herrn. Ich werde es nun reaktivieren.« Er übermittelte dem Klavikel einen piktographischen Code.

Das Gerät schwoll langsam in Patricias Händen zur gleichen Größe wie das Klavikel von Ry Oyu an.

»Nun übertrage ich es Ihnen.« Wieder folgten piktographierte Codes, und dann spürte Patricia mit einemmal, wie es zwischen ihr und dem Klavikel funkte.

Korzenowski beobachtete das aus wenigen Metern Abstand. Lanier schwebte hinter ihm beim Defektkanal.

»Ich kann mit ihm sprechen«, stellte Patricia staunend fest. »Ich kann direkt zu ihm sprechen ...«

»Und es kann mit Ihnen kommunizieren. Es ist jetzt aktiviert, und Sie sind sein Herr«, erklärte Yates. Seine Stimme hatte einen traurigen Unterton.

Korzenowski kam heran. »Ich habe einige Anmerkungen zu Ihrer Suche, technische Vorschläge«, meinte er.

»Müssen Sie mir unbedingt verraten«, sagte Patricia.

Mit einer konstanten Beschleunigung von zwanzig g fuhr das Defektschiff im Weg nach Süden.

Die Plasmafront erreichte den 60-Kilometer-Sektor, der für die letzte Toröffnung eingerichtet worden war, und traf auf die Barrieren, wo die extreme Hitze der subtilen Geometrie arg zusetzte. Schon fiel die erste Barriere und wurde die kleine Oase eingeäschert, der Zirkel mit den Schächten zugeschmolzen und die Wegoberfläche plattgewalzt.

Letzte Meldungen aus den von Menschen beherrschten Wegbereichen sprachen von Evakuierungen. Millionen Menschen beschlossen, auf den Welten hinter den jeweiligen Toren zu bleiben, um sich nicht für einen der Sektoren der geteilten Axis City entscheiden zu müssen. Die letzten Verkehrsadern wurden geschlossen und die Tore dichtgemacht, um die passierenden Geshel-Siedlungen und die ankommende Plasmafront unbeschadet zu überstehen.

Trotz der Nähe der Plasmafront begann Olmy, das Defektschiff abzubremsen. Es waren zwei pfeilförmige Flieger an Bord, die Prescient Oyu nun für Patricias Reise rüstete.

Patricia ging zu Lanier und umarmte ihn herzlich.

»Danke für alles«, sagte sie.

Lanier wollte ihr das Vorhaben ausreden, sah aber davon ab. »Du hast mir viel bedeutet«, sagte er.

»War ich nicht nur'n grünes Gör, das du hüten mußtest?« meinte sie lächelnd.

»Ach was! Ich ...« Er kehrte das Gesicht ab, auf dem sich ein paar traurige Wandlungen vollzogen, und schüttelte dann den Kopf. »Du bist was ganz Besonderes, Patricia.« Er lachte heiser trotz seiner Tränen. »Ich weiß zwar nicht, warum, aber du bist wirklich was ganz Besonderes.«

»Wollen wir mitkommen?« fragte Olmy, der zu ihnen traktionierte. In jeder Hand hielt er einen kleinen, kugeligen schwarzen Monitor.

»Was?« fragte Lanier.

»Sie braucht Hilfe. Ich komme mit.«

Prescient Oyu, die Lanier seine Verwirrung ansah, erklärte: »Es wird ein Partieller hergestellt, den der Monitor projiziert. Der Partielle wird natürlich keine Rückmeldung machen können, denn wir müssen weiterfahren, sobald wir Patricia abgesetzt haben.«

»Und die Partiellen kommen um?« fragte Lanier.

»Sie gehen zusammen mit den Monitoren kaputt«, sagte Olmy. »Wir aber nicht.«

Lanier spürte einen schaurigen Luftzug in seinem Schädel. »Ja«, sagte er. »Ich würd' sehr gern mitkommen.«

*Ramon, der* Tiempos de Los Angeles *liest. Rita, die ein Willkommensmahl bereitet. Heimkehren. Der wartende Paul. Was werde ich Paul sagen? »Du wirst es nicht glauben, aber ...« Oder: »Ich hab' dich betrogen, Paul, aber ...« Oder einfach lächeln und von vorn anfangen ...*

Olmy und Lanier – eigentlich ihre Partiellen – saßen neben Patricia im Flieger. Das Klavikel lag auf ihrem Schoß. Der Bildschirm vor ihr zeigte die öde, glatte Oberfläche des Wegs. Patricia umklammerte die Klavikelgriffe und spürte dank der Übertragung des Klavikels die Qualität des Superraums an jeder Stelle »unter« der Oberfläche.

Was sie suchte, war schwieriger zu finden als eine Nadel im Heuhaufen. Sie suchte ein Universum ohne Tod und ohne Patricia, wo der Stein angekommen war aber keinen Krieg ausgelöst hatte und wo ihr Gegenstück auf irgendeine Weise umgekommen war.

Wenn sie das nicht fände (und sie war sich alles andere als sicher, ob sie so präzise vorgehen könnte, obwohl ein solcher Ort existieren und sich deutlich von allen anderen unterscheiden würde), würde sie sich mit einem Universum begnügen, in dem es sie doppelt gäbe. Sie würde sich mit allem begnügen, was sie heimwärts führte. Sie blickte auf Laniers Bild. Er lächelte aufmunternd und zugleich unsicher.

Und mit einemmal fühlte sie sich wunderbar, obwohl sie keine Gewißheit eines Erfolgs hatte. Freude kam über Patricia Luisa Vasquez, die das Gestern nicht mehr bedrückte und das Morgen nicht mehr kümmerte. Es war ein neues Gefühl für sie. Es war mehr als Zuversicht und Euphorie. Es war das freudige Gefühl der Dankbarkeit für alles, was sie erlebt hatte und erleben würde, die Erfüllung des Zwangs, dem sie von Kindheit an erlegen war: nicht *normal* zu sein. Kein normales Leben zu führen, sondern sich den ungewöhnlichsten Erfahrungen hinzugeben, die nur denkbar waren. Angesichts einer derart gearteten Welt hatte sie längst erkannt, daß sie diese außergewöhnlichen Bedingungen in ihrem Kopf schaffen müsse. Und dann stellte sich die Welt auf den Kopf. Die Universen hatten sich in unverständlicher Weise verquickt und ihr eine Erfahrung beschert, die den Visionen in ihrem Kopf *entlehnt* war und noch wundersamer und extravaganter gestaltet wurde durch die Geschichte und das Beteiligtsein von mehreren Zehnmilliarden Menschen und wer weiß wie vielen Nichtmenschen?

Es war kein solipsistisches Moment*; sie betrachtete sich weder isoliert, noch fühlte sie sich einzigartig. Aber sie erkannte, wie außergewöhnlich ihr Leben war. Ihre innigsten, kühnsten Träume gingen in Erfüllung.

*Alles andere ist fad,* dachte sie. *Sogar das Heimkehren.*

Der Flieger landete weich auf der Oberfläche des Wegs. Das Klavikel in ihren Händen summte munter und besagte, daß sie einige Kilometer südlich suchen müsse. Sie gab die Information an Olmys Partiellen weiter, der den Flieger zu einem kurzen Hopser abhob.

Droben beschleunigte das Defektschiff wieder Richtung Süden.

Sie schloß die Augen und ließ sich von den Wahrnehmungen des Klavikels durchströmen. Ihr war, als bekäme sie Auszüge aus den gebündelten Alternativuniversen vorgesetzt, die sie kostete und erlebte; freilich konnte sie sie nicht fassen. Sie konnte mit den Empfindungen lediglich das Klavikel führen. Es wurden keine detaillierten Informationen über andere Welten geliefert, sondern lediglich angezeigt, daß sie existierten und ob sie unter die erwünschte Kategorie fielen.

Die Partiellen brauchten keinen Schutz, sie selber allerdings schon. Also bereitete Olmy eine Traktionsblase mit Luft für sie vor. Lanier blieb an ihrer Seite. *Wieviel von ihm ist hier?* fragte sie sich. *Wie ist das, wenn ein Partieller zerstört wird?*

Nun widmete sie sich ganz dem Klavikel. Die vordere Luke ging auf, und Patricia betrat, in ihre flexible, leicht schimmernde Traktionsblase gehüllt, die Wegoberfläche. Lanier und Olmy, die sich völlig ungeschützt ins Vakuum begaben, gingen neben ihr her.

»Du hast etwa 'ne halbe Stunde Zeit«, sagte Olmy, dessen Stimme der Monitor zu ihrem Halsring über-

---

* Solipsismus: radikaler philosophischer Standpunkt, der behauptet, daß nur das Ich wirklich ist und alles andere nur in seiner Einbildung existiert. – *Anm. d. Übers.*

trug. »Danach erreicht die Strahlung von der Plasmafront eine gefährliche Intensität. Reicht dir die Zeit?«

»Ich glaub' schon; ich hoff's.« Patricia überprüfte ihre Tasche und fand alles an seinem Platz: Multimeter, Prozessor, Tafeln und Blöcke.

Sie hielt das Klavikel vor sich und suchte. Zehn Minuten lang schritt sie hin und her, auf und ab; das Klavikel übertrug das gewaltige Spektrum alternativer Welten, das sie mit jedem Schritt passierte. Sie verwarf die Wahrnehmungen aus den allermeisten davon und versuchte, ihre Sinne nicht zu überlasten.

In weiteren zehn Minuten hatte sie eine wenige Zentimeter lange Linie ausgemacht, die den Ort zu bergen schien, den sie suchte. Sie kniete nieder, wobei die Traktionsblase bequem nachgab. Das Klavikel tastete sich durch diesen winzigen Fleck, während ihre Hände diesen kausalen Kontakt lediglich vervollständigten.

In weiteren fünf Minuten hatte sie die Stelle auf wenige Millimeter eingegrenzt. Die Informationen aus den verschiedenen Universen wurden nun viel komplexer; Patricia war tatsächlich einer alternativen Erde auf der Spur, und die Zeit stimmte auch – plus oder minus ein paar Jahre.

»Beeil dich!« warnte Olmy. »Die Plasmafront ist nicht mehr weit.«

Es war sehr schwierig. Ihre Theorie erwies sich als nicht so präzise, wie sie gehofft hatte. In den allerkleinsten Abschnitten des geometrischen Haufens waren verschieden geartete Welten verkettet. Nun leuchtete ihr ein, warum Korzenowski und Kollegen die komplex strukturierten Gebiete der geometrischen Haufen als nutzlos betrachtet hatten.

Das Klavikel hielt inne. Patricia wußte nicht, ob sie die Gegend fein genug eingestellt hatte, aber andererseits könnte sie tagelang herumtasten, ohne dem Ziel näher zu kommen. Sie schloß die Augen und ruckte zum letzten Mal ein ganz klein bißchen.

»Ich bin so weit«, sagte sie.

»Dann los!« sagte Laniers Bild, dem Patricia daraufhin ein dankbares Lächeln zuwarf.

»Danke – für alles.«

Lanier nickte. »Es war mir ein Vergnügen. Es war faszinierend.«

»Find' ich auch.«

Sie machte sich daran, das Tor zu eröffnen. Im Norden füllte ein rötlicher Lichtschein den Korridor. Rasch schlug das Spektrum um: Orange, scheußliches Grünblau.

Das schrille Pfeifen des Klavikels war geradezu schmerzhaft. Patricia sah einen Strudel von Möglichkeiten zu ihren Füßen und dann den Kreis, der keinen Meter breit war und in dem sich verzerrt ein blauer Himmel, braune Landmassen, große Gebilde und Wasser abzeichneten.

Sie hatte nicht den präzisen Ort. Sie würde auf Land ankommen, das spürte sie, aber wo auf der Erde, das war fraglich. Jedenfalls würde das Traktionsfeld sie sicher absetzen.

Laniers Bild beugte sich in die Traktionsblase und küßte sie zum Abschied. Seine Lippen waren weich und warm.

»Geh!« drängte Olmy.

Sie trat durchs Tor. Es war wie eine Rutschpartie über einen Hang hinunter. Alles drehte sich ringsum. Sie ließ das Klavikel los und packte es wieder mit beiden Händen. Da war das Rauschen von Wasser, etwas Großes und Spitzes und Weißes in der Nähe, die grelle Sonne ...

Lanier und Olmy wandten sich der näherkommenden Strahlung zu.

*Es ist nicht wie Sterben,* dachte Lanier. *Da ist ein anderes, vollständiges Ich, das dem entgeht. Aber er wird von dem hier nichts erfahren, da ich mich nie »zurückmelde«.*

Ein gleißender Schein hüllte sie ein, der heller war als

jedes Licht oder Feuer. Olmy, der das Gefühl genoß, verzog das Gesicht und grinste zugleich. Er hatte schon früher Partielle von sich in den Tod geschickt und nie erfahren, was sie dabei empfanden. Nun würde er es selber empfinden ...

Und der Original-Olmy würde's trotzdem nie erfahren.

»Die Monitore halten der eigentlichen Plasmafront den Bruchteil einer Sekunde stand«, erklärte er Lanier. »Wir werden also einen Moment wie im Innern eines Sterns erleben ...«

Lanier, der weder Schmerz noch große Furcht empfand, wandte sich direkt nach Norden zum Kern der Glut, die mit sechstausend Kilometern pro Sekunde heranfegte.

Es blieb nicht mal Zeit, die Empfindung wahrzunehmen.

Auf dem Defektschiff, das dem wütenden Plasma bedrohlich nahe war, rieb Lanier sich die Augen und sagte sich immer wieder, daß er seine Pflicht erfüllt und die ihm anbefohlene Patricia bis zuletzt begleitet habe.

Das Klavikel lag noch in ihrer Hand und die Tasche hing noch über der Schulter, als Patricia aus fünf, sechs Metern Höhe ins Wasser fiel.

Sie wurde nicht einmal naß. Sie lag wie betäubt in der treibenden Traktionsblase. Das Wasser – ein Fluß oder Kanal – trug sie einige Dutzend Meter von der Toröffnung fort. Sie blickte zur Seite, um zu sehen, wo sie war.

Das war gut so. Eine intensive, bläulich-weiße Feuerzunge zuckte durchs Tor und fuhr hinter Patricia ins Wasser, das verdampfte und alles in weiße Schwaden hüllte. Zu ihrem Glück war das Tor innerhalb einer Millionstel Sekunde zugeschmolzen und dicht.

Patricia lag halb blind in der Blase und bedeckte mit

der Hand die Augen. So trieb sie noch ein paar Minuten dahin, bis sie auf eine Sandbank geschwemmt wurde. Inzwischen hatten sich ihre Augen wieder erholt.

Sie stand auf und blickte sich mit klopfendem Herzen um.

Sie befand sich am Ufer eines breiten, geraden Kanals. Das braune, schlammige Wasser floß träge, das Ufer war mit hohem grünen Schilf bewachsen. Der Himmel war strahlend blau und wolkenlos und die Sonne grell.

Nicht ohne Skrupel stellte sie die Traktionsblase ab und tat einen tiefen Atemzug. Die Luft war sauber und warm.

Patricia war schwerer als auf Timbl. Diesmal hatte sie keinen Gürtel, der ihr Auftrieb verschaffte. Die Schwerkraft war unangenehm.

Das war unleugbar die Erde und sicher kein atomar verseuchtes Ödland. Vielmehr kam ihr die Gegend bekannt vor. Sie hatte das alles schon einmal gesehen – in der Bibelstunde, die sie auf Ritas Drängen als Kind besucht hatte.

Patricia bedeckte die Augen und blickte nach Westen.

Jenseits des Kanals standen auf einer Anhöhe strahlend weiße Pyramiden, die Kilometer entfernt, aber in der klaren Wüstenluft gut zu sehen waren. Patricia wurde ganz aufgeregt.

Ägypten. Von Ägypten käme sie nach Hause – das wäre weiter kein Problem.

Sie wandte sich um. Auf einem wackligen Holzsteg im Schilf stand ein kleines braunes Mädchen, keine zehn, elf Jahre alt, das bis auf ein weißes Lendentuch nackt war. Das Haar hing in vielen langen, straffen Zöpfen herab; in die Spitzen war jeweils ein blauer Stein geflochten. Das Mädchen sperrte vor Staunen und Furcht den Mund auf.

»Hallo!« rief Patricia und stieg das sandige Ufer hinauf. »Do you speak English?«

Das Mädchen wirbelte herum und lief flugs fort. Im ersten Schreck glaubte Patricia schon, sich um Jahrtausende vertan zu haben und im *alten* Ägypten gelandet zu sein.

Dann hörte sie ein Brummen in der Ferne und blickte hoch. Ihre Erleichterung war so groß, daß sie beinahe in Jubel ausgebrochen wäre. Das war ein Flugzeug, vermutlich ein Jet, der da hoch über der Wüste flog.

Als sie mit dem Klavikel in der Hand am Ufer des Kanals entlangging und schon überlegte, ob sie die Traktionsblase reaktivieren sollte, da die Sonne unangenehm heiß wurde, stieß sie auf eine Straße, der sie folgte. Hinter einem Dattelpalmenhain gelangte sie in ein viereckiges Dorf mit weißgetünchten Ziegelmauern; die Häuser waren streng rechteckig und einheitlich. Nur wenige Menschen waren zu sehen, da gerade Mittagszeit war und die meisten vermutlich ruhten, bis es wieder kühler wäre.

Irgend etwas beunruhigte Patricia. Sie hatte zunächst gar nicht daran gedacht, aber jetzt fiel es ihr ein ...

Sie legte das Klavikel auf die steinerne Straße, hielt schützend die Hände über die Augen und richtete den Blick wieder gen Westen. Von hier aus war zu sehen, daß die Pyramiden von dichten Hainen einer ihr fremden Baumart umgeben waren. Das machte sie stutzig. Standen die ägyptischen Pyramiden nicht mitten in der Wüste?

Und wie viele *große* Pyramiden hatte es auf der Erde gegeben? Drei?

Sieö zählte acht glatte, weiße Pyramiden in einer Reihe, die sich am Horizont verlor.

»Irrtum«, sagte sie leise.

## 65. Kapitel

Lanier zog sich in den Bug zurück, weil er allein sein wollte. Tausende und Abertausende von Kilometern zogen vorüber als verwischter, schwarz-goldener Schatten.

Worauf es hinauslief, war, daß er der Erde mehr schuldete als Patricia. Und er konnte ihr nicht beistehen bei der Vollendung ihrer Reise – und sie schützend ins Ziel geleiten –, weil es nicht *seine* Reise war.

Überlebt sie? Erreicht sie ihr Ziel?

Falls ja, so war sie in seinem Tagtraum, in seinem alptraumhaften Weg aus gestapelten Universen so weit weg von ihm und ebenso unerreichbar, als wenn sie gestorben wäre.

Olmy traktionierte hinter ihn und räusperte sich.

»Bin okay«, sagte Lanier unsicher.

»Das war nicht meine Sorge«, erwiderte Olmy. »Ich wollte nur berichten, wie's um uns steht. Wir haben die Plasmafront abgehängt. Die Strahlung ist zu verkraften – obwohl ich zu einer gründlichen physischen Talsitsitzung nach der Ankunft rate.«

»Wie steht's mit den Siedlungen?«

»Wir haben Kontakt mit ihnen hergestellt. Wie vermutet, beschleunigen sie gerade in unsere Richtung. Sie sind bereit, ihre Gleiter einzuziehen und uns passieren zu lassen.«

»Schaffen wir das?«

»Mit ein bißchen Glück, ja«, erwiderte Olmy. »Sie werden einunddreißig Prozent Lichtgeschwindigkeit erreicht haben.«

»Ich schätze, so was muß man mal gesehen haben«, meinte Lanier.

»Ich bezweifle, ob es da für uns viel zu ›sehen‹ gibt. Übrigens gibt's Essen. Ser Yates tafelt gerade und würde sich über Gesellschaft freuen.«

»Wie lange dauert's noch bis zur Begegnung mit den Siedlungen?«

»Siebenundzwanzig Minuten«, antwortete Olmy.

Lanier schluckte schwer und drehte sich um die eigene Achse. »Klar«, sagte er. »Ich könnte was vertragen.«

Er aß jedoch nicht viel, sondern sah sich nervös in der Kabine um: Er musterte die verschiedenen Nichtmenschen in ihren Traktionsblasen, die teils ruhten oder ungemein rege waren (wie die vierköpfige Schlange, die in ihrer grünlichen Brühe ein flinkes, fahriges Ballett vollführte); er sah zu Prescient Oyu, die seinen Blick offen erwiderte; er beobachtete Yates beim Essen, der am menschlichsten von allen wirkte und sich am natürlichsten gab, obwohl er ein Toröffner war.

Olmy war still. Nicht weit von ihm hing der Werker, der Korzenowskis rekonstruierte Persönlichkeit – und ebenso einen Teil von Patricia – beherbergte, in seinen Traktionslinien und hatte das Bild abgeschaltet, während er den langen Prozeß der letzten Reifung fortführte.

Lanier stellte sein beinahe unangetastetes Mahl weg und sagte zu Olmy, er wolle lieber im Bug warten.

So versammelten sie sich vorne; Lanier neben Olmy und Yates, auf der anderen Seite des Defektkanals das U-förmige Monster, das nach wie vor ein Quarantäne-Ring umgab. Die beiden Frant bezogen hinter ihnen Stellung und rollten sich behaglich ein, so daß nur Hals und Kopf hervorragten.

Vor ihnen bekam das Schwarz-Gold einen Stich ins Rotbraune. Der Defekt schimmerte pink unter ihrer Beschleunigung.

»Nur noch'n paar Sekunden«, sagte Olmy.

Der Weg schien sich in alle Richtungen aufzublähen. Lanier spürte ein Kribbeln in den Händen und eine Wärme in den Augen. Der Defekt vibrierte und bekam einen gleißenden Blauton. Der transparente Bug wurde immer dunkler, um das Licht zu mindern. Der Defektkanal, der mitten durchs Schiff verlief, vibrierte ächzend.

*Nur noch ein paar Sekunden leben ...*

Lanier glaubte zu explodieren. Er schrie vor Schmerz und Schreck und fuchtelte dabei mit Armen und Beinen.

Dann war's vorbei. Er trieb in ein Netz von Traktionslinien und blinzelte. Der Weg war wieder golden und schwarz. Der Defekt schimmerte rosa.

»Keinerlei Schaden«, sagte Olmy.

»Irrtum«, erwiderte Yates, der die Hand übers Auge hielt. Lanier hatte ihn mit dem Ellbogen getroffen. Dafür entschuldigte er sich nun.

»Nicht so tragisch«, meinte Yates darauf. »Nur noch ein Grund mehr für eine Talsitsitzung.«

Hinter ihnen beschleunigte mit vierhundert g der Verbund von Axis Nader und Central City und prallte mit der entstehenden Schockwelle aus Raum-Zeit auf die Plasmafront, was den Prozeß der Umwandlung des Wegs in eine langgestreckte Nova einleitete.

Die Strahlendosis, die das Defektschiff traf, schnellte in die Höhe.

Die Sprengladungen rund ums Ende der siebten Kammer waren plaziert. Ingenieure hatten die ganze Thistledown inspiziert und letzte Materialtests vorgenommen und die Maschinerie der sechsten Kammer überprüft. Mit der Absprengung des Asteroiden vom Beginn des Wegs wäre die Maschinerie der sechsten Kammer einer enormen Belastung ausgesetzt: die Stabilisierung des Wegs würde plötzlich wegfallen, während auszuschaltende destruktive Kräfte in den Kammern jäh und gewaltig zunehmen würden.

Die Bezirke Axis Thoreau und Axis Euclid waren hunderttausend Kilometer nördlich der siebten Kammer verlegt worden. In den beiden Zylindern war die Verwirrung groß. Die meisten Bewohner – Naderiten orthodoxer und anderer Richtungen und erstaunlich viele homomorphe Geshel – waren in neue Unterkünfte verlegt worden; die wenigsten kannten sich in den neuen Bezirken aus. Es herrschte Ferienstimmung, Siegerstimmung, aber auch bange Besorgnis.

Hunderte von Erdenbürgern füllten die Behandlungshallen, wo sich Geshel-Ärzte und Anwälte ihrer annahmen.

Ein männlicher *Homomorpher* – Hoffman merkte sich das Wort und fügte es ihrem rasch wachsenden Vokabular hinzu – nahm Hautproben von seiner ihm zugeteilten Gruppe aus zwanzig Erdenbürgern. Hoffman kam als siebte an die Reihe. Für jeden hatte der Homomorphe ein Lächeln und ein paar aufmunternde Worte übrig. Er war hübsch, aber nicht ganz nach ihrem Geschmack: wohl ein bißchen zu fein modelliert und kaum unterscheidbar von einem Dutzend anderer Homomorpher. Vielleicht hatte sie einfach zu niedrige Ansprüche; sie war an die große physiognomische Vielfalt ihrer Zeit gewöhnt, wo unvermeidliche Makel – von der mißratenen Nase über Fettleibigkeit bis zur Gebißfehlstellung – einen mittelalterlich bunten Reigen von Gesichtszügen hervorbrachten.

Nachdem die Proben gesammelt waren, zog er eine Art Gesichtsmaske aus seinem schwebenden Utensilienkoffer. »Damit lassen sich verschiedene medizinische Analysen durchführen«, erklärte er. »Diese Untersuchung ist ebenfalls freiwillig – aber Ihre Zusammenarbeit wäre uns sehr hilfreich.«

Alle machten sie mit und stülpten die Maske übers Gesicht und blickten hinein und beobachteten einige Sekunden lang den Aufzug komplexer Symbole.

Bei diesen Vorgängen hatte Hoffman nicht das Gefühl einer bevorstehenden Entwürdigung oder Knechtschaft, sondern spürte einen Geist von Kameradschaft. Viele der Betreuer hißten stolz Flaggen über der linken Schulter: die Flagge von Indien, Australien, China, USA, Japan, UdSSR und anderer Nationen. Alle waren sie richtig erpicht darauf, mit den ihnen Anvertrauten in deren Landessprache zu reden.

Nachdem die medizinischen Tests abgeschlossen waren, wurden sie zu einer Reihe von Aufzügen geführt, die sich an der Seite der Halle öffneten. Ann Blakely, Laniers ehemalige und Hoffmans jetzige Sekretärin, wechselte aus einer anderen Gruppe herüber. Bei ihr war Doreen Cunningham, ehemalige Sicherheitsbeauftragte im wissenschaftlichen Lager.

»Sind alle so verkrampft«, flüsterte Cunningham Hoffman zu.

»Ich nicht«, erwiderte Hoffman. »Ich fühl' mich wie im Urlaub – nachdem die großen Bosse übernommen haben. O du meine Güte!« entfuhr es ihr, als sie in den Aufzug geblickt hatte. Da war gar kein Boden zu sehen. Trotz einer Erklärung und Vorführung des Lifts von seiten der Betreuer war viel gutes Zureden erforderlich, um sie zu bewegen, in den leeren Schacht zu treten.

Sie klammerten sich aneinander, als eine Gruppe von sechzig hinaufbefördert wurde. Cunningham drückte die Augen zu. Die meisten Russen seien sehr resigniert, berichtete sie Hoffman; voller Pessimismus sonderten sie sich ab.

»Ich habe mir sagen lassen, daß von uns ein paar übergelaufen sind«, sagte Hoffman, die unbeirrt auf den Rücken ihres Vordermanns starrte. Die Aufzugwände waren so gleichförmig, daß keinerlei Bewegung erkennbar war; darüber hinaus spürte man rein gar nichts, was die Fahrt allerdings nicht angenehmer machte.

»Vier – zwei Russen und zwei Amerikaner, soviel ich gehört habe«, bemerkte Ann.

»Und weiß man wer?«

»Rimskaya«, sagte Cunningham. »Und Beryl Wallace.«

»Beryl ...« Hoffman zog die Brauen hoch und schüttelte den Kopf. »Ihr hätt' ich das nicht zugetraut ... und

Rimskaya auch nicht.« Fühlte sie sich betrogen, im Stich gelassen? Lächerlich. »Und bei den Russen?«

»Der eine ist Mirski«, berichtete Ann. »Den anderen kenn' ich nicht.«

Mirski überraschte sie nicht. Fremde durchschaute sie im Gegensatz zu eigenen Leuten auf den ersten Blick. Soviel zum Instinkt eines Verwaltungsasses.

Ihre Unterkünfte verteilten sich auf die ganzen Bezirke. Neue Homomorphe nahmen sie in Empfang, während die Gruppen immer weiter aufgeteilt und in verschiedene Etagen geführt wurden.

»Die Apartments werden jeweils zu dritt belegt«, erklärte ihr Begleiter. »Es herrscht zur Zeit Platznot.«

»Zimmergenossen?« fragte Cunningham Hoffman und Blakely.

»Zimmergenossen«, sagte Hoffman. Blakely nickte.

Ihre zwölfköpfige Gruppe schmolz rasch zusammen, als sie in Dreiergruppen in verschiedene Wohnungen geschleust wurden. Zuletzt waren nur mehr sie drei übrig. Es begleitete sie eine weibliche Homomorphe, die eine russische Flagge über der Schulter hißte. Ihr Apartment lag am Ende eines langen, leicht gekrümmten, zylindrischen Gangs. Grüne Nummern unter der Tür leuchteten hell auf beim Näherkommen.

Die Räume waren klein und kahl. Die Homomorphe blieb noch und führte sie in den Gebrauch des Datenservice ein. Daraufhin wünschte sie ihnen alles Gute und ging.

»Die hat's aber eilig«, kommentierte Blakely kopfschüttelnd.

»Da wir hier entweder auf Eis gelegt oder für die Dauer der Fahrt verwahrt werden«, sagte Hoffman, »sollten wir es uns erst mal gemütlich machen.«

In den nächsten Minuten besprachen sie eifrig die Möglichkeiten der Ausstattung mit einem zugeteilten Geist aus der Bibliothek. Es blieben noch mehrere Stunden bis zum Ausbruch, wie das Unternehmen genannt wurde; Hoffman nutzte diese Zeit und kontaktierte die anderen, die im Bezirk untergebracht waren.

Blakely und Cunningham entschlossen sich für ein vorläufiges Dekor, das Farbe und Form ins Apartment brachte und den Wohnraum optisch beträchtlich vergrößerte. Hoffman schloß sich ihnen an, als sie die Einrichtung ausprobierten und das Essen kosteten, das ein vollautomatischer Küchenblock in einer Ecke lieferte.

Alle Bewohner, ob Stadt- oder Erdenbürger, könnten den Ausbruch in allen Einzelheiten verfolgen, teilte der Geist mit. Monitore, die auf die ganze Thistledown verteilt seien, würden hochwertiges Bildmaterial liefern; jedermann habe gewissermaßen einen Logenplatz.

Nachdem die drei Frauen gegessen und mit den Einrichtungen herumgespielt hatten, schauten sie sich die ständige Übertragung der Vorgänge im Stein und in den Siedlungen an.

Die Bilder waren fast zu real. Nach wenigen Minuten wandte Cunningham sich ab und fing unkontrolliert zu kichern an. »Ist ja lächerlich«, sagte sie, hielt sich die Backen und ließ sich auf den scheinbar orientalischen Teppich zurückplumpsen. »Schrecklich«, sagte Blakely, die sich als nächste anstecken ließ.

»Wir sind ja hysterisch«, sagte sie, und das entlockte den beiden neue Lachanfälle. »Wir haben keine Ahnung, was da gespielt wird.«

»Ich schon«, erwiderte Hoffman, die sich ausgeschlossen fühlte.

»Was?« fragte Cunningham und versuchte, ernst zu bleiben.

Hoffman bildete mit der Hand einen Zylinder und blickte durch ihn hindurch auf die beiden. »Sie sprengen ein Ende ab – das nicht aufgebohrte Ende, den Nordpol.«

»Du meine Güte«, sagte Cunningham, die damit plötzlich zu kichern aufhörte. »Was wäre passiert, wenn wir versucht hätten, da reinzubohren? Wo hätte die Bohrung aufgehört?«

»Sie sprengen den Nordpol ab«, wiederholte Hoffman, ohne auf die nicht zu beantwortende Frage einzugehen, »und trennen den Stein vom Korridor. Danach ...«

*»Was?«* fragte Ann, deren Lachanfall sich ebenfalls schlagartig gelegt hatte.

»... verläßt dieser Sektor der Stadt den Korridor. Wir werden eine Raumstation.«

»Und der Stein?« wollte Cunningham wissen.

»Ein zweiter Mond.«

»Und wir kehren zur Erde zurück?« fragte Blakely.

Hoffman nickte.

»Verdammt«, meinte Blakely. »Es ist ... was weiß ich? Es ist wie ein Märchen.«

Hoffman seufzte tief. »Ganz recht«, meinte sie. »Ein Märchen.« Dann brach sie plötzlich in heftiges Gelächter aus, bis ihr der Bauch wehtat und ihr Gesicht naß vor Tränen war.

Eine Stunde vor dem geplanten Ausbruch piktographierte Corprep Rosen Gardner eine persönliche Nachricht an Hoffman und bat darum, sie besuchen zu dürfen. Wenige Minuten später erschien er leibhaftig – »inkorporiert«, wie Hoffman inzwischen wußte – an der Apartmenttür. Sie bat ihn herein. Mittlerweile hatten sie alle zumindest nach außen hin die Fassade wiedererlangt.

Die politische Arbeit für den geteilten Hexamon und die Naderiten habe sich inzwischen erübrigt, teilte Gardner mit; er habe sich deshalb dem Neuen Nexus als Corprep für die Erdenbürger zur Verfügung gestellt und wolle logischerweise zuerst mit Hoffman sprechen. Er bot ihr an, sie auf dem laufenden zu halten, indem er ihr eine Verbindung zu seinem persönlichen Speicher und Informationsdienst einrichte.

Der Urlaub ist vorbei, dachte Hoffman nicht ohne Bedauern. Nunmehr war sie wieder im Dienst.

»Ich habe auch Neuigkeiten«, sagte Gardner, der vor ihr stand und die Hände auf dem Rücken verschränkt hatte. Allmählich wurde sie vertraut mit den orthodoxen Naderiten; es waren pflichtbewußte, fast ritterliche Persönlichkeiten, die einigen konservativen Politikern, mit denen sie auf der Erde zu tun gehabt hatte, nicht unähnlich waren. »Wir haben Nachricht von Patricia Luisa Vasquez und den vier Leuten, die ausgesandt wurden, um sie zu suchen.«

»So?«

»Drei der vier sind in unsere Siedlungen zurückgekehrt. Es handelt sich um Lawrence Heineman, Karen Farley und Leonore Carrolson. Sie wurden kurzzeitig von den Geshel in Axis Nader und Central City als Gefangene gehalten, wie ich leider einräumen muß. Vor der Beschleunigung der Geshel-Sektoren wurden sie auf freien Fuß gesetzt. Sie werden sehr bald bei Ihnen sein.«

»Und die anderen?«

»Patricia Luisa Vasquez wurde Gelegenheit gegeben, den Heimweg zu suchen«, fuhr Ser Gardner fort. »Was das genau heißen soll, ist mir unklar; es liegen noch keine Einzelheiten vor. Sie und Garry Lanier wurden zurückbehalten und mit der Gruppe des Toröffners nach eins Punkt drei × neun geschickt; viele dieser Gruppe – einschließlich Lanier – befinden sich gerade auf dem Rückweg und haben die beschleunigenden Sektoren unbeschadet passiert. Sie werden diesen Sektor allerdings nicht mehr rechtzeitig erreichen, um sich uns anschließen zu können.«

Hoffman hatte keine Ahnung, was ein »Toröffner«, sei, hielt es aber nicht für angebracht, danach zu fragen. Sie könnte den Begriff jederzeit nachschlagen. »Werden sie den Korridor verlassen?«

»Weiß ich nicht«, sagte Gardner. »Ser Olmy, der die

Gruppe leitet, wurde über den Zeitplan informiert. Er glaubt, daß sie noch vor dem Verschließen des Wegs durchkommen. Sie haben sich verspätet, weil sie an einigen wiedergeöffneten Toren anhalten und nichtmenschliche Passagiere absetzen mußten.«

Hoffman nahm die Nachricht wortlos auf und klopfte nur leicht mit der Hand auf den Oberschenkel. Sie hatte die vier Leute des Suchtrupps und Vasquez längst aufgegeben und zunächst versucht, sie zu vergessen. Nun gaben sie zu neuen Sorgen Anlaß; dabei wußte Hoffman nicht einmal genau, welches Risiko sie eingingen oder wie ihre Chancen standen.

»Die Stunde Null beginnt in dreiundvierzig Minuten«, erklärte Corprep Gardner. »Übrigens wollte ich Sie davon in Kenntnis setzen, daß ein paar Hexamon-Bürger von einigen Ihrer Leute belästigt worden sind. In den Unterkünften in Axis Thoreau geht zur Stunde eine ›wilde‹ Party über die Bühne. Ein Teil Ihres weiblichen Personals bietet sexuelle Dienste an gegen Ware – was weiß ich für Zeug? Ich habe den Partybereich für unsere Leute gesperrt.«

Hoffman sah ihn erstaunt an und wußte nicht recht, was sie sagen sollte. »Das ist klug«, erwiderte sie schließlich. »Wer weiß, wer wen mehr verderben würde.«

**Im Stein:**

Von einem Ende zum anderen in den sieben Kammern: Finsternis und Stille. In der ersten Kammer hatten sich seit Wiederingangsetzung der Rotation Wolken gebildet; es begann zu regnen in der Dunkelheit.

In den Bohrlöchern die absolute Stille des Vakuums und keinerlei Aktivität, von gelegentlich passierenden winzigen Monitoren abgesehen.

Durch die zweite Kammer, wo das atmosphärische Gleichgewicht noch nicht ganz wiederhergestellt war, rauschte der Wind. Weitere Scheiben waren zerbrochen und einige Gebäude – darunter auch ein Mega – trotz der Bemühungen der Ingenieure eingestürzt.

In der dritten Kammer ziemlich das gleiche, obwohl hier keine Gebäude eingestürzt waren. In der Thistledown City glänzten hie und da noch intakte Illusart-Fenster wie ein Glühwürmchenschwarm.

In der vierten Kammer war der Kampf zwischen den überfluteten Wäldern und entfesselten Wassern endlich beigelegt. Die von Angehörigen des West- und Ostblocks genutzten Lager waren in die Seen gespült oder in die Uferwälder geschwemmt worden.

Diejenigen, die bei der Eroberung oder Verteidigung des Steins – der Kartoffel beziehungsweise Thistledown – gestorben waren, lagen in ihren Gräbern, sofern die Wasser sie nicht exhumiert und auf den Grund der Seen umgebettet hatten.

Die fünfte Kammer: dunkel wie eine große Höhle auf der Erde, wo nur das ewige Rauschen von Wasserfällen und Flüssen zu hören war.

Die sechste Kammer: wachsam. Die einzige Kammer neben der siebten, die noch von der Plasmaröhre erleuchtet wurde, worauf allerdings kein Verlaß mehr war.

Die Plasmaröhre flackerte und erlosch. Aus. Alle Vorbereitungen waren ausgeführt; nur noch die Monitore patrouillierten die gewaltigen Hallen der Thistledown.

Die siebte Kammer. Ein sanfter Wind wehte von der Kappe herab, strich durch die niedrigen Gehölze, fuhr durch das verlassene Zelt und zupfte an den Leinwandbahnen. Ein Teil des Zelts, wo sich ein Pfosten bei der Wiederingangsetzung der Rotation gelöst hatte, sackte in sich zusammen. Ansonsten hatte sich erstaunlich wenig verändert.

Die Zünder warteten geduldig an ihrer Sprengladung.

Die gekoppelten Axis Thoreau und Axis Euclid steckten so tief im Weg, daß sie von hier aus nicht sichtbar waren ohne starkes Teleskop. Der Weg wirkte leer, endlos, ewig und ehrfurchtgebietend: das größte Artefakt der Menschheit.

Außerhalb der Thistledown das schwarze All und Mond und Sterne und die arme, entstellte, frostklirrende Erde, wo wenige – falls überhaupt noch welche – an den Asteroiden oder die Möglichkeit der Rettung dachten. Gab es eine Rettung aus diesem Elend, vor dem sicheren Tod? Die Geschichte hatte sie links liegen lassen.

Die überholten Beckmann-Antriebsaggregate des Asteroiden bereiteten sich auf ihren Part im Drama vor und stapelten Reaktionsmasse auf, um sie auszuwerfen und in den gebündelten Strahlen zu dematerialisieren. Sie würden damit den Stoß der Trennung reduzieren, und der kombinierte Stoß und Gegenschub würde die Thistledown in eine kreisförmige Umlaufbahn um die Erde in einer Höhe von einigen zehntausend Kilometern manövrieren.

Axis Thoreau und Axis Euclid begannen zu beschleunigen, um sich in scheinbar selbstmörderischer Absicht gegen die Kappe der siebten Kammer zu werfen. In ihrem Innern taten neunundzwanzig Millionen Menschen inkorporierter oder anderweitiger Natur, was Menschen in einer solchen Situation zwischen Leben und Tod tun.

Hinter den beiden Siedlungen raste – eine halbe Million Kilometer tief im Weg – ein winziges Defektschiff heran und bremste drastisch ab, daß der Defekt vor dem Schiff lila und blau aufleuchtete. Es mußte sich an die Orbitalgeschwindigkeit der Erde angleichen, wenn es hinter den Zwillingssiedlungen aus dem Ende des Wegs huschte – vorausgesetzt, es käme überhaupt noch hinaus.

Die Ladungen in den Wänden der siebten Kammer wurden synchron geschaltet.

Die Klammern von Axis Thoreau und Axis Euclid

wurden eingezogen, und die gewaltigen Zylinder glitten südwärts in Richtung Kappe der siebten Kammer mit einer Geschwindigkeit von gut vierzigtausend Kilometern pro Stunde oder elf Kilometern pro Sekunde.

Die Zünder erreichten die bestimmte Mikrosekunde ...

Der Lärm in der siebten Kammer war unbeschreiblich! Milliarden Tonnen Stein und Metall wirbelten von den sieben Sprengpunkten zur Achse; gewaltige Risse taten sich auf und öffneten sich ins Vakuum des Alls.

Am Nordpol des Asteroiden schossen Staub und Schutt fächerförmig nach außen; ein Lichtblitz, der die Sonne überstrahlte, zuckte hinterher. Der Lichtschein färbte sich rot und violett. Eine siebzig Kilometer breite, kapuzenartige Steinmasse wurde vom Asteroiden weggeschleudert. Der Asteroid entfernte sich viel langsamer von seinem abgesprengten Ende, und für den Bruchteil einer Sekunde entstand dazwischen ein Loch im Raum, erfüllt vom Schein der Plasmaröhre und gezeichnet von einer unendlichen Perspektive ...

Aus dem heraus nun die gekoppelten Zylinder von Axis Euclid und Axis Thoreau schossen, haarscharf am Asteroiden vorbeiflogen und mit konischem Traktionsfeld den Schutt beiseiteschoben. Durch den verblassenden Lichtschein und die umherwirbelnden Steintrümmer und Metallfetzen schoben sich die Siedlungen aus der Reichweite der Beckmann-Antriebe. Die Antriebsaggregate wurden daraufhin gestartet, um die Thistledown in die Erdumlaufbahn zu manövrieren.

Der Weg war nun eine eigenständige Entität. Zu heilen begann das Loch im Raum, das violett und meergrün, karminrot und indigo, in tausend dunklen Tönen schillerte und Winde ins Vakuum blies, die stärker als tausend Orkane waren.

Es heilte zu.

Schloß den Weg auf ewig für unser Universum.

Olmy lehnte sich zurück und schloß die Augen. Yates war zappeliger und rieb sich aufgeregt die Hände. Senator Oyu wirkte gelassen wie immer, obwohl Lanier auffiel, daß ihre Augen ständig hin und her rollten.

Wenn Prescient Oyu leicht nervös und Olmy etwas besorgt waren, so hatte Lanier seiner Meinung nach jedes Recht, sich zu Tode zu fürchten.

»Werden wir's schaffen?« fragte er.

»Ganz knapp«, antwortete Olmy, der die Augen nicht öffnete.

Lanier blickte zum Bug.

Der grelle Lichtschein der sieben Explosionen hatte den Bug dunkel getönt. Allmählich hellte er wieder auf und gab den Blick frei auf den Beginn des Wegs. In einem leuchtenden Kreis aus geschmolzenen Asteroidtrümmern und gefrorenen Streifen ausschießenden Wasserdampfs war ein schwarzes Loch.

Das Loch schrumpfte, wurde ausgefüllt von einem irisierenden Nichts, das in den Augen schmerzte: das neue Ende des Wegs.

Und dann sah Lanier in diesem schrumpfenden Kreis eine fahle Sichel. Er blinzelte.

Der Mond!

Das Defektschiff trudelte in der ausschießenden Atmosphäre; es schien eine Ewigkeit zu dauern, bis zu dem rasch schrumpfenden schwarzen Kreis mit dem sichelförmigen Mond.

Erdbrocken lösten sich von den Wänden und segelten zum frischen, perlmuttartigen Rand. Der Rand verdeckte den Mond.

»O Gott«, sagte Lanier, legte die Hände zusammen und vergrub sein Gesicht darin.

# Epilog
# VIER ANFÄNGE

## EINS
## 6 P.D.*

*Und alle Pferde des Königs und alle Mannen des Königs ...*

Der Spruch kam Heineman oft in den Sinn, wenn er im pfeilförmigen Flieger rund um den Globus einen verwüsteten Punkt nach dem anderen ansteuerte. Was der Tod selbst nicht eingeäschert oder vergiftet hatte, vernichtete der Lange Winter. Zunächst bestand der Eindruck, daß nicht einmal die findige, mächtige Technik des Neuen Hexamon dagegen etwas auszurichten vermochte.

»Dennoch«, wie ihm Lenore – seit vier Jahren seine Frau – in den schlimmsten, entmutigendsten Augenblicken vor Augen führte, »haben sie es geschafft, selbst ohne unsere Hilfe wieder emporzukommen – also *muß* es durch unser Zutun noch schneller gehen.«

Aber selbst die Hoffnung und die Aussicht auf eine bessere Welt machten nicht erträglicher, was er im Laufe eines einzigen Tages auf seinen Erkundungsflügen zu sehen bekam.

Indien, Afrika, Australien und Neuseeland und ein Großteil Südamerikas hatten den Tod relativ unbeschadet überstanden. Nordamerika, Rußland und Europa waren praktisch sterilisiert. China hatte im nuklearen Schlagabtausch ein Viertel seiner Bevölkerung verloren; weitere zwei Drittel waren im Langen Winter verhungert, der erst jetzt nachließ aufgrund des Einsatzes der

* P.D. (Post Death) = nach dem *Tod. – Anm. d. Übers.*

Siedlungen im Orbit. In Südostasien herrschten Anarchie und Revolution und Völkermord; die Zerstörung war dort groß.

Asche, Ödflächen, schneebedeckte Täler und Berge, die allmählich vergletscherten. Graue Schneewolken hüllten die fahle Erde in dunkle Schatten. Ganze Kontinente gehörten den Bakterien, Schaben, Kakerlaken und Ameisen, und inmitten dieser neuen Lebensgemeinschaften vereinzelte Tiere, die sich einst Mensch genannt und in behaglichen Häusern gelebt und die Grundlagen der Elektrizität verstanden und Zeitung gelesen und sich provinzielle Standpunkte angeeignet hatten ...

Die sich einst den Luxus des Denkens hätten leisten können.

Es war herzzerreißend. Allmählich schätzte Heineman seinesgleichen – die Ingenieure und Wissenschaftler und Techniker der Erde – als Werkzeuge des Teufels ein. Sein latentes Christentum brach mit Macht wieder aus. Er wußte, daß er Lenores Geduld auf eine große Probe stellte, aber in seinen Visionen von Apokalypse, Engeln und Auferstehung fand er immerhin Trost und Sinn und konnte Gottes Wege erforschen. Falls er einst ein Werkzeug Satans gewesen war, so war er nun – ohne den Beruf zu wechseln – ein Werkzeug der Engel, die die Erde in ein Paradies verwandeln würden ...

Lenore versuchte immer wieder, ihm vor Augen zu führen, daß Ingenieure an der Rettung der Welt ebenso Anteil gehabt hatten wie an ihrer Zerstörung. Ohne die Orbitalplattformen und das ganze Arsenal weltraumgestützter Verteidigung wäre sämtliches Leben auf der Erde total vernichtet worden; die Plattformen der NATO und der Russen hatten immerhin an die vierzig Prozent aller Geschosse ausschalten können.

Nicht genug, nicht genug ...

Und wie viele Kinder, wie viele Tiere, wie viele Unschuldige und ...

Aber keiner, so pflegte Lenore zu kontern, der mit einem Mund und Bedürfnis geboren wird, ist unschuldig ...

Sie hatte natürlich häufig recht.

Die Herren, denen er diente, waren nicht perfekt und schon gar keine Engel. Sie waren intelligent, mächtig, vernünftig; ihren Führern fehlte die Ignoranz und blindwütige Verbissenheit irdischer Führer. Aber sie hatten dennoch unterschiedliche Ansichten, die gelegentlich heftig ausgetragen wurden.

So flog Heineman also mit seiner Frau den Globus ab und kartographierte die Schäden und hoffte auf den Tag, wo wieder Gras sprießen und Blumen blühen, wo der Schnee zurückgehen und die Luft unverstrahlt sein würde. Er arbeitete hart auf diesen Tag hin.

Und er war seinen neuen Herren treu, denn er wurde in mehr als einer Hinsicht wiedergeboren. An seinem ersten Tag auf der Erde hatte er einen tödlichen Herzinfarkt erlitten.

Larry Heineman war im zweiten Körper. Lenore versicherte ihm, der sei besser als der erste.

Er hatte zwar seine Bedenken, aber er gab auf alle Fälle ein besseres *Gefühl*.

Abenddämmerung in Neuseeland nach einem spektakulären Sonnenuntergang. Am Himmel ging klar und unverhüllt die große Thistledown auf, während nahebei Axis Thoreau und Axis Euclid als winziger Punkt in die entgegengesetzte Himmelsrichtung zogen.

Garry Lanier kam aus dem Talsitzelt und sah Karen Lanier im Gespräch mit einigen Bauern am Campzaun. Die Bauern hatten ihre Kinder vor zwei Wochen zur Talsitreinigung ins Camp gebracht; wenigstens diese würden keine Mißgeburten auf die Welt bringen oder an langfristigen Verstrahlungsfolgen leiden. Die Erwachsenen hingegen waren noch sehr mißtrauisch; die ersten Gerüchte von der Invasion fremdartiger Lebewesen und von Teufeln, die scharenweise vom Himmel fielen, hatten in den Nachwehen des Weltuntergangs recht glaubhaft gewirkt. Karens sichtbare Schwangerschaft im sechsten Monat trug viel dazu bei, die Leute zu überzeugen, daß sie es mit echten Menschen zu tun hatten.

Lanier hatte noch keinem Überlebenden auf der Erde seine Geschichte erzählt. Wer würde eine so unglaubliche und komplizierte Sache begreifen, wenn man hauptsächlich aufs nackte Überleben und die Gesundheit seiner Kinder, seiner Schafe oder Siedlung bedacht war?

Da stand er nun, die Hände in den Taschen des Overalls, und beobachtete, wie Karen ruhig mit den Schäfern sprach. Seit der Rückkehr zur Erde hatten sie zusammen gelebt und gearbeitet und vor zwei Jahren schließlich geheiratet. Ihr Leben war arbeitsreich, und sie paßten gut zusammen, aber ...

Er war noch nicht zufrieden, noch nicht frei von den vielfältigen Neurosen, die er sich in den letzten zehn Jahren geholt hatte. Zumindest heilten die mentalen Wunden allmählich, vernarbten und verschwanden vielleicht ganz.

Lanier nahm nur physische Talsitsitzungen, um seinen Körper zu reinigen; sie waren wenigstens in halbjährlichen Abständen durchzuführen, um eine schädliche Wirkung der verstrahlten Atmosphäre zu verhindern. Er unterzog sich keinem mentalen Talsit, so sehr Olmy ihn auch bedrängte; er war schließlich ein robuster Individualist und würde solche Dinge lieber allein bewältigen.

In wenigen Monaten wollten sich er und Karen – falls sie hier abgelöst werden könnten – Hoffman und Olmy und vielleicht sogar Larry und Lenore anschließen. Sie würden ihre vorübergehenden Implantate mit neuem Wissen füttern und mit Rosen Gardner, dem Corprep der Erde, und Prescient Oyu, dem Senator der Erde, an der gewaltigen Aufgabe der Reinigung der Atmosphäre und Neuorganisation der Überlebenden arbeiten.

Paradoxerweise wären die Naderiten bald mit den Anfängen der eigenen Weltanschauung konfrontiert, die derzeit in Gebieten, die der Wiederaufbau noch nicht erfaßt hatte, viele Anhänger fand.

Lanier dachte nur noch selten an den Weg oder das, was sich vor Jahren zugetragen hatte. Er war zu sehr mit unmittelbaren Problemen beschäftigt.

Aber hin und wieder schloß er kurz die Augen und schlug sie wieder auf und wandte sich an Karen. Und wenn er dann ihr strahlendes Lächeln sah, streichelte er ihr Haar.

Es hat keinen Sinn, sich um die zu sorgen, die weiter weg sind als die Seelen der Toten.

## ZWEI
## Reisejahr 1181

Olmy stand auf der öffentlichen Aussichtsplattform der Axis Euclid; die Hände auf dem Rücken verschränkt, wartete er auf Korzenowski. Gemeinsam wollten sie versuchen, Ram Kikura, Hauptanwalt der Erde, davon zu überzeugen, daß die Rechte der Erdenbürger auf Dauer nicht höher zu bewerten seien als die Pflicht des Neuen Hexamon, die Überlebenden zwangsweise einer Talsitreinigung zu unterziehen. Er sammelte im Kopf die Argumente:

Wenn sie nicht körperlich *und* mental gereinigt werden, bleibt ihr Denken in alten Mustern von Zank und Neid verhaftet, was die Erde in ein paar Jahrhunderten, wenn nicht schon eher, von neuem entzweien wird. Sie müssen geistig völlig gesund sein, um die Zukunft zu begrüßen, die der Neue Hexamon für sie gestaltet und in der kein Platz mehr ist für das überholte, krankhafte Denken, das den Tod überhaupt ausgelöst hat.

Olmy war sich jedoch nicht sicher, ob er Ram Kikura überzeugen könnte. Sie hatte neulich die Föderalisten-Texte gelesen und alte Verfassungsgerichtsprozesse studiert.

Korzenowski kam wie immer zu spät; gemeinsam beobachteten sie eine Weile die dahinziehenden Kontinente, Meere und Wolken unter sich. Der Horizont war nach wie vor orange-grau vom Staub und von der Asche in der Stratosphäre. Wo die Wolken sich teilten, war das Land größtenteils mit Schnee bedeckt.

»Ihre Frau wird es uns nicht leichtmachen, was?« fragte Korzenowski.

»Worauf Sie sich gewiß verlassen können«, erwiderte Olmy.

Korzenowski lächelte. »Ich muß Ihnen was gestehen.

Mir hat in letzter Zeit eine andere junge Dame Kopfzerbrechen bereitet. Oh, ich weiß, ich sollte mich auf den Wiederaufbau konzentrieren ... aber Sie werden wohl verstehen, wenn meine Gedanken hin und wieder abschweifen.«

Olmy nickte.

»Ist ihr vermutlich nicht gelungen«, sagte Korzenowski.

»Die Heimkehr?«

»Ganz unwahrscheinlich. Habe mir die Weg-Theorie durch den Kopf gehen lassen. Irgendwie kann ich diese Problematik einfach nicht abschütteln. Wir haben die geometrischen Haufen zu wenig verstanden. Patricias Theorie schien seinerzeit richtig. Und sie war weitgehend richtig. Aber nicht hundertprozentig, was ihre Heimatsuche zum Scheitern verurteilte.«

»Und wo ist Patricia jetzt?«

»Das kann ich nicht sagen.« Korzenowski faßte sich an die Schläfe. »Diese Hartnäckigkeit, mit der das Problem sich immer wieder in den Vordergrund drängt, dieser Druck ... Ich meine, ich habe nichts dagegen. Es ist eine faszinierende Theorie, die mir wie nichts anderes Freude macht. Vielleicht können wir eines Tages einen neuen Versuch starten.«

»Von der Erde aus?« fragte Olmy.

»Wir haben nach wie vor die sechste Kammer«, sagte Korzenowski. »Es wäre längst nicht so schwierig wie beim ersten Mal. Und wir könnten bessere Arbeit leisten.«

Olmy brauchte eine Weile für seine Antwort. »Wir kommen nicht darum herum«, meinte er, »aber vorerst braucht der Nexus davon nichts zu erfahren.«

»Natürlich«, stimmte Korzenowski zu. »Nach all der Zeit sind wir ... bin ich sehr geduldig.« Der durchdringende Blick des Ingenieurs traf Olmy wie der Blick einer sprungbereiten Katze und jagte ihm einen Schauer über den Rücken.

Einen solchen Entwicklungsrückschlag hatte er schon seit Jahren nicht mehr erlebt.

»Also auf in den Kampf!« sagte Korzenowski. Sie wandten sich von der Erde ab und nahmen den Aufzug zum Nexus, wo Suli Ram Kikura sie erwartete.

## DREI
## Pawel Mirskis persönliche Aufzeichnung

*Wenn ich nicht falsch liege und der Verzerreffekt unserer Reise überhaupt berechenbar ist, so habe ich heute meinen zweiunddreißigsten Geburtstag.*

*Ich habe mich in der Central City eingewöhnt und führe ein Leben wie jeder Geshel. Ich bringe wöchentlich meine abgespeicherte Persönlichkeit auf den neuesten Stand und lerne täglich Dutzende von Bürgern kennen, die sich meist um ein Gespräch mit mir reißen. Und ich arbeite.*

*Ich studiere Geschichte. Diejenigen, die hier Arbeit zuteilen, sind der Meinung, daß ich mit meiner Auffassungsgabe und meinen Fähigkeiten ein optimaler Filter zur Betrachtung und Auslegung der Geschichte bin. Rodenski steht mir zur Seite. Er hat sich viel grundlegender angepaßt als ich und plant sogar, sich als nächste Inkarnation eine neomorphe Sonderanfertigung als Körper zuzulegen.*

*Ich treffe mich oft mit Rimskaya, aber er ist noch immer verbittert und kein sehr anregender Gesprächspartner. Ich glaube, es plagt ihn Heimweh; er hätte nicht überlaufen sollen. Er hat vor, sich demnächst einer Talsit-Therapie zu unterziehen, aber das sagt er schon länger. Beryl Wallace, die Amerikanerin, sehen wir selten. Sie ist einem Erkundungstrupp zugeteilt; eine einzigartige, sehr begehrte Stellung, obwohl sie meines Erachtens eher als eine Art Maskottchen fungiert, aber ich kann mich auch irren. Die Implantate können Wunder wirken.*

*Ich bin nie ein Intellektueller gewesen. Philosophie langweilte mich; die Frage nach dem Sinn und Sein des Lebens interessierte mich nicht. Ich hatte keine Phantasie, kein ausdauerndes Vorstellungsvermögen. Mit den Implantaten hat sich all das geändert. Ich bin ein gutes Stück weitergekommen auf dem Weg, ein anderer Mensch zu werden.*

*Wir haben eine beträchtliche Strecke zurückgelegt seit der Beschleunigung auf beinahe Lichtgeschwindigkeit. Ich glaube nicht, daß man mit dem, was jetzt vor sich geht, gerechnet hat. Der Weg ist so kompliziert; nicht mal seine Schöpfer konnten ahnen, was er an Möglichkeiten birgt.*

*Wir reisen nun durch einen »Weg«, dessen lokale Natur gewandelt worden ist von der Gewalt unserer Passage bei fast Lichtgeschwindigkeit. Er hat keinen Durchmesser und an sich keine Ränder mehr; Objekte, die eine Masse besitzen, können einfach nicht existieren jenseits einer Entfernung von mehr als zwanzigtausend Kilometern vom Kurs, den wir fliegen. (Der Defekt – Singularität – ist vor drei Monaten verschwunden; hat sich einfach aufgelöst in einen Impuls neugeschaffener Partikel, von denen manche sogar den Geshel unbekannt sind.)*

*Wir haben den Bereich der Superserie äußerer Universen, die alle unsere diversen Weltlinien umfaßt hat, überschritten. Selbst wenn wir nun anhielten und Tore nach »draußen« (was immer das sein mag) öffneten, würden wir auf Gebiete ohne Materie und vielleicht ohne Form oder Ordnung stoßen; es ist sehr zweifelhaft, daß wir irgend etwas Vertrautes entdecken würden.*

*Es gibt eine unendliche Vielzahl von Alternativen zum Weg, die jeweils in einer alternativen Weltlinie ihren Anfang nehmen, diese Weltlinie allerdings übersteigen. Bisher ist es den Wegforschern verborgen geblieben, wie die Alternativwege gestapelt oder verschachtelt sind, oder ob sie überhaupt als real anzusehen sind. Da der Weg eine ganze Reihe von alternativen Weltlinien – vielleicht alle – kreuzt, stellt sich die Frage, ob es mehr als einen Weg gibt?*

*Aber indem wir mit beinahe Lichtgeschwindigkeit durch den Weg fahren, haben wir darauf Antworten gefunden und sind auf neue Fragen gestoßen. Wir haben die Weg-Geometrie in den erforderlichen vier Dimensionen verzerrt; zugleich haben wir die fünfte Dimension kontrahiert und damit die Alternativwege zusammengezogen. Die Wegränder sind transparent geworden in einem breiten Spektrum von Frequenzen, so daß wir die Umrisse anderer Wege wahrnehmen können. Wir können uns aussuchen, welchen Weg wir inspizieren wollen, indem wir ein Gerät benutzen, das dem toröffnenden Klavikel ähnlich ist. Die Erkundung dieser neuen Wege ist nun das Arbeitsgebiet von Beryl Wallace.*

*Wir können sogar Wesen anderer Wege sehen und zuweilen mit ihnen in Kontakt treten.*

*Es gibt also unendlich viele Weltlinien und dank dieses einzigartigen menschlichen Artefakts unendlich viele Verbindungen dazwischen. Unsere Forscher suchen nun Möglichkeiten, auf andere Wege, andere Superserien von Weltlinien, überzuwechseln, aber selbst mit Implantaten habe ich Mühe, diese Problematik zu begreifen.*

*So viel weiß ich allerdings: Es gibt Wege, wo die Wesen von abertausend völlig verschiedenen Universen Handel treiben, wobei sie in den meisten Fällen nur Informationen austauschen, in anderen hingegen tatsächlich mit diversen Arten von Raum-Zeit handeln. Wäre nicht ein Potential denkbar zwischen zwei unterschiedlich gearteten Universen? Ließe sich dieses Potential als Energie bezeichnen?*

*Rimskaya hat trotz seiner Verbitterung seine Arbeit fortgesetzt und sogar manch wertvollen Forschungsbeitrag geleistet. Er glaubt, eine Definition für Information gefunden zu haben: Das Potential, das zwischen allen zeitlichen Dimensionen (beispielsweise Zeit selbst und die fünfte Dimension, die Weltlinien trennt) und räumlichen Dimensionen besteht. Immer wenn Raum und Zeit verknüpft werden, gibt es Information, und wo Information zu Wissen geordnet und das Wissen angewandt werden kann, gibt es Intelligenz.*

*Damit keiner, der diese Tagebuchaufzeichnung eines einfachen Mannes liest, auf den Gedanken komme, wir würden nur abstrakten Dingen nachjagen, will ich ergänzen, daß ich derzeit die Freuden entdecke, die dem verfügbar sind, der bereit ist, eine grundlegende Wandlung über sich ergehen zu lassen. Die Vielzahl von Emotionen, die für einen umstrukturierten menschlichen Geist erfahrbar sind, der Gedanken denkt, die seinen Vorfahren unmöglich gewesen wären …*

*Die Emotion von -*-, beschreibbar als Mischung aus Geschlechtsakt und Denkvergnügen – Liebesakt mit einem Ge-*

*danken? Oder &&, das wirkliche Gegenteil von Schmerz, nicht »Wohlgefühl«, sondern die »Ankündigung« von Heilung, Wachstum und Veränderung. Oder (^+^), die komplizierteste aller bislang entdeckten Emotionen, die erfährt, wer sich bewußt dem Wechsel zwischen geistigen Konfigurationen aussetzt und das breite Spektrum von Möglichkeiten erlebt, die dem Denken und Sein innewohnen.*

*Ich habe noch kaum begonnen, die vielen Arten menschlicher Liebe zu entdecken. Die Persönlichkeit ist hier nicht unbedingt isoliert; ich kann einem breitgefächerten Persönlichkeitsaggregat zuhören und dennoch meine Individualität bewahren ... Ich verliere nichts und gewinne tausend neue Eindrücke menschlicher Zuneigung.*

*Was nützt es schon, die zurückgelegten Strecken abschätzen zu wollen? Was nützt der alte Pawel Mirski, um diese Entfernungen zu begreifen? Bald, und das ist mein eiserner Vorsatz, werde ich all meinen Mut zusammennehmen und mich den erweiterten Persönlichkeiten im Stadtgedächtnis anschließen.*

*Und trotz alledem trauere ich noch. Ich trauere noch um den eingebüßten Teil von mir, trauere um ein Land, in das ich nicht zurückkehren kann, das mir nun unzugänglicher denn je ist. Aber die Trauer steckt tief in mir, wo selbst das Talsit nur mühsam vordringen kann, lebt vielleicht in dem einen Bereich, der nicht manipuliert werden darf und Mysterium heißt. Wie ironisch, daß ich mich auf diese Weise nach wie vor als Russe fühle und daß jeder Teil von mir sein Leben lang ein Russe bleiben wird!*

*Weil ich ein und dasselbe Mysterium mit dem alten Pawel Mirski teile. Ich spüre die Kontinuität. Ich spüre ...*

*... den Drang nach den Sternen, ja, aber mehr als das.*

*Als ich ein Kind war in Kiew (wie ich aus dunkler Erinnerung weiß), fragte ich meinen Stiefvater einmal, wie lange die Menschen leben werden, sobald das Arbeitsparadies geschaffen ist. Mein Stiefvater, ein Computer-Techniker, hatte viel Phantasie und sagte: »Vielleicht so lange, wie sie wollen. Vielleicht eine Milliarde Jahre.«*

*»Wie lange ist eine Milliarde Jahre?« frage ich ihn.*

*»Sehr, sehr lange«, sagte er. »Eine Ewigkeit, ein langer Zeitraum, in dem alles Leben entstehen und enden kann. Dazu sagt man auch Äon.«*

*In geologischer Hinsicht ist ein Äon tatsächlich eine Milliarde Jahre. Die Griechen, die dieses Wort prägten, nahmen es allerdings nicht so genau. Sie verwendeten den Begriff im Sinne von Ewigkeit, Weltzeitalter, was viel länger als eine Milliarde Jahre ist. Es war zugleich der personifizierte Zeitzyklus eines Gottes.*

*Ich habe das Arbeiterparadies überlebt. Ich habe das Ende meines Universums überlebt und werde wohl noch viele andere überdauern.*

*Lieber Stiefvater, wie's aussieht, habe ich sogar die Götter überlebt ...*

*Wahrlich ein Äon.*

*Es gibt so viel zu lernen und so viel Neuerung. Jeden Tag atme ich tief durch, zähle meine Möglichkeiten und erkenne, wie glücklich wir dran sind. (Könnt' ich nur Rimskaya davon überzeugen! Trauriger Mann.)*

*Ich bin* frei.

# VIER
## Aigyptos, Jahr des Alexandros 2323

Die junge Königin Kleopatra XXI. hatte gerade vier langweilige Stunden damit verbracht, träge den komplizierten Aussagen vierer verbannter Abgeordneter vom Boulē des Oxyrrhynkhos Nomos zu lauschen. Die Beschwerden waren unbegründet, wie ihre engsten Berater befanden, also wies sie sie mit einem strengen Lächeln zurück und warnte sie, ihre Beschwerden nicht über die Grenzen von Aigyptos hinaus einem andern Staat vorzutragen, oder sie würden aus der Alexandrischen Oikoumenē ausgestoßen und müßten nach Osten oder Westen ins Land der Barbaren oder gar nach Latium auswandern.

Dreimal wöchentlich hörte Kleopatra solche Klagen an, die von ihren Beratern aus Tausenden von Fällen publikumswirksam ausgewählt wurden, wobei der Ausgang oft schon feststand, wie sie wußte. Sie war nicht ganz glücklich mit der Einschränkung ihrer königlichen Macht, die der Oikoumenische Boulē zur Zeit ihrer Väter verhängt hatte, aber sie mußte sich entweder fügen – oder ins Exil gehen; aber wohin sollte eine achtzehnjährige Königin außerhalb ihrer Oikoumenē schon gehen? Wie sich doch alles geändert hatte in den letzten fünfhundert Jahren!

Kleopatra freute sich allerdings auf den nächsten Gast. Es waren ihr viele wunderliche Dinge über die Hauptpriesterin und Sophē des Hypateion in Rhodos zu Ohren gekommen; die Frau war nicht nur berühmt wegen der Geschichte, wie sie in die Oikoumenē gelangt war, sondern auch wegen ihrer Leistungen im letzten halben Jahrhundert. Dennoch waren sich Königin und Priesterin nie begegnet.

Die Sophē Patrikia war vor zwei Tagen von Rhodos

eingeflogen worden, auf dem Rakhotis-Flughafen westlich von Alexandria gelandet und als Ehrengast im Mouseion untergebracht worden bis zur Audienz. In diesen zwei Tagen war die Sophē zur praktisch obligatorischen Besichtigung der Pyramiden von Alexandros und Diadokhoi mit den (wie langweilig, dachte Kleopatra) vergoldeten Mumien der Gründer der Alexandrischen Oikoumenē eingeladen worden, woraufhin sie die umliegenden Pyramiden und Gräber der Nachfolger besuchte. Offenbar hatte die Sophē die Besichtigungstour wohlwollend aufgenommen; ein Teil ihrer Beobachtungen wurde zur Übertragung in die 85 Nomoi aufgezeichnet.

Heralde meldeten, daß die Sophē auf dem Lokhias-Hügel angekommen sei und bald im Königspalast eintreffe. Die Berater räumten den Audienzsaal, und Kleopatra wurde umschwirrt von ihren Fliegen, wie sie sie nannte, den Dienern und Zofen, die den Schweiß von ihrer Stirn tupften und Wangen und Nase puderten und ihre Gewänder um den goldenen Thron drapierten. Draußen im Hof stand die Phalanx der königlichen Leibgarde. Wenn sie sich in zwei Reihen vor dem Portal aufstellten, dann nähme Königin Kleopatra Haltung an und empfinge die Sophē.

Die Aufstellung begann, und die Heralde führten ihre ermüdenden Zeremonien aus.

Das Datum war Sōthis 4, alte Zählung, Arkhimēdēs 27, neue Zählung.

Kleopatra saß geduldig auf dem Thron aus Zedernholz vom beschwerlichen Reich Ioudeia, auch genannt Nea Phoenikia, und trank funkelndes gallisches Wasser von einem Kelch aus Metascythia. So nutzte sie tagtäglich die Güter aus den Nomoi, Staaten und befreundeten Nationen ringsum, wußte sie doch, daß diese sich geschmeichelt fühlten, dem ältesten der alten Reiche, der Alexandrischen Oikoumenē, zu dienen. Es wäre gut, wenn die Sophē sähe, daß Kleopatra ihren Pflichten nachkam, denn die junge Königin hatte darüber hinaus wenig zu tun. Der Boulē und der Rat der Gewählten Sprecher fällten nach dem Vorbild Athens die wahrhaft wichtigen Entscheidungen.

Die großen Bronzetore des Theotokopolos öffneten sich weit, und der Einzug begann. Kleopatra schenkte den hereinströmenden Höflingen und Kammerherrn und kleinen Politikern keine Beachtung. Ihr Blick fiel unverzüglich auf die Sophē Patrikia, die den Saal, von ihren beiden Söhnen mittleren Alters gestützt, betrat.

Die Priesterin trug ein Gewand aus schwarzer Chin-Chi'ing-Seide von schlichter Schönheit mit einem Stern über der einen Brust und einem Mond über der andern. Ihr noch üppiges Haar war lang und dunkel; ihr Gesicht wirkte trotz der vierundsiebzig Jahre noch jugendlich. Ihre Augen waren dunkel und länglich und durchdringend; sie erweckten einen gefährlich dreisten Eindruck.

»Willkommen«, sagte die Königin in Mißachtung des Protokolls. »Komm, setz dich zu mir! Wir haben viel zu bereden.«

»O ja, meine liebliche Königin«, erwiderte die Sophē, löste sich aus den Armen ihrer Söhne und näherte sich dem Thron, wobei sie mit der Hand den Saum ihres langen Gewands hochraffte. Sie war recht rüstig; zweifellos behielt sie die Söhne nicht aus Eigennutz, sondern zu deren Vorteil im Tempel; in der Oikoumenē war es derzeit nicht unbedingt einfach, eine Anstellung zu finden.

Patrikia setzte sich auf den weichgepolsterten Stuhl, der eine Körperlänge unterhalb des Throns stand, und erhob den Blick aufgeregt zur Königin.

»Wie ich höre, hast du einige deiner wunderbaren Instrumente mitgebracht, um sie mir vorzuführen und deren Zweck darzulegen.«

»Wenn ich darf ...?«

»Aber bitte.«

Patrikia machte eine Geste, woraufhin zwei Schüler

des Hypateion eine breite, flache Holztruhe herantrugen. Kleopatra kannte das Holz: Ahorn von Nea Karkhedon jenseits des Atlantiks. Sie fragte sich, wie's um deren Revolution bestellt sei; aus den blockierten Küstengebieten sickerten nur spärliche Nachrichten durch.

Die Priesterin ließ die Truhe auf einem breiten runden Tisch aus gehämmertem Messing und getriebenem Silber abstellen. »Vielleicht kennt die königliche Hypselotes meine Geschichte ...«

Kleopatra nickte lächelnd. »Daß du vom Himmel gefallen und von einem speienden Stern gejagt und nicht auf dieser Gaea geboren bist.«

»Und daß ich was mitbrachte?« fragte Patrikia vor aller Welt wie einer von Kleopatras Lehrern. Die Königin störte sich daran nicht; sie lernte gern. Den Großteil ihres Lebens hatte sie in Schulzimmern verbracht, wo sie die Eigenschaften ihres Reiches lernte und deren Sprachen obendrein.

»Du hast wunderbare Instrumente mitgebracht, für die es auf unserer Welt keine Entsprechungen gibt. Ja doch, all das ist bekannt.«

»Dann will ich dir nun sagen, was allein mir bekannt ist«, erklärte Patrikia. Sie blickte durch den Audienzsaal und richtete ihren ungewöhnlichen Blick wieder auf die Königin. »In Privataudienz. Ich empfange dich in meinen Gemächern.«

Der Audienzsaal wurde rasch geräumt, und Kleopatra ließ unkompliziert ihre schweren Roben fallen und raffte ein leichtes Gewand um die Schultern. Einzig in Begleitung von zwei Kriegern und den beiden Söhnen der Sophē begaben sie sich zu den königlichen Gemächern. Platten mit Wachteln und kristallene Karaffen mit Wein aus Kos erwarteten sie, und die Sophē tafelte mit der Königin, was eine sehr seltene Auszeichnung war.

Nachdem sie satt waren, aßen die Söhne, und Kleopatra und Patrikia ließen sich behaglich in einer Ecke auf weichen Polstern nieder. Damit sie ungestört wären, zogen Diener rundum Vorhänge zu.

Erst jetzt öffnete Patrikia den Deckel der hölzernen Truhe. Dort lagen auf schwerem Purpur – der Filz stammte aus Pridden, die Farbe aus Ioudeia – ein handtellergroßer silbrig-gläserner Gegenstand, ein zweiter, etwas kleinerer Gegenstand und ein sattelähnliches Gebilde mit zwei abstehenden Griffen.

Diese Gegenstände waren beinahe so berühmt wie der Schatz des Feldherrn Ptolemaios Sōtēr, besonders in Gelehrten- und Philosophenkreisen. Wenige hatten sie zu Gesicht bekommen, nicht einmal ihre Mutter und ihre Väter.

Kleopatra betrachtete mit unverhohlener Neugier. »Erklär's mir, bitte.«

»Damit«, und Patrikia deutete auf das kleinere flache Ding, »kann ich die Eigenschaften von Raum und Zeit messen. Vor Jahren, als ich nach dem Tod meines Gemahls im Hypateion Zuflucht suchte, machte mir einer der Tekhnai dort neue Batterien, so daß die Geräte wieder gehen.«

»Ich muß ihnen eine Belobigung aussprechen«, sagte Kleopatra. Patrikia lächelte und winkte ab, als wäre das nicht von Belang.

»Die Philosophie und Tekhnos deiner Welt sind in mancher Hinsicht nicht so fortgeschritten wie in meiner Welt, obwohl der Abstand gering ist. Dafür habt ihr begnadete Mathematiker und Astronomen. Meine Arbeit ist gediehen.«

»So?«

»Und ...« Patrikia hob das Ding mit den Griffen aus der Truhe. »Dieses Instrument sagt mir, wenn jemand versucht, einen Zugang zu unsrer Welt, dieser Gaea, zu schaffen. Es spürt ihr Vordringen und meldet es mir.«

»Hat es denn noch einen andern Zweck?« fragte Kleopatra, die wußte, daß ihr Horizont bereits überschritten war.

»Nein. Nicht hier, nicht jetzt.«

Zu ihrem Erstaunen bemerkte die Königin, daß die greise Priesterin Tränen in den Augen hatte. »Ich habe meinen Traum nie aufgegeben«, sagte die Priesterin. »Und auch die Hoffnung nicht. Aber ich werde alt, meine königliche Hypsēlotēs, und meine Sinne lassen nach ...« Sie stemmte sich hoch von ihrem Platz und ließ sich mit einem Seufzer wieder nieder. »Dennoch bin ich mir nun sicher. Ich habe von diesem Gerät das Zeichen bekommen.«

»Zeichen wofür?«

»Ich weiß zwar nicht, warum oder wo, meine Königin, aber es ist ein Zugang zu unserer Welt geschaffen worden. Dieses Gerät *spürt* das Vorhandensein ebenso wie ich. Irgendwo auf Gaea, meine Königin. Bevor ich sterbe, möchte ich diesen Zugang finden, um zu sehen, ob ich auf die Erfüllung meines Traums hoffen kann ...«

»Ein Zugang? Was meinst du damit?«

»Ein Tor zu dem Ort, von dem ich stamme. Sie haben vielleicht mein Tor wieder geöffnet. Oder es hat jemand einen ganz neuen Weg zu den Sternen geschaffen.«

Kleopatra war mit einemmal betrübt. Die Instinkte von hundertundzwanzig Generationen makedonischer Thronfolge schlummerten nicht untätig in ihrem Blut. »Sind die Bewohner deiner Welt friedlich und verträglich?« wollte sie wissen.

Der Blick der Priesterin wurde verschleiert. »Ich weiß nicht. Wohl schon. Dennoch bitte ich die Königin, diesen Zugang, dieses Tor mit allen Mitteln, die in ihrer Hand liegen, zu suchen.«

Kleopatra runzelte die Stirn und beugte sich vor, um das Gesicht der Priesterin besser sehen zu können. Dann ergriff sie die faltige Hand der Sophē.

»Wird unser Land von diesem Zugang, diesem Tor profitieren?«

»Mit großer Wahrscheinlichkeit«, erwiderte Patrikia.

»Ich bin ein ganz bescheidenes Beispiel der Wunder, die jenseits dieses Tors liegen mögen.«

Kleopatra sann stirnrunzelnd nach. Die Oikoumenē war mit vielen Problemen geschlagen, von denen manche, wie ihre Berater versicherten, die unüberwindbaren Probleme einer alten, schwindenden Zivilisation waren. Sie teilte diese Meinung nicht, nicht ganz, aber allein der Gedanke machte ihr Angst. Selbst im Zeitalter des Flugzeugs und des Rundfunks müßte es andere Dinge, andere Wunder geben, die sie aus ihrer Misere befreien würden.

»Das ist eine Abkürzung zu fernen Gebieten, wohin wir unseren Handel erweitern und wo wir neue Dinge lernen könnten?«

Patrikia lächelte. »Du verstehst schnell, meine Königin.«

»Dann will ich suchen. Ich werde verfügen, daß sämtliche verbündeten Staaten und Reiche gleichfalls suchen.«

»Es mag recht versteckt sein, recht klein«, warnte die Priesterin. »Vielleicht nur ein Testtor, breit wie ein Mannsarm lang.«

»Unsre Suche wird gründlich sein«, sagte Kleopatra. »Unter deiner Führung werden sie dieses Tor finden.«

Patrikia musterte sie mit beinahe ungehörigem Argwohn. »Man hat mich lange als alte Irre betrachtet, trotz dieser Wunder«, sagte sie und legte die Hand auf die Truhe. »Glaubst du mir?«

»Ja, bei meinem Erbe als Königin vom Ägypten des Alexandros und des Makedonischen Herrschergeschlechts«, erwiderte Kleopatra. Sie *wollte* der Priesterin glauben. Das Leben bei Hofe war recht langweilig gewesen in den letzten Jahren. Und die Königin besaß tatsächlich eine gewisse Macht, die sich vor allem auf den politischen Geist und die Staatsziele bezog. Diese Suche nach den neuen Territorien ließe sich prächtig damit verknüpfen.

»Danke«, sagte Patrikia. »Mein Gemahl hat mir nie wirklich geglaubt. Er war ein guter Mann, ein Züchter von Fischen ... Aber er sorgte sich um mich und meinte, ich solle nur dieses mein Leben leben und nicht von anderen träumen ...«

»Ich *hasse* Einschränkungen«, erwiderte Kleopatra mit Nachdruck. »Was wirst du tun, wenn wir den Zugang finden?«

Patrikia machte große Augen.

»Heimkehren«, sagte sie. »Endlich heimkehren, auch wenn's hinfällig wäre.«

»Aber erst wenn du dein Werk für uns vollendet hast, nehme ich an?«

»Nein. Das hat erste Priorität.«

»Nun gut, wenn dem so ist.«

Kleopatra rief ihre Berater herbei und kündigte einen königlichen Erlaß an, der keinen Widerspruch dulde, und befahl den sofortigen Beginn der Suche.

»Danke, meine königliche Hypsēlotēs«, sagte die Priesterin auf dem Rückweg zum Hof. Kleopatra schaute Patrikia nach, die durchs Tor des Theotokopolos hinauszog und heimkehrte zum Hypateion, bis die eigentliche Suche begänne. Dann schloß die Königin die Augen und versuchte sich vorzustellen ...

... die Heimat der Greisin. Woher mochte eine solche Frau stammen? Von einem Ort glänzender Türme und mächtiger Burgen, wo die Menschen mehr wie Götter oder Teufel wären als die Leute, die sie kannte. Nur ein solcher Ort hätte diese kleine, leidenschaftliche Sophē hervorbringen können.

»Wie seltsam«, flüsterte Kleopatra und stieg wieder auf ihren Thron, wo man sie wieder mit den schweren Roben behängte. Sie spürte einen kalten Schauder. »Wie wunderbar ...«

»Wenn du nicht weißt, *wo* du bist,
weißt du nicht, *wer* du bist.«

*Wendel Barry*

# DANKSAGUNG

Ein so kompliziertes Buch kann man nicht allein schreiben, und Gott sei Dank gibt es Menschen, die helfen – gern helfen. Meinen aufrichtigen Dank (in keiner bestimmten Reihenfolge) an Rick Sternbach; Ralph Cooper; John S. Lewis; Louis A. D'Amario; David Brin; Anthony und Tina Chong; Craig Kaston; Lieutenant Commander Patrick Garrett, US-Navy; Lieutenant Commander a. D. Dale F. Bear, US-Navy; Informationsstelle zur Nationalen Weltraumpolitik – und natürlich Astrid.

Die sicher unvermeidlichen und noch bestehenden Fehler und Irrtümer sind meine Schuld.

HEYNE BÜCHER

# DAVID WINGROVE

Die Chronik des Chung Kuo
Nach dem Untergang der westlichen Zivilisation der Aufstieg Chinas zur Weltherrschaft

Im 22. Jahrhundert ist die Welt der Hung Mao, der »Westmenschen«, vergangen. Das große Reich der Han, der Chinesen, ist wiedererstanden. Chung Kuo, das Reich der Mitte, umspannt die ganze Erde. Sieben gewaltige Städte, Hunderte von Ebenen hoch, überwölben die Kontinente, um die riesigen Bevölkerungsmassen zu beherbergen. Sieben T'ang, Kaiser von gottgleicher Macht, herrschen über sie.

**Das Reich der Mitte**
06/5251

**Die Domäne**
06/5252

**Die Kunst des Krieges**
06/5253

**Schutt und Asche**
06/5254

Wilhelm Heyne Verlag
München

HEYNE BÜCHER

# ALAN BURT AKERS

**Die Saga von Dray Prescot - der größte Zyklus im Programm HEYNE SCIENCE FICTION & FANTASY**

Dray Prescot, Offizier und Zeitgenosse Napoleons, verschlug es einst auf den tödlichen Planeten Kregen. Da tauchen gegen Ende des 20. Jahrhunderts geheimnisvolle Kassetten auf, und es gibt keinen Zweifel: Dray Prescot lebt...

... und wird weitere unglaubliche Abenteuer zu bestehen haben, bis sein tausendjähriges Leben abgelaufen ist.

**Die Intrige von Antares**
06/4807

**Die Banditen von Antares**
06/5137

Als Originalausgaben bei Heyne

Wilhelm Heyne Verlag
München